17세기 후반
정치·사회 변동과
사가사

17세기 후반 정치·사회 변동과 시가사

최재남

보고사
BOGOSA

책머리에

　17세기 전반에 이어 17세기 후반 정치·사회 변동과 시가사 정리를 마무리하게 되었다. 백성을 힘겹게 한 책임을 지고 뒤로 물러나야 할 상층 집단이 여전히 주도권을 가지고 있고, 망한 나라에 대한 명분을 안고 현실의 국제 질서를 인정하지 않으려는 태도가 공고해지면서 이념 통제의 수단으로 활용하는 듯했다. 이런 와중에도 저자의 백성들의 움직임은 활발했고, 내면의 다양한 표출을 위하여 악곡은 점점 빨라지고 있었던 것이다.

　효종, 현종, 숙종 시대에 걸친 17세기 후반은 병자호란을 수습하고 백성들의 안위를 걱정하는 방향으로 나아가는 것이 정상일 터인데, 오히려 신하가 임금을 제어할 수도 있다는 생각을 잠복시키면서 당파의 이익을 앞세우는 쪽으로 기울고 있었던 것으로 보인다. 볼모로 갔다가 돌아온 소현세자가 갑자기 죽자 인조는 원손이 있는데도 봉림대군을 세자의 자리에 앉히면서 이미 정통성에 대한 시비를 잠복시키고 있었던 셈이다.

　오랜 세월에 걸치도록 시가 랑그의 역할을 하고 있다면 노래는 당대의 파롤이라고 할 수 있을 것이다. 신성(新聲), 신번(新飜)은 바로 파롤의 층위로 볼 수 있다. 그런 면에서 파롤의 변화에 관심을 보이는 것은 지극히 자연스러운 시각이라고 할 수 있을 것이다. 촉급해지고 있다는 진단은 시대의 특성과 맞물려 있는 것으로 이해할 수 있고, 환정(歡情)

을 표현하기 위한 방편이라고 할 수 있다. 칠정 중에서 애오욕(愛惡欲)의 정서가 두드러지기 시작한 것도 파롤의 현실성으로 이해할 수 있을 것이다. 이제 앞으로 소쉬르의 개념으로만 이해할 것이 아니라 들뢰즈의 시각으로 새롭게 살피게 되면 대상에 대한 이해의 진폭도 달라질 것으로 기대한다.

이 책은 서론에서 17세기 후반 정치·사회 변동에 대한 비판적 이해를 다루면서 살펴야 할 문제를 제기하였고, II부에서 V부까지 17세기 후반 정치·사회 변동과 관련한 시가사의 추이를 다루었다. II부에서 17세기 전반 시가 향유의 지속과 영향을, III부에서 17세기 후반의 성격과 시가사 이해의 방향을, IV부에서는 17세기 후반 시가 향유 양상을 서울의 시가 향유와 향촌의 시가 향유로 나누어 살피고, V부에서는 17세기 후반 시가사의 새로운 변화 양상을 살폈다.

17세기 후반 정치·사회 변동과 관련한 시가사의 추이를 17세기 전반과 연계시키고 시대의 성격을 파악하면서 서울과 향촌으로 나누어 시가 향유 양상을 정리하였는데, 그간 숨겨져 있거나 크게 주목하지 못했던 작가와 작품을 확인하면서 공백으로 남을 뻔했던 시가사의 고리를 연결시킬 수 있게 된 점은 일정한 성과라 할 수 있다.

17세기 후반 시가사를 정리하면서 여전히 주목할 수 있는 담당층으로 연안이씨 집안을 들 수 있는데, 이들 집안은 김광욱에서 김성최로 이어지는 시가 향유의 바탕과 연계되어 있고, 정명공주 수연의 가곡 향유를 주도하기도 하였다. 이 시기 개별 작가로 주목할 수 있는 사람은 이은상, 김광욱과 김성최, 왕족 이우와 이간, 이서우와 이하진, 허정, 홍주국, 심유, 권익륭 등과 무신 작가들이고, 이와 함께 되새겨야 할 작품은 〈억진아〉와 〈임강선〉의 사, 〈율리유곡〉과 〈공정에 이퇴하고~〉, 〈감군은사〉와 『영언』, 〈청석령가〉, 〈풍아별곡〉, 〈대주요〉 등이다.

17세기 시가사를 17세기 전반과 17세기 후반으로 나누어 살핀 것은 17세기 전반과 17세기 후반이 크게 변별되는 것으로 생각하고 시작한 것인데, 실제 연구 결과 그 차별성이 분명하게 밝혀진 셈이다. 17세기 전반은 16세기 후반과 더 가깝다고 할 수 있고, 17세기 후반은 18세기와 더 가깝다고 할 수 있을 것이다.

18세기 시가사 정리는 일단 마음속에 넣어두고자 한다. 숙종, 경종, 영조, 정조실록을 읽고 문집의 자료를 일부 정리하기는 했지만, 급하게 서두르기보다 생각을 온축하면서 뜸을 들일 필요가 있기 때문이다.

『서정시가의 인식과 미학』(2003) 이후 20여 년이 가까운 세월 동안 어려운 상황에도 흔쾌한 마음으로 연구 성과를 출간해 주시는 보고사의 김흥국 사장님께 감사드린다. 여전히 성글기만 한 시가사의 얼개가 세상에 나올 수 있도록 따뜻한 배려를 아끼지 않으신 마음이 새삼 고마울 따름이다. 그리고 『한국의 문화공간과 예술』(2016)에 이어 이번에도 편집에 애쓰신 황효은 님께 고마움을 표한다.

辛丑 元月
최 재 남

차례

I. 서론

1. 연구목표와 연구방향

본 저술과제의 목표는 병자호란 이후 효종, 현종, 숙종이 집권한 17세기 후반(1649~1699)의 정치·사회 변동과 관련하여 시가사의 추이를 통시적이고 공시적인 측면에서 서술하고자 하는 것이다. 17세기 후반은 효종 시대(1649~1659)와 현종 시대(1659~1674)와 숙종 시대(1674~1720)를 아울러 포함하고 있어서, 병자호란 이후 정체성의 혼란을 수습하고 새로운 정치·사회적 변동을 추동해 나가야 했던 시기이다. 한편으로 오랑캐의 배신(陪臣)이라는 지식인의 고뇌가 출처를 고민하게 하고, 다른 한편 핵심적인 요직을 서울의 문벌 가문이 차지하여, 서울의 사족과 향촌의 사족이 분화되는 이른바 경향분기(京鄕分岐)가 일어나고 있던 시기이기도 하다. 그리고 저자 백성[市民]을 국가의 근본으로 인식하게 되면서 돈의 사용을 포함한 경제 정책의 변화가 일어나고 있었던 때이기도 하다. 그리고 음악이 촉박하게 바뀌고 있어서 노래의 곡조와 레퍼토리의 변화가 크게 일어나고 있었다.

이러한 목표를 달성하기 위하여 본 저술에서 다루고자 하는 내용은 17세기 전반 시가사의 추이를 정리한 결과[1]를 바탕으로 지속, 변화, 새로운 시각을 설정하면서 논의를 심화하고 그 방향성을 마련하려고 한다. 17세기 전반에 대한 심도 있는 이해를 바탕으로 17세기 후반을 포함하여 그 이후 시가사의 벼리를 새롭게 마련할 수 있는 기반이 확보된 것으로 기대할 수 있기 때문이다. 단계별 목표는 다음과 같이 설정하고자 한다.

첫째, 정치·사회 변동에 대한 비판적 이해의 시각을 마련하는 일이

---

1) 최재남, 『17세기 전반 정치·사회 변동과 시가사』(보고사, 2018).

다. 우선 관찬 사료인『효종실록』,『현종실록』·『현종개수실록』,『숙종
실록』을 정독하면서 정치·사회 변동에 대한 이해를 심화하고, 개별 문
집을 독해하면서 개별 인물이 정치적 국면에 동참하거나 관련을 맺으면
서 부침을 겪게 되거나 내면화한 반응을 확인하고, 이 시기에 다루거나
검토할 작품 목록을 마련하는 일도 아울러 진행하고자 한다.

둘째, 앞 시기인 17세기 전반에서 검토한 시가사의 양상이 지속되거
나 영향을 끼치고 있는 내용을 17세기 전반과 연관하여 살피고자 한다.
우선 1. 사행과 서로 풍류의 전이와 그 반향, 2. 무반 시가 향유의 변화
양상과 서울의 풍류, 3. 사부와 동당에 대한 예우와 시가를 통한 확산,
4. 노래 레퍼토리의 확대와 갈래 사이의 관련, 5. 가기시첩과 노래를 위
한 사의 레퍼토리, 6. 〈청석령가〉의 수용과 대청 의식 등의 주제를 다
루고자 한다. 이와 함께 17세기 후반에 시대의 성격을 인식하는 태도
와 시가 이해의 방향으로, 1. 오랑캐 배신으로서 지식인의 출처 고뇌,
2. 중앙 기반 문벌 가문의 등장과 가문 중심의 시가 향유, 3. 근본으로
서 저자 백성[市民] 인식과 담당층의 변화, 4. 사상사의 변화와 그 반향
등을 미리 점검할 필요가 있을 것이다.

셋째, 정치에서 핵심적인 요직을 서울의 문벌 가문이 차지하면서, 서
울의 사족과 향촌의 사족이 분화되는 이른바 경향분기(京鄕分岐)가 일어
나고 있던 시기라는 점을 감안하여, 서울 사족의 시가 향유와 향촌 사족
의 시가 향유의 차이를 점검하고자 한다. 서울 사족의 시가 향유 양상으
로, 1. 인평대군이 마련한 조계별업의 풍류와 그 변모, 2. 금옥계의 성격
과 시가 활동, 3. 무신낙회와 종남수계, 4. 낭원군 이간의『영언』과 이
하조의 역할, 5. 정명공주 수연과 가곡 향유, 6. 낙동 창수의 모임과 이
서우의 위상 등을 살피고, 향촌 사족 시가 향유의 양상으로, 1. 〈어부
가〉 전승과 현장 흥취의 후대 수용, 2. 육가의 후대 수용 양상, 3. 〈전가

팔곡〉과 〈고산별곡〉, 4. 지역 선비에 대한 권면과 가사의 내면, 5. 여성 작가의 등장과 노래 전승의 과정 등을 점검하면서 경향분기의 의미와 시가 향유의 양상과의 연관성을 해명하고자 한다. 이러한 과정은 17세기 전반 시가사의 추이를 서울 중심으로 정리한 것을 심화·보완하는 역할을 할 것이다.

넷째, 다음으로 17세기 전반과는 다른 17세기 후반 시가사의 새로운 변화 양상을 주목하여 17세기 후반 시가의 변별적 특성을 자리매김하도록 하는데, 1. 시민의 성장과 시가 담당층의 변화, 2. 출처와 현실 인식의 변모, 3. 음악의 촉박과 노래 레퍼토리의 변화, 4. 칠정의 표출과 관련한 주제와 표현, 5. 노래의 한역과 전승, 6.『청구영언』무명씨 작품 수록의 의미 등을 다루고자 한다.

다섯째, 17세기 후반 시가사의 추이를 바탕으로 외세와의 투쟁은 약화되었지만 내부의 고민이 노정되면서 일방으로 치닫기도 한 18세기 시가사의 이해를 위한 방안을 마련하고자 한다.

2. 정치·사회 변동에 대한 비판적 이해

　　인조 시대에 볼모로 잡혀갔던 소현세자가 귀국하였으나 얼마 있지 않아서 사인 불명으로 세상을 떠나자, 원손(元孫)이 있음에도 불구하고 인조는 봉림대군을 세자로 책봉하였으며, 인조가 승하한 뒤에 봉림대군이 보위에 오르면서 17세기 후반이 시작되었다고 할 수 있다. 그러나 소현세자의 아들들[2]의 석방을 포함하여 민심이 동요[3]하면서 매우 난감한 문제에 시달리게 되었다. 정통성의 문제와도 연결될 수 있는 것으로 강빈(姜嬪)의 문제[4]도 같은 맥락이라고 할 수 있으며, 인평대군에 대한 지극한 우애[5]는 바로 이런 민심을 고려한 태도로 이해할 수도 있다.

　　김자점이 원상을 맡았지만 곧 죄에 몰렸고 조귀인 저주사건이 발각[6]되면서 조귀인과 김자점과의 결탁도 드러났다. 또 이들은 청나라와 긴밀하게 연락하면서 청에게 우호적이지 않은 김상헌·김집·송준길·송시열 등을 배격하는 데에도 진력한 것으로 밝혀졌다. 개인의 욕심과 이익을 전제로 권력을 활용한 예라 할 것이다. 인조의 묘정[7]에 배향할 신하로 이원익, 김류, 이귀로 정했다가 반정 공신에 대한 배려가 소홀하다는 여론에 신경진, 이서, 최명길 등도 논의 대상이 되었다.

---

2) 『효종실록』 3권, 효종 1년 1월 4일 무오, 『국역 효종실록』 1, 224면.

3) 『효종실록』 3권, 효종 1년 1월 12일 병인, 『국역 효종실록』 1, 227면.

4) 『효종실록』 13권, 효종 5년 7월 7일 갑오, 『국역 효종실록』 5, 249~253면.

5) 『효종실록』 9권, 효종 3년 9월 2일 신미, 『국역 효종실록』 4, 26면, 『효종실록』 18권, 효종 8년 2월 14일 정해, 『국역 효종실록』 7, 96면.

6) 『효종실록』 7권, 효종 2년 11월 23일 정유, 『국역 효종실록』 3, 111~113면.

7) 『효종실록』 6권, 효종 2년 4월 13일 기미, 『국역 효종실록』 2, 271면, 『효종실록』 6권, 효종 2년 6월 14일 기미, 『국역 효종실록』 2, 352면, 『효종실록』 6권, 효종 2년 6월 17일 임술, 『국역 효종실록』 2, 353~354면.

효종은 송준길·송시열의 논의를 받아들여 북벌(北伐)의 뜻을 세우고 관무재[8] 등을 시행하면서 복수의 염원을 두었으나 실천하는 데에는 한계가 있었다. 현실적인 장벽이 놓여 있었던 조선을 신뢰하지 못한 청의 철저한 간섭과 이른바 산인(山人)이라고 하는 송준길·송시열 등의 인물에 대한 나쁜 여론도 있어서, 청사(淸使)가 올 때마다 척화파나 북벌파라고 할 수 있는 김상헌·김집·송준길·송시열·김경여 등이 조정을 떠나 있었던 사정도 이해할 필요가 있다. 이러한 긴장 관계 속에서 핵심 세력들의 조정에서의 역할과 조정에서 물러난 뒤의 활동까지 함께 살필 필요가 있을 것이다. 명나라를 정통으로 인식하는 명분만으로는 강성한 청나라를 물리칠 수 없었을 뿐만 아니라, 전투력을 증강하거나 군사를 훈련하는 방법에 대한 실천적 의지는 뚜렷하지 못하였다. 극단적으로 북벌을 주장한 송준길·송시열을 비롯한 사족의 전의(戰意)를 읽어낼 수 있는 대목이 발견되지 않기 때문이다. 실천이 없는 명분론으로 그들 집단의 당파적 이해를 추구했던 것으로 읽혀질 수 있는 대목이다. 효종 시대의 이러한 태도는 뒷날 사행을 떠나는 사람들이 청석령을 넘으면서 효종이 볼모로 잡혀갈 때 지은 〈청석령가〉를 환기하는 태도에도 영향을 끼치게 되었다. 효종 5년에 무신 유혁연(柳赫然)을 승지로 임용[9]하면서 반발을 사기도 했지만 임금은 뜻을 바꾸지 않았다.

이이·성현의 문묘 종사 논의[10]와 함께 영남 선비들이 반대 상소[11]가 이어지고 삭직·정거 등의 일[12]로 17세기 후반 이후 지속적인 갈등이

8) 『효종실록』 9권, 효종 3년 7월 23일 임진, 『국역 효종실록』 4, 7면.
9) 『효종실록』 13권, 효종 5년 12월 19일 을해, 『국역 효종실록』 5, 312면.
10) 『효종실록』 4권, 효종 1년 7월 22일 계유, 『국역 효종실록』 2, 111~112면.
11) 『효종실록』 3권, 효종 1년 2월 22일 을사, 『국역 효종실록』 1, 248~251면.
12) 『효종실록』 4권, 효종 1년 7월 1일 임자, 『국역 효종실록』 2, 66면, 『효종실록』 4권,

드러났고, 벼슬자리를 서울 고관의 자제[13]들이 차지하면서 향촌의 유생
들은 점점 벼슬의 기회를 잃어가고 있었다. 이른바 경화(京華)와 향촌(鄉
村)의 분화가 일어나고 있었던 것이다.

효종의 사제(舍弟)인 인평대군이 여러 차례 사행을 맡으면서 때로 이
익을 챙기기도 하고 역관의 문제가 불거지기도 했는데, 특히 궁인과 관
련하여 장현(張炫)의 문제[14]가 노출되기도 하였다. 이 중에서 장현을 비
롯한 역관의 활약이 두드러지면서 중인 신분의 사람들이 괄목할 성장을
이루었고 뒷날 커다란 정치적 변화를 초래하기도 하였는데, 이러한 변
화에 대한 내용도 면밀하게 정리해야 할 것이다.

효종 6년(1655) 8월에는 채유후가 선발하여 김수항(金壽恒)·남용익(南
龍翼)·이은상(李殷相)·홍위(洪葳)·이단상(李端相)·안후열(安後說) 등
을 독서당에 파견하여 독서하게 하였다.[15]

김육이 주관하여 대동법[16]을 시행하고 이어서 화폐를 사용하는 일[17]
을 시행하게 된 것은 조세 제도와 경제 운용의 방법을 개편하는 일이라
매우 중요한 변화를 예고하는 것이라 할 수 있다.

효종은 사부인 윤선도[18]에게 벼슬을 제수했지만 이에 반대하는 서인
의 저지로 뜻을 관철시키기 어려웠고, 인평대군에 대한 우애로 인평대

효종 1년 6월 8일 경인, 『국역 효종실록』 2, 38~39면.

13) 『효종실록』 16권, 효종 7년(1656) 1월 26일 을사, 『국역 효종실록』 6, 202면.

14) 『효종실록』 11권, 효종 4년 7월 27일 경인, 『국역 효종실록』 5, 33~34면.

15) 『효종실록』 15권, 효종 6년 8월 12일 계해, 『국역 효종실록』 6, 139면.

16) 『효종실록』 7권, 효종 2년 8월 24일 기사, 『국역 효종실록』 3, 60~61면.

17) 『효종실록』 7권, 효종 2년 10월 29일 계유, 『국역 효종실록』 3, 98면, 『효종실록』 15권,
효종 6년 12월 13일 계해, 『국역 효종실록』 6, 188~189면.

18) 『효종실록』 8권, 효종 3년 1월 18일 신묘, 『국역 효종실록』 3, 170면, 『효종실록』 8권,
효종 3년 3월 27일 무술, 『국역 효종실록』 3, 234~235면, 『효종실록』 9권, 효종 3년
10월 22일 경신, 『국역 효종실록』 4, 72~79면.

군의 처남들인 오정원·오정위 등[19]이 좋은 자리를 차지하기도 하고 이일은 뒷날 폐단으로 돌아오기도 하였다.

경연에서 『심경』을 강론[20]하면서 효종의 기질 문제가 제기되었고, 이는 칠정 중에서 노(怒)의 감정을 어떻게 수습할 것인가 하는 문제로 나타났다.

> 권시가 답하기를,
> "칠정 중에서도 노(怒)가 더욱 억제하기 어려우므로, 인주로서 마땅히 경계하고 두려워해야 될 곳입니다. 애(哀) 한 글자를 가지고 말하여 보더라도 슬퍼해야 될 바에 슬퍼하는 것이 이른바 중절(中節)입니다. 지난해 내포(內浦)에 흉년이 들어서 애처로운 우리 생민이 더러는 굶어 죽기도 하였습니다." 하니
> 상이 이르기를,
> "듣고 보니 놀랍고도 슬픈 일이다. 해조에게 말하여 진휼의 대책을 강구하도록 하라." 하였다.[21]

한편 이정구의 손자인 이은상이 영풍군 등과 밀접하게 지내고 창기와 노래를 부르고 지낸 일을 두고 여론의 비판[22]이 일어났는데, 이는 풍류의 이면을 살펴볼 수 있는 계기로 삼을 수도 있는 대목이다.

중종 시절에 김정국이 편찬한 『경민편』을 언해하여 간행하면서 여기에 정철이 지은 〈훈민가〉를 첨부하여 배포하자는 이후원 등의 논의[23]는 노래를 통하여 정철을 신원하고자 하는 당파적 이해와 맞물려 있기는

---

19) 『효종실록』 8권, 효종 3년 4월 8일 기유, 『국역 효종실록』 3, 254면.
20) 『효종실록』 9권, 효종 3년 10월 27일 을축, 『국역 효종실록』 4, 94면.
21) 『효종실록』 20권, 효종 9년 3월 25일 임술, 『국역 효종실록』 7, 35~36면.
22) 『효종실록』 19권, 효종 8년 12월 21일 기축, 『국역 효종실록』 7, 374면.
23) 『효종실록』 20권, 효종 9년 12월 25일 정해, 『국역 효종실록』 8, 175~176면.

하지만, 노래와 사람에 대한 이해의 방향을 새삼 주목할 수 있는 부분이
라 중요한 관심의 대상이다.

효종 시대에 김상헌[24], 김육[25], 구인후[26] 등이 세상을 떠났고, 돈독
하게 대접하던 인평대군[27]이 일찍 죽었다. 효종은 만년에 강빈의 문제
때문에 친국까지 하면서 죽게 했던 김홍욱의 관작을 회복[28]시키기도 하
였으며, 소현세자의 아들들에게 군(君)의 칭호[29]를 내리기도 하였다. 소
현세자의 죽음과 함께 부왕의 전교에 대한 일종의 수습책이라고 할 수
있을 것이다.

큰 뜻을 이루지 못하고 재위 10년 만에 효종이 종기의 독기로 지혈이
되지 않아 승하하자, 현종이 어린 나이로 왕위에 올랐고 정태화가 원상
을 맡았다.

그런데 효종의 상에 자의대비의 복제를 두고 예론[30]이 불거졌다. 송
시열이 주장한 4종설의 체이부정(體而不正)에 근거하여 조대비가 1년
복을 입게 되었는데, 이듬해에 허목, 윤선도가 참최 3년이 옳다고 상소
하여 논쟁하면서 이른바 예송으로 비화되어 당파에 따른 정치적 갈등
으로 이어졌다. 효종은 둘째 아들로 왕위에 올랐기 때문에 맏아들의 예
를 따를 수 없다는 것이 체이부정의 내용인데, 이는 정통성에 대한 시
비까지 불러올 수 있는 것이라 갈등이 만만치 않았던 것이다. 예론 문

---

24) 『효종실록』 8권, 효종 3년 6월 25일 을축, 『국역 효종실록』 3, 347면.

25) 『효종실록』 20권, 효종 9년 9월 5일 기해, 『국역 효종실록』 8, 89~91면.

26) 『효종실록』 20권, 효종 9년 12월 3일 을축, 『국역 효종실록』 9, 139면.

27) 『효종실록』 20권, 효종 9년 5월 13일 기유, 『국역 효종실록』 8, 55~56면.

28) 『효종실록』 21권, 효종 10년 3월 27일 무오, 『국역 효종실록』 8, 236~239면.

29) 『효종실록』 21권, 효종 10년 윤3월 4일 갑자, 『국역 효종실록』 8, 244면.

30) 『현종실록』 권1, 즉위년 5월 5일(을축), 『국역 현종실록』 1, 2~3면, 『현종개수실록』
권1, 즉위년 5월 5일(을축), 『국역 현종개수실록』 1, 5~7면.

제가 결국 예의 본질에 대한 논의보다 왕권에 대한 문제와 연계되어 문
제가 커진 것이고 숙종 초까지 이어지게 되었다. 이와 함께 재궁의 부
판 문제[31]와 효종의 지문 문제[32]까지 제기되면서 현종 초반은 소란스
러운 양상이었다.

효종의 묘정에 김상헌, 김집을 배향[33]하였다.

부왕의 북벌 의지를 이어받은 현종은 송시열이 '마음이 매우 통분스
러운데, 날은 저물고 갈 길은 멀어 탄식만 난다.'라고 한 선왕의 뜻[34]을
전하자, 언어로 형용할 수 없다고 탄식하였고, 왜인과 석유황 등을 밀무
역하면서 대비하기도 했으나 건강이 여의치 않아서 실천에 옮기는 데에
는 한계가 있었다. 효종 시대와 견주어 북벌의 명분과 실천의 차이를
점검해야 하는 것이 과제이다.

> 동래 부사 안진(安縝)의 밀계에,
> "왜선이 야음을 타고 가덕진에 와서 정박하였는데, 상인 임지죽(林之
> 竹) 등이 백금 6천 9백여 냥으로 석유황 1만 1천 3백 근과 흑각·장조
> 총·장검 등의 물건을 무역하였습니다. 그리고 왜인이 특별히 지죽에게
> 기증한 장검·단검·장창 및 석유황은 감히 사사로이 쓰지 않고 모두 조
> 정에 바쳤으니, 묘당으로 하여금 품의하여 처리하게 하소서. …" 하였다.
> 대개 유황과 병기는 지난 해 문위 역관(問慰譯官)이 섬에 들어갔을 때
> 왜인과 은밀히 약속하고 그들로 하여금 가덕도에 정박하여 서로 무역하
> 게 하였는데, 이때에 이르러 일이 이루어진 것이다. 비국이, 밀양에서는

---

31) 『현종실록』 권1, 즉위년 5월 6일(병인), 『국역 현종실록』 1, 6~7면, 『현종개수실록』
　　권1, 즉위년 5월 6일(병인), 『국역 현종개수실록』 1, 9~11면.
32) 『현종실록』 권1, 즉위년 9월 18일(병자), 『국역 현종실록』 1, 105~106면, 『현종개수실
　　록』 권1, 즉위년 9월 5일(계해), 『국역 현종개수실록』 1, 123~124면.
33) 『현종실록』 4권, 현종 2년 4월 24일 계묘, 『국역 현종실록』 2, 126면.
34) 『현종실록』 15권, 현종 9년 10월 30일 을미, 『국역 현종실록』 6, 266~268면.

배로, 선산에서는 말로 운반하고 충주에 이르러서는 다시 배에 실어 서울로 운반하게 할 것을 청하였다.[35]

이에 앞서 효종 시대에는 새로운 체제의 조총[36]을 만들기도 하였다. 효종이 인평대군을 극진히 아낀 것과 같이 현종은 인평대군의 아들들인 복창군, 복선군, 복평군 등이 궁중에 마음대로 드나들 수 있도록 하였고, 급기야 여러 가지 일들을 저지르면서 뒷날 커다란 정치적 파장까지 몰고 온 사실을 주목해야 할 것이다. 얼마 뒤에 복창군, 복선군, 복평군 등의 문제[37]가 불거져 나오기 시작했다. 그리고 왕족에 대한 관리와 그들 사이의 교류 등도 살펴야 할 것인데, 선조의 방계 종손(從孫)과 재종들의 모임인 금옥계(金玉契)[38]의 활동 등과 연관시켜 살필 필요가 있을 것이다.

그리고 단편적인 기록으로 나타난 것이지만 사족의 부녀자와 사족이 편지를 교환한 사건[39] 등을 통해 임이 있는 사람과의 교유 등이 이루어지고 있음을 확인할 수 있는데, 사설시조의 연행에서 드러난 '남의 님'과 연관하여 살필 필요가 있을 것이다.

안질과 부스럼 등으로 고생한 현종은 여러 차례 온양 온천에 거둥[40]하면서 약간의 효험을 보기도 했고, 자전을 모시고 온천 행궁에 다녀오면서 중도의 백성들에게 막대한 민폐를 끼치고 말았다. 그리고 현종 12년 이후 여러 해에 걸쳐서 극심한 여역과 굶주림[41]으로 많은 사람들이

---

35) 『현종실록』 권9, 5년 7월 19일(무신), 『국역 현종실록』 4, 72면.
36) 『효종실록』 17권, 효종 7년 7월 18일(갑자), 『국역 효종실록』 7, 4면.
37) 『현종실록』 19권, 현종 12년 7월 17일(병인), 『국역 현종실록』 8, 117면.
38) 李健, 「金玉稧序」, 『葵窓遺稿』 卷11, 『한국문집총간』 122, 171면
39) 『현종실록』 권18(전), 11년 3월 11일(무진), 『국역 현종실록』 7, 269면.
40) 『현종실록』 16권, 현종 10년 3월 15일 무신, 『국역 현종실록』 7, 52면.

희생되고 국가의 재정은 바닥[42]이 나고 말았다. 그리하여 현종 13년 (1672) 호구의 숫자가 현저히 줄어들었다.[43] 민생 문제와 국가 재정을 해결하려는 노력이 어떤 방향을 잡고 있는지, 그리고 백성의 곤궁한 상황이 어떤 양상으로 드러나는지 거기에 대응하는 방책은 무엇인지 아울러 점검해야 할 것이다.

현종 14년(1673)에는 영릉(寧陵, 효종 능)의 천장으로 또 한 차례 갈등이 드러나고, 현종 15년(1674)에 효종 비 인선왕비의 상에 자의왕대비의 복제 문제가 불거지면서, 효종의 상에 시행되었던 복제의 시비가 다시 드러났다. 이 복제 문제는 죽은 이를 보내는 데 정성을 다해야 하는 예론의 문제에 한정되는 것이 아니라 정치적 입지의 확보까지 염두에 둔 것이어서 사실 자체에 대한 검토와 함께 이면적인 함의까지 아울러 살필 필요가 있다. 현종은 이미 예론이 진행된 사정을 살피고 있었고, 그 책임이 누구에게 있다는 것까지 짐작하고 있었던 것으로 보인다. 좀 길기는 하지만 실록의 기록을 인용하면 다음과 같다.

> 상이 김수흥에게 이르기를,
> "대왕대비께서 입을 상복 제도에 대해 예조가 처음엔 기년복으로 의논해 정하여 들였다가 뒤이어 대공복으로 고친 것은 무슨 곡절 때문에 그런 것인가?" 하니,
> 김수흥이 대답하기를,
> "기해년에 상복 제도를 기년복으로 정하였기 때문입니다." 하자,
> 상이 이르기를,

---

41) 『현종실록』 권19, 12년 2월 3일(을유), 『국역 현종실록』 8, 51면, 『현종실록』 권19, 12년 2월 10일(임진), 『국역 현종실록』 8, 56면.
42) 『현종실록』 권19, 12년 2월 10일(임진), 『국역 현종실록』 8, 56면.
43) 『현종실록』 권20, 13년 10월 30일(신미), 『국역 현종실록』 8, 292면.

"그때 이야기들을 내 다는 기억하지 못하겠다만 판부사 송시열이 기년복으로 의논을 수렴하고 나서 그 뒤에 풍파가 일자, 내게 말하기를 '기년복으로 의논을 수렴할 때에 영의정 정태화가 「지금 국가의 제도에 따라 사용한다 하더라도 뒷날 반드시 말하는 자가 있을 것이다.」 하였는데 지금 과연 그러하니 정태화가 과연 식견이 있습니다.' 하였으니 그때에는 옛날의 예를 사용하지 않고 국조의 예를 사용하였다는 것을 알 수 있다. 만약 그렇다면 오늘날 대공복의 제도 역시 국가의 제도인가?" 하니,

김수홍이 아뢰기를,

"『대전(大典)』의 예전 오복조 아들[子] 자 밑에 기년복이라는 말만 기록되어 있고 큰아들인지 차자인지에 대해서는 말하지 않았습니다. 기해년 초상 때의 일에 대해서는 신이 명을 받들고 밖에 나가 있었으므로 자세히 알지 못합니다만, 그때 송시열이 수의한 대의는 필시 옛날 예는 물론 이와 같으나 또한 국가의 제도를 사용해야 한다는 것이었을 것입니다." 하자,

상이 이르기를,

"그때 영의정 정태화의 수의(收議)에 '마땅히 시왕(時王)의 제도를 사용해야겠기에 판부사와 의논하였습니다.' 하였다. 대개 오늘날의 상복 제도는 옛날의 예로 한다면 어떤 복을 입어야 하는가?" 하니,

김수홍이 아뢰기를,

"가장 오래된 예로 한다면 대공복입니다." 하였다.

상이 이르기를,

"기해년에는 시왕의 제도를 사용하고 오늘날에는 옛날의 예를 썼는데 왜 앞뒤가 다른가?" 하니,

김수홍이 아뢰기를,

"그때에 옛날과 지금의 예를 참작해 사용하였고 지금 역시 그와 같이 하였습니다." 하자,

상이 이르기를,

"아니다. 그때엔 시왕의 제도를 사용하였었는데 그 뒤 떠들고 일어난 말은 옛날의 예로 하자고 따진 것이다." 하니,

민유중이 아뢰기를,

"그때 옛날의 예와 시왕의 제도를 참작해 사용하였습니다." 하였다.

상이 이르기를,

"이번 상복 제도에 대해 국가의 제도에는 뭐라고 되어 있던가?" 하니,

김수홍이 아뢰기를,

"국가의 제도에 큰며느리의 복은 기년입니다." 하자,

상이 이르기를,

"그렇다면 오늘날의 대공복은 국가의 제도와 어떠한가? 이건 놀라운 일이다. 기해년에 사용한 것은 시왕의 제도였지 옛날의 예가 아니다. 만일 기해년에 옛날의 예와 국가의 예전을 참작해 사용하였다고 한다면 오늘날 대공복은 국가 예전을 참작한 것이 뭐가 있는가? 내 실로 이해가 안 간다." 하니,

민유중이 아뢰기를,

"국가의 제도가 우연히 이와 같았기 때문에 당초에 대신의 수의 역시 이와 같았습니다. 그러나 그때 행한 것들은 옛날의 예대로만 하였습니다." 하였다.

상이 이르기를,

"조정에서 정한 것은 사실 시왕의 제도를 따른 것이다." 하니,

김수홍이 아뢰기를,

"그렇지 않습니다. 옛날의 예로 정했기 때문에 따지는 자가 그처럼 한 것입니다." 하자,

상이 이르기를,

"옛날의 예에서는 큰아들에게 무슨 복을 입어 주게 되었는가?" 하니,

김수홍이 아뢰기를,

"참최 삼년복입니다." 하고,

민유중이 아뢰기를,

"처음에 기년복으로 입는 것을 그르게 여긴 것은, 이미 큰아들인 이상 삼년복을 무엇 때문에 입을 수 없느냐는 것이었습니다." 하였다.

상이 이르기를,

　　"상복 제도를 고쳐 정하는 일은 중대한 사안이니만큼 설사 부득이하여 고친다 하더라도 참으로 대신에게 의논한 다음 여쭈어서 정해야 할 것이다. 그런데 이번에 예조가 바로 표지를 붙여 고쳐서 들인 것은 무엇 때문인가?" 하니,

　　조형이 아뢰기를,

　　"기해년에 이미 기년복으로 하였기 때문에 오늘날 대공복으로 낮추어 정한 것입니다." 하자,

　　김수홍이 아뢰기를,

　　"이처럼 분부하시니 다시 여쭈어서 정해야 할 것 같습니다만, 외부 의논은 모두 옛날의 예를 사용할 것으로 알고 있습니다. 만약 국가의 제도를 사용하였다는 것을 분명히 알았다면 뭇 사람이 앞을 다투어 논쟁하는 일이 일어나지 않았을 것입니다." 하였다.[44]

　　현종은 깊은 병으로 재위 15년에 34세의 나이로 승하[45]하고 말았다. 현종 때의 공식 기록인 『현종실록』은 『현종실록』과 『현종개수실록』으로 정리되었는데, 『현종실록』은 숙종 3년(1677)에 권대운 등이 중심이 되어 22권으로 완성하였고, 『현종개수실록』은 숙종 9년(1683)에 김수항 등이 중심이 되어 24권으로 완성하였다. 실록을 완성시킨 사람들이 각각 당파적 성격을 달리하는 바람에 실제 정치·사회 변동의 내용에 있어서 일정한 차이를 보이고 있다. 현종 시대 정치·사회 변동을 이해하는 데 주의를 기울여야 할 대목이다.

　　숙종은 14세의 어린 나이에 보위에 올라서 친정을 하면서 정치적 수완을 발휘하여 여러 차례 환국(換局)을 통하여 어려운 문제를 풀어가려고 하였다. 그러나 중용의 도를 지키지 못하고 평소에도 희로(喜怒)의

---

44) 『현종실록』 권22, 15년 7월 13일(을해), 『국역 현종실록』 9, 212~218면.
45) 『현종실록』 권22, 15년 8월 18일(기유), 『국역 현종실록』 9, 255면.

감정이 느닷없이 일어나고, 위노(威怒)[46]의 문제가 여러 차례 제기되기도 하였다.

현종 말년에 제기된 예론의 문제로 서인들이 밀려나고 남인들을 중심으로 정권을 차지하면서 송시열이 귀양길에 오르게 되었다. 숙종 시대는 숙종 즉위에서 경신환국(1680)까지, 경신환국에서 기사환국(1689)까지, 기사환국에서 갑술환국(1694)까지 그리고 갑술환국 이후 등으로 나누어 그 성격을 이해해야 할 것이다.

우선 숙종 초반의 무반들의 동향[47]에 대하여 이해할 필요가 있다. 이들 무반들이 시가 향유에서 차지하는 역할을 소홀히 할 수 없기 때문이다.

숙종 즉위에서 경신환국(1680)까지 살펴야 할 항목은 다음과 같다.

현종 말년에 부각된 예론 문제로 송시열의 책임론이 부각되면서 송시열은 유배[48]되었으며 허적이 중심이 되어 정치의 주도권을 이어갔다. 당파에 부심하는 사람들이 나라보다 송시열을 두호하는 데에 마음을 쓰고 있다는 어린 숙종의 질타는 송시열에 대한 반감이 드러난 것이라고 할 수 있기도 하고, 정치적 수완을 발휘하겠다는 의지로도 읽을 수 있어서, 환국을 이용한 숙종의 태도를 고려하면서 『숙종실록』을 읽어내야 할 것이다. 허적은 서자 허견(許堅)을 제대로 제어하지 못한 탓에 경신환국(1680)의 소용돌이[49]로 몰아간 점도 검토해야 할 것이다.

복창군 등 인평대군의 자식들에 대한 지나친 비호가 결국 궁중 나인과 교통[50]한 사실이 밝혀지게 되었고, 이들에게 기대어 정치적 입지를

---

46) 『숙종실록』 권1, 즉위년 12월 27일(병진), 『국역 숙종실록』 1, 135~136면.
47) 『숙종실록』 3권, 숙종 1년 5월 1일(기미), 『국역 숙종실록』 1, 352면.
48) 『숙종실록』 권2, 원년 1월 13일(임신), 『국역 숙종실록』 1, 167면.
49) 『숙종실록』 권9, 6년 4월 4일(계해), 『국역 숙종실록』 4, 187~188면.

확보하려던 당파는 결국 커다란 타격을 입게 된 점도 정리해야 할 것이다. 인평대군이 삼각산의 조계동(曹溪洞)에 마련한 별서와 구천은폭(九天銀瀑)에 대한 반향도 아울러 관심의 대상이 될 수 있다. 이 무렵 낙봉(駱峯)을 중심으로 시를 주고받으면서 창수록[51]을 마련하기도 했는데, 이들의 활동은 경신년(1680)에 정치적 국면이 바뀌면서, 뒷날까지 베일에 가려졌다고 할 수 있다.

저자 백성을 국가의 기본으로 삼는다는 인식은 시민이 매우 중요한 담당층으로 부상할 수 있음을 예고하고 있으며, 행전법(行錢法)[52]으로 돈을 사용하게 하고 실제로 상평통보(常平通寶)를 만들어 유통하게 한 점은 저자의 돈이 움직이면서 정치와 생활의 방편이 변하게 되었다.

저자 백성[시민]을 국가의 근본으로 인식하게 된 진술을 들면 다음과 같다.

> 주강에 나아갔다. 윤휴(尹鑴)가 말하기를,
> "저자 백성[市民]은 국가의 근본입니다. 저자에는 각기 점포[廛]가 있고 군사와 백성은 서로가 다른 것인데, 이제 들으니, 훈국(訓局)의 정초군(精抄軍)이 점포에 나온다고 합니다. 이는 저자 백성에게 해로움이 있을 것이니, 이를 정파(停罷)하는 것이 온당할 듯합니다." 하니,
> 임금이 그대로 따랐다. 이는 윤휴의 말이 옳다. 그러나 사실은 (윤휴가) 저자 사람의 돈을 받고서 들어가 말한 것이다.[53]

---

50)『숙종실록』권3, 원년 3월 12일(경오),『국역 숙종실록』1, 250~251면,『숙종실록』권3, 원년 3월 14일(임신),『국역 숙종실록』1, 253~261면.

51)『숙종실록』권10, 6년 10월 2일(정해),『국역 숙종실록』5, 119~122면.

52)『숙종실록』권7, 4년 1월 23일(을미),『국역 숙종실록』3, 196~197면.

53)『숙종실록』권4, 원년 윤5월 10일(정유),『국역 숙종실록』2, 20면.

이와 함께 공전(公田)을 근간으로 하는 유형원(柳馨遠)의 『반계수록 (磻溪隨錄)』의 내용을 시행하기를 건의하였으나 묘당에서는 배척하고 말았다.

> 전 참봉 배상유(裵尙瑜)가 상소하여, 심학·성리의 요체와 당론을 억제하고 현재를 선용(選用)한 말을 진달하였다. 또 고 진사 유형원이 저술한 『반계수록』 속의 전제·병제·학제 등 7조목을 진달하며 차례로 시행하기를 청하므로, 묘당에 내렸더니, 묘당에서 그 말이 오활하다 하여서 내버려 두었다.[54]

정명공주 수연[55]과 공주들의 선유 등으로 왕실과 주변 인물을 중심으로 가시(歌詩)가 불리고, 음악에서 '급하고 촉박하다'는 왕의 지적은 악곡의 변화를 말하는 것이라 앞 시기와 견주어 그 변화 양상을 체계적으로 정리해야 할 것이다.

> 주강에 나아갔다. …(중략)… 오음 육률(五音六律)을 주석한 곳에 이르자, 임금은 이르기를
> "오늘의 음악은 너무 급하고 촉박한 듯하다. 어떻게 하면 음률을 잘 아는 자를 얻어서 그것을 고칠까?" 하니,
> 특진관 오정위(吳挺緯)는 아뢰기를,
> "윤휴도 근래의 음악이 촉박하다고 말했습니다." 하였고,
> 동지경연 홍우원(洪宇遠)은 청하기를,
> "모든 도의 감사에게 명하여 음악을 잘 아는 사람을 찾도록 하소서." 하였다.

---

54) 『숙종실록』 권7, 4년 6월 20일(기축), 『국역 숙종실록』 3, 246면.
55) 『숙종실록』 권8, 5년 8월 10일(임신), 『국역 숙종실록』 4, 107면.

임금이 이어 탄식하기를,

"오늘날은 음악이나 천문 등의 일은 폐지되다시피 되었구나." 하였다.
오정위는 안명로(安命老)가 측후에 능하다고 추천하고, 홍우원은 최만
열(崔晩悅)이 천문을 잘 안다고 추천했다. 이들은 모두 허적(許積)의 집
밀객들이었다.[56]

경신환국에서 기사환국(1689)까지 살펴야 할 항목은 다음과 같다.

경신환국 이후 김수항[57]을 영의정으로 삼으면서 서인 중심의 정권이
수립되었는데, 차옥의 옥사[58], 복창군 등의 처벌 등이 이루어지면서 정
치 국면이 전환되었으며, 숙종 7년 이이·성현의 문묘 종사[59]가 이루어
졌다. 영남 유생의 극렬한 반대[60]가 일어났지만 서인의 입장에서는 사
승의 정통성을 확보하게 되었다는 점에서 정치적 기반을 굳힌 것으로
볼 수도 있다. 김장생, 송준길의 문묘 종사 요청으로 확대된 것도 같은
맥락에서 살필 수 있다.

김만기의 따님인 중궁 김씨가 승하[61]한 뒤에, 민유중의 따님을 계비[62]
로 맞이했으나, 역관 장현(張炫)의 종질녀인 장씨(張氏)에 대한 총애[63]가
시작되었고 이후 정치의 파장이 매우 급격하게 바뀌었다. 숙원에서 희
빈을 거쳐 왕자(뒷날 경종)를 낳고 숙종 16년(1690)에는 왕비에 오르게

56) 『숙종실록』 권8, 5년 3월 7일(임인), 『국역 숙종실록』 4, 29~30면.
57) 『숙종실록』 권9, 6년 4월 4일(계해), 『국역 숙종실록』 4, 187~188면.
58) 『숙종실록』 권9, 6년 5월 5일(계사), 『국역 숙종실록』 4, 236~237면.
59) 『숙종실록』 권13 상, 8년 5월 20일(정묘), 『국역 숙종실록』 6, 254면.
60) 『숙종실록』 권12, 7년 12월 1일(경진), 『국역 숙종실록』 6, 127~128면.
61) 『숙종실록』 권10, 6년 10월 26일(신해), 『국역 숙종실록』 5, 149~150면.
62) 『숙종실록』 권11, 7년 3월 26일(기묘), 『국역 숙종실록』 5, 292면.
63) 『숙종실록』 권17, 13년 윤4월 20일(계유), 『국역 숙종실록』 10, 60면, 『숙종실록』 권17, 12년 7월 6일(무자), 『국역 숙종실록』 10, 83~85면.

된 과정은 거의 파노라마라고 할 수 있는데, 이를 숙종 개인의 거조의 변화로 볼 수 있는 측면도 있고, 국가의 재정이 파탄 난 상황에서 역관 무역을 통해 부를 축적한 시민 계층의 상승으로 이해할 수 있는 측면도 있을 것이다.

숙종 9년(1683)은 계해반정의 주갑이 되는 해이기도 하고, 정명공주가 여든의 나이가 되는 해이라 임금이 특별히 잔치[64]를 내려서 축하하였다. 선조 이후 정통성에 대한 강조를 강화한 것이라 할 수 있다.

이사명의 호포[65] 논의, 이단하의 사창[66]의 편의 등 사회·경제 정책의 변화를 촉구하는 주장이 제기된 점도 변화의 과정이라고 할 수 있는데, 이에 대한 관심도 놓쳐서는 안 될 것이다.

재야에 있었던 조성기(趙聖期)[67] 등을 통하여 당시 정치 참여가 청의 배신에 불과하기 때문에 정치 참여 자체를 하지 않는 것이 옳다는 논의 등과 함께 지식인의 고뇌에 대해 검증할 필요가 있을 것이다.

> 이 당시에 도하에 처사 조성기(趙聖期)가 있었으니, 곧 조형기(趙亨期)의 형이다. 젊어서부터 병으로 공거문(公車文)을 폐하고, 일찍이 문을 닫고서 경사를 연구하였는데, 박식하여 두루 관통하지 않음이 없었다. 그 학문은 오로지 사색하고 탐구하는 데 힘을 기울였으니, 스스로 얻은 묘리가 많았으나 전언을 도습(蹈襲)하기를 즐겨하지 아니하였으므로 당시 사람들이 기특하게 여기지 아니하였다. 오직 김창협(金昌協)·김창흡(金昌翕) 형제와 임영(林泳)이 거유로 지목하여 즐겨 종유하고 매번 편지를

---

64) 『숙종실록』 권14 상, 9년 3월 20일(임술), 『국역 숙종실록』 7, 189면.
65) 『숙종실록』 권12, 7년 12월 15일(갑오), 『국역 숙종실록』 6, 159~162면.
66) 『숙종실록』 권15 상, 10년 7월 25일(기축), 『국역 숙종실록』 8, 282~286면.
67) 최재남, 「창계 임영의 삶과 시 세계」, 『한국한시작가가연구』 12(한국한시학회, 2008.2) 참조.

주고받으면서 상하로 논의하였는데, 혹은 의리와 문장을 논하기도 하고, 혹은 왕자와 패자의 사업과 공을 논하기도 하였다. 그 설은 종횡굉사(縱橫閎肆)하고 무궁무진하여 종이를 잇대어 몇 폭이 될 정도이며, 쏟아져 나오는 수천 마디 말은 찬연하게 조리가 있어 더불어 변론하는 자가 일찍이 무릎을 꿇고 자리를 피하지 않음이 없었다. 김창협은 그 재변과 식견을 칭탄하여 비록 도에는 순수하지 못하였으나, 또한 근세의 인호(人豪)라 하였고, 김창흡은 추모하는 만사를 지어 크게 인중(引重)하기를 심지어 요부(堯夫)의 학문에 비기기도 하였으며, 또 그 묘지에서는 좌해(左海)의 간기(間氣)라 칭하였다. 그리고 또 말하기를, '황왕제패(皇王帝霸)와 일월성신이 그 뱃속에 가득 찼으니, 속에 꼬불꼬불 서려져 펼쳐놓을 곳이 없어 위로 높은 하늘에 서리었다.'고 하였으며, 또 일찍이 그 문인들에게 거사(擧似)하여 말하기를, '아깝다. 그대들이 미처 졸수재(拙修齋)를 보지 못하였으니, 한 번 보았더라면 진실로 쾌사였을 것'이라고 하였다. 졸수재는 조성기의 호이다. 문집이 세간에 간행되어 있다.[68]

실제 서인이 노론(老論)과 소론(少論)으로 분당[69]하는 과정도 나타났다. 기사환국에서 갑술환국(1694)까지 살펴야 할 항목은 다음과 같다.

숙종 12년(1686)에 장씨를 숙원[70]으로 삼았고, 14년(1688) 장씨에게 왕자[71]가 태어났다. 숙종 15년(1689)에는 장씨를 희빈으로 높였다. 원자(元子)의 명호를 정하는 일을 늦추어야 한다는 송시열 등의 건의[72]가 임금의 비위를 거슬렀고, 김수항은 사사[73]되고 왕비 민씨는 서인(庶人)[74]으

68)『숙종실록』권14 하, 9년 6월 14일(을유),『국역 숙종실록』8, 42~43면.
69)『숙종실록 보궐정오』권 16, 11년 7월 19일(정축),『국역 숙종실록』9, 305~306면.
70)『숙종실록』권17, 12년 12월 10일(경신),『국역 숙종실록』10, 154~157면.
71)『숙종실록』권19, 14년 10월 27일(병인),『국역 숙종실록』11, 86면.
72)『숙종실록』권20, 15년 2월 1일(기해),『국역 숙종실록』11, 186~196면.
73)『숙종실록』권20, 15년 윤3월 28일(을축),『국역 숙종실록』11, 284~287면.
74)『숙종실록』권21, 15년 5월 2일(정유),『국역 숙종실록』12, 6~7면.

로 쫓겨났으며, 이이·성혼의 문묘 종사는 출향[75]으로 결정되고, 이어서 송시열이 사사[76]되고, 정철의 관작이 추탈[77]되는 등 정치 현실에서 큰 변화가 일어났다. 이른바 기사환국이다. 그리고 숙종 16년(1690) 장씨가 왕비[78]가 되었다. 박태보가 상소하여 왕비 폐출이 부당함을 간쟁했지만 죽음[79]이 기다리고 있었으며, 서인들이 정치 일선에서 밀려나고 말았다.

임금은 종친들을 불러서 시재(試才)하고 선온(宣醞)을 내리면서 친애하는 뜻을 보이기도 하였다.

> 임금이 종신(宗臣)들을 편전에 불러서 만나보고, 시재하고 선온하였다. 이어서 비망기를 내리기를,
> "가난한 종신이 매우 많아서 보기에 가엾으니, 종친부로 하여금 초계한 뒤에 해조에서 옷감과 먹을 것을 넉넉히 주어 내가 두텁게 친애하는 뜻을 보이라." 하였다.[80]

이어서 잔치[81]를 베풀게 되자 풍악을 내려주었고, 종신들은 감격하여 노래를 짓고 「종반경회도(宗班慶會圖)」까지 만들었다.

한편 효종 이후 무비(武備)에 대한 관심이 여전히 지속되고 있음을 강

---

75) 『숙종실록』 권20, 15년 3월 18일(을유), 『국역 숙종실록』 11, 236~237면.
76) 『숙종실록』 권21, 15년 6월 3일(무진), 『국역 숙종실록』 12, 36~39면, 『숙종실록 보궐정오』 권21, 15년 6월 3일(무진), 『국역 숙종실록』 12, 141~143면.
77) 『숙종실록』 권23, 17년 11월 22일(임신), 『국역 숙종실록』 13, 106면.
78) 『숙종실록』 권22, 16년 10월 22일(기묘), 『국역 숙종실록』 22, 243면.
79) 『숙종실록』 권20, 15년 4월 25일(신묘), 『국역 숙종실록』 11, 31~337면, 『숙종실록 보궐정오』 권21, 15년 5월 4일(기해), 『국역 숙종실록』 12, 140~141면.
80) 『숙종실록』 권23, 17년 6월 19일(계유), 『국역 숙종실록』 13, 60면.
81) 『숙종실록』 권23, 17년 8월 11일(계사), 『국역 숙종실록』 13, 84면.

조하면서 관서의 군향(軍餉)[82] 등을 점검하기도 하고, 장희재를 총융
사[83]로 삼으면서 정치적 위상을 확보시키기도 하였다.

다른 한편 울릉도 문제[84]가 불거지면서 민간인 안용복(安龍福) 등의
적극적인 대처를 본받을 만하고, 강역(疆域)의 문제에 대해 소극적으로
대응했던 당시 위정자들의 태도에 대한 반성이 필요할 것으로 보인다.

승려 여환 등이 불궤를 꾀하다가 복주[85]된 뒤에 오래도록 장길산(張吉
山)[86] 등을 체포하지 못하고 있었는데, 늘 불리한 위치에서 대접을 받지
못하던 하층 계층을 중심으로 한 반역(叛逆)을 꿈꾸는 일에 이해가 필요
할 것이다.

갑술환국 이후의 상황에 대해 다음 내용을 주목할 수 있다.

장씨가 밀려나고 민씨가 복위[87]하게 되면서 이이·성현의 복향[88]도
이루어졌으며, 최씨는 숙원에서 숙의[89]로 올랐는데 곧 왕자(뒷날 영조)
를 낳았다.[90] 소론인 남구만이 영의정[91]을 맡으면서 온건한 정책을 펴
게 되었는데 격변의 정치 변환기에 대응하는 방법에 대한 태도를 읽어
낼 필요가 있을 것이다. 실제로 여러 사람이 탕평(蕩平)[92]의 논의를 제기

82) 『숙종실록』 권24, 18년 7월 13일(경신), 『국역 숙종실록』 13, 167~169면.
83) 『숙종실록』 권24, 18년 3월 6일(을묘), 『국역 숙종실록』 13, 138면.
84) 『숙종실록』 권25, 19년 11월 18일(정사), 『국역 숙종실록』 13, 286면, 『숙종실록』 권26,
    20년 2월 23일(신묘), 『국역 숙종실록』 13, 308~311면.
85) 『숙종실록』 권19, 14년 8월 1일(신축), 『국역 숙종실록』 11, 66~68면.
86) 『숙종실록』 권24, 18년 12월 13일(정해), 『국역 숙종실록』 13, 196면, 『숙종실록』 권31,
    23년 1월 10일(임술), 『국역 숙종실록』 16, 12~18면.
87) 『숙종실록』 권26, 20년 4월 12일(기묘), 『국역 숙종실록』 13, 345~351면.
88) 『숙종실록』 권26, 20년 5월 22일(기미), 『국역 숙종실록』 14, 26~27면.
89) 『숙종실록』 권27, 20년 6월 2일(무술), 『국역 숙종실록』 14, 112면.
90) 『숙종실록』 권27, 20년 9월 20일(을유), 『국역 숙종실록』 14, 222면.
91) 『숙종실록』 권26, 20년 4월 1일(무진), 『국역 숙종실록』 13, 328면.
92) 『숙종실록』 권32 상, 24년 4월 18일(임술), 『국역 숙종실록』 16, 242~248면, 『숙종실

한 것도 당파에 치우친 인사의 폐해를 심각하게 느낀 것으로 볼 수 있다.

실제로 주전(鑄錢)[93]을 하면서 일어난 사회경제적 변화를 주목할 수 있을 것이다. 실록에서는 재용은 나아지고 민생은 어려워졌다고 기록하고 있어서 전반적인 양상까지 아울러 점검해야 할 것이다. 그리고 수차(水車)와 윤선(輪船)의 사용[94] 등 민생을 고려한 배려에도 관심을 둘 필요가 있다.

기근과 전염병[95]으로 많은 백성들이 죽음으로 내몰렸으며, 보고된 숫자보다 훨씬 많은 희생자가 있었다.

노산군[96]을 왕례(王禮)로 대접하면서 단종(端宗)으로 올렸는데, 앞서 이루어졌던 사육신[97] 등에 대한 평가와 함께 정치적 사건에 대한 역사적 평가를 어떤 방향으로 진행하고 있는지 주목할 수 있다.

숙종의 정치적 수완이라고 할 수도 있지만 즉위 초부터 중용의 도를 지키지 못하고 희로의 감정이 느닷없이 일어나고 위노[98]가 폭발하는 등 성격적인 측면에 대한 검토도 병행해야 할 것이다. 박세채가 상소에서 제3조에 희로의 문제를 제기한 것도 이런 측면이 반영된 것으로 이해할 수 있다.

왕비 민씨가 승하한 뒤에 그 사이 장씨의 패악이 드러났고, 장씨를 자진[99]하게 하면서 17세기가 막을 내리고 18세기로 넘어가게 되었으며,

---

록 보궐정오』 권32 상, 24년 4월 18일(임술), 『국역 숙종실록』 16, 308~309면.

93) 『숙종실록』 권29, 21년 12월 10일(무술), 『국역 숙종실록』 15, 206면.
94) 『숙종실록』 권34 상, 26년 7월 25일(병진), 『국역 숙종실록』 18, 98면.
95) 『숙종실록』 권32 하, 24년 12월 28일(무진), 『국역 숙종실록』 17, 92면.
96) 『숙종실록』 권32 하, 24년 9월 30일(신축), 『국역 숙종실록』 17, 17~22면.
97) 『숙종실록』 권23, 17년 12월 6일(병술), 『국역 숙종실록』 13, 111~112면.
98) 『숙종실록』 권30, 22년 4월 27일(임자), 『국역 숙종실록』 15, 279면.
99) 『숙종실록』 권35 중, 27년 9월 25일(기유), 『국역 숙종실록』 19, 36면.

장씨의 아들인 경종과 최씨의 아들인 영조를 두고 내부 갈등이 일어나고 정권 창출을 위한 움직임이 18세기 초반의 새로운 화두로 제기된 것으로 이해하는 것도 다음 시기와 연결시키는 하나의 고리라고 할 수 있을 것이다.

17세기 후반을 마감하는 숙종 25년(1699)의 상황을 살피면, 7월에 숙종은 성평군 탁(濯)이 사인(士人)을 구타한 일에 대하여 종실이 금지옥엽이라고 지적하면서[100] 즉위 이후 지속적으로 종실을 옹호하였고, 같은 날에 대사간 윤덕준(尹德駿)이 갑술년(1694) 이후 끊임없이 물의에 오르내린 김춘택(金春澤)의 일을 재론[101]하였으며, 9월에는 선조의 손자이며 인흥군 영(瑛)의 차자로 여러 차례 사행에 참여하고『선원보략』을 마련하였으며 개인 가곡집인『영언(永言)』을 엮기도 했던 낭원군 간(偘)이 세상을 떠났다.[102] 한편 10월에는 숙종이 즉위하면서 삼공을 지낸 권대운(權大運)이 88세로 세상을 떠났고,[103] 11월에 문과복시에서 과장의 여러 문제가 제기되어 이듬해에 결국 큰 과옥(科獄)으로 번졌다.[104] 12월에는 왕자 금(昑)을 연잉군(延礽君)으로 삼았는데[105] 이 분이 뒤에 영조 임금이다. 그리고 이 해에 경외(京外)를 포함한 호수가 1,293,083호이고 인구가 5,772,300인으로 집계되었으며, 숙종 19년(1693)에 견주어 253,391호와 1,416,274인이 감손되었다. 숙종 21년(1695) 이후 기근과 여역의 폐해가 참혹했던 탓이다.[106] 서울에서만 강시(僵尸)가 3,900여 구, 각도의 사망

---

100)『숙종실록』권33, 숙종 25년(1699) 7월 12일(기묘),『국역 숙종실록』17, 168면.
101)『숙종실록』권33, 숙종 25년(1699) 7월 12일(기묘),『국역 숙종실록』17, 169면.
102)『숙종실록』권33, 숙종 25년(1699) 9월 4일(기해),『국역 숙종실록』17, 195면.
103)『숙종실록』권33, 숙종 25년(1699) 10월 24일(무자),『국역 숙종실록』17, 215~216면.
104)『숙종실록』권33, 숙족 25년(1699) 11월 1일(을미),『국역 숙종실록』17, 216면 이하.
105)『숙종실록』권33, 숙종 25년(1699) 12월 24일(무자),『국역 숙종실록』17, 240면.

자는 25만 7백여 인으로 드러났다.[107]

교리 남정중과 수찬 오명준이 상소하여 일신(日新), 입지(立志), 정심(正心), 내간(來諫), 숭검(崇儉) 등 오잠(五箴)[108]을 올리며 숙종 26년(1700)이 시작되고 있었다. 그리고 과옥(科獄)에 대한 공초가 시작되면서, '어사화냐? 금은화냐[御賜花耶 金銀花耶]'라는 동요[109]까지 언급되었고, 7월에는 외척의 문제와 함께 김춘택[110]이 다시 거론되었다.

그리고 숙종 27년(1701) 8월에 왕비 민씨(閔氏)가 승하[111]하고, 9월에 유배 중이던 장희재를 처형하라는 비망기[112]가 내려졌으며, 이어서 후궁 장씨에게 자진(自盡)하라는 비망기[113]가 내려졌다. 갑술년(1694)에 이루어진 국면의 전환에 대한 실질적인 정리가 이루어졌다고 할 수 있다. 종합적으로 분석하면 여러 가지 문제가 얽혀 있다고 할 수 있겠지만, 그럼에도 불구하고 숙종은 이러한 문제의 근본 원인이 지존으로서 총애의 분별을 제대로 하지 못한 데에 있다는 것을 인식하려는 자세는 끝내 드러내지 않은 것으로 보인다.

그리고 시가사의 추이와 관련하여 효종 시대에 임금 부묘시의 악장에 대한 논의와『종묘악장가사책』에 대한 검토[114]가 이루어졌고, 여항에서 "음절이 번거롭고 빨라서 화락하고 기쁜 기상이 없으며, 들고서 슬피

106)『숙종실록』권33, 숙종 25년(1699), 11월 16일(경술),『국역 숙종실록』17, 224면.
107)『숙종실록』권33, 숙종 25년(1699), 12월 30일(갑오),『국역 숙종실록』17, 246면.
108)『숙종실록』권34 상, 숙종 26년(1700), 1월 1일(을미),『국역 숙종실록』18, 5면.
109)『숙종실록』권34 상, 숙종 26년(1700), 1월 20일(갑인),『국역 숙종실록』18, 22면.
110)『숙종실록』권34 상, 숙종 26년(1700), 7월 25일(병진),『국역 숙종실록』18, 98면.
111)『숙종실록』권35 중, 숙종 27년(1701), 8월 14일(기사),『국역 숙종실록』19, 9면.
112)『숙종실록』권35 중, 숙종 27년(1701) 9월 23일(정미),『국역 숙종실록』19, 35면.
113)『숙종실록』권35 중, 숙종 27년(1701) 9월 25일(기유),『국역 숙종실록』19, 36면.
114)『효종실록』7권, 효종 2년 9월 16일 경인,『국역 효종실록』3, 72~73면.

우는 자가 있다."는 지적[115]이 나왔으며, 현종 시대에는 민종도가 북관에서 기악에 빠진 기사[116]가 있고, 숙종 시대에는 기녀에게 가사를 부르게 했다는 민종도의 기사[117]와 함께 "허허우소다(許許又所多)"라는 동요[118]가 유행하고, 동래부사 이복이 〈고공가〉를 선조의 어제라고 하여 언어(諺語)로 옮기고 서와 발[119]을 붙이기도 했으며, 민암은 관서 기생과 어울려 오랑캐 춤을 췄다는 기사[120]가 있어서 청나라와의 연관을 짐작하게 하는 것으로 이해할 수 있다. 이후원에 이어 윤지선도『경민편』에 〈권민가(훈민가)〉를 합편하여 간행·보급하도록 건의[121]하였고, 한편 평안병사 홍시주(洪時疇)의 아들 홍이하는 언문 노래를 지어서 서관(西關)의 새 곡조가 되었다는 기사[122]가 있어서 레퍼토리의 환류가 지역을 통하여 이루어지고 있음도 확인할 수 있다.

---

115) 『효종실록』 19권, 효종 8년 10월 8일 정축, 『국역 효종실록』 7, 291~292면.
116) 『현종실록』 권19, 12년 1월 9일(신유), 『국역 현종실록』 8, 40~41면.
117) 『숙종실록』 권4, 원년 윤5월 12일(기해), 『국역 숙종실록』 2, 23~25면.
118) 『숙종실록』 권4, 원년 6월 23일(경진), 『국역 숙종실록』 2, 68면.
119) 『숙종실록』 권6, 3년 5월 25일(신축), 『국역 숙종실록』 3, 83면.
120) 『숙종실록』 권8, 5년 10월 13일(갑술), 『국역 숙종실록』 4, 122~123면.
121) 『숙종실록』 권12, 7년 7월 21일(임신), 『국역 숙종실록』 6, 13~14면.
122) 『숙종실록』 권24, 18년 12월 30일(갑진), 『국역 숙종실록』 13, 197면.

3. 연구방법과 진행 절차

본 저술의 연구방법은 대략 다음과 같이 정리할 수 있다.

첫째, 17세기 전반의 정치·사회 변동에 대한 비판적 이해를 위하여 『효종실록』과 『현종실록』·『현종개수실록』, 『숙종실록』을 정독하면서 외세와의 투쟁보다 내부 갈등의 양상이 두드러지게 나타나는 현상을 비판적으로 읽을 수 있는 안목을 마련한다. 특히 문형(文衡)이나 정책을 입안하는 일을 맡았던 인물을 주목하면서 관찬 자료를 독해하도록 한다.

둘째, 이러한 안목을 마련하기 위하여 역사학을 비롯한 인접 학문 분야의 연구 성과를 활용하도록 한다. 이른바 동당(同黨)에 따른 학문적 태도와 이면에 감추어진 이해득실에 대한 다른 시각과 정치적 실익을 추구하는 양상까지 면밀히 점검하도록 한다.

셋째, 본 과제의 연구 대상에 포함하는 인물들의 문집 자료 등을 검토하면서 정치·사회 변동과 관련한 양상을 계열화하도록 한다. 이 과정에는 시가사의 추이를 반영하는 작품을 남기거나 그러한 추이에 주도적인 역할을 담당한 인물들을 중심으로 점검하도록 한다. 한편 17세기 후반에 산생된 시가 작품의 목록을 정리하고 이를 정치·사회의 변동과 연계하여 이해하는 방향과 개별 작품으로 해석하는 방향 사이의 의미 차이를 설정하도록 한다.

넷째, 이들 담당층의 시가 향유 양상과 그 성격을 지속, 변화, 새로운 변화의 관점에서 정리하도록 한다. 정치 변동의 국면과 직·간접으로 연결된 양상을 포함하여 정치 변동과 일정한 거리를 둔 개인적 양상까지 아울러 정리하여 시가 향유 양상을 범주화할 수 있도록 한다.

다섯째, 시가사의 추이를 각 갈래별로 또는 갈래와의 연관 속에서 통시적, 공시적으로 체계화하여 정리하도록 한다.

　세부 내용으로 Ⅱ부에서는 17세기 후반의 성격과 시가사 이해의 방향
에 중점을 두고, 1. 오랑캐 배신으로서 지식인의 출처 고뇌, 2. 중앙 기
반 문벌 가문의 등장과 가문 중심의 시가 향유, 3. 근본으로서 저자 백성
[市民] 인식과 그 변화, 4. 사상사의 변화와 그 반향 등을 다루고, Ⅲ부에
서는 17세기 전반 시가 향유의 지속과 영향을 살피면서 1. 사행과 서로
풍류의 전이와 그 반향, 2. 무반 시가 향유의 변화 양상과 서울의 풍류,
3. 시가 향유를 통한 사부와 동당에 대한 배려, 4. 노래 레퍼토리의 확대
와 갈래 사이의 관련, 5. 가기시첩과 노래를 위한 사(詞)의 레퍼토리,
6. 〈청석령가〉의 수용과 대청 인식 등의 항목을 서술하고자 한다. 다음
Ⅳ부에서는 17세기 후반 서울의 시가 향유와 향촌의 시가 향유를 살피면
서 서울의 시가 향유와 향촌의 시가 향유로 나누어 정리하되, Ⅳ-1. 서
울의 시가 향유는 1. 인평대군 조계별업의 풍류와 그 변모, 2. 금옥계의
성격과 시가 활동, 3. 무신낙회와 종남수계, 4. 낭원군 이간의 『영언』과
이하조의 역할, 5. 정명공주 수연과 가곡 향유, 6. 낙동 창수의 모임과
이서우의 위상 등을 중심으로 서술하고, Ⅳ-2. 향촌의 시가 향유는 1.
〈어부가〉 전승과 현장 흥취의 후대 수용, 2. 육가의 후대 수용 양상,
3. 〈전가팔곡〉과 〈고산별곡〉, 4. 지역 선비에 대한 권면과 가사의 내면,
5. 여성 작가의 등장과 노래 전승의 과정 등을 살피고자 한다. Ⅴ부는
17세기 후반 시가사의 새로운 변화 양상을 정리하고자 한 것으로, 1.
시민의 성장과 시가 담당층의 변화, 2. 출처와 현실 인식의 변모, 3.
음악의 촉박화과 노래 레퍼토리의 변화, 4. 칠정의 표출과 관련한 주제
와 표현, 5. 노래의 한역과 전승, 6. 『청구영언』 무명씨 작품 수록의 의
미 등의 항목으로 나누어 정리하고자 한다.
　아울러 Ⅵ부의 결론에서는 연구 성과를 정리하면서 18세기 시가사 이
해를 위한 제언을 담아내도록 한다.

본 저술 결과의 활용과 기대 효과는 다음과 같이 정리할 수 있다.

첫째, 17세기 후반 정치·사회의 변동과 시가사의 추이를 연관시켜 이해하고 설명하는 방법은 이미 간행한 『17세기 전반 정치·사회의 변동과 시가사』의 연구 성과와 연계하면서 18세기 이후 조선후기 시가사의 벼리를 정리하는 연속성을 지니고 있으면서, 조선시대의 사회 현상과 문학적 맥락을 가장 적극적으로 해석할 수 있는 방법론이라는 점에서 중요한 의의를 확보할 수 있다.

둘째, 오랑캐인 청나라에 대한 지식인의 출처 고뇌와 함께 저자 백성 [市民]을 근본으로 인식하는 변화가 감지되며, 그러면서도 중앙 기반 문벌을 중심으로 핵심 요직을 차지하면서 이른바 경향분기가 일어나고 있다는 기존의 연구 성과를 원용하면, 서울을 중심으로 일어나고 있던 시가사의 변화의 흐름을 읽어내고 그 구체적 양상을 설명함으로써 18세기 이후 시가사의 벼리를 마련할 수 있을 것으로 기대한다.

셋째, 17세기 전반 시가에서 드러난 특정한 주제 영역의 관심이 17세기 후반에 음악의 촉박과 함께 곡조의 분화와 레퍼토리의 다양화를 초래하고 있다는 점을 주목하면, 17세기 후반 이후 정서의 변화에 따른 시가의 주제 영역의 확산과 곡조의 분화 과정 사이의 연관성을 해명할 수 있는 준거를 마련할 수 있을 것으로 기대한다. 가객과 가기의 역할과 레퍼토리의 다양화, 서울의 무반을 중심으로 한 무변 풍류의 대응 자세 등이 이러한 주제·곡조 분화와 속화(俗化) 과정에 어떤 방향으로 작용하고 있었는지 해명할 수 있는 구체적인 실증과 이론적 모델이 마련될 것이다.

넷째, 18세기 이후 시가사의 추이에 대한 전망을 제시할 수 있을 것으로 기대한다. 17세기 후반의 정치·사회 변동이 내부의 갈등과 대립 중심으로 바뀌었다고 할 수 있는데, 18세기 이후의 사회 변동은 시민과 재화에 대한 관심 등으로 생산 양식인 토대에 큰 변화가 일어나고 있는 시기로 볼 수 있어서, 토대의 변화에 따른 내부의 갈등과 대립이 드러내는 다양한 변폭을 이론적·실천적으로 해명함으로써 내부 변인의 자장을 해석할 수 있는 지남(指南)을 마련할 수 있을 것이기 때문이다. 결국 내부에서 일어나고 있는 큰 회오리의 방향을 파악하고 그 의미를 해석할 수 있는 시가사의 전망을 이론과 실천 양면에서 제시하는 길이 열릴 것이다.

II.

17세기 후반의 성격과
시가사 이해의 방향

1. 오랑캐 배신으로서 지식인의 출처 고뇌

1) 출처 시비의 문제

17세기 후반의 조선은 17세기 전반과 달리 병자호란과 같은 전쟁의 상흔을 조금씩 벗어나고 있었다고 할 수 있지만, 청나라와 군신의 관계를 맺은 상황에서 신하의 입장에서 청을 섬겨야 하는 현실 상황이 되어 있었다. 명나라에 대하여 사대(事大)를 했던 인식과 명분에 충돌이 생기게 된 것이다. 명의 자리를 청으로 바꾸어 받아들일 수 있는 내면이 마련되어 있지 않았던 것이다.

병자호란 직전인 인조 14년(1636) 11월에 이조참판 정온(鄭蘊)이 올린 상소에서 이미 예견했던 것이다.

> 신은 생각건대 사신을 통하는 것을 그치지 않으면 반드시 신하로 칭하라고 요구할 것이고, 신하로 칭하기를 그치지 않으면 반드시 땅을 떼어주기를 요구할 것이니, 온 조정의 신료가 오랑캐의 배신(陪臣)이 되며, 온 나라 인민이 오랑캐의 인민이 될 것입니다. 여기까지 말하다 보니 단지 바다로 뛰어들고 싶은 심정입니다.[1]

그러나 병자호란으로 이러한 일이 현실이 되었고, 실록의 기록에서도 병자호란 이전에 700건 이상을 차지하던 배신(陪臣)이라는 용어는 병자호란 이후 청나라가 보낸 글[2]을 제외하고는 거의 나타나지 않고 있다는

---

1) 『인조실록』 권33, 14년 11월 21일(신유), 『조선왕조실록』 34(탐구당, 1981), 655면.
2) 병자호란 뒤의 인조 임금 시절에는 "사은 배신(謝恩陪臣) 최명길이 가지고 온 표문(表文)"(인조 16년 7월 24일), "상국(上國)에 죄를 얻은 배신으로 이경여(李敬輿)·이명한(李明漢)·신익성(申翊聖)·신익전(申翊全) 등 4인"(인조 23년 윤6월 10일), "경업을 배신에게 내주어 돌려보내면서, 특별히 유시한다."(인조 24년 6월 3일) 등의 기록

점에서도 그 예민함을 짐작할 수 있다.

실제로 명나라를 정성껏 섬기던 지식인들이 김상헌(金尙憲)과 같이 명나라의 배신으로서 오랑캐의 조정에서 항절(抗節)한 것을 미덕으로 인식[3]하고 있었지만, 실제로는 청이 지배하는 상황에서 엄연히 출처에서 나아감[出]의 현실을 택하고 있었던 것이다. 몸과 마음이 따로 놀고 있었던 셈이다. 글에서 명나라 연호인 숭정(崇禎)을 사용하고 있다고 해도, 실제로는 청나라에게 조공을 바치고 외교 문제를 해결해야 했던 것이다.

이런 상황에서 병자호란 이후 실제로 나라가 오랑캐의 지배하에 놓여 있었기 때문에, 나아감[出]을 택하여 벼슬을 한다는 것은 오랑캐의 배신에 다름 아니라는 인식을 가지게 된 것이 그것이다. 이른바 출처 시비(出處是非)가 제기된 것이다.

임영(林泳, 1649~1696)이 젊은 시절에 겪었던 출처의 고민이 그러한 예가 된다. 과거를 통한 발신이 결국 오랑캐의 배신이 되는 것에 불과하므로, 안으로 잘 다스리고 밖으로 적을 물리치는 길[內修外攘之道]을 돕는 데 별로 도움이 되지 않으니, 산야에서 한 필부로 살아가는 것이 낫다고 생각한 것이다.

> 정미일. … 밤에 백씨와 윤공과 더불어 과거에 응시하는 것의 옳고 그름에 대해 논하였다. 백씨가 말씀하시기를, "만약 과거에 응시하는 것을 옳

이 보이고, 효종 이후에는 청나라에서 보낸 글 중에 "보내온 배신 이시방"(효종 1년 3월 7일), "배신 금림군(錦林君) 이개윤(李愷胤)"(효종 7년 4월 26일), "임금을 대신하여 배신을 보내어 내리신 것을 받고 북향하여 고두 사은한다는 뜻을 꿇어 엎드려 아뢰어야 할 것"(숙종 24년 4월 26일) 등이 보이고 있어서 배신(陪臣)이라는 용어를 잘 쓰지 않은 것으로 보인다.

3) 김양행 찬, 「三淵行狀」, 『三淵集』 拾遺 卷32, 『한국문집총간』 167, 295면, "先生諱昌翕字子益, 姓金氏, 始祖太師諱宣平, 有功麗初, 廟食安東, 子孫遂爲安東人. 曾祖左議政文正公諱尙憲, 大明亡, 以陪臣抗節虜庭."

지 않다고 생각한다면 무엇 때문인가?" 대답하여 말하기를, "옳은 면이 있습니다. 대저 선비가 아래 자리에 있으면, 유사의 뜰에 모여들어 문사를 자랑하여 나아가기를 구하는 것이 이미 그른 것이 아닙니다. 만약 본래 축적한 바로는 세상을 만나 겸선하는 데에 모자랍니다. 더욱이 임하에서 기름을 숨기게 되면, 세움으로 자신에게 옮기어 사람의 근본에 이르게 되니, 어찌 악착같이 이익을 추구하면서 나아가기를 구하면서 자신을 가볍게 하겠습니까?"

백씨가 말씀하시기를, "지난날 정명도와 주회암이 일찍이 과거에 응시하였으며, 우리나라의 선현들도 또한 그러하였네. 명도와 회암은 명도와 회암을 위하여 해를 끼치지 않는다고 하였고, 우리나라의 선현도 우리나라의 선현을 위하여 해를 끼치지 않는다고 하였네. 과거가 어찌 그 사람에게 누를 끼칠 수 있겠는가? 대저 과거시험장을 떠나서 암혈에서 지내면서 세상을 마치는 사람들이 지금 세상에 또한 있기는 하지. 나는 아직 명도보다 능하고 회암보다 능하며 우리나라의 선현보다 능한 사람을 보지 못하였네."

내가 말하기를, "그렇지 않습니다. 우리들이 과거에 응시하여, 빼앗을 수 없는 뜻을 보존할 수 있습니까? 나를 이용함이 있는 것을 보존할 수 있다면, 족히 한 시대의 일을 마칠 수 있습니까? 저는 반드시 할 수 없을 것으로 알고 있습니다. 옛 사람들은 과거에 응시하는 것을 버리지 않은 까닭은 이러한 염려가 없어서일 것입니다. 지금 갑자기 불초의 몸으로, 망령되이 스스로 앞 선배 대현에게 견주어 그 출처를 정하는 것은, 스스로 설 수 있지 못할까 두려워서입니다. 옳다고 하여 과거를 불편하게 여기고, 그르다고 하여 한꺼번에 과거시험장을 빠져 나갈 수 있다고 하는 것은, 문득 정주보다 능하고 우리나라의 선현보다 능하다고 할 수 있습니다. 하물며 지금 나라가 오랑캐의 부림을 받고 있는데, 만약 이 다리로 한결같이 조정의 반열을 밟아서 문득 오랑캐의 배신이 된다면, 진실로 나라를 위하여 안으로 잘 다스리고 밖으로 적을 물리치는 도를 도울 수 없는 것입니다. 오랑캐의 소굴을 무너뜨릴 때까지, 차라리 산야에서 한 필부로서 스스로 만족하겠습니다."[4]

글을 읽은 선비로서 "안으로 잘 다스리고 밖으로 적을 물리치는 길[內修外攘之道]"을 걸어야 하는데, "지금 나라가 오랑캐의 부림을 받고 있는데, 만약 이 다리로 한결같이 조정의 반열을 밟아서 문득 오랑캐의 배신이 된다면, 진실로 나라를 위하여 안으로 잘 다스리고 밖으로 적을 물리치는 도를 도울 수 없"게 되기 때문에 출처에 대한 시비가 생기는 것이다.

이러한 문제는 17세기 후반 당대의 지식인이 안고 있던 고뇌의 핵심이었다고 할 수 있다. 임영과 절친하게 서간을 주고받으면서 토론을 했던 조성기(趙聖期, 1638~1689)가 벼슬에 나아가지 않고, 당대 정치 현실과 정치인을 비판적으로 대했던 태도의 저변에도 바로 이러한 현실 인식이 깔려 있었던 것으로 볼 수 있다.

2) 조성기의 출처 비판

김창협·김창흡 형제와 임영이 거유로 지목한 조성기는 벼슬에 나아가지 않고 재야에 있으면서 비판적인 입장을 드러냈다. 조성기의 다음 글은 재야의 입장에서 조정의 여러 일을 조목조목 비판하고 있어서, 17

---

4) 임영, 「日錄」, 『창계집』 권25, "丁未, … 夜, 與伯氏及尹公論赴擧是非. 伯氏曰, 若以赴擧爲不是何哉? 曰, 有是也. 夫士處下位, 輻輳有司之庭, 衒其文辭以求進, 已非矣. 若素所蓄積, 不足以兼善當世者. 尤當晦養林下, 以立推己及人之本, 安可營營焉求進以自輕哉? 伯氏曰, 昔者程明道·朱晦菴嘗赴擧, 我朝先賢亦然. 明道·晦菴不害爲明道·晦菴, 我朝先賢不害爲我朝先賢, 科擧何能累其人哉? 夫謝去場屋, 處巖穴而沒世者, 今世亦有之矣. 吾未見其能明道能晦菴能我朝先賢也. 余曰不然, 吾儕赴擧, 能保其不奪志乎. 能保其如有用我, 足了一世之事乎? 吾知其必不能也. 古之人所以不廢擧者, 以無是慮也. 今遽然以不肖之身, 妄自比於前輩大賢, 以定其出處, 恐不能有以自立也. 以是謂赴擧不便, 非謂一能謝去場屋, 便可以能程朱能我朝先賢也. 況今國家爲虜人役, 若此脚一踏朝行, 便爲虜人陪臣, 苟不能爲國家贊內修外攘之道. 以覆虜人巢穴, 寧爲山野一匹夫以自適也.", 『한국문집총간』 159, 554면.

세기 후반 재야 지식인의 엄정한 시각을 읽어낼 수 있다.

　오늘의 시대에 살면서 혹 충의지사가 있어 일신을 돌보지 않고 아무런
거리낌 없이 시사를 통렬하게 말한다면, 반드시 안으로는 공경·훈척과
여러 대부로부터, 밖으로는 산림의 선비에 이르기까지 어깨를 밀치고 앞
을 다투어 힘을 합치고 말을 모아 공격할 것입니다. 그대처럼 관대한 자
라도 또한 안으로 괴분(愧憤)을 품고 깊이 욕하고 아프게 배척하면서 그
를 구해주지 않겠지요. 이와 같으면 그는 죽음을 면키 어려우리니 유배를
가는 것은 말할 나위가 없습니다. 지금 그대는 그것이 천하의 용감한 말
을 끊기에 충분하며, 조정에서는 오직 '예, 예' 하는 아부의 말을 하기에만
힘쓰게 한다는 사실은 생각지 못합니다. 도리어 내가 논한 규모가 그릇된
시대의 잘못된 관습을 끊고 정치를 어지럽게 하는 소인들을 그만두게 하
여 드디어 장차 순경(荀卿)의 화를 자아낼 것만 걱정하는데, 제 생각으로
는 화는 저들에게 있는 것이지 내게 있는 것이 아닙니다.[5]

　어제 새로 벼슬을 제수 받았다고 들었습니다. 끝내 나가야 하는 것이라
면 한번 떨쳐 나갈 수 없겠습니까? 조정에 이른 뒤에 정 맞지 않는 것이
있으면 그때 소매를 떨치고 돌아와도 되지 않겠습니까? 그대가 생각하는
때에 따라 출처를 달리하는 의리가 어떤 것인지 궁금합니다.[6]

　오늘 천시와 인사의 온갖 모습이 걱정스럽고 국계(國計)와 민력은 남
김없이 고갈되어 삼공(三空)의 액과 중폐(衆弊)의 일어남이 날로 심해지
고 있습니다. 만약 몇 해만 늦춘다면 손댈 수조차 없어질 것입니다. 게다
가 근래 조정의 논의가 더욱 무너지고 당비(黨比)가 크게 행해지고 있습
니다. 송·윤 양가의 문생과 자제들은 서로 상대방의 허물을 들추어내고

5) 조성기, 「答林德涵書」, 『졸수재집』 권4, 이승수 역, 『졸수재집』 2(박이정, 2001), 103면.
6) 조성기, 「與林德涵書」, 『졸수재집』 권6, 이승수 역, 『졸수재집』 2(박이정, 2001), 157~
　158면.

공격하여 혈전을 벌이더라고 승부를 가리려 하며 국사는 완전히 잊어버리고 있습니다. 이로 인해 국체는 날로 무너지고 인재는 날로 다치고 풍속은 날로 낮아지고 부의(浮議)는 날로 많아지고 실사는 날로 줄어들고 있습니다. 승부는 어떻게 결정 날지 모르니 당당한 성조가 장차 이들의 손에서 무너질 것입니다.

…(중략)…

현재를 구하기 위해서는 반드시 문지(門地)를 따지지 말고 색목에 구애되지 말아서 인재를 천거하고 발탁하는 문을 넓혀야 합니다.[7]

아아, 지금의 이른바 명류라는 이들은 대부분 부지런히 글을 읽지 않고, 글을 읽어도 전연 실용이 없습니다. 사정이 이러한데도 불능한 것을 능한 이에게 묻고 알지 못하는 것을 아는 이에게 물어 남의 선을 취하여 자기가 미치지 못하는 부분을 기우려 하지 않고, 그저 남이 자기의 단점을 자세히 알아 공척할까 두려워합니다. 옆 사람의 청문(聽聞)과 자기의 결함도 마음에 들면 이를 위해 숨기고 감추지만, 타인의 의론에 있어서는 폄하하고 모욕을 주며 자고자대(自高自大)합니다. 무지하고 어리석은 무리들이야 한 시대, 또 천백 년 뒤까지 속일 수 있다고 말할 수 있지만 실제로는 절대 그렇지 않습니다.[8]

요즘 세상의 선비들이 회피하는 것은 말로 조평(嘲評)이라 본심의 진덕을 잃어버렸는지는 알지 못하며, 구하는 바는 한때의 허명이고 다치게 한 것이 국가의 실사인 줄은 알지 못합니다. 그래서 말로의 자정폐속(疵政弊俗)에서 취할 만한 것이 있다고 하여 서슴지 않고 그 속에 빠져 그 성세를 돕기까지 합니다. …(중략)… 다른 사람의 말이 혹 하나라도 정주의 말에 부합되지 않아도 대경대법(大經大法)의 본의가 조금도 선왕의 도에서 어그러지지 않으면 그만인데, 어두워 살피지도 못하고 전혀 알지

---

7) 조성기, 「又」, 『졸수재집』 권6, 이승수 역, 『졸수재집』 2(박이정, 2001), 164~165면.
8) 조성기, 「又」, 『졸수재집』 권7, 이승수 역, 『졸수재집』 2(박이정, 2001), 200면.

도 못하면서 이단으로 배척하고 사공(事功)이라 우습게 여깁니다. 그러
면서도 자기들이 주장하는 것이 용론(庸論)의 적치(赤幟)이고 도를 해치
는 효시인 줄은 모르니, 이름이 이단은 아니라도 해는 그보다 심하며, 사
공보다 훨씬 아래에 있으며 그 해는 결국 나라를 망치게 될 것입니다.[9]

조성기가 임영에게 보낸 편지에서 시대에 대한 진단을, "혹 충의지사
가 있어 일신을 돌보지 않고 아무런 거리낌 없이 시사를 통렬하게 말한
다면, 반드시 안으로는 공경・훈척과 여러 대부로부터, 밖으로는 산림
의 선비에 이르기까지 어깨를 밀치고 앞을 다투어 힘을 합치고 말을 모
아 공격"하는 시대이므로, "때에 따라 출처를 달리하는 의리"를 어떻게
모색해야 할 것인지 묻고 있으며, 현재의 상황을 극복하기 위하여 "문지
(門地)를 따지지 말고 색목에 구애되지 말아서 인재를 천거하고 발탁하
는 문을 넓혀야" 한다고 주장하고 있다.

김창협에게 보낸 글에서는 선비들이 조평(嘲評)에 휩쓸리고 있어서,
허명을 구하느라 국사의 실사를 다친다고 하였다. 오히려 자신들의 주
장이 "용론(庸論)의 적치(赤幟)이고 도를 해치는 효시"라 나라를 망치게
된다고 하였다.

조성기의 이런 지적은 시대의 조류에 휩쓸리지 않고 현실을 직시하면
서 대응하는 방향을 제시한 것이라, 귀담아 들어야 할 내용이 많은데도
실제 정치 현실에서는 간과하고 있었던 셈이다.

---

9) 조성기, 「與金仲和書」, 『졸수재집』 권9, 이승수 역, 『졸수재집』 2(박이정, 2001), 297~
298면.

3) 벼슬 만류의 경향

출처 시비의 문제는 벼슬길로 나아가는 길을 만류하는 방향으로 방향을 잡기도 하였다. 윤문거(尹文擧, 1606~1672)의 경우에는 인조 19년(1641)에 조병(助兵)을 한 사실을 두고 사대부로서의 면목이 없다고 자손들에게 벼슬에 응시하지 말 것을 권하고 있다.

숭정 14년(신사) 8월에 복이 끝나다. 노서공[윤선거]과 더불어 금협의 새 거처로 들어갔다. 이에 앞서 팔송공[황]이 금읍에서 지내고 있었다. 당시 논의가 이미 용서하는 은혜를 입은 것으로 생각하여, 깊은 골짜기에 머물러 지체하면서, 연곡에서 자취를 멀리하고, 여러 자식들이 아울러 벼슬에 나가지 않고 과거에 응시하지 않는 것이 조정의 뜻을 더럽히는 것이었다. 국가를 위태롭게 하는 사람이라는 말이 날마다 이르자, 부군께서 일러 말하기를, '국가가 성 밖으로 나가는 거사는 핑계할 만한 일이 있어야 받아들일 수 있고, 조병한 뒤에 이르러서는 사대부가 세상에 얼굴을 들 수 없으니, 너희들은 마땅히 물러나서 농사를 짓는 것을 운명으로 생각할 따름이니, 늙은 나 때문에 지키던 바를 바꾸지 말라.'
처음에 팔송공이 금협을 숨어 지낼 땅에 합당한 것으로 생각하고, 마침내 노서공과 더불어 고을의 남쪽 마을에 집을 짓고, 복이 끝나게 되자 노서공과 조카 변(抃)과 더불어 대부인을 모시고 들어와 살게 되었다. 몸소 스스로 그물을 엮어서 달고 맛있는 것을 바치며 모자라는 것이 없었다. 이듬해에 가림에서 가솔을 데리고 서로 좇았으며, 마하산 아래에 서실을 짓고 서로 더불어 강학과 토의로 가르치니, 매우 여택의 즐거움이 있었다.[10]

---

10) 윤문거, 「年譜」, 『石湖先生遺稿』 卷7, 『한국문집총간』 105, 244면. 十四年辛巳, 八月, 服闋. 與魯西公, 入錦峽新居. 先是, 八松公之寓錦邑也. 時論以爲旣蒙恩宥, 而濡滯深峽, 遠跡輦轂, 諸子幷不行宦赴擧, 是汙穢朝廷之意也. 傾危之言日至, 府君謂曰, 國家出城之擧, 容有可諉, 至於助兵之後, 則士大夫無面立於世, 汝輩惟當屛伏耕耨, 以爲命而已, 毋以老我之故, 而變其所守也. 初, 八松公以錦峽, 可合避地, 故遂與魯

한편으로 병자호란 이후 과거에 나아가는 것을 꺼리다가 마지못해 나아간 경우도 있다.

> 병자년에 대소과에 합격하여 아직 복시에 미치지 않아 오랑캐의 변란을 듣고 늙으신 어버이를 모시고 골짜기 가운데로 도적을 피했다가, 난이 평정된 뒤에 세상의 뜻을 받들지 않고 강개하여 과거에 응시하지 않고, 호남에서 머물러 지내면서 서적으로 스스로 즐겼다. 을유년에 의정공의 병이 심하자, 마침 경과가 있다는 말을 듣고 공의 권유로 응시하게 하니 어버이의 뜻에 굽혀 나아가 대소과에 아울러 합격하고, 그해 겨울에 별시 병과에 합격하였다.[11]

이렇듯 명나라에 대한 사대의 명분을 지켰던 입장에서 청나라가 들어선 뒤에 출처에 대한 고민을 하게 되고, 벼슬길로 나가지 않는 것이 의리를 지키는 일로 인식하게 된 것이다.

이러한 인식은 뒷날 기사환국으로 인현왕후가 밀려나자 과거 응시를 포기한 경우로 확산되기도 하였다.

> 기사년 모후가 폐비된 것을 마음 아파하여 과거에 응시하지 않았는데, 복위됨에 이르러 비로소 을해년 별시에 오르니 당시에 아름답다고 우러렀다.[12]

西公, 卜築于邑之南村, 至是服闋, 與魯西及從子拚, 奉大夫人, 入居焉. 手自結網, 以供甘旨, 無有闕乏. 翌年, 市南兪公, 自嘉林, 又捲家相從, 築書室於麻霞山下, 相與講討敎授, 甚有麗澤之樂焉.

11) 오도일, 「右議政晩菴李公謚狀」, 『西坡集』 卷24, 『한국문집총간』 152, 470면. 丙子, 中大小科解額, 未及覆試, 聞虜變, 奉老親避寇干峽中. 自亂定後, 無供世意, 慷慨不赴擧, 寓居湖南, 以書籍自娛. 乙酉, 議政公病甚, 適聞有慶科, 勸公赴, 爲親屈意而就, 俱中大小科解額. 其冬, 中別試丙科.

12) 이의현, 「刑曹參判金公神道碑銘 幷序」, 『陶谷集』 卷12, 『한국문집총간』 181, 72면. 己巳, 痛母后廢, 不赴擧, 泊復位, 始登乙亥別試, 時望蔚然.

2. 중앙 기반 문벌 가문의 등장과 가문 중심의 시가 향유

1) 중앙 기반 가문의 특성

효종 7년(1656)에 임금은 인재를 얻기 어려운 상황을 다음과 같이 지적하고 있다. 서울 고관들의 자제가 삼성(三省)을 차지하고 있다는 것인데, 중앙에 기반을 둔 문벌 가문이 청·요직을 독식하기 때문에 인재를 얻기 어렵다고 말한 것이다.

> 상이 이르기를,
> "교리가 진달한바 인재를 얻어야 한다는 말은 창졸간에 꺼낸 바가 아니라 반드시 평소에 생각했던 바일 것인데, 지극한 논리라고 할 수 있다. 다만 임금은 구중궁궐에 깊숙이 거처하니 사람을 알아보는 것이 가장 어렵다. …(중략)… 가까이 선조 때의 일로 말하면, 이이의 재주와 학문은 근고에 없던 바였으나 선조께서 끝내 크게 임용하지 못하였다. 이는 말세의 색목으로 인한 피해였지만 임금이 어진 이를 쓰기 어려움이 대개 이와 같다. 비록 오늘날의 일로 말하더라도 초야의 선비 중에 어찌 쓸 만한 인재가 없겠는가마는, 삼성(三省)에 출입하는 자가 모두 서울 고관들의 자제이지 않은가."[13]

그리고 숙종 13년(1687)의 도목정에서도 다음과 같은 지적이 나왔다.

> 도목정을 친히 거행했다. 임금이 하교하기를,
> "옛적부터 국가의 다스려짐과 어지러워짐이 구해 얻은 사람의 현명한 여부에 달렸었는데, 그를 진퇴하고 취사하는 권한은 진실로 전형을 맡은 사람에게 있었다. 태평하여 아무 일이 없는 때에도 감히 혹시라도 소홀히

---

13) 『효종실록』 16권, 효종 7년(1656) 1월 26일(을사), 『국역 효종실록』 6, 202면.

할 수 없는 법인데, 하물며 이처럼 어려움이 많은 때이겠는가? 상례에 따라 주의(注擬)할 적에도 오히려 또한 면려해야 하는 법인데, 하물며 이처럼 친림하여 하는 날이겠는가? 아! 임금과 신하가 하나의 대청에 모였으니, 정의가 유통되어야 할 것인데, 사사로운 뜻을 없애고 공정한 도리를 넓히며 절의를 칭찬하고 덕행을 숭상하며 청렴한 관원을 쓰고 침체되어 답답한 사람을 터 주어 사람들을 권장하고 진작시킬 방도를 생각하지 않고서, 자리에 따라 의망(擬望)에 넣어 낙점만 받아 내려갈 뿐이라면, 하나의 정관(政官)만으로도 족할 것이다. 어찌 친정을 할 필요가 있겠는가? 요사이 처음으로 서사(筮仕)하는 사람들이 대부분 경화의 자제들이고 먼 지방 사람들은 끼지 못하고 있으니, 먼 데 사람을 빠뜨리지 않고 미천한 사람도 등용하는 도리가 못되게 된다. …(중략)… 아! 너희 양전(兩銓)은 나의 뜻을 잘 본받도록 하라."[14]

이와 함께 정승을 포함하여 문형까지 중앙에 기반을 둔 문벌 가문에서 독차지하면서 이른바 경향분기가 뚜렷해지게 되었다고 할 수 있다.

2) 연안이씨 집안의 풍류와 그 전승

이렇듯 문벌 가문의 등장과 함께 서울의 문벌 귀족이 정치의 중심을 차지하고 문화의 중심까지 아우르게 된 점을 주목하면 가문 중심의 시가 향유 양상에 관심을 가질 수 있을 것이고, 실제로 연안이씨(延安李氏) 집안을 예로 삼을 수 있다.

연안이씨 집안은 연이(延李)의 약칭으로 부를 수 있으며, 그중에서도 한문사대가의 첫 머리를 차지하는 이정구(李廷龜, 1564~1635) 집안은 우리나라 문벌 집안 중에서 중심을 잡고 남에게 피해를 끼치지 않으면서

---

14) 『숙종실록』 권18, 13년 12월 25일(기사). 『국역 숙종실록』 10, 321면.

도덕적 가치를 가졌던 집안이라고 평가할 수 있는 몇 안 되는 집안이다.

선대는 당나라 중랑장 이무(李茂)가 소정방을 따라 와서 백제를 친 뒤에 신라에 남아 연안을 식읍으로 받으면서 우리나라에 세거하게 되었다고 한다.

이정구의 증조부인 연성부원군 이석형(李石亨, 1415~1477)은 계유년(1453) 사이에 서울에서 토목 공사가 크게 일어나자 〈호야가(呼耶歌)〉[15]를 지어서 백성들의 괴로움이 줄어들기를 빌었다.

이정구 이하의 가계를 정리하면 다음과 같다.

이정구는 안동인 권극지(權克智, 1538~1592)의 따님을 아내로 맞아 명한(明漢), 소한(昭漢)의 두 아들과 홍영(洪霙), 정현원(鄭玄源)에게 출가한 두 딸을 두었다.

이명한(1595~1645)은 금계군 박동량(朴東亮)의 따님과 결혼하여 일상(一相), 가상(嘉相), 만상(萬相), 단상(端相)의 네 아들과 서문상(徐文尙)에게 출가한 딸 하나를 두었다.

이소한(1598~1645)은 여흥 이상의(李尙毅)의 따님과 결혼하여 은상(殷相), 홍상(弘相), 유상(有相), 익상(翊相)의 네 아들과 김수일(金壽一)·윤항(尹抗)·김문수(金文邃)에게 출가한 딸 셋을 두었다.

홍영은 주원(柱元), 주후(柱後), 주신(柱臣), 주한(柱韓), 주국(柱國)의 다섯 아들과 이준구(李俊耉)·이시술(李時術)·이항진(李恒鎭)에게 출가한 세 딸을 두었는데, 주원이 선조 임금의 공주인 정명공주와 결혼하여

---

15) 이석형, 〈呼耶歌 *癸酉年間, 土木大興〉, 『樗軒集』 卷上, 『한국문집총간』 9, 393면. 뒷날 김정국은 기묘사화로 밀려나 고양에서 지내면서 〈續呼耶歌〉(『思齋集』 권2)를 지어서 선후창의 "呼耶"가 호응창의 "呼應"으로 전환될 수 있기를 바랐다. 일방적인 노동에서 생산 주체가 중심이 되는 공동 노동으로 바뀌기를 기대한 것으로 이해할 수 있다.

영안위(永安尉)에 봉해졌다.

이일상(1612~1666)은 완산 이성구(李聖求)의 따님과 결혼하여 김만균 (金萬均)에게 출가한 딸을 두었고, 이어서 문화유씨를 맞아 성조(成朝), 중조(重朝), 해조(海朝)의 세 아들과 조헌주(曺憲周)·원몽은(元夢殷)에게 출가한 두 딸을 두었고, 측실에서 우조(羽朝)와 구문징(具文徵)에게 출가 한 딸을 두었다.

이가상(1615~1637)은 나만갑(羅萬甲)의 따님과 결혼하였으며 정축년 정월 적의 칼날에 죽어서 일상의 아들 중조(重朝)로 계를 이었다.

이만상(?~1645)은 오준(吳竣)의 따님과 결혼하여 아들 봉조(鳳朝)가 있다.

이단상(1628~1669)은 전의이씨 이행원(李行遠)의 따님과 결혼하여 희 조(喜朝)와 하조(賀朝)의 두 아들과 이행(李涬)·김창협(金昌協)·민진후 (閔鎭厚)·송징오(宋徵五)에게 출가한 네 딸을 두었다.

석형										
혼										
계										
정구										
명한						소한				
일상			가상	만상	단상		은상	홍상	유상	익상
성조	중조	해조	중조	봉조	희조	하조				
우신										

17세기 후반 연안이씨 가문의 시가 향유는 17세기 전반의 이정구[16]

---

16) 이정구와 관련하여, 최재남, 「이정구의 가곡과 풍류에 대한 인식 고찰」, 『반교어문연 구』 32(반교어문학회, 2012.2) 참조.

와 이명한 부자에 이어서, 17세기 후반에는 홍주원에게 출가한 정명공
주 수연과 연안이씨 가문과의 연관, 그리고 이은상과 이익상, 그리고
이하조(1664~1700)를 주목할 수 있다. 이하조는 낭원군 이간(李侃, 1640~
1699)의 『영언』에 대해 서문을 쓰고 있어서 왕족과 연계하여 살필 필요
가 있다.

이미 이정구에 대해 자세하게 살핀 바가 있지만, 이명한도 이정구를
따라 집안의 풍류를 이었던 것으로 확인된다.

다음은 17세기 전반에 이명한이 아들 일상의 초당에서 같은 이웃의
여러 학사들이 모임을 갖고 조카들이 거문고를 타고 노래를 부르며 화
답하는 것을 기록한 것이다. 참여한 조카들은 홍상(弘相), 원상(元相) 등
이다.

> 현악기에 기대어 높이 노래하노라니 들보의 먼지가 움직이는데
> 끝이 없는 좋은 말은 열 사람을 넘네.
> 깃발 단 정자의 당일 모임을 묻나니
> 좌중에 몇 사람의 사신이 있을까?
> 倚絃高唱動梁塵　佳語無端過十人
> 借問旗亭當日會　座中能有幾詞臣[17]

현악기와 노래가 어우러진 현장의 분위기를 짐작할 수 있거니와, 결
구의 사신(詞臣)에 대한 기대가 집안의 문화(文華)를 염두에 두고 있는
것으로 이해할 수 있다.

그리고 이어지는 〈밤에 앉아서 거문고로 승평곡을 타는 것을 듣고 느

---

17) 이명한, <一相草堂, 逢同隣諸學士夜飮. 弘侄彈琴, 元侄歌以和之, 醉後口號.> 『白
　　洲別稿』 卷1, 『한국문집총간』 97, 538면.

꺼워서 짓다〉[18]에서는 거문고로 〈승평곡〉을 타는 것을 확인할 수 있다.

이렇듯 연이 집안은 가문을 중심으로 시가 향유가 지속되고 있었음을 알 수 있다.

송시열이 쓴 「『이씨연주집』 발문」에서는 연안이씨 집안의 문성(文盛)을 다음과 같이 서술하고 있다. 특히 강조하고 있는 것은 이명한 · 이소한의 자식들 글을 모은 『이씨연주집』이 현저함을 말한 부분이다. 이명한의 아들인 일상, 가상, 만상, 단상과 이소한의 아들인 은상, 홍상, 유상, 익상 등이 그 대상인데, 이들이 17세기 중반에서 후반에 이르기까지 연이 가문의 핵심적인 역할을 맡았다고 할 수 있다.

> 어떤 이가 말하기를 '영지(靈芝)는 뿌리가 없고, 예천(醴泉)은 근원이 없다.'고 하므로, 이천 선생(伊川先生)이 '천하에 어찌 뿌리 없는 물건이 있으랴.' 하였는데, 연안이씨는 그 문장이 모두 저헌(樗軒) 문강공(文康公)에 뿌리를 두었으니, 뿌리가 깊고 근원이 멀다 하겠다. 그러나 이는 오이의 첫 열매는 본시 작은 것과 같은 예이다. 만약 그 뒤에 커진 것을 논한다면 월사(月沙) 문충공(文忠公)이 바로 그 예이고, 월사에서 시작하여 백주(白洲)와 현주(玄洲) 두 분이 나서 두 파로 나뉘었는가 하면, 청호(青湖) 등 7공(公)이 배출되기에 이르렀다. 이를 통틀어 논한다면 『대역(大易)』의 상(象)과 같다. 예와 이제에 역(易)을 논한 이로는 소 선생(邵先生)보다 더 정묘하게 논한 이가 없는데, 그의 말에 '커진 뒤에는 작아지고 미약한 뒤에는 번창한다.' 하였다. 즉 내가 일찍이 이씨의 전후 문집의 수를 세어 보았는데, 저헌의 것이 3권, 월사의 것이 74권, 백주와 현주의 것이 도합 27권이요, 7공의 것이 도합 2권으로 세밀히 상고해 보면, 청호공의 것이 83편, 빙헌공(氷軒公)의 것이 19편, 동리공(東里公)의 것이

---

18) 이명한, 〈夜坐聽琴昇平曲, 感而賦之〉, "燈明崑玉照秋毫, 曲奏吳絃響海濤. 莫說梨園太平事, 侍臣無復昔年豪."『白洲別稿』卷1, 『한국문집총간』 97, 538면.

166편, 동곽공(東郭公)의 것이 140편, 금곡공(琴谷公)의 것이 15편, 동둔공(東屯公)의 것이 92편, 정관공(靜觀公)의 것이 116편으로 소 선생의 말과 꼭 들어맞은 것도 기이한 일이다. 어떤 이가 말하기를,

"그대가 이를 설명함에 있어, 그 유를 끌어댄 바가 너무 지나치지 않은가. 영지·예천과 오이이면 그만이지, 어찌 광대한 역상까지 언급하는가?" 하기에,

내가 대답하기를 '그 유를 끌어대지 않으려면 몰라도 이미 끌어댈 바에는 모든 물건이 다 그러한데, 그중에도 연안이씨가 가장 현저한 때문이다.' 하였다. 아, 정관공과 이것을 농환와(弄丸窩) 안에서 논하지 못하는 것이 애석하다.[19]

송시열은 이어서 재발(再跋)[20]을 쓰면서 이들의 문화(文華)가 역상(易

---

19) 송시열, 「李氏聯珠集跋」, 『송자대전』 제148권, 『한국문집총간』 113, 189면, 或謂靈芝無根, 醴泉無源, 伊川先生以爲天下豈有無本之物乎. 延安李氏其文章, 皆本於樗軒文康公, 可謂根深而源遠矣. 然亦猶瓜瓞之先小乎. 若論其後大, 則月沙文忠公是爾. 自月沙而有白玄, 兩洲公, 則派別爲二, 以至于靑湖七公焉. 摠而論之則其大易之象乎. 古今論易者, 無如邵先生之精妙. 其言曰, 愈大則愈少, 愈細則愈繁. 余嘗檢數李氏前後文集, 則樗軒三卷, 月沙七十四卷, 白洲·玄洲合二十七卷, 而七公之合二卷者, 徐而考之, 則靑湖公作八十三, 氷軒公十九, 東里公百六十六, 東郭公百四十, 琴谷公十五, 東屯公九十二, 靜觀公百十六, 其與邵先生說恰恰符合, 其亦奇矣. 或曰, 子於是其取類也, 不亦太多乎. 靈芝也醴泉也瓜瓞也, 斯可已矣. 胡乃至於易象之廣大耶. 余曰, 不取則已, 取之則無物不然, 而延安李氏特其最著者爾. 惜乎, 不得與靜觀公論此於弄丸窩中也.

20) 송시열, 「李氏聯珠集跋[再跋]」, 『한국문집총간』 113, 189면, 余旣爲此跋, 或曰, 李氏祖子孫誠符於易象矣. 然樗軒則固是一矣. 而至於月沙兩洲三公, 上不止於生兩, 下不及於生四, 是何其參差耶. 曰邵先生論易, 則一而兩, 兩而四矣. 蔡九峯演範, 則一而三, 三而九. 而朱先生以爲相爲表裏, 林林天下之數, 何可一槩論也. 至於七公上合四公, 則爲十一矣. 十者河圖之全體, 而一者洛書之變數也. 又並存者如梅磵公而計之而爲八, 則是又四生八之易象也. 眞所謂橫斜曲直, 無往而不遇其合者也. 善觀者觸類而長之, 則能事畢矣. 今觀李氏諸少, 其補也無盡, 又安知不至於八而十六, 十六而三十二, 九而十七, 廿七而八十一, 以至無窮也耶. 然君子自有三不朽, 亦豈無進於此者, 願相與勉之. 崇禎紀元之上章涒灘仲冬日, 恩津宋時烈書.

象)에 부합하는 것으로 설명하고 있다. 이정구에서 이명한·이소한으로 다시 일상·가상·만상·단상, 은상·홍상·유상·익상으로 이어지면서 1→2→(4)→8로 나타나기 때문에 뒤이어 16, 32로 확산될 수 있음을 예기하기도 하였다.

그리고 김수흥(金壽興, 1626~1690)도 「이씨연주집 발문」[21]을 써서 연이 집안의 문장의 홍성에 대한 찬사를 아끼지 않고 있다. 특히 이들 집안의 문주지회(文酒之會)에 30년 간 함께 참여하면서 그 문화(文華)에 익숙해 있었음을 강조하고 있다.

한편 이단상은 정명공주 집에서 잔치를 베풀고 난 뒤의 상황을 다음과 같이 읊고 있다. 정명공주의 부군 홍주원과는 내외종 사이의 인척이라 매우 친밀하게 지냈던 것으로 확인된다.

나그네가 흩어진 진루에 오야의 종이 울리는데
유독 못의 달만 남아서 연꽃을 비추네.
영예를 금련에 보태는 하평숙(何平叔, 何晏)이요
재주는 운진에 부끄러운 육사룡이네.
깊은 동산의 가벼운 바람에 꽃 그림자가 어지럽고
골짜기 방의 작은 비에 나무 그늘이 짙어지네.
도리어 소갈증을 앓는 서상(西廂)의 나그네가 가엾거니와
꿈을 깬 연못에서 게으르게 붓을 드네.
客散秦樓五夜鍾　獨留池月照芙蓉
榮陪禁欒何平叔　才媿雲津陸士龍
深苑軟風花影亂　洞房微雨樹陰濃
還憐病渴西廂客　夢罷池塘拈筆慵[22]

21) 김수흥, 「李氏聯珠集跋」, 『退憂堂集』 卷10, 『한국문집총간』 127, 182면.
22) 이단상, <永安兄洪公柱元第醉起>, 『靜觀齋先生集』 卷1, 『한국문집총간』 130, 21면.

이와 함께 이은상은 이소한의 아들로 할아버지 이정구의 풍류를 이어서 사(詞)를 지었던 사실을 주목할 수 있다. 〈가기 두 사람이 시를 구하기를 마지않아서, 앞의 운을 써서 붓 가는 대로 적어서 주다. 2수〉[23])에서 〈억진아〉와 〈임강선〉을 함께 말하고 있어서 노래 레퍼토리 중에서 〈억진아〉와 〈임강선〉의 사패(詞牌)를 널리 활용하고 있음을 알 수 있다.

이은상이 정사년(1677)에 조카 희조에게 준 시에서는 가문의 성쇠에 대해 염려하고 있어서, 문벌 가문의 영예를 유지하고자 하는 내면을 읽을 수 있다.

> 지난날 매우 성대했던 우리 가문이 쇠퇴한 것을 헤아리니
> 착한 여덟 중에서 지금 다만 두 사람이 남았네.
> 가고 멈춤에 운수가 있으니 마음이 곧 피곤하고
> 어금니가 남음이 없고 살쩍도 실이 되었네.
> 여러 자손 중에서 누가 마땅히 가업을 전함을 맡으랴?
> 너희들의 편안한 향기를 집안의 아이들이 메리.
> 영지동 안의 세 칸 집에서
> 집을 얽고 치우치게 가엾게 여김은 백미에 있네.
> 念昔吾門盛極衰　八元今只兩人遺
> 行休有數心仍倦　牙齒無餘鬢亦絲
> 諸子孰當傳業責　寧馨爾是克家兒
> 靈芝洞裏三間屋　堂搆偏憐在白眉[24])

이러한 전통과 관련하여 뒷날 김만기(金萬基, 1633~1687)가 이은상의

---

23) 이은상, <歌妓二人乞詩不已, 用前韻信筆書贈. 二首>, 『동리집』 권1, 『한국문집총간』 122, 386면. 최재남, 「가기시첩(歌妓詩帖)과 노래를 위한 사(詞)의 레퍼토리」, 『한국시가연구』 44(2018), 103면 참조.
24) 이은상, <志感書示喜姪>, 『동리집』 권8, 『한국문집총간』 122, 495면.

화갑을 맞은 연집(宴集)의 풍류를 다음과 같이 읊고 있어서, 연이 집안의
풍류가 시대를 이어서 지속되고 있음을 반증하고 있다. 둘째 수이다.

> 슬픔과 즐거움은 본래 허깨비이니
> 영화와 시듦은 과연 얼마나 많은가?
> 오직 조물에게 맡김에 응하면서
> 어찌 하늘의 화평함을 덞에 족하랴?
> 볼록한 술잔에 고운 노래를 보내고
> 시가 이루어지매 일곱 자로 읊네.
> 이로부터 몇 주갑이랴?
> 구리악기를 손으로 문지르게 됨이.
> 哀樂元來幻　榮枯果孰多　惟應任造物　奚足損天和
> 杯凸纖歌送　詩成七字哦　從玆幾周甲　銅狄入摩挲[25)]

그리고 이어지는 〈다시 동리 집에 모여서 기록하여 드리다〉, 〈다시
앞의 운을 쓰다〉, 〈다시 화운하다〉, 〈다시 화운하다〉 등의 시에서 화연
의 분위기를 자세하게 기술하고 있어서 연이(延李) 가문의 풍류의 실상
을 자세하게 살필 수 있다.

한편 김석주(金錫胄, 1634~1684)는 김만기의 시에 차운한 〈동리 이은
상 상서의 수석에서 받들어 광성 대감의 운을 따서 드리다〉에서 수연의
자리에서 가기들이 춤을 추면서 정철의 〈관동별곡〉을 부르고 있었다고
증언[26)]하기도 하였다.

---

25) 김만기, <東里李尙書周甲宴集>, 『瑞石先生集』 卷4, 『한국문집총간』 144, 407면.
26) 김석주, <東里李尙書殷相壽席, 敬次光城台韻博粲>, 『息庵先生遺稿』 卷4, 『한국문
집총간』 145, 172면, "是日, 公家兩紅拂起舞齊唱鄭松翁關東別曲 以爲廻旋節拍, 甚
靡麗之觀也. 國舅光城公及洪尙書吉甫, 重叔承宣並來赴會, 而余適以藥房起居先去,
仍有海西新採藥斜來納之事, 末句及之."

  이와 함께 이하조는 이단상의 둘째 아들로 이모부 낭원군 이간이 엮은 『영언』의 발문[27]을 쓰고 있다. 그리고 『청구영언』(한중연본)의 〈고산구곡가〉에 이하조의 역시를 싣고 있어서, 〈고산구곡가〉의 전승에도 참여하고 있음을 알 수 있다.

  한편 이하조는 집안의 풍류와 관련하여 종형인 이봉조(李鳳朝)의 집에서 바다로 들어가는 이봉조를 전별하는 자리의 분위기를 다음과 같이 기술하고 있다.

> 간밤에 바람이 차갑더니
> 장안에는 눈보라가 어지럽네.
> 객지에 머물며 돌아갈 생각이 일렁일 텐데
> 어떻게 쓸쓸함을 위로하랴?
> 큰 형님은 내 손을 잡고
> 셋째 형님은 내 무릎으로 다가오네.
> 맑디맑은 한 동이 술을
> 즐겨 노래하며 밝은 달빛 아래 앉았네.
> 즐기지 않고 다시 어쩌랴?
> 날이 밝으면 동쪽과 서쪽으로 헤어져야 하는데.
> 昨夜天風寒　長安亂飛雪　羈旅動歸思　何以慰凄切
> 伯兮携我手　叔兮促我膝　湛湛一樽酒　酣歌坐明月
> 不樂復如何　明發東西別[28]

27) 김천택 편, 『청구영언(주해편)』(국립한글박물관, 2017), 128~129면.
28) 이하조, 〈夜會泰仁從氏宅 分韻得雪字〉, 『三秀軒稿』 卷1, 『한국문집총간』 속55, 504면.

3) 조손으로 이어지는 풍류

연안이씨 집안을 포함하여 17세기 후반에 가문을 중심으로 시가 향유의 전통을 확인할 수 있는데, 김광욱(金光煜, 1580~1656)과 그의 손자 김성최(金盛最, 1645~1713)의 경우를 예로 들 수 있다.

김광욱은 자가 회이(晦而), 호가 죽소(竹所)이다. 광해군 3년(1611)에 정인홍이 회재와 퇴계를 헐뜯을 때에 김광욱이 정언으로서 홀로 계를 올려 배척하였고, 폐모의 모의를 하면서 협박하자 고양의 행주 강 가에 터를 마련하고 지냈다. 인조반정(1623)으로 다시 벼슬에 나갔다가 효종 1년(1650) 경기감사로 변사기의 불궤의 모의를 제대로 처리하지 못한 일 때문에 파직되어 행주의 강 가로 돌아가기도 했다. 임종의 자리에서 "나라에 두터운 은혜를 입고 만분의 일도 갚지 못한 것이 남은 한이다(受國厚恩 未報萬一 是爲遺恨)."라고 하였다. 김광욱은 만년에 돌아가서 쉴 뜻이 있어서 서호의 옛집을 수리하고 '귀래정(歸來亭)'이라 편액하였다.[29] 그리고 스스로 명을 짓기도 하였다.[30]

가계를 도표로 나타내면 다음과 같다.

光煜							
壽一							李稶
盛最		盛大		盛後		洪處宙	
時佐		時敍	時叔	時敏	時愼	汝重	叔煥
春行	夏行						

---

29) 김수흥, 「묘지명」, 『죽소집』 「부록」, 『한국문집총간』 속19, 446~448면.

30) 김광욱, 「自銘」, 『竹所集』 卷5, 『한국문집총간』 속19, 439면

김광욱이 터를 마련한 동네는 행주의 율리[밤마을]인데, 〈율리의 새 전장에 짓다〉라는 시를 보도록 한다.

평소에 세상과 멀어져 도공을 사모했는데
내가 율리옹이 된 것이 얼마나 다행인가?
감히 풍모와 절도를 앞뒤로 아우르려 하는데
유독 마을 이름이 옛날과 지금이 같아서 기쁘네.
뜰의 소나무는 절로 자라서 겨우 지름길을 나누고
울타리의 국화를 새로 옮기니 이미 떨기를 이루었네.
그윽한 일을 견주노라니 온통 줄어들지 않고
다만 돌아갈 노래를 만들기 어려움이 부끄럽네.
平生隔世慕陶公　何幸身爲栗里翁
風節敢將先後並　村名獨喜古今同
庭松自植纔分逕　籬菊新移已作叢
幽事較來渾不減　只慚歸去賦難工[31]

김광욱을 비롯하여 한회일(韓會一, 1580~1642), 김육(金堉, 1580~1658), 이성신(李省身), 강석기(姜碩期, 1580~1643) 등 12인이 선조 13년(1580)에 태어난 동갑으로 인조 8년(1630) 무렵에 경진계[32]를 결성한 바 있는데, 회갑이 지난 인조 19년(1641) 관등(觀燈)한 다음날에 한회일의 집에서 수계를 하였다. 여러 사람이 세상을 떠나고 서울 바깥에 있는 사람은 빠져서 이날에 5인만 참석하자 이언척(李言惕)을 추가로 가입시켜 모임을 이어가게 하기도 했다. 한회일은 한준겸의 아들로 인조의 왕비 인렬왕후의 오빠이다.

---

31) 김광욱, <題栗里新庄>, 『竹所集』 卷2, 『한국문집총간』 속19, 379면.
32) 강석기, <次庚辰契帖韻 *幷跋>, 『月塘先生集』 卷1, 『한국문집총간』 86, 299면.

그리고 〈벼슬에서 물러나 율리로 돌아가다〉에서는 자연으로 돌아가 편안히 쉬는 모습을 그리고 있다.

> 남은 뼈를 거두어서 낚시터로 돌아오니
> 봄 강물이 참으로 궐어가 살찔 때를 만났네.
> 갠 처마 아래에서 안온히 잠을 자니 참으로 즐겁나니
> 인간세상의 옳고 그름을 말하지 말라.
> 收得殘骸返釣磯　春江政値鱖魚肥
> 晴簷穩睡眞堪樂　休道人間有是非[33]

그리고 최행수로 불린 최욱과 함께 모임을 가지기도 하였는데, 〈행주 최욱 군의 권가정[34]에 짓다〉[35]에서 확인할 수 있다. 다음 시조에 나오는 최행수가 바로 최욱으로 비정된다.

> 세상이 어지러워 시골에서 지내기 좋고
> 농사를 짓는 것이 이 생애에 넉넉히네.
> 번지는 오히려 농사짓기를 배웠고
> 제갈공명도 몸소 밭갈이를 했네.
> 흰 물이 천 두둑에 가득하고
> 누런 구름이 십리에 비꼈었네.
> 매년 가을에 정자 위의 모임에는
> 닭고기와 술로 태평을 축수하리.
> 世亂鄕居好　爲農足此生　樊遲猶學稼　諸葛亦躬耕
> 白水千畦滿　黃雲十里橫　每秋亭上會　鷄酒祝昇平[36]

---

33) 김광욱, <解官歸栗里>, 『竹所集』 卷3, 『한국문집총간』 속19, 402면.
34) 오도일, 「勸稼亭記」, 『西坡集』 卷17, 『한국문집총간』 152, 341면. 참조.
35) 김광욱, <題幸州崔君＊樀勸稼亭>, 『竹所集』 卷3, 『한국문집총간』 속19, 402면.
36) 김광욱, <解官歸栗里>, 『竹所集』 卷3, 『한국문집총간』 속19, 402면.

최행수 쑥달힘 호새 조동갑 곳달힘 호새
둙뗌 게뗌 오려 점심 날 시기소
매일에 이렁셩 굴면 므슴 시름 이시랴. -『청구』 162

김광욱의 증손자인 김시민의 〈행주의 두 최씨를 애도하다. 나이 많은
이의 이름은 석이고, 나이 젊은 이의 이름은 상구이다〉에서 "두 최씨와
는 대대로 교유하였는데, 그 선대는 권가정이네. 우리 할아버지 옛 가곡
에, 행수의 성과 이름이 전하네(二崔卽世交, 其先勸稼亭. 吾祖舊歌曲, 行首
傳姓名)."[37]라고 한 데서 확인할 수 있다.

율리의 귀래정으로 돌아간 김광욱은 〈율리유곡〉이라는 연시조를 남
겼는데, 김천택이 『청구영언』에 17수를 실어놓았다. 밤마을 율리에서
전원 생활을 겨르롭게 즐기는 내용으로 이루어졌다. 각 작품에 드러난
내용은 주변 사람들이 지적한 김광욱의 삶과 그대로 대응하는 것이 많
아서, 율리의 진솔한 생활을 제대로 드러낸 것으로 이해할 수 있다.

『청구』 146는 "도연명의 말에 화답한 것(所和陶辭)"[38]으로, 『청구』 153
은 "후도 백도 삼공도 아니고(非侯非伯非三台)"[39]로 지적한 내용과 대응
되고 있다. 『청구』 147과 『청구』 153, 『청구』 155는 부귀공명과 벼슬살
이를 모두 물리치는 마음을, 『청구』 148과 『청구』 150은 술을 빚고 팥죽
을 쑤어 먹는 삶을 그리고 있어서 수졸전원(守拙田園)의 삶의 모습이 가
감 없이 그려져 있다.

---

37) 김시민, 〈悼杏洲二崔, 老名錫, 少名尙久〉, 『東圃集』 卷4, 『한국문집총간』 속62,
   396면.
38) 이민구, 「歸來亭記」, 『東州先生文集』 卷3, 『한국문집총간』 94, 309면.
39) 박미, 〈栗里歸來齋, 爲金晦而*光煜題〉, 『汾西集』 卷1, 『한국문집총간』 속25, 11면.

도연명 죽은 후에 또 연명이 나닷 말가
밤마을 네 이름이 마초아 같을시고
돌아와 수졸전원이야 긔오 내오 다르랴 -『청구』146

공명도 니젓노라 부귀도 니젓노라
세상 번우한 일 다 주어 니젓노라
내 몸을 내 무자 니즈니 눔이 아니 니즈랴 -『청구』147

뒷집의 술뿔을 쑤니 거츤 보리 말 못 츠다
즈는 것 마고 씨허 쥐비저 괴야 내니
여러 날 주렷든 입이니 드나 쓰나 어이리 -『청구』148

강산 한아흔 풍경 다 주어 맛다 이셔
내 혼자 님자여니 뉘라셔 드톨소니
눔이야 숨쑤지 너긴들 눈화 볼 줄 이시랴 -『청구』149

딜가마 조히 싯고 바회 아래 심물 기러
풋죽 둘게 쑤고 저리지이 쯔어내니
세상에 이 두 마시야 눔이 알가 흐노라 -『청구』150

어와 져 백구야 므슴 슈고 흐느슨다
굴숩흐로 바자니며 고기 엇기 흐는과야
날 곳치 군무음 업시 좀만 들면 엇더리 -『청구』151

모첨 기나긴 히에 흐올 일이 아조 업서
포단에 낫줌 드러 석양에 지자 찌니
문밧긔 뉘 으홈 흐며 낙시 가쟈 흐느니 -『청구』152

삼공이 귀타 흔들 이 강산과 밧골소냐
편주에 돌을 싯고 낙대를 훗더질 제

이 몸이 이 청흥 가지고 만호후ㄴ들 부르랴 -『청구』153

추강 볼근 둘에 일엽주 혼자 저어
낙대를 썰쳐 드니 자는 백구 다 놀란다
어듸셔 일성어적은 조차 흥을 돕ᄂ니 -『청구』154

헛글고 싯근 문서 다 주어 후리치고
필마 추풍에 채를 쳐 도라오니
아므리 미인 새 노히다 이대도록 쇠훤ᄒ랴 -『청구』155

대막대 너를 보니 유신ᄒ고 반갑괴야
나이 아힛적의 너를 ᄐ고 ᄃ니더니
이제란 창 뒤헤 셧다가 날 뒤셰고 ᄃ녀라 -『청구』156

세상 사롬들이 다 ᄲ러 어리더라
죽을 줄 알면서 놀 줄란 모로더라
우리는 그런 줄 알모로 장일취로 노노라 -『청구』157

사롬이 주근 후에 다시 사니 모왓ᄂ다
왓노라 ᄒ니 업고 도라와늘 보니 업다
우리는 그런 줄 알모로 사라신 제 노노라 -『청구』158

황하수 묽단 말가 성인이 나셔돠
초야 군현이 다 니러나닷 말가
어즈버 강산풍월을 눌을 주고 갈소니 -『청구』159

셰버들 가지 것거 낙슨 고기 ᄢ여 들고
주가를 츠즈려 단교로 건너가니
흰 골에 행화 져 ᄲᅡ히니 갈 길 몰나 ᄒ노라 -『청구』160

동풍이 건 듯 부러 적설을 다 노기니
사면 청산이 네 얼골 나노매라
귀밋틔 희무근 서리는 녹을 줄을 모른다 -『청구』161

김광욱은 딸을 한 명 두어서 이선(李藚)에게 출가시켰으며, 동생 광위(光煒)의 아들 수일(壽一)을 사자(嗣子)로 삼았는데, 수일은 이소한[40]의 따님을 아내로 맞아 성최(盛最), 성대(盛大), 성후(盛後)의 세 아들을 두었다. 이들 형제들이 귀래정에서 집안 모임을 이어갔고 그중에서 성최의 작품이 전하고 있다. 이들의 문풍은 월사 집안의 외손으로서 외가에서 배태되어서 외가의 풍조(風調)[41]를 이었다고 평가할 수 있다.

그리고 김성최는 송광연(1638~1695), 박여흥(朴汝興)[42] 등과 이웃하고 살았는데, 아버지의 상을 당하여 귀래정에서 수제(守制)하고 있던 숙종 15년(1689) 가을에 아들 시좌(時佐)가 발의하여 "예속상교(禮俗相交)", "환난상휼(患難相恤)"의 정신을 잇는 진솔회(眞率會)를 결성하고 세 집안의 10여 인이 모여서 서호계첩[43]을 만들기도 하였다.

김성최는 할아버지의 풍류를 잇고, 형제 사이의 모임과 후손에게 이어지는 풍류를 지속하면서 다음과 같이 읊고 있다. 김천택이 『청구영언』에 3수를 실어놓았다. 첫째 작품은 흡곡 현령을 할 때 지은 것으로 보인다.

---

40) 이소한의 아들은 이은상, 이홍상, 이유상, 이익상 등으로, 이들은 김성최의 외숙이 된다.
41) 김창흡, 「蕉窓集跋」, 『三淵集』 卷25, 『한국문집총간』 165, 513면, "君之才格, 實胚胎於月沙公家", 「戶曹正郎金公[盛後]墓表」, 『三淵集』 卷30, 『한국문집총간』 166, 74면, "母延安李氏, 月沙公之孫也. 君文藝夙就, 蔚有外家風調.", 참조.
42) 이재, 「참봉박공묘지」, 『도암집』 권42, 『한국문집총간』 195, 378면.
43) 송광연, 「西湖稧帖序」, 『泛虛亭集』 卷7, 『한국문집총간』 속43, 386면.

공정에 이퇴하고 할 일이 아주 없어
편주에 술을 싣고 시중대 찾아가니
노화에 수많은 갈매기는 제 벗인가 하노라. -『청구』206

술 씨야 니러 안자 거믄고를 희롱ᄒ니
창밧긔 셧는 학이 즐겨서 넘느는다
아희야 나믄 술 부어라 흥이 다시 오노미라 -『청구』207

좌네 집의 술 닉거든 부디 날 부르시소
내 집의 곳 픠여든 나도 좌내 쳥히 옴시
백년쩟 시름 니즐 일을 의논코져 ᄒ노라 -『청구』208

　할아버지를 보고 배운 손자가 할아버지의 풍류를 이어가는 것, 이것
이 집안의 문화이고 17세기 후반 시가 향유의 한 흐름이라고 이해할 수
있다.

　『청구영언』208에 수록된 작품은 『해동가요』 이후 김육(1580~1658)의
작품으로 전승되고 있는데, 홍세태의 다음 시를 볼 때 김성최의 작품으
로 볼 수 있다. 〈겨르롭게 지내면서 흥을 풀다. 일노당에 지어 바치다〉
라는 시제이다. 미련의 "그대 집에 술 익으면 즐겨 함께 마시고, 나에게
새 시가 있으니 취하여 읊기 바라네."의 의경이 예시한 시조와 연결되는
것으로 볼 수 있다.[44]

---

44) "좌네 집의 술 닉거든"은 이미 이승소의 〈次壻李學正*孟思詩〉의 둘째 수 전구, "그
　대 집에 술 익거든 모름지기 날 부르라(君家酒熟須呼我)", 이산해의 〈贈蔚溪丈人〉
　의 마지막 구절의, "그대 집에 술 익거든 나를 꼭 불러주오(君家酒熟宜吾喚)", 이소한
　의 〈舍弟晉陽別言〉, "그대 집에 술 익거든 내를 손님으로 부르고, 내 뜰에 꽃 피면
　그대에게 자리를 펴리(君家酒熟我呼賓, 我苑花開君吐茵)" 등에서 보듯 관습화된 표
　현이기도 하다.

어제 오늘 모두 흐린 봄날이더니
그윽한 집에서 잠에서 깨니 마을이 깊네.
살구꽃이 일렁이려 하니 절로 기쁘거니와
시냇물이 비껴 흐르니 어찌 막을 수 있으랴.
가난하게 살면서 찬 것을 먹어도 좋은 계절이라
늙은이는 답청에 오히려 호탕한 마음이네.
그대 집에 술 익으면 즐겨 함께 마시고
나에게 새 시가 있으니 취하여 읊기 바라네.
昨日今日皆春陰　幽齋睡起門巷深
杏花欲動自可悅　溪水橫流那得禁
貧居食寒亦佳節　老子踏靑猶豪心
君家酒熟肯同飮　我有新詩須醉吟[45]

　　다른 한편으로는 '경진계첩'을 만드는 등 할아버지 김광욱과 친밀하게 지낸 김육이 이 집안의 풍류를 수용하고 있었기 때문이라고 할 수도 있다. 노래 전승에 참조할 만한 중요한 시사점이라 할 수 있다.
　　그런데 할아버지의 풍류를 손자가 잇는 것에 그치지 않고 후대에도 지속되고 있음을 김시민(金時敏, 1681~1747)의 「귀래정의 봄놀이」에서 확인할 수 있다. 김광욱의 증손자이고 김성최의 조카인 김시민이 숙종 33년(1707) 봄에 귀래정에서 집안사람들이 모인 잔치자리의 풍류를 기록한 것이다. 율리의 귀래정에 김성최, 김성대, 김성후 형제와 홍처주가 참여하고, 김시좌, 김시숙, 김시민, 김시신, 홍숙환 등과 김춘행, 김하행 등이 참여하였으며 이웃 마을 사람들도 구경꾼으로 참여하였고, 영기(伶妓)들도 참여하였다. 마침 김성대의 생일이라 생일잔치 겸 봄놀이를 하면서 차례대로 돌아가면서 노래를 부르고 춤을 추었다고 하였는

---

45) 홍세태, <閑居遣興, 錄呈佚老堂>, 『柳下集』 卷5, 『한국문집총간』 167, 390면.

데, 참여한 모든 사람이 노래를 불렀다고 하는 부분이 특이하다. 실제로 이러한 모임은 한두 번에 그치지 아니하고 여러 대에 걸쳐서 이어진 것으로 확인되고 있다. 잔치 자리의 상황을 보도록 한다.

> 아침밥을 먹은 뒤에 정자 위에서 잔치를 베풀었다. 이날은 곧 중부의 생일이라, 당형 이숙이 헌작을 준비하였는데, 잔치 일을 주재한 사람은 실제로 백당형이었다. 젊은 사람 12~3인이 정자 처마 아래에 벌려 앉았는데, 처마 아래가 좁아서 겨우 두 줄로 마주 앉을 수 있었고, 가운데에서 술을 돌릴 수 없었다. 정자 뒤에 숲 언덕이 있는데, 형세가 매우 높지 않고, 가운데가 또한 평탄하여 백여 사람이 앉을 수 있었다. 마침내 언덕 위로 자리를 옮기고, 백부, 중부, 가대인과 홍숙이 차례로 앉고, 당형 도이(시좌), 이숙(시서), 홍숙환 형과 나와 동생(시신), 당질 춘행과 하행이 또 소목으로 벌려 앉았고, 백부의 사위 진사 송성중도 자리에 있었다. 유독 홍숙의 맏이 금오랑 여중 형은 벼슬에 있어서 약속에 나오지 못하였다.
> 이 모임은 골육과 친척이 모이고 바깥손님은 받지 않았으며, 그러나 또한 4~5명의 고을 어른들이 백부의 부름을 받고 다른 자리에 앉았다. 피리, 생황, 축, 혜금을 부는 사람과 기녀 두 쌍이 솔숲 사이에 흩어져 앉아서 술을 바치자 음악을 시작했다. 우리들 종형제들이 차례로 일어나 헌수하고, 여러 백중부들이 곧 둘씩 절하며 춤을 추고 조카들에게 이르러 멈추었다. 가대인이 또 일어나 백부와 중부에게 헌수하고, 중부가 또 백부에게 헌수하고, 중부와 가대인 또 일어나 자리에서 춤을 추었다. 중부와 가대인은 모두 백발인데 백부를 위하여 일어나 춤을 추었다. 마을의 늙은이와 젊은이들이 부축하면서 다투어 보면서 모두 성대하다고 여겼다. 술이 한창이 되자 당백이 먼저 노래하고, 여러 종형제들이 서로 이어 노래하고 조카들에 이르러 그쳤다. 중부와 가대인이 각각 한 차례 노래하고, 백부와 홍숙도 또한 노래하였다. 고을의 노인 몇 사람도 노래하고 춤을 추고 기녀가 노래하고 춤추는 것은 법이 없었다.[46]

그리고 김시민은 〈일노당의 술자리에서 삼가 백부의 운을 따다〉에서
일노당에서 벌어지는 집안 풍류의 내용을 말하기도 하였다. 바깥의 괴
로움을 잊고 술을 마주하고 지내면서, 형제의 즐거움을 누리고 명리는
벗어나고, 부귀를 남가일몽으로 본다는 것이다.

> 술을 마주하면 절로 아름다운 흥취인데
> 문을 나서면 괴로운 낯빛이 많습니다.
> 꽃은 아흐레의 빛을 머무르고
> 하늘은 초겨울의 추위를 보이고 있습니다.
> 방 가득 형제의 즐거움이요
> 몸은 명리의 빗장을 넘어섰습니다.
> 사람살이가 좋은 뜻에 맞으니
> 부귀는 본래 남가일몽입니다.
> 對酒自佳趣　出門多苦顔　花留九日色　天欲孟冬寒
> 滿室壎箎樂　超身名利關　人生適意好　富貴本槐安[47)

---

46) 김시민, 「春遊歸來亭記」,『東圃集』卷7,『한국문집총간』62, 461면. 旣朝飯, 將設宴
亭上, 是日, 卽仲父初度日也. 堂兄彝叔, 經營獻酌, 其主張宴事者, 實我伯堂兄也. 少
長十二三人, 列坐亭軒, 軒少狹僅可容兩行對坐, 中無行酒路矣. 亭後林臯, 勢不甚高,
而中且坦可坐百餘人, 遂移席臯上, 伯父, 仲父, 家大人, 洪叔以次坐, 堂兄道以, 彝叔,
洪兄叔煥, 余與舍弟, 堂姪春行, 夏行, 又昭穆列坐, 伯父女婿晉士宋誠仲, 亦在座, 獨
洪叔長子金吾郎汝重兄, 以官故未赴約. 玆會也, 會骨肉親戚, 不許外賓, 而亦有四五
鄕老, 被伯父招, 別席而坐, 笛者笙者筑者嵇琴者, 紅粉二雙, 散坐松樹間. 酒進樂作,
吾輩從兄弟, 以次起壽, 諸父仍兩兩拜舞, 至姪輩而止. 家大人又起壽伯父仲父, 仲父
又壽伯父, 仲父家大人又起舞席上, 仲父家大人, 俱以白髮, 爲伯父起舞, 村里老幼,
扶携爭觀, 皆以爲盛. 酒闌堂伯先歌, 諸從相繼而歌, 至姪輩而止. 仲父家大人各一歌,
伯父洪叔亦歌, 鄕老數人亦歌且舞 紅粉之歌且舞者無常焉.
47) 김시민, <佚老堂酒席, 謹次伯父韻>,『東圃集』卷1,『한국문집총간』62, 343면.

3. 근본으로서 저자 백성[市民] 인식과 그 변화

1) 시민의 성장과 계급 형성

17세기 후반에 이르러 저자 백성[市民]을 나라의 근본으로 인식하는 변화가 일어나고 있었다. 각전(各廛)에서 상업에 종사하는 이들 저자 백성은 물화의 움직임에 민감하였고, 사신이나 역관과 동행하면서 사행무역의 이익을 도모하였으며, 행전법(行錢法)의 시행과 함께 이익을 극대화하는 일을 중요하게 인식하고 있던 사람들이다. 때로 궁금이나 대부들과 연계하여 이권을 챙기는 일에도 앞장섰던 것으로 확인된다. 17세기 이후 사회의 중요한 계급으로 등장하면서 신분제 사회의 틀이 변화하는 계기가 되었고 새로운 담당층으로 부상하고 있었던 것이다.

저자 백성과 관련하여 우선 『현종실록』의 기록을 보도록 한다. 현종 11년(1670) 10월의 기사이다.

> 판윤 서필원이, 각 전의 시민들이 견디기 어려운 폐단에 대해 조목별로 진달하기를,
> "국가의 필요한 물건을 시민에게서 모두 조달하는 것이 상례인데, 이는 나라의 근본을 보휼하는 일과 관계되므로 서울과 지방이 한가지입니다. 그런데 외방의 민생은 이미 역을 면제받았으나 오직 이 시민만은 그 혜택을 입지 못하였습니다. 지금부터는 절대로 잡역을 지워 독촉하지 마소서." 하니,
> 상이 따랐다. 필원이 마침 평시제조가 되어 있었기 때문에 시민들의 호소를 듣고 이 청을 올린 것이었다.[48]

각전의 저자 백성에게 여러 가지 역(役)을 부과하면서 이들 시민이

---

48) 『현종실록』 권18, 11년 10월 8일(임진), 『국역 현종실록』 8, 2면.

부담을 안게 되므로, 이러한 잡역을 부과하지 않도록 해 달라는 요구를 판윤으로서 평시제조를 맡은 입장에서 진달한 것이다. 이 무렵 전국적으로 여역과 기근으로 백성들의 삶의 형편이 매우 어려워서 국가의 재정이 거의 바닥[49]에 이른 시기였다는 것을 고려하면, 시민의 보호를 내세우는 점을 주목할 수 있다.

시전(市廛)이나 시사(市肆)를 주목하게 된 것은 사행의 길에 살피게 된 연경의 번화하고 활기찬 모습에서 느낀 감동과 연계되어 있다. 심지원(1593~1662)이 「연행일승」에서, [계사 십이월(癸巳十二月)], "처음 옥하관에 다다르니 여염의 성대함과 저자의 넉넉함이 멍하여 형용하기 어려울 정도로 참으로 장관이었다(始到玉河關, 閭閻之盛, 市肆之富, 惝怳難狀, 誠壯觀也)."[50]라고 한 것이나, 홍주원이 〈영평부의 길 가운데서 외조부의 기행시에 차운하다(永平府路中, 次外祖記行韻)〉의 함련에서, "누대에서 번화하고 성대함을 볼 수 있고, 저자에는 물력이 다툼을 아울러 지녔네(樓臺可見繁華盛, 市肆兼將物力爭)."[51]라고 한 부분, 오도일(1645~1703)이 「병인연행일승(丙寅燕行日乘)」에서, "조양문을 통해서 들어가니 성과 해자가 공고하고 성대하였고, 누각은 크게 사치하고 고왔으며, 여염과 저자는 조밀하고 크게 넉넉하여 참으로 천하의 장관이었다(由朝陽門入, 城隍之鞏固壯盛, 樓閣之宏侈巨麗, 閭閻市肆之稠密殷富, 眞天下壯觀也)."[52]라고 한 데에서 알 수 있다.

손만웅(1643~1712)도 숙종 3년(1677) 11월 동지사 서장관으로 사행에

49) 『현종실록』 권19, 12년 2월 10일(임진), 『국역 현종실록』 8, 56면.
50) 심지원, 「燕行日乘」, 『晩沙稿』 卷5, 『한국문집총간』 속25, 281면.
51) 홍주원, 〈永平府路中, 次外祖記行韻〉, 『無何堂遺稿』 冊7, 「燕行錄」, 『한국문집총간』 속30, 544면.
52) 오도일, 『西坡集』 卷26, 『한국문집총간』 152, 504면.

참여한 뒤에 북경 가까운 통주 근처를 기록하면서 저자의 번화함을 말하고 있다.

> [12월] 을축일 바람이 크게 불다. 서쪽으로 20리 쯤 가다. …(중략)… 노하(潞河)를 건너 5리 쯤에 동성 바깥에 이르자 큰 석교가 있고, 위에 채색한 두 문이 있었는데 하나는 이민금언이고 다른 하나는 통유옥진이 었다. 다리 아래에는 무지개 문을 만들었는데, 뱃길과 통하게 하였다. 대개 성안의 물이 아래로 흘러서 깊게 된 곳이었다. 동문을 거쳐서 들어가니, 중문이 겹으로 잠겨 있었는데, 우뚝 솟아서 매우 단단하였다. 사람들이 무리를 이루고 거마가 많은 것이 덜컹거리며 은성하여서 문지르고 두드리는 소리가 섞여 합쳤다. 저자의 번화함은 눈이 가는 곳마다 눈부셔서 거쳐 온 여러 고을과 견줄 바가 아니었다.[53]

이뿐만 아니라 새로운 문물에 대한 감동은 연행과 관련한 여러 기록에서 빈번하게 확인되고 있다. 사행에 참여했던 사신은 크게 감동을 받고, 동행했던 역관은 이들 번화한 저자에서 사행무역을 통하여 이익을 남기게 되었던 것이다. 사행에 동행했던 이들 역관이 저자의 백성으로 생업을 유지하면서 시민 계급으로 성장해 갔던 것이다.

다른 한편 저자의 백성이 이익에 골몰하는 모습을 이만영(李晚榮, 1604~1672)의 시에서 볼 수 있다. 현종 12년(1671) 봄에 도성에 전염병이 크게 돌면서 시민과 사대부들이 목숨을 잃게 되었을 때에, 어시(魚市) 주변에서 살면서 그곳에서 일어나고 있는 광경을 기술한 내용이다. 첫

---

53) 손만웅, 「燕行日錄」, 『野村先生文集』 卷4, 『한국문집총간』 속46, 398~409면. 乙丑大風. 西行二十里許. …(中略)… 渡河五里許, 至東城外, 有大石橋, 上建二彩門, 一則利民金堰, 一則通庚玉津. 橋下爲虹門, 以通船路, 盖城中河之下流爲泓處也. 由東門而入, 重門複關, 屹然完固. 人民之衆, 車馬之多, 輻輳殷殷, 磨戞雜沓. 市肆繁華, 觸目炫煜, 非所經列邑之比也.

째 수와 넷째 수이다.

> 집이 안영과 같이 저자에 가까운데
> 몸은 매복이 아니라 문을 살피네.
> 바람이 불면 비리고 상하는 냄새를 피하지 못하고
> 해가 돋으면 싸우고 떠드는 소리가 길게 들리네.
> 家似晏嬰近市　身非梅福監門　風來莫避腥腐　日出長聞鬪喧

> 긴소리 짧은 소리로 부르면서
> 남북의 저자를 오고가네.
> 떠돌이 장사치는 간사함이 넘치도록 힘쓰고
> 앉아서 장사하는 사람은 이익을 꾀함에 마음을 두네.
> 呼唱長聲短聲　往來北市南市　行商努力邪嬴　坐賈專心射利[54]

2) 사회·경제적 변화

허목은 다음과 같이 상소를 통해서 이미 저자의 백성들이 그들의 이익을 독점하기 위하여 가게를 제멋대로 펼치기도 한다고 하였는데, 여기에 이권이 개입되면서 실제 제대로 된 정책을 펴기 어렵게 되었다. 시민들이 이익을 매개로 단합하여 관리들과 결탁하는 일이 벌어졌다고 할 수 있다.

---

54) 이만영, <歲辛亥春, 都城大疫, 市民及朝士家, 遘癘死亡甚多, 城外蒿葬, 不知其幾千百, 掩骼之令雖嚴, 而殭屍相枕於道, 烏鳶競啄, 狗豕爭食, 雖壬癸兵禍之酷, 殆不能過. 盖飢餒之民, 又遭毒癘而然也. 余家亦遘流疾, 一婢致死, 奴婢盡被相染, 余獨身出避, 八次遷徙, 僦寓魚市之傍, 今已三朔, 憂患無聊中, 偶得六言若干首>,『雪海遺稿』卷1,『한국문집총간』속30, 33면.

저자[市肆]는 위로 열수(列宿)에 응하여 온갖 재화를 유통시켜 이익이 나오는 곳입니다. …(중략)… 지난번에 신이 이 의견을 맨 먼저 개진하면서 옛일을 살펴서 늘어선 가게를 각각 원래의 위치대로 하기를 국초의 옛 법과 똑같이 하고 율령으로 단속하도록 하였습니다. 그런데 장사치들이 싫어하여 저자에서 가게의 위치를 바꾸면 물화가 유통되지 않는다고 합니다. 무릇 속미(粟米), 사마(絲麻), 포백(布帛)을 바꾸려는 자가 저자의 입구에 들어와서 제 가게를 찾지 못하여 주저하다 돌아간다는 것은 그럴 이치가 없습니다. 물화가 유통되지 않는 것은 장사치들의 급무입니다. 저들이 시세를 헤아려서 방자하게 법을 두려워하지 않고 물건을 묶어두고 매매하지 않고서 도리어 거짓말을 만들어 내 법을 어지럽혀 제 욕심을 채우고 있으니 그 정상이 가증스럽습니다. 어찌 이익을 다투는 자가 좋아하지 않는다고 해서 법을 무시하여 거행하지 않을 수 있겠습니까. 유사(有司)의 다스림은 법을 행하여 백성이 따르게 하는 것일 뿐입니다. 형률에 매매의 이익을 손아귀에 넣어 이익을 독점하는 자는 장물을 계산해서 중한 자는 도둑을 다스리는 죄로 논죄한다고 하였으니, 더구나 이익을 탐해서 법을 무시하고 명령을 따르지 않는 자는 말할 것이 있겠습니까. 신이 삼가 듣건대 혹자가 이익은 없고 원망만 많으니 그 금령을 없애자고 청했다고 합니다. 늘어선 가게에 질서가 없어서 시끄럽게 싸우고 어지러운데도 관리가 물품을 변별해서 저자를 고르게 하지 않고 내버려 두어 전혀 제재가 없으니 이것이 왕법이 어지러운 이유입니다. 문란해진 법으로 문란한 질서를 다스리는 것이 곧 오늘날 조정의 모습이니, 신은 그 까닭을 모르겠습니다.

상소가 들어가자 상이 둔전의 폐단을 알고 그 자리에서 혁파하고, 늘어선 가게들로 하여금 모두 국초에 정한 제도를 따르게 하였는데, 얼마 지나지 않아 홍중보(洪重普)가 늘어선 가게를 바꾸면 시민들이 좋아하지 않는다고 아뢰어 그만두었다. 둔전은 상이 이미 혁파하였는데 다음 달에 상이 세상을 떠나자 아문들이 나라에 상이 난 것을 틈타 마침내 혁파하지 않았다.[55]

그리고 다음과 같은 기사에서 저자 백성을 국가의 근본으로 인식하고 있음을 알 수 있다. 숙종 원년(1675) 윤5월의 기사인데, 이들이 돈을 가지고 있으며 이 돈을 받거나 이용하면서 그들의 요구와 이익을 좇아 정책의 변화까지 초래하게 된 것으로 볼 수 있다.

> 주강에 나아갔다. 윤휴가 말하기를,
> "저자 백성[市民]은 국가의 근본입니다. 저자에는 각기 점포[廛]가 있고 군사와 백성은 서로가 다른 것인데, 이제 들으니, 훈국(訓局)의 정초군(精抄軍)이 점포에 나온다고 합니다. 이는 저자 백성에게 해로움이 있을 것이니, 이를 정파(停罷)하는 것이 온당할 듯합니다." 하니,
> 임금이 그대로 따랐다. 이는 윤휴의 말이 옳다. 그러나 사실은 (윤휴가) 저자 사람의 돈을 받고서 들어가 말한 것이다.[56]

저자 백성인 시민을 국가의 근본으로 인식하고, 이들이 경제적 이익을 축적하면서 국가의 정책 방향도 이들의 힘에 기대지 않을 수 없게 되었다. 임금이 시장 백성에게서 예채(豫債)를 가져다 쓰게 되고, 나라의 빚은 점점 늘어나게 된 것이다. 나라에 돈을 빌려준 시민의 발언권이 커질 수 있는 빌미를 제공하게 되고, 이들이 정치적 역할까지 좌우하는 경우가 늘어나게 된 것도 필연적이라 할 것이다.

> 임금이 말하기를,
> "공자께서도 용도를 존절히 하여 백성을 사랑하라고 하였으니, 용도를 존절히 해야 한다는 도리를 내가 어찌 모르겠는가? 그러나 앞당겨 써 온 전례는 이미 오랜 것으로 본디 창시한 것도 아닐 뿐더러 그렇다고

---

55) 허목, 「自序」, 『記言』 卷65, 『한국문집총간』 98, 462면.
56) 『숙종실록』 권4, 원년 윤5월 10일(정유), 『국역 숙종실록』 2, 20면.

낭비한 소치도 아닌 것이다. 대저 수진(壽進) 등 4궁은 물력이 영세하지
만, 각기 주관하는 바가 있다. 내간에서 일용하는 각종 제수와 궁속들의
요포(料布)를 모두 여기에서 내어주었는데, 근래 해마다 흉년이 들어 각
사만 점점 옛날 같지 못할 뿐이 아니어서 궁중 조도(調度)의 군핍이 더욱
극심하다. 그리하여 일용하는 물품을 번번이 시장에서 무역하여 오는데,
예채로 가져다 쓰는 것이 여염의 가난한 사람들이 빚을 쓰는 것과 같이하
는 경우가 많다. 시장 백성이 해궁에 빚을 독책하여도 해궁에서는 충급해
줄 수가 없어서 쌓인 빚은 점점 많아지고, 백성들의 원망도 따라서 점점
깊어지기 때문에 부득이 인년(引年)하여 쓰는 것이다. 이는 그것을 추이
하여 빚을 갚음으로써 백성들의 원망을 풀게 하기 위한 조처인 것이다.
어찌 하고 싶어서 하는 것이겠는가? 일이 매우 미세한 것이지만 언단이
발론되었기에 마침 언급하는 것이다."

…(중략)…

삼가 살펴보건대, 임금의 실언이 크다. 여염의 일개 선비의 가정에서도
진실로 스스로 잘 도모한다면, 또한 예채를 쓰는 데에는 이르지 않는 것
인데, 어떻게 당당한 천승의 국가에서 구구하게 시전에서 빚을 구걸할
수 있단 말인가? 이 일은 매우 세쇄(細碎)한 것인데 임금이 어찌 알 수
있는 것이겠는가마는, 누누이 내린 상교가 모두 생활의 어려움에 대한
것이었다. 이런 말이 어찌하여 임금에게서 발론되었단 말인가? 법도에
넘치는 번거로운 비용과 조도의 군핍이 또한 누구의 허물인가? 애석하게
도 이를 바로잡은 이가 하나도 없었고, 심지어 위로는 천위가 두렵고 아
래로는 공의에 핍박되어 구차스레 돌려서 임금의 재결만을 취하려 하였
으니, 또한 불쌍하기 그지없다.[57]

그리고 다음과 같은 기사는 한성부의 서리들이 각전의 시민을 포함한
몇몇 부류에게 많은 돈을 거두어 잔치를 여는 폐단을 지적한 것인데,

---

57) 『숙종실록』 39권, 30년 3월 15일(갑인), 『국역 숙종실록』 21, 213~214면.

시민이 가진 경제적 여유를 짐작할 수 있는 대목이다.

> 사간원에서 아뢰기를,
> "한성부 서리 30여 명이 각전의 시민과 강변 동네, 서울 근처의 산에 있는 절에서 많은 돈을 거두어 잔치를 베풀고 즐기는 비용으로 썼으며, 악공을 불러 모아 풍악을 크게 베풀었습니다. 이처럼 기근이 들어 몹시 참혹한 시기를 맞아 이에 감히 백성의 재산을 불법으로 거두어 종루의 큰길 가에서 잔치를 베풀었으며, 또 네 계절의 명절마다 시민에게 여러 가지로 침해하여 징수하였습니다. 만약 중하게 다스리고 엄하게 금하지 않는다면 간사한 습관을 막고 백성의 피해를 제거할 수 없을 것이니, 청컨대, 유사로 하여금 적발하여서 법에 의하여 처단하도록 하소서." 하니, 그대로 따랐다.[58]

저자 백성[市民]은 각전에서 상업에 종사하는 사람들을 가리키는 말이다. 저자의 돈이 움직임에 따라 정치와 생활의 방편에 변화가 일어나고 있다고 할 것이다.

이미 17세기 전반에도 실제 이들 시민은 중국을 오가는 역관 등과 결탁하기도 하였고, 중국에 가는 사신들이 역관과 시장 사람들에게 뇌물을 받고 이들을 군관으로 데리고 가기도 하였다.[59] 실제 이들 시장 사람을 데리고 가면서도 가명을 사용하거나, 다른 사람을 대신하여 데리고 갔던 것으로 보인다.

> 집의 윤수민(尹壽民), 장령 박진원(朴震元)·원호지(元虎智), 지평 신율(申慄)·강주(姜籒)가 아뢰기를,

---

58) 『숙종실록』 권6, 3년 12월 17일(기미), 『국역 숙종실록』 3, 181면.

59) 최재남, 『17세기 전반 정치·사회 변동과 시가사』(보고사, 2018), 255~256면 참조.

"신들이 주청부사 민인백(閔仁伯)이 역관 방의남(方義官)과 시장 사람 변응관(卞應觀)에게 뇌물을 받고 군관으로 데리고 갔다는 말을 듣고, 이조와 병조의 구전 단자와 승문원의 차관(差關)을 가져다가 보니, 방의남과 변응관의 이름이 모두 기록되어 있지 않았습니다. 그래서 사역원의 장무역관(掌務譯官)과 면주전(綿紬廛)의 여러 사람들에게 물어보니, 모두들 '분명히 데리고 가기는 했는데 어느 사람의 이름을 대신해서 갔는지는 분명히 모른다.'고 하였습니다. 그래서 신들이 어제 사실에 의거하여 논계한 것입니다. 그러나 민인백은 이미 사명을 띠고 길에 올라 조만간에 강을 건너게 되었는데, 만일 잡아다가 추문하기를 청한다면 일이 낭패될 것이어서 단지 추고하기만을 청했던 것입니다.

삼가 정원에 내리신 분부를 보건대, 신들이 일을 논계하면서 주의해서 하지 않은 잘못을 진실로 면하기 어렵게 되었습니다. 그리고 신들의 본의는 오로지 시정의 장사하는 무리들이 뇌물을 주고 외람되이 따라간 것만을 위해 논계했기 때문에, 화원 이신흠(李信欽)도 그 속에 끼인 것을 전연 살피지 못하였으므로 미처 아울러 논계하지 못했습니다. 또 방의남(方義男)의 의(義)자를 잘못하여 애(愛)자로 서계했으니, 일을 아뢰면서 허술하게 한 죄가 또한 큽니다. 뻔뻔스럽게 직에 있을 수 없으니 신들을 체직시켜 주소서."[60)]

그리고 전화(錢貨)의 사용과 관련하여 저자 백성들의 이익에 배치될 수 있다는 와언이 전하는 것에 대하여 다음과 같은 의논이 제기되기도 하였다.

영부사 송시열(宋時烈)이 소를 올려 근래에 와언이 일어난 폐단을 논하고, 또 인책하였는데, 대략 이르기를,

"지금 사람들의 마음이 괴벽(乖僻)하고 어긋나서 와언이 떠들썩하게

---

60) 『선조실록』174권, 37년 5월 1일(辛亥), 『조선왕조실록』24(탐구당, 1979), 607면.

여항으로부터 일어나서 중외에까지 퍼져서 사람들로 하여금 이쪽저쪽으로 돌아보고 생각하면서 손을 움츠리고 말을 못하게 하고 있습니다. 신이 당한 것을 가지고 말하더라도, 신이 <서울에> 들어오지 아니하였을 적에 신이 김익훈(金益勳)을 구하기 위하여 왔다고 말하였으며, 이미 들어온 뒤에는 전화를 폐지하려 한다고 생각하였습니다. 대저 전화의 사용은 실지로 남자는 곡식, 여자는 베의 쓰임새에서 어려움을 펴게 하는 것이니, 공사에 크게 이익 되는 바가 있습니다. 그리하여 신은 항상 그것이 혹시 폐지될까 두려워하고 있는데, 어찌 폐지하려는 뜻이 있겠습니까? 그런데도 이러한 말을 지어내어 저자의 백성들로 하여금 이익을 잃게 하였으니, 그것이 백성들에게 해가 되는 것이 이보다 더 심한 것이 있겠습니까? [이 아래에 또 저상(猪商) 주금과 화여 등의 일로 와언이 있었음을 말하였다.][61]

동래에서 왜인과 관계되는 경우의 대책으로 권이진이 제시한 한 방법을 통해서 장사꾼의 위상과 역할[62]을 짐작할 수 있다.

3) 작품에 투영된 시민의 모습

실제 시가에서도 이러한 저자 백성의 삶과 연관된 작품들이 빈번하게 등장하고 있었다. 새로운 물화로 추정되는 '동난지이'를 팔러 다니는 장사꾼의 물화 설명이라고 할 수 있다. 일반 사람들은 '게젓'이라고 하면 된다고 하였지만, 장사꾼은 '청장 ㅇ스싀'에 비중을 두는 것으로 보아 '간장게장'으로 추정되는 새로운 물화를 '게젓'과 변별하여 설명하려고 애쓰고 있는 것이다. 영조 4년(1728)에 김천택이 엮은 『청구영언』「만횡

---

61) 『숙종실록』 14권, 숙종 9년 2월 27일(기해), 『국역 숙종실록』 7, 170~171면.
62) 『숙종실록』 48권, 숙종 36년 3월 29일(갑오), 『국역 숙종실록』 25, 345면.

청류」에 수록되어 있는 것으로 보아, 적어도 17세기 후반에는 불렸던
것으로 추정할 수 있다.

> 댁들에 동난지이 사오 져 쟝ᄉ야 네 황화 긔 므서시라 웨는다 사쟈
> 외골 내육 양목이 상천 전행 후행 소아리 팔족 대아리 이족 청장 ᄋᄉ
> 슉ᄒᄂ 동난지 사오
> 쟝ᄉ야 하 거복이 웨지 말고 게젓이라 ᄒ렴은. * 미상
>
> – 『청구영언』 532

　이와 함께 『청구』 535에서는 "틱들에 나모들 사오~"의 변형이 나타나
고, 『청구』 565에서는 "밋난편 광주ㅣ 썃리뷔 장ᄉ~"로 시작하여 각종
장사꾼이 등장하고 있다. 물론 이러한 장사꾼이 저자에 기반을 둔 시민
이라기보다 떠돌이 장사치에 해당하는 것이어서 시민 계급의 등장이라
고 단정하기에는 주저하는 일면이 있다.

　떠돌이 장사치라고 할 수 있는 행상에 대한 몇몇 관찰을 보도록 한다.

　우선 김창협(1651~1708)이 강원도 홍천과 인제 사이에서 만난 상고들
을 관찰한 것이다. 1구에서 8구까지이다.

> 나그네가 동쪽 관동으로 가는 길에
> 많이 서쪽으로 가는 사람을 만났네.
> 대나무를 메고 과거에 응시하러 가는 사람과
> 물고기를 실은 떠돌이 장사치이네.
> 어지럽게 한 길 사이에서
> 각각 자신의 몸을 다스리네.
> 나의 걸음은 조용히 스스로 계획하니
> 자못 말미암은 원인이 없는 듯하네.
> 客行東關路　多逢西上人　擔篸赴擧子　駄魚行商民

擾擾一路間　各以營其身　我行默自計　頗似無由因[63]

유명천(1633~1705)은 1701년 나주의 지도(智島)라는 섬에 유배되어서
지은 〈여러 가지를 읊다〉의 둘째 수에서 그곳 사람들이 행상에 익숙하
여 돛배가 이르면 단장을 고치고, 칠산 바다로 나갈 준비를 한다고 하고
있다.

> 고기 잡는 사람은 나이가 어려도 행상에 익숙한데
> 봄에 돛배가 이르면 갑자기 단장을 고치네.
> 듣기로는 푸른 물고기가 새로 펄떡거리니
> 내일 아침에 칠산 바다로 재촉하여 간다네.
> 漁人小少慣行商　春到帆檣頓改粧
> 聞說碧魚新潑潑　明朝催向七山洋[64]

그리고 권두경(1654~1726)은 〈소리정팔영〉의 〈긴 길에 장사하는 노래
(長路商歌)〉에서, 남북의 길에 행상이 넘치며, 아침저녁으로 부르는 노
래 소리가 서로 이어지는데, "굴레에 매인 뜻[羈情]"과 "고향 생각[憶鄉]"
이 반반[65]이라고 하였다.

---

63) 김창협, <自洪川至麟蹄, 路間逢人, 大抵皆赴擧儒生及商賈之自嶺東來者, 因以有
　　作>, 「農巖集」 卷4, 『한국문집총간』 161, 383면.
64) 유명천, <雜詠 二首>, 『退堂先生詩集』 卷5, 『한국문집총간』 속40, 434면.
65) 권두경, <素履亭八詠>, 『蒼雪齋先生文集』 卷4, 『한국문집총간』 169, 75면, 朝歌晚
　　唱聲相和, 半是羈情半憶鄉.

4. 사상사의 변화와 그 반향

1) 절충론의 등장

17세기 후반 사상사의 변화는 기본적으로 성리학 사상에서 변화가 일어나고 있었으며, 사회·경제, 정치, 문학 등의 각 방면에서 변화가 감지되거나 실제로 변화가 나타나고 있었다.

임란과 호란을 겪으면서 현실에 대응하는 능력이나 태도에서 심각한 문제가 드러나고 있었고, 17세기 후반에는 중국 대륙을 청나라가 차지하면서 기존의 가치 체계에 혼선을 초래하게 되었다. 실제 이러한 혼선은 대중국 인식과 관련되어 있는 것으로 볼 수 있으며, 18세기 중반 이후에도 하청(河淸)을 바라는 간절한 소망[66]에도 불구하고 중국에 조공을 바치는 현실이 빚어낸 모순에서 말미암은 것이다. 그리고 연경을 드나들면서 새롭게 알게 된 지식 체계와 물화를 통한 이윤 추구는 사회·경제에서 커다란 변화를 몰고 왔던 것이다.

성리학에서 주리(主理)와 주기(主氣) 논쟁이 지속적으로 이어지고 있었다. 성리학 사상 논쟁은 이론적인 논쟁에 그치지 않고 정치적인 입장과 궤를 같이하면서 여러 가지 사회 문제를 야기하기도 했다. 율곡 이이의 주기적 입장을 견지하는 사람들이 17세기 후반에 정치의 중심으로 등장하면서 율곡 학맥의 주기론의 입장이 득세하였으며, 한때 이현일(李

---

66) 영조는 중국에 다녀오는 사신을 영접하는 자리에서 '황하가 맑아지지 않으니'라고 탄식하면서, 청이 지배하는 현실을 인정하지 못하고 한족의 부흥을 간절히 염원하는 바람을 자주 말하고 있다. 최재남, 「고전시가와 중국 인식의 시대별 추이」, 『고전문학연구』 43(한국고전문학회, 2013), 55~58면. 『영조실록』 권89, 33년(1757) 4월 11일(임신), 『영조실록』 권91, 34년(1758) 2월 12일(무진), 『영조실록』 권97, 37년(1761) 3월 4일(계묘) 기사 참조.

玄逸, 1627~1704)을 등용하면서 퇴계 이황의 주리론적 입장을 드러내기
도 하였다. 사단칠정(四端七情)과 인심도심(人心道心)의 논쟁이 지속적으
로 이어지고 있었던 셈이다.

한편 17세기 후반 절충론[67]의 입장에 선 인물로 임영과 조성기를 살필
수 있다. 이들 두 사람은 서로 논쟁하기도 하였다.

임영은 선악과 관련하여 '이기불상리(理氣不相離)'라는 입장을 지키면
서 다음과 같이 주장하고 있다.

> 선심은 기가 없는 것이 아니나, 이 선은 이로 말미암아 발하므로 이발이
> 라 이르는 것이요, 악도 이가 없는 것은 아니나, 그 악됨은 실로 기의
> 과불급으로 말미암음이요, 이에 말미암음이 아니므로 기발이라 이르는
> 것이다. 무릇 그 선이 되고 악이 되는 유래를 나눈 것이요, 또한 이로부터
> 한 개의 심을 출생하고, 기로부터 또 한 개의 심을 출생함을 말함은 아니
> 다. 그 심의 심됨은 하나뿐이나, 다만 그 선이 되고 악이 되는 분별은
> 정치하게 해부하고 분석하지 아니할 수 없다. 이와 같으니 이기불상리라
> 이를 수 있다. 그러나 선악이 다 기발이승이라 이름은 아마 타당하지 못
> 할 것이다.[68]

이에 견주어 조성기는 심(心)과 관련하여 '이기불상리(理氣不相離)'를

---

67) 배종호, 『한국유학사』(연세대출판부, 1974), 194~198면. 배종호의 이러한 시각은 배
    종호, 「전환기 성리학설의 전개」, 『한국사상대계』 Ⅳ(성균관대 대동문화연구원, 1984),
    714~717면에서도 확인할 수 있다.

68) 임영, 「日錄」, 『창계집』 권25, 『한국문집총간』 159, 561~562면. 是故善心非無氣也,
    以其此善由理而發, 故謂之理發, 惡亦非無理也, 以其爲惡, 實由氣之過不及而非由
    理也, 故謂之氣發. 蓋以其爲善爲惡之所由來者分之, 亦非謂自理生出一箇心, 自氣
    又生出一箇心也. 其心之爲心則一而已矣. 但其爲善爲惡之分, 不可不剖析精微也.
    如此則謂理氣不相離者得矣. 謂善惡皆發理乘者, 恐未爲得也. 배종호, 「전환기 성리
    학설의 전개」, 『한국사상대계』 Ⅳ(성균관대 대동문화연구원, 1984), 714~715면 재인용.

내세우고 있다.

> 심은 이기의 합이다. 대저 천명이 사람에 있음을 성이라 이르니, 성즉리
> 이다. 그러나 이는 스스로 움직이지 못하고 반드시 기에 말미암는 것이니,
> 이는 심이 반드시 이기를 합한 것이기 때문이다. 그러므로 이는 반드시
> 기에 붙어서 존립하며, 실로 기의 주재가 되어 기를 타고 동정한다. 기는
> 본래 이를 근원으로 하여 존재하며, 도리어 이의 껍질이 되어 이를 담고
> 유행한다. 이것은 이란 기가 없는 이가 없고, 기란 이가 없는 기가 없는
> 까닭이니, 반드시 서로 기다려서 쓰리며 혼합되어 서로 떨어지지 않는
> 것이다.[69]

이러한 절충론은 새로운 이론이라기보다 이미 제시한 주리론과 주기
론의 입장을 조정하는 태도를 보이는 것으로 이해할 수 있다.

2) 예송 논쟁의 경과

17세기 후반 정치사상사에서 주목할 수 있는 내용은 이른바 예송 논
쟁(禮訟論爭)이라고 할 수 있다. 효종이 세상을 떠나면서 자의대비의 복
제를 두고 예론[70]이 불거졌다. 표면적인 내용은 효종에게 형인 소현세
자가 있었으므로, 효종을 차자로 대접할 것인가 아니면 왕위를 계승했

---

69) 조성기, 「退栗兩先生四端七情人道理氣說後辨」, 『졸수재집』 권11, 『한국문집총간』
147, 344면. 心者, 理氣之合也. 夫天命之在人者謂之性, 性卽理也, 而理不能自用, 必
因於氣, 此心之必合理與氣者也. 故理必寓乎氣而立, 而實爲氣之主宰, 乘氣而動靜,
氣本原乎理而有, 而反爲理之殼子, 盛理而流行, 所以理無無氣之理, 氣無無理之氣,
必相須而爲用, 渾合而不相離., 배종호, 「전환기 성리학설의 전개」, 『한국사상대계』 IV
(성균관대 대동문화연구원, 1984), 716면 재인용.
70) 『현종실록』 권1, 즉위년 5월 5일(을축), 『국역 현종실록』 1, 2~3면, 『현종개수실록』
권1, 즉위년 5월 5일(을축), 『국역 현종개수실록』 1, 5~7면.

으니 장자로 대접할 것인가 하는 점에 있었는데, 실제로는 정통의 문제와 함께 왕권과 신하의 역할 등이 걸린 복잡한 것이었다. 처음에 송시열이 주장한 4종설의 '체이부정(體而不正)'에 근거하여 기년(朞年)으로 정하였는데, 뒤에 윤휴(尹鑴), 허목(許穆), 윤선도(尹善道) 등이 이론(異論)을 제기하여 최복(衰服)으로 정해야 한다는 논의가 일어나면서 논쟁으로 비화되었고, 실제로는 당쟁의 빌미가 되었던 것이다.[71] 그리고 현종 15년(1674)에 효종 비 인선왕비의 상에 자의왕대비의 복제 문제가 불거지면서, 효종의 상에 시행되었던 복제의 시비가 다시 일어나 실제적으로 예론에 한정하지 않고 정치적인 문제로 확장되어 많은 문제점을 노출시켰다. 현종은 이미 예론이 진행된 사정을 살피고 있었고, 그 책임이 누구에게 있다는 것까지 짐작하고 있었던 것으로 보인다. 숙종 대에 이르러 예송 논쟁의 당사자들이 귀양길에 오르고 죽으면서 표면적으로 수습되는 것으로 마무리되었다.

3) 사회·경제 사상의 변화

사회·경제 사상사에서는 다양한 문제가 제기되고 논의되었으며 실제 새로운 제도의 시행을 통하여 커다란 사회·경제적 변화를 몰고 왔다. 숙종 4년(1678) 배상유의 상소로 유형원의 『반계수록』[72]이 알려지게 되었으나 당시에는 환대를 받지 못하였지만, 그 이후 이른바 실학[73]의

---

71) 강주진, 「예송과 당쟁의 성립」, 『한국사상대계』 Ⅲ(성균관대 대동문화연구원, 1979), 167~221면 참조. 허권수, 『조선후기 남인과 서인의 학문적 대립』(법인문화사, 1993), 186~278면 참조.

72) 『숙종실록』 권7, 4년 6월 20일(기축), 『국역 숙종실록』 3, 246면.

73) 조기준, 「실학의 전개와 사회경제적 인식」, 『한국사상대계』 Ⅱ, 203~256면. 김용덕, 「실학파의 사회경제사상」, 『한국사상대계』 Ⅱ, 257~332면.

바탕이 되면서 사회·경제 사상의 변화에 큰 진전을 이루었다. 한편 상업과 교역[74], 재정 개혁[75], 행전론[76] 등의 과제가 굵직굵직한 문제였다고 할 수 있다. 상업과 교역에서 금란전권의 문제, 통공발매론, 재정 개혁에서 대동법과 균역법, 행정론에서 금속 화폐의 사용 등이 핵심 과제로 부각되었고, 실제 시행되면서 사회·경제에서 큰 소용돌이를 몰고왔다.

유형원과 관련한 내용을 보도록 한다. 숙종 4년(1678)에 배상유가 『반계수록』에 수록된 내용을 시행하기를 청하였으나 배척되었고, 영조 17년(1741)에 가서야 양득중이 을람하기를 청하여 받아들였으며, 영조 26년(1750)에 『반계수록』 간행을 청하게 되었다. 이미 숙종 시절에 배상유가 김계상(金啓祥)을 통하여 이현일에게 정책으로 채택하여 줄 것을 포함하여 간행까지 부탁[77]하였으나 이루지 못하였고, 이현일이 숙종 16년(1690)에 『반계수록』의 서문[78]을 쓰기도 하였다.

전 참봉 배상유(裵尙瑜)가 상소하여, 심학·성리의 요체와 당론을 억제하고 현재를 선용(選用)한 말을 진달하였다. 또 고 진사 유형원이 저술한 『반계수록』 속의 전제·병제·학제 등 7조목을 진달하며 차례로 시행하기를 청하므로, 묘당에 내렸더니, 묘당에서 그 말이 오활하다 하여서 내버려 두었다.[79]

---

74) 강만길, 「상업·교역론」, 『한국사상대계』 Ⅱ, 487~565면.
75) 김윤곤, 「재정개혁론」, 『한국사상대계』 Ⅱ, 695~746면.
76) 송찬식, 「조선후기 행전론」, 『한국사상대계』 Ⅱ, 747~929면.
77) 이현일, 「答裵公瑾*尙瑜」, 『갈암집』 권10, 「答金景晉*啓祥」, 『갈암집』 권10
78) 『갈암집』 부록 제1권, 연보(年譜).
79) 『숙종실록』 권7, 4년 6월 20일(기축), 『국역 숙종실록』 3, 246면.

전 승지 양득중(梁得中)이 상소하였는데, 대략 이르기를,

"… 근세에 호남의 유사(儒士) 유형원은 바로 그것을 잘 강구하였으니, 처음으로 전제(田制)에서부터 설교(說敎), 선거(選擧) 및 관직(官職), 병록(兵祿)의 제도에 이르기까지 미세한 부분을 모두 거론하지 않음이 없었으며, 그것을 『수록(隨錄)』이라고 이름을 지었는데 무릇 13권이었습니다. 신이 일찍이 그것을 신의 죽은 스승 윤증의 집에서 보았습니다. 지금 그 사람은 비록 죽었지만 그의 자손이 바야흐로 호남의 부안과 경기의 과천에 살고 있다고 합니다. 삼가 바라건대, 특별히 그 고을의 수령에게 명하여 그 책을 가져다 바치게 하여 을람에 대비하도록 하시고, 곧 중외에 나누어 반포해서 차례대로 시행하게 하소서." 하니,

비답하기를,

"전번의 비답에 이미 유시하였는데, 숭상할 것은 그대의 질박하고 신실함이다. 힘써야 할 것은 의당 유념하겠다. 그리고 그 책자는 도신으로 하여금 가져다 바치도록 하겠다." 하였다.[80]

좌참찬 권적(權𥛚)이 상서하였는데, …(중략)…

또 고 징사 유형원이 지은 『반계수록』은 삼대 이후에 제일가는 경국책이라 하고 간행하여 중외에 반포하기를 청하니, 답하기를,

"대조께 여쭈어 보겠다." 하였다.[81]

유형원이 『반계수록』에서 제시한 개혁의 방향은 전제, 교선제, 임관제, 직관제, 녹제, 병제 등으로 정리할 수 있는데, 그 핵심은 공전법(公田法)과 공거법(貢擧法)이라고 할 수 있다. 우선 전제(田制)에 대한 기본 태도를 보도록 한다.

---

80) 『영조실록』 53권, 영조 17년 2월 23일(무오), 『국역 영조실록』 17, 157~159면.
81) 『영조실록』 71권, 영조 26년 6월 19일(경인), 『국역 영조실록』 23, 71~72면.

옛 정전법은 지극하여 경계가 한 번 바르게 되면 만사가 끝난다. 모든 백성이 항업이 굳게 되고, 군대는 찾아 감독하는 폐단이 없게 되어, 귀천의 상하가 각각 그 직을 얻지 못함이 없다. 이로써 인심이 바닥부터 안정되고 풍속이 돈후해진다. 옛날에 수백 수천 년의 예악의 홍행하고 공고하게 유지되는 까닭은 이러한 근본 기초가 있는 까닭이다. 후세에 정전제를 폐지하고 개인이 한도가 없이 차지하자 만사가 모두 넘어지고, 일체가 이에서 뒤집혔다.[82]

비록 다스리고자 하는 임금이 있다고 해도 전제가 바르지 않으면 백성의 산업은 끝내 항산이 될 수 없고, 부역은 끝내 고르지 못하며, 호구는 끝내 분명하지 못하고, 군사의 대오는 끝내 가지런하지 못하며, 사송은 끝내 그치지 못하고, 형벌은 끝내 살피지 못하며, 뇌물은 끝내 막을 수 없고, 풍속은 끝내 돈후해질 수 없으니, 이렇게 하고도 정교를 실행할 수 있는 사람은 아직까지 있지 아니하였다. 대저 이와 같은 것은 어찌 된 까닭인가? 토지는 천하의 큰 근본이다. 큰 근본은 이미 움직여서 백 번 헤아려 따르면 하나라도 그 마땅함을 얻을 수 없는 것이 없고, 큰 근본은 이미 문란해지면 백 번 헤아려 따르면 하나라도 그 마땅함을 잃지 않는 것이 없다. 진실로 다스리는 격식을 깊이 아는 사람이 아니라도, 또한 어찌 천리와 인사와 득실과 이해가 돌아갈 곳이 이곳에 이름을 알랴? 그러나 뒤에 뜻이 있는 사람이 오늘날에 실행하고자 하지 아니함이 없어도, 산과 시내의 땅으로 정전의 경계는 이루기 어렵고, 공전으로 땅을 가리면, 일에 의심과 거리낌이 있어서 어렵게 된다.[83] [84]

---

82) 이에 대한 보충 설명은 다음과 같다. 賦役無節, 貧富不均, 兼幷牟利, 良民失所, 戶口易脫, 詞訟煩多, 貴賤無別, 分數不明, 以故權豪易肆而德義不興, 賄賂易行而政刑不達, 因以人心浮蕩, 風俗偸薄, 又田與兵旣爲二途, 則民多避役之奸, 官有搜丁之擾, 富實者百計圖免, 編籍者皆是貧殘, 故平時苦無固志, 臨亂易以潰散, 其弊所至, 不可勝言. 而凡天下萬事無復可爲者, 後之爲國者, 率皆苟延日月, 無有如三代之久且固, 間有賢君良佐善於政事, 而其效不遠者, 以天下大體, 旣無根本故也. 有如作室者, 不築正其址, 則縱施丹雘之美, 曾未幾何而旋傾圮也.

　다음으로 살펴야 할 것은 김육이 재정 개혁으로 시행한 대동법과 행전법을 들 수 있다. 김육이 주장한 대동법의 요체는 다음과 같이 요약할 수 있다.

　　민간의 백 가지 역(役)이 모두 전결(田結)에서 나오니, 이는 바로 옛날의 경계법(經界法)입니다. 나라에 일이 많다 보니 민역(民役)이 날로 무거워져서 1년에 응당 행하여야 할 역으로 매 결당 소용되는 비용이 거의 목면 10여 필이나 되고 적어도 7, 8필은 밑돌지 않는데 뜻밖에 마구 나오는 역은 여기에 들어 있지 않으니, 백성들이 어찌 곤궁하지 않겠습니까. 지금 만약 대동법을 시행하면 매 1결마다[10속(束)이 1부(負)가 되고, 1백 부가 1결(結)이다. 전(田)에서 수확하는 다소에 따라 속이라 하고, 부라 하고, 결이라 한다.] 봄에 목면 1필, 쌀 2두(斗)를 내고, 가을에 쌀 3두를 내면 모두 10두가 되는데, 전세 이외의 진상물과 본도의 잡역, 본읍에 납부해야 할 것이 모두 그 가운데 있어 한번 납부한 후에는 1년 내내

---

83) 이에 대한 보충 설명은 다음과 같다. 後之謂井田難復者, 以一井占地一里, 土地不平, 山溪狹仄處, 經界難成爲辭, 此則不深究古制之言, 然若必每田畫井則誠有不便處, 又助法八家通力, 助耕公田, 而官收公田之出矣. 今若使田畯田夫任其收納, 則難盡得人, 而不無長奸之弊, 若欲定數則朝廷官府, 俱無執據爲準之地, 古必有忠信周詳之法, 而今不可考, 且古者大夫有采地, 仕者有世祿, 而皆令食其公稅而已. 其田固爲民所受之田, 故八夫同井, 共賦出兵, 而大夫之家, 能不親農商之事矣. 後世用人, 除罷不常, 此制勢有所不得行, 若但行井田而未有以處此, 則大夫罷官者無以資其生, 如此等事, 極有難處者, 蓋井田必須封建而後, 可盡其制.

84) 유형원, 「分田定稅節目」, 『磻溪隨錄』卷1, 「田制」上, 古井田法至矣. 經界一正而萬事畢, 擧民有恒業之固, 兵無搜括之弊, 貴賤上下, 無不各得其職, 是以人心底定, 風俗敦厚, 古之所以鞏固維持數百千年禮樂興行者, 以有此根基故也. 後世田制廢而私占無限, 則萬事皆弊, 一切反是. 雖有願治之君, 若不正田制, 則民産終不可恒, 賦役終不可均, 戶口終不可明, 軍伍終不可整, 詞訟終不可止, 刑罰終不可省, 賄賂終不可遏, 風俗終不可厚, 如此而能行政敎者未之有也. 夫如是者, 其何故乎. 土地, 天下之大本也. 大本旣擧則百度從而無一不得其當, 大本旣紊則百度從而無一不失其當也. 苟非深識治體者, 亦安知其天理人事得失利害之歸, 至於此哉. 然後之有志者, 莫不欲行之於今, 而以山溪之地. 井界難成, 公田采地, 事有疑礙爲難.

편안히 지내도 됩니다. 경기에서 선혜청에 봄가을에 8두씩 1년 16두를 바치는 것에 비하면 역시 매우 너그럽습니다. 양호 지방의 전결이 모두 27만 결로 목면이 5천 4백 동이고 쌀이 8만 5천 석이니, 수단이 좋은 사람에게 부쳐 규획하여 조치하게 하면 미포의 수가 남아서 반드시 공적인 저장과 사사로운 저축이 많아져 상하가 모두 충족하여 뜻밖의 역 역시 응할 수가 있습니다. 다만 탐욕스럽고 교활한 아전이 그 색목(色目)이 간단함을 혐의하고 모리배들이 방납하기 어려움을 원망하여 반드시 헛소문을 퍼뜨려 교란시킬 것이니, 신은 이점이 염려됩니다.[85]

4) 문학·예술 사상의 추이

한편 문학·예술 사상에서는 17세기 전반 허균(許筠, 1569~1618)에 이어서, 17세기 후반에 김만중(金萬重, 1637~1692)[86]과 홍만종(洪萬宗, 1643~1725)[87]과 같은 사람이 나와서 민족어문학론이나 다양한 사상에 대한 관점을 드러내었다. 김만중은 〈구운몽〉과 〈사씨남정기〉와 같은 소설을 창작하였고, 홍만종은 무신년(1668)에 정두경·임유후·김득신·홍석기 등과 함께 남산에 가까운 자신의 집에 모여서 기녀를 참여시킨 가운데 노래와 춤이 어우러진 낙회(樂會)를 가졌으며, 이들이 후대 『청구영언』의 서문을 쓰고 있어서 가집 편찬에 반향을 끼친 것으로 볼 수 있다.

김만중은 우리말로 된 문학이 진실하다고 주장하였다. 한문으로 문학 활동을 하던 당시에 일종의 파격적인 선언이라고 할 수 있다. 우리나라 말을 활용하여 노래를 부르는 것이 가장 좋다고 평가한 것이다. 정철의 가사에 대한 고평도 이러한 시각에서 비롯된 것이다.

---

85) 『효종실록』 2권, 즉위년 11월 5일(경신), 『조선왕조실록』 35(탐구당, 1981), 397면.
86) 조동일, 『제2판 한국문학사상사시론』(지식산업사, 2003), 243~260면.
87) 조동일, 『제2판 한국문학사상사시론』(지식산업사, 2003), 261~277면.

우리나라 시문은 우리말을 버리고 다른 나라의 말을 배우므로, 설사 십분 비슷하다 해도 그것은 앵무새가 사람 말을 하는 짓이다. 일반 백성 들이 사는 거리에서 나무하는 아이나 물 긷는 아낙네가 "이아" 하면서 서로 화답하는 노래는 비록 천박하다고 하지만, 만약 진실과 거짓을 따 진다면, 참으로 학사 대부의 이른바 시니 부니 하는 것들과 함께 논할 바가 아니다.[88]

17세기 후반보다 조금 시대가 뒤지기는 하지만 그 실상은 17세기 후반 을 반영하고 있다고 할 수 있기 때문에, 마악노초 이정섭(1688~1744)이 「청구영언후발」에서 전개한 논지도 파격적이라 할 수 있다. 이미 당시 에 널리 퍼져 있었던 여항과 시정의 음란한 이야기가 저속한 말들이 포 함된 노래를 적극 수용하려는 태도를 읽을 수 있다.

김천택이 하루는 『청구영언』 한 책을 가지고 와서 내게 보여주며 말했 다. "이 책에는 국조의 선배인 명공과 위인들의 작품이 많지만, 널리 거두 어 들였기 때문에 여항과 시정의 음란한 이야기와 저속한 말들도 또한 왕왕 있습니다. 노래는 진실로 하찮은 기예인데 또 이것을 묶어 놓았으니, 군자가 이것을 보고 병통이 없다 할 수 있겠습니까? 대부께서는 어떻게 생각하시는지요?" 내가 말했다. "걱정하지 말게나. 공자께서 『시경』을 산 정하시면서 정풍과 위풍을 버리지 않은 것은 선과 악을 갖추어 권장하고 경계하는 데에 있는 것이네. 시가 어찌하여 꼭 「주남」 〈관저〉여야 하며, 노래가 어찌하여 꼭 순임금 때의 갱재여야 하겠는가? 오직 성정에서 떠 나지만 않는다면 괜찮다네. …(중략)… 다만 가요만은 한길로 나아가 풍 류객이 남긴 뜻에 어느 정도 가까워져서, 감정에 따라 드러내는 데 우리 말을 사용하므로 노래 부르는 사이에 유연히 사람의 마음을 감동시키지. 여행 노래의 소리로 말하면 곡조는 비록 기품 있지 않으나 즐겁고 편안하

88) 김만중, 『서포만필』

며, 원망하고 탄식하며, 미친 듯이 사납게 날뛰며, 거칠고 거친 상태와 모습은 각각 자연의 참된 이치에서 나온 것이네. 옛날에 민풍을 관찰하던 자로 하여금 이것을 수집하게 하였다면 나는 시에서가 아니라 노래에서 했을 것임을 알겠으니 노래를 하찮다 할 수 있겠는가?"[89]

---

89) 마악노초, 「청구영언후발」, 김천택 편, 『청구영언』

Ⅲ.
17세기 전반 시가 향유의
지속과 영향

1. 사행과 서로 풍류의 전이와 그 반향

1) 17세기 후반 사행의 성격

17세기 전반의 사행에서 명·청을 두고 혼란을 겪었던 상황과는 다르게 17세기 후반은 표면적으로 청나라가 중국 대륙을 장악하면서 청 왕조에 대한 조공(朝貢)으로 일원화되었다고 할 수 있다. 그럼에도 불구하고 그 내용에서는 다양한 층위가 나타나고 있어서 면밀한 검토가 필요하다. 17세기 후반은 임형택이 구분한 시대 구분에서 제2기 반청의식에 사로잡힌 시기[1]에 해당하는데, 김영진은 이 시기 연행록들이 비장감이 감돌고, 때로 연희의 기록도 풍부하며, 완고한 대청 기록이 조금씩 개방적이 되고 있다고 지적[2]하고 있다.

실제 사행의 기록은 '연행록', '연행일기' 등의 표제로 나타나기도 하지만, 시에서 사행과 관련된 것을 따로 정리하여 수록한 경우가 허다하여 일일이 정리하기 어려울 정도이다.

17세기 후반 중국 사행의 기록을 정리하면 다음과 같다.

작가	기록	시기	비고
심지원 1593~1662	연행일승	효종 4(1653)	상사, 만사고 권5
이요 1622~1658	연도기행	효종 7(1658)	상사, 연행록선집 Ⅲ

1) 임형택, 「17~19세기 동아시아 상황과 연행·연행록」, 『한국실학연구』 20(한국실학회, 2010)
2) 김영진, 「연행록의 체계적 정리 및 연구 방법에 대한 시론」, 『대동한문학』 34(대동한문학회, 2011), 김영진, 「해제」, 『국역 귀암 이원정 연행록』(세종대왕기념사업회, 2016), 2면 주) 2 참조.

이원정 1622~1680	연행록 연행후록	현종 1(1660) 현종 11(1670)	서장관, 귀암집(계명대) 부사, 귀암집(계명대)
홍주원 1606~1672	연행록	인조 25(1647) 효종즉위(1649) 효종 4(1653) 현종 2(1661)	정사, 무하당유고 책7
정태화 1602~1673	음빙록	현종 3(1662)	상사, 양파유고 권13
이우 1637~1693	계묘연행록	현종 4(1663)	상사
임의백 1605~1667	연행일기	현종 5(1664)	부사
홍명하 1607~1667	연행록	현종 5(1664)	상사
남용익 1628~1692	연행록	현종 7(1666)	부사, 호곡집 권12
박세당 1629~1703	연행일기 사연록	현종 9(1668)	서장관, 서계집 권1
민정중 1628~1692	연행일기	현종 10(1669)	상사, 노봉집 권10
이서우 1633~1709	연행시	숙종 2(1676)	서장관, 송파집
손만웅 1643~1712	연행일록	숙종 3(1677)	서장관, 야촌집 권4
오두인 1624~1689	연행록	숙종 5(1679)	부사, 양곡집
신정 1628~1687	연행록	숙종 6(1680)	부사, 분애유고 권3
유상운 1636~1707	연행록	숙종 8(1682)	상사, 약재집 책2
김석주 1634~1684	도초록(擣椒錄)	숙종 9(1683)	상사, 식암유고 6, 7
남구만 1629~1711	연행잡록	숙종 10(1684) 숙종 12(1686)	상사, 약천집 권29
오도일 1645~1703	병인연행일승 후연사록	숙종 12(1686) 숙종 20(1694)	서장관, 서파집 권27 부사, 서파집 권5
유명천 1633~1705	연행록	숙종 19(1693)	상사, 퇴당집 권3

| 홍수주
1642~1704 | 연행록 | 숙종 21(1695) | 부사, 호은집 권2 |
| 최석정
1646~1718 | 초여록(椒餘錄)
자회록(蔗回錄) | 숙종 11(1685)
숙종 23(1697) | 부사, 명곡집 권3
정사, 명곡집 권5 |

2) 왕손의 사행 참여와 사행 풍류

그런데 청은 조선에 대한 불신(不信)을 감추지 않고 대군이나 왕족을 사신에 포함[3]시키도록 요구하였다. 인평대군과 인평대군의 자식들인 복창군 이정(李楨), 복선군 이남(李柟), 복평군 이연(李㮒), 현종 이후에는 낭선군 이우(李俣), 숙종 때에는 낭선군의 동생 낭원군 이간(李侃) 등이 사행의 정사(正使)로 참여하였다. 청나라의 요구에 의한 것으로 볼 수 있다.

이 중에서 인조의 3남 인평대군이 효종 1년(1650) 이전부터 여러 차례 연행에 참여한 사실을 주목할 수 있다. 볼모의 일종으로 대군을 사행의 중심에 두게 한 셈이다.

> 진주사 이시백 등을 소환하고, 인평대군으로 대신하면서 동지사를 겸하게 하였다. 정명수(鄭命守)가 말하기를, "반드시 대군으로 진주사를 차견해야만 요청대로 될 수 있을 것이다." 하였으므로, 이 명이 있게 된 것이다.[4]

> 연접 도감(延接都監)이 아뢰기를, "정명수가 말하기를 '사은사는 반드시 국왕의 지친인 사람으로 차출해 보내 국왕이 친히 조회하지 못하는

---

3) 이재범, 「인조 효종 연간 대청사행의 종친파견 배경과 그 의의」(경북대 석사논문, 2015), 1~45면.
4) 『효종실록』 5권, 1년 9월 21일(임신), 『조선왕조실록』 35(탐구당, 1981), 452면.

뜻을 보이라.' 하였습니다." 하니, 인평대군 이요(李㴭)를 차출해 보내라
고 명하였다.[5]

효종 7년(1656)의 사행에서 인평대군이 정사로 참여하였는데, 일행의
구성이 평소와 차이가 있었던 것으로 확인된다.[6]

　　정사: 인평대군 이요
　　부사: 호조참판 김남중
　　서장관: 사헌부 장령 정인경
　　호행 중사: 가의 고예남
　　비장(5): 병방 홍여한, 호방 이민중, 예장 이신, 공방, 김여준, 마감 최
　　귀현
　　역관(11): 수역 장현, 상통사 조동립·최진남, 여진학 서효남, 상사건량
　　한지언, 별헌영거 양효원, 공사장부 변승형, 부사배행 박이절, 건량 신익
　　해, 행대배행 방효민, 압물청역 김홍익
　　대의(2): 어의 박군, 침의 안예
　　화원: 권열
　　외사의원: 변이형
　　사자관: 유의립
　　부사군관: 이면, 박두남
　　행대군관: 정기창
　　대전별감 남이극, 사헌부 서리 이의신, 내국서원 염효익
　　하인: 명남 등 5인, 을생 등 8인[7]

이 중에서 우리가 몇 가지 사실을 주목할 수 있다. 비장 중 예장으로 참석하고 있는 이신(李伸)은 인평대군이 조계동에 마련한 별서에 '九天 銀瀑(구천은폭)'의 글씨를 쓴 인물이고, 역관 중에서 수역인 장현(張炫)은 소현세자 등이 청나라에 볼모로 갔을 때부터 활동한 역관으로 희빈 장 씨의 숙항이 된다. 한편 역관 변승형도 대대로 역관 집안의 인물로 확인 할 수 있다. 「연도기행」에서 9월 11일(병진)에 전둔위(前屯衛)에 묵게 되 었을 때 장현이 소 한 마리를 바쳐서 사행에 참여하는 일행에 나누어주 었고, 9월 18일(계해)에 옥전현(玉田縣)의 동관리(東關里)에 묵을 때에 역 관 변승형(卞承亨)이 소 한 마리를 바쳤다는 기록이 있어서, 의주를 지나 연경으로 가는 여정의 경비 일부를 이들 역관들이 담당하는 것이 관례 로 되어 있었던 것으로 이해할 수 있다.

> 장현이 소 한 마리를 바치므로, 잡아서 일행에게 나누어 주었다. 일행 중에서 매 두 마리를 팔뚝 위에 올려놓은 채로 가져왔는데, 이것도 이어 서 주방의 음식 재료로 삼게 했다. 지나가던 호걸스러운 오랑캐가 말 두 필을 가지고 매 두 마리와 바꾸고자 하였는데, 그 뜻이 몹시 간절했다. 그 청을 거절하기가 어려워 거기에 사냥개 두 마리를 보태서 내주었는데, 그는 곧 청나라 대관(大官)이었다.[8]

> 역관 변승형이 소 한 마리를 바치므로 잡아서 일행에게 나누어 주었다. 관내에 들어오면서부터 오직 나만이 겨우 객점에 유숙했고, 부사와 서장 관은 자유롭지 못하게 찰원으로 쫓겨 가는데, 쓰지 않던 온돌이 몹시 차 서 밤새도록 고초를 받은 모양이었다. 감고(甘苦)를 같이 하지 못하는 것이 한스러울 뿐이다.[9]

---

8) 『연도기행』, 일록(日錄) 병신년(1656, 효종 7) 9월 11일(병진)
9) 『연도기행』, 일록(日錄) 병신년(1656, 효종 7) 9월 18일(계해)

장현은 동생 찬(燦)과 함께 연경을 자주 드나든 역관이었으며, 상사인 인평대군과 밀접한 관계였다. 이렇듯 사행에 동참했던 인물들이 실제 17세기 후반 정치·사회 변동에 적극적으로 참여하고, 시가 향유에서도 일정한 역할을 하고 있었던 것으로 이해할 수 있다. 효종 4년(1653) 윤7월의 『효종실록』에는 인평대군과 장현의 결탁을 지적하는 내용[10]이 기록되어 있다.

이에 앞서 인조 23년(1645)의 사행에서는 인평대군이 정사로 참여하고 성이성(成以性)이 서장관이었는데, 성이성이 쓴 「연행일기」에서 사행 과정의 연회 자리에서 진행된 내용을 자세하게 기술한 부분[11]이 있어서 사행의 여정에서 일어난 일을 확인할 수 있다. 인평대군이 데리고 간 사람들 중에는 노래를 부르는 사람, 거문고를 연주하는 사람, 피리를 부른 사람을 역관으로 차출한 것으로 확인된다. 김귀인(金貴仁, ?~1653)은 노래를 부르는 것뿐만 아니라 즉석에서 창화할 수 있는 능력까지 갖추고 있는 것으로 확인된다. 그리고 김선립이 연주한 〈난리장가(亂離長歌)〉[12]는 누가 지었는지는 모른다고 하였으나 전쟁을 겪으면서 고생한 사연을 담은 것으로 추정할 수 있는데, 모두 눈물을 흘릴 정도로 슬픈 곡조를 띤 것으로 이해할 수 있다.

현전하는 〈병자난리가〉의 일부분은 다음과 같다.

---

10) 『효종실록』 11권, 효종 4년 윤7월 2일(을미), 『국역 효종실록』 5, 36~37면.

11) 성이성, 「연행일기」, 『계서일고』 권1, 『한국문집총간』 속26, 83면, [乙酉四月]. 十五日 丁卯, 終日雨下, 不得發行. 日夕開霽, 往拜大君. 陰雨捲盡, 月色如畫. 大君蒸羊作肴, 仍開細酌, 金貴仁之歌, 孫愛福之瑟, 金國之笛, 皆思鄉曲也. 金先立又奏亂離長歌, 坐中皆泣下. 未知誰人所作也.

12) 『해동유요』에 수록된 〈병자난리가〉를 가리키는 것인지 검토해야 할 것이다. 임기중 편, 『역대가사문학전집』 39, 57~71면 참조.

一隅孤城(일우고성)의 우리님군 싸엿ᄂᆞ디

…

宗社(종사)와 兩大君(양대군)을 강도로 드리시고

…

摩尼山上(마니산상)에는 哭聲(곡성)이 徹天(철천)ᄒᆞ고
摩尼山下(마니산하)에ᄂᆞᆫ 流血(유혈)이 成川(성천)ᄒᆞ니

…

슬프다 世子大君(세자대군) 宋徽欽(송희흠) 되건지고
눈믈을 흘니면셔 丹鳳門(단봉문)에 하직ᄒᆞ고
千里關山(천리관산)에 行色(행색)도 쳐량홀샤
이나라 ᄇᆞ리시고 어ᄃᆡ라코 가시ᄂᆞᆫ고[13)]

　이 작품에서는 산수 사이에서 지내던 화자가 "묘당에 안즌 븐", "도원수", "강도일로의 유식ᄒᆞᆫ 져분닉", "의주부윤" 등을 지목하고 있다. 묘당에 있는 사람이 후사를 생각하지 않으면서 척화를 주장하고 있고, 도원수는 싸울 생각보다 산성에 굳게 들어가 있으며, 강도일로의 유식한 분들은 주육담소하면서 할 일을 하지 않고, 의주부윤은 엉뚱하게 가도(椵島)에 선봉하여 천조를 배반하였다고 지적하고 있다. 병자호란에 대응하는 태도에 대한 비판을 담고 있다는 점에서 관심을 가질 만하다.
　김귀인은 즉석에서 다음과 같은 노래를 부르기도 하였다.

묻나니 이 땅이 어느 곳인가
천하제일의 산해관이네.
잇닿은 구름과 단장한 성첩은 모두 옛날 같은데
백년 문물에 슬픔을 이기지 못하네.

---

13) 임기중 편, 『역대가사문학전집』 39, 57~71면.

爲問此地是何處　天下第一山海關
連雲粉堞渾依舊　百年文物不勝悲[14)]

인조 23년(1645)의 사행은 볼모로 잡혀 갔던 소현세자가 돌아오자 인평대군이 사은사로 가게 된 것인데, 3월에 길을 떠나서 윤6월에 복명하였으며 사신으로 가는 도중인 4월 20일 경에 귀국하는 봉림대군을 만나기도 하였고, 5월 23일 북경에서 소현세자의 부음을 들었다.

그 뒤에 인평대군의 자식들인 복창군 이정[15)], 복선군 이남[16)], 복평군 이연[17)] 등도 사행에 참여하였다.

그리고 현종 시대 이후 선조의 열두째 아들 인흥군의 아들인 낭선군 이우(李俁)[18)]가 사행에 참여하였으며, 숙종 시대까지 이어졌다.

그 뒤 숙종 때에는 낭선군의 동생 낭원군 이간(李偘)[19)]이 여러 차례

14) 성이성, 『계서일고』 권1, 『한국문집총간』 속26, 90면. [乙酉五月]. 十一日壬辰晴. 過高嶺驛, 中火于野水邊, 夕到山海關. 城中痘患熾盛, 閉門不許入. 迤從長城下, 由水口門而入. 地盡東頭, 塡大石于海波, 築城其上, 而城上有高樓, 乃望海亭也, 粉堞連雲, 橫絶大野, 是則太宗文皇帝都燕之後, 深慮虜騎或由淺處而潛渡也. 隨大君上望海亭, 臨風擧酒, 慨然懷想. 招金貴仁以卽事歌之 貴仁應聲卽唱曰, 爲問此地是何處, 天下第一山海關. 連雲粉堞渾依舊, 百年文物不勝悲. 金國倚歌而吹笛, 聲皆楚調, 滿坐凄然. 余與副使擧目相看, 因反袂而拭淚. 日暮下樓, 野宿城西數十里許. 此去年淸兵與流寇相戰處也. 至今白骨塡坑滿岸, 慘不忍見. 是日行六十餘里.

15) 『현종실록』 14권, 현종 9년 5월 18일(을묘), 『국역 현종실록』 6, 177면.

16) 『현종실록』 19권, 현종 12년 3월 13일(갑자), 『숙종실록』 5권, 숙종 2년 8월 6일(병진), 『국역 숙종실록』 2, 310면.

17) 『현종실록』 20권, 현종 13년 9월 22일(갑오), 『숙종실록』 8권, 숙종 5년 3월 21일(병진), 『국역 숙종실록』 4, 54면, 『숙종실록』 7권, 숙종 4년 10월 30일(정유), 『국역 숙종실록』 3, 297면.

18) 『현종실록』 6권, 현종 4년 5월 9일(병자), 『국역 현종실록』 3, 125면, 『현종실록』 19권, 현종 12년 10월 22일(경자), 『국역 현종실록』 8, 154면. 『숙종실록』 18권, 숙종 13년 3월 22일(경자), 『국역 숙종실록』 10, 221면.

19) 『숙종실록』 5권, 숙종 2년 1월 28일(신해), 『국역 숙종실록』 2, 237~238면, 『숙종실록』

사행에 참여하였다.

이서우(1633~1709)가 서장관으로 참여한 병진년(1676) 사행에서 쓴 시에서는 역관 서효남이 계주(薊酒)를 한 수레나 사서 매일 취했다는 내용이 나온다. 이때의 정사는 복선군 이남이다. 역관들이 사신으로 가는 왕손과 밀접하게 연계되어 있으며 그들의 물적 기반을 짚어볼 수 있는 대목이다.

> 서공은 어떤 사람인가
> 기개가 취향의 술을 찼네.
> 입으로 삼는 업은 빼어난 통변에 통하고
> 집안의 풍도는 중성인이네.
> * 중성의 '중'은 본래 평성인데, 간혹 상성으로 쓰이기도 한다.
> 수레로 가면서 길이 취하니
> 전대를 휘두름에 가난을 싫어하지 않네.
> 오랑캐 아이의 비웃음을 더 얻으니
> 추운 겨울에도 유독 홀로 봄이네.
> 徐公何許者　氣帶醉鄕醇　口業通殊譯　家風中聖人
> * 中聖之中, 本平聲, 或作上聲用.
> 征車長載醉　揮橐不嫌貧　贏得胡兒笑　寒冬獨自春[20]

사행하는 사신을 위한 전별의 전통도 확인할 수 있다. 이상(李翔)의 서자인 이만초(李晚初)가 민종도 등을 지척하면서 한 말이다.

8권, 숙종 5년 7월 20일(임자), 『국역 숙종실록』 4, 101면, 『숙종실록』 17권, 숙종 12년 3월 7일(신유), 『국역 숙종실록』 10, 29면, 『숙종실록』 25권, 숙종 19년 3월 26일(경오), 『국역 숙종실록』 13, 222면.

20) 이서우, <聞徐譯士孝男買薊酒一車, 連日載醉>, 『松坡集』 卷3, 『한국문집총간』 속 41, 57면.

또 말하기를,

"우의정이 북경에 갈 때에 병조 판서 민종도와 중군 장희재가 전별하였
으며, 돌아올 때에 창녀를 시켜 앞에서 노래 부르고 춤추게 하였는데, 사
람들이 보기에 놀랍고 괴이하니 나라의 형세가 오래가지 못할 것은 이것
을 미루어 알 만합니다."[21]

손만웅(1643~1712)은 숙종 3년(1677)에 서장관으로 사행에 참여하여
산해관에서 단가를 지어 임금과 어버이에 대한 마음을 드러내기도 하
였다.

> 이몸을 許흔 휘니 王事를 써릴손가
> 萬里山河의 됴흔다시 가거니와
> 北堂의 西日暮ᄒ니 念慮만하 ᄒ노라[22]

그리고 반산보(盤山堡)에 이르러 호아(胡兒)가 부르는 〈남정군 사귀지
가(南征軍思歸之歌)〉[23]를 듣기도 하였다. 남쪽으로 출정했던 군사들이
고향을 생각하는 노래라는 것인데, 인심이 동요되고, 전쟁에 나간 사람
은 싫어서 떠나며, 집에 있는 사람은 모두 슬퍼한다고 하여 이 노래를

---

21) 『숙종실록』 권25, 19년 1월 9일(계축), 『국역 숙종실록』 13, 201~203면.
22) 손만웅, 「燕行日錄」, 『野村先生文集』 卷4, 『한국문집총간』 속46, 398면. 이 작품은
뒷날 문집을 간행하는 과정에서 원집에 빠진 것을 외곤손(外昆孫) 황난선(黃蘭善)이
〈도산육곡〉이 별도로 판본으로 만든 예를 참고하여 행정록(行程錄)의 말미에 싣는다
고 밝혔다.
23) 손만웅, 「燕行日錄」, 『野村先生文集』 卷4, 『한국문집총간』 속46, 398면, 夕抵盤山堡,
是夜員役輩出外, 聞胡兒唱歌. 歌曰月明紗窓, 情動閨裏之兒女, 秋高戍樓, 思切塞外
之征夫, 父母相離, 邊事棘矣. 戰伐未已, 曷月歸哉. 一唱後有惶懼之色, 怪而問其故,
答曰此乃南征軍思歸之歌也. 此歌一出, 人心動搖, 赴戰者厭去, 在家者皆悲, 故令申
日有敢歌此曲者罪之云. 聞吳三桂之臧獲, 多在於寧遠衛, 自三桂擧義之後, 皆以三
桂之奴, 擺站於各路, 而盤山爲尤多, 擺站云者, 我國所謂定配也. 是日行百里.

부르는 사람에게 죄를 주었다고 하였다.

3) 서로 풍류의 변화

사행의 과정에서 평양에서 며칠 동안 쉬면서 풍류를 즐기는 내용은
서로 풍류로서 널리 인식된 것이다. 오도일이 숙종 12년(1686) 연행 때에
기록한 내용이다. 문주풍류로 명명하고 있다.

　　대동강에 이르러 관선에 올라서 청류벽과 을밀대를 바라보면서, 물결
을 거슬러 부벽루에 오르고 싶었다. 역관들이 돌아올 때에 올라서 볼 수
있다고 하고, 갈 때에 부벽루 놀이는 세속에서 꺼리는 바라 앞뒤 사행에
서 아울러 빠졌다고 하였다. 내가 웃으며 말하기를, "속기라고 어찌 거리
끼랴?" 곧 뱃사공에게 분부하여 노를 재촉하여 부벽루로 향했다. 부사
이규령공이 만 리를 가는 길에 속기는 거리끼지 않을 수 없다면서 힘써
막았다. 나의 계획을 행할 수 없어서, 곧 배에서 내려서 연광정에 올랐다.
강산의 맑고 아름다움, 사면 형세의 트임과 멂, 성과 해자, 정자의 장대함
이 다만 우리나라에서 으뜸일 뿐만 아니라 참으로 천하에 빼어난 장관이
다. 방백 이중경도 와서 모였다. 잠시 뒤에 술과 안주를 마련했는데, 술이
절정에 이르자, 부사와 방백이 아울러 시를 지었으며, 평양소윤 정협과
대동찰방 박규세가 아울러 시를 잘 짓는다는 명성이 있었는데, 바야흐로
사후청에 있었고, 강서수령 이공권도 외차에 있었는데, 아울러 들어오게
해서 그 운을 밟게 하자고 하니, 모두 말하기를, "마땅히 밖으로 나가서
걸어 들어와야 한다."고 하였다. 방백이 허락하였다. 조금 뒤에 관기를
보내어 시를 재촉했는데, 과거시험장 모양 같았다. 저물녘에 관기 세 사
람이 지은 것을 바쳤다. 문주풍류는 하늘 끝에서 하나의 좋은 일로 자리
한다. 타향에서 굴레의 회포를 위로하고 트이게 함을 느낀다.[24]

---

24) 吳道一, 「丙寅燕行日乘」, 『西坡集』 卷26, 『한국문집총간』 152, 504면. 到大同江, 登

서종태(1652~1719)가 안주관에서 가기 효아(孝娥)의 노래를 지은 것도
사행 과정에서 접하는 레퍼토리의 내용을 밝히고 있는 것이다.

> 안릉의 효아는 노래로 드날려서
> 한때 이름을 좇음이 봄 꾀꼬리가 지저귀는 듯하네.
> 서울에 노래 살하는 사람이 수없이 많지만
> 모두 하풍에 있어서 입을 다물고 소리가 없네.
> 소인(騷人)이 천금의 말로 바꾸고 싶어 하고
> 호방한 나그네는 서관의 길을 밟네.
> 미인은 쉬이 늙고 갑자기 지나가나니
> 느릿한 세월에 마침내 노년에 이르렀네.
> 손님 자리에 드물게 나아가니 이름이 오히려 성대하고
> 막힌 목에서는 금속의 소리가 나네.
> 계문의 사자가 가던 수레를 멈추는데
> 시끄러운 속된 노래가 벌레 소리와 같네.
> 이름을 사모하여 불러서 나이를 물으니
> 나이는 무창의 피리 부는 늙은이와 짝한다고 하네.
> 화려한 용모가 시들었으나 말소리는 좋아
> 아직도 비단 깁의 옛 풍태로 아네.
> 시험삼아 몇 곡조를 펼치니 갑자기 맑게 빼어나서
> 자리에 가득한 가기들이 기운을 뺏으려 하네.

官船, 望清流壁乙密臺, 欲泝流上浮碧樓. 譯官輩以爲回還時可登覽, 去時則浮碧之
遊, 有俗忌, 前後使行, 幷闕焉. 余笑曰, 俗忌何足爲拘, 仍分付舟子, 促棹向浮碧, 副
使 李公奎齡 以爲萬里之行, 俗忌不可不拘, 力止之. 余計不得售, 仍下船登練光亭.
江山之明麗, 面勢之闊遠, 城隍亭榭之壯, 不但甲於吾東, 眞天下勝觀也. 方伯李仲庚
亦來會. 俄進酒饌, 酒半, 與副使曁方伯幷賦詩, 箕城少尹鄭恢及大同察訪朴奎世, 幷
有能詩聲, 方住在伺候廳, 江西守李公權, 亦在外次, 幷要入使步其韻, 咸曰, 當出外
步進, 方伯許之. 少頃, 送官妓催詩. 若場屋樣. 差晚官妓將三人所製來呈. 文酒風流,
居然天涯一勝事, 異鄕羈悰, 甚覺慰豁.

깊고 깊은 화관에는 참으로 달빛이 희미한데
남은 소리가 대들보를 감고 가는 구름을 막네.
양지 언덕에 젊은 여인을 불러 황과를 쓸고
풀이에 기댄 나그네는 시름의 실마리가 많네.
심양의 강가에서 부르던 노래와 방불하여
슬프게 바람을 잡고 역참 안에서 노래하네.
그대는 지금 늙어서 소리의 기세가 미약하나
아직도 뛰어난 울림을 품음이 곧 이와 같네.
이름 아래에 허망함이 없음이 어찌 다만 선비이랴?
그대가 한창 나이 때에 듣지 못한 것이 안타깝네.
사람이 살면서 기예 하나는 모두 하늘에서 얻는데
그대의 소리는 절로 사죽을 기울이네.
아, 그대 효아가 늙음을 어이하랴?
세상에서 어찌 천리마가 구유에 엎드림을 한정하랴?

安陵孝娥以歌鳴　一時名侔囀春鶯
京國善歌多百數　皆在下風喑無聲
騷人欲換千金馬　豪客求踏西關路
佳人易老忽蹉跎　年華冉冉遂遲暮
客筵稀進名猶盛　喉吻鬱鬱金石音
薊門使者駐征車　俚謠嗚唽同蟲唫
慕名招來使之年　年與武昌笛老對
容華凋落語音好　尙識綺羅舊風態
試發數調倐淸越　滿筵歌妓氣欲奪
華館深深政微月　餘音繞梁行雲遏
陽阿要妙掃皇荂　賴解征人愁緖多
髣髴潯陽江上曲　慘悽扶風驛裏歌
爾今窮老聲氣微　猶抱絶響乃爾爲
名下無虛豈但士　恨不聽爾盛年時
人生一藝皆天得　爾音自然傾絲竹

嗟爾孝娥奈老何　世間何限驥伏櫪[25]

　　그리고 사행의 노정에서 청석령과 초하구를 지나게 되면서 효종이 봉
림대군으로 볼모로 잡혀갔을 때에 불렀던 "청석령 지나거냐 초하구 어
듸미오~"[26]라고 불렀던 이른바 〈청석령가〉에 대한 환기를 통해 효종
임금의 지난 고초에 대한 안타까움과 사행의 신고를 함께 드러내기도
하였다.[27] 우선 몇몇 사례를 들면 다음과 같다.

　　아득한 어느 곳이 초하구인가?
　　선왕의 노래 한 곡에 눈물이 흐르네.
　　누가 당시의 행색을 그리지 않았는가?
　　쓸쓸한 바람과 차가운 비가 모두 시름을 견디네.
　　蒼茫何處草河溝　流涕先王一曲謳
　　誰畫當時行色否　凄風冷雨摠堪愁[28]

　　아직 작은 것도 갚지 못하고 살쩍이 이미 흰한데
　　십년 먼 길에 또 이 행차네.
　　때때로 역관에 기대어 오랑캐 말을 분간하고
　　늘 역참의 사람에게 가게 이름을 묻네.
　　청석령 한 곡조가 마음을 아프게 하는데
　　구련성에는 천추에 안타까움이 남았네.

---

25) 서종태, <安州館, 因副使語, 戲作孝娥歌. 走草>, 『晩靜堂集』 제4, 『한국문집총간』
　　163, 68면. 최창대는 <上徐判書 *甲申>(『昆侖集』 卷11)에서, "如孝娥歌及箕灣諸絶,
　　足稱家數"라고 칭송하였다.
26) 김천택 편, 『청구영언』(국립한글박물관, 2017), 61면.
27) <청석령가>의 수용과 대청 의식에 대한 논의는 Ⅲ장 6항에서 자세하게 다루도록
　　한다.
28) 李世白, <草河溝>, 『雩沙集』 卷3, 『한국문집총간』 146, 417면.

외로운 신하가 창오의 눈물을 다하지 못하고
이곳에 이르러 까닭 없이 절로 갓끈에 가득하네.

未報涓埃鬢已明　十年遼路又玆行
時憑譯舌分胡語　每向郵人間店名
一曲傷心靑石嶺　千秋遺恨九連城
孤臣不盡蒼梧淚　到此無端自滿纓[29]

　　서로(西路)의 풍류에 대해서는 앞 시대의 전통을 이으려는 사례가 나타나는데 민종도의 경우가 그 대표이다. 서로의 풍류는 화연(華筵)과 주석(酒席)으로 요약될 만큼 많은 사람들에게 일반화되어 있었다. 그런데 여러 차례 전쟁을 겪으면서 쓸쓸해지게 되었는데[30], 민종도는 이러한 사정을 감안하지 않고 기녀들에게 가사를 부르게 하고, 기생들을 서울의 잔치를 위해 파견하기도 한 것이다. 다음 기록은 민종도 등에 대한 비판적인 시각에서 부정적으로 기술한 것으로 이해해야 할 것이며, 우리가 관심을 가질 부분은 이러한 풍류 자리에서 불린 레퍼토리와 그 전승에 대한 부분이라고 할 수 있다.

　　민종도는 요사하고 간사하며 조행이 없는 사람이다. 관서에 부임하였을 적에는 날마다 기녀들을 모아놓고 가사를 부르게 하면서 말하기를 '국휼 중에는 풍악을 잡힐 수는 없지마는, 가사를 부르는 것이야 어찌 아니된다 하겠는가?' 하니, 서로의 사람들이 모두 침 뱉고 더럽게 여기지 않음이 없었다. 그의 아버지 집에서 연회를 베풀 적에 <민종도가> 노래하는 기생을 가려 뽑아서 파발마를 태워 올려 보냈다. 외방의 기생은 풍정이

---

29) 吳道一, <靑石嶺感懷, 示書狀>, 『西坡集』 卷5, 『한국문집총간』 152, 106면.

30) 서로의 풍류에 대하여, 최재남, 『17세기 전반 정치·사회 변동과 시가가』(보고사, 2018), 305~329면 참조.

아니면 올려 보낼 수 없었으나, 그의 참람함이 이와 같았다. 그의 숙부 민암(閔黯)이 함경 감사가 되었을 적에 숙부와 조카가 서로 약속하여 양계 사이에 모여서 기생과 풍악을 겨루고자 하였으나, 연고가 있어서 실행하지 못하였는데, 이를 큰 유감으로 여기었다. 당시는 매우 어렵고 근심스런 일들을 당하여서 서북의 쇄약(鎖鑰)을 민종도와 민암에게 부탁하였는데도 그들은 창피하고 무식하여 탐욕과 음란한 짓만을 마음대로 하였다. 묘당에서 나라의 일을 우려하지 아니함이 이에 이르렀던 것이니, 식자가 통탄하였다.[31]

　사간원에서 아뢰기를,

"조정의 기강이 날로 무너져가고 사람들의 마음이 더욱 돌아보고 거리끼는 바가 없게 되어, 길거리에서 말하고 항간에서 논평하는 것도 오히려 또한 부족하게 여겨 언문으로 노래를 짓기까지 하였으니, 마음을 씀이 지극히 교묘한 일입니다. 처음에는 도성 안의 초부들이 노래 부르게 되다가 어느새 관서 기녀들의 노래가 되어 먼 데나 가까운 데나 전파하게 되었으니, 듣기에 놀랍고도 의혹이 생깁니다. 온 조정의 진신들이 기롱을 받게 되고 한때의 우매한 민중들이 멋대로 비웃는 짓을 하여 조정을 경멸하고 당세를 모욕함이 심하니, 자세하게 핵실(覈實)하여 세밀하게 죄를 다스리지 않을 수 없습니다. 그들에게서 듣게 된 사람 심표(沈杓)를 유사(攸司)로 하여금 엄중하게 심문하여 적발해 내어서 율대로 과죄(科罪)하게 하시기 바랍니다." 하니,

　윤허했다. 조금 있다가 심표가 연좌된 바는 전해 들은 것에 지나지 않아서 핵실해 내기 어렵다 하여 놓아 주도록 명하고, 일도 드디어 정지되었다.[32]

　사헌부에서 아뢰기를,

---

31) 『숙종실록』 권4, 원년 윤5월 12일(기해), 『국역 숙종실록』 2, 23~25면.
32) 『숙종실록』 권24, 18년 11월 16일(신유), 『국역 숙종실록』 13, 186면.

"평안 병사 홍시주(洪時疇)는 아들 홍이하(洪以夏)가 언어(諺語)로 노래를 지어 조정의 진신들을 하나하나 비방했는데도 꾸짖어 금할 줄을 알지 못하고, 도리어 익혀서 부르도록 하였으므로, 서관 기악의 새 곡조가 되어 버렸습니다. 조정을 경멸하고 당세를 모욕함이 이보다 심할 수 없으니, 사판에서 삭제해 버리시기 바랍니다." 하였으나,

윤허하지 않았다.[33]

그리고 서로의 각 지역을 다니면서 겪은 일화나 인물들에 대한 관심도 **빼놓을** 수 없는 것들이다. 이민구가 〈영변곡〉에서 서로 곳곳에서 풍류의 예를 기술하고 있는 것이 그 예[34]이다.

다음으로 주목할 수 있는 것은 호란으로 잡혀 간 사람들에 대한 관심을 드러낸 작품이다. 숙종 15년(1689)에 사은부사로 사행에 참여한 신후재(申厚載, 1636~1699)의 〈젓갈 파는 할미의 노래(賣醬嫗歌)〉는 영원성(寧遠城)에서 만난 늙은 할미의 삶을 이야기하고 있다. 늙은 할미는 수원이 고향인데 한양으로 들어왔다가 병자호란 때에 잡혀서 심양으로 갔다가 영원성까지 이르게 되었다는 것이다.

나그네가 저녁에 영원성에 들어가니
오랑캐 손님이 모여서 바라보는데 저자처럼 시끄럽네.
창 너머에서 갑자기 젓갈 파는 소리가 들리는데
그 목소리가 우리나라와 똑 같네.
불러서 앞에 오게 하고 그 사람을 보니
이빨이 하나도 없는 여든의 늙은 할미이네.

---

33) 『숙종실록』 권24, 18년 12월 30일(갑진), 『국역 숙종실록』 13, 197면.
34) 이민구, 〈寧邊曲〉, 『東州先生詩集』 卷3, 『한국문집총간』 94, 96면. 處處傳杯樂, 家家買笑聲. 絃歌宜夜宴, 花月媚春城. 琴鳴春酒薦, 燭爇夜堂喧. 送客魚川驛, 迎郞水口門.

어느 해에 이곳으로 왔느냐고 물으니
오래도록 슬픔과 기쁨을 억누르네.
"집은 수원에 있고 읍내에서 살았으며
남편의 성은 김씨요 저의 성은 이씨입니다.
천적이 일찍이 능원방(綾原房)에 속했는데
저의 나이 열여섯에 서울로 왔지요.
제가 태어남에 때가 좋지 않아 난리를 만나고
강도를 잘못 지켜서 함께 묶이게 되었지요.
처음에 심양으로 왔다가 뒤에는 영원성으로
사십 년 동안 자주 옮겨 다녔지요.
황제의 농장에서 복역하여 농장의 우두머리에게 울부짖고
들 비와 언덕 바람에 열심히 농사를 지었지요.
불행하게도 남편은 늙어 수를 누리다가 마치고
두 아들은 군대에 나아가 이어서 죽었지요.
손자 하나는 화상에게 붙여 보내고
다만 딸 하나와 서로 의지하고 있습니다.
기장으로 죽을 쑤어 아침저녁으로 마시니
이 몸이 외롭고 괴로움은 참으로 견줄 데 없습니다.
하늘 끝에서 눈을 들어도 내 땅이 아니고
때때로 고향으로 돌아가는 꿈을 꾼답니다.
선인의 산소가 아직 완연하고
한식의 보리밥이 길이 끝나버렸습니다."
만 가지 한을 다 말하니 다시 천 가닥 시름인데
두 줄기 맑은 눈물이 백분의 물과 같네.
내가 이 말을 들으니 마음이 아프고 슬퍼서
밀과와 묶은 종이를 주었네.
할미가 구부려 절을 하고 깊은 은혜를 사례하며
수레가 돌아오는 세모에 응당 이곳에 오겠다고 하네.
집에 나박김치가 한 옹기가 있으니

순가락질 하는 데 도움이 되도록 부엌에 바치겠다면서.

征人晚投寧遠城　蠻客聚看鬧如市
隔窓忽聞賣醬聲　其聲我國渾相似
呼之使前見其人　八十老婆口無齒
問汝何年此地來　掩抑良久悲且喜
家在水原邑內住　夫姓爲金身姓李
賤籍曾屬綾原房　妾年十六來京裡
我生不辰亂離逢　江都失守同係累
初來瀋陽後寧遠　四十年間頻遷徙
皇庄服役號庄頭　野雨壟風勤耘耔
不幸夫以老壽終　二子征南相繼死
一孫寄與和尙去　但有一女相依倚
高粱作粥朝暮喫　此身孤苦眞無比
天涯擧目非吾土　有時一夢歸桑梓
先人丘墓尙宛然　麥飯寒食長已矣
說盡萬恨復千愁　兩行淸淚如鉛水
我聞此語爲傷悲　贈以蜜果兼束紙
嫗拜傴僂謝深眷　回轅歲暮應來此
家有一甕沉蘿葍　獻之行廚佐箸七[35]

〈젓갈 파는 할미의 노래〉는 병자호란 때에 청에 잡혀갔다가 돌아오지 못한 백성들의 고통을 주목한 것이어서, 상층 중심의 시선을 백성에게로 옮기고 있다는 점에서 의의가 있다.

이와 함께 선조의 부마인 영안위 홍주원은 인조 25년(1647), 효종 즉위년(1649), 효종 4년(1453), 현종 2년(1661)에 사행에 참여하였는데, 현종 2년(1661)의 사행에서 피로인(被擄人) 이명조(李鳴朝)를 만난 감회를

35) 신후재, 〈賣醬嫗歌〉『葵亭集』卷4,『한국문집총간』속42, 307면.

다음과 같이 읊고 있다. 부사로 동행한 이정영(李正英)의 족질이라고 부
사와 함께 자리를 마련한 것이다. 그런데 이정영이 이수광의 증손자로
본관이 전주라서 임금의 친족으로 인식한 것이다.

> 이방에서 몸이 견양(犬羊)의 무리에 빠졌는데
> 누가 알랴? 임금의 친족에 나뉘어졌음을.
> 곡옹과 서로 마주하여 이것저것 이야기하느라
> 창 바깥에 저녁놀이 지는 줄 알지 못하네.
> 殊方身陷犬羊羣　誰識天潢一派分
> 相對谷翁多少說　不知窓外夕□曛[36]

그리고 이원정(李元禎, 1622~1680)의 『연행록』과 『연행후록』에는 여러
사람들을 언급하고 있는데, 김포 이언향의 아내였다가 잡혀 가서 한인
의 첩이 된 여인[37], 서소문 박좌랑의 서녀로 어릴 때 사로잡혀 가서 이름
을 모르는 여인[38], 함께 잡혀 간 김용백과 결혼했으나 김용백이 본국으
로 도망가는 바람에 혼자 지내게 된 여인[39], 두 살 때 부모와 함께 사로
잡힌 갑군 양씨는 1660년 남정에 참가하여 운남, 귀주를 지나 다른 나라

---

36) 홍주원, <中後所, 被擄人李鳴朝, 卽副使族姪也. 與副使同坐招見, 有感口占>, 『無
　　何堂遺稿』 冊7, 『한국문집총간』 속30, 558면, 뒷날 손만웅도 「燕行日錄」, 『野村先生
　　文集』 卷4, 『한국문집총간』 속46, 398면에서 이명조를 만난 사정을 기록하고 있다. 渡
　　一大川抵中後所, 月明寒坑, 羈懷倍切, 被虜人李鳴朝來見, 卽白軒李相國再從孫也.
　　以衣冠之族, 今爲異域之踪, 悲辭苦語, 誠可矜惻, 給紙與刀送之. 是日行八十里.
37) 이원정, 김영진·조영호 옮김, 『국역 귀암 이원정 연행록』(세종대왕기념사업회, 2016),
　　81면.
38) 이원정, 김영진·조영호 옮김, 『국역 귀암 이원정 연행록』(세종대왕기념사업회, 2016),
　　94면.
39) 이원정, 김영진·조영호 옮김, 『국역 귀암 이원정 연행록』(세종대왕기념사업회, 2016),
　　154면.

까지 갔다[40]고 하였다. 피로인의 애절한 사정에 대한 논의는 별도로 살펴야 할 것이다.[41]

한편 신유(1610~1665)는 〈십삼산에서 밤에 길가는 사람이 피리를 불고 주인은 노래를 부르는 것을 듣다〉에서 사행 중에 한인(漢人)의 아이가 피리를 부는 소리와 노래 소리를 들으면서 그 감회를 다음과 같이 기술하고 있다.

> 십삼산 앞에는 가을 풀이 시드는데
> 십삼산 아래에는 나그네가 묵네.
> 지나가는 사람이 피리를 타며 〈낙매화〉를 불고
> 한족의 아이는 노래를 부르는데 노래하며 축을 치네.
> 느림과 빠름 높고 낮음이 처음에는 고르지 않더니
> 변화하여 몇 곡에 이르자 소리가 서로 풀어내네.
> 달이 돋은 성 머리에는 하수와 한수가 흐르고
> 하늘의 서리는 날려서 모래 서덜에 내리네.
> 명비는 말 위에서 자대를 바라보고
> 공주는 비파를 타며 누런 고니를 원망하네.
> 상성을 멈추고 치성으로 바뀌니 이별의 소리가 되고
> 그윽한 샘에서 오열하니 빈 골짜기에 쏟아내네.
> 노래 속에서 몇 번이나 천조를 말했던가?
> 노래를 마치자 소리를 삼키느라 감히 울지 못하네.
> 나그네가 이것을 듣고 나가서 거니노라니
> 한밤중 눈물을 흘러서 눈물이 움큼에 가득하네.

---

40) 이원정, 김영진·조영호 옮김, 『국역 귀암 이원정 연행록』(세종대왕기념사업회, 2016), 295면.
41) 소현세자가 쇄환한 피로인을 데리고 왔다가 다시 데리고 갔다는 기록을 비롯하여, 성이성의 〈연행일기〉에서도 곳곳에서 만나게 된 사람들의 사연이 기록되어 있다.

十三山前秋草白　十三山下行人宿
麗人弄笛吹落梅　漢兒唱歌歌擊筑
緩促高低初不調　轉至數曲聲相繹
月出城頭河漢流　天霜霏霏下沙磧
明妃馬上望紫臺　公主琵琶怨黃鵠
停商變徵爲離聲　嗚咽幽泉瀉空谷
歌中幾回說天朝　歌罷吞聲不敢哭
客子聞此出彷徨　中夜潸然淚盈掬[42]

　　17세기 후반 사행의 현장에서 조선의 신하, 명나라 유민, 청나라 백성
이 만나는 지점과 그들이 인식하고 형상화한 노래의 공통점과 차이점을
살피는 일도 중요한 과제가 될 수 있을 것이다. 천조(天朝)에 대한 인식
의 차이를 비롯하여, "상성을 멈추고 치성으로 바뀌니 이별의 소리가
되고(停商變徵爲離聲)"에서 곡조에 변화가 일어나면서 슬픔의 내면을 표
출하는 방식에 어떤 차이가 있는지도 궁금해지는 대목이다.

---

42) 신유, <十三山, 夜聞行人吹笛, 主人唱歌>, 『竹堂先生集』卷6, 『한국문집총간』속
　　31, 452면.

2. 무반 시가 향유의 변화 양상과 서울의 풍류

1) 무반 담당층의 위상

시가 향유에서 무반 담당층의 역할은 이미 17세기 전반에 큰 변화 양상을 보이는 것으로 확인되었다. 비변사의 역할이 강화되거나 여러 차례 전쟁을 거치면서 무반 공신의 증가가 이러한 변화를 추동하고 있었던 것으로 볼 수 있다.

그중에서 우리가 주목하고자 하는 것은 변새를 포함한 무변 풍류가 한양으로 전파되면서 서울의 풍류에 커다란 변화가 일어나고 있었던 점이다. 정두경의 〈향아의 노래(香娥歌)〉[43]와 같은 것이 그러한 예라고 할 수 있다.

그리고 변새의 상황 변화도 고려할 수 있다. 조정에서 암암리에 무비에 힘쓰면서 북벌의 의지를 드러내고 있었지만, 축성(築城)의 일까지 청나라의 간섭을 받아야 하는 상황에서 변새의 무변들의 역할이나 풍류가 위축되었을 것이고, 이와는 달리 한양에서 무반이나 이와 관련된 사람들의 풍류에 변화가 일어났다고 할 수 있다. 내삼청의 무신이 중심이 되어 문신들이 홍문관이나 사헌부에서 선진을 대접했던 모임이 유행하고 있었던 것이다. 이러한 모임은 여러 관청의 이서에게까지 확산되고 있었던 것으로 나타난다.

　남구만이 아뢰기를,
　"무릇 벼슬하게 된 사람이 새로 들어가서는 반드시 음식과 물건을 준비하여 선진들을 대접하는데, 무신들의 내삼청이[선전관·부장·수문장이

---

43) 최재남, 『17세기 전반 정치·사회 변동과 시가사』(보고사, 2018), 251~252면.

대궐 안에서 수직하기 때문에 내삼청이라 부르게 된 것이다.] 더욱 심합니다. 이 비용이 거의 여러 백금이 되는데, 승직하게 되면 이를 보상할 바를 생각하느라 사세상 자연히 탐오한 짓을 합니다. 더러는 전토와 집을 팔아서 그 빚을 충당하게 되는 수도 있는데, 제사(諸司)의 이서들도 또한 이런 준례가 있습니다. 신이 일찍이 본병(本兵)에 있을 적에 묘당과 의논하여 제도를 정해 금하였는데, 기사년에 대신의 말로 다시 행해지고 있으니, 마땅히 거듭 금단하여 영구히 그런 폐단이 없어지게 해야 합니다." 하니, 임금이 또한 그대로 따랐다.[44]

무반 면신례의 폐단이 지적되면서 금지하는 영이 여러 차례 내려지기도 하였다.

　　간원이 아뢰기를,
　　"각조와 각사에서 면신이란 이름으로 침학하는 폐습에 대해 일찍이 본원의 계사로 인하여 금지시켰습니다. 그런데 근래에 금부 낭청 및 성균관, 승문원, 선전관, 부장, 수문장 등이 금령을 지키지 않고 다시 구습을 행한다고 합니다. 해당 관원들을 아울러 무겁게 추고하여 일체 금지하게 하소서." 하니,
　　더욱 심한 자를 거듭 조사하여 엄금토록 하라고 답하였다.[45]

　　헌부에서 계청하기를,
　　"각 군문에 신칙하여 군졸들에 면신례라고 일컬으면서 신군졸을 학대하여 주식을 요구하고 전포를 받아내는 폐단을 금단시키소서." 하니,
　　임금이 그대로 따랐다.[46]

---

44) 『숙종실록』 권27, 20년 8월 13일(무신), 『국역 숙종실록』 14, 195면.
45) 『현종개수실록』 13권, 현종 6년 7월 12일(丙申) 『국역 현종개수실록』 6, 151~152면.
46) 『숙종실록』 33권, 숙종 25년 11월 22일(丙辰), 『국역 숙종실록』 17, 227면.

그런데 이들 내삼청에서 주관하여 시예(試藝)를 거치는 과정에 그들의
인원이 많이 늘어난 것으로 볼 수 있다.

> 병조 판서 김석주(金錫胄)가 말하기를,
> "을묘년에 뽑은 무변 가운데에서 장령(將領)에 가합한 사람을 이제 모
> 두 조천(調遷)하였으니, 청컨대 묘당으로 하여금 다시 정선하여 후일의
> 급한 때의 소용으로 대비하게 하소서." 하고,
> 또 말하기를,
> "만과(萬科)를 시행한 뒤에 내삼청에서 시예하여 합격한 자가 거의 1
> 천여 명에 이르고 있는데, 이 간우(艱虞)한 날을 당하여 인재를 저양(儲
> 養)하지 않을 수가 없으니, 신해년 뒤에 1천으로 채운 금려(禁旅)를 줄여
> 7백으로 하소서. 그리고 이제 비록 이전대로 도로 구액(舊額)을 채울 수
> 는 없더라도, 1년에 쌀 7백 석과 콩 5백 석을 얻을 것 같으면 다시 1백의
> 액수를 둘 만하니, 청컨대 먼저 신이 가지고 있는 군문의 남은 쌀을 취하
> 여 쓰고, 호조로 하여금 추후에 상환하게 하고, 콩은 태창(太倉)에 저장한
> 것을 취하여 써서 신설할 금군의 급료로 쓰게 하소서." 하니,
> 임금이 모두 윤허하였다.[47]

현종 시절에는 무인들이 여악을 즐기는 것이 문제가 되기도 하였다.

> 장령 이정(李程) 등이 탄핵하기를,
> "전 정언 정창도(丁昌燾)가 지난번 등석(燈夕)에 사자(士子) 몇 사람
> 과 함께 술이 취해 창가에 들렀다가 심야에 걸어오면서 무인들이 여악을
> 즐기며 모여 마시는 곳에 돌입하여 서로들 싸움을 했다는 이야기가 자자
> 하게 퍼졌으니, 사부로서 이보다 더 심한 치욕이 없습니다. 정창도를 파
> 직시키고, 무인도 해부(該部)로 하여금 적발해 내어 죄를 매기게 하고,

---

47) 『숙종실록』 7권, 숙종 4년 9월 8일(병오), 『국역 숙종실록』 3, 273면.

사자는 사관으로 하여금 벌을 행하게 하소서." 하니,
따랐다.[48]

숙종 초년에는 당상 무관이 맡은 공궐위장(空闕衛將)인 가위장(假衛將)
이 빈 궁궐에서 창기를 불러 모아 거문고를 타며 노래를 부르게 했다는
기사가 있다.

경덕궁의 가위장 최은(崔嶾)과 수궁 내관 이연협(李延浹)이 빈 궁궐에
창녀를 불러 모아 거문고를 타고 맞추어 노래 부르며 즐겼는데, 밤이 깊
어진 뒤 마음대로 문을 열고 나갔다가 그 창녀가 나졸에게 붙잡혔다. 병
조에서 이를 아뢰어 마침내 최은 등을 의금부에 회부하였는데, 율이 사형
에 해당되었으나, 특별히 사형은 감하고 충군하도록 명하였다.[49]

다음은 숙종이 즉위할 무렵 무인들의 동향에 대한 기술이다. 이완→
유혁연→신여철로 이어지는 병권의 흐름과 정치적 결탁 관계를 짚어낼
수 있는 대목이다.

지중추 유혁연(柳赫然)이 평산(平山)에 있으면서 훈련대장의 직책을
면하여 주기를 원하니, 임금이 그에게 조리를 하고서 올라오도록 명하였
다. 유혁연은 조금 재기가 있기는 하나, 경솔하고 천박하며 교만하고 허
망하였다. 젊어서 옛 장수 이완(李浣)에게 추천을 받아 벼슬에 나왔었으
나 뒤에는 이완과 사이가 좋지 못하였다. 많은 군사를 거느린 지 여러
해가 되매 무사들의 마음을 크게 잃었고 군사들도 또한 유혁연을 원망하
는 이가 많아서 이완을 추모하여 마지않았다. 유혁연은 여러 복(福)과

---

48) 『현종실록』 권5, 3년 4월 25일(무진) 『국역 현종실록』 2, 309면.
49) 『숙종실록』 권6, 3년 9월 4일(무인), 『국역 숙종실록』 3, 132면.

인친(姻親)을 맺어 어두운 밤이면 뒷문으로부터 가만히 서로 왕래하였다. 이정과 이연이 귀양 갈 적에 강가에까지 전송하고 집에 돌아와서는 종일 문을 닫고 눈물을 흘리며 울었으므로 사람들이 그를 매우 괴상하게 여기었다. 좌상 김수항(金壽恒)과 병조 판서 김석주(金錫胄)가 비밀히 의논하여 병권을 제거하려 하였지만, 유혁연이 영상 허적(許積)과 서로 사귀어 결합되어 있기 때문에 이를 어렵게 여겼다. 유혁연이 이를 알고는 스스로 편안하지 못하여 외임으로 나가 체직되기를 구한 것이다. 어영대장 신여철(申汝哲)은 옛 재상 신경진(申景禛)의 손자이다. 선왕께서 훈신과 척족의 오랜 장수들이 다 죽어서 나라에 믿을 만한 신하가 없다고 여기어 외척 가운데에서 가리어 신여철에게 명하여 문치를 갖추고서 무과의 과거에 나오게 하였더니, 붓을 놓은 지 두서너 해가 못되어 유혁연과 나란히 대장이 되었다. 신여철은 집안이 본래 장수의 자손이므로 사람됨이 정긴(精緊)하여 무사들이 모두 친부(親附)하였다. 복선군이 그를 농락하려고 하여 두 번이나 찾아가 보았는데, 신여철이 말하기를,

"자가(自家)[公子]는 왕손이요 이 몸은 군사를 거느리는 관원입니다. 왕손이 군사를 거느린 관원을 찾아본다는 것은 피차가 모두 마땅하지 못합니다." 하니,

남은 그가 자신에게 붙지 아니함을 미워하여 넌지시 말하여 신여철로 하여금 병권을 놓게 하였고 남인으로서 남을 위하여 일을 꾀하는 자들이 장차 탄핵하여 제거하려 하였다. 이때 조정의 장수나 정승이 모두 남 등과 연결되었기에 남 등이 꺼리는 자는 오직 두 서넛 옛 대신들과 신여철뿐이었다. 김수항이 신여철에게 굳게 지켜 움직이지 말라고 타일렀으나 신여철은 겁을 내어 허적에게 병권의 책임을 해임하여 주기를 요청하였지마는 얼마 아니 되어 정과 연이 죄를 받았으므로 신여철이 갈리지 않게 되니 사람들의 마음이 그를 의지하며 중하게 여겼다.[50]

---

50) 『숙종실록』 3권, 숙종 1년 5월 1일(기미), 『국역 숙종실록』 1, 352면.

2) 무반 시가 작품의 양상

무반 또는 무신의 위상이 점점 높아지고 신례의 잔치나 기악을 즐기는 등 서울에서 이들의 풍류가 점점 확대되고 있었다. 이 과정에 무반이나 무인의 작품이 전해지고 있다. 가집에는 구인후, 이완, 유혁연, 신여칠, 이귀진, 이택 등의 작품이 전해시고 있다.

구인후(1578~1658)는 이미 살펴본 바[51]가 있는데, 그의 작품을 다시 들어보도록 한다. 강빈의 일에 김홍욱이 상소를 올리자 임금이 진노하였고, 구인후가 김홍욱을 신구한 일이 문제가 되어 물러나게 된 효종 5년(1654)의 상황과 연계될 수 있는 작품이다. 서호에서 부른 〈연군가〉라고 할 수 있다.

> 御前에 失言ᄒ고 특명으로 내치오니
> 이 몸이 갈 씌 업서 서호로 ᄎ자가니
> 밤듕만 닷 드는 소릭예 戀君誠이 새로왜라 ―『해동가요』(박씨본) 153

상이 인정문에 납시어 김홍욱을 친국하였다.
…
능천부원군 구인후가 아뢰기를, "신이 홍욱에게 어찌 일호라도 구원하고자 하는 마음이 있겠습니까? 홍욱이 만약 역적 강씨와 동모하였고, 그런데 신이 신구하고자 한다면, 신이 마땅히 역인을 보호한다는 죄를 받겠습니다."
상이 노하여 말하기를,
"그대는 병을 칭탁하고 물러가더니, 오늘 홍욱을 신구하러 온 것인가? 어찌 빨리 물러나지 않는가?" 인후가 마침내 나가버렸다.[52]

---

51) 최재남, 『17세기 전반 정치·사회 변동과 시가사』(보고사, 2018), 244~245면.
52) 『효종실록』 제13권, 5년 7월 13일(경자), 『국역 효종실록』 5, 258~259면.

다음은 이완(李浣, 1602~1674)의 작품이다. 본관은 경주, 자는 징지(澄之), 호는 매죽헌으로, 1624년 무과에 급제하여 효종을 받들어 북벌 계획을 수립한 인물이다.

> 群山을 削平턴들 洞庭湖 너를랏다
> 桂樹를 버히던들 둘이 더옥 발글 거슬
> 뜻두고 이로지 못ᄒ고 늙기 셜워ᄒ노라 　－『청구』 169

> 꿈에 항우를 만나 승패를 의론ᄒ니
> 重瞳에 눈물 디며 칼 집고 니른 말이
> 천리마 절대가인 일혼 줄을 못내 슬허ᄒ노라 　－『해수』 208

『청구영언』에 수록된 〈군산을〉은 여러 가집에 이완의 작품으로 수록되었는데, 군산과 계수의 예시를 통하여 뜻을 이루지 못하고 늙어가는 자신을 안타까워하는 마음이 드러난다.

〈꿈에〉는 『해아수』에 이완(李完)으로 수록되어 있고, 종장이 "지금에 부도오강을 못닌 슬허ᄒ더라"로 된 작품이 『해동가요』(박씨본)를 비롯한 다른 가집에 작가 미상으로 수록되어 있다.[53]

유혁연(1616~1680)은 대대로 무신 집안에서 자랐으며, 인조 22년(1644) 무과에 급제하여 효종이 북벌을 추진할 때 이완과 더불어 적극적으로 참여하였으며, 승지[54]에 제수되기도 했다. 경신년(1680)에 영해로

---

53) 이 작품은 김세렴(1593~1646)의 〈악부〉에 한역되어 있어서 17세기 전반 이전의 작품으로 보아야 할 것이다. 최재남, 『17세기 전반 정치·사회 변동과 시가사』(보고사, 2018), 90면.

54) 『효종실록』 13권, 효종 5년 12월 20일(병자), 헌부가 아뢰기를, "승지의 직임은 근밀한 자리인데, 무신으로서 여기에 선임된 경우는 국조 이래 전혀 없었습니다. 유혁연이 비록 약간의 재능과 인망이 있다고는 하지만 특별히 제수하시는 명을 뜻밖에 내리니,

유배되었다가 제주에 위리 안치되어 사사되었다.

> 둣는 몰 셔셔 늙고 드는 칼 보믜거다
> 무정세월은 백발을 지촉ㅎ니
> 성주의 누세 홍은을 못 가플가 ㅎ노라 『청구』 204

> 용 ㄷ튼 ㄴ는 말 타고 자 나문 보라매 밧고
> 석양산로로 개 브르며 올나가니
> 아마도 장부의 행락이 이쑨인가 ㅎ노라 『시박』 209

> 群山을 발로 툭 차해 碧海水 메인 후에
> 슈루욱 올나 옥황쩨 아뢰여
> 북당에 학발쌍친을 더듸 늙게 ㅎ오리라 『동명』 185

『청구영언』에 수록된 작품은 무인으로서 말과 칼을 가지고 큰일을 하고자 했는데, 백발의 늙은이가 되어 임금의 은혜를 갚지 못할까 걱정하고 있는 마음을 드러내고 있다. 그런데 『시박』 208에 수록된 작품은 매사냥놀이를 읊은 것으로 『청구영언』 450에 무명씨의 작품으로 올라 있는 것이다. 이 작품이 무명씨에 수록된 사정을 밝히는 작업이 필요할 것이다. 『동명』 185는 효도의 마음을 읊은 것이다.

신여철(1634~1701)의 다음 작품은 무인으로서 호기가 드러나고 있다. 그는 신경진의 손자로, 효종이 훈신과 척족의 오랜 장수들이 다 죽어서 나라에 믿을 만한 신하가 없다고 여기어 외척 가운데에서 가리어 신여철에게 명하여 문치(文治)를 갖추고서 무과의 과거에 나오게 하였다고 한다. 시호는 장무(莊武)이다.

제수의 명이 한번 내리자 여론이 모두 놀라워합니다. 내리신 명을 도로 거두소서." 하였으나 상이 따르지 않았다. 『국역 효종실록』 5, 312면.

    활 지어 풀의 걸고 글 빈화 폼에 픔고
    平原 廣野에 百萬軍 거느리고
    언지면 南蠻北狄을 七縱七擒을 ㅎ리오 -『해수』450

이귀진(李貴鎭, 생몰년 미상)의 작품은 다음과 같다.

    靑驄馬 여흰 후에 紫羅裙도 興盡커다
    나의 풍도ㅣ들 업다 ㅎ랴마는
    세상에 지극한 공물을 돌녀 볼가 흐노라 -『해박』193

〈청총마〉는 갈기와 꼬리가 파르스름한 백마인데, 청총마를 잃고 난
뒤에 자줏빛 비단 치마를 입은 미인이 있어도 흥이 없어졌다는 것이다.
풍도가 있어도 공물인 기녀를 물리쳐야 하겠다는 의지가 드러난다.

  이택(1651~1719)의 작품은 다음과 같다. 본관은 전주, 자는 운몽(雲夢)
이다. 숙종 2년(1676) 무과에 급제 선전관을 거쳐 여러 관직을 역임했다.
남구만, 이상진 등이 교대로 추천하여 도총부 경력, 훈련원 정 등을 역
임하였다.[55] 이택은 향촌 출신의 무반으로 서울의 사족들과 만나는 자
리에서 자신의 심회를 드러냈던 것으로 보인다.

    감장새 작다 ㅎ고 대붕아 웃지 마라
    구만리 장천을 너도 눌고 나도 눈다
    두어라 일반비조니 네오 내오 다르랴. -『해박』205(『청구』446)

    낙양재사 모드신 곳의 향촌무부 드러가니
    백옥 짜힌 디 돌 더짐 ㄷ다마는
    두어라 문무일체이니 놀고 갈가 흐노라. -『해박』204

---

55) 윤봉조, 「통제사이공신도비명」, 『포암집』 권17, 『한국문집총간』 193, 439~441면.

죽어서 북망산으로 가는 스룹 네 경상 가련ᄒ다
천추만세 ㅣ들 세상에 다시 올가
져마다 져러홀ᄶ니 심초창이독비로다. -『동명』 190

이택의 〈낙양재사〉는 서울과 향촌의 대비에다 재사와 무부의 대비를 백옥과 돌로 견주고 있어서 17세기 후반의 시대 인식과 연계되면서, 종장[56]에서 문무일체로 정리하면서 "놀고" 가겠다고 발화하고 있다. 무부의 기개가 놀이로 전환한 것으로 이해할 수 있다. 〈감장새〉는 『청구영언』에 무명씨로 수록되었다가, 『해동가요』에는 이택의 작품으로 수록되어 있으며 이후의 가집에 대부분 이택의 작품으로 등장한다.

이상에서 살펴본 바와 같이 무반의 작품은 무반의 기개가 드러난 작품이 여럿 있으며, 세태를 읊은 것도 있고, 매 사냥과 같은 놀이를 노래한 것도 있다.

3) 서울 무반 풍류의 변화

17세기 후반 이후 전쟁을 비롯한 병화가 일어나지 않으면서 국경을 지키거나 무비와 관련한 무반들의 군사적 역할이 축소되는 반면에, 정치적 국면이 자주 바뀌면서 훈련대장, 어영대장 등이 실질적인 병권을 잡는 등 정치적 성향이 두드러졌고 아울러 당파적 입지도 확고하게 하면서 연회를 베풀거나 가기를 동원하는 일이 빈번하게 일어났다. 한편 서울에 기반을 둔 중간층 무반들도 변새로 가는 일이 없이 지속적으로 서울에서 지내면서 가객으로 활동하거나, 가객들과 어울려 지내는 일이

---

56) 『청구영언』(가람본)의 종장은 "鳳凰도 飛鳥와 類ㅣ시니 뫼셔 놀가 ᄒ노라"로 되어 있다.

빈번하게 되었다.

다음은 장붕익(1646~1735)의 작품이다. 조선후기 무신으로 본관은 인동, 1699년 무과에 급제, 영조 즉위 후 여러 관직을 역임했다.

> 나라히 태평이라 무신을 바리시니
> 날 갓튼 영웅은 북창에 다 늙거다
> 아마도 위국정충은 나뿐인가 ᄒ노라. -『시박』243

태평 시절이 계속되고 무신의 역할이 줄어들게 되면서, 버려진 신세로 받아들이고 있다. 스스로 영웅이라고 일컬으면서 내면에 위국정충을 간직하고 있는데도, 북창에서 늙어가고 있다고 탄식하고 있는 것이다.

18세기에는 무반의 풍류가 일상화되어 있었던 것으로 확인된다.

다음은 훈련대장 장붕익의 생일잔치 자리에 조관을 포함한 많은 사람이 모이고 연회와 함께 기녀들의 가무가 현란했다고 기록한 영조 10년(1734) 실록의 기사이다.

> 그런데 듣건대, 훈련대장 장붕익의 생일 연회에 극도로 사치하여 주육의 풍성함과 풍악의 성대함을 도성 사람들이 구경하기 위하여 인산인해를 이루었다고 하니, 장신이 근신을 생각하지 않음은 진실로 해괴합니다. 인하여 또 조관을 두루 초청하여 초헌이 문을 메웠고 밤을 지새워 연회를 베풀었으며 기녀들의 가무가 현란했으니, 보고 듣는 자들이 부끄럽게 여기지 않는 이가 없었습니다. 신의 생각에는 이런 방탕한 습관을 결단코 경책하지 않을 수 없습니다.[57]

---

57) 『영조실록』 39권, 영조 10년 12월 25일(병인), 『국역 영조실록』 13, 196~197면. 서경순의 『몽경당일사』에는 장붕익이 서도 수령일 때에 장부의 기개를 드러낸 일화가 소개되어 있다.

다음은 영조 17년(1741)의 기록인데, 임금이 구성임에게 무신들이 무예를 닦는 데에 전념해야 한다고 특별히 부탁하는 말을 하고 있다. 구성임(1693~1757)은 구인기(具仁墍)의 증손자로 구인후에게는 종증손자가 된다. 능성구씨 무신 집안의 풍류를 염두에 두고 말한 것으로 이해할 수 있다.

> 임금이 석강에 나아갔다. 강하기를 마치자 임금이 특진관 구성임을 앞으로 나오게 하고 말하기를,
> "문과 무는 갈래가 다르니 문과로 진출한 자는 마땅히 문예를 숭상해야 하고 무과로 진출한 자는 마땅히 무예를 숭상해야 하는데, 듣건대 지금의 무관[武弁]들이 오로지 활쏘기와 말타기를 익히지 않고 심지어 시가를 읊조리며 세월을 보내는 자가 있다고 한다. 경은 장신이니 모름지기 이 무리들을 신칙하여 무예에 전념하도록 하고, 경도 또한 여러 장신들과 모여서 회사(會射)하는 것이 좋겠다." 하고,
> 이어서 또 문신이 시사를 모면하려는 습관을 신칙하였다.[58]

그리고 조선후기 여항 가객들 중에서 주의식(朱義植)을 비롯한 많은 사람들이 무과 출신으로 활약했으며, 포교를 비롯하여 위장 등을 무반 계열로 이해할 수 있을 것이다.

이상에서 무신의 작품을 몇 편 살펴보았는데, 조선 초기에 보였던 호방한 기개나 전장에 참여한 비장함은 찾아보기 어렵다. 17세기 전반에는 변새에서 무변의 기개가 드러난 시가 향유가 중심을 이루었다고 할 수 있는데, 17세기 후반에 이르러 이것이 놀이로 전환되고 있음을 알 수 있다.

---

58) 『영조실록』 53권, 영조 17년 1월 23일(기축), 『국역 영조실록』 17, 139면.

3. 시가 향유를 통한 사부와 동당에 대한 배려

이미 17세기 전반에 사부와 동당에 대한 예우의 움직임이 나타나면서 정치적 갈등을 드러내고 있었다. 5현의 문묘 종사와 이에 대한 비판과 반발, 그리고 자신들의 사부를 문묘에 종사시키기 위한 꾸준한 노력이 17세기 전반에 확인할 수 있었던 내용이다.

그런데 17세기 후반에 이르러 이이·성현의 문묘 종사 논의[59]와 함께 영남 선비들의 반대 상소[60]가 이어지고 삭직·정거 등의 일[61]로 17세기 후반 이후 지속적인 갈등이 드러나고 있었다. 이러한 와중에 이이의 〈고산구곡가〉를 한역하는 과정에 동당이 참여하면서 그들의 집단적인 결속을 다지고자 하였고, 16세기 전반에 김정국이 편찬한 『경민편』을 언해하여 간행하면서 여기에 정철이 지은 〈훈민가〉를 첨부하여 배포하자는 이후원 등의 논의[62]는 노래를 통하여 정철을 신원하고자 하는 당파적 이해와 맞물려 있었던 셈이다. 그리고 이항복이 지은 〈철령가〉의 수용을 통하여 이항복이 보였던 정치적 태도를 옹호하고 이어가고자 하는 의지를 드러내기도 하였다.

1) 이이·성현의 문묘 종사 논의와 그 전말

이이와 성현을 문묘에 종사하게 된 것은 숙종 7년(1681)이 되어서야

---

59) 『효종실록』 4권, 효종 1년 7월 22일 계유, 『국역 효종실록』 2, 111~112면.

60) 『효종실록』 3권, 효종 1년 2월 22일 을사, 『국역 효종실록』 1, 248~251면.

61) 『효종실록』 4권, 효종 1년 7월 1일 임자, 『국역 효종실록』 2, 66면, 『효종실록』 4권, 효종 1년 6월 8일 경인, 『국역 효종실록』 2, 38~39면.

62) 『효종실록』 20권, 효종 9년 12월 25일 정해, 『국역 효종실록』 8, 175~176면.

가능했지만, 문묘 종사 논의는 이미 효종 때부터 갈등이 노출되었으며, 사실은 광해군·인조 때부터 물밑 작업[63]이 진행되어 왔던 것이다. 이이·성현의 문묘 종사는 경신년(1680)의 환국으로 서인이 정치의 전면에 자리를 잡으면서 임금의 정치적 입장이 정리된 것으로 이해할 수 있다.

> 관학의 팔도 유생 이연보(李延普) 등이 소를 올려 지난번의 주청을 다시 거듭하자, 임금이 답하기를,
> "양현(兩賢)의 도덕과 학문은 실로 한 세대에서 우러러 사모하며 사림의 모범[矜式]이 되니, 문묘에 종사하는 것을 대체로 누가 불가하다고 말하겠는가? 그러나 대대의 조정[累朝]에서 일찍이 윤허[允兪]하지 않았던 것과 내가 과단성 있게 처리하지 못하고 미루었던 것은 모두 신중하게 하려는 뜻에서 나온 것이다. 그러나 많은 인사들의 주청이 오래도록 계속되었고, 또한 간절해서 끝내 억지로 어기기 어려우니, 그것을 해조로 하여금 대신에게 묻도록 하여 특별히 오현을 종사하는 청을 윤허할 수 있도록 하라." 하였다.
> 대신 김수항(金壽恒)·김수흥(金壽興)·정지화(鄭知和)·민정중(閔鼎重)·이상진(李尙眞)이 모두 종사하는 것이 진실로 합당하다고 하자, 임금이 전교하기를,
> "대신의 의논이 모두 이와 같으니, 지난번의 소대로 문묘에 올려서 배향하도록 비답한다." 하였다.[64]

그리고 숙종 8년(1682)이 되어서야 예[65]를 갖추게 되었다.

그런데 효종 시대부터 이어진 찬반 논의는 저절로 동당의 입장을 강조한 것이어서 치열하게 진행되었던 것이다. 경상도 유생들을 중심으로

---

63) 최재남, 『17세기 전반 정치·사회 변동과 시가사』(보고사, 2018), 142~143면.
64) 『숙종실록』 권12, 7년 9월 19일(무진), 『국역 숙종실록』 6, 54면.
65) 『숙종실록』 권13 상, 8년 5월 20일(정묘), 『국역 숙종실록』 6, 254면.

반대의 입장[66]과 태학생 등의 찬성하는 입장[67]이 대립되어 있었던 것은, 정치적 입지에 따른 것으로 결국 집단의 이익을 대변하는 것으로 이해할 수밖에 없다.

그러나 정치적 상황의 변화에 따라 문묘 종사의 대사마저 흔들리고 말았다. 숙종 15년(1689) 기사환국의 국면에 이이·성혼을 문묘 종향에서 출향하였던 것이다.

문성공 이이·문간공 성혼을 문묘 종향에서 출향하였다.[68]

그런데 갑술환국(1694)으로 복향되었다. 결국 문묘 종사가 일관된 기준에 따라 정해진 것이 아니라 정치 국면에 따라 유동적인 운용을 하고 있었다는 시선을 피할 수 없게 된 것이다.

충청도 유학(幼學) 임봉진(林鳳珍) 등이 상소하여 문성공 이이와 문간공 성혼의 도학의 기록함을 말하고, 또 논하기를,
"이현령(李玄齡) 등의 상소는 정인홍(鄭仁弘)·이홍로(李弘老)·채진후(蔡振後)·유직(柳稷) 등의 여론(餘論)을 계승하여 끝내 우리의 성전(成典)을 무너뜨리고 우리의 제사지내는 예의를 어지럽혔으니, 그 선정을 무함하고 헐뜯는 죄는 좋아함과 싫어함을 명백히 보여서 발본색원하지 아니할 수가 없습니다." 하니,
답하기를,
"발본색원이라는 말이 매우 명쾌하다. 이현령이 부정한 논의를 주워모아 시세를 타고 정직한 분을 해친 것은 참으로 깊이 증오하고 통렬히

---

66) 『효종실록』 3권, 효종 1년 2월 22일(을사), 『국역 효종실록』 1, 248~251면.
67) 『효종실록』 4권, 효종 1년 7월 3일(갑인), 『국역 효종실록』 2, 85면.
68) 『숙종실록』 권20, 15년 3월 18일(을유), 『국역 숙종실록』 11, 236~237면.

징계하지 않을 수 없는 일이다." 하고,

이내 해당 관서에 명하여 품의해 처리토록 하였다. 그 뒤에 예조 판서 윤지선(尹趾善)이 임금을 모시고 아뢰기를,

"경기 유생들이 전후에 걸쳐 상소하여 이이와 성혼의 문묘 종향(從享)을 복원해 줄 것을 요청하였으니, 이 일은 지극히 중요한 일입니다. 다만 시골 선비의 한 상소로 인하여 본조(本曹)에서 바쁘게 거행한다는 것은 자못 신중한 처사가 아니오니, 대신들에게 의논하도록 하여 특별히 처분을 내리신다면 실로 성덕에 빛남이 있을 것입니다." 하였다.

남구만(南九萬)이 아뢰기를,

"양신(兩臣)의 복향(復享)에 대하여 누군들 이의가 있을 수 있겠습니까? 그러나 모든 일의 중대한 것은 더욱 신중을 기하여야 합니다. 지난날의 출향과 오늘날의 복향에 있어 다 유생의 진장(陳章)으로 인하여 해당 관서가 그대로 거행한다는 것은 근신하는 의리가 아닙니다. 지금 대신으로는 단지 신 한 사람만이 있을 뿐이니 모름지기 여러 대신들이 다 이르기를 기다려 다시 의논하는 것이 옳을 것입니다." 하니,

임금이 말하기를,

"널리 대신들에게 문의하는 것이 진실로 신중한 방도가 될 것이다. 그러나 처음에 정직한 분을 증오하는 무리들에게 속고 가려진바 되어 두 분 선현으로 하여금 마침내 출향에 이르게 하였으니, 내가 일찍이 회한스럽게 생각했다. 만일 다시 그 전도될 것을 염려하여 바로 거행하지 않는다면 끝내 흠이 되는 일이 되고 말 것이니, 특별히 두 분 선현의 복향을 명한다." 하였다.[69]

2) 〈고산구곡가〉 한역 과정과 참여자

17세기 전반에 은병정사를 복원하고 〈고산구곡담기〉가 이루어진 것

---

69) 『숙종실록』 권26, 20년 5월 22일(기미), 『국역 숙종실록』 14, 26~27면.

은 이미 확인[70]한 바이지만, 17세기 후반에 이르러 〈고산구곡가〉를 한역하는 작업이 진행되었던 것이다.[71] 그 주도적 작업을 이이의 재전(再傳) 제자들이 맡았다고 할 수 있다. 그 중심에 송시열, 김수항 등의 서인·노론계 인물이 있다.

송시열이 중심이 되어 숙종 14년(1688) 6월에 〈고산구곡가〉 판본을 만들고, 〈고산구곡도〉를 그릴 계획을 세웠던 것으로 확인[72]되고, 이를 종합하여 『고산구곡첩』을 제작하려고 했던 것이다. 김수증, 김수항, 권상하, 송주석, 송규렴, 김창협, 이희조, 남용익, 임상원 등 9명이 참여하는 것으로 논의되었는데, 뒤에 김창협은 김창흡으로, 남용익은 정호로, 임상원은 이여로 대체된 것으로 나타난다. 그러나 빠른 시일 내에 완성하지 못하고 20여 년이 지난 숙종 35년(1709) 무렵에 가서야 완성되었던 것이다.

이와 함께 주목해야 할 것은 이하조가 직접 고산구곡을 탐방하고 〈석담구곡, 노래 이름 중에 한 글자를 써서 절구 한 수씩을 짓다. 이때 먼저 문산을 방문하고 이어서 차례로 관암에 이르다〉라는 작품에서 〈고산구곡가〉의 형승을 그리고 있다는 점이다. 그런데 〈고산구곡가〉의 순서와는 달리 문산[제9곡]을 앞세우고 관암[제1곡]을 뒤로 돌리고 있다.[73]

이하조가 직접 석담구곡을 방문하고 그곳의 승경과 감회를 적은 것이

---

70) 최재남, 앞의 책, 149~151면.

71) 이상원, 「조선후기 〈고산구곡가〉 수용 양상과 그 의미」, 『조선시대 시가사의 구도와 시각』(보고사, 2004), 233~258면. 김병국, 「〈고산구곡가〉 연구」-『정언묘선』과 관련하여-(성균관대 박사논문, 1991), 이기현, 「〈고산구곡가〉의 한역 악부에 대한 고찰」, 『한국학논집』 24(한양대 한국학연구소, 1994), 윤진영, 「조선시대 구곡도 연구」(한국정신문화연구원 석사논문, 1997)

72) 이상원, 앞의 글, 237~244면 참조.

73) 이하조, 〈石潭九曲, 用曲名中一字題一絶. 時先訪文山, 以次至冠巖〉, 『三秀軒稿』 卷2, 『한국문집총간』 속55, 527면.

기 때문에 이이의 〈고산구곡가〉와는 다른 후대의 수용과 현장감이 배어 있다고 할 수 있다. 그중에서 5곡 '은병(隱屛)'의 협주에 백씨인 이희조가 시냇가에 요금정(瑤琴亭)이라는 정자를 마련할 계획이라고 밝히고 있고, 4곡 '송애(松崖)' 협주에는 옛날에는 '가공암(架空菴)'이 있었는데 당시에는 없어져서 백씨가 승려 혜관(惠寬)을 시켜 세우게 했다고 쓰고 있으며, 3곡의 '취병(翠屛)'의 협주에는 석양 무렵에 비가 내려서 말을 세우고 근심스레 바라보고 있다고 하였다.

그리고 〈또 주선생의 무이구곡의 운을 써서 고산의 큰길의 생각을 붙이다〉[74]는 이하조가 〈무이구곡〉 전편의 운을 따서 석담구곡의 서사에서 구곡 문산에 이르기까지 10수로 구성한 것이다. 이 차운은 송시열이 여러 분에게 각각 1수씩 제안한 것으로, 각 작품에 대하여 각각 다른 사람이 짓게 한 것인데, 송시열의 문하인 이하조가 단독으로 전편을 차운하여 '고산경행지사(高山景行之思)'를 기술한 것은 다른 의미를 지니는 것으로 볼 수 있다.

이하조가 직접 석담에 들러 석담구곡의 승경을 확인해 보고 싶은 마음으로 간 것으로 보이는데, 숙종 22년(1696)에 해서를 안찰하러 가는 이덕성(李德成, 1655~1704)에게 보낸 「해서를 안찰하러 가는 이영공 득보를 보내는 서문」[75]에서 그러한 사정을 자세히 밝히고 있다. 그리고 경진년(1700) 2월에 병든 몸을 이끌고 해주를 방문하고 이때 지은 시편을 「서행록(西行錄)」[76]이라 명명하였다. 이때 이인병(李寅炳)이 안사(按

---

74) 이하조, <又用朱先生武夷九曲韻 以寓高山景行之思>, 『三秀軒稿』 卷2, 『한국문집총간』 속55, 528면.

75) 이하조, <送李令公得甫按海西序>, 『三秀軒稿』 卷3, 『한국문집총간』 속55, 540면.

76) 이하조, <歲庚辰二月初六 持病作觀行 向海衙 以下 西行錄>, 『三秀軒稿』 卷2, 『한국문집총간』 속55, 526면.

使)였다.

그리고 김창협이 쓴 「서행록의 발문」에서 이하조의 석담 방문 사실과 〈석담구곡〉을 짓게 된 사정을 확인할 수 있다.

명예를 숭상하여 남보다 우위에 서기를 바라지 않는 사람이 없는데, 낙보만은 그러한 뜻이 전혀 없어 평소에 매사를 남에게 양보하고 자신은 마치 아무런 능력도 없는 것처럼 한다. 그 때문에 문장에 있어서 실제 재능이 남보다 뛰어나면서도 그다지 전념하여 잘하려고 하지 않는다. 나는 늘 '조금만 정련하면 당대에 이름이 날 것이다.'라고 타일러 보지만 낙보는 그때마다 사양하고 감히 자임하지 않았다. 나는 우선 그가 덕을 지닌 장로임을 감탄하면서도 한편으로는 유감이 없을 수 없었다.

이제 이 『서유록』 수십 편을 보니 대체로 모두 마음 내키는 대로 붓 가는 대로 지은 것으로, 즉흥으로 일을 읊고 경치를 묘사한 언어가 모두 진실한 데다 아름다운 시편과 빼어난 시구에 조금도 잘못된 점이 없었다. 시는 이와 같으면 충분한 것이니, 어찌 굳이 지나치게 교묘하고 아름다움을 추구할 것이 있겠는가. 저들 자부심이 지나쳐서 이따금 아름다운 경치를 앞에 두고도 입을 꼭 다문 채 한마디도 내뱉지 못하는 자들은 요컨대 모두 명예를 지나치게 좋아해서 그런 것일 뿐이다. 이로 볼 때 낙보는 그 득실이 과연 어떠한가.

낙보가 나에게 『서유록』 끝에 글을 써 달라고 매우 간곡히 요청하니, 어쩌면 남이 하는 말에 관심이 없을 수 없어 그런 것이 아니겠는가. 이렇게 써서 돌려보내는 바이다.

나는 어릴 적에 해주 목사(海州牧使)로 부임한 외할아버지를 모시고 있으면서 어른들을 따라 읍 안의 명승지를 꽤 구경하였다. 그러나 유독 석담에는 한 번도 가보지 못하였으니, 이는 마치 사주(泗州)를 지나면서 궐리(闕里)를 보지 못한 것과 같은 꼴이라, 후일에 그 일을 생각하면 늘 매우 부끄럽고 한스러웠다.

지난날 우재(尤齋) 선생은 뜻을 같이하는 여러 공들과 '주 선생(朱先

生)의 <무이도가>에 차운하여 석담 아홉 굽이를 나누어 각자 시를 읊어 보자.'고 약속하고는 선생이 먼저 짓고 선군자가 그 뒤를 이었다. 나도 외람되이 그 속에 끼이게 되었으나 12년이 지난 지금까지 짓지 못하고 있으니, 이승과 저승을 돌아볼 때 부끄럽고 한스러운 마음이 더욱 절실하다. 그런데 이제 낙보는 그 아홉 굽이를 두루 유람한 데다 각 굽이마다 <무이도가>의 운을 사용하여 그 아름다운 경치를 읊었으니, 어찌하여 내가 하지 못한 것을 낙보는 모두 얻었단 말인가.

스스로 생각건대, 내 몸이 이미 늙어 은병(隱屛)과 송애(松崖) 등지를 찾아갈 날이 다시는 없을 것 같다. 하지만 병이 조금 차도를 보이면 애써 짧은 시 한 편을 지어 선군자의 뒤를 이을 생각이니, 그리하면 지난날 약속을 어겼던 죄를 씻을 수 있을 것이다. 그러나 나의 시상이 또 낙보에게 모두 선점당하고 말았으니, 장차 나는 어디에다 손을 댄단 말인가. 이점이 또 한탄스러울 뿐이다.

경진년 7월 일에 삼주(三洲)에서 중화가 쓰다.[77]

한국학중앙연구원에 소장된 『청구영언』[78]에 이이의 <고산구곡가>를

---

77) 김창협, 「서행록발문」, 『三秀軒稿』 卷2, 『한국문집총간』 속55, 530면, 人未有不矜名 欲上人者, 獨樂甫此意絶少, 平居每事推人, 而自視若無有, 以故於文辭才實過人, 而 亦不甚刻意求工. 余每規其稍加持擇, 亦嘗名出一時, 樂甫輒遜謝不敢當. 余旣歎其 爲長者, 而亦不能無恨. 今觀此錄, 數十百篇, 大抵皆率意信筆之作, 卽事寫景, 語皆 眞實, 而佳篇秀句, 未嘗不錯落其間, 詩如是足矣. 何必過求工麗, 彼矜持太甚, 往往 對境遇勝, 噤不出一語者, 要皆好名之過耳. 以視樂甫, 其得失何如也. 樂甫要余題其 後甚勤, 豈猶未能無意於人言耶. 第書此以歸之. 余少侍外王父之官海州, 頗得從長 者, 觀遊邑中勝處, 獨不得一至石潭, 此如過泗州不見闕里, 後來思之, 每深媿恨. 往 歲尤齋先生約同志諸公, 分詠石潭九曲, 用朱先生武夷棹歌爲韻, 先生旣首倡而先君 子繼之, 余亦猥被見屬, 而至今一紀, 不果作, 俯仰幽明, 愧恨尤耿耿矣. 今樂甫旣遍 游九曲, 又逐曲用棹歌韻, 以詠其勝, 何余之所未能, 樂甫盡得之也. 自念此身老矣, 隱屛松厓之間, 恐無可到之日, 唯俟病憂少間, 勉賡一小詩, 庶可以償其宿逋, 而田地 又被樂甫所占, 却恐亦卒不易成, 此又可歎也仁. 庚辰七月日, 仲和書于三洲. 김창협 의 문집에는 「題李樂甫西游錄後」로 되어 있다. 『農巖集』 卷25, 『한국문집총간』 162, 203면.

수록하면서 시조 다음에 역시를 함께 싣고 있는데 그 내용은 다음과 같다. 각 작품별로 우선 〈고산구곡가〉의 원 노래를 싣고 난 뒤에 송시열의 역시를 싣고, 다음으로 〈무이구곡〉의 운을 따서 지은 시를 수록한 뒤에, 이하조의 〈무이구곡〉 차운을 수록하고 있다.

제목	노래	역시와 차운	비고
서시	고산구곡담을	송시열(역시), 송시열(차운), 이하조(차운)	
1곡	일곡은[관암]	송시열, 김수항, 이하조	
2곡	이곡은[화암]	송시열, 송규렴, 이하조	
3곡	삼곡은[취병]	송시열, 정호, 이하조	
4곡	사곡은[송애]	송시열, 이여, 이하조	
5곡	오곡은[은병]	송시열, 김수증, 이하조	
6곡	육곡은[조협]	송시열, 김창흡, 이하조	
7곡	칠곡은[풍암]	송시열, 권상하, 이하조	
8곡	팔곡은[금탄]	송시열, 이희조, 이하조	
9곡	구곡은[문산]	송시열, 송주석, 이하조	

편차의 내용은 다음과 같은 체제로 되어 있다.

고산구곡담을 사롭이 모르더니
주모복거ᄒ니 벗님너 다오신다
어즈버 무이를 상상ᄒ고 학주자를 ᄒ리라

高山九曲潭世人□未知 誅茅卜居朋友皆會之
武夷仍想像 所願學朱子 －송시열

五百天鍾地炳靈　栗翁資禀粹[秀]而清
高山九曲幽深處　汨瀓寒流點瑟聲 — 송시열

一盃聊欲賀山靈　九曲溪潭乃爾清
早得先生爲地主　高名千古共流聲 — 이하조

3) 〈훈민가〉 보급을 통한 노래와 사람과의 관련 모색

17세기 전반에 경복궁 서쪽에서 함께 지낸 이이·성혼·정철·송익필 등을 한데 묶어서 동당으로 인식하면서, 부정적 평가를 받고 있던 정철의 신원을 위하여 〈훈민가〉를 적극 활용하려는 노력이 지속되고 있었다. 그리하여 인조 2년(1624) 정철의 관작을 추복하게 되었다.

그리고 17세기 후반에 이르러 『내훈』과 함께 김정국이 엮은 『경민편』 보급을 기획하고, 이어서 『경민편』과 〈훈민가〉를 합편하게 된 것도 이 후원이 치밀하게 계획한 것을 바탕으로 진행된 것으로 볼 수 있다.

『내훈』과 『경민편』을 반포하고자 한 논의의 내용은 다음과 같다.

> 상이 주강에 나아가 『시전』의 <우무정장(雨無正章)>을 강독하였다. 강독을 마치고 지경연 이후원(李厚源)이 아뢰기를,
> "『내훈』은 바로 소혜 왕후가 지은 책입니다. 여러 번 변란을 겪으면서 거의 없어지고 조금 남아 있습니다. 비록 여염의 사람이라 하더라도 선세에 관계되는 일이면 반드시 오래도록 전하려고 생각하여 풍월을 읊은 것도 모두 모아 간행합니다. 그런데 더구나 이 책은 조종조의 아름다운 말과 훌륭한 교훈인데 만약 없어져 전할 수 없게 된다면 어찌 애석하지 않겠습니까. 삼남의 감사로 하여금 간행하여 널리 반포하게 하소서." 하니,
> 상이 이르기를,
> "이 책은 그전에 듣지도 못하였고 또한 보지도 못하였다. 경이 모름지

기 널리 찾아서 삼남에 보내어 간행하여 반포하게 하라." 하였다.

이후원이 또 아뢰기를,

"『경민편』은 바로 기묘명현인 김정국(金正國)이 황해 감사로 있을 때 편집한 것입니다. 본도 백성들의 습속이 미련하고 무식하므로 정국이 이 책을 지어 그들을 가르쳤으니, 그것도 간행하여 반포하도록 하소서." 하니, 그대로 따랐다.[79]

이어서 효종 9년(1658) 12월에는 『경민편』과 〈훈민가〉를 한데 묶어서 간행하도록 허락을 받게 된다.[80]

그런데 이후원의 인품에 대하여 다음과 같은 기사를 참조할 수 있다.

경성 판관 홍여하(洪汝河)가 임지에서 교지에 응하여 상소를 올렸는데 그 대략에,

"… 사대부 중에서는 강퍅하고 자기가 제일이며 그름을 알고서도 반드시 꾸미는 자로 완남 부원군 이후원(李厚源)이 가장 심합니다. 논의는 편벽되고 험한 것이 주장이고 일처리는 가파른 것을 숭상하며, 자기 소견을 고집했다 하면 반드시 꾸며대고 한 번도 마음을 비워 어디가 지당한가를 찾은 적이 없으니, 그러고서야 거의 나라를 망치는 정도가 아니고 무엇이겠습니까. 그 나머지 재신들도 거의가 자신만이 옳다고 하는 병통들이 있고, 나라 전체가 모두 이기기 좋아하는 쪽으로만 몰려가고 있으니, 시비가 어떻게 제대로 가려지겠습니까. …"[81]

한편 숙종 7년(1681) 1월에 유학 신이추가 상소하여 김안국·김정국의 자손들을 녹용하라고 하자, 시행하게 하였다.

79) 『효종실록』 권17, 7년 7월 28일(갑술), 『국역 효종실록』 7, 9면.
80) 『효종실록』 권20, 9년 12월 25일(정해), 『국역 효종실록』 8, 175~176면. 최재남, 『17세기 전반 정치·사회 변동과 시가사』(보고사, 2018), 157~160면.
81) 『현종실록』 권1, 즉위년 6월 2일(신묘), 『국역 현종실록』 1, 24~30면.

유학 신이추(申爾樞)가 상소하기를,

"아약(兒弱)을 충군하는 것과 일수(日守)에게 역사(役使)를 책임지우
는 폐단은 해서가 더욱 심하니, 청컨대 순영(巡營)의 관군과 관아의 솥을
만드는 장인의 무리를 없애어 그 결원을 보충하소서." 하고,

또 논하기를,

"옥송이 오랫동안 지체되니, 청컨대 경외의 옥관에게 엄중하게 신칙해
서 공명정대하게 결단하고, 지연시키지 말게 하소서." 하고,

마지막으로 청하기를,

"선정신 김안국(金安國)·김정국의 자손을 녹용하소서." 하니,

소장을 비국에 내렸다. 비국에서 다시 주청하기를,

"관군과 관아의 솥 만드는 장인은 황해 감사로 하여금 그 수효를 헤아
려 계문하게 한 후에 참작하여 품처하게 하소서. 경외의 옥송을 속히 처
결하여 지체됨이 없게 하려는 뜻을 경외의 옥송 아문(獄訟衙門)에 엄중
하게 밝혀 분부하소서. 김안국·김정국 두 현신의 자손은 청컨대 해조로
하여금 방문해서 벼슬을 제수하게 하소서." 하니,

임금이 그대로 따랐다.[82]

숙종 7년(1681) 7월에 함경도 관찰사 윤지선이 장계를 올려서 『경민
편』과 〈권민가〉(〈훈민가〉)를 인출하여 보급하자고 아뢰자, 조정에서 허
락하게 되었다.

함경도 관찰사 윤지선(尹趾善)이 장계하여, 선정신 김정국이 지은 『경
민편』과 고 상신 정철이 지은 〈권민가〉를 다수 인출하여 각 고을에 나누
어 보내어, 부녀[婦孺]들로 하여금 심상하게 외우고 익히도록 하여 사모
하여 본받게 하는 바탕을 삼게 하며, 조금이라도 올바른 행동이 있는 자
는 별도로 방문하여 더러는 식물을 지급하고 더러는 연역(煙役)을 줄여

---

82) 『숙종실록』 권11, 7년 1월 21일(을해), 『국역 숙종실록』 5, 245~246면.

주도록 청하자, 비국에 내려 복주(覆奏)하게 하고 그것을 허락하였다.[83]

임금이 주강을 행하였다. 대신과 비국 당상을 인견하였다. 여러 도에 하유하여 민간으로 하여금 『소학』과 <훈민가>를 왼 익히게 하였다. 좌의정 한익모(韓翼謨)가 말하기를,

"『소학』의 고강(考講)은 법의 취지가 아름다운 것이었으나, 유명무실하게 되었으니, 실로 개탄스럽습니다. 하호 세민(下戶細民)에 있어서는 교도할 방법이 없고, 속습은 무지하여 윤리가 무엇인지 모릅니다. 고 상신 정철은 이를 염려하여 <훈민가>를 지었는데, 모두 18장이요, 그 내용은 민생의 일용 사물과 평범한 윤리에서 벗어나지 않으니, 시골의 부녀와 아이들로 하여금 항상 외우게 하여 감동, 분발하게 한 것입니다. 지금 이를 팔도에 신칙하여 백성으로 하여금 외워 익히게 하면, 거의 모두 대의를 알아서 백성을 교화하여 양속을 이루게 하는 방법에 도움이 될 것입니다. 청컨대 『소학』의 고강과 아울러서 다 같이 신칙하소서." 하니,

임금이 이 명을 내린 것이다. 사헌부에서 전계를 거듭 아뢰었으나, 윤허하지 않았다. 사간원[헌납 권영(權穎)이다.]에서 전계를 거듭 아뢰었으나, 윤허하지 않았다. 또 아뢰기를,

"일전에 외방으로 보직된 찰방이 숙사(肅謝)하러 들어옴에 있어 사알(司謁)이 구전으로 된 상교로 문을 열고자 하였는데, 승지가 신표가 없다 하여 불허하자 사알이 열쇠를 함부로 가지고 갔으나, 승지가 금지시키지 못하였다 합니다. 청컨대 해당 승지를 파직하고 사알은 유사(攸司)로 하여금 치죄하게 하소서." 하니,

임금이 말하기를,

"승지에 관한 일은 아뢴 바에 의하여 윤허하나, 사알의 일은 그 허물이 중관에게 있으니, 해당 중관에게 서용치 않는 율을 시행하라." 하였다.[84]

---

83) 『숙종실록』 권12, 7년 7월 21일(임신), 『국역 숙종실록』 6, 13~14면.

84) 『영조실록』 114권, 영조 46년 1월 14일(임진), 『국역 영조실록』 33, 176~177면.

　그러나 정철의 인품에 대해 부정적인 입장을 보이는 쪽에서는 〈훈민가〉 보급 등에 대해 반대의 입장을 드러내기도 하였다.

　　　고 상신 유성룡의 손자인 전 교관 유후상(柳後常)이 그의 조부를 위해 변무하겠다 하며 상소하기를,

　　　"안방준(安邦俊)은 바로 고 상신 정철의 문도인데, 『기축위록』을 짓기를, '최영경(崔永慶)을 죽인 일은 선조의 신 유성룡이 실지로 주장한 것이다.' 하여, 성조께서 정철을 죄주셨던 분부를 산개하고, 선신이 정승을 제배한 일자를 진퇴하여, 정철은 펴주고 선신에게는 모함을 가하려고 했습니다. 정철을 위해 편을 드는 사람들이 그의 저서를 기쁘게 여겨 인출하여서 중외에 배포하고, 안방준의 사당을 세워 높이고 있으니, 사림들의 통탄과 한이 어떠하겠습니까?" 하니,

　　　임금이 그의 말을 받아들여, 안방준의 사우를 헐도록 명하였다.[85]

　　　또 하교하기를,

　　　"국가의 거조는 중도에 맞도록 힘써야 하는데, 지난번에 연신은 백 년이 지난 뒤에 정철의 관작을 추탈하기를 청하기까지 하였으니, 지금 생각하면 참으로 심하다. 추탈하지 말라."[86]

　〈훈민가〉 보급과 함께 정철의 문집인 『송강집』 간행도 진행되었는데, 「원집」은 17세기 초반에, 「속집」은 숙종 13년(1677)에 송시열이 발문을 쓰고, 「연보」는 숙종 즉위년(1674)에 송시열이 발문을 썼다.

　한편 정철의 국문 작품을 따로 모아 『송강가사』라 이름을 붙이고 처음 북관에서 간행한 적이 있고, 숙종 16년(1690)에 이후원의 아들인 이선(李

---

85) 『숙종실록』 권24, 18년 4월 14일(계사), 『국역 숙종실록』 13, 150면.
86) 『숙종실록』 권26, 20년 4월 3일(경오), 『국역 숙종실록』 13, 332~334면.

選)이 다시 엮었으며, 정호(鄭澔)가 의성현감(1696~1698)을 하면서 의성에서 간행한 적이 있고, 정천(鄭洊)이 숙종 24년(1698)에 여러 대본을 견주어서 정리한 것이 있으며, 또 정호가 숙종 30년(1704) 함경도관찰사로 있으면서 간행한 것이 있고, 정천의 자형 이징하가 황주통판 때에 간행한 황주본이 있으며, 영조 23년(1747) 성주목사 정관하가 추기하여 간행한 것이 있고, 영조 44년(1768)에 정실(鄭宲)이 관서에서 엮은 것이 각각 전하고 있다. 이렇듯 『송강가사』는 북관본, 의성본, 황주본, 성주본, 관북본, 관서본 등이 유행한 것으로 확인할 수 있으며, 간행에 참여한 인물은 후손이거나 인척 관계에 있는 사람이며 또한 동당의 입장에 있는 사람들이다.

이선(李選, 1632~1692)의 「송강가사후발」은 정철의 작품을 엮으면서 그 경과를 설명하고 있다. 이선은 이후원의 아들이다.

위의 <관동별곡>, <사미인곡>, <속미인곡> 3편은 곧 송강 상국 문청공 정철이 지은 것이다. 공은 시사(詩詞)가 청신하고 기발하여 한결같이 사람들의 입에 회자되었으며, 가곡이 더욱 절묘하다. 금고에 늘 듣노라면 목을 당겨 높이 읊음에 성운이 맑고 깨끗하며 뜻이 초홀하여, 하늘에 기대어 바람을 부리듯 나부끼는 것을 깨닫지 못하고, 임금을 사랑하고 나라를 걱정하는 정성에 이르러, 곧 또한 겉으로 드러난 말이 온화하여, 사람으로 하여금 슬픔을 느끼고 탄식을 일게 한다. 비록 공이 하늘이 낸 충의 사이에 풍류가 아니라면 누가 이에 함께 할 수 있으랴? 아, 공의 지조를 지키는 성품과 정직한 행의가 일찍이 당의가 크게 일어남을 따라서 참소하여 얽음이 방자하게 행해져서, 위로 군부에게 죄를 얻고, 아래로 같은 조정에 시기를 입어, 떠돌며 유배를 갔다가 거의 죽게 되었다가 온전하게 됨은 다행이나, 그러나 그 책망하고 꾸짖음은 죽은 뒤에 더욱 심한 데에 이르렀으니, 옛날 자첨이 세상의 재앙을 만난 것이 또한 지극하다 하겠다.

그러나 그 임금을 사랑하는 시가는 오히려 구중에서 기림을 받게 되어, 공은 곧 이와 더불어 나란히 하나, 끝내 위로 통하지 못했으니 어찌 불행함이 심하지 아니하랴? 청음 김문정공이 일찍이 공의 시말을 논하고, 좌도의 충성에 견주었으니 이것이 진실로 분별하여 알 수 있는 것이다.

북관에서 옛날에 공의 가곡을 간행한 사람이 있으나 연대를 살피기가 이미 오래되었고, 또 전쟁을 겪으면서 마침내 그 전하는 것을 잃었으니 참으로 안타까운 일이다. 내가 볼 것이 없으나, 밝은 시절에 죄를 얻어 하늘 끝에서 패옥을 얻어 임금과 어버이와 멀리 떨어져서 실로 머무르는 회포가 없이 이에 택반에서 다니면서 읊조리는 사이에 다만 이 세 편을 얻어서 잘못된 것을 바로잡고 잘 베껴서 책상머리에 두고 때때로 외곤 했다. 그 갇힌 시름을 밀쳐 보냄에 도움이 없는 것은 아니나, 대개 참람하게 주부자가 초사집주의 남긴 뜻에 비기고자 한다.[87]

4) 〈철령가〉 수용과 동당의 결속

〈철령가〉는 광해군 10년(1618) 북청으로 유배 가던 이항복이 철령을 넘으면서 부른 노래인데, 이미 당시에 널리 알려져서 큰 반향을 일으킨

---

87) 이선, 「松江歌辭後跋」, 『芝湖集』 卷6, 『한국문집총간』 143, 442면. 右關東別曲·思美人曲·續美人曲三篇, 卽松江相國鄭文淸公澈之所著也. 公詩詞淸新警拔, 固膾炙人口, 而歌曲尤妙絶, 今古每聽, 其引喉高詠, 聲韻淸楚, 意旨超忽, 不覺其飄飄乎如憑虛而御風, 至其愛君憂國之誠, 則亦且藹然於辭語之表, 而使人感愴而興嘆焉. 苟非公出天忠義間世風流, 其孰能與於此. 噫, 以公耿介之性, 正直之行, 而適曾黨議大興, 讒搆肆行, 上而得罪於君父, 下而見嫉於同朝, 流離竄謫, 幾死幸全, 而其所詬罵, 至身後彌甚. 昔公瞻之遭羅世禍, 亦可謂極矣. 然其愛君篇什, 猶能見賞於九重, 而公則並與此, 而終不能上徹, 抑何其不幸之甚歟. 淸陰金文正公, 嘗論公始末, 而比之於左徒之忠, 此誠知言哉. 北關舊有公歌曲之刊行者, 而顧年代已久, 且經兵燹, 遂失其傳, 誠可惜也. 余以無狀, 得罪明時, 受玦天涯, 遠隔君親, 實無以寓懷, 乃於澤畔行吟之暇, 聊取此三篇, 正訛繕寫, 置諸案頭, 時一諷誦, 其於排遣牢愁, 不爲無助, 蓋亦僭擬於朱夫子楚辭集註之遺意云.

작품이다. 당시에 이정구가 글을 읽은 선비의 입장에서 기상이 저상[88) 된 것을 안타깝게 여겼으며, 17세기 전반에 곽열(郭說, 1548~1630)은 〈철관곡〉으로, 황호(黃扆, 1604~1656)는 〈함관곡〉이라 명명하면서 비가(悲歌)의 전통이나 외로운 신하가 나라를 떠나면서 내면을 드러낸 것으로 이해하였다.

송국택(1597~1659)은 〈철령고〉[89)에서 이항복이 〈철령가〉를 지은 사실을 환기하면서 고시의 형태로 부연하고 있다.

그런데 17세기 후반에 이르면서 〈철령가〉를 정치적 국면과 연관시켜 이해하려는 변화가 일어나고 있었다. 송시열의 〈백사의 〈철령가〉 뒤에 쓰다〉에서 그 변화의 내용을 살필 수 있다.

> 철령 높은 곳에 묵은 구름이 나는데
> 날고 날아서 어디로 가는가?
> 바라건대 외로운 신하의 몇 줄기 눈물을 띠어
> 비를 만들어 종남산과 백악산 사이로 가서
> 격루의 옥난간에 더하여 뿌리소서.
> * 이것은 〈철령가〉를 번역한 것인데, 수조사(水調詞)의 체를 본뜬 것이다.
> 鐵嶺高處宿雲飛, 飛飛何處歸.
> 願帶孤臣數行淚.
> 作雨去向終南白嶽間, 沾灑瓊樓玉欄干.
> * 右翻鐵嶺歌, 效水調頭詞體.

이는 백사 이 문충공이 북청으로 귀양 갈 때 지은 〈철령가〉이다. 공은 비록 유리 곤궁(流離困窮)한 처지에 있었으나, 임금을 사랑하여 잊지 못

88) 최재남, 『17세기 전반 정치·사회 변동과 시가사』(보고사, 2018), 392~405면.
89) 송국택, 〈鐵嶺高〉, 『四友堂先生集』卷1, 『한국문집총간』속27, 267면.

하는 정성이 음영하는 사이에 이처럼 저절로 나타났는데, 저 임금의 총신
을 얻지 못했다 하여 곧 원노와 분격의 뜻을 두는 자는 과연 무슨 마음인
가. 폐조가 후정에서 잔치하며 놀다가 어떤 궁인이 이 노래를 부르는 것
을 듣고는 그것이 공의 소작임을 알고 추연(愀然)해진 표정으로 눈물을
흘리면서 자리를 파하였으니, 그 성시(聲詩)의 사람을 감동시킴이 이와
같았다. 그러나 끝내 송 신종이 수조사에 감동되어 소동파를 양이시키듯
하지 못하고 마침내 공으로 하여금 먼 변방에서 죽게 하였으니, 이것이
그 존망의 길이 다르게 된 것이다.

기억하건대, 지나간 천계 신유년(1621)에 폐조 또한 군소배의 무함과
기망을 미워하여 하교하기를,

"김제남(金悌男)은 그대들의 덕이 된 지 오래다. 오늘날 의논하는 자가
매양 김제남을 말하는데, 말이 신기하지 않고 듣기도 피로하니, 이 말은
이제 그만두라." 하였다.

그렇다면 폐조도 군소의 간흉을 알지 못한 것이 아니니, 군소배의 간흉
을 알았다면, 공의 충성되고 어짊을 알았음이 더욱 분명하다. 그러나 위
복이 이미 아래로 옮겨져서, 은택이 사람들에게 미치지 못하고 피눈물을
흘리게 만들다가 마침내 운수가 오래가지 못하기에 이르렀으니, 참으로
개탄스런 일이다. 천재 뒤에라도 이 노래를 듣고서 눈물을 흘리지 않는
사람은 참으로 사람의 마음이 없는 자이다.

숭정 기원의 해(1688) 월 일에 은진 송시열이 삼가 쓰다.[90]

---

90) 송시열, 「書白沙鐵嶺歌後」, 『宋子大全』 卷148, 『한국문집총간』 113, 180면. 右白沙
李文忠公北遷時鐵嶺歌也. 公雖在流離困阨之際, 而愛君不忘之誠, 自然形於吟詠之
間者如此. 彼不得於君而便有怨怒憤激之意者, 果何心哉. 廢朝遊宴後庭, 聞一宮人
唱此, 問知爲公作, 愀然不樂, 因泣下而罷酒, 其聲詩之感人也如是夫. 然終不能如
宋帝感水調詞而東坡得蒙量移, 卒使公歿於窮荒, 此其所以存亡之異途也. 記昔天啓
辛酉間, 廢朝亦惡群小輩誣罔, 教曰, 悌男之爲若德久矣. 今之議者, 每以悌男爲言,
語不新奇, 聽亦疲勞, 此言洎可休矣. 然則廢朝非不知群小之奸兇矣. 知群小之奸兇,
則知公之忠賢也, 尤益明矣. 而威福旣已下移, 只屯膏泣血而竟至於不長, 可勝歎哉.
千載之下, 聞此歌而淚不下者, 眞所謂無心者也. 崇禎紀元之年月日, 恩津宋時烈
謹跋.

다음 이기홍(李箕洪, 1641~1708)의 〈철령에서 선사와 백사 이 상공을 회억하다〉에서는 철령에서 송시열과 이항복을 함께 떠올리고 있는데, 송시열을 앞세우고 있다는 점이 흥미롭다.

> 밝은 달 묵은 구름은 두 노인의 시인데
> 오늘까지 철령에 입으로 비를 이루었네.
> 지는 해에 말을 세우고 오래도록 깊이 읊노라니
> 어찌하여 유배객이 눈물을 흘리지 않는가?
> 明月宿雲二老詩　至今鐵嶺口成碑.
> 斜陽立馬沈吟久　謫客如何不淚垂.

백사가 북청으로 유배를 갈 적에 철령에 올라서 노래를 지었는데, "철령 높은 봉에 자고 가는~"이라고 하였고, 우암 선생이 덕원에 유배될 때에 철령에 올라서 시를 지어 말하기를, "철령에 올라보니, 내 마음은 도리어 철과 같네.~"라고 하였다. 사람들이 외면서 전한다.[91]

또한 최석정(崔錫鼎, 1646~1715)은 「북청의 노덕서원을 고쳐 짓는 상량문」[92]에서 〈철령숙운곡〉을 말하고 있다.

그리고 송시열의 손자인 송주석(1650~1692)은 송시열의 〈등철령운〉을 핵심 대상으로 삼고 있다.

---

91) 이기홍, 〈鐵嶺憶先師與白沙相公〉, 『直齋集』卷1, 『한국문집총간』149, 300면. 沙翁謫北青時, 登鐵嶺作歌曰, 鐵嶺高處宿雲飛, 飛飛何處歸, 願帶孤臣數行疾, 作雨去向終南白岳間, 佔洒瓊樓玉欄干云云. 尤菴先生謫德原時, 登嶺有詩曰, 行登鐵嶺巓, 我心還如鐵. 縱乏元祐誠, 却耐西山血, 回首望西方, 陰雲壅不決. 我願西方人, 丹霞佩明月云云. 士林傳誦焉.

92) 최석정, 「北青老德書院改建上樑文」, 『明谷集』卷9, 『한국문집총간』154, 16면.

하늘은 남북을 한계로 하고
고개는 이름이 철이라네.
매인 신하와 옮겨가는 나그네가
이곳에 이르면 눈물이 피가 되네.
진동이 죽은 것은 이미 오래되었고
뜬 구름을 누가 나눌 수 있으랴?
다만 내 마음을 씻음에 응하여
희고 깨끗함이 가을달과 같으리.
維天限南北　有嶺名是鐵　覊臣與遷客　到此淚成血
陳東死已久　浮雲孰能決　只應洗我心　皎潔同秋月[93]

한편 김창흡은 이항복의 〈철령가〉에 대하여 누군가가 첨족(添足)한
것을 두고 평가를 내리기도 하였다.

고개 구름의 노래 곡조는 노래에 찡그림을 견디는데
원망이 유계와 명계에 미치고 귀신도 눈물을 흘리네.
어찌 오랑캐 여인이 어금니와 뺨을 믿음이 옳으랴?
사족으로 밤에 오는 사람을 기다림을 바라지 않네.
嶺雲腔調唱堪矉　怨徹幽明淚鬼神
寧可胡姬信牙頰　不須蛇足待宵人[94]

이와 함께 남정중(1653~1704)은 〈철령가〉 소리에 목이 멘다고 읊고
있다. 그리고 선친인 남용익의 행장[95]에서 입으로 이항복의 〈철령운가

93) 송주석, 〈敬次王父登鐵嶺韻〉, 『鳳谷集』 卷1, 『한국문집총간』 속49, 240면.
94) 김창흡, 〈白沙嶺雲歌, 被某人添足, 有可笑者, 戱題其上〉, 『三淵集拾遺』 卷10, 『한
　　국문집총간』 166, 396면.
95) 남정중, 「先考輔國崇祿大夫行知中樞府事兼吏曹判書判義禁府事知 經筵事弘文館
　　大提學藝文館大提學知春秋館成均館事五衛都揚府都揚管府君行狀」, 『碁峯集』 卷3,

〈鐵嶺雲歌)〉를 읊조렸다고 하였다.

> 철령가 소리에 목이 메는데
> 지나가는 사람이 차마 듣지 못하네.
> 지금 한 움큼 눈물을 움켜서
> 먼저 북쪽으로 돌아가는 구름에 뿌리리.
> 鐵嶺歌聲咽　行人不忍聞　今來一掬淚　先灑北歸雲[96)]

『한국문집총간』 속51, 49면.

96) 남정중, <鐵嶺使同行人, 詠李白沙鐵嶺雲歌感吟>, 『碁峯集』 卷1, 『한국문집총간』
　　속51, 17면.

4. 노래 레퍼토리의 확대와 갈래 사이의 관련

17세기 전반 노래 레퍼토리에서 주목해서 살핀 것은 우선 변새 무변의 시가 향유와 그 레퍼토리의 한양 전파[97], 서로 풍류의 레퍼토리와 그 레퍼토리의 한양 전파[98], 그리고 노래 문화의 전통과 노래 레퍼토리의 다양성과 궁정 주변 인물의 레퍼토리[99] 등이었다. 구체적인 실상은 기존의 정리를 참조할 수 있다.

17세기 전반에 향유된 노래 레퍼토리의 일부는 17세기 후반에도 지속적으로 향유되고 있었던 것으로 확인된다. 정철의 〈관동별곡〉, 〈사미인곡〉 등이 지속적으로 향유되면서 한역되기도 하였고, 가기들이 참석한 자리에서는 이별의 노래로서 〈양관곡〉이나 〈금루의〉 등이 불리고 있었다. 〈감군은〉은 신사(新詞)가 마련되면서 임금의 은혜를 드러내야 할 자리나, 수연에서 빠지지 않고 향유되고 있었다.

그런데 17세기 후반에 새롭게 부각된 노래 레퍼토리로 우선 효종이 봉림대군 시절 볼모로 잡혀가면서 불렀다는 〈청석령가〉의 수용을 주목할 수 있다. 이와 함께 17세기 전반 이항복이 북청으로 유배를 가면서 부른 〈철령가〉의 수용과 이에 대한 송시열의 비평적 입장과 송시열의 노래를 재수용하는 양상을 주목할 수 있다. 이와 함께 이이의 〈고산구곡가〉가 본격적으로 수용되면서 이를 한역하고 그림으로 집성하는 과정도 관심의 대상이 된다.

---

97) 최재남, 『17세기 전반 정치·사회 변동과 시가사』(보고사, 2018), Ⅲ부 3장.
98) 최재남, 위의 책, Ⅳ부 1장.
99) 최재남, 위의 책, Ⅳ부 2장.

1) 가기의 부침과 그 영향

17세기 전반에 노래 레퍼토리를 담당했던 중요한 축이 가기였다. 그리고 한양에서는 석개(石介) → 칠이(七伊) → 아옥(阿玉)으로 이어지는 계보가 있어서 이들이 여러 레퍼토리를 향유하였고, 실제로 이들 뒤에서 이들을 후원하는 후원자들이 연회를 베풀면서 이러한 전통을 이어가게 하였던 것으로 확인[100]된다.

그리고 관서의 기생 향란과 문향이 한양으로 옮기면서 〈관서별곡〉과 같은 관서의 레퍼토리가 한양으로 전파한 것도 살핀 바[101]가 있다.

그런데 17세기 후반에는 가기의 활동이 많이 위축되었던 것으로 보인다. 그 이유를 단정적으로 설명하기는 어렵지만 여러 가지 사정이 복합적으로 작용하고 있었던 것으로 보아야 할 것이다.

이민구(1589~1670)가 의창공자 이길(李佶)의 가기였던 아옥(阿玉)에게 준 시에서는 가기를 후원하던 의창공자가 죽은 뒤에 풍류의 모임이 줄어들면서 맑은 노래를 들을 기회까지 줄어들었다는 것이다. 풍류의 모임이 줄어든 것이 가기의 활동까지 위축시켰다고 보는 셈이다.

> 풍류를 즐기던 공자는 이미 구름을 탔는데
> 남국의 미인은 기묘함이 무리에서 빼어나네.
> 좋은 일이 지금은 길이 적막하니
> 맑은 노래를 몇 번이나 들을 수 있으랴?
> 風流公子已乘雲　南國佳人妙絶群
> 好事秪今長寂寞　淸歌能得幾回聞[102]

---

100) 최재남, 『17세기 전반 정치·사회 변동과 시가사』(보고사, 2018), 189~192면.
101) 최재남, 『17세기 전반 정치·사회 변동과 시가사』(보고사, 2018), 325~329면.
102) 이민구, 〈酒席, 贈義昌公子歌妓〉, 『東州先生詩集』 卷20, 『한국문집총간』 94, 262면.

김득신(1604~1684)은 〈가희가 살던 마을에 들르다〉에서 섬아라는 가기가 죽으면서 가곡의 전승마저 끊어졌다고 안타까워하고 있다. 섬아는 〈낙매화〉를 잘 탔던 것으로 보인다.

> 피로한 나그네가 이 물가에 말을 멈추었는데
> 마을 안의 나무를 바라보니 기우는 햇살을 띠었네.
> 섬아는 이미 죽고 노래 소리 끊어졌으니
> 다시 푸른 하늘에 흰 구름을 막을 길이 없으리.
> 倦客停驂此水濱　望中村樹帶斜曛
> 纖娥已沒歌聲絶　無復靑天遏白雲[103]

강백년(1603~1681)은 단옷날에 가기 추향(秋香)에게 준 시[104]에서 〈금루의〉를 부르지 말라고 하고 있다. 추향은 이미 17세기 전반에 이름이 알려진 가기인데, 〈강남곡〉을 비롯한 다양한 레퍼토리를 보유하고 있었다. 그런데 추향이 죽은 뒤에 추향→ 추성개(秋聲介)[105] → 가련(可憐)[106]

---

103) 김득신, 〈過歌姬所居村〉,『백곡집』시집 책2,『한국문집총간』104, 51면. 2편의 〈無題〉(책2)에서는 섬아의 〈낙매화〉를 언급하고 있다.

104) 강백년, 〈端陽日, 贈歌妓秋香〉,『雪峯遺稿』卷10,『한국문집총간』103, 95면, "지난해 오늘에는 궁궐에 사례했는데, 옥계의 붉은 작약이 꿈에 어린거리네. 추랑은 또 금루곡을 부르지 말라, 거듭 석류꽃을 보노라면 돌아가지 못함이 괴롭네.(去歲玆辰謝禁闈, 玉階紅藥夢依依. 秋娘且莫歌金縷, 重見榴花苦未歸)"

105) 조종저, 〈戲贈長城琴妓秋聲介〉,『南岳集』卷1,『한국문집총간』속39, 527면.

106) 오도일, 〈長坡妓秋香, 能詩善琴歌, 名冠妓籍, 谿谷張太學士首爲詩以贈, 後來薦紳學士, 名能文辭者, 以次續和, 遂成卷軸香之名播於國中. 香今死矣, 其孫秋聲介已老矣. 而操琴一彈, 尙有嫋嫋家聲, 介之孫名可憐者, 有姿色且善琴. 余蠎于是邑, 於妓籍中訊之, 認爲秋香之後孫, 而吟二絶贈, 其祖若孫用爲千古風流話本云爾〉,『西坡集』卷8,『한국문집총간』152, 169면. 前身自是玉京儒, 此曲應從上界傳. 老大指尖蠱醜甚, 世人無耳有誰憐. 二暈頰紅潮卽醉儒, 嬋妍艶態自家傳. 瑤琴一奏江南曲, 十指纖蔥更可憐. 조종저, 〈贈長城琴妓秋香女孫 丁巳〉,『南岳集』卷1,『한국문집총간』속39, 514면, 我來訪香娘, 人亡琴亦亡. 唯有女孫在, 白頭傳芬芳.

으로 가계가 이어지면서 가곡 향유에 참여하고 있었다.

〈금루곡(金縷曲)〉은 〈금루의(金縷衣)〉라고도 하며 남자의 욕정을 부추기며 유혹하는 노래 이름이다.

심유(沈攸, 1620~1688)는 안변에 있을 때에 지은 7언 고시로 된 〈학성행〉에서 "새 노래를 옮겨서 설아에게 노래하게 하니, 빼어남이 추랑이 〈금루곡〉을 부르는 것과 같네(新詞飜與雪兒歌, 勝似秋娘金縷唱)."라고 읊었는데, 시제에서 "노랫말의 운의 고저가 우리말 노래에 맞아서 가기로 하여금 노래하게 하다(詞韻高低, 叶于俚曲, 令歌妓歌之)."라고 하였다.[107] 학성은 안변의 옛 이름이다.

다음은 김석주(1634~1684)가 신안(新安)의 기녀 귀색(貴色)에게 준 시[108]에서는 〈금루의〉를 슬픈 노래로 인식하고 있다.

이은상은 가기들이 시를 달라고 조르자 〈억진아〉와 〈임강선〉의 사[109]를 주고 있다. 실제 사를 노래로 부르는 가사가 〈억진아〉와 〈임강선〉을 중심으로 보편화되어 있었던 셈이다. 실제 이은상은 가기들에게 악곡을 교습시키기도 하였던 것으로 확인된다.

서종태는 〈안주관에서 부사의 말로 인하여 장난삼아 효아가를 짓다〉에서 안주에서 노래로 이름을 떨치던 가기 효아(孝娥)가 노년에 이른 모습을 읊고 있는데, 사행의 풍류에서 살핀 바 있다.

다음 조종저(趙宗著, 1631~1690)는 안악의 가기 선향(仙香)이 젊은 날에는 노래를 잘 부른다고 소문이 나서 한양에 뽑혀 갔다가 어떤 일로

---

107) 심유, <鶴城行. 詞韻高低, 叶于俚曲, 令歌妓歌之. 任安邊時>, 『梧灘集』 卷12, 『한국문집총간』 속34, 387면.

108) 김석주, <戲贈新安妓貴色 ＊方伯李公正英舊歲左遷嘉山時所眄者> 『息庵先生遺稿』 卷5, 『한국문집총간』 145, 183면.

109) 이은상, <歌妓二人乞詩不已, 用前韻信筆書贈. 二首>, 『東里集』 卷1, 『한국문집총간』 122, 386면.

쫓겨나서 가곡 익히기를 놓쳐서 소리가 거칠어진 사정을 밝히고 있다.

안악의 기녀 선향은 젊은 날에 노래를 잘하기로 도하에 이름을 날렸는데, 일로 인하여 고향 고을로 돌아가게 되었다. 지금 양 대비에게 진연하는 일로 도기에 뽑혀서 한양으로 가면서 학동으로 나를 찾아왔다. 용모가 초췌하고 노래의 울림이 거칠고 껄끄러워 곧장 옛날의 기묘한 소리가 아니었다. 괴이하여 물으니 소매를 단정하게 하고 그 노래하는 목을 가리키며 말하기를, '이렇게 방축을 당하고 궁박한 고을에 떨어져서 입고 먹을 것이 어렵고 막혀서 다시 가곡을 다스리지 못했습니다.' 그리고는 거듭 슬퍼하여 마지않았다. 마침내 나와 이것이 같은 유라, 나 또한 문자의 헛된 명성에 무릎을 꿇고 옥당에 얽매이게 되어 아직도 대장기 하나를 얻어서 가지 못하고 갑갑하여 병이 되어, 내가 옥당을 감옥과 같이 보고, 저도 고향을 유배지로 여기니 이 또한 기이한 일이요, 어찌 조화옹이 사람을 희롱하는 것이 아니랴? 성명이 끼친 해는 저와 이가 같은 법이라 장난삼아 사 하나를 주다.

나는 문사를 원망하고 그대는 노래를 원망하는데
명성은 예로부터 넘어지고 헛디딤을 기뻐하네.
옥당이 바뀌어 감옥의 땅이 되고
고향 마을이 뒤집혀 쫓겨난 조목을 이루었네.
가난하여 춤추는 적삼을 팔며 박명을 탄식하고
병으로 고을의 인끈을 빌며 궁박한 마귀를 어쩌랴?
나는 수령으로 나감을 따르고 그대는 서울로 돌아가니
그대가 내 사를 노래하면 즐거움이 어떠랴?
我怨文詞君怨歌　聲名從古喜蹉跎
玉堂變作牢囚地　故里翻成竄逐科
貧賣舞衫嗟薄命　病祈州紱奈窮魔
我如出守君歸洛　君唱吾詞樂幾何[110]

　선향과 관련된 일은 현종 9년(1668) 무렵의 다음과 같은 사건을 가리키는 것 같다. 선향(仙香)과 선향(善香)이 동일 인물로 추정된다.

　　판부사 송시열이 성덕을 닦아 하늘의 재앙에 응하도록 간청하는 차자를 올렸다. 그 대략에,
　"… 신이 시골에 있을 때 바깥사람이 기생과 악대를 끼고 대궐에 출입한다는 말을 듣고 마음에 걱정되었기 때문에 이미 앞서 차자에서 언급하였습니다. 그런데 오늘 또 들으니 천창(賤娼) 선향(善香)과 요무(妖巫) 보배(保陪) 같은 무리들이 연줄을 타고 출입하는데 다시는 막거나 금하지 않는다 합니다. 과연 그렇다면 근본을 갉아 먹는 것이 아니겠습니까. …"
　이때 복창군 이정 등이 기생을 끼고 궁중을 출입한다는 말이 외간에 퍼졌고, 요무의 일도 매우 자자하였으므로, 시열이 상차하여 이같이 진달하였다. 후에 등대할 때 또 요무의 일로 말하니, 상이 해당자를 가두어 다스리도록 명하였다.[111]

　결국 각 지역의 가기들이 한양으로 뽑혀 가게 되었으나, 가곡을 연마하는 일보다 사대부들이 첩으로 데리고 살면서 개인 연회에 참석하게 하였다. 위에 인용한 예와 같이 복창군 이정과 같은 왕손이 그들의 개인 연락에 동원하고 있었던 것으로 확인된다. 그러다가 사건에 연루되어 방축되어 가곡을 연마하는 가기의 역할을 잃게 되기도 하였던 것이다.
　한편 묘무(妙舞)와 청가(淸歌)가 많은 대제(大堤)에서 노래를 잘하는 오

---

110) 조종저, <安岳妓仙香, 少日以善歌擅名都下, 因事放歸故郡矣. 今以 兩大妃進宴, 被選都妓上京, 訪余於鶴洞. 容貌憔悴, 歌響荒澁, 頓無舊日妙音, 怪問之則斂袂徐 指其歌喉曰坐此放逐, 淪落窮鄕, 衣食艱窘, 不復理其歌曲, 仍悽咽不已. 顧余與此 有相類者, 余亦坐於文字虛名, 被絆玉堂, 尙不得一麾以去, 鬱鬱成病. 吾視玉堂如 牢囚, 彼以故鄕爲竄謫, 是亦一異事, 豈非造化弄人處也. 聲名之害, 彼此一律, 戲贈 一詞>, 『南岳集』卷1, 『한국문집총간』속39, 526면.
111) 『현종실록』권15, 9년 12월 29일(계사), 『국역 현종실록』6, 302~303면.

낭(五娘)의 일화도 참고할 수 있다. 일찍이 동회도위의 굄을 받고 가선에 시를 받고 이식, 김육, 이경석 등이 화운을 할 정도였는데, 이때에 그를 불러 노래를 부르게 하니 예순의 나이에도 옛날처럼 노래를 하였다는 것이다. 집이 가난하여 그의 딸 초운(楚雲)과 채운(采雲)이 가성(家聲)을 잇고 있는데 채운이 신성(新聲)을 잘하여 '아모돈나무[阿母錢樹子]'[112]를 만들 수 있었다고 하였다.

실제 가기 또는 가아(歌兒)는 연회의 자리에서 "화류설만지어(花柳褻慢 之語)"가 아니면 "한묵미려지사(翰墨靡麗之辭)"를 부르는 것이 대부분[113] 이었던 것으로 보이고, 특별한 경우에 "강호유원지취(江湖幽遠之趣)"를 위하여 〈어부가〉 등을 익히게 하여 노래로 부르게 했다는 기록이 있다.

이런 와중에 서울에서 가기가 부르는 레퍼토리로 사(詞)를 노래로 부 르는 〈억진아〉와 〈임강선〉을 들 수 있다. 한편으로 송강의 〈미인사〉[114], 〈관동별곡〉[115]도 여전히 부르고 있고, 가객으로 알려진 허정은 〈후정

---

112) 조종저,『南岳集』卷1,『한국문집총간』속39, 516면, <大堤素稱多妙舞淸歌, 余涖玆 土, 暇日徵按則信然. 有五娘者, 以善謳閒. 少時爲東淮able尉所眄, 贈扇面兩絶. 澤老, 潛谷, 白軒諸公繼而和之. 余招見五娘, 年已六旬, 髮齒墮落. 使之歌, 尙有嫋嫋舊音, 掩抑宛轉, 似有慨惋少日之意. 家甚貧, 只有二女曰楚雲, 采雲. 俱繼家聲, 而采雲 尤善新聲, 能作阿母錢樹子矣. 前數公, 余所敬慕者, 筆蹟宛然. 古人不可作, 而五娘 又老矣. 撫卷悲感, 仍次卷中韻贈之>. 錢樹子는 기루(妓樓)의 기생 어미가 기녀를 돈이 열리는 나무로 간주하였다 하여 기녀를 가리키는 말이다.

113) 정간, <縣衙聽漁父歌 *幷小序>,『鳴皐先生文集』卷2,『한국문집총간』속71, 385 면, 縣有歌兒數三, 每當娛賓, 其所永言者, 非花柳褻慢之語, 卽翰墨靡麗之辭, 遂諗 飜漁父歌九章, 俾習而歌之, 時時憑几而聽之, 黃堂綠簾, 儵然有江湖幽遠之趣, 而此 身却在簿書叢裏. 昔我退陶先生守豐基, 嘗手寫此歌, 仍題跋語云東坡所譏, 以朝市 眷戀之徒, 出山林獨往之語者, 某之謂矣. 其亦先獲小子之今日乎. 噫鳴溪之陽, 是吾 弊廬, 東風西日, 柳掩苔磯, 夜靜水寒, 月流花浪, 扣枻長歌, 時哉時哉, 悠悠我思, 匪 翰曷飛, 東閣蕭蕭雪鬢翁, 漁歌飜出被枯桐, 市朝豈合山林事, 諷語多慚蘇長公.

114) 이은상, <聞柳絮唱美人辭, 感舊書懷>,『東里集』卷9,『한국문집총간』122, 502면, 신정, <聽松江美人辭>,『汾厓遺稿』卷4,『한국문집총간』129, 384면.

가〉를 듣기를 좋아하여 가기로 하여금 부르게 했다고 하였다. 인평대군을 따라 왔던 화가 맹영광은 〈강남곡〉을 즐겨 불렀는데 비가(悲歌)로 인식하였다. 때로는 가희가 수연에서 흥을 돕는 역할[116]을 맡기도 하였다.

파장연(罷場宴)에서는 가희가 〈감군은〉[117]을 부른 것으로 확인되는데, 〈감군은〉은 이미 조선 전기부터 거문고 곡으로 연주하거나 부르던 것이었으며 이 시기에 와서 신사(新詞)를 포함하여 더욱 널리 다양한 방식으로 향유되었다. 지방관으로 나간 자리에서 연회를 하는 경우나 수친연 등에서도 〈감군은〉은 필수 레퍼토리였다고 할 수 있다. 대부분의 경우 거문고로 연주하는 가운데 '감군은'의 생각을 깃들인 것이었다. 한준겸의 행장에서 보듯 실제 수연에서 연주하던 다른 곡을 물리치고 〈감군은〉을 연주[118]하게 하기도 하였다.

이삼(李森, 1677~1735)은 〈감군은〉과 〈개시세(慨時世)〉를 지었고, 남정중(1653~1704)은 〈감군은삼첩사〉[119]를 지었으며, 낭선군 이우는 스스로

---

115) 황세정, 「遺事」 23條, 『同春堂先生別集』 卷9, 『한국문집총간』 107, 477면, 先生以退溪先生漁父詞, 謄置册中矣. 及來黔潭後, 逢鄰居善歌者洪柱石, 使之唱之. 乃曰, 退溪此曲, 實爲絶調, 而如鄭松江關東別曲, 亦是絶調, 汝知此意否. 仍使之更唱松江關東別曲, 俄而, 漁人來獻江魚數尾, 先生使之作膾, 顧謂洪柱石曰, 未知退溪, 松江時, 亦有此風味否., 박장원, 「壽序」, 『久堂先生集』 卷14, 『한국문집총간』 121, 321면.

116) 김득신, 「郭欽仲壽宴詩序」, 『柏谷先祖文集』 册5, 『한국문집총간』 104, 152면, 欽仲奉巵酒爲壽, 自歌自舞, 又使歌姬琴娥, 或歌或琴, 以樂慈母.

117) 유상운, 〈罷場宴酒席口占〉, 『約齋集』 册3, 『한국문집총간』 속42, 480면, 經旬同苦且休論, 臨罷開筵故事存. 況復明朝分去路, 不妨良夜醉淸尊. 關防地重兼民牧, 鎭堡官微揚塞垣. 努力卽知思報答, 歌姬亦唱感君恩.

118) 정경세, 「輔國崇祿大夫領敦寧府事兼知春秋館事, 五衛都摠府都摠管, 西平府院君韓公行狀」, 『愚伏先生文集』 卷20, 『한국문집총간』 68, 374면, 每壽席, 大夫人輒却衆樂, 使歌者歌感君恩曲, 公推演其詞, 撰續曲以進, 嘗約朝中卿大夫有老親者作壽親禊, 良辰吉日, 稱觴上壽.

119) 남한기, 「先考行狀」, 『寄翁集』 卷5, 『한국문집총간』 속58, 535면, 陳情者三, 宰南邑也. 設慶壽酌, 飣飯之品, 必擇平日口嗜, 命絲管以進曰, 吾君所賜, 可以悅耳. 奉衣

〈감군은〉[120]을 짓기도 하였다. 이삼의 〈감군은〉과 〈개시세〉를 보도록
한다. 앞의 것이 〈감군은〉이고 뒤의 것이 〈개시세〉이다.

갚았는가 갚았는가 성주 홍은을 갚았는가.
이 몸이 비록 죽어도 어떻게 다 갚으랴?
이생에서 다 못 갚으면 후생에나 갚으리.

슬프도다 사람이여 일편단심을 누가 다시 알랴?
나라 위해 한 번 죽음이 거의 앞에 가깝거늘
알면서 모른 척 함이 이것이 슬프도다.[121]

청천강에서 가희가 〈백동제(白銅鞮)〉[122]나 〈양관곡〉[123]을 관습적으로

袖以獻曰, 吾君所惠, 可以煖身, 自作感君恩三疊詞以歌之, 隣守與筵者, 擧皆艷歎.

120) 남구만, 「朗善君孝敏公神道碑銘」, 『藥泉集』 第17, 『한국문집총간』 132, 225면, 自
製感君恩一闋, 每於花辰月下, 倚醉而歌之, 신익상, 「朗善君諡狀」, 『醒齋遺稿』 册6,
『한국문집총간』 146, 222면, 自製感君恩一闋, 每於花朝月夕, 倚醉而歌之.

121) 이덕수, 「兵曹判書李公行狀」, 『西堂私載』 卷12, 『한국문집총간』 186, 551면, 甞有感
君恩慨時世二闋, 其詞曰, 報了報了, 聖主鴻恩報了. 此身雖死, 何以盡報了. 玆生未
報恩, 後生當報了. 又曰, 慨然者人兮, 一片丹心誰復知. 爲國一死庶幾乎知, 知而不
之知, 是以悲之. 이덕수, 「行狀」[大提學李德壽撰], 『白日軒遺集』 卷4, 『한국문집총
간』 192, 68면.

122) 강필신, 〈縣舍偶題, 奉耕隱從氏〉, 『慕軒集』 卷1, 『한국문집총간』 68, 19면, 晴川江
上暮雲凄, 凌漢城邊朔氣迷. 携得小詩春色裏, 寄來孤夢日華西. 山含缺月明還晦,
雪壓寒松高復低. 蠻酒三盃君欲醉, 歌姬慣唱白銅鞮. 채팽윤, 〈茂菴趙使君*裕壽和
臥仙堂留韻見寄, 并示遊前後島一近體, 輒復再疊前韻奉答至老不得一當之語, 兼
和二島韻, 以泄湖邊難別之思〉, 『希菴先生集』 卷19, 『한국문집총간』 182, 366면, 二
島中間江浸山, 碧松如盖立丸丸. 巖根簇網抽潛鱖, 花外移舟沂別灘. 野老沙禽渾不
亂, 暮烟春水每忘還. 可憐鐵板將軍曲, 能向新官說舊官. *每於二島之遊, 令歌兒唱
銅將軍鐵着板故云. 白銅鞮는 南朝 梁의 가요 이름으로, 〈白銅蹄〉라고도 한다.

123) 이경석, 〈自金剛歸路, 仍作海上之遊, 襄陽兩絶〉, 『白軒先生集』 卷11, 『한국문집
총간』 95, 512면. 暮雲初傍峴山西, 月色娟娟照大堤. 借問習池何處是, 女郞猶唱白
銅鞮. 行到襄陽醉似泥, 尊前幾聽唱銅鞮. 銅鞮變作陽關曲, 征馬還如恨別嘶.

부르기도 하였는데, 〈양관곡〉은 이별의 노래로 〈위성곡(渭城曲)〉, 〈위성류(渭城柳)〉라고 부르기도 한다. 한편 〈장진주〉[124]를 부르기도 하고, 김춘택은 정철의 〈장진주〉를 한역[125]하기도 하였다.

2) 염사염곡에 대한 관심 증대

그리고 17세기 전반에 이정구를 통하여 애정과 풍류의 주제를 주목한 바 있는데, 17세기 후반에는 '염사(艶詞)'[126], '염곡(艶曲)'[127]이라고 할 수 있는 노래의 증대를 들 수 있다. 규중 여인의 감정을 읊은 염사, 염곡은 여성 화자의 입장에서 그리움의 내면을 드러낸 것이라 시대의 추이와 함께 주목할 수 있다. 이미 악부로 염체(艶體)가 있었고, 향렴체(香奩體)라 부르기도 하였다.

염사는 이수광의 작품에서 그 전례를 볼 수 있다.

　거울을 보니 외로운 그림자가 부끄럽고

---

124) 홍수주, <次順安鳳棲舘李得甫韻>, 『壺隱集』 卷2, 『한국문집총간』 46, 246면, 年光忽逐客愁新, 纔別西關又別人. 細草欲抽猶有雪, 小梅初動不成春. 敢言使者乘槎遠, 自笑書生撫劍頻. 暫請歌兒將進酒, 一聲淸唱繞梁塵.

125) 김춘택, <翻鄭松江將進酒辭>, 『北軒居士集』 卷4, 『한국문집총간』 185, 62면, 記昔吾友鄭重汝, 訪余於龍湖之上, 酒酣擊壺而唱其先祖松江公將進酒辭, 然竊恨其爲俗諺, 要余以文字翻之. 余雖不敢, 亦謹諾焉. 旣而, 遷就未果, 今且十年, 而重汝則亡矣. 辭中所謂誰復勸一杯者, 豈不重可感也. 重汝子檜又來訪臨陂謫所, 相對泫然, 遂翻辭與之, 蓋以踐宿諾於亡友云. 一杯復一杯, 折花作籌無盡杯. 此身已死後, 束縛藁裹屍, 流蘇兮寶帳, 百夫緦麻哭且隨. 荒茅樸樕白楊裏, 有去無來期. 白月兮黃日, 大雪細雨悲風吹, 可憐誰復勸一杯. 況復孤墳猿嘯時, 雖悔何爲哉.

126) 정홍명, <戱效艶詞雜體>, 『畸庵集』 卷7, 『한국문집총간』 87, 81면.

127) 신정, <艶曲>, 『汾厓遺稿』 卷2, 『한국문집총간』 129, 336면. <艶曲四時>, 『汾厓遺稿』 卷4, 『한국문집총간』 129, 384면.

창문을 여니 찾아온 봄이 한스럽네.
온갖 꽃 다투어 비웃으려 하니
틀림없이 홀로 자는 나 때문이겠지.
對鏡羞孤影　開窓恨見春　百花爭欲笑　應爲獨眠人

길에서 우연히 그대를 만났는데
정을 품고서도 아무 말 못하였네.
푸른 매실을 말발굽에 던졌건만
무슨 일로 황망하게 돌아가시나.
道上偶逢郎　含情不得語　青梅打馬蹄　何事忙歸去[128]

　그리고 신흠의 〈염사〉[129]와 허균의 〈황주염곡〉[130] 등도 있다.
　신정(申晸, 1628~1687)은 〈염곡〉과 〈염곡사시〉를 남기고 있는데, 〈염곡〉을 보도록 한다.

깊디깊은 주렴 장막에 새벽꿈이 헤매는데
물이 잠기고 향기가 다하면서 향로 연기가 낮아지네.
창 빛이 잠깐 일렁이니 실이 안개 같은데
어느 곳에 날아다니는 꾀꼬리가 꾀꼴꾀꼴 우는가?
簾幕深深曉夢迷　水沈香歇篆煙低
窓暉乍動紗如霧　何處流鸎恰恰啼[131]

　신정의 〈사부원〉 2수[132]도 같은 계열로 볼 수 있다.

---

128) 이수광, 〈艶詞〉, 『지봉집』 권1, 『한국문집총간』 66, 20면.
129) 신흠, 〈艶詞〉『상촌고』 권19, 『한국문집총간』 71, 491면.
130) 허균, 〈黃州艶曲〉, 『惺所覆瓿稿』 卷1, 『한국문집총간』 74, 116면.
131) 신정, 〈艶曲〉, 『汾厓遺稿』 卷4, 『한국문집총간』 129, 336면.
132) 신정, 〈思婦怨 二首〉, 『汾厓遺稿』 卷2, 『한국문집총간』 129, 341면. 郎如嶺上雲,

박세당(1629~1703)은 〈정사〉를 남기고 있는데 둘째 수는 다음과 같다.

> 노래하고 춤추면서 마당에 오른 붉은 얼굴의 기생
> 풍류로 집으로 물러난 백두옹이네.
> 까닭 없이 문득 왔다가 까닭 없이 떠나니
> 병든 나비가 어찌 일찍이 이슬 맞은 떨기를 연모했던가?
> 歌舞登場紅面妓　風流退舍白頭翁
> 無端來却無端去　病蝶何曾戀露叢[133]

한편 오도일(1645~1703)은 청풍의 부벽루에서 지은 〈영설(詠雪)〉의 둘째 수 미련에서 "술이 따뜻해지는 장막 안에 염곡을 재촉하니, 모시는 아이는 뾰족한 쪽머리를 새로 가지런히 하네(酒暖帳中催艶曲 侍兒新整鬌鬟尖)."[134]라고 읊기도 하였다.

18세기에는 새로운 곡으로 부르는 염곡이 출현하여 염정을 노래하는 것이 보편화되었던 것으로 보인다. 최성대의 〈신성염곡 십 편〉[135]과 같은 것이 좋은 예이다.

그리고 18세기 후반 윤기(尹愭, 1741~1826)는 〈염체 10수〉의 협주에서 "시문은 자잘한 기예이니 도에서 중하지 않다. 더구나 규중 여인의 감정을 읊은 염사(艶詞)는 시어가 내밀하고 사적이며, 문체가 섬세하고 공교로워 자잘한 기예 중에서도 자잘한 기예이다. 대장부가 지을 만한 것은 결코 아니고, 군자가 관심을 둘 만한 것은 더더욱 아니니, 내가 종래에

妾似雲中月. 雲飄不再歸, 月圓易爲缺. 生憎一片銅, 寫我愁中面. 彫落舊時容, 郎歸應不辨.

133) 박세당, <咸興妓送客必出萬歲橋, 常多有離別之色, 戱爲情詞. 二首>, 『西溪先生集』 卷3, 『한국문집총간』 134, 54면.

134) 오도일, <詠雪>, 西坡集 卷4, 『한국문집총간』 152, 75면.

135) 최성대, <新聲艶曲 十篇>, 『杜機詩集』 卷1, 『한국문집총간』 속70, 519면.

염사를 짓지 않은 것은 진실로 까닭이 있었다. 근래에 고인의 시선을 읽어보니 염체가 열에 일여덟은 차지했는데, 또한 선왕이 풍요를 채집하던 뜻이 아니겠는가. 그리고 인정 가운데 크게 볼만한 것이 여기에 꼭 없지만은 않다. 이로 인해 붓 가는대로 부질없이 짓는다."[136)라고 하여, 시어가 내밀하고 사적이며, 문체가 섬세하고 공교로워 자잘한 기예 중에서도 자잘한 기예라고 하면서도, 인정 가운데 크게 볼만한 것이 여기에 꼭 없지만은 않다는 것을 인정하였다.

3) 각 지역에서 지어진 노래

17세기 후반에는 17세기 전반에 불린 노래를 받아들여 향유하기도 하였는데, 이항복의 〈철령가〉와 이안눌의 〈귀안가〉 등이다. 그런데 이러한 노래가 지역을 중심으로 전파되고 향유되고 있었다. 그리고 무이보 만호 이지만이 지은 〈부용별곡〉, 오도일이 울진에서 지은 〈선사별곡〉, 이휘일의 〈전가팔곡〉, 김응조의 〈학사삼곡〉 등이 각 지역의 새로운 노래이다.

그리고 송강 정철의 〈관동별곡〉은 관동을 유람하는 사람들이 꾸준히 입에 올리는 레퍼토리[137)였다. 〈관동별곡〉을 읊거나 들으며 〈관동별곡〉

---

136) 윤기, <艶體 十首>, 『무명자집』 시고 3책, "雕蟲小技也, 於道未爲尊. 矧閨情豔詞, 其語昵私, 其體纖巧, 乃小技之小技也. 決非壯夫之所宜爲, 尤非君子之可留意也, 余從來不爲此, 良有以耳. 近閱古人詩選, 則此體居十七八, 毋亦先王采風謠之義. 而人情之大可見者, 未必不在於是歟. 因隨筆漫就."라고 하였다.

137) 강백년, <路中偶吟>, 『雪峯遺稿』 卷12, 「關營錄」, 『한국문집총간』 103, 113면, 不見酒中仙, 但聞關東曲, 조정만, <聽關東別曲>, 『寤齋集』 卷1, 『한국문집총간』 속 51, 432면, 今宵唱聽關東曲, 鰲背仙風滿耳淸, 이세귀, 「東遊錄」, 『養窩集』 冊12, 『한국문집총간』 속48, 429면, 主人進弦歌。使鼓伽倻琴。誦鄭松江關東別曲以侑觴

에 나오는 노랫말을 작시에 활용[138]하는 경우가 빈번하였다.

황호(1604~1656)의 〈십육일에 단천에서 머무르다. 오성 이상국이 일찍이 북쪽으로 귀양 갈 때에 〈함관곡〉을 지었는데, 고을의 기녀 중에서 이 곡을 노래하는 사람이 있어서 느낌이 있어서 짓다〉[139]에서는 〈고별리〉, 〈안문사〉, 〈함관곡(철령가)〉 등을 아울러 말하고 있어서 이들 노래의 연관을 살필 수 있다. 〈고별리〉는 이미 오래된 이별의 노래이고, 〈안문사〉는 이안눌의 〈귀안가〉[140]를 가리키는 것이다.

> 젊은 날 일찍이 <고별리>를 읊었는데
> 북쪽으로 와서 도리어 <안문사>에 견주네.
> 나그네 가운데 세월에 시권을 보태는데
> 변새 바깥의 바람과 모래가 살쩍의 실로 오르네.
> 떠도는 아들이 어버이 그리워 애가 끊어지려하는데
> 외로운 신하는 나라를 떠나매 눈물이 길에 드리우네.
> 미인이 오성의 노래를 풀어서 부르는데
> 저녁 비 내리는 관산에 끝없는 슬픔이네.
> 少日曾吟古別離　北來還擬雁門辭
> 客中歲月添詩卷　塞外風沙上鬢絲
> 游子戀親腸欲斷　孤臣去國淚長垂
> 佳人解唱鼈城曲　暮雨關山無限悲[141]

---

138) 심유, <寄鶴林李使君 行夏>, 『梧灘集』 卷12, 『한국문집총간』 속34, 392면, 銀河水通金蘭窟, 白玉樓餘叢石柱. *鄭松江關東曲中語, 이서, 「東遊錄」, 『弘道先生遺稿』 卷5, 『한국문집총간』 54, 132면, 到花川, 忽憶關東別曲中語, 乃作一詩以記之. 詩曰, 曾見關東曲, 分明說花川, 今來踏此地, 此曲還依然.

139) 황호, <十六日留端川, 鼈城李相國曾在北謫, 作咸關曲, 郡妓有唱此曲者, 有感作>, 『漫浪集』 卷4, 『한국문집총간』 103, 429면.

140) 이안눌, <次片雲師聞余歸雁曲有感見示之韻 時以俚言作歸雁歌兩曲>, 『東岳先生集』 卷15, 『한국문집총간』 78, 247면, 이안눌, <寄片雲上人 師時在泰安郡北金堀山寺>, 『東岳先生集』 卷18, 『한국문집총간』 78, 313면.

〈고별리〉는 17세기 전반에 이수광[142], 김영조[143], 김휴[144], 이상질[145] 등이 읊고 있고, 18세기 이후에도 이덕주[146], 임전상[147], 이인행[148] 등이 그 전승과 내용을 기술하고 있다. 홍여하(1620~1674)의 〈고별리〉는 다음 과 같다.

> 헤어지던 날 곧 돌아오리라 약속했는데
> 지금까지 어찌 돌아오지 못하는가?
> 헤어지던 해가 흐려서 꿈과 같은데
> 생각하니 아직도 어슴푸레하네.
> 서로 만남이 고생스럽고 늦더라도 서로 원망하지 말라.
> 다만 바라는 것은 떠난 사람이 몸이 건강하시기를.
> 別日約遄返　至今胡不歸　別年渾似夢　憶得尙依俙
> 相逢苦晩莫相怨　但願征人身更健[149]

---

141) 黃㞴,『漫浪集』卷4,『한국문집총간』103, 429면.

142) 이수광, <古別離>,『芝峯先生集』卷2,『한국문집총간』66, 25면.

143) 김영조, <古別離>,『忘窩先生文集』卷2,『한국문집총간』속19, 111면.

144) 김휴, <古別離>,『敬窩先生文集』卷4,『한국문집총간』100, 311면.

145) 이상질, <古別離>,『家州集』卷4,『한국문집총간』101, 23면. 古來有別離, 別離見 有時. 今朝千里別, 相見知何日. 握手再三歎, 將去不忍訣. 白雲在靑天, 滄波杳無極. 野風吹衣帶, 行子心如何. 不惜白日晩, 所悲離別多. 長夜守空閨, 半衾鴛鴦冷. 秋霜 廢芙蓉, 梧桐落金井. 精誠托夢寐, 夜涼眠不得. 明月滿簾櫳, 髣髴想顏色. 水覆難再 收, 花落豈留英. 君懷有時已, 妾心無時平.

146) 이덕주, <古別離>,『芐亭先生文集』卷1,『한국문집총간』속75, 6면.

147) 임전상, <惻惻復惻惻一首, 效古別離>,『窮悟集』卷3,『한국문집총간』속103, 269 면. 惻惻復惻惻, 所思在江東. 江湖滿地綠, 波浪時激風. 魂夢渺難接, 音信孰與通. 含情但默默, 紆念日忡忡. 消息忽慘怛, 傳說亦朦朧. 骨相無已薄, 年數遠云終. 憂戚 縱爲祟, 志操足固窮. 疑信交相勝, 無人爲折衷. 渺渺送白雲, 戚戚望靑楓.

148) 이인행, <衢隱族叔*獻淳病中惠韻和呈>,『新野先生文集』卷2,『한국문집총간』속 104, 458면.

149) 홍여하, <古別離>,『木齋先生文集』卷1,『한국문집총간』124, 344면.

17세기 전반에 개별 작품에 대한 관심과 전승이나 보존을 위한 번가 (飜歌)의 예를 확인할 수 있었는데, 이 시기에 이르러 한역 작업을 본격 적으로 진행되고 있다는 점을 지적할 수 있다. 유형원(1622~1673)[150], 남구만(1629~1711)[151] 등이 당시에 불리던 여러 작품을 동시에 한역하고 있었던 것이다. 구체적인 내용은 한역가 항목에서 살피도록 한다.

그리고 이 시기에 관심을 가질 만한 작품으로 〈부용별곡(芙蓉別曲)〉[152] 을 들 수 있다. 이 노래는 무이보 만호인 이지만(李枝萬)[153]이 지어서 향 촌에서 불리던 노래를 천호상인(天浩上人)이라는 스님이 영산회상 법회 에 유입시켜 노래로 불렀다는 것이다. 민간에서 불리던 노래가 불교 행 사에 쓰인 사례라고 할 수 있는 것이다.

> 〈부용별곡〉은 시골 마을에서 나온 것인데
> 영산회상의 법회에 흘러 들어갔네.
> 천호상인이 노래를 잘하여
> 한 소리가 맑게 움직여 경사스런 구름의 뿌리이네.
> 芙蓉別曲出鄕村　流入靈山法會翻
> 天浩上人能善唱　一聲淸動慶雲根

---

150) 유형원, 〈번속가〉, 〈우번속가〉, 〈우번속가〉, 〈우번속가〉, 임형택 외 역, 『반계유 고』(창비, 2017), 182~191면.

151) 남구만, 〈翻方曲〉, 『藥泉集』 第1, 『한국문집총간』 131, 430면.

152) 이세백의 〈觀打穀 村人攜酒來會 二首〉, 『우사집』 권1, 『한국문집총간』 146, 385면. 둘째 수의 경련에 "歌愛芙蓉曲 詩堪進士科"라는 구절이 있고, 이덕주, 〈모저부강〉, 『변정선생집』 권1, 『한국문집총간』 속75, 11면, 3~4구에 "流水芙蓉曲 尖峯笠帽孤" 라는 구절이 있다.

153) 이지만은 〈팔지가(八池歌)〉를 지어서 직접 노래를 부르기도 하고(김창흡, 〈북관일 기(北關日記)〉), 〈부용가곡〉을 지었다고 했는데(김창흡, 〈팔지가지일(八池歌之 一)〉, 〈팔지가〉에서 연꽃을 노래하고 있고 〈부용가곡〉도 연꽃을 노래하고 있을 것 으로 보아, 〈팔지가〉와 〈부용가곡〉이 동일 작품이 아닐까 추측할 수도 있다.

서천의 피로한 지팡이가 문득 조용해지는데
부용으로 머리를 바루니 푸른빛이 봉우리가 되네.
탑 아래 스님 한 분이 별곡으로 만드니
메아리가 봄새와 솔바람과 어울리네.
西川倦策却從容　矯首芙蓉綠作峯
塔下一僧爲別曲　響和春鳥與風松[154]

오도일(1645~1703)은 숙종 11년(1685) 울진에서 〈선사별곡(僊槎別曲)〉
을 지었다. 〈배 안에서 입으로 읊다〉이다.

소나무 그늘 달그림자가 참으로 너울거리는데
목란 배를 안온하게 띄우고 푸른 물결을 거슬러 올라가네.
선사 한 곡은 새로운 악부이니
소동파 노인의 <옥루가>와 어떠한가?
＊ 새로 <선사별곡>을 지어서 기생들에게 노래하게 하다. 선사는 고을의 이름이다.
松陰月影政婆娑　穩泛蘭舟泝碧波
一曲僊槎新樂府　何如蘇老玉樓歌
＊ 新製僊槎別曲. 使妓隊歌之. 僊槎卽縣號.[155]

그리고 숙종 21년(1695) 강원도관찰사로 나가서 다시 울진에 들러서
〈선사별곡〉을 노래 부르기도 하였다. 함벽정과 태고헌에 가서 지은 시
이다.

---

154) 김창흡, <仙洞半嶺, 聽天浩師唱別曲>, 『三淵集拾遺』 卷7, 『한국문집총간』 166,
　　 329면.
155) 오도일, <舟中口占>, 『西坡集』 卷3, 『한국문집총간』 152, 40면, <年譜> 『西坡集』
　　 卷29, 『한국문집총간』 152, 549면. "又製僊槎別曲, 以抒去國戀君之思, 至今播在關
　　 東樂府"

이 정자는 내가 일찍이 세운 것인데
다시 놂을 꿈에서 어찌 꾀하랴?
서로 맞이함은 흰 모래와 새요
탈이 없음은 푸른 바다와 산이네.
벼슬 자취는 구름과 진흙이 다르고
사람의 삶은 살쩍과 털이 흰하네.
선사 한 곡을 남겼는데
완연히 옛날 듣던 것과 같네.
此閣吾曾刱　重遊夢豈營　相迎沙鳥白　無恙海山靑
宦迹雲泥異　人生鬢髮明　僊槎留一曲　宛似昔年聽[156]

몽매에도 어찌 일찍이 이 모임을 기대했으랴?
서로 기쁨이 지극함을 보노라니 다시 바보와 같네.
비단옷으로 싸고 앉은 사람은 새 얼굴이 많고
부로들이 자리에 오르니 흰 수염이 반이네.
천리의 떨어지는 회포는 비끼는 해요
한 해의 봄 일은 꽃이 떨어지네.
선사의 옛 노래는 갈라지면서 부르고
사명을 풀고 말로 돌아감에 출발을 일부러 늦추네.
夢寐何曾此會期　相看歡極復如癡
綺羅擁座多新面　父老登筵半白髭
千里離懷斜日後　一年春事落花時
僊槎舊曲臨岐唱　解使歸驂發故遲[157]

---

156) 오도일, <僊槎, 卽余桐鄕, 涵碧亭, 亦余所刱建, 而于今十有餘年, 按節重臨, 實夢
寐之所不到也. 憑欄撫迹, 感吟述懷> 『西坡集』 卷6, 『한국문집총간』 152, 116면.
157) 오도일, <太古軒, 與鄕之諸父老, 會飮敍別>, 『서파집』 권6, 『한국문집총간』 152,
116면.

그리고 『시가』(박씨본) 209에 다음 시조가 오도일이 지은 것으로 나온다.

> 午睡를 느지 씨야 醉眼을 여러 보니
> 밤비에 갓 핀 곳이 暗香을 보내ᄂ다
> 이 슝에 閑暇훈 몰근 마슬 긔 뉘라셔 알니요. - 『시가』 209[158)

한편 이휘일(1619~1672)은 〈전가팔곡〉을 지었는데, 오래도록 전간에서 지내면서 농사일을 익히 알게 되어 이를 노래로 읊은 것이다. 서문[159)에서 그 사정을 밝히고 있다.

그리고 김응조(1587~1667)가 지은 〈학사삼곡〉은 3수로 되어 있는데, 학도(學道), 연궐(戀闕), 상시(傷時)로 되어 있다. 「학사삼곡서」에서 노래의 성격을 기술하고 있다.

> 〈학사삼곡〉은 학사노인이 스스로 지은 노래이다. 제1곡은 애오라지 도를 배우는 정성을 푼 것이고, 제2곡은 애오라지 대궐을 그리는 참마음을 말한 것이고, 제3곡은 애오라지 시절을 아파하는 탄식을 편 것이다. 대개 노인은 눈이 어둡고, 귀가 멀고, 죽을 날이 얼마 남지 않아서, 부모가 알려주고 스승이 면려한 뜻과 하늘이 덮고 땅이 기른 은혜를 갚을 길이 없어서, 슬픔과 시름을 한 번 맛보아, 막히고 뭉쳐 있어서 풀지 못한 것이 이 노래를 짓게 된 이유이다. 시작은 도를 배움이요, 중간은 대궐을 그림

---

158) 『청구영언』 273에는 남파의 작품으로 나오는데, 종장이 "아마도 산가에 몰근 맛시 이 죠혼가 ᄒ노라"로 되어 있다.

159) 이휘일, 「書田家八曲後」, 『存齋先生文集』 卷4, 『한국문집총간』 124, 51면. 右田家八曲者, 楮谷病隱之所作也. 病隱非力於農者, 久伏田間, 熟知稼穡之事, 因其所見而發之於歌. 雖其聲響疏數, 未必盡合於節奏調格, 而比之里巷哇淫怠慢之音, 則爲有間矣. 於是使侍兒輩習而歌之, 時聽而自樂之, 遂以爲山中故事云. 甲辰四月日, 楮谷病隱書.

이요, 마지막은 시절을 아파함이다. 나의 일삼는 것이 차례로 그러한 것
이다. 산수의 즐거움을 말하지 않은 것은 뜻은 있으나 미칠 겨를이 없고,
시문으로 뜻을 보이지 않고 이어를 엮어서 가곡을 만든 것은 노인이 글을
하지 못하기 때문이다. 뒤에 보는 사람이 반드시 나의 마음을 믿고 나의
참람함을 용서함이 있을 것이다.[160]

이현조(1654~1710)는 「학성록(鶴城錄)」에서 홍천 형(洪川兄)이 지은 단
가에 화답하는 노래 두 편을 지었다. 홍천 형은 홍천현감을 지낸 종형
이현령(李玄齡)[161]을 가리킨다. 시제에서 그 내용을 자세하게 적고 있다.

홍천형의 글을 받았는데, 이르기를, '접때 계유가 와서 계홍을 안음에
초대하여 이서방의 임소에서 모였네. 대개 수십 년 사이에 얻지 못한 일
이라 단가를 지어 계홍으로 하여금 부르게 하였네.'라고 하였다.

서호의 숨은 나그네가 보고 싶어서
남쪽에서 한가한 사람을 잊기 어렵네.
아 가학루 주인은
홀로 관외에 막혀서 어느 곳에서 놀랴?
오늘날 세 사람의 모임이 가련하거니와
어쩌면 불러서 내 곁에 앉힐까?

---

160) 김응조, 「鶴沙三曲序」, 『鶴沙先生文集』卷5, 『한국문집총간』91, 97면. 鶴沙三曲
者, 鶴沙老人所自作歌也. 其第一曲, 則聊以紓學道之誠也, 其第二曲, 則聊以申戀
闕之忱也, 其第三曲, 則聊以發傷時之歎也. 蓋老人目盲矣, 耳聾矣, 死亡無日矣, 無
以酬父詔師勉之意, 天覆地育之恩, 而悲愁一味, 鬱結而未解, 此歌之所以作也. 始
焉學道, 中焉戀闕, 終焉傷時, 吾人事業, 次第然也. 其不言山水之樂者, 志有在而不
暇及也. 不以詩文見意而綴俚語爲歌曲者, 老人不文也. 後之覽者, 必有以諒余心而
恕余僭也.
161) 이현조, <仲父⋯行狀>, 『景淵堂先生詩集』卷6, 『한국문집총간』168, 501~503면.

노래에 비록 방언이 섞였으나 그 뜻을 대략 이와 같았다. 내가 마침내
화답하여 노래를 짓기를,

> 형제가 서로 보고자 하여도
> 서로 보자니 길이 없어 괴롭네.
> 엉호가 각 천리이나
> 떨어지고 헤어짐은 본래 그 이유가 있네.
> 어찌하여 학루의 나그네가
> 홀로 타달거림을 달게 여기랴?

또 노래하기를,

> 변새 하늘에 바람과 서리 뒤에
> 외기러기가 짝도 없네.
> 너는 어디로 가느냐?
> 홀로 날자면 정말 다리가 괴로우리.
> 동정호에 봄빛이 이르면
> 마침 다시 줄을 이루어 가리.

이에 근체 1수를 지어서 인편에 문득 부치다.

그리고 시는 다음과 같다.

> 남쪽 편지가 북쪽 변새에 이르렀는데
> 봉함을 여니 눈물이 떨어지는 것을 깨닫지 못하네.
> 천 가닥 괴로운 말에 묶은 정을 쏟았는데
> 한 곡 슬픈 노래에 뜻이 전해지네.
> 개구리밥이 뜬 물은 잠시 기쁨이 흡족하지 못하고
> 지당 어느 곳에 꿈이 서로 이끄는가?

아픈 마음은 이별의 소리를 삼킴이 가장 맞은데
문득 언덕 마을을 위해 다시 줄을 끊네.
南徽書來到北邊　開緘不覺涕潸然
千般苦語緣情寫　一曲悲歌有意傳
萍水暫時歡未洽　池塘幾處夢相牽
傷心最是吞聲別　却爲坡村再斷絃[162]

이와 함께 〈용비어천가〉에 대한 관심이 증대되고 있는 점도 지적할
수 있다. 조선왕조의 발상지라고 할 수 있는 풍패(豊沛)의 고장에 가서
〈용비어천가〉를 떠올리거나 〈용비어천가〉에 대한 후서를 기록하고 있
는 경우가 그것이다.[163] 이는 현종 10년(1669) 3월에 임금이 춘당대에
나아가서 관무재를 하고 문신에게 〈용비어천가의 뒤에 쓰다〉라는 제목
으로 20운 배율의 시험[164]을 보인 바와 같이 임금의 뜻이 담겨 있는 것
이다. 며칠 뒤에 이민서가 소를 올려, 〈용비어천가〉의 뜻을 "너그럽고
인자하여 군중을 얻었고 부지런하고 검소하여 기반을 열었으며 죽이지
않는 것으로 무(武)를 삼고 탐내지 않는 것으로 보(寶)를 삼은 것"[165]으로
설명하고 있는 데서도 알 수 있다.

162) 이현조, 〈得洪川兄書, 有曰向也季維來邀季弘于安陰, 會于李娣所, 蓋數十年來所
不得者, 作短歌, 俾弘歌之云. 西湖蟄客願見之, 帶南散人難可忘. 嗟哉駕鶴樓主人,
獨滯關外遊何方. 可憐今夜鼎足會, 安得招呼坐我傍. 歌雖雜以方言, 其意大抵如此.
余遂和而作歌曰, 兄弟願相見, 相見苦無路. 嶺湖各千里, 離別固其所. 奈何鶴樓客,
獨自甘踽踽. 又歌曰, 塞天風霜後, 一鴈無伴侶. 爾行在何處, 獨飛良足苦. 洞庭春色
至, 會復成陣去. 仍賦近體一首, 因便却寄〉, 『景淵堂先生詩集』 卷4, 『한국문집총간』
168, 464~465면.
163) 이하진, 〈題龍飛御天歌後〉 『六寓堂遺稿』 冊2, 『한국문집총간』 속39, 106면, 유창,
〈題龍飛御天歌後〉, 『秋潭集』 卷之元, 『한국문집총간』 속33, 102면, 이세귀, 〈題龍
飛御天歌後〉, 『養窩集』 冊2, 『한국문집총간』 속48, 42면.
164) 『현종실록』 16권, 현종 10년 3월 4일(정유), 『국역 현종실록』 7, 41면.
165) 『현종실록』 16권, 현종 10년 3월 7일(경자), 『국역 현종실록』 7, 43~45면.

그리고 심유(1620~1688)는 〈대옥이 남항요를 보이기에 서호곡으로 답을 하면서 그 운을 따다〉에서 김필진(金必振, 1635~1691)의 〈남항요〉에 대한 화답으로 〈서호곡〉을 부르고 있다고 하였다.[166]

4) 〈산유화가〉의 전파

다음으로 〈산유화〉를 주목할 수 있다. 〈산유화〉는 여러 가지 특성을 지니고 있는데 지역적인 특성과 관련되기도 하고 내용과 연관되기도 한다. 백제의 멸망과 유민의 내면을 노래한 것, 향랑의 전설과 관련된 것, 나무하면서 부르는 노래, 모내기노래나 논매기노래, 메나리 선율을 지적하는 것 등 그 성격이 다양하게 나타나고 있다. 백제 유민의 노래로 알려진 것이 가장 오랜 전승을 지니는 것으로 볼 수 있고, 향랑의 전설과 관련된 것이 17세기 특정한 지역의 전설과 연결되어 있다고 볼 수 있으며, 그 이후 다양하게 전파된 것으로 이해할 수 있다.

〈산유화가〉는 백제 유민의 노래로 알려진 것인데, 임영은 숙종 4년(1678)에 부강(扶江)에서 지내면서 백제의 옛 노래라고 알려진 〈산유화〉에 관심을 표명하여 억진아조의 사(詞)로 엮기도 하였다. 실제 〈산유화〉[167]의 성격이 여러 가닥으로 이해되고 있는 점을 고려하면, 임영의 인식은 그가 지닌 지역적 기반과 관련되어 있다고 할 수 있다.

> 강에는 구름이 끊어지고
> 달밤에 거친 성에서 슬픈 노래를 부르다가 끊어지네.

---

166) 심유, <大玉示南巷謠。答以西湖曲>, 『梧灘集』 卷12, 『한국문집총간』 속34, 397면.
167) 각 지역의 <산유화>와 그 성격에 대하여, 최재남, 「조선후기 민요의 실상과 한시의 민풍수용」, 『장르교섭과 고전시가』(월인, 1999), 193~199면 참조.

달밤의 거친 성
천년 옛 나라에
꽃이 떨어지던 시절이라.
江雲絶　哀歌唱斷荒城月　荒城月　千年古國　落花時節

조룡대의 두둑에는 찬 조수가 가라앉고
날 저무는 고란사에는 나지막한 종소리가 다하네.
나지막한 종소리가 다하는데
물빛과 산 빛은
해질녘에 밝아졌다 어두워졌다 하네.
釣龍臺畔寒潮沒　皐蘭暮寺微鍾歇　微鍾歇　水光山色　夕陽明滅[168]

　　김창흡의 〈산유화 삼장〉은 다음과 같다. 이른바 시경 체를 따르고
있다.

산에는 떨어진 꽃이 있네.
시냇물에 흘러가네.
대에는 노는 여자가 있어서
아름다운 선비가 찾네.
山有隕花　溪水流之　臺有遊女　良士求之

산에는 떨어진 꽃이 있네.
시냇물에 떠도네.
대에는 노는 여자가 있어서
아름다운 선비가 바라네.
山有隕花　溪水漂之　臺有遊女　良士要之

168) 임영, <山有花 百濟舊曲也 有音而無詞 戲效憶秦娥體爲之>, 『창계집』 권1, 『한국
　　문집총간』 159, 28면.

산에는 떨어진 꽃이 있네.
시냇물에 씻네.
대에는 노는 여자가 있어서
아름다운 선비가 희롱하네.
山有隕花   溪水濯之   臺有遊女   良士謔之[169)

한편 권두경(權斗經, 1654~1726)은 〈최생 사집성대의 〈산유화가〉 뒤에
짓다〉에서 최성대가 〈산유화가〉에 보인 반응을 바탕으로 다음과 같이
읊고 있다.

기교 있는 영인이 횡적을 연주하는데
빠르게 불어서 사람의 마음을 쓸어버리네.
붉은 악기는 청묘의 거문고요
세 번 노래하매 남긴 음이 있네.
巧伶奏橫篴   繁吹蕩人心   朱絃淸廟瑟   三歎有遺音

형산에는 옥돌이 보배처럼 쌓여서
무지갯빛이 한밤중에 일어나네.
옥인이 지나치며 돌아보지 아니하는데
누가 성을 이은 저자를 믿으랴?
荊山璞蘊珍   虹光中夜起   玉人過不顧   誰信連城市

상간복수는 뭇 귀를 기울이는데
오대의 들판에 돌을 바치네.
사양과 변화는
천년 뒤에 무엇을 하는가?
桑濮衆耳傾   石獻梧臺野   師襄與卜和   千載何爲者[170)

---

169) 김창흡, <山有花三章>, 『三淵集拾遺』 卷1, 『한국문집총간』 166, 197면.

여기서 말하는 〈산유화가〉는 선산의 열녀 향랑을 기리는 노래로, 이
미 이광정(李光庭, 1674~1756)이 18세기 전반에 〈향랑요(薌娘謠)〉[171]를
지은 바 있는데, 숙종 30년(1704) 나라에서 정문까지 내리는 은전이 베
풀어졌다.

선산의 열녀 향랑에게 정문을 내렸다. 향랑은 민가의 여자인데, 그의
지아비가 성행이 괴팍하여 까닭 없이 미워하면서 욕을 하고 구타하여 못
할 짓이 없었다. 향랑이 참고 수년을 지내다가 끝내 스스로 용납하지 못
하고 아비의 집으로 돌아갔는데, 아비에게 후처가 있어 매우 사나와 아침
저녁으로 욕하기를, '너는 이미 시집을 갔다가 다시 왔는데 어찌 먹여 살
리겠느냐?' 하였다. 다시 그의 작은아비에게 가서 의탁하였는데, 그의 작
은아비는 그녀의 뜻을 빼앗고자 하므로 향랑은 부득이 다시 시집으로 갔
다. 시아비가 말하기를, '내 아들의 뜻은 이미 돌릴 수 없으니, 문권을 만
들어 주어 너의 개가를 허락하겠다.' 하였다. 갈 곳이 없게 된 향랑은 물에
빠져 죽으려고 통곡하면서 낙동강 아래 지주연(砥柱淵)으로 달려갔는데,
거기서 나무하는 한 여자 아이를 만나 그의 손을 잡고 말하기를,
"네가 남자라면 내가 너와 말하는 것이 옳지 않고, 네가 만약 어른이라
면 마땅히 나의 죽음을 만류할 것인데, 지금 너는 나이가 어리고 또 영리
하니 나의 말을 전해 주기에 족할 것이며, 나의 죽음을 말리지 못하는
것도 또한 이 하늘의 뜻이다." 하고,
전후에 당한 궁액의 정상을 일일이 말하고는 또 말하기를,
"내가 비록 시집가서 부부의 도는 없었으나, 이미 몸을 허락하였으니
어찌 개가할 수 있겠는가? 내가 만약 아무 신표 없이 죽으면, 부모와 구고
가 반드시 몰래 도망하여 남을 따라간 것으로 생각할 것이니, 어찌 매우
억울하지 않겠는가?" 하고,

---

170) 권두경, <題崔生士集成大 山有花歌後>, 『蒼雪齋先生文集』 卷7, 『한국문집총간』
169, 125면.
171) 이광정, <薌娘謠>, 『눌은집』 권1, 『한국문집총간』 187, 132면.

그의 다리[髢]와 짚신을 묶어 주면서 부탁하기를,

"이것을 나의 아버지에게 전해주어, 나의 종적을 분명하게 해 달라."
하고,

또 말하기를,

"나는 부모에 대한 죄인이니, 비록 와서 내 시체를 찾더라도 나는 나타
날 면목이 없다." 하였다.

이어 <산유화가>를 지어 한 번 곡하고 한 번 부르고, 인하여 그 아이에
게 그 노래를 가르쳐 주고는 말하기를,

"네가 이 노래를 이 물가에 와서 부르면 내가 마땅히 나와서 들을 것이
니, 너는 파도치는 곳을 보면 그것이 나의 혼백인 것으로 알라." 하고,
저고리를 벗어 얼굴을 가리고는 물에 뛰어들어 죽고 말았는데, 그 아이
가 다리[髢]와 신을 가지고 돌아와 그녀의 아비에게 전하였다. 아비가
가서 시체를 찾았으나 14일이 되도록 찾지 못하였는데, 아비가 돌아가자
마자 시체가 즉시 떠올랐다. 도신(道臣)이 그런 형상을 알고는 그의 시아
비와 남편과 계모를 죄주고, 조정에 보고하였는데, 정부에서는 오랫동안
복의(覆議)하지 않다가 이에 이르러 좌의정 이여(李畬)가 말하기를,

"향랑은 무식한 시골 여자로서 두 남편을 섬기지 않는다는 의리를 알아
죽음으로 스스로를 지켰고, 또 죽음을 명백하게 하였으니, 비록 『삼강행
실』에 수록된 열녀라도 이보다 낫지는 않습니다. 마땅히 정표를 더하여
풍화(風化)를 닦아야 합니다." 하였으므로,

이런 명이 있었던 것이다.[172]

신유한(申維翰, 1681~1752)이 향랑의 전설을 바탕으로 <산유화곡>[173]
을 마련하자, 서울 사람 최성대(崔成大, 1691~1762)가 <산유화여가>[174]로
새롭게 고쳤는데, 권두경은 이것을 보고 읊은 것으로 볼 수 있다.

---

172) 『숙종실록』 권39, 숙종 30년 6월 5일(계유), 『국역 숙종실록』 21, 278~279면.
173) 신유한, <산유화곡>, 『청천집』 권2, 『한국문집총간』 200, 246~248면.
174) 최성대, <산유화여가>, 『두기시집』 권1, 『한국문집총간』 속70, 514면.

5. 가기시첩과 노래를 위한 사(詞)의 레퍼토리

1) 서언

가기를 위해 마련한 시권(詩卷)과 시첩(詩帖)에서 가기가 부르는 노래에 관심을 표명하고, 사(詞)를 지어서 가기가 노래로 부르게 한 일은 노래 연행과 관련하여 주목할 일이다. 실제 '가사(歌詞)'라는 표제를 달기도 하는데, 이는 '사를 노래하다'의 의미를 지니고 있는 것으로 이해할 수 있다. 게다가 가기에게 준 사의 레퍼토리가 〈억진아(憶秦娥)〉와 〈임강선(臨江仙)〉 등 몇몇 작품에 집중되고 있는 현상은 이들 사가 첩(疊)의 반복적 특성과 5단의 구성을 보이고 있고 당시 노래로 불리던 가곡의 5장 구성 등과 일정한 연관을 지니고 있는 것으로 추정할 가능성도 열려 있다.

성종의 부마로 16세기 서울의 풍류를 주도했던 송인(宋寅, 1517~1584)은 당대의 이름난 가기 상림춘(上林春)의 시권에 가사 2편을 지었다. 〈죽은 상림춘의 시권에 짓다. 가사 2수 *아울러 서를 두다〉가 그것이다. 그리고 가사라고 밝힌 것은 〈답사행(踏莎行)〉과 〈남가자(南柯子)〉의 사이다.

〈답사행〉은 4, 4, 7, 7, 7 : 4, 4, 7, 7, 7로 구성되어 있고, 〈남가자〉는 5, 5, 7, 9 : 5, 5, 6, 9로 이루어져 있다. 〈답사행〉은 5단 구성으로 되어 있고, 〈남가자〉는 마지막 구를 둘로 가를 수 있어서 5단 구성에 준하는 것으로 이해할 수 있다. 〈답사행〉을 보도록 한다.

> 이름이 이원에 떨치고
> 재주는 법부를 기울게 하네.
> 상림춘의 물색을 사람들이 다투어 보고
> 운종가 어름 광통교에서

거문고 울리며 대낮에도 늘 빗장을 걸었네.
名擅梨園　才傾法部　上林物色人爭覬
雲從御畔廣通橋　鳴琴白晝常扃戶.

한원에서 귀인을 추천하여
청루의 주인이 되었네.
삼괴의 풍치를 누가 줄을 세울 수 있으랴?
일시에 화려한 문식으로 겨르로운 정을 쏟는데
어찌 알랴? 좋은 일이 도리어 본떠 얻은 것임을.
＊답사행조이다.
翰苑推豪　青樓作主　三魁風致誰能伍
一時華藻寫閑情　寧知好事還摹取　＊右調踏莎行175)

한편 홍언필(1476~1549)은 〈늙은 기생의 시축에 쓰다〉에서 상림춘을
위해 시를 짓고 있어서 가기를 위하여 마련한 시축의 전통을 확인할 수
있다.176)

이렇듯 16세기부터 기녀를 위한 시권이나 시축을 마련하거나, 거기에
가사라는 이름으로 사를 지어서 노래의 자료로 활용할 수 있도록 한 사
례가 빈번하게 확인되고 있어서, 가기를 위하여 시첩을 마련하고 노래
를 위한 사를 지은 사실을 주목하면서 사(詞)의 노래로서의 특성을 점검
할 필요가 있는 것이다.

본 장은 노래 레퍼토리로 마련된 사를 주목하면서 구성적 측면과 주
제적 측면에서 그 의미와 성격을 해명하고자 한다.

---

175) 송인, <題故妓上林春詩卷, 歌詞二首. ＊并序>, 『頤庵先生遺稿』 卷2, 『한국문집총
간』 36, 106~107면.
176) 홍언필, <書老妓詩軸. 名上林春, 善鼓琴>, 『默齋先生文集』 권1, 『한국문집총간』
19, 234면.

2) 가기시첩과 사의 레퍼토리

가가나 아끼는 기녀를 위하여 시권이나 시첩을 마련하는 일을 앞에서 상림춘을 위한 송인의 시권에서 확인하였거니와, 중국과 빈번한 교류가 있던 의주의 기녀 윤청(尹晴)을 위하여 당대 명사들이 마련한 시첩에 지은 사가 있어서 노래를 위한 레퍼토리로서 주목할 수 있다.

사(詞)는 우리나라의 경우 노래를 부르는 데 널리 쓰이지 않은 듯하다.[177] 이는 우리나라 사람들이 사에 익숙하지 못한 탓에서 비롯된 것으로 보인다. 그런데 고려 말에 이제현(李齊賢, 1287~1367)이 사를 지은 사실은 널리 인식하고 있었던 것으로 확인되고 있다. 16세기에 신광한 (1484~1555)은 이런 사정을 염두에 두고 만원홍(滿園紅)이라는 가기에게 장난삼아 〈만강홍(滿江紅)〉의 사를 건네면서 익재 이후에 가사를 짓는 사람이 없어서 시험삼아 지어본다고 하였다.[178] 〈만강홍〉은 4, 7, 9, 7, 7, 8, 3 : 3, 3, 3, 3, 5, 4, 7, 7, 8, 3으로 구성되었다.

> 봄이 이름난 정원에 가득한데
> 이 어느 곳이 서산의 남쪽 언덕인가?
> 마침 많은 꽃부리가 막 터지고 어린 가지는 신록인데
> 한 줄기 샛바람이 비를 몰아 지나가니
> 눈앞의 싱그러운 뜻을 누가 엮는지 알랴?
> 짧은 울타리를 벗어나면 시름이 끊어짐을 사람을 청하여 보는데

---

177) 사와 관련한 일반적 논의는 차주환, 『중국사문학논고』(서울대출판부, 1982), 이승매, 『한국사문학통론』(성균관대출판부, 2006) 등 참조.

178) 이제현의 <滿江紅 相如駟馬橋>은 다음과 같다. 『益齋亂稿』권10, 『한국문집총간』 2, 607면, 漢代文章 誰獨步上林詞客 遊曾倦家徒四壁 氣吞七澤 華表留言朝禁闥 使星動彩歸鄕國 笑向來父老到如今 知豪傑, 人世事 眞難測 君亦爾 將誰責 顧金多祿厚 頓忘疇昔 琴上早期心共赤 鏡中忍使頭先白 能不改只有蜀江邊 靑山色.

피었다가 도로 떨어지네.
春滿名園 是何處西山南麓
正繁英初綻嫩條新綠
一陣東風吹雨過 眼前芳意知誰屬
出短籬愁絶倩人看 開還落

잔에 가득한 술
붉은 빛이 옥으로 드네.
강가의 길에는
푸른빛에 아득히 이어지네.
세간의 모이고 흩어짐을 안타까워하며
사람 마음을 어지럽게 하네.
그대에게 은근히 천만 세의 수를 누리기를 권하나니
어찌 이 등불 앞의 약속을 저버림을 견디랴?
별리의 시고 괴로움을 원망함은 참으로 어느 때랴?
내일 아침이면 멀어지리.
盈杯酒 紅侵玉 傍江路 青遙續
惜世間聚散 亂人心曲
勸爾殷勤千萬壽 那忍負此燈前約
怨別離酸苦定何時 明朝隔[179)

그런데 17세기 초반에 이호민(李好閔)이 여러 해 정을 두었던 윤청이
라는 의주의 기생을 위하여 「윤청시권」을 만들고 당시 원접사로 의주에
머물던 이정구를 비롯한 여러 사람들[180)에게 요청하여 시를 짓게 하였

---

179) 신광한, <滿江紅 戱贈歌妓滿園紅 *吾東方人 益齋外 無作歌詞者 試爲之爾>,『기
재별집』권7,『한국문집총간』22, 466면.
180) 당시 이정구가 원접사, 이호민(李好閔)이 의주영위사, 이수광(李睟光)은 도사영위
사, 박동열(朴東說), 이안눌(李安訥), 홍서봉(洪瑞鳳)은 종사관으로, 김현성(金玄成),

는데, 이정구, 권필, 이안눌 등이 화답하였다. 여기에 〈임강선〉과 〈억진
아〉의 사가 공통으로 등장하며, 이안눌은 삼첩의 〈미인사〉를 지었는데,
모두 노래를 염두에 둔 레퍼토리의 선정이라고 할 수 있다. 노래 레퍼토
리로서의 사의 선택과 첩(疊)의 의미를 주목할 수 있는 대목이다.

　이정구(1564~1635)는 〈윤청의 시권에 적다 *오봉을 위해서 짓다〉[181]에서
오봉 이호민이 정을 둔 윤청과의 일화를 소개하고 '남아의 좋은 마음속
[男子好心腸]'이며 '풍류의 아름다운 자취[風流佳事跡]'[182]를 기록하고 있
다. 그리하여 〈임강선〉과 〈억진아〉 등 두 편의 사를 지어 두 사람 사이
의 정을 노래로 부를 수 있기를 기대하였다.

　　청(晴)은 용만의 기생으로, 윤(尹)이 그녀의 성이다. 내가 용만에 온
　　것이 전후로 10년 동안 여러 차례라 기생이 끼인 술자리에서 이름과 얼굴
　　을 아는 이가 한두 사람이 아니건만, 이 청랑(晴娘)은 유독 오봉과 지인이
　　라는 이유로 내가 올 적마다 매우 다정하게 대해 주었다.
　　신축년(1601)에 내가 빈조사(儐詔使)의 직임을 받고 이곳에 오래 머물
　　러 객관이 고적하던 때 청랑이 날마다 와서 말벗이 되어 주었는데, 그녀
　　의 이야기는 슬픈 일이나 기쁜 일이나 모두 오봉뿐이었다. 이렇게 지낸
　　지 얼마 안 되어 청랑이 갑자기 찾아오지 않더니만, 하루는 오봉이 선성
　　에서 내게 편지를 보내왔기에 그것을 보고 청랑이 이미 오봉의 여인이
　　되었음을 알았다. 그리고 또 얼마 지나지 않아 청랑의 시권이 왔기에 그
　　글을 읽고 그 시를 읊조려 보고서 청랑이 오봉에게 정을 둔 지가 오래이
　　며 오봉의 청랑에 대한 사랑 또한 지극했음을 알았다.

　차천로(車天輅), 권필(權韠), 한호(韓濩) 등은 제술관으로 동행하였다.
181) 이정구, 『월사집』 권10, 「동사록 하」 『한국문집총간』 69, 317면. 원제는 〈題尹晴詩
　　卷 *爲五峯作〉이다.
182) 17세기 노래의 주제 영역으로 애정과 풍류를 지목할 수 있는 대목이다. 최재남, 「이
　　정구의 가곡과 풍류에 대한 인식 고찰」, 『반교어문연구』 32(반교어문학회, 2012.2)

세상에서 가장 떨쳐 버리기 어려운 것이 정이다. 남아의 좋은 마음속이며 풍류의 아름다운 자취를 진실로 기록해 주는 이가 없다면, 교홍(嬌紅)이나 취경(翠卿)이란 기생의 이름들이 그 누구에 의해 후세에 전해질 수 있었으랴. 더구나 나는 오봉과 형제이고 청랑 또한 옛 벗이니, 어찌 이 시권에 한마디 말을 적지 않을 수 있겠는가. 이에 사 두 수를 짓노니, 뒷날 오봉과 더불어 술을 마실 때 청랑을 시켜 노래하게 하리라.[183]

이정구의 〈임강선〉은 7, 6, 7, 5, 5 : 7, 6, 7, 5, 5로 구성되었는데 그 내용은 다음과 같다.

달 밝은 밤에 한 떨기 연꽃이여
다생에 몰래 꽃다운 인연 맺었네.
몇 번이나 헤어짐에 흐르는 세월 아쉬워했나?
화관(華館)의 꿈속에서 거듭 찾았고
비단 소맷자락 봄 하늘로 향하였네.
一朶荷花明月夜　多生暗結芳緣
幾回離別惜流年
重尋華館夢　羅袖向春天

몰래 마음을 거문고 소리에 부치고 삼단 같은 머리를 돌려
님을 위해 술상 앞에서 나직이 노래하니

---

183) 이정구, <題尹晴詩卷 *爲五峯作>『월사집』권10, 「동사록 하」『한국문집총간』69, 317면. 晴, 龍灣娼, 尹其姓也. 余客于灣, 前後十年, 酒席花筵, 知名識面者, 蓋非一二, 而晴娘獨以五峯故, 來輒致款. 歲辛丑, 忝償詔使, 久滯于玆, 客館孤寂, 晴常趁日來話, 話間啼笑, 皆五峯也. 居無何, 晴忽不來. 一日, 峯翁在宣城, 以書抵余, 知晴已作峯前雲雨也. 又未幾, 晴之詩卷至矣. 讀其文詠其詩, 晴之守情於峯, 蓋久矣. 而峯之戀舊於晴, 亦勤矣. 世間最難擺脫者情. 男子好心腸, 風流佳事跡, 苟無稱述者, 則嬌紅翠卿之名, 其孰從而傳於後也. 況吾與峯翁爲兄弟, 而晴娘又是舊件, 烏可無一言於玆卷耶. 遂爲詞二闋, 他日與峯翁對酒, 俾晴歌之.

한 봄 광경이 참으로 사랑스럽네.

호숫가 버들을 한 번 보시라

고운 자태 얼마나 오래 갈 수 있으랴?

暗擲琴心回鳳髻　爲君低唱尊前

一春光景政堪憐

試看湖上柳　能得幾時妍

　그리고 〈억진아〉는 3, 7, 3, 4, 4 : 7, 7, 3, 4, 4로 구성되었으며 그 내용은 다음과 같다.

　　용만의 길

　　단장한 누각에서 잠을 깨니 봄이 막 좋더라.

　　봄이 막 좋은데,

　　인간 세상에서 서로 헤어지고

　　싱그러운 풀은 몇 해던가?

　　龍彎道　粧樓睡起春纔好

　　春纔好

　　人間相別　幾年芳草

　　적선이 당시에 인연이 일러서

　　난새를 타고 함께 봉래 섬에 올랐네.

　　봉래 섬에는,

　　구름 낀 창에 향기로운 꿈

　　흰 머리는 늙기 어려워라.

　　謫仙當日因緣早　驂鸞共上蓬萊島

　　蓬萊島

　　雲窓香夢　白頭難老

참고로 〈억진아〉체의 사보(詞譜)는 다음과 같다. 평측의 안배가 반복과 앞뒤 구절의 연결을 용이하게 하고 있음을 알 수 있다.

平平仄　平平仄仄平平仄
平平仄(앞 구의 마지막 세 글자 중첩.)
平平仄仄　仄平平仄

平平仄仄平平仄　平平仄仄平平仄
平平仄(앞 구의 마지막 세 글자 중첩.)
平平仄仄　仄平平仄

이결(二闋)로 만들어 윤청으로 하여금 노래 부르게 하겠다고 한 〈임강선〉과 〈억진아〉 모두 5단으로 구성되어 있어서 구성에서의 배려를 이해할 수 있고, 특히 〈억진아〉에 드러난 반복("春纔好", "蓬萊島")은 첩(疊)으로 노래를 위한 배려로 볼 수 있다. 그리고 이 기록을 통하여 이호민과 윤청 사이의 마음속과 풍류의 자취에 대하여 긍정적 인식을 가지고 있었던 것으로 평가할 수 있다. 남아의 마음속은 애정이라고 할 수 있어서 다른 표현으로 하면 애정과 풍류에 대한 적극적인 평가라고 할 수 있으며, 17세기 이후 노래 연행의 주제 항목으로 매우 중요한 부분을 차지하는 요소로 평가할 수 있다. 그러므로 〈억진아〉와 〈임강선〉 모두 5단으로 되어 있다는 점에서 구성상의 배려와 마음속과 풍류에 대한 긍정적 인식을 통하여 주제 영역의 특성 등을 정리할 수 있게 될 것이다.

그때 동행했던 권필(1569~1612)도 〈임강선〉으로 이해할 수 있는 〈임강산(臨江山)〉과 〈억진아〉로 「윤청시권」에 적고 있다. 〈억진아〉는 3, 7, 3, 4, 4 : 7, 7, 3, 4, 4로 구성되었고 측성 어(御)로 압운되어 있다. 이정구의 〈억진아〉와 마찬가지로 5단 구성과 함께 "퉁소를 부는 반려(吹簫

侶)"와 "마음이 상하는 곳(傷心處)"에서 첩의 반복을 주목할 수 있다.

> 진루의 여인이
> 다생에 퉁소를 부는 반려와 좋은 인연 맺었네.
> 퉁소를 부는 반려가
> 산에 맹세하고 바다에 맹세하여
> 가냘프게 울고 교태롭게 말하네.
> 秦樓女　多生好結吹簫侶
> 吹簫侶
> 盟山誓海　嫩啼嬌語
>
> 가련하게도 남포의 사람이 돌아가니
> 봄 성은 모두 마음이 상하는 곳이네
> 마음이 상하는 곳에
> 한 차례 비바람에
> 주렴 가득 버들 솜이 날리네.
> 可憐南浦人歸去　春城摠是傷心處
> 傷心處
> 一番風雨　滿簾飛絮[184]

　그런데 이안눌은 이호민을 위하여 〈미인삼첩〉을 지었다. 이때 첩은 흔히 편의 의미로도 쓰이고 있어서 삼첩은 3편을 가리키면서, 미인에 대하여 반복적으로 노래하고 있다는 복합적인 것으로 이해할 수 있다.[185]

---

184) 권필, 〈題尹晴詩卷〉, 『석주집』 권8, 『한국문집총간』 75, 78면.
185) 이안눌, 〈爲五峯相公, 題尹晴詩卷, 美人三疊〉, 『東岳先生集』 卷3, 『한국문집총간』 78, 56면. 〈미인사〉의 내용은 다음과 같다. "미인이 오네, 달뜨는 저녁에. 맑은 밤이 늦어지매 아름다운 집이 적적하네. 연꽃을 꺾었네, 한 가지를. 새 기쁨을 맺고 좋은 볼거리를 펼치네. 푸르고 푸른 그대의 옷깃, 느긋한 나의 마음이여. 밝은 해를

17세기 전반에 가기시첩에 노래를 위한 배려로 사(詞)를 지으면서 〈억진아〉와 〈임강선〉을 활용하고 있다는 사실은 5단으로 이루어진 구성의 배려와 반복을 통한 노래 지향과 맞물려 있는 것으로 이해할 수 있다.

덧보태어 정창주(鄭昌冑, 1606~1664)는 가사로 분류한 〈고체를 본받아, 심백함에게 보이다〉에서 〈임강선〉 1편과 〈억진아〉 2편으로 추정되는 작품을 남기고 있고,[186] 17세기 후반에 이정구의 손자인 이은상은 〈가기 두 사람이 시를 구하기를 마지않아서, 앞의 운을 써서 붓 가는 대로 적어서 주다. 2수〉[187]에서 〈억진아〉와 〈임강선〉을 함께 말하고 있어서 노래 레퍼토리 중에서 〈억진아〉와 〈임강선〉의 사패(詞牌)가 널리 활용되고 있었음을 알 수 있다.

가리키며 맹서하나니, 동해는 얕고 깊지 않다네.美人來兮月之夕 淸夜遲兮華堂寂 折芙蓉兮一枝 結新懽兮展良覿 靑靑兮子衿 悠悠兮我心 指皦日兮爲誓 東海淺兮非深.″ "미인이 떠나매 다시 볼 수 없네. 아득한 양대는 어디쯤 있는가? 싱그러운 풀이 돋으매 봄은 다시 봄이고, 푸른 구름을 바라보매 좋은 기약이 막히네. 붉은 규룡에 오르고 흰 교룡을 타니, 내 길이 다하고 긴 강의 물가이네. 옥저를 거두어 위풍을 노래하니 그대와 더불어 마시네, 금빛 굽은 잔으로.美人邁兮不可復覿 渺陽臺兮在何許 芳草生兮春復春 望碧雲兮佳期阻 駕赤虯兮驂白螭 忽吾道兮長河湄 收玉筯兮 歌衛風 與汝飮兮金屈卮." "미인이여, 미인이여. 헤어짐이 너무 오래니 정이 두루 친하네. 백분을 탄식하나니 쉽게 쉬네. 다음 만남을 두려워하나니 원인이 없네. 하늘은 높고 땅은 오래니, 안타까움은 연이었고 은혜는 아직 마치지 않네. 아침마다 저녁마다, 운우가 되기를 바라나 갠 날이 없네.美人兮美人 別愈久兮情彌親 嗟鉛華兮易歇 恐後會兮無因 天長兮地久 恨綿綿兮恩未畢 朝朝兮暮暮 願爲雲雨兮無晴日."

186) 정창주, <效古體, 示沈伯涵>, 『만주집』 권1, 『한국문집총간』 속30, 208면.
187) 이은상, <歌妓二人乞詩不已, 用前韻信筆書贈. 二首>, 『동리집』 권1, 『한국문집총 간』 122, 386면. 이은상은 이정구의 손자이고 이소한의 아들인데, 음악과 여색을 즐겼 던 것으로 확인되고, 여러 편의 사(詞)를 남기고 있다.

3) 〈억진아〉와 〈임강선〉의 주제와 노래로의 전환

앞에서 가기의 시첩에 적은 가사와 기녀에게 준 시에서 〈억진아〉와 〈임강선〉이 매우 빈번하고 일상적인 레퍼토리로 등장하고 있음을 보았다.

〈억진아〉는 농옥(弄玉)의 고사와 관련된 사패이다. 춘추 시대 진 목공(秦穆公)의 딸 농옥을 진아(秦娥)라 불렀다. 생황을 잘 불었던 농옥은 자신과 합주할 수 있는 사람이 아니면 남편으로 맞지 않겠다고 하여 남편이 될 사람을 기다리던 끝에 퉁소를 잘 부는 소사(簫史)를 만났다. 소사가 농옥에게 퉁소를 가르쳐 농옥이 퉁소로 봉황의 소리를 낼 수 있었는데, 봉황이 그들의 집에 와 앉기에 봉대(鳳臺)를 짓고 부부가 함께 거처하다가 봉황을 타고 신선이 되어 날아갔다고 한다. 이백의 사패에 이 고사를 매개로 한 〈억진아〉라는 곡이 있는데 그 노래의 내용은 다음과 같다.

> 퉁소 소리에 목이 메는데,
> 진아의 꿈은 진루의 달에 끊어지네.
> 진루의 달,
> 해마다 버들 빛깔은,
> 패릉에서 슬프게 헤어지네.
> 簫聲咽, 秦娥夢斷秦樓月.
> 秦樓月,
> 年年柳色, 灞陵傷別.
>
> 청추의 계절에 들판에서 즐겁게 노니는데,
> 함양의 옛 길에 소리와 먼지가 끊어졌네.
> 소리와 먼지가 끊어져

서풍이 낮게 비추네.
한가의 능궐을.
樂游原上清秋節, 咸陽古道音塵絶.
音塵絶,
西風殘照, 漢家陵闕.[188]

　　이백의 〈억진아〉가 마련되자 이것이 널리 퍼지면서 노래로 부르는
사가 다량 지어진 것으로 보인다. 이익(1681~1763)은 「가사 삼첩」에서
이태백의 〈억진아〉가 가사의 시작이라고 설명하고 있다.

　　　후세의 가사는 이태백의 <억진아>에서 시작되었으므로 초당 시여(草
　　堂詩餘)라 일컫는데, 초당이란 이태백 시집의 이름이다. 내가 왕자안(王
　　子安)의 <추야장(秋夜長)> 한 편을 읽어보니, 다른 가·행의 체와는 다
　　르고 <억진아>의 성운과 방불하니, 이는 분명 사곡이다. 다만 그 강조(腔
　　調)가 일곱 자로 된 글귀가 많아서 <억진아>와는 조금 다를 뿐이다. 그
　　러나 <억진아>도 역시 일곱 자로 된 한 연이 있다.[189]

　　그리고 〈억진아〉의 주제와 관련하여 조선시대 몇몇 〈억진아〉 작품을
살펴볼 필요가 있을 것이다. 김종직(1431~1492)은 억진아조로 〈단오에
그네 뛰는 것을 보다〉를 지었는데, 그네를 뛰는 미인의 모습과 그 광경
을 지켜보다가 속으로 애를 태우는 귀인의 내면을 다루고 있다.

---

188) 羅琪 編選, 『中國歷代詞選』(臺北 宏業書局, 1983). 9~10면. 이 책에는 무명씨의
　　사가 몇 편 제시된 뒤에 이백의 <보살만>과 <억진아>가 수록되어 있다.

189) 이익, 「歌詞三疊」, 『성호사설』 권29, 後世歌詞, 祖扵李太白憶秦娥, 故稱草堂詩餘,
　　草堂者太白詩集之號也. 余讀王子安秋夜長一篇, 與他歌行體別, 彷彿憶秦娥聲韻,
　　分明是詞曲. 但其腔調, 多七字句, 與憶秦娥稍異. 然憶秦娥, 亦有七字一聯矣.

그네를 매네.

미인이 노느라 돈대 위의 나무가 기울고

돈대 위의 나무가 기우네.

푸르게 꾸민 자태가 꽃보다 나아

금방 올라가고 금방 내려오네.

秋千架　佳人遊戲傾臺樹

傾臺樹

翠翹花勝　倐高倐下

귀인은 무정한 괴로움에 이불을 물리치고

담장 밖에 머뭇거리나 향라가 두려워

향라가 두려워

집에는 왔으나 마음이 쏠려서

밤새도록 탄식하네.

王孫却被無情惱　躊躇牆外香羅怕

香羅怕

皈家心醉　終宵喈喈[190]

한편 이황은 조사수(趙士秀, ?~1558)[191]의 〈악부〉에 화운하여 사 3편
을 지었는데 그중의 한 수가 〈억진아〉이다.

좋은 시절 만나니

다락과 돈대는 춘삼월에 비단으로 수를 놓았네

---

190) 김종직, <端午觀鞦韆>,『점필재집』권1,『한국문집총간』12, 212면. 정석룡,「김종
직의 사 고찰」,『한문학논집』5(단국한문학회, 1987), 최재남,「조선초기 율문양식의
양상」,『개신어문연구』5・6 합병호(개신어문학회, 1988), 38~40면.

191) 조사수는 청렴하고 개결한 성품으로 경상감사, 좌참찬 등을 역임했으며 이현보가
귀향한 뒤에 분강가단의 활동에 참여하기도 하였다. 최재남,『사림의 향촌생활과 시가
문학』(국학자료원, 1997), 193~194면.

　　춘삼월에
　　정든 사람을 멀리 보내나니
　　진나라로 가고 월나라로 돌아가리.
　　逢佳節, 樓臺錦繡春三月.
　　春三月,
　　情親遠送, 適秦歸越.

　　버들가지는 더위잡아 없어지고 헤어지는 에는 끊어지는데
　　떠나는 적삼은 비 눈물에 얼룩지게 물들었네.
　　얼룩지게 물드니
　　밤에 천상에서 내려와
　　다만 은빛 대궐을 보네.
　　柳條攀盡離腸絶, 征衫雨淚斑斑血.
　　斑斑血,
　　夜來天上, 只看銀闕.
　　右憶秦娥[192]

　　이황의 〈억진아〉는 조사수가 지은 악부를 염두에 두고 화운하고 있는 것으로, 정든 사람을 멀리 보내는 내면을 그 내용으로 하고 있음을 알 수 있다. 〈억진아〉가 주로 이별의 내면을 노래로 부르고 있는 것으로 이해할 수 있는 대목이다.

　　그리고 최연(崔演, 1503~1549)의 〈억진아〉는 〈남가자〉[193]와 함께 송별 의 자리에서 이사(離詞)로 불리고 있음을 밝히고 있다.[194] 한편 이안눌의

---

192) 이황, <和松岡樂府三篇>, 『退溪先生文集』 別集 卷1, 『한국문집총간』 31, 42면.
193) 앞에서 송인이 상림춘의 시첩에 준 사에도 <남가자>가 있었다.
194) 최연, <離詞二関, 贈朴通禮 忠元 書狀之行, 憶秦娥體>, 『艮齋先生文集』 卷2, 『한 국문집총간』 32, 41면, <離詞一関, 奉送朴昌邦 祐 令公完山之行, 憶秦娥體>, 『艮齋 先生文集』 卷2, 『한국문집총간』 권2, 『한국문집총간』 32, 41면.

〈억진아〉는 구구한 애군의 마음을 드러낸 것으로 연주사의 성격을 띠고
있다.[195]

이와 함께 임제(1549~1587)의 〈억진아〉는 관산에서 고향 생각과 이별
의 안타까운 마음을 드러내고 있음을 알 수 있다.

> 고향을 향한 마음이 끊어지는데
> 검은 담비갖옷이 관산의 달빛에 다 해어지네.
> 관산의 달,
> 푸른 군막에 한기가 생기고
> 변새의 피리소리에 목메네.
> 鄕心絶, 烏貂弊盡關山雪.
> 關山雪,
> 寒生翠幕, 塞笳聲咽.
>
> 옥빛 화로에 향기로운 불꽃이 남은 밤을 밝히는데
> 아름다운 해자에 길이 험하여 사람들이 아프게 헤어지네.
> 사람들이 아프게 헤어져
> 거문고 기러기발에 티끌이 가득하고
> 역의 누각에 밝은 달이네.

---

195) 이안눌이 일찍이 우리말로 백성을 걱정하는 단가를 짓자 동갑인 이중명(李重溟,
1571~?)이 번역하여 〈보살만〉으로 구성하자 이안눌이 그 운으로 답하였고, 또 이안
눌이 구구한 애군(愛君)의 마음이 있음을 알고 이중명이 〈억진아〉를 지어서 보여주
자 이안눌은 또 그 운으로 〈연주사〉를 짓기도 하였다. 이안눌, 〈奉次李判官汝涵見
貽二首韻〉, 『東岳先生集』 卷18, 『한국문집총간』 78, 312면, 余嘗用俚語, 作憂民短
歌, 李判官翻以文字, 演成菩薩蠻一章, 遂用其韻而答之. 汝口則粥吾口食, 田野何
時似剷墨, 莫云使君飽, 其奈閭里飢, 寧出我身血, 願滴爾家匙, 老幼各飮滿, 無飢亦
無渴. 李判官知余有區區愛君之心, 作憶秦娥一章, 以示余, 余亦用其韻, 作爲戀主
詞以自唱云. 和氏血, 抱玉洒向空山月. 空山月, 白首新知, 靑春遠別. 又過淸明好時
節, 刺桐花落歸心絶, 歸心絶, 杜若汀洲, 蓬萊宮闕.

玉爐香炧殘宵徹, 瑤池路阻人傷別.
人傷別,
琴徽塵滿, 驛樓明月.[196)

　　그리고 임영은 백제 유민의 노래라고 전해지는 〈산유화〉의 곡에 맞추
어 〈억진아〉를 짓기도 하였는데, 그 내용은 백제 유민의 애틋한 내면을
담고 있다.[197)

　　이렇듯 몇몇 예외의 사례가 있기는 하지만, 〈억진아〉의 내용은 주로
애태우는 마음, 정든 사람을 보내는 내면, 이별의 노래 등으로 나타나고
있다.

　　〈임강선〉은 『고려사』 「악지」 당악에 쌍조 93자 만령(慢令)의 〈임강선〉
이 수록된 것으로 보아 연원이 오래된 것으로 볼 수 있는데, 고려 때에
이승휴의 〈임강선〉을 비롯하여 여러 작품이 전해지고, 조선시대에는 신
광한(申光漢, 1484~1555)이 가사에 임강선조로 〈쾌분정 장단구〉와 〈교방
요〉를 남기고 있어서 노래를 위한 배려와 교방에서 부르는 노래로 마련
한 것으로 볼 수 있다. 〈교방요〉의 내용이다. 노래, 송축, 풍류의 내용을
담고 있다.

　　　천상의 상서로운 구름이 화려하게 빛나는데
　　　경사스런 별이 와서 동방을 비추네.
　　　은혜로운 바람과 따뜻한 기운이 비와 함께 오르고
　　　눈썹 가지런히 절하는 곳에
　　　노래와 송축이 편안하고 성대하게 가득하네.

---

196) 임제, 〈憶秦娥一闋〉, 『林白湖集』 卷3, 『한국문집총간』 58, 313면.
197) 임영, 〈山有花, 百濟舊曲也. 有音而無詞, 戲效憶秦娥體爲之〉, 『滄溪先生集』 卷1,
　　　『한국문집총간』 159, 28면.

天上瑞雲開爛熳　慶星來照東方
恩風和氣與蜚揚
蛾眉齊拜處　歌頌滿康莊

선비들은 살아서 요순 세상 만나기를 바라고
한결같은 문과 한결같은 무를 몸에 겸하네.
금장옥절은 뭇 사람들이 다투어 우러르네.
풍류가 누가 이와 같으랴?
십리에 주렴을 걷네.
士願生逢堯舜世　一文一武身兼
金章玉節衆爭瞻
風流誰似此　十里捲珠簾[198]

　　그리고 최연의 〈원접사 소공의 삼청시의 운을 따다 *향렴이다〉[199]에서
는 〈임강선〉이 〈우미인〉, 〈옥루춘〉과 함께 향렴(香奩)이라는 부제를 달
고 있어서, 향렴체의 노래에 속함을 밝히고 있고, 세 편이 삼첩을 이루
는 것으로 이해할 수도 있다. 이러한 특성은 이정구의 표현을 빌면 '남아
의 좋은 마음속[男子好心腸]'으로 남녀 사이의 애정을 말하는 것으로 정
리할 수 있다.
　　한편 17세기 후반에 〈임강선〉을 신번(新飜)이 가능하다고 인식하고 노
래로 전환할 수 있다고 본 예를, 심유(沈攸, 1620~1688)의 〈삼첩으로 범
옹·매간·기지에게 받들어 보내다〉에서 확인할 수 있다. 〈임강선〉을

---

198) 신광한, 〈敎坊謠 臨江仙〉,『기재별집』卷7,『한국문집총간』22, 466면.
199) 최연, 〈次遠接使蘇公三淸詩韻 香奩〉,『艮齋先生文集』卷6,『한국문집총간』32,
　　　113면. 〈雪 *臨江仙〉이라는 제목에 사의 내용은 "黯黯江雲初釀雪, 銀山玉界迷茫.
　　　艶歌一曲唱春陽. 高堂生暖熱, 纖手撐瑤腸. 縹緲三山銀作闕, 瞠瞠霽色連空. 擁衾
　　　端坐小窓中. 朝陽生眼纈, 酒暈入顔紅."이다.

삼첩으로 부르는 것으로 인식하고 있는 것이다.[200]

> 매화와 버들이 화려함을 다투면 절로 한 마을이 되는데
> <임강선> 곡은 새 노래로 옮길 수 있네.
> 풍류로 세상을 아우르며 같은 곡조를 기대하고
> 문사로 때를 만나면 세세한 논의를 바라네.
> 사람에 가까운 모래펄의 새는 아름다운 곳에 익숙하고
> 비를 머금은 봄 조수는 저물녘에 시끄럽네.
> 은 안장으로 진흙을 부딪치며 지나감을 안타까워하지 말라.
> 뒷날 영해에는 꿈결의 넋이 괴로우리.
> 梅柳爭華自一村　臨江仙曲 *卽詞曲臨江仙 可新翻
> 風流並世須同調　文字逢場要細論
> 沙鳥近人佳處慣　春潮帶雨晚來喧
> 銀鞍莫惜衝泥過　嶺海他時惱夢魂[201]

그리고 조천경(趙天經, 1695~1776)의 <임강선, *사행당에 제하다>은 사행 (四幸)을 나누어 풀이하는 방식으로 일행, 이행, 삼행, 사행 등 단락을 표시하고 있어서 <임강선>을 노래로 부를 때를 배려한 것으로 이해할 수 있다.[202]

지금까지 살펴본 바와 같이 가기를 위해 마련한 시첩에서 노래를 염두에 두고 지은 사인 <억진아>와 <임강선>은 그 내용에서 거의 유사한

---

200) 이은상도 <歌妓二人乞詩不已, 用前韻信筆書贈. 二首>의 둘째 수 미련에서 "삼첩 의 <임강선> 곡을, 잔치자리에서 취함에 기대어 옮조리네.(三疊臨江曲 當筵倚醉哦)" 라고 하여 <임강선>을 삼첩으로 부른다고 하였다. 이은상, <歌妓二人乞詩不已, 用前 韻信筆書贈. 二首>, 『동리집』 권1, 『한국문집총간』 122, 386면.

201) 심유, <三疊奉酬泛翁·梅澗·起之>, 『梧灘集』 卷8, 『한국문집총간』 속34, 310면.

202) 조천경, <臨江仚. 題四幸堂>, 『易安堂集』 卷2, 『한국문집총간』 속74, 36면.

특성을 드러내고 있는 것으로 정리할 수 있다. 〈억진아〉는 남녀 사이의
정, 애태우는 마음, 정든 사람을 보내는 내면, 이별 등의 내용이 중심을
이루고 있고, 〈임강선〉은 향렴의 내용을 주로 다루고 있어서 남녀 사이
의 애정을 표현하는 것으로 볼 수 있다. 그러므로 〈억진아〉와 〈임강선〉
은 사랑의 곡진함과 이별의 안타까움, 애정과 풍류의 주제를 다룬 것이
중심이라고 할 수 있다. 그리고 〈억진아〉와 〈임강선〉의 주제와 내용이
가기의 삶과 그들의 애환과 연계될 수 있어서 가기들의 노래 레퍼토리
로 쉽게 활용될 수 있었던 것으로 이해할 수 있다.

4) 첩의 반복과 사의 구성적 특성

〈억진아〉와 〈임강선〉 두 편이 중심을 이루는 사는 내용에서 사대부들
과 기녀 사이의 사랑의 곡진함과 이별의 안타까움, 다시 말해 애정과
풍류의 주제를 다룸으로써 가기들이 그들 삶에서 빈번하게 일어나는 애
환과 관련한 일을 노래로 부를 수 있도록 배려한 것으로 추론하였는데,
실제로 그 형식적 측면과 구성적 측면에서도 첩의 반복과 5단 구성을
통하여 노래로 부를 수 있는 유익한 장치를 마련한 것으로 살필 수 있다.
앞에서 언급한 이익의 「가사 삼첩」에서 형식적 특성과 노래로 부르
는 이점에 대하여 다음과 같이 기술하고 있어서, 그 특성을 주목할 수
있다.

　　뒷사람들이 〈양관삼첩(陽關三疊)〉을 논하는데, 그 설이 매우 많아 합
　쳐서 한 책을 이루었다. 그러나 글귀마다 일첩(一疊)이란 것은 역시 온당
　치 못한 것 같으니, 지금 〈억진아〉를 자세히 보면, '진루월(秦樓月)', '음
　진절(音塵絶)'이라는 두 글귀가 다 첩이니, 이는 2첩인 것이다. 양관시를

만약 일곱 자인 네 글귀로만 한다면, 아마도 곡조를 이루지 못할 듯싶으니, 반드시 <억진아>로 예를 삼아서, '읍경진(浥輕塵)', '유색신(柳色新)', '일배주(一盃酒)' 세 글귀를 첩으로 노래를 부르면 3첩이 될 것이다. 우리 속악의 음조는 비록 다르지만, 제3첩에 이르게 되면 지극히 맞게 된다. 3첩의 설은 『황정경』의, "삼첩의 금심에 태선이 춤을 춘다.(琴心三疊舞胎仙)"에서 비롯된 것이니, 이를테면 거문고를 타면서 노래하고 춤춘다는 뜻인데, 한 번 타고 두 번 타고 세 번까지 탄다는 것이다. 지금 거문고 소리가 마디마디 소리를 달리 하는 것이 아니요, 더러 중첩으로 곡조를 이루기 때문에 첩이 되어 뒤 글귀로써 율(律)을 합하게 되는 것이니, 마땅히 이와 같은 것이 있어야 비로소 장단의 마디에 맞을 수 있는 것이다.[203]

이백의 <억진아>에서 '진루월(秦樓月)'과 '음진절(音塵絶)'이 첩의 반복으로 되어 있어서 노래로 부르는 데 유익한 것으로 이해하고, <양관곡>이라고 널리 알려진 왕유(王維)의 <송원이사안서(送元二使安西)>[204]의 경우에도 <억진아>를 참조하여, '읍경진(浥輕塵)', '유색신(柳色新)', '일배주(一盃酒)'를 첩으로 노래하면 삼첩이 될 것이라고 한 것이다. 첩의 반복을 활용하여 음조에 부합하도록 하면 노래로 부를 수 있다고 본 것이다.

---

203) 이익, 「歌詞三疊」, 『성호사설』 권29, 後人論陽關三疊, 其說甚多合成一書. 然每句一疊, 亦似未穩, 今詳憶秦娥, 秦樓月音塵絶兩句皆疊, 是二疊也. 陽關詩, 若但以七字四句, 則恐不成腔, 必以憶秦娥爲例, 浥輕塵柳色新一盃酒三句疊唱, 則爲三疊矣. 東俗音調雖別, 至第三疊極叶矣. 三疊之說, 肇扵黃庭經曰 '琴心三疊舞胎仙', 謂彈琴而歌舞也, 一彈二彈至扵三彈也. 今琴音非茆茆異, 聲或重疊成調所以爲疊, 以後句合律, 當有如此者, 方可以諧扵長短之茆耳.

204) 王維의 <送元二使安西>의 원시는 "위성의 아침 비가 가벼운 먼지를 적시니, 객사는 푸르고 푸르러 버들 빛이 새롭구나. 한 잔 술 더 기울여 그대에게 권하나니, 서쪽으로 양관 나가면 친구가 없기 때문일세.(渭城朝雨浥輕塵 客舍靑靑柳色新 勸君更進一杯酒 西出陽關無故人)"이다.

노래를 부르기 위한 유익한 장치로 설정한 첩의 반복과 관련하여 핵심으로 부각한 것이 삼첩인데 이안눌이 삼첩으로 〈미인사〉를 마련했고, 이은상과 심유도 〈임강선〉이 삼첩이라고 한 점을 주목하여 살필 필요가 있다.

이미 살핀 바와 같이 〈억진아〉는 두 곳에서 앞 구절을 반복하고 있어서 이첩의 특성을 지적할 수 있는데, 〈임강선〉은 삼첩으로만 말하고 있고 어느 부분을 지적하고 있는지 간명하게 알 수 없으며 전체를 세 번 부른다고 단정하기도 어렵다.

삼첩에 대하여 다양한 주장이 제기되어 있어서 삼첩을 단정적으로 규정하기 어려운 측면이 있다. 〈양관곡〉으로 널리 알려진 왕유의 〈송원이사안서〉를 "읍경진(浥輕塵), 읍경진(浥輕塵), 조양읍경진(朝雨浥輕塵), 조양읍경진(朝雨浥輕塵), 조양읍경진(朝雨浥輕塵), 위성조양읍경진(渭城朝雨浥輕塵)"과 같이 부르는 것이라는 설이 있고, 마지막 구[西出陽關無故人]만 세 번 부른다는 견해도 있으며, 첫 구만 재창을 하지 않고 나머지 삼구는 모두 재창을 하는 것이라는 주장도 있다. 그런데 소동파의 다음 글을 살피면, 첫 구만 재창을 하지 않고 나머지 삼구는 모두 재창을 하는 것이라는 주장이 일면 설득력이 있는 것으로 보인다.

> 옛날부터 양관삼첩이 전하는데, 오늘날 노래 부르는 사람은 매구를 두 번 부를 따름이다. 만약 1수를 통하여 말하자면 또 사첩이니 모두 옳지 않다. 혹 매구를 세 번 노래하는 것으로 삼첩의 설을 받는데, 그렇다면 빽빽하여 다시 절주가 없다. 내가 밀주에 있을 때 문훈 장관이 일로 밀주에 이르러, 스스로 고본 양관을 얻었다고 하고 그 소리가 마치 구르듯 하고 슬프게 끊어지며 접때 듣던 것과 비슷하지 않으며 매구를 두 번 노래하면서 제1구는 겹치지 않으니 곧 당본의 삼첩이 모두 이와 같음을 알게 되었다. 황주에 이르게 되어 우연히 백낙천의 〈대주시〉에서, "서로

만나면 또 추천하고 사양함에 취하게 하지 말라, 양관의 제4성을 노래하
는 것을 들으리(相逢且莫推辭醉 聽唱陽關第四聲)."라고 이르는 것을 들
었는데, 주에서 제4성은 "술 한 잔 더 기울여 그대에게 권하나니(勸君更
進一杯酒)."가 이것이다. 이로써 살피면 만약 한 구를 두 번 겹치면 이
구절은 제5성이 되니, 지금 제4성이 되자면 곧 제1구를 겹치지 않음을
알 수 있다.[205)

　그렇다면 〈임강선〉을 삼첩이라고 했을 때에는 어떤 방식으로 부르는
것일까? 우선 〈임강선〉은 전단과 후단이 모두 7, 6, 7, 5, 5의 짝으로
되어 있어서 전단과 후단이 연계되어 있는 것으로 파악할 수 있다. 그리
고 이익이 「가사 삼첩」에서 삼첩이 『황정경』의 "삼첩의 금심에 태선이
춤을 춘다(琴心三疊舞胎仙)"에서 유래하여, 거문고를 타면서 노래하고 춤
추는 것으로 풀이하고 있는 점을 받아들여서, 거문고 소리가 전단과 후
단의 연계를 중첩으로 삼아 곡조를 이루는 것으로 파악할 수 있을 것이
다. 실제 이정구의 〈억진아〉에 춤과 거문고와 노래가 제시되어 있는 점
이 이러한 주장을 반증할 수 있다.
　그리고 뒷날 이유원이 「시여」에서 기술한 내용을 보면 완약을 주목할
수 있다. 이유원은 우선 사를 구성하는 형식적 특성을 말한 뒤에 사에
완약한 것과 호방한 것이 있음을 밝히고 완약한 것이 "정을 기술하는
것을 너그럽고 온화하게 하고자 한" 것으로 사람을 감동시키는 사의 의
의와 견주어 완약이 중심이 되어야 한다고 밝히고 있다. 앞에서 〈억진

---

205) 소동파, 『東坡志林』, 舊傳陽關三疊 然今世歌者 每句再疊而已 若通一首言之 又是
　　四疊 皆非是也 或每句三唱 以應三疊之說 則叢然無復節奏 余在密州 有文勛長官
　　以事至密 自云得古本陽關 其聲宛轉凄斷 不類向之所聞 每句再唱而第一句不疊 乃
　　知唐本三疊蓋如此 及在黃州 偶得樂天對酒詩云 相逢且莫推辭醉 聽唱陽關第四聲
　　注云 第四聲 勸君更進一杯酒是也 以此驗之 若一句再疊則此句爲第五聲 今爲第四
　　聲 則第一句不疊審矣

아〉와 〈임강선〉의 내용이 바로 완약에 해당하는 것이라 할 수 있다.

시여는 고악부의 별류인데, 후세 가곡의 시초가 되었다. 대개 악부가
없어지고 성률이 무너진 후로 당나라 이백이 처음으로 <청평조(淸平
調)>, <억진아(憶秦娥)>, <보살만(菩薩蠻)>과 같은 시사(詩詞)를 짓자,
당시 사람들이 이것을 본떠서 짓곤 하였다. 그 후 행위위소경(行衛尉小
卿) 조숭조(趙崇祚)가 500결(闋)에 달하는 『화간집(花間集)』을 편찬하
였는데, 이것이 근대에 와서 소리에 의거하여 가사를 구사하는 것의 원조
가 되었다.
…(중략)…
요컨대, 악부와 시여는 다 같이 관현에 올릴 수 있는 것인데, 단지 악부
는 소리가 맑게 드날리는 것을 잘된 것으로 삼고, 시여는 곱고 유창한
것을 아름다움으로 삼을 뿐이다. 이 점이 서로 같지 않다. 그러나 시여를
전사(塡詞)라고 하였으니, 곡조에 정해진 격식이 있고 글자에 정해진 자
수가 있고 운자에 일정한 소리가 있는 것이다. 구(句)의 장단에 있어서는
비록 더 보태거나 빼거나 할 수는 있지만 그렇다고 마음 내키는 대로
할 수는 없다. 그것을 의가에 비유해 보면 예전의 처방을 가감한다는 것
은 그 처방을 인하여 조금 바꾸는 것에 불과하지 조금이라도 너무 지나치
면 본래 처방의 의미를 잃게 되는 것과 같다. 이것이 태화정음(太和正音)
및 오늘날의 도보(圖譜)가 지어지게 된 이유이다. 그러나 정음을 사성에
만 의존하게 되면 지나치게 구애되며, 도보는 흑백의 동그라미로 구별하
였지만 역시 오류를 범하기 쉬우므로 지금 여러 가지 곡조를 논의하면서
곧바로 평측으로 도보를 만들어서 앞에다 열거하고 그 뒤에 사를 기록하
였다. 만일 구의 길이가 다를 경우에는 다시 유형별로 구별하였으며, 또
평성을 놓아도 되고 측성을 놓아도 되는 경우가 있고, 세 짝이 통틀어
한 구가 되는 경우도 있다. 다만 전하는 것이 겨우 320여 곡조이므로 미진
한 듯하기는 하나 참고할 수 있도록 준비한다는 측면에서 보면 거의 완벽
하다 할 것이다. 그 사를 논하자면, 완약(婉約)한 것도 있고 호방(豪放)한
것도 있다. 완약한 것은 정을 기술하는 것을 너그럽고 온화하게 하고자

하며, 호방한 것은 기상을 드넓게 갖고자 한다. 대개 비록 그 기질에 따라 다르기는 하지만 사는 사람을 감동시키는 것을 귀하게 여기므로 마땅히 완약을 표준으로 삼아야 한다. 그렇지 않을 경우 비록 지극히 정교하다 하더라도 결국은 본색을 무너뜨리고 말 것이다. 따라서 이런 것은 식견 있는 자가 취할 바가 아니니, 학자는 이 점을 상세히 살펴야 할 것이다.[206]

〈억진아〉와 〈임강선〉을 중심으로 첩의 반복과 사의 구성적 특성을 점검하였는데, 우선 〈억진아〉는 이첩의 반복을 통하여 노래로 부르는 데 유익하도록 하였고, 〈임강선〉은 전단과 후단을 대등한 짝으로 구성하여 거문고 소리가 전단과 후단의 짝을 중첩으로 삼아 곡조를 이루는 것으로 이해할 수 있다. 거문고, 노래, 춤이 삼첩이라는 설이 적용된 것이다.

그리고 이미 확인한 바와 같이 〈억진아〉와 〈임강선〉의 두 사패가 모두 5단 구성을 보이고 있는데 이것은 단정하기는 어려워도 노래의 구성에서 5장으로 부르는 가곡창의 그것과 일정하게 연관될 수 있을 것으로 볼 수 있다. 〈억진아〉가 3단에서 2단의 마지막 3자를 첩으로 반복하면서 4,5단으로의 전환을 이루는 것으로 볼 수 있고, 〈임강선〉에서는 전단과 후단의 대응뿐만 아니라, 3단의 위상이 1,2단과 4,5단의 균형을 마련하는 역할을 하는 것으로 설명할 수 있다.

5) 소결

연회의 자리에서 노래를 부르는 가기를 위한 시축이나 시첩에서 〈억진아〉와 〈임강선〉으로 대표되는 사를 지어서 노래로 부를 수 있도록 준

---

206) 이유원, 「詩餘」, 『임하필기』 권2.

비한 것은, 두 편의 사가 지닌 특성과 노래를 전제로 한 사의 유래와 연관된 것이라 할 수 있다.

우선 구성적인 측면에서 〈억진아〉와 〈임강선〉 두 편의 사가 모두 5단 구성을 보이고 있다는 점, 그리고 〈억진아〉에서 첩을 사용하여 반복의 효과를 활용하고 있다는 점, 특히 〈임강선〉은 거문고, 노래, 춤의 삼첩을 이루는 노래로 인식하고 있었다는 점을 지적할 수 있다.

그리고 주제의 측면에서 〈억진아〉는 주로 내면의 마음을 전하거나 이별의 노래로 불리고 있으며, 〈임강선〉은 남녀 사이의 향렴의 노래로 불리고 있음을 확인하였다. 사대부와 가기 사이에 일어나는 사랑과 이별이 핵심 내용이 되거나 기녀의 삶의 애환과 관련한 내용을 자연스럽게 다룬 것으로 볼 수 있고, 이러한 레퍼토리가 연회를 비롯한 연행의 현장에서 중요하게 받아들여지고 있었음을 반영한 결과이다. 이정구가 말한 '남아의 좋은 마음속[男子好心腸]'과 '풍류의 아름다운 자취[風流佳事跡]'가 중심이며 이는 애정과 풍류로 요약할 수 있는 것이어서, 조선후기 연행을 위주로 한 노래 레퍼토리의 중심 주제로 부각한 것으로 이해할 수 있다.

제언체의 제한된 규범에서 벗어나 장단구의 느슨한 틀을 활용하여 시어의 배치와 표현에서 약간의 자유로움을 얻고, 5단의 구성과 첩의 반복을 이용하여 노래로 부를 수 있는 배려를 마련한 것으로 볼 수 있다. 그리고 17세기 초반 「윤청시권」 등에서 확인할 수 있는 바와 같이 사랑과 이별, 풍류와 애정 등의 구체적 주제와 내용을 담는 것으로 〈억진아〉와 〈임강선〉이라는 두 편의 사(詞)가 중요한 노래 레퍼토리로 작사(作詞)된 것으로 정리할 수 있다.

6. 〈청석령가〉의 수용과 대청 인식

1) 〈청석령가〉에 대한 관심과 수용

〈청석령가〉는 병자호란으로 봉림대군(1619~1659)이 소현세자(1612~1645)와 함께 심양에 볼모로 삽혀갔을 때에 청석령(青石嶺)을 지나면서 불렀다고 하는 노래로, 일명 〈호풍음우가(胡風陰雨歌)〉라고도 한다. 인조 15년(1637) 2월에 잡혀갔다가 인조 23년(1645) 4월에 돌아왔는데, 볼모로 잡혀갈 때에 소현세자는 26세, 봉림대군은 19세였다. 그런데 노래에 청석령이 앞에 나오고 초하구가 뒤에 나오는 것으로 보아 귀국 길에 불렀을 것으로 추정할 수도 있다.

그런데 17세기 후반 이후에 여러 사람들이 사행의 노정에서 초하구와 청석령을 지나게 되면서 이 노래를 환기하면서 봉림대군이 겪은 고난을 떠올리고 사행의 신고를 함께 드러내기도 하였다. 『청구영언』에는 〈청석령~〉으로 시작하는 노래와 함께 〈조천로~〉로 시작하는 노래가 함께 수록되어 있다.

> 청석령 지나거냐 초하구 어듸미오
> 호풍도 춤도 출샤 구즌비는 무스 일고
> 아므나 내 행색 그려내어 님 계신 듸 드리고쟈. -『청구』 217

> 조천로 보뫼닷 말가 옥하관이 뷔닷 말가
> 대명 숭정이 어드러로 가시건고
> 삼백 년 사대성신이 꿈이런가 흐노라.[207] -『청구』 218

　청석령은 청색 혹은 남색의 돌이 있는 고개로 연산관(連山關)에서 묵고 회령령(會寧嶺)을 지나 점심을 먹은 뒤에 이를 수 있는 고개이다. 청석령과 회령령은 요동의 큰 관애(關隘)로 알려져 있다. 초하구(草河溝)는 연산관에 이르기 전에 들르는 곳으로, 의주를 떠나 3~4일 쯤에 다다르는 곳[208]이다. 볼모로 잡혀 가는 길에 불렀다면 청석령에 올라서 지나온 길을 생각하면서 고국을 그린 것이고, 돌아오는 길에 불렀다면 청석령을 지나 초하구로 향하면서 고국을 그리는 마음을 드러낸 것으로 이해할 수 있다. 가는 길이었다면 소현세자와 함께 가는 길이었고, 돌아오는 길이었다면 미리 귀국한 소현세자와 달리 뒤에 홀로 오는 길에 불렀을 것이다.

---

208)「路程記」의 내용은 다음과 같다. 의부에서 책문까지는 120리이다. 책문에서 안시성(安市城)까지 5리, 진평(榛平) 2리. 봉지(鳳池) 4리, 구책문(舊柵門) 3리, 봉황산(鳳凰山) 12리, 봉황성(鳳凰城) 4리, 삼차하(三叉河) 6리, 이대자(二臺子) 4리, 건자포(乾子浦) 10리, 사대자(四臺子) 1리, 백안동(伯顔洞) 9리, 마고령(麻姑嶺) 10리, 송참(松站) 옛날 진동보(鎭東堡) 10리, 소장령(少長嶺) 5리, 옹북하(瓮北河) 5리, 대장령(大長嶺) 5리, 유가하(劉家河) 8리, 황가장(黃家莊) 2리, 팔도하(八渡河) 5리, 장항(獐項) 1리, 임가대(林家臺) 9리, 범가대(范家臺) 5리, 이도방신(二道方身) 5리, 통원보(通遠堡) 10리, 석우(石隅) 5리, 화상장(和尙莊) 8리, 초하구교(草河口橋) 10리, 답동(畓洞) 2리, 분수령(分水嶺) 15리, 고가령(高家嶺) 6리, 유가령(兪家嶺) 4리, 연산관(連山關) 옛날 아골관(雅鶻關)이다. 5리, 회령령(會寧嶺) 20리, 첨수하(甛水河) 17리, 첨수참(甛水站) 3리, 청석령(靑石嶺) 10리, 소석령(小石嶺) 5리, 낭자산(狼子山) 15리, 마천령(摩天嶺) 8리, 두관참(頭關站) 8리, 삼류하(三流河) 4리, 왕상령(王祥嶺) 10리, 석문령(石門嶺) 4리, 왕보대(王寶臺) 6리, 고려총(高麗叢) 10리, 아미장(阿彌莊) 5리, 목창(木廠) 5리, 태자하(太子河) 9리, 영수사(迎水寺) 1리, 접관청(接官廳) 12리, 방허소(防虛所) 6리, 삼도파(三道把) 5리, 난니보(瀾泥堡) 5리, 만보교(萬寶橋) 6리, 연대하보(煙臺河堡) 4리, 산요포(山腰鋪) 5리, 오리대(五里臺) 5리, 십리하보(十里河堡) 7리, 판교보(板橋堡) 5리, 장성점(長城店) 5리, 고가자(古家子) 4리, 사하보(沙河堡) 6리, 포교보(暴交堡) 6리, 전장포(氈匠鋪) 4리, 화소교(火燒橋) 2리, 백탑보(白塔堡) 8리, 일소대(一所臺) 5리, 혼하보(渾河堡) 5리, 혼하(渾河) 야리강(耶里江) 1리, 심양(瀋陽) 9리. 성경(盛京) 봉천부(奉天府) 남문(南門) 안 약간 북쪽에 조선관(朝鮮館)이 있다. 미상,『부연일기』,『연행록선집』 Ⅸ, 281~282면.

〈청석령가〉에 대한 관심과 수용을 보인 내용을 정리하면 다음과 같다. 17세기 후반에서 18세기 후반까지 걸쳐 있다.

이름	연대	작품	비고
김육(1580~1658)		청석령	
조세환(1615~1683)	1668	청석가	賡詩
남용익(1628~1692)	1666	청석령	次東岳韻
신정(1628~1687)	1680	청석령	
남구만(1629~1711)	1661	청석곡	
이세백(1635~1703)	1695	초하구	
유상운(1636~1707)	1682	청석령, 조천로	
홍수주(1642~1704)	1695	초하구	
오도일(1645~1703)	1694	청석령	
권이진(1668~1734)		초하구	
이의현(1669~1745)	1720	초하구	번가
조문명(1680~1746)		초하구	
심육(1685~1753)		청석령	
권만(1688~1749)		청석령	소현세자 작
조관빈(1691~1757)		초하구	
유척기(1691~1767)		청석령	
신광수(1712~1775)		청석령	

김육(1580~1658)의 작품에서는 청석령을 지나면서 왕손이 고단했을 것을 회억하고 있다. 〈청석령가〉 자체에 대한 언급은 없는 셈이다. 왕손의 간험(艱險)을 말하고 있으면서 〈청석령가〉에 대한 구체적 언급은 확인할 수 없다.

어제 삼류하를 건너서
지금 청석령에 올랐네.

누가 심양을 떠남이 멀다고 기뻐하는가?
여전히 앞길이 긺을 근심하네.
길 가에는 흙을 뒤집음이 없고
땅에는 응당 돌이 다하리.
푸르게 빛나는 돌은 모두 벼루를 만들 수 있는데
빼어난 색깔이 사람의 눈을 놀라게 하네.
매달린 바위는 우러르면 누르는 것 같고
그윽한 골짜기는 굽어보면 떨어질까 두렵네.
나무 사이를 더위잡고 당기면서
종일 소가 자갈밭을 가듯이 가네.
지친 말은 발이 두려워서
한 마디를 나가다가 도리어 한 자를 물러서네.
왕손이 어렵고 험한 곳에 있었는데
내 몸은 어찌 아까울 게 있으랴?

昨渡三流河　今登靑石嶺　雖喜去瀋遠　尙憂前路永
道上無覆土　地中應盡石　靑熒摠可硯　秀色驚人目
懸巖仰疑壓　幽壑俯恐落　攀援樹木間　終日行犖确
疲馬足凌兢　進寸還退尺　王孫在艱險　我身何足惜[209]

　그런데 송시열은 조세환(趙世煥, 1615~1683)이 현종 11년(1670)에 서장
관으로 가면서 청석령에 올라 이곳에서 효종이 지은 노래를 암송하고
저절로 눈물을 흘렸다는 일화를 소개하고 있다. 정재륜이 정사, 이원정
이 부사, 조세환이 서장관으로 참여하였다. 이 일화는 조세환이 직접
기록한 것이 아니라 사후에 전문(傳聞)한 것이라는 점에서 조심스럽게
접근할 필요가 있다. 정재륜과 이원정은 〈청석령가〉에 대한 언급이 없
는 점과 견주어질 수 있다.

---

209) 김육, <靑石嶺>, 『潛谷先生遺稿』 卷1, 『한국문집총간』 86, 12면.

　　무신년에 정언으로 불려 들어가서, 온양의 행궁에 알현하였다. 여러 분
과 다투어 말하고 가는 곳마다 직분을 다하였다. 상께서 재삼 그 이름을
외면서 알아보았고, 여러 관직을 역임하고 서장관으로 연행에 참여하였
다. 청석령에 이르러, 효묘께서 심양에 들어갈 때 이 고개에 이르러, 임금
께서 지으신 노래가 있어서 말의 기세가 비분하였는데, 공이 재삼 암송하
고 눈물이 줄줄 흐르는 것을 깨닫지 못하였다. 마침내 시를 지어서 이를
이으니, 사림들이 전하여 외우고, 눈물을 흘리지 않는 사람이 없었다.[210]

　　남용익(南龍翼, 1628~1692)은 현종 7년(1666)에 사은겸 진주사의 부사
로 사행에 참여하였는데, 〈청석령에서 동악의 석령 운을 따다〉와 같이
청석령에 올라서 이안눌의 시[211]에 차운한 것이다. 구체적으로 '임금이
지으신 노래[御製曲]'를 언급하고 있다. 그런데 노래의 성격에 대한 평가
는 빠져 있다.

　　　　끊어진 언덕에는 등나무가 벽에 늘어지고
　　　　층진 얼음에는 눈이 시내를 누르네.
　　　　험하고 어렵게 돌 궤가 가지런하고
　　　　밑받침이 꺾이듯 푸른 진흙이 심하네.
　　　　애처롭게 귀신이 길게 울부짖고
　　　　축축하게 하늘 가운데가 나지막하네.
　　　　아직도 임금께서 지으신 노래가 전하는데
　　　　선왕께서 예전에 오르셨다네.

---

210) 송시열, 「全羅監司趙公[世煥]神道碑銘 ＊幷序」, 『宋子大全』 卷169, 『한국문집총간』
　　113, 557면. 戊申, 以正言召入, 朝溫宮, 諸公爭言隨處盡職. 上再三誦其名以識之, 歷
　　數官, 以書狀官赴燕行. 到靑石嶺, 孝廟入瀋時到此嶺, 有御製歌, 辭氣悲憤, 公吟誦
　　再三, 不覺淚簌簌下. 遂作詩以賡之, 士林傳誦, 無不泣下.

211) 이안눌, 〈靑石嶺〉, 『동악집』 권2, 『한국문집총간』 78, 44면. 이 작품은 선조 34년
　　(1601) 10월에 서장관으로 조천(朝天)하는 길에 지은 것이다.

＊효종대왕이 일찍이 <청석령> 가곡을 지었다.

絶岸藤垂壁　層氷雪壓谿　險艱齊石櫃　盤折劇靑泥

慘慘鬼長嘯　陰陰天半低　猶傳御製曲　先后昔登躋

＊孝宗大王曾有靑石嶺歌曲[212]

이에 앞서 남구만(南九萬, 1629~1711)은 현종 2년(1661) 경에 〈청석곡을 듣고 느낌이 있어〉라는 시에서 〈청석곡〉을 들은 감회를 기술하고 있다. 실제 현장을 지나면서 지은 것은 아니지만 세상을 떠난 지 오래지 않은 시점에서 효종에 대한 마음을 담고 있는 것으로 보인다.

청성(靑城)은 멀리 구련성을 지나는데
찬비와 차가운 바람이 겹나게 뼈에 들리.
당시 북행을 누가 그림으로 얻었을까?
오늘 아침 이 노래를 듣는 것을 견딜 수 없네.
靑城遠過九連城　冷雨凄風透骨驚
當日北行誰畫得　今朝不忍聽歌聲[213]

그리고 남구만은 당시에 불리던 시조를 한역한 〈번방곡(翻方曲)〉에서 효종이 지은 2수의 시조를 한역[214]하고 있다.

실제 〈갑자연행잡록〉과 〈병인연행잡록〉의 기록[215]과 실록의 기록으로 보면 남구만은 숙종 10년(1684)과 숙종 12년(1686)에 사행에 참여한 것으로 확인된다.

이와는 달리 신정(申晸, 1628~1687)은 숙종 6년(1680)에 사은겸 진주사

212) 남용익, <靑石嶺, 次東岳石嶺韻>,『壺谷集』卷12,『한국문집총간』131, 273면.
213) 남구만, <聞靑石曲有感>『藥泉集』第1,『한국문집총간』131, 421면.
214) 남구만, <翻方曲>『藥泉集』第1,『한국문집총간』131, 430~431면.
215) 남구만,『약천집』권29,『한국문집총간』132, 493~494면.

의 부사로 연경을 다녀오면서, 〈청석령〉이라는 시에서 다음과 같이 읊고 있다.

> 당시에 임금께서 지으신 노래가 오늘까지 전하는데
> 이 길 가에 소낙비와 모진 바람이 부네.
> 사행을 가는 작은 신하가 지난 일을 생각하노라니
> 흐르는 눈물이 솟아서 샘이 되는 것을 견디지 못하네.
> 當時御曲至今傳　驟雨獰風此路邊
> 一介小臣懷往事　不堪流淚涌成泉[216]

유상운(柳尙運, 1636~1707)은 숙종 8년(1682)에 부사로 사행에 참여하였는데, 〈정사의 청석령 장률의 운을 따다〉에서 다음과 같이 읊고 있다. 〈청석령〉과 〈조천로〉 두 작품을 아울러 말하고 있다. 〈조천로〉를 함께 언급하고 있는 점을 주목할 수 있다. 5언 20구 중에서 8구까지를 보도록 한다.

> 〈청석령〉과 〈조천로〉는
> 일찍이 가곡을 통해 들었네.
> 수레를 몰며 지금 고개를 헤아리니
> 길 위에는 상반의 구름이네.
> 나무의 빛은 천 개의 글이 합하고
> 시냇물은 만 골짜기가 나뉘네.
> 위태로운 사다리는 끊어진 돌 비탈에 이었고
> 오래된 이끼는 얼룩무늬를 짰네.
> 青石朝天路　曾從歌曲聞　驅車今度嶺　有道上盤雲
> 樹色千章合　溪流萬壑分　梯危連絶磴　苔古織斑紋[217]

---

216) 신정, 〈青石嶺〉, 『汾厓遺稿』 卷5, 『한국문집총간』 129, 414면.

오도일(吳道一, 1645~1703)은 여러 차례 사행에 참여하였는데, 〈청석령감회〉에서 〈청석령가〉에 마음이 아프다고 하였다. 갑술년(1694)에 부사로 참여한 사행에서 지은 것이다. 이에 앞서 병인년(1686)에 남구만과 함께 사행에 참여하기도 하였다.

> 작은 시내의 티끌도 갚지 못했는데 살쩍은 이미 밝아
> 십년 동안의 요동 길에 또 이 행차이네.
> 때때로 역관의 혀에 기대어 오랑캐 말을 분별하고
> 늘 역참의 사람에게 객점의 이름을 묻네.
> 한 곡조 〈청석령〉에 마음이 상하고
> 천추에 구련성에 안타까움이 남네.
> 외로운 신하는 창오의 눈물을 다하지 못하고
> 이곳에 이르면 까닭 없이 절로 갓끈에 가득하네.
> 未報涓埃鬢已明　十年遼路又玆行
> 時憑譯舌分胡語　每向郵人問店名
> 一曲傷心靑石嶺　千秋遺恨九連城
> 孤臣不盡蒼梧淚　到此無端自滿纓[218]

이세백(李世白, 1635~1703)의 〈초하구〉는 봉림대군의 노래를 환기하면서 당시 어려웠던 상황을 그리고 있다. 그리고 결구에서 노래 속의 말을 직접 인용하여 사행의 어려움과 견주고 있다. 숙종 21년(1695)의 사행인데 이때 부사는 홍수주(洪受疇, 1642~1704), 서장관은 최계옹(崔啓翁)이었다.

---

217) 유상운, <次正使靑石嶺長律韻>, 『約齋集』 冊2, 『한국문집총간』 속42, 468면.

218) 吳道一, <靑石嶺感懷, 示書狀>, 『西坡集』 卷5, 『한국문집총간』 152, 106면. 오도일은 두 번째 사행을 「後燕槎錄」이라고 하여 『서파집』 권5에 편집하여 싣고 있다.

아득한 어느 곳이 초하구인가?
선왕의 한 곡 노래에 눈물이 흘러내리네.
누가 당시의 행색을 그릴 수 있을지?
처량한 바람과 차가운 비에 모두 시름을 견디네.
蒼茫何處草河溝　流涕先王一曲謳
誰畫當時行色否　凄風冷雨摠堪愁[219]

2) 비가에서 비분강개의 노래로

사행의 길에 청석령과 초하구를 지나면서 효종이 불렀던 〈청석령~〉
을 환기하고 이를 비가로 생각했던 인식은 김창집의 사행과 〈연행일기〉
이후 다른 면모를 보이고 있다. 〈청석령가〉 수용에 변화가 나타난 것으
로 볼 수 있다. 와신상담(臥薪嘗膽)하겠다는 마음이 이곳에서 싹텄을 것
으로 짐작하게 된 것이다.

김창흡은 〈백씨를 따라 연경에 가는 대유를 보내다〉의 열한 번째 작
품에서 다음과 같이 읊고 있다. 김창집(金昌集)이 숙종 38년(1712)에 사
은정사로 가는데 아우 김창업(金昌業)이 동행하게 되자, 동생을 위하여
지은 것이다.

청석령 마루에 삭풍이 맵고
초하구 위에는 길이 얼음이 맺었네.
이 중의 행색이 가장 힘든데
역졸은 말발굽이 빠져서 떨어지는 것을 가리키네.

---

219) 李世白, 〈草河溝〉, 『雩沙集』 卷3, 『한국문집총간』 146, 417면. 그런데 부사로 동행
했던 홍수주는 〈草河溝, 次正使韻〉, 『호은집』 권2, 『한국문집총간』 속46, 240면에
같은 내용을 수록하고 있다. 어느 한 쪽의 착오인지 확인해야 할 것이다.

시험삼아 영릉의 노래 한 곡을 외노라니
와신상담의 초심이 여기에서 편 것이리.
靑石嶺頭朔風烈　草河溝上長氷結
此中行色最間關　驛卒指墮馬蹄脫
試誦寧陵歌一関　薪膽初心自玆發 ＊草河溝[220]

실제 청석령과 초하구에 들른 것도 아니면서 〈청석령가〉를 환기하고
효종의 와신상담이 여기에서 출발했을 것이라 평가한 것이다. 이때 봉
림대군은 세자도 아니었으니 왕이 된다는 상상조차 할 수 없던 시점이
므로, 와신상담은 아직 상정할 수 있는 대목이 아니라고 할 수 있다.
김상용에서 김상헌으로 이어지는 가문의 정신의 맥락을 이곳에다 적용
한 것으로 보아야 할 것이다.

숙종 21년(1695)의 사행에서 이세백이 〈초하구〉를 통해서 봉림대군의
노래를 통해 당시 어려웠던 상황과 사행의 어려움을 견주고 있음을 확
인하였다. 그리고 25년이 지난 뒤인 경종 즉위년(1720)에 그의 아들 이
의현(李宜顯, 1669~1745)이 동지정사로 참여하였는데, 청석령에서 효종
의 〈청석령가〉에 대해 번가(翻歌)라고 하면서 한역하였을 뿐만 아니라,
곳곳에서 분개의 감정을 드러내고 있다.

청석령 지나거냐 초하구 어듸미오
호풍도 차도찰스 구즌 비는 므스일고
아무나 이 행색 그려내어 님 계신데 드리고자
靑石嶺過去否　草河溝何處在
胡風寒又寒　冷雨何事霏霏洒
阿誰畵出此行色　九重宮闕奉八彩

---

220) 김창흡, 〈送大有隨伯氏赴燕〉,『三淵集』卷11,『한국문집총간』165, 229면.

삼가 이것이 효종께서 지으신 노래라는 것을 듣고, 눈물을 흘리며 엄숙하게 외고 늘 감격하여 분개하였다. 신이 지금 이곳을 지나면서 옛 일을 생각하니, 눈앞에 펼쳐지는 경물이 오히려 바뀌지 않은 것 같았다.(恭聞此是孝廟御製曲, 流涕莊誦恒激慨. 臣今過此想舊事, 眼前景色猶不改.)

정축년에 나라의 운수가 기울어지고,
갓과 신이 뒤집혀져 하늘과 땅이 어둑하네.
함양의 포의가 오히려 말을 참고
심관에 머무르며 오래 근심함이 몇 해인가?
은성한 근심은 점점 늘어나 먼 계획이 갖추어지고
대의는 밝고 밝아 큰 뜻을 담그네.
무제보다 낫다는 의논을 바라지 말라
시험삼아 이 노래를 들으니 비장함이 배가 되네.
우두머리 같은 하늘의 뜻은 순조롭게 도움이 있고
한꺼번에 바다와 산을 맑게 할 수 있네.
안녕을 길게 하는 궁중에는 남은 조칙이 나오고
덕을 같이 하는 구신은 또 고단하다네.
아, 오늘 어찌 하랴?
의리가 점점 어둠 속으로 돌아가네.
조정에 움직이는 빛은 선과 악의 말이요
쫓겨난 신하가 이에 갑자기 사신에 채워지네.
가는 길의 감회를 짧은 노래로 잇자니
시름겨운 구름은 아득하게 요해에 헤매네.

强圉之歲國步蹟	冠屨倒置乾坤晦
咸陽布衣尙忍言	藩館淹恤幾年載
殷憂增益遠圖恢	大義昭明睿志淬
毋論尙論武帝勝	試聆此歌悲壯倍
如令天意有助順	一舉可以淸海岱
永安宮中遺詔出	同德舊臣亦困瘁

嗚呼今日可奈何　義理漸漸歸瓗眛
朝廷動色善惡言　放臣忽此充使价
經途感懷續短章　愁雲漠漠迷遼海[221]

이어서 〈기행술회. 삼연의 시에 차운하다〉에서는 김창흡이 백씨의 사
행에 동행한 동생 김창업에게 준 시의 운을 따서 다음과 같이 읊기도
하였다.

영릉의 격렬하신 노래 지금도 생각나니
오늘에 이르기까지 산하에는 슬픈 원한이 맺혔네.
함양의 포의는 곤궁함이 많았는데
끝내 다행히도 범 아가리에서 천금 같은 몸이 벗어났네.
십 년 와신상담의 장대한 계획이 수포로 돌아가니
지사와 충신은 더욱 울분이 폭발하네.
＊초하구이다.
尙憶寧陵歌激烈　至今山河悲恨結
咸陽布衣困瘇多　虎口終幸金軀脫
薪膽十載壯圖空　志士忠臣增奮發
＊草河溝[222]

그리고 관(館)에 머물면서 무료함을 달래기 위하여 백운으로 길게 쓴
시에서도 〈청석령가〉를 말하고 있다. 그런데 이어서 집집마다 돈타령을
하고 있다고 진술하고 있어서, 맥락을 이해할 필요가 있다.

---

221) 이의현, 〈過草河溝有感, 敬翻孝廟詞曲, 續以歌〉, 『陶谷集』卷3, 『한국문집총간』
180, 380면.
222) 이의현, 〈紀行述懷 次三淵韻〉 其十一, 『陶谷集』卷3, 『한국문집총간』180, 389면.

초하구(草河溝)에서 슬피 노래 불러 목이 메고

잔도(棧道)는 청석령(靑石嶺)에 매달려 있네.

집집마다 모두들 가난하여

곳곳마다 돈 타령이로구나.

＊ 초하구는 바로 효종이 심양으로 끌려 갈 때 시조를 지었던 곳이다. 청석령은 지나온
곳 중 가장 험한 곳이다.

歌愴河溝咽　棧憑石嶺懸　家家捻貧戶　處處索緡錢

＊ 草河溝, 卽孝廟入藩時作歌處, 靑石嶺, 卽歷路最險絶[223]

그리고 「진산군수 윤공묘지명」에서는 윤이건(尹以健, 1640~1694)이
남쪽 고을에 있으면서, 군복을 입고 장검을 차고 달밤에 〈청석령곡〉을
노래하면서 비분강개했다는 일화를 소개하고 있다.

남쪽 고을에 있을 적에 번번이 군복을 입고 장검을 차고는 밤중에 일어
나 이리저리 거닐었으며, 혹 달 밝은 밤에 약간 취하면 매번 〈청석령곡〉
을 노래하고는 비분강개하여 눈물을 흘렸다. 〈청석령곡〉은 효종께서 심
양에 계실 때 지은 것이니, 그 깊이 의탁한 뜻을 어찌 세속 사람들이 더불
어 알 수 있겠는가.[224]

권이진(權以鎭, 1668~1734)은 〈초하구. 생질 홍군이 그 아버지 호은공
이 초하구에 이르러 지은 시를 보여주기에 곧 차운하여 짓다〉에서 다음
과 같이 읊고 있다. 호은공은 홍수주이다.

---

223) 이의현, <留館日無聊, 漫次杜陵韻, 追叙行役, 爲一大篇百韻> 『陶谷集』 卷3, 『한
국문집총간』 180, 393면.

224) 이의현, 「珍山郡守尹公墓誌銘 ＊幷序」, 『陶谷集』 卷16, 『한국문집총간』 181, 168면.
在南郡, 輒戎衣長劍, 夜起彷徨, 或月夜微醺, 每歌靑石嶺曲, 爲之慷慨泣下. 靑石嶺
曲者, 孝廟赴藩時作也, 其托意之深, 豈俗人所與知哉.

어느 날에 물총새 깃으로 초하구를 지나랴?
통곡하던 당시에 유리의 노래이네.
대업을 중도에서 아직 반도 이루지 못했는데
이 속에 비바람에 시름을 이기지 못하겠네.
＊효묘께서 이 도랑을 지나면서 가곡을 지었다고 한다.
翠華何日過河溝　痛哭當季羡里謳
大業中途猶未半　此中風雨不勝愁
＊孝廟過此溝, 有謳曲云.[225]

　물총새 깃이 달린 천자의 기를 달고 초하구로 가기를 바라면서, 효종
이 과업을 다 이루지 못한 일에 대한 아쉬움이 배어 있다.
　다음 조문명(趙文命, 1680~1746)은 〈초하구의 빗속에 갑자기 효종께서
직접 지으신 가곡이 생각나서 느꺼워 절구 1수를 읊고 부사에게 받들어
드리다〉에서 다음과 같이 읊고 있다.

효종의 가곡은 우는 중에 진눈깨비가 내리는데
물이 강의 도랑을 막는데 석령은 아득하네.
임금의 마음을 짐작하노라니 아픔이 끝이 없는데
변새 하늘의 비바람이 또 쏴쏴 하네.
＊초하구와 청석령은 곧 가곡 중의 말이고, 이날 비가 내렸다.
孝宗歌曲泣中霄　水咽河溝石嶺遙
斟酌宸心無限痛　塞天風雨又蕭蕭
＊河溝石嶺, 卽歌曲中語. 是日雨.[226]

---

225) 權以鎭, <草河溝 洪甥示其爺壺隱公到草河溝韻, 故仍次之>, 『有懷堂先生集』 卷
　　2, 『한국문집총간』 속56, 182면.
226) 조문명, <草河溝雨中, 忽憶孝廟親製歌曲, 感吟一絶, 錄奉上副台案>, 『鶴巖集』
　　冊2, 『한국문집총간』 192, 441면.

그리고 을사년(1725) 「연행일기」의 5월 기록에서 다음과 같이 기술하고 있다.

> 기미일에 답동에 이르다. 답동은 다른 이름으로 초하구이다. 옛날 병자년 뒤에 효묘께서 북쪽으로 끌려 갈 때에 이 초하에서 비에 막혀서 친히 어가를 지었는데, 노래는 이렇다. '정석령 어디쯤인가 초하구 여기로다. 호풍도 차기도 찬데, 궂은비는 무슨 일인가? 아무나 이 행색 그려내어 님 계신 데 부치려나?' 가곡이 오늘날까지 사람들의 입에 전하는데, 와신상담의 뜻이 절로 가곡 속에 그려지고, 당시 성심이 비분강개함이 여기에서 움켜칠 수 있다. 한번 외는 사이에 슬픈 눈물을 막을 수 없다.[227)

3) 〈청석령가〉 수용의 의미

이상의 자료들을 종합할 때, 봉림대군이 처음 부른 〈청석령가〉는 호풍과 궂은비가 몰아치는 상황에 볼모로 잡혀가는 대군 자신의 초라한 행색을 고국에 있는 부왕에게 전하고 싶은 마음을 드러낸 것이라 할 수 있다. 청석령이 앞에 나오고 초하구가 뒤에 나오는 것으로 보아 귀국 길에 불렀을 가능성도 있다. 실제 인조 15년(1637) 2월에 볼모로 잡혀갔다가 인조 23년(1645) 4월에 귀국한 점을 고려해야 할 것이다.

그런데 뒷날 대군의 자리에서 세자로 책봉되고 보위에 올라 북벌의 계획을 세우려다가 승하하자, 이 노래를 해석하는 시각이 크게 변한 것으로 추정할 수 있다. 이른바 하나의 '비가'에서 '비분강개'의 노래로 강

---

227) 조문명, 「燕行日記」 乙巳五月, 『鶴巖集』 冊6, 『한국문집총간』 192, 591면. 己未至 沓洞, 沓洞一名卽草河溝. 在昔丙子後, 孝廟北轅時, 雨滯此河, 親製御歌. 歌曰靑石 嶺何許, 草河溝此處, 胡風冷且冷, 霪雨何事, 誰也摸吾行色, 寄與君在所. 歌曲至今 流傳人口, 而薪膽之意, 自形於歌曲之中, 當日聖心之悲憤慷慨, 於此可掬, 一回諷 誦, 不禁悲涕.

화된 것이라 할 수 있다. 그리하여 와신상담의 초심이 이 노래를 부른 곳에서 비롯되었다고 해석하기도 하고 있다.

그리고 노래 속의 지소(地所)에 대한 이해도 다르게 나타나는데, 청석령은 대부분 공통으로 등장하지만 초하구는 다르게 바뀌기도 한다. 노래를 지은 장소에 대해서도 초기에는 청석령 고개에 올라서 지은 것으로 이해하였으나, 뒤에는 초하구에서 지은 것으로 인식하기도 하였다. 어떤 작품에서는 초하구가 '구련성(九連城)', '옥하관(玉河關)' 등으로 바뀌기도 한다. 옥하관으로 바뀐 것은 〈조천로~〉에 포함된 내용과 혼동한 데서 비롯된 것으로 보인다.

봉림대군이 지은 노래는 잡혀가는 대군의 개인적 비가에 해당하지만, 뒷날 사행에서 이곳을 지나는 사신은 비분강개하며 와신상담하는 마음을 싹틔운 노래로 받아들이면서, 강화된 태도를 강조하는 방향으로 전환시켰다고 할 수 있다. 이러한 전환은 〈청석가〉 자체가 가지고 있는 의미보다 후대의 시각에서 재해석한 것으로 이해할 수 있다. 정치적 입지가 포함된 해석이라고 할 수 있다. 〈청석가〉를 통하여 청나라에 대한 반감을 강조함으로써 이미 실체가 없어진 명나라를 존숭하고자 하는 사람들의 의식을 강화하고자 하는 의도가 포함되어 있는 것으로 이해할 수 있을 것이다.

한편 〈청석령가〉에 대하여 소현세자의 작품으로 전승되는 경우가 있어서 새롭게 주목할 수 있다. 〈청석령가〉와 함께 인조의 〈작구가(雀毂歌)〉까지 소개하고 있어서 상황 맥락에 대한 설명이 설득력을 얻을 수 있다. 〈작구가〉에 자식을 볼모로 보내야 하는 어버이의 마음이 절절하게 드러나고 있다.

인조가 불렀다는 〈작구가〉는 다음과 같다.

참새 새끼의 솜털 깃이 아직 자라지 않았는데
심양 길 위를 간다고 차마 말하네.
뒤척이며 가고 기면서 갈 터인데
네가 어떻게 다다르랴?
어미 새는 빈 둥지에서 근심스레 홀로 앉아
눈물이 흐르는 것을 막을 수가 없네.
雀鷇氄羽未成鷇　忍說瀋陽道上去
輾轉去匍匐去　渠何得到抵
母鳥空巢悄獨坐　淚下不自禦

권만(權萬, 1688~1749)의 〈또 높은 소리를 만들어 최후전을 짓다〉이다.

청석령에서 옥하관을 바라보노라니
호풍과 음우가 심양에 많네.
용루는 적적하고 구리 수레는 먼데
애 끊어지는 빈 둥지에서 솜털 같은 새끼의 노래를 부르네.
靑石嶺頭望玉河　胡風涅雨瀋中多
龍樓寂寂銅車遠　腸斷空巢鷇氄歌

　　세상에 전하기를 소현세자가 심양에 갈 때에 지은 노래에 이르기를,
"청석령 지나거다 옥하관 어디메오, 호풍도 차도 찰샤, 궂은 비는 무사
일고, 아무나 이 행색 그려내어 미인 계시는 곳 전하랴?"라고 하였다. 인
조 임금이 지은 노래는, "참새 새끼의 솜털 깃이 아직 자라지 않았는데,
심양 길 위를 간다고 차마 말하네. 뒤척이며 가고 기면서 갈 터인데, 너가
어떻게 다다르랴? 어미 새는 빈 둥지에서 근심스레 홀로 앉아, 눈물이
흐르는 것을 막을 수가 없네."이다. 신 만은 이미 높은 소리로 후전을 지
었고 또 감히 <청석>, <작구>의 두 노래를 번역하여 삼가 부치니, 이에
이르러 모신(謀臣)과 수신(帥臣)의 죄가 절로 드러났다. 아, 이루 다 말할
수 있으랴?[228]

권만은 이 시의 앞의 〈행금인후전〉에서 다음과 같이 기술하고 있는데, 소현세자가 볼모로 잡혀가게 된 상황과 관련하여 신하들의 처신에 대한 평가를 내리고 있는 셈이다.

지천 노인을 책망하지 않고
살아서 관옥 아이를 미워했네.
강도가 아직 부서지지 않은 것 같은데
남한이 어찌 일찍이 위태로우랴?
눈물이 맹세한 터로 들고
부끄러움으로 승전의 비에 들르네.
문장과 계책이
유청의 시에 감단되었네.
不咎遲川老　生憎冠玉兒　江都如未碎　南漢豈曾危
淚入尋盟墠　羞過勝戰碑　文章與籌策　勘斷幼淸詩[229]

권만은 이 시에서 지천 최명길, 관옥 김류 등에 대한 역사적 평가를 내리면서 유청 조식(曺湜)의 시에서 처단이 내려졌다고 하고 있다. 병자호란을 전후한 처신에 대한 역사적 인식을 드러낸 것으로 이해할 수 있다.

한편 가집에 소현세자의 작품으로 전해지는 노래는 다음 3수이다. 『근악』0247은 삼각산, 한강수가 한강수, 목멱산으로 바뀌었을 뿐 김상헌의

---

228) 권만, <又爲長聲作最後殿>, 『江左先生文集』卷3, 『한국문집총간』209, 101면. 世傳 昭顯世子瀋陽之行, 有歌曰靑石嶺已過, 玉河關何許, 胡風寒復寒, 淫雨是何事, 誰描我行色, 傳之美人所. 仁廟歌曰, 雀鷇毛羽未成鷇, 忍說瀋陽道上去, 輾轉去匍匐去, 渠何得到抵, 母鳥空巢悄獨坐, 淚下不自禦. 臣萬旣爲長聲後殿, 又敢翻出靑石雀鷇二歌謹附之, 至是而謀臣帥臣之罪自著矣. 嗚呼可勝言哉.

229) 권만, <行琴引後殿>, 『江左先生文集』卷3, 『한국문집총간』209, 101면.

작품으로 널리 알려진 것이고, 『시박』 031은 동생인 봉림대군(효종)의
작품으로 알려진 것이며, 『시단』 007은 다른 가집에 효종의 작품으로
수록되어 있다.

가노라 한강수야 다시 보자 목멱산아
고국산천을 써나고져 ㅎ랴마는
시절이 하 분분ㅎ니 다시 볼동말동 ㅎ여라 -『근악』 0247

데 가난 져 기럭이 한양성지에 잠간 들너
져근덧 웨여 블너 니 쇼식 전ㅎ소냐 못 전ㅎ소냐
우리도 임보러 봇비 가난 길일너니 전ㅎ동말동 ㅎ여라 -『시단』 007

청석령 지나거다 초하구 어듸미오
호풍도 춤도출스 구즌비는 무슴 일고
뉘라셔 내 행색 그려내여 님 계신 더 드릴고 -『시박』 031

이들 작품이 소현세자의 작품으로 전승되는 이유는 간단하다. 국난과
위기의 국면에 세자의 책무와 함께 볼모로 잡혀간 상황에서 겪어야 하
는 신고의 내면이 드러나기 때문이다. 그런데 소현세자는 볼모에서 풀
려나 고국에 돌아오고 얼마 지나지 않아서 세상을 떠나고, 세손으로 지
목된 아들들은 쫓겨나고 왕통이 동생이 봉림대군 쪽으로 넘어가게 되면
서 이에 대한 시비가 잠복되어 있었다고 볼 수 있기 때문이다.

한편 효종의 이름으로 전승되는 작품은 『청구영언』에 수록된 3수를
포함하여 13수가 있는데, 그중에는 『청구영언』 낭원군 이간의 작품으로
수록된 6수가 다른 가집에 효종의 작품으로 소개되어 있는데, 그 이유
를 분명하게 알 수 없다. 그리고 『청구영언』에 수록된 〈청석령〉과 〈제
가는 져 기러기〉(『시박』 024) 2수가 다른 가집에 소현세자의 작품으로

전승되는 경우가 있어서 검토가 필요하다. 그러므로 『청구영언』을 제외한 다른 가집에 효종이 지은 것으로 전승되는 작품으로 〈너도 형제로고~〉(『해주』 012), 〈장풍이~〉(『시박』 026), 〈청강에~〉(『해박』 014) 등을 들 수 있다.

IV.
17세기 후반 서울의 시가 향유와 향촌의 시가 향유

　제Ⅳ부는 17세기 후반 시가 향유의 양상을 서울과 향촌으로 나누어 살피고자 한다. 17세기 후반은 서울의 세족(世族)과 향촌의 사족(士族)이 분화되는 이른바 경향분기(京鄕分岐)[1]가 뚜렷해지는 시기라 할 수 있다. 경향분기는 서울과 향촌 사이에 간극이 커졌다는 것을 의미하면서 그 지향에서도 일정한 차이가 있음을 인정하는 개념이다. 게다가 경화사족 (京華士族)은 한양과 근교에 거주하는 사족이라는 일반적 의미 이외에, 특히 18세기 이후 서울[京華]과 지방[鄕村]의 정치·경제·문화적 격차가 심화되는 경향분기의 흐름에서 서울을 높이고 지방을 낮추던 풍조 속에 번화한 서울의 사족을 특별히 지칭하기 위하여 고안된 역사 용어[2]이기 도 하다.

　17세기 후반 『숙종실록』에서 제기된 몇몇 사례를 들면 다음과 같다.

　　사간 심수량(沈壽亮)이 상소하여 당시의 폐단을 아뢰었다. …

　　그 다른 하나는, 장선충(張善冲)은 문음 출신으로 별다른 품행과 재능 이 없는데도 곧장 승선(承宣)에 제수되었으므로 선발을 신중하게 하는 도리가 아니라는 것을 논하고, 또 서울[京華]의 자제들이 벼슬을 구하는 데 너무 서둘러서 마음을 조급히 굴면서 남과 권세를 다투는 일이 풍조를 이루어 세상의 도의가 천박해진다는 일과, 시골[鄕曲]의 곤궁하고 빈천 하면서 이름이 과거에 급제한 자들이 대부분 벼슬에 승진되지 못하여 원 통함을 않고 있는 폐단을 논하였다. 이어서 문음으로 벼슬길에 통하는 무리는 조금 억제하고, 간혹 문관을 음과(蔭窠)에 메워 임명할 것을 청하 였다. …"

　　답하기를,

1) 이현진, 「조선후기 京·鄕 분기와 수도 집중」, 『서울학연구』 52(2013), 67~90면 참조.
2) 최완수, 『진경시대』 1·2(돌베개, 1998), 김문식, 『조선후기 경학사상 연구』(일조각, 1996), 유봉학, 『연암일파 북학사상 연구』(일지사, 1995) 참조.

"…문음으로 벼슬함을 억제하는 일은 해조로 하여금 상주해서 분부를 받아 처리하도록 하겠다." 하였다.[3]

도목정을 친히 거행했다. 임금이 하교하기를,

"… 요사이 처음으로 서사(筮仕)하는 사람들이 대부분 경화의 자제들이고 먼 지방 사람들은 끼지 못하고 있으니, 먼 데 사람을 빠뜨리지 않고 미천한 사람도 등용하는 도리가 못되게 된다. 영남으로 말하면 본래부터 인재의 부고라는 곳으로서 조종조 이래 뛰어난 선비와 명현이 찬란하게 배출되었었다. 세상이 퇴보되고 풍속이 나빠져 비록 옛날처럼 우뚝하게 일어나지는 못할지라도 그 가운데 어찌 한 가지 재주나 한 가지 능력이라도 있는 선비가 없겠느냐? 수습하여 임용하라는 명을 여러 차례 내렸는데도 받들어 거행한 효과는 아득하기만 하다. 이번은 친림하여 계칙(戒飭)하게 된 때이니, 끝까지 망각해 버리는 지경에 두게 되어서는 안 될 것이다. …

아! 오늘의 이러한 거조는 진실로 드문 일로서, 무릇 이 몇 건의 사항은 반드시 조정의 정책에 있어 만에 하나라도 도움이 되지 않을 수 없을 것이다. 아! 너희 양전(兩銓)은 나의 뜻을 잘 본받도록 하라." 하였다.[4]

그런데 신경(申暻, 1696~1766)이 「외할아버지 현석 박선생유사」에서 박세채(1631~1695)가 경화사부와 향촌유생을 견주어 설명한 것을 소개한 내용이 우리의 주목을 끈다. 17세기 후반은 경향(京鄕)이 분기되는 시기라는 점에서 인식의 추이가 관심을 끌게 된다.

선생이 일찍이 말하기를, '몰래 보니 우옹이 늘 경화사부가 배움에 뜻을 두는 것을 기뻐했는데, 그러나 나의 뜻은 향촌유생이 뜻을 두는 것이 더욱 귀하게 여길 만한 것이다. 경화사부가 글을 알고 읽어서 풀이함은 비

3) 『숙종실록』 13권, 숙종 8년 6월 8일(갑신), 『국역 숙종실록』 6, 264면.
4) 『숙종실록』 18권, 숙종 13년 12월 25일(기사), 『국역 숙종실록』 10, 321면.

록 열려 통하고 빠르게 보태는 것 같다. 그러나 뜻이 도탑고 실행이 오로 지함과 순박하고 신실함을 밟음 같은 것은 곧 끝내 아마 향유에게 양보해 야 할 것이다. 일찍이 우공과 이를 말하면서 쟁론했는데, 그러나 우옹은 그렇게 여기지 않았으니, 마침내 어떠한지 알지 못하겠다. 5)

경화사부는 글을 알고 읽어서 풀이함[文識講解]이 열려 통하고 빠르게 보태는 것[開通敏給]과 같고, 향촌유생은 뜻이 도탑고 실행이 오로지함 [志篤行專]이 순박하고 신실함을 밟음[踐履淳實]에 강점이 있다는 것으로 이해할 수 있다.

실제 과거 시험이 빈번해지고, 서울의 경화사족들이 별시를 통해 관 직에 진출하는 한편, 고위 관직으로의 진출도 별시 출신자들이 많아지 면서 서울과 경기 지역이 정치 권력을 독점하게 되었다. 이들 경화사족 은 왕실과 혼인 관계를 맺고 왕위 계승에도 관여하면서 그들의 이익을 강화하고 있었다.

그러나 이른바 경화사부는 흰 바탕에 맨손으로 다만 과거를 훔쳐서 벼 슬을 차지하는 것을 능사로 하고, 작으면 어두운 밤에 작은 문을 뚫는 것이고 크면 대낮에 사납게 빼앗는 것이니, 이와 같은데 장차 배움을 베 풂에 무슨 방법이 있겠는가?6)

제Ⅳ부에서 다루고자 하는 서울의 시가 향유 내용은 우선 왕족으로

---

5) 신경, 「外祖考玄石朴先生遺事」, 『直菴集』 卷20, 『한국문집총간』 216, 504면, 先生嘗 曰, 竊看尤翁每悅京華士夫之志學者, 而吾意鄕村儒生之志學者, 尤爲可貴. 京華士 夫文識講解, 雖似開通敏給, 而若其志篤行專, 踐履淳實, 則恐終讓於鄕儒. 曾與尤 翁語此爭論, 而尤翁不以爲然. 未知竟如何也.

6) 홍직필, 「答李子岡」 辛巳臘月十八日, 『梅山先生文集』 卷9, 『한국문집총간』 295, 231면. 而所謂京華士夫, 白地赤手, 徒以盜竊科, 宦爲能事, 小則昏夜穿窬, 大則白晝 剽奪, 若是者將何所於施敎哉

인평대군과 그 아들들, 그리고 인평대군의 아들들과 교유한 낙동 창수 모임 구성원들, 낭원군 이간, 금옥계에 참석한 왕손, 정명공주로 대표되는 홍주원 집안, 그리고 홍만종의 집에서 무신낙회에 참석했던 사람들과 종남수계 구성원들이다. 이외에도 부마나 훈신들이 포함될 수 있으나, 시가 작품을 남긴 경우를 중심으로 살피고자 한다.

다음으로 향촌의 시가 향유 내용은 〈어부사시사〉의 창작과 이현보〈어부가〉의 수용, 〈육가〉의 후대 수용 양상, 이휘일의 〈전가팔곡〉과 장복겸의 〈고산별곡〉, 지역 선비에 대한 관심과 가사의 내면으로 김기홍의 〈농부가〉와 윤이후의 〈일민가〉, 여성 작가의 출현과 모계로 이어지는 노래 전승 등이다.

Ⅳ-1. 서울 사족 시가 향유의 양상

  1. 조계별업의 풍류와 그 변모

  2. 금옥계의 모임과 왕족의 시가 향유

  3. 무신낙회와 종남수계

  4. 낭원군 이간의 『영언』과 이하조의 역할

  5. 정명공주 수연과 가곡 향유

  6. 낙동 창수와 이서우의 위상

Ⅳ-2. 향촌 사족 시가 향유의 양상

  1. 〈어부가〉 전승과 현장 흥취의 후대 수용

  2. 육가의 후대 수용 양상

  3. 〈전가팔곡〉과 〈고산별곡〉

  4. 지역 선비에 대한 권면과 가사의 내면

  5. 여성 작가의 등장과 노래 전승의 과정

Ⅳ-1. 서울 사족 시가 향유의 양상

1. 조계별업의 풍류와 그 변모

1) 인평대군의 조계별업

조계별업은 인조의 셋째 아들인 인평대군 이요(李㴭, 1622~1658)가 인조 24년(1646)에 동소문 바깥 삼각산 아래의 조계동에 마련한 별서이다. 그곳에는 십일 층[十一級]의 폭포가 있어서 인평대군이 폭포 주변에 보허각(步虛閣)과 영휴당(永休堂)을 세우고 폭포에는 '九天銀瀑(구천은폭)'[7]이라 각자[8]까지 하였다.

삼각은폭(三角銀瀑)을 여산(廬山)에 양보하지 않는다는 말을 물리도록 들었으나, 그 진승을 찾지 못하다가 병술년(1646) 늦봄에 우연히 조계에 노닐면서 선구를 찾아보게 되었다. 한 줄기 폭포가 이름과 실제가 어

---

7) 九天銀瀑은 인평대군이 이곳에 別墅를 마련한 뒤에 선비들을 중심으로 삼각산 유산에서 매우 중요한 지소가 되었고, 『청구영언』 579번에서 볼 수 있는 바와 같이 사설시조의 연행에서도 중요한 의미를 지니고 있다. 최재남, 「백운봉 등림시조의 변이 양상과 현실성 검토」, 『진단학보』 111(진단학회, 2011.4), 221면, 232~233면 참조.

8) 九天銀瀑의 각자는 李伸의 글씨로 되어 있다. 이신은 인평대군의 「燕途紀行」에서 효종 7년(1656) 進奏使로 갈 때 弘濟院 전별에 堂下前縣監으로 掌禮房으로 참가하고 있음을 확인할 수 있다. 『松溪集』 권5, 「燕途紀行」, 『한국문집총간』 속35(민족문화추진회, 2007), 252면. 그런데 『한국서화인명사서』(3판, 예술춘추사, 1978)에서는 본관이 驪州이며 현감 福長의 아들로 武科에 올라 현감을 지냈으며, 필명이 있어서 興化門, 太僕寺, 霜臺衙門의 편액을 썼다고 하였다.

긋나지 않았다. 이에 산을 파고 골짜기를 막아 정자와 돈대를 세웠는데,
매우 맑고 빼어났다. 때때로 간혹 거문고와 술병을 들고 바람과 달을 읊
으며 옥 물결에 목욕하고 구슬 골짜기를 어슬렁거렸다. 문설주를 보허(步
虛)라고 하고, 당을 영휴(永休)라고 하였다. 아, 천백 년이 지나 단항목을
그리고 용마루를 새겨서 제멋대로 높고 높이지 않아도, 끝내 없어지지
않는 것은 오직 서교(石橋)와 은폭(銀瀑)이랴?[9]

〈보허각 술자리에서 부르고 답하다〉에서 조계별업의 풍류와 흥취를
자세하게 그리고 있다.

> 오월 동쪽 교외에 연일 내리던 비가 개는데
> 처마에 기대어 내려다보니 저녁 산이 푸르네.
> 꽃이 피는 굽은 섬돌에는 고운 빛이요
> 물이 내리는 맑은 못에는 출렁이는 형상이네.
> 가는 달은 어슴푸레 주렴 밖에서 일렁이고
> 맑은 퉁소는 영롱하게 베개머리에 들리네.
> 화려한 자리에 가는 산가지는 왕성이 멀지만
> 오히려 돌아가는 말이 취하여 깨지 않을까 두렵네.
> 五月東郊積雨晴   憑軒俯瞰暮山靑
> 花開曲砌娟娟色   水溝澄潭灧灧形
> 細月依俙簾外動   淸簫嘹喨枕邊聽
> 華筵細第王城遠   猶恐歸鞍醉未醒[10]

---

9) 이요, 「題槽溪步虛閣巖壁上」,『松溪集』卷4, 「雜著」,『한국문집총간』속35(민족문
  화추진회, 2007), 248면, 飽聞三角銀瀑, 不讓廬山, 未探其眞. 歲丙戌暮春, 偶遊槽溪,
  尋得仙區, 一道飛流, 名實不爽. 於是塹山堙谷, 創搆亭臺, 儘淸絶. 時或持琴壺吟風
  月, 沐浴瓊波, 逍遙玉洞. 閣曰步虛, 堂曰永休. 於乎, 千百年過, 畵棟雕甍, 縱未嵬峩,
  終不泯者, 其惟石橋銀瀑乎.
10) 이요, <步虛閣*槽溪水閣 酒席應呼>,『松溪集』卷2,『한국문집총간』속35, 214면.

인평대군은 이 지역을 동교(東郊)라고 지칭하였고, 미련에서 그들의
모임을 화연(華筵)이라고 하였다. 연경에서 고국을 그리면서 지은 〈자유
의 사수시에 비긴 것에 답하다〉의 셋째 수에서 동교를 떠올리면서, "해
질 녘에 돌아가는 구름은 나무 끝을 감싸고, 만 길 떨어지는 폭포는 꿈결
에서 보리(薄暮歸雲擁樹梢 萬丈飛瀑夢中看)."[11]라고 읊기도 하였다.

그런데 이곳에 별업을 마련한 뒤에 〈거듭 앞의 운을 써서 조계산장을
읊어서 곧 춘궁에 바치다〉와 같은 시를 써서 사형인 봉림대군에게 승경
을 알리기도 하였다. 수련에서 "이백 년 동안 사람들이 일컬은 곳인데,
이제야 명성이 충분히 더하리(二百年間人所稱 如今聲價十分增)."[12]라고 하
여 서로 공유하고 있던 부분에 대한 감회를 피력하고 있다.

그리고 사행에서 데리고 온 중국인 화가 맹영광(孟永光)과 조계별업에
서 노닐기도 하였는데, 이 일 때문에 한 때 대론(臺論)의 비판을 받기도
하였다. 〈맹영광을 데리고 조계에 가서 놀다〉가 그것이다.

> 대가마로 먼 데서 온 손님을 모시는데
> 동교의 별서에 새로 햇빛이 나타나네.
> 난간에 기대니 푸른 산이 가깝고
> 발을 걷으니 떨어지는 폭포가 환하네.
> 풍류는 거듭 빼어난 모임이고
> 그림은 더욱 높은 이름이네.
> 조금 취하여 흥취를 타고 돌아가노라니
> 비긴 해가 도성에 가득하네.
> 籃輿携遠客　郊墅屬新晴　倚檻青山近　捲簾飛瀑明

11) 이요, 〈答子由擬四愁詩〉, 『松溪集』 卷2, 『한국문집총간』 속35, 211면.
12) 이요, 〈疊用前韻 咏槽溪山庄 仍呈春宮〉, 『松溪集』 卷1, 『한국문집총간』 속35, 188면.

風流仍勝會　繪素又高名　小醉乘歸興　斜陽滿禁城[13]

　교서(郊墅)는 동교의 별서로 조계별업의 공간을 지칭하는 것인데, 함련에서는 푸른 산[靑山]과 떨어지는 폭포[飛瀑]가 시야에 들어오는 경관이라고 하였다. 경련에서 제시한 이곳의 풍류와 손님인 맹영광의 그림 솜씨가 더욱 품격을 높인다고 보았다. 미련에서의 흥취는 조계별업에서 낙봉(駱峰)으로 연결되는 것으로 이해할 수 있어서, 인평대군의 일상의 삶과 이어지는 고리라고 할 수 있다. 맹영광은 고국을 그리면서 〈망강남(望江南)〉[14]의 사를 노래로 부르기도 하였다.

2) 삼각산 유람과 조계별업

　이렇듯 조계별업은 인평대군이 살았을 때는 여러 사람들의 풍류의 공간이 되었고, 그 이후에는 삼각산을 유람하는 사람들에게 중요한 지소가 되었다. 현종 15년(1674) 허목의「갑인기행」, 숙종 33년(1707) 이익의「유삼각산기」, 숙종 38년(1712)의「유북한기」등에서도 조계별업과 구천은폭이 중요한 지소로 기술되고 있다.

　그런데 인평대군이 세상을 떠난(1658) 17세기 후반에 이 공간은 인평대군의 아들들이 관리했을 것으로 추정되고, 실제 이들과 친밀하게 교유했던 인물들이 드나들면서 풍류와 흥취를 누렸던 것으로 확인된다.

---

13) 이요, <帶孟永光 往遊槽溪 *孟卽中國名畫 號貞明 浙江人 勤邀東來 是秋還送>,『松溪集』卷2,『한국문집총간』속35, 198면.

14) 이단상, <聽孟畫師悲歌, 有感口占, 孟名英光, 蘇杭人>,『觀齋先生集』卷1,『한국문집총간』130, 19면, 悲歌一曲望江南, 千里風塵鬚欲鬚. 想見三吳秋色滿, 西湖行樂夢惜惜.

우선 가장 가까운 사람들인 금옥계의 구성원들이 이곳을 드나든 것이 확인된다. 이건(李健, 1614~1662)이 현종 2년(1661)인 신축년 가을에 산소를 둘러볼 때에 인평대군의 별서가 있던 조계를 둘러보고 느낌을 적은 〈신축년 가을 산소에 갈 때에, 조계를 두루 보고 느낌을 읊다〉에서는 인평대군 사후에 구천은폭을 함께 유람한 것으로 볼 수 있다. 이 무렵에는 인평대군의 아들들인 이정, 이남 등이 관리하고 있었을 것으로 추정된다.

> 보허각은 멀리 하늘에 이어지고
> 조계의 폭포는 기이하게 걸려 있네.
> 임금님 아들은 지금 어느 곳에 있는가?
> 구름이 덮인 산은 아직 이곳에 있네.
> 양원에는 노래와 춤이 흩어지고
> 후령에는 학과 퉁소가 슬프네.
> 필마로 바람과 달을 찾노라니
> 패옥을 끌던 옛날이 떠오르네.
> 連天步虛逈　懸瀑漕溪奇　帝子今何處　雲山尙在玆
> 梁園歌舞散　緌嶺鶴簫悲　匹馬尋風月　曳琚憶舊時[15]

효종 7년(1656)에 인평대군이 세상을 떠난 뒤에 조계동의 구천은폭 구역은 그의 아들들의 별장[16]이 되었다. 인평대군의 아들들은 효종과 현

---

15) 이건, 〈辛丑秋往山所時, 歷見漕溪感吟〉, 『葵窓遺稿』 卷4, 『한국문집총간』 122, 88면.
16) 朴宗善은 〈민석농·김원보와 함께 조계에 노닐다(同閔石農金元保遊槽溪)〉에서 "보허각은 무너지고 비홍교는 끊어졌는데, 회남의 신선 술법이 역사에 전함이 없네. * 옛날에 종실 정(楨)·남(枏) 형제의 별장이 이곳에 있었는데, 이른바 보허각과 비홍교는 지금은 없다. 백 년 동안 나쁜 이름을 남긴 정과 남은, 동쪽으로 흐르는 물에 다 씻어도 물이 그치지 않으리."라고 읊고 있다. 『능양시집』 권4, 『능양시집』 상(성균관대 대동문화연구원, 2017), 281면.

종의 비호를 받으면서 권세를 마음대로 누리고 있었기 때문에 그 권세를 등에 업고 조계동의 풍류가 융성했을 것으로 짐작할 수 있다.

정칙(鄭侙, 1601~1663)은 60세인 경자년(1660)에 지은 〈반하에 있을 때에 장차 여러 벗과 더불어 조계에 가려다가 비가 내려 시행하지 못하였다. 읊어서 김경겸과 김천휴에게 부치다〉라는 시에서 젊은 시절 성균관에 있을 때를 떠올리면서 조계동에 노니는 사람들이 많다고 하였다. 경겸은 김계광(1621~1675)의 자이고, 천휴는 김학배(1628~1673)의 자이다.

> 만고에 조계 골짜기에는
> 놀러 온 이가 날마다 몇 사람인가?
> 산령이 나를 기다리는 듯한데
> 언 비가 가는 길의 먼지에 뿌리네.
> 萬古曹溪洞　來遊日幾人　山靈如待我　凍雨洒行塵[17]

그리고 현종 15년(1674)에 쓴 허목의 「갑인년 기행」에서는 비홍교, 석정, 구천은폭 등과 함께 '송계별업(松溪別業)', '창벽(蒼壁)', '한담(寒潭)' 등의 각자까지 말하고 있다.[18]

한편 17세기 후반에 이서우(李瑞雨, 1633~1709)는 〈조계를 떠올리다〉에서 뭇 어진 이들이 모였다고 진술하여, 경신년 이전의 번성했던 시절

---

17) 정칙, <在泮下, 將與諸友遊曹溪, 雨未果. 吟寄金景謙·金天休學培>, 『愚川先生文集』 卷2, 『한국문집총간』 속29, 97면.

18) 허목, 「甲寅記行」 『기언별집』 제15권, 『한국문집총간』 99, 132면, 十五年仲夏壬辰. 出都門, 宿於大興佛宇, 在銀闕東北石麓小洞. 上叔父獜坪大君曹溪別業. 大興下臨石溪, 有溪堂, 堂前有重石矼, 其最高者曰飛虹之橋. 過虹橋, 有石亭, 縹緲尤佳, 橋上瀑布甚遠, 望之若水落九天之上, 刻曰九天銀瀑. 瀑布傍, 刻松溪別業, 石矼上下, 又有蒼壁寒潭二大刻. 山外望曠野平川, 爲絶景. 客相從者數人, 完山李云泰大來, 漢陽趙瑊國寶, 廣陵李聃命耳老. 又從我者, 從子胡, 字子如者也. 八十老人眉叟, 題.

을 말하고 있다.[19)]

다음으로 연안이씨 집안에서도 이곳에서 노닌 것을 확인할 수 있다. 이단상의 〈조계를 구경하다〉가 그것이다.

> 솔바람과 시내의 물이 절로 사람을 헤매게 하는데
> 난야가 허공을 깔보며 멀리 티끌을 끊었네.
> 따로 인간의 겨르로운 세계인데
> 금모래와 꽃비가 무릉의 봄이네.
> 松風澗水自迷人　蘭若凌虛逈絶塵
> 別有人間閑世界　金沙花雨武陵春[20)]

다음은 이민서(1633~1688)의 〈조계에서 노닐다. 2수〉이다. 이 시가 남구만이 영남의 진휼어사로 내려간 현종 3년(1662)에 쓴 시 〈남운로에게 부쳐 보내다, 2수(寄贈南雲路二首)〉 다음에 실려 있어서 이 무렵에 지은 것으로 볼 수 있다. 첫 수를 보면 다음과 같다.

> 왕자께서 찾던 곳인데
> 공무의 여가에 잠시 나가 놀았네.
> 차가운 물은 북쪽으로 나가는 것이 막혔고
> 짧은 해는 서쪽으로 흐르는 것을 무서워하네.
> 골짜기의 새들은 서로 부르는 소리에 놀라고
> 솔숲에 부는 바람은 쉬지 않고 부네.
> 해 질 무렵에 그윽한 흥취가 지극한데
> 다리 위에는 스님 한 분이 머무네.

---

19) 이서우, 〈憶曹溪〉,『松坡集』卷2,『한국문집총간』속41, 22면. 詩題가 〈億曹溪〉로 되어 있으나 〈憶曹溪〉로 보아야 할 것이다.

20) 이단상, 〈賞曹溪〉,『靜觀齋先生集』卷1,『한국문집총간』130, 21면.

王子尋眞處　公餘暫出遊　冷源窮北出　短景怯西流
谷鳥驚相喚　松風吹不休　晩來幽興極　橋上一僧留[21]

김만기(1633~1687)의 〈남운로와 이휘중이 조계에 노닌 시의 운을 따다 *남은 이름이 구만이고, 이는 이름이 민서이다〉는 남구만[22]과 이민서가 조계에 노닐면서 지은 시에 차운한 것이다. 첫 수를 보도록 한다.

　　　　남종이 일찍이 지팡이를 세우고
　　　　등각에서 즐거운 놀이가 성대했네.
　　　　조사의 법인으로 산이 길이 있는데
　　　　번화하여 물이 절로 흐르네.
　　　　이로써 깊이 살핌을 펴니
　　　　곧 돌아가 쉴 곳을 갖추고 싶네.
　　　　아직도 마음이 맞는 곳을 기억하거니와
　　　　시내의 다리에서 종일 머물렀네.
　　　　南宗曾卓錫, 滕閣盛遨遊. 祖印山長在, 繁華水自流.
　　　　以玆發深省, 仍欲辦歸休. 尙記會心處, 溪橋終日留.[23]

그리고 조현기(趙顯期, 1634~1685)는 도봉산에서 서울로 돌아오는 길에 조계동에 들른 일을 적으면서, 화각과 갠 무지개를 말하고 있다. 화

---

21) 이민서, <遊曹溪 二首>『西河先生』卷3,『한국문집총간』144, 46면.
22) 남구만은 <密陽次彝仲寄示韻>,『藥泉集』第1,『한국문집총간』131, 421면. 후주에서 "일찍이 휘중(이민서)과 함께 조계에서 노닐고, 꽃이 피면 다시 놀자는 약속이 있어서 언급하다(曾與彝仲遊曹溪, 有花開復遊之約, 故及之)"라고 하였다. 해당 구절은 미련의 "문득 조계의 약속이 생각나거니와, 봄을 찾는 일은 이미 글렀네(却憶曹溪約, 尋春事已非)."이다.
23) 김만기, <次南雲路·李彝仲遊曹溪詩韻 *南名九萬, 李名敏敍>,『瑞石先生集』卷2,『한국문집총간』144, 366면.

각은 보허각을 가리키고 갠 무지개는 비홍교를 가리키는 것으로 보인다. 이 시는 문집의 편성에서 효종 8년(1657) 겨울에 도봉산에서 지내면서 지은 〈제월루에서 느낌이 있어(霽月樓有感)〉 다음에 수록되어 있어서 이듬해인 효종 9년(1658) 봄에 지은 것으로 추정할 수 있다.

> 도봉산의 붉게 물든 봄꽃을 다 밟고
> 또 조계동에 들어가서 짧은 지팡이를 던지네.
> 천고의 끊어진 벼랑은 화각을 떠받치고
> 반공의 나는 폭포는 갠 무지개를 걸었네.
> 솔숲 사이에서 나그네는 유하주에 취하는데
> 구름 바깥에 중은 먼 절의 종소리에 우네.
> 곧바로 석양이 되어도 아마도 가지 아니하고
> 밤에 샘에 비친 달은 그림자가 영롱하네.
> 春花踏盡道峯紅　更入曹溪擲短筇
> 千古斷崖扶畫閣　半空飛瀑挂晴虹
> 松間客醉流霞液　雲外僧鳴遠寺鍾
> 直到夕陽應不去　夜來泉月影玲瓏[24]

이와 함께 〈정중하게 백씨의 운을 따서 도봉의 옛 놀이를 적고, 조공거, 홍만용, 홍만형 등 여러 친구에게 부치며 화답을 구하다〉에서 조사석(1632~1693), 홍만용(1631~1692), 홍만형(1633~1670) 등과 조계에서 꽃놀이를 하면서 술에 취하여 실수한 내용까지 자세하게 밝히고 있다. 20대 청년들이 꽃놀이를 하면서 풍류를 즐긴 것으로 이해할 수 있다.

> 삼월에 산촌에는 꽃놀이가 바쁜데

---

24) 조현기, 〈自道峯還京 歷賞曹溪〉, 『一峯先生詩集』 卷2, 『한국문집총간』 속42, 42면.

우연히 좋은 나그네를 만나서 고당에 모였네.

아직도 그대의 얼굴이 술동이 앞의 기억을 어여삐 여기거니와

내 말이 취한 뒤에 광분(狂奔)하였음을 살피지 못하네.

현안의 앓는 마음은 약 봉지를 바라고

무릉의 봄빛은 선향을 꿈꾸네.

어느 때에 다시 참된 세책을 찾음을 이루랴?

함께 조계의 물방울 향기를 마시네.

* 이날 모임에 내가 흥이 올라 실컷 마시고 먼저 취하여 쓰러져서 여러 사람들이 돌아가는 것을 살피지 못했다. 술이 깨어 들으니 취한 가운데 말이 공거를 침노함이 매우 심했다고 하기에 제4구에서 언급하였다. 또 여러 사람들과 조계에서 같이 놀기로 하였으나 실행하지 못하여서 말구에서 언급하였다.

三月山村花事忙　偶逢佳客會高堂

猶憐爾面樽前記　不省吾言醉後狂

玄晏病懷須藥裹　武陵春色夢仙鄕

何時更遂尋眞計　共汲曹溪一滴香

* 伊日之會, 余乘興引滿, 先醉而倒, 不省諸人之歸, 醒聞醉中語侵公擧特甚云, 故第四及之. 又約諸人同遊曹溪而不果, 故末句及之.[25]

　그리고 조현기는 김좌명(1616~1671)의 행장인 「병조판서 김공 행장」에서 "일찍이 풍악, 천성, 영호의 여러 형승지를 두루 탐방하고 더욱이 중흥, 도봉, 조계의 천석을 아껴서 말미를 얻으면 문득 말을 타고 나가서 구경하면서 어슬렁거리다가 돌아오는 것도 잊었다(嘗探歷楓岳天聖嶺湖諸勝槩, 尤愛重興道峯曹溪泉石, 得暇便卽匹馬出賞, 倘徉忘返)."[26]라고 하였다.

　이렇듯 인평대군이 마련한 조계별업은 인평대군이 활동하는 동안은

25) 조현기, <敬次伯氏韻, 記道峯舊遊, 寄趙公擧, 洪伯涵 萬容, 叔平 萬衡 諸益求和>, 『一峯先生詩集』 卷2, 『한국문집총간』 속42, 42면.

26) 조현기, 「兵曹判書金公行狀」, 『일봉집』 권6, 『한국문집총간』 속42, 111면.

물론이고 인평대군이 세상을 떠난 뒤에도 아들들이 차지하면서 이들과 가까이 지내던 사람들을 포함하여 한양에서 풍류를 즐기던 사람들이 즐겨 찾던 명소가 되었다. 삼각산을 유람하는 사람들에게 구천은폭을 포함한 조계별업이 필수 여정이 되었던 것으로 확인된다.

3) 조계별업 풍류의 성격 변화

경신년(1680)의 정치적 소용돌이 이후에 조계별업의 풍류는 그 성격에서 변화가 일어나고 있었다. 구천은폭을 찾아서 풍광을 즐기기도 하지만, 때로 그 이전에 풍류를 즐기던 일을 회억하고 있거나, 쓸쓸해진 모습을 바라보기도 하였다. 기록에 남지 않은 많은 기억은 일부러 지우려고 노력했을 것으로 추정할 수 있다. 정치적 변화에 민감하게 반응한 셈이다.

이서우는 이정, 이남 등과 친밀하게 교유하면서 인평대군이 마련한 조계동의 구천은폭에도 자주 드나들었던 것으로 추정할 수 있는데, 실제 〈조계의 빙폭을 생각하다(憶曹溪氷瀑)〉, 〈조계를 생각하다〉 등의 작품이 이를 반증한다.

> 지난날 조계에는 뭇 어진 이들이 모였는데
> 이른 가을 화악에는 쌓인 비가 개네.
> 금지에서 사흘 동안 마시며 머물고
> 은하가 구천의 소리를 내며 뒤집혀 쏟아지네.
> 한묵을 마음대로 하매 교룡이 바뀌고
> 생황과 퉁소가 완연히 구르매 난새와 학이 우네.
> 병이 많은 지금은 승경을 구경하기 어려우니
> 석교의 아득한 달빛을 꿈결에 거니네.

　　曹溪往歲群賢集　　華嶽新秋積雨晴
　　金地留連三日飮　　銀河倒瀉九天聲
　　縱橫翰墨蛟龍變　　宛轉笙簫鸞鶴鳴
　　多病只今難濟勝　　石橋霞月夢中行[27]

　다음은 신응구(申應榘)의 손자인 신익상(申翼相, 1634~1697)이 〈내종
이공미 *세원 등 여러 형들과 더불어 같이 조계 폭포를 구경하고 돌아와
송계에서 물고기를 잡고 달빛을 띠고 돌아와서 여러 어진 이에게 바치
면서 화답을 구하다〉라는 시에서 유람의 과정에 일어난 일을 기술한 것
이다. 내종 이세원(李世瑗, 1667~1741) 등과 함께 조계 폭포를 완상하고
지은 것이다. 세 수 중에서 첫 수가 조계 폭포를 구경하고 송계에서 물고
기를 잡으면서 흥겨운 시간을 보낸 내용이 주를 이룬다.

　　　조계 폭포를 다 보고 돌아와서
　　　푸른 부들 가을 물에 물고기를 잡네.
　　　맑은 술동이를 서로 마주하는 황화의 절기에
　　　들판의 노인의 검은 얼굴에 웃음이 한바탕 열리네.
　　　看盡漕溪瀑布回　　碧莎秋水打魚來
　　　淸樽共對黃花節　　野老蒼顔一笑開[28]

　그리고 함께 갔던 내종제 이세옥(李世玉)의 시에 차운한 〈다시 진숙의
조계 운에 차운하다〉에서는 금강산을 유람하고 온 이세옥에 대한 부러
움이 포함되어 있다.

---

27) 이서우, <憶曹溪>, 『松坡集』 卷2, 『한국문집총간』 속41, 22면.
28) 신익상, <與內從李公美*世瑗諸兄弟, 同賞漕溪瀑布, 回到松溪網魚, 帶月罷歸, 奉呈
　　諸賢求和>, 『醒齋遺稿』 冊3, 『한국문집총간』 146, 90면.

풍악과 봉래를 꿈속에서 도는데
홍취를 타고 밟고 온 그대가 부럽네.
옷 가에는 아직 연하의 빛을 띠고 있거니와
시 위에서 만 이천 봉이 열린 것을 보는 것 같네.
楓岳蓬萊夢裡回　羨君乘興踏穿來
衣邊尙帶煙霞色　詩上如看萬二開[29)]

그리고 권두경(1654~1726)의 〈조계의 보허각에서 달밤에 피리소리를
듣다. 각은 인평대군이 지었다고 한다〉에서는 달밤에 피리소리를 들으
면서, 조계별업의 풍류를 그대로 지속하고 있음을 보여주고 있다. 이
시는 문집의 수록 정황을 볼 때 숙종 21년(1695) 7월 무렵에 지어진 것으
로 볼 수 있다.

당시에 왕자가 티끌의 기내를 싫어하여
세상을 나와 특별히 나는 누각을 일으켰네.
밝은 달이 있는 골짜기에 옥피리 소리 들리는데
다시 생황을 부는 학이 구산을 지나는지 의심하네.
當年王子厭塵寰　別起飛樓出世間
明月洞中聞玉篴　更疑笙鶴過緱山

천 길의 층진 벽에는 더위잡는 줄이 끊겼는데
한 길 나는 물이 푸른 하늘에 걸렸네.
밝은 달이 하늘에 가득하고 놀은 차가운데
고운 빛깔의 퉁소 소리가 자줏빛 맑은 연기로 들어오네.
千尋層壁絶攀緣　一道飛流掛碧天
明月滿空霞佩冷　彩簫吹入紫淸煙

---

29) 신익상, 〈復次振叔漕溪韻〉, 『醒齋遺稿』 冊3, 『한국문집총간』 146, 91면.

은폭이 뒤집혀 흐르면서 푸른 골짜기가 열리는데
석교를 가로 건너면 천태와 같네.
신선 놀이가 밤이 되면 흥이 다하기 어려운데
옥피리의 나는 소리가 달을 타고 내려오네.
銀瀑翻流碧洞開　石橋橫渡似天台
仙遊入夜興難盡　玉篴飛聲月下來[30]

그리고 「조계에서 노닐며 달빛을 구경한 시의 서문」과 「다시 조계에
노닌 기문」에서도 조계별업의 풍류가 지속되고 있음을 기록하고 있다.

칠월 열엿샛날에 내가 조계에서 놀았는데, 산문에 들자 함께 놀기로
한 여러 사람들이 이미 도착하였다. 절 아래에 정사가 있어서, 장릉(長陵,
인조) 말년에 왕자 인평대군이 세운 것이라고 한다. 말에서 내려서 언덕
을 나란히 하며 지름길로 북쪽으로 골짜기로 들어가니, 골짜기는 사람의
지경이 아니었으며, 기이한 돌과 드리운 샘이 많았고 돌은 병풍과 벽이
되어 들보와 문지방의 형상이었다. 돌다리를 건너니 물가의 누각이 바위
가 차지한 공중에 시렁처럼 있었고, 물이 누각 바닥을 흐르며 소리가 쟁
그랑거렸다. 물이 서벽 위의 골짜기 속에서 나와 벽에 이르러 매달려 흐
르며 수십 자의 폭포가 되었으며, 비가 내린 뒤에는 더욱 기이하였다. 폭
포 위의 골짜기에는 또 두 개의 봉우리가 있는데, 빼어난 경색이 반공에
있고, 길이 끊어져서 이를 수 없었다. 물이 누각을 지나 동쪽으로 흐르며
또 두 계단의 폭포가 되는데, 물이 아래 계단에 이르러 점점 느려지면서
더욱 길어지고, 돌은 하얘진다. 동쪽으로 평평한 들판에 닿으며, 또 그
동쪽은 수락산이 된다. 서쪽 벽의 북쪽 언덕과 다리 동쪽의 못 옆에는
이따금 돌에 새긴 것이 있으며 또 바위를 열고 누각을 세운 일을 새겼는
데, 인평이 직접 쓴 것이 많다. 밝은 달이 돋은 뒤에는 산과 물이 더욱

---

30) 권두경, <槽溪步虛閣, 月夜聞笛. 閣是麟坪大君所構云>, 『蒼雪齋先生文集』 卷2,
　　『한국문집총간』 169, 35면.

그윽해진다. 중서(仲舒)가 피리 하나와 필율 하나로 바위 사이에 걸터앉
아 궁성을 머금고 우성을 뱉으면 소리가 빈 산에 가득하여, 하늘의 소리
와 물의 음악이 서로 화합하여 도우고, 흥이 난 중이 바위 위에서 춤을
추고, 술을 불러서 한 순배를 돌리면 사람으로 하여금 정신과 뼛속이 서
늘하게 되어 오래도록 돌아가고 싶지 않게 된다. 밤에는 상방에 묵고, 아
침에 다시 물가의 누각에 이르러 피리를 불러 몇 곡을 타니 맑은 바람이
절로 먼 곳에서 이르러 흥이 그치게 할 수 없다. 내가 절구 4수를 얻어서
여러 사람들에게 부탁하여 화답하게 하고, 또 함께 논 사람들의 이름을
적으니, 여러 분이 장차 돌아가서 나에게 서를 쓰게 하다.[31]

　조계동은 삼각산의 동쪽에 있는데, 동으로 우이동에 닿아 있고 왕성과
십 오리 떨어져 있으며, 폭수암 골짜기가 절경이다. 왕성의 대부와 선비
들이 나막신의 굽으로 날마다 이른다. 사월 경자일에 내가 때맞추어 함께
노닐기로 약속하였다. 지난 해 칠월에 이미 숙관(叔寬, 權希高), 중서(仲
舒, 琴遑) 등 여러 분과 놀면서 달빛을 완상하고 시와 서문을 남겼는데,
지금 두 번째로 온다. 중서는 이미 고인이 되어서, 슬프게 한다. 김차원(金
次元)이 술병을 차고 이르러서 함께 마셨다. 나무를 더위잡고 낭떠러지를
따라서 제일급에 이르러 드리운 물을 엿보니, 물의 길이는 몇 길쯤이고,
돌병풍이 그 앞을 가리어서 높은 담같이 매우 기이했다. 물이 그 속으로
모이는데, 그 오른쪽이 이지러져서 물이 빠져나온다. 돌이 패인 부분을

31) 권두경, 「游槽溪玩月詩序」, 『蒼雪齋先生文集』 卷12, 『한국문집총간』 169, 216면. 七
月旣朢, 余游槽溪, 入山門, 諸同游已至. 招提下有精舍, 長陵末, 王子麟坪大君所構
云. 下馬並厓徑北入谷, 谷非人境, 多奇石垂泉, 石爲屛壁梁閫之狀. 度石橋, 有水閣
架巖居空中, 水行閣底聲鏘然, 水出西壁上洞中, 至壁懸流, 爲瀑數十尺, 雨後尤奇云.
瀑上洞中有二峯, 秀色在半空, 路絶不可至. 水過閣東出, 又爲瀑二級, 水至下級, 微
緩而益長. 石益白, 東臨平野. 又其東爲水落之山, 西壁北厓, 橋東潭側, 往往有石刻,
而又刻開巖架閣事, 多麟坪手筆. 明月旣出, 山水益幽幽然, 仲舒使一簜一觱篥, 踞石
間奏, 含宮吐羽, 響滿空山, 天籟水樂相助. 有僧興發舞石上, 呼酒一行, 使人神骨
泠然, 久而不欲歸. 夜宿上方, 朝復至水閣, 呼笛數弄, 淸風自遠而至, 興不可盡. 余得
四絶, 屬諸君和之, 又書同游人姓名, 諸君將歸而使余序.

만나면 머물러 소가 되어 푸르고 깨끗하다. 그 나머지는 넘쳐서 굽게 꺾
여서 아래로 흐른다. 패인 부분이 더욱 커지면 물이 쌓여서 더욱 깊어지
고 넓어진다. 고리를 이룬 돌 언덕은 둘러앉아서 술잔을 돌리며 읊을 만
하다. 마침내 수각에 이르면 바닥을 뚫고 지나가 한담(寒潭)이 된다. 제일
급 위의 깊은 골짜기는 아득하여 너럭바위와 기이한 봉우리들이 있다.
사월 바람이 따뜻하고 해가 길어지면 풀과 나무와 이내 기운이 서로 흰
돌 사이를 비추고 흐르는 물이 빨리 흘러서 아낄 만하다. 돌아와서 기록
하다.[32]

　　권두경의 시와 기문으로 보아 숙종 21년(1695)~숙종 22년(1696) 사이
에도 조계별업의 풍류가 어느 정도 지속되었던 것으로 추정할 수 있다.
　　한편 이옥(李沃, 1641~1698)의 〈조계에서 노닐며, 대유와 백우와 자형
세 벗에게 화답하다〉에서는 왕손의 수각이 비어 있다고 했으니, 조계별
업의 풍류가 바뀐 모습이라고 할 수 있다. 대유는 이구(李絿)이고 백우는
김유(金濡)이며, 자형은 권흠(權欽)이다.

　　　　오래도록 유속의 비웃음이 되었는데
　　　　호방하게 오르니 아직 모두 없애지 못했네.
　　　　이미 형해를 마음대로 맡겼는데
　　　　아직도 예법이 성긺을 부끄러워하네.
　　　　겨르로우니 시의 맛이 유별하고

32) 권두경, 「再游槽溪記」, 『蒼雪齋先生文集』 卷12, 『한국문집총간』 169, 223면. 槽溪在
覆鼎東, 東臨牛耳, 距王城十五里. 瀑水巖洞絶勝, 王城大夫士屐齒日至. 四月庚子,
余約時會共游. 前年七月, 已共叔寬·仲舒諸人游玩月, 有詩序, 今再矣. 仲舒已作古
人, 爲之悽然. 金次元佩壺至共酌, 攀木緣厓, 至第一級窺垂水. 水長數丈, 石屛掩其
前, 若高塘甚奇, 水鍾其中, 缺其右水出焉. 遇石圩停泓綠淨, 溢其餘屈折而下, 圩益
大, 水積益深且廣, 環石岸可列坐觴詠, 卒至水閣, 穿底而過爲寒潭. 第一級上深洞杳
然, 有磐石奇峯. 四月風和日長, 草樹嵐氣, 相映白石間, 流水濺濺可愛, 歸而爲之記.

그윽한 곳에서 술의 홍취가 남네.
여러 군자를 이끌고
이번 나들이는 공허한 것이 아니네.
절 경계에 날을 가려서
우리 벗이 함께 하니 기이한 놀이이네.
티끌 속을 따르는 것과 같더니
그림 속으로 들어왔네.
계곡의 폭포는 날려서 비가 되고
소나무 물결은 섞인 바람을 마르네.
개울물 소리는 다투어 귀를 어지럽게 하고
먼저 세상의 시끄러움에 귀 먹었네.
옛 절 조계 위에
소나무와 삼나무가 가는 길로 통하네.
빗장 사이로 어지러운 돌이 지나가고
상쾌하게 트여서 갠 봉우리를 보네.
스님은 운방을 닫았고
왕손의 수각은 비었네.
다른 날 호해의 약속은
도리어 가을바람을 잃을까 두렵네.

久爲流俗笑	豪擧未全除	已任形骸放	猶慙禮法踈
閒來詩味別	幽處酒興餘	携手諸君子	玆行不作虛
選日招提境	奇游我友同	如從塵土裏	來入畵圖中
磵瀑飛成雨	松濤捲雜風	瀧瀧爭亂耳	先向世喧聾
古寺曹溪上	松杉細路通	間關經亂石	快闊覩晴峰
衲子雲房閉	王孫水閣空	他時湖海約	還恐失秋風[33]

33) 이옥, <遊曹溪, 和大柔·伯雨·子馨三友>, 『博泉先生詩集』 卷1, 『한국문집총간』 속44, 114면.

그런데 홍세태(1653~1725)는 〈조계의 보허각〉에서 이미 폐허가 된 모습을 그리고 있다. 이 시는 숙종 41년(1715) 무렵에 지은 것으로 추정된다. 왕손들이 놀던 일이 아득하고, 보허각과 비홍교의 모습이 볼품이 없어졌다고 하였다. 게다가 곁에 있던 절은 헐리고 중마저 떠나서, 여라에 걸린 푸른 달빛만 마음을 아프게 한다고 하였다. 더 이상 조계별업의 풍류를 볼 수 없게 된 것이다.

> 왕자가 하늘에서 노넒은 아득하고
> 빈 산은 부질없이 쓸쓸하네.
> 차가운 물이 보허각에 울리고
> 가을 풀은 비홍교에 가라앉네.
> 절이 헐려서 지내는 중이 없고
> 숲이 어두워 나무꾼도 볼 수 없네.
> 여라에 걸린 푸른 달이 마음을 아프게 하는데
> 누가 다시 밤에 퉁소를 불랴?
> 王子天遊遠　空山漫寂寥　寒流響虛閣　秋草沒虹橋
> 庵毀無居衲　林昏不見樵　傷心綠蘿月　誰復夜吹簫[34]

조계별서의 풍류는 인평대군이 살아 있던 시절과 그 이후 경신년 (1680)까지 인평대군의 아들들이 누렸던 풍류를 묶어서 살필 수 있으며, 경신년에 정치적 국면이 바뀌면서 그 풍류의 성격도 바뀌었다고 할 수 있다. 주로 인평대군 집안사람들과 가까웠던 사람들이 모여들었고, 남인(南人) 계열의 인물들이었던 것으로 보인다. 이들이 풍류 현장에서 향유한 노래와 시편은 이후 경신년의 정치 상황의 변화와 함께 감춰지거나 익명으로 전승되었던 것으로 추정할 수 있을 것이다.

---

34) 홍세태, 〈曹溪步虛閣〉, 『柳下集』 卷12, 『한국문집총간』 167, 532면.

2. 금옥계의 성격과 시가 활동

1) 금옥계의 결성

17세기 후반에 왕손들이 계회를 조직하여 친목을 도모하고 노래와 시를 즐겼는데 그 모임을 금옥계(金玉契)라고 하였다. 금옥(金玉)은 금지옥엽(金枝玉葉)의 준말로 종실의 왕족을 가리키는 말이다. 왕손은 종친부(宗親府)에 소속되어서 품계는 받고 있지만 실제로 정사에 참여하지 못하기 때문에 일반 사족의 경우와는 많은 차이가 있었다.

송시열이 「해원군의 화첩 뒤에 쓴 글」에서 금지옥엽을 왕손을 지칭하는 말로 사용하고 있다.

> 해원군의 삼첩은 황강 권치도(권상하)로 인하여 회덕의 다릿골에서 얻어 보게 되었는데, 본 조정의 금지옥엽이 그 문예에 있어서 각각 그 기묘함에 이르지 않음이 없음에 탄복하였다. 첩 속에는 바른 마음을 잡고 지키는 말이 있어서 이것이 실로 유가의 진결이며, 또한 세 번 다시 받아들이게 한다.[35]

그리고 다음 기록에서 보듯 숙종 임금이 종실을 금지옥엽으로 인식하면서 보호하려는 태도를 굳게 지키고 있었음을 알 수 있고, 뒷날 영조 임금도 같은 태도를 드러낸 것이 확인된다.

> 임금이 윤허하지 않으면서 이르기를,

---

35) 송시열, 「書海原君畫帖後」, 『宋子大全』 卷148, 『한국문집총간』 113, 191면, 海原三帖, 因黃江權致道, 得見於懷德之橋谷, 因歎我本朝金枝玉葉, 其於文藝, 無不各臻其妙也. 帖中又有操存正心語, 此實儒家眞訣, 又令人三復服膺也.

"종실은 바로 금지옥엽이다. 아무리 말예(末裔)라 할지라도 무시해서는 안 되는 것이 자명한 일이다. 설령 성평(星坪)이 사인을 구타한 것이 그 소장의 내용과 같다고 하더라도 사실을 거론하여 파직을 청하는 데 불과할 따름인데, 이제 크게 성색을 드러내어 '어떻게 생겼는지 모르겠다.' 하고 '무식한 종얼이다.' 하면서 여지없이 마구 모멸을 가하였으니, 사체에 있어 어떻게 이럴 수가 있겠는가? 매우 온당치 못한 처사이나." 하였다.[36]

그런데 17세기 후반에 선조 임금의 자손[37]으로 종형제[4촌]에서 재종[6촌]에 이르는 후손들이 서로 친목을 도모하기 위하여 금옥계를 결성하였다. 효종 10년(1653)에 이건(李健, 1614~1662)이 쓴 서문을 통해서 자세한 사정을 살필 수 있다. 선조 임금은 2명의 왕비와 6명의 후궁을 두었는데, 왕위를 물려준 광해군을 포함하여 여러 왕자와 공주, 옹주를 두었다. 금옥계에 참여한 왕손은 선조의 손자들로 종형제에서 재종형제에 해당하는 사람들이 중심이었다.

서문을 쓴 이건은 선조의 후궁인 정빈 민씨 소생인 인성군 공(珙)의 셋째 아들이다. 정빈 민씨는 인성군 공과 인흥군 영(瑛, 1604~1651)의 두 아들과 옹주 셋을 두었고, 인성군에게 5남 2녀가 인흥군에게 2남 2녀와 서녀 하나가 있다. 인성군의 아들은 길(佶), 억(億), 건(健), 급(伋), 희

---

36) 『숙종실록』권33, 25년 7월 12일(기묘), 『국역 숙종실록』17, 167~168면.
37) 선조(1552~1608)는 2명의 왕비와 6명의 후궁이 있었는데, 왕비 중 의인왕후 박씨는 후사가 없었고, 인목왕후 김씨는 영창대군과 정명공주(홍주원)를 두었으며, 후궁 중 공빈김씨는 임해군과 광해군(1575~1641)을 두었고, 인빈김씨는 의안군, 신성군, 정원군(원종), 의창군과 정신(서경주), 정혜(윤신지), 정숙(신익성), 정안(박미), 정휘(유정량)옹주를 두었으며, 순빈김씨는 순화군을, 정빈민씨는 인성군, 인흥군과 정인(홍우경), 정선(권대임), 정근(김극빈)옹주를 두었고, 정빈홍씨는 경창군, 정정(유적)옹주를 두었으며, 온빈한씨는 흥안군, 경평군, 영성군과 정화(권대항)옹주를 두었다.

(僖)인데, 이건은 인성군의 셋째 아들이다. 인흥군에게는 낙선군 우(俣, 1637~1693)와 낭원군 간(偘, 1640~1699)의 두 아들이 있다. 이건은 「금옥계 서문」에서 선조의 자손으로 종형제에서 재종에 이르기까지 금지옥엽의 준말인 금옥계를 조직하여 가(歌)와 시를 향유하는 모임을 가졌다고 기록하고 있는데, 금옥계의 구성원으로 낙선군이 〈감군은사〉[38]를 남기고 있고, 낭원군이 가집 『영언(永言)』을 엮은 것으로 보아 17세기 왕손을 중심으로 한 시가 향유에서 금옥계가 중요한 역할을 한 것으로 평가할 수 있다.[39]

　금옥계는 해안군 이억(李億)과 영양군(嶺陽君) 이현(李儇)이 처음으로 시작하고, 평운군(平雲君) 이구(李俅)가 이었으며, 인평대군 이요(李㴭) 등도 참여하였다. 여기에 이건의 숙부인 인흥군 이영도 일정한 역할을 했던 것으로 볼 수 있다.

　해안군 이억은 정빈 민씨 소생으로 선조의 일곱째 아들인 인성군 공의 둘째 아들이고, 영양군 이현은 온빈 한씨 소생으로 선조의 열한 번째 아들인 경평군 륵(玏)의 맏아들이며, 평운군 이구는 정빈(貞嬪) 홍씨(洪氏) 소생으로 선조의 아홉째 아들인 경창군(慶昌君) 이주(李珘)의 셋째 아들이다. 뒤에 인빈 김씨 소생인 신성군(信城君)의 계자(繼子)가 되었다. 모두 선조에게 손자가 된다.

　금옥계와 관련하여 선원(璿源)의 계보를 보이면 다음과 같다.

---

38) 김현식, 「낙선군 이우의 〈감군은사〉, 그 작품세계와 의미연구」, 『한국시가연구』 43(2017), 273~316면, 신영주, 「17세기 문예의 새로운 경향과 낙선군 이우」, 『한문교육연구』 27(2006), 542~575면, 김수경, 「17세기 후반 종친의 활동과 정치적 위상」(이화여대 석사논문, 1987), 황정연, 「낙선군 이우의 백년록 연구」, 『서지학연구』 52(한국서지학회, 2012) 295~321면.
39) 최재남, 『17세기 전반 정치·사회 변동과 시가사』(보고사, 2018), 192면, 주 33) 참조.

인빈 김씨	정빈 민씨							정빈 홍씨	온빈 한씨
5定遠君	7 珙 仁城君				12瑛 仁興君			9珚 慶昌君	11㻂 慶平君
倧 능양군 인조	佶 海平君	億 海安君	健 海原君	伋	㑞	俁 朗善君	侃 朗原君	俅(三) 平雲公	儹 嶺陽君
濬(三)麟 坪大君		瀜沈	沈澒濆 灉浘洮			㵝	㵢混溥 深滌潢		
侑楨 柑椻									

「금옥계 서문」은 다음과 같다.

오직 우리 목릉[선조]의 자손은 종형제부터 재종에 이르기까지 그 수가 많지 않다. 종실 집안 중에서 정의가 절로 갑절이나, 각각 흩어져 살고, 각각 일에 끌려서 끊임없이 서로 방문하지 못한다. 비록 이곳을 방문해도 저곳은 방문하지 못하고, 비록 그 한 사람을 만나도 그 둘을 만나지 못한다. 일 년의 세월 중에서 서로 볼 수 있는 때는 적고, 보지 못하는 때가 많아서, 보면 위로가 되는데 보지 못하면 막히게 된다. 사람살이의 즐거움이 다시 그 얼마인가?

여러 군이 모두 이를 탄식하여, 병술년(1646)에 계를 만들자고 다 의논하고, 이름을 금옥이라 하였는데, 대개 금지옥엽의 뜻에서 따온 것이고, 그러나 그 의도는 다만 서로 자주 만나자는 것이었다. 살아서는 혼인 예물에 도움을 주거나 생일을 축하하고, 죽어서는 염습에 부의를 보내거나 장례 때에 노역을 하며, 가난한 사람에게는 곡식을 내어서 구휼하고, 아픈 사람에게는 약을 지어서 살리는데, 그 까닭은 도타움을 펴고 은애를 늘려서 산 사람이나 죽은 사람에게 유감이 없도록 하는 것 이외에 다른 것이 없다.

이미 생일에 모임을 마련하는 것으로 계헌을 삼아서, 스무 명 남짓 계원의 생일이 없는 달이 없고, 간혹 한 달에 겹쳐지기도 하니, 계회의 수를 알 만하다. 서로 만나는 일이 잦아지니 계를 만든 뜻이 어찌 우연이랴? 꽃 피는 아침과 달뜨는 저녁이 되면 서로 만나고 싶어져서 각 술 한 병을 차고 정해진 때가 없이 모여서, 청루에서 노래와 음악을 듣기도 하고, 간혹 근교에서 풍경을 찾기도 한다. 무릇 모임이 있게 되면 정이 가까워지고 뜻이 넉넉하여 정도에 거리끼지 아니하고, 술을 마시면 헤아림이 다하고, 앉는 자리는 차례가 없어진다. 바둑판을 에워싸고 뜻을 펼치고, 귤과 밤을 던지며 장난을 친다. 노래 부르는 사람은 노래를 부르고, 시를 짓는 사람은 '시를 짓는다. 오늘 여기에서 취하고, 내일은 저기에서 마신다. 넉넉한 놀이가 단란하여 정을 다하고 흥을 다하는데, 옛 사람들이 이른바 인생행락이라는 것이 바로 이를 이르는 것이라, 진실로 즐길 만하다. 우리들이 모두 닮음이 없이 종반의 뒤를 차지하여, 성스러운 덕화에 목욕하고, 앉아서 작록의 영예를 누리니, 한 번 마시고 한 번 노는 것이 우로의 은택을 환히 대신하지 않음이 없고, 해를 바라는 해바라기의 정성이 진실로 헤아릴 수 없다.

이 계를 설립하자고 말을 꺼낸 사람은 해안공(海安公; 億)과 영양공(영양공; 俔)이며, 평운공(平雲公; 俅)이 이어서 화답하였으며, 비단 보자기 한 건을 계중에 기증하였는데, 책사를 싸는 것으로 삼으려고 나에게 서문을 부탁하였다. 보는 곧 평운공이 대대로 전하는 청전의 보물인데, 곧 선조 때에 하사한 것이었다. 병란에 겨우 전하여 지금 계중에 기증하였으니 간혹 사물 중에도 운수가 있는 것인가? 그리고 평운공의 호의는 사람으로 하여금 경의를 일으키며, 내가 감히 글이 졸렬하다고 사양하지 못하고 계를 마련한 뜻을 간략히 서술하고 후대 자손으로 하여금 우리들의 오늘 가까운 사람들이 친하게 지내는 정을 모두 알게 하고, 보통 많은 사람이 나오는데, 만약 불초한 사람이 후세에 나와서 계헌을 헐어버린다면, 곧 뒷날 구천지하에서 서로 보지 않으리라 맹세하며, 대대로 바꾸지 말 것을 깊이 후손들에게 바라노라. 계사년(1653) 늦은 봄 상한.[40]

---

40) 李健, 「金玉稧序」, 『葵窓遺稿』 卷11, 『한국문집총간』 122, 171면, 唯我穆陵子孫, 自
從兄弟, 以至再從, 其數無多. 宗族中情義自倍, 而各散其居, 各以事牽, 不得源源相

「금옥계 서문」을 통해서 보면 금옥계는 특별한 정치적 목적이나 이해관계를 가진 모임이 아니라, 살아서는 혼인 예물에 도움을 주거나 생일을 축하하고, 죽어서는 연습에 부의를 보내거나 장례 때에 노역을 하며, 가난한 사람에게는 곡식을 내어서 구휼하고, 아픈 사람에게는 약을 지어서 살리는데, 그 까닭은 도타움을 펴고 은애를 늘려서 산 사람이나 죽은 사람에게 유감이 없도록 하는 것[41] 이외에 다른 의도가 없음을 강조하고 있다.

「금옥계 서문」을 쓴 이건의 기록을 중심으로 살펴보면, 금옥계에 인성군과 인흥군의 후손들이 적극 참여하고 인평대군도 직접 참여한 것으로 확인된다. 이제 구체적 내용을 살펴보도록 한다.

訪. 雖訪于此, 不得訪于彼, 雖遇其一, 未得遇其二. 一年光陰, 相見時少, 不見時多, 見則慰, 不見則鬱. 人間歡悰, 其復幾何? 諸君俱以是歡, 歲在丙戌, 僉議作契, 名之曰金玉, 蓋採金枝玉葉之義, 而其意只欲相見之頻也. 生有婚幣之助初度之賀, 死有斂殯之賻窆葬之役, 貧者糶穀而賑之, 病者劑藥而活之, 其所以敍敦睦長恩愛而生死無憾者, 無外乎此也. 旣以初度設會爲稧憲, 二十餘員之初度, 無月無之, 或一月之內疊有之, 則可知稧會之數. 相見之頻, 設稧之意, 豈偶然哉. 至於花朝月夕, 思欲相會, 則各佩一壺, 無時聚會, 或聽歌管於靑樓, 或尋風景於近郊. 凡有會集, 情親款治, 不拘以律, 飮必盡量, 坐不以序. 圍博奕而暢意, 投橙栗而作戱. 歌者歌, 詩者詩. 今日醉于此, 明日飮於彼, 優游團欒, 盡情盡興, 古人所謂人生行樂者, 正謂此也, 信可樂矣. 吾儕俱以無似, 忝在宗班之後, 沐浴聖化, 坐享爵祿之榮, 一飮一游, 無非曠代雨露之澤, 葵藿向日之誠, 固不可量也. 此稧之設唱之者, 海安·嶺陽兩公, 而平雲公繼而和之. 至以錦袱一件, 贈于稧中, 以爲冊子之裹, 要余爲序. 袱卽平雲公世傳靑氊之物, 而乃宣祖朝恩賜者. 瓦全於兵燹, 今爲稧中之贈, 其或物亦有數. 而平雲公之好義, 令人起敬. 余不敢以文拙辭, 略敍設稧之意, 俾後子孫, 庶知吾儕今日親親之情, 出於尋常萬萬, 而如有不肖者, 出於後世, 毀我稧憲, 則他年九原之下, 誓不相見, 世傳勿替. 深有望於後裔云. 癸巳季春上澣.

41) 이건, 「金玉契祭耽山副守文」, 『葵窓遺稿』 권12, 『한국문집총간』 122, 191면과 같은 것이 금옥계의 이름으로 탐산부수에게 제를 올리는 경우이다.

2) 왕손의 시가 향유

이건의 맏형인 삼족당 이길(李佶)은 해평군(海平君)으로 17세기 전반 유명한 가기 아옥(阿玉)의 후원자로 가곡 향유에 일정한 기여를 하면서 노래와 술로 소일한 것으로 확인된다.[42]

이길은 아버지가 대론의 논박을 당해 유배되었다가 죽는 것을 보고 노래와 술로 세월을 보내려고 했던 것 같다. 아버지 인성군 이공이 인조 2년(1624)에 이귀(李貴) 등의 공척을 받아 간성에 안치될 때, 이길은 홍인당 별당에서 임금의 위로[43]를 받기도 하였다. 이듬해에 인성군은 원주로 이배되었다가, 인조 4년(1626) 석방되었다. 그런데 인조 6년(1628)에 허유 등의 역모 사건이 터지면서 인성군을 왕으로 추대한다는 말이 있었으므로 진도에 위리안치하게 되었다. 그해 5월에 자결의 명[44]이 내려져서 그곳에서 죽었다. 그리고 부인과 자녀들은 제주로 이배되었고, 인조 7년(1629)에 장성한 이길, 이억, 이건은 제외하고 가족들은 방면되었다. 인조 13년(1635)에 세 아들이 강원도 양양으로 이배되었다가, 인조 14년(1636)에 모두 풀려났다. 인조 15년(1637)에 죄적에서 벗어나고 관작을 추복하고 여러 아들도 직임에 제수되었다.

그리고 중형인 해안군(海安君) 이억(1613~1655)은 금옥계를 결성하고 모임에서 핵심적인 역할을 했던 것으로 보인다. 〈사형이 총부에서 직숙하면서 금옥계의 여러 분에게 준 운에 차운하다〉는 계회의 회원들이 시를 지으면 다른 사람들이 차운을 하면서 그 정서를 공유했던 것으로 이해할 수 있다.

42) 최재남,『17세기 전반 정치·사회 변동과 시가사』(보고사, 2018), 191면.
43)『인조실록』8권, 인조 3년 2월 25일(갑진),『조선왕조실록』33(탐구당, 1981), 683면.
44)『인조실록』18권, 인조 6년 5월 14일(갑술),『조선왕조실록』34(탐구당, 1981), 272면.

젊은 날에는 기쁘게 관현을 즐겼는데
지금은 거꾸러져 화려한 자리가 부끄럽네.
한 말을 마실 때면 시가 백 수이니
누룩 수레를 만나는 곳에 흐르게 하지 말라.
少日歡娛喜管絃　卽今潦倒愧華筵
一斗飮時詩百首　麴車逢處莫流涎[45]

그리고 이건은 〈금옥계의 계회에서 취한 뒤에, 사형의 병을 앓는 중의
운을 따다〉에서, 금옥계를 발의하여 이끌었던 형이 앓아누워서 계회에
참석할 수 없게 된 사정을 밝히고 있다.

병을 앓는 중에 붉은 대문은 닫혀서 열리지 않는데
자리에 앉아도 깊은 술독을 기울일 뜻이 없네.
시름이 일면 경거(瓊琚)의 구절에 기대는데
슬프게 할미꽃 들판을 바라보며 흰 머리를 들어 올리네.
病裏朱門掩不開　臨筵無意倒深罍
愁來賴有瓊琚句　悵望鴒原首自擡[46]

그런데 해안군의 원시는 "듣자니 풍류가 성대한 잔치를 연다는데, 당
에 가득한 호방한 손님이 금 술동이를 기울이리. 홀로 봄을 아쉬워하며
초췌한 바탕인데, 병을 앓는 모전의 자리에서 머리만 부질없이 들어 올
리네(聽說風流盛宴開　滿堂豪客倒金罍　獨有傷春憔悴質　病纏床席首空擡)."이
다. 병을 앓느라 금옥계의 모임에 참석하지 못하고 시만 지어 보낸 듯하

---

45) 이건, <次舍兄鎖直摠府, 贈金玉契會諸君韻>, 『葵窓遺稿』 卷3, 『한국문집총간』 122,
　　46면.
46) 이건, <金玉契契會醉後, 次舍兄病中韻>, 『葵窓遺稿』 卷3, 『한국문집총간』 122, 38면.

다. 이에 대해 이건이 지은 차운시에서는 형제 사이의 우애를 강조하면서 자리에 참석하지 못한 형에 대한 아쉬움을 토로하고 있다.

그런데 또 다른 차운시로 인성군의 넷째 아들이며 이건의 동생인 해녕군(海寧君) 이급이 지은 시는 다음과 같은데, 이 차운시에서 "소원 백화총에~"[47]로 시작하는 시조의 연행과 관련한 궁금증을 풀 수 있는 실마리를 확인할 수 있다.

> 옛 정원의 떨기 속에 온갖 꽃이 피었는데
> 왕손에게 말을 보내나니 술독을 아끼지 마시라.
> 오늘 당에 가득하게 노래와 춤이 모였는데
> 다만 아픔과 병으로 눈만 부질없이 들어 올리네.
> 古園叢裡百花開　寄語王孫莫惜罍
> 今日滿堂歌舞會　只緣傷病眼空擡[48]

여기에서 첫 구에 등장하는 "옛 정원의 떨기 속에 온갖 꽃이 피었는데(古園叢裡百花開)"가 『청구영언』에 수록된 "소원 백화총에~"와 연관이 있을 것으로 추정할 수 있다. 『청구영언』에 수록된 작품에서는 나비를 등장시켜 거미가 줄을 치고 가해를 하려고 하고 있으니 조심하라는 경계의 진술이 중심을 이루고, 해녕군의 차운시는 이면으로 왕손들에게 잔치의 흥취에 너무 취하지 말라고 경계하고 있는 것으로 볼 수 있다.

그런데 "소원 백화총에~"는 『청구영언』에 이름이 밝혀지지 않은 채로 수록되었는데, 『병와가곡집』 526번에 인평대군의 작품으로 작가의 이

---

47) 김천택 편, 『청구영언(영인편)』(국립한글박물관, 2017), 361번 작품.
48) 이급, <金玉契會醉後, 次舍兄病中韻, 附次韻>, 이건, 『葵窓遺稿』卷3, 『한국문집총간』122, 38면.

름이 밝혀져 있다.

이러한 추정은 권극중(權克中, 1585~1659)의 〈궁중사시사〉 8수 중 첫 수에 『청구영언』에 수록된 시조와 비슷한 의경(意境)을 드러낸 작품이 있어서 참고가 된다. 온갖 꽃이 피어 있는 이름난 정원과 나비 등은 궁중과 관련한 내용이라는 것을 이해할 수 있는 것이다.

> 이름난 정원에 삼월에 온갖 꽃이 피었는데
> 꽃 밖에 봄을 맡은 어사가 와 있네.
> 먼 데서 금원 중의 채색 장막 옮기는 것을 보노라니
> 하늘 가득 나비가 홀로 배회하네.
> 名園三月百花開　花外司春御史來
> 遙見苑中移彩帳　滿天蝴蝶獨俳個[49]

『청구영언』에 수록된 "소원 백화총에~"의 작품이 뒷날 인평대군의 작품으로 비정된 데에는 궁금의 잔치와 관련된 비화가 내장된 것으로 이해할 수 있는 것이다. 특히 『청구영언』에서 지지(知止)라고 설명을 하고 있는 것도 참조할 수 있다.

이미 필자가 이 작품을 두고 금원 또는 낙봉 주변의 화연과 관련되어 있을 것으로 추정[50]한 바 있는데, 여기에서는 해녕군 이급의 차운시를 통해 추론할 수 있는 바와 같이 인평대군을 포함한 금옥계의 구성원들이 공유할 수 작품으로 이해하고자 한다. 이러한 이해는 실제 『청구영언』에 작가를 밝히지 않고 수록하고 있는 무명씨의 작품들에 대한 이해

---

49) 권극중, 〈宮中四時詞 八首〉, 『青霞集詩集』 卷7, 『한국문집총간』 속21, 448면.

50) 최재남, 「인평대군의 가곡 향유와 〈몽천요〉에 대한 반응」, 『고시가연구』 31(한국고시가문학회, 2013), 381~384면 참조.

의 방향을 전환하는 중요한 시각의 하나라고 할 수 있기 때문이다.

다음은 계회의 잔치 자리에서 술에 취해 사형 해안군의 운을 따서 지은 〈계회의 잔치 자리에서 취하여 사형의 운을 따다〉이다.

> 당시에는 백마를 타고 봄놀이를 따랐는데
> 오늘은 푸른 술동이로 홀로 누대에 오르네.
> 옥 술잔을 전할 때에 흰 손을 멈추고
> 비단 거문고를 울릴 때에 맑은 눈동자가 움직이네.
> 풍광은 안개 낀 꽃이 늦어지는 것을 상관하지 않는데
> 인사는 세월이 흐르는 아쉬움을 견디네.
> 지척에서 서로 그리워하면서 창자가 끊어지듯 괴로운데
> 무산의 구름과 비가 꿈결에서 시름겹네.
> 當年白馬逐春遊　今日靑樽獨上樓
> 玉斝傳時停素手　錦琴鳴處動明眸
> 風光不管烟花晩　人事堪傷歲月流
> 咫尺相思腸斷苦　巫山雲雨夢中愁[51]

그리고 직책을 맡고 입직하는 낭선군 이우(李俁)에게 준 시는 다음과 같다. 사촌 사이에 낙봉 남쪽을 거닐면서 풍류를 즐기자고 제안하고 있다.

> 비가 갠 앞산에 갠 이내를 마는데
> 만 리 높은 하늘은 쪽처럼 푸르네.
> 궁궐 버드나무에 예쁜 꾀꼬리는 쌍쌍이 날고
> 상림의 좋은 계절은 삼짇날이 가까워지네.

---

51) 이건, <契會讌席 醉次舍兄韻>, 『葵窓遺稿』 卷5, 『한국문집총간』 122, 126면.

봄을 아쉬워하는 앓는 나그네는 뜻을 부치기 어렵고
직숙하는 왕손은 흥취를 견딜 수 없네.
언제나 행화촌에서 좋을 술을 사서
푸르디푸르게 낙봉 남쪽을 함께 걸어보랴?
前山雨歇捲晴嵐　萬里長天碧似藍
宮柳巧鶯飛兩兩　上林佳節近三三
傷春病客情難寄　鎖直王孫興不堪
何日杏村賒美酒　靑靑共踏駱峯南[52]

　　낙선군 이우는 금옥계의 구성원으로서 어린 나이라 특별한 활동이 드
러나지 않지만, 뒷날 동음(洞陰)을 배경으로 〈감군은사〉를 지은 것은 금
옥계의 영향을 받은 것으로 이해할 수 있다.
　　그리고 영양군 이현(李俔)이 사행[53]을 떠날 때에 송별한 시에서는 다
음과 같이 읊고 있다.

　　왕손이 장차 경계를 나가려는데
　　의기가 절로 편안하네.
　　초탁은 요임금의 셈에 말미암고
　　배사는 순임금의 얼굴을 우러르네.
　　재주와 이름이 조야를 떨치고
　　우로와 같은 은혜가 나라에 넘치네.
　　스스로 말을 달리는 괴로움을 받아들였는데
　　어찌 길이 어렵다고 꺼리랴?
　　한 동이 술에 다 취함이 마땅하고
　　두 줄기 눈물이 흐르지 못하게 하네.

---

52) 이건, 〈贈朗善入直〉, 『葵窓遺稿』 卷6, 『한국문집총간』 122, 149면.
53) 영양군 이현은 현종 즉위년(1659)에 사은사로 청나라를 다녀왔다.

전별의 장막에는 노래 소리가 끊어지고
이별의 자리에는 춤추는 소매가 어지럽네.
붉은 마음은 북극에 걸리고
옥절은 서쪽 관문을 향하네.
이 이별은 꿈속의 꿈이고
앞 노정은 산 바깥의 산이네.
처량한 화표주요
적막한 패강의 물굽이네.
칼을 풀고 서를 지나서 가고
뗏목을 타고 한수를 건너 돌아오리.
수양산은 남긴 묘정의 뒤요
충무는 옛 사당 사이이네.
아득한 연산의 구름은 어둑하고
머나먼 변새의 달은 굽었으리.
푸른 바다 위에 길이 다하고
자줏빛 처마의 반열에 시야가 끊어지네.
아득한 봉화에 이리와 연기가 가라앉고
긴 성에는 꿩과 나비가 한가하리.
사행은 참으로 기대를 모으는 것이니
떠나는 길에 아프지 말기를 바라노라.
대궐을 그리워하매 시름은 천 가닥이요
어버이를 생각하매 안타까움은 몇 갈래인가?
보는 것마다 봄이 흐드러지고
곳곳에 새가 지저귀리.
지는 해에 술상을 거두고
샛바람에 고취가 둥그네.
남은 꽃은 어지러이 날리고
흐르는 물에 잔잔하게 목이 메네.
우두커니 서서 행색을 바라보노라니

나부끼어 더위잡을 수 없네.

王孫將出界	意氣自安嫻	超擢由堯算	拜辭仰舜顔
才名振朝野	雨露溢區寰	自許驅馳苦	寧嫌道路艱
一尊宜盡醉	雙淚莫敎潸	祖帳歌聲遏	離筵舞袖斑
丹心懸北極	玉節向西關	此別夢中夢	前程山外山
凄涼華表柱	寂寞汨江灣	解劍過徐去	乘槎涉漢還
首陽遺廟後	忠武古祠間	漠漠燕雲暗	悠悠塞月彎
途窮靑海上	眼斷紫宸班	遠燧狼煙沒	長城雉蝶閑
使乎眞屬望	去矣幸無瘝	戀闕愁千緖	思親恨幾般
看看春爛熳	處處鳥綿蠻	落日杯盤撤	東風鼓吹圜
殘花飛撩亂	流水咽潺湲	佇立瞻行色	飄然不可攀[54]

다음은 금옥계의 활동에 적극 참여한 것으로 추정되는 인평대군과 관
련된 내용을 살펴보도록 한다. 우선 〈능원대군 집의 잔치 자리에서 송계
어른이 기생 월궁아에게 준 시에 공경스럽게 차운하다〉를 보도록 한다.

화려한 집에서 잔치를 파하니 달이 이미 나지막한데
경국지색이 관서로 나감이 가련하네.
헤어지면서 거듭 술잔을 잡는 것을 사양하지 마시라.
창자가 끊어짐이 마치 자고새의 울음 같이 두렵네.

醉罷華堂月已低　可憐傾國出關西
臨別莫辭重把酒　斷腸猶恐鷓鴣啼[55]

문집의 편집에서 효종 4년(1653) 이후에 지어진 것으로 볼 수 있는데,

54) 이건, <送嶺陽君赴京二十韻>, 『규창유고』 권7, 『한국문집총간』 122, 155면.
55) 이건, <綾原大君宅燕席, 敬次松溪大爺*麟坪大君 贈妓生月宮娥韻>, 『규창유고』
권3, 『한국문집총간』 122, 51면.

가기로 추정되는 월궁아(月宮娥)라는 기생이 관서로 돌아가는 것을 가련
하게 여기는 것으로 보아, 광해군 시대에 관서의 가기를 한양으로 차출
한 것과는 다르게 이 무렵에 한양에 와 있던 관서의 기생들을 돌려보냈
던 것으로 추정할 수 있다.

능원대군은 인조의 동생이며 능창대군 이전(李佺)의 형인 이보(李俌,
?~1656)를 가리키는데, 이 집안에서 잔치가 열렸던 것으로 보인다. 뒷날
현종 7년(1666)에 능원대군에게 정효(貞孝)라는 시호가 내려지고 현종 8
년(1667)에 능원대군 집에서 영시연(迎諡宴)을 베풀었다는 기록[56]이 있
어서 참고가 된다.

이미 앞에서 살핀 바와 같이 이건은 현종 2년(1661) 가을에 산소를 둘
러볼 때에 인평대군의 별서가 있던 조계를 둘러보고 느낌을 적기도 하
였다.[57]

3) 이건의 활동 양상

이건[58]은 아버지 인성군이 죄에 몰려서 죽게 되면서 형제들과 함께
왕손으로서의 처신이 어려움에 직면했던 것으로 보인다. 넷째 아들 화
춘군 정(瀞)에게 준 시에서 그런 내면을 읽을 수 있다. 넷째 아들이 "불법
을 마음대로 행하고 도리가 아닌 재물을 가로챘다는 말을 듣고, 스스로
일컬어 부자라고 하는 사람들이 웃음을 파는 것을 염두에 두지 않는다
는 것을 시 속에서 언급하고 아이들이 더럽힐 것 같은 경계로 삼고자

---

56) 『현종실록』 권13 후, 8년 3월 16일(경인), 『국역 현종실록』 6, 15면.
57) 이건, <辛丑秋往山所時, 歷見漕溪感吟>, 『葵窓遺稿』 卷4, 『한국문집총간』 122, 88면.
58) 이서우, 「海原君墓誌銘 幷叙」, 『松坡集』 卷13, 『한국문집총간』 속41, 254면 참조.

했다(聞有恣行不法, 橫取非理之財, 而自稱富人不念人之笑賣者云, 故詩中及之, 以爲兒輩若洸之戒)."라는 서까지 붙어 있다.

> 선을 행하는 것이 우리 집안의 일이요
> 가난을 편안히 여김이 너희들의 도리이다.
> 이웃의 부자와 멀어진다고 말하지 말고
> 오직 문장 배우기를 바라노라.
> 爲善吾家事　安貧汝輩常　休言隔隣富　唯願學文章[59]

　한편 〈전별의 자리에서 가기에게 주다〉에서는 스스로 가기에게 시를 주면서 풍류를 드러내기도 하였다.

> 푸른 노새에 술을 싣고 홀로 찾았는데
> 은근한 정의로 나그네의 마음을 위로하네.
> 두 줄기 이별의 눈물에 온 한을 아울렀고
> 이별 노래 한 곡조가 천금의 값이네.
> 생전에 다만 꽃 같은 모습을 생각하였는데
> 떠난 뒤에는 옥음이 멀어짐을 어찌 견디랴?
> 오늘 굴레의 회포가 감개에 치우치는데
> 흰 구름 안개의 경치가 시름겹게 읊는 속으로 들어오네.
> 靑驢載酒獨相尋　情意慇懃慰客心
> 別淚雙行兼百恨　離歌一曲直千金
> 生前祇是思花貌　去後那堪隔玉音
> 今日羈懷偏感慨　白雲煙景入愁吟[60]

---

59) 이건, 〈示瀩 *四男花春君〉, 『葵窓遺稿』 卷1, 『한국문집총간』 122, 10면.
60) 이건, 〈祖席贈歌妓〉, 『규창유고』 권3, 『한국문집총간』 122, 101면.

그리고 이건은 금옥계를 통하여 노래와 시에 대한 관심을 드러내기도 하였지만, 개인적으로 이야기 문학에 대한 관심이 두드러졌던 것으로 보인다. 〈상사동기〉, 〈교홍기〉, 〈배항전〉, 〈운화전〉, 〈서상기〉, 〈전객기〉, 〈주생전〉 등을 읽고 그 소감을 시로 표현하고 국문으로 전승되던 〈강로전〉을 한문으로 번역하기도 하였다. 소설과 잡극 등에 대한 폭넓은 독서를 보여주는 것이라고 할 수 있다.

〈상사동기〉에 대한 소감은 다음과 같다. 〈상사동기〉는 애정전기소설에 해당하는 것으로 지체 높은 귀공자인 김생이 궁녀 영영을 열렬하게 사랑한 사연을 담고 있다. 〈운영전〉과 달리 행복한 결말을 맺고 있다는 것도 한 특징이다.

> 길 위에서 서로 만나고 곧 서로 헤어지는데
> 깊은 맹세와 그윽한 약속을 귀신은 알리.
> 만약 전별하는 나그네가 창두의 계획이 없다면
> 하늘 가운데에 해 하나도 기약하지 못하리.
> 路上相逢卽相離　深盟密約鬼神知
> 若無餞客蒼頭計　不有天中一日期[61]

〈교홍기〉는 명나라 초기의 잡극인데, 연산군 시절에 사신을 통하여 구입[62]한 것으로 확인된다. 신순(申純)과 교랑(嬌娘)의 은밀한 사랑을 다루고 있는 작품이다. 〈교홍기〉에 대한 소감은 다음과 같다.

봄을 찾는 남은 한은 예나 이제나 고른데

---

61) 이건, 〈題相思洞記〉, 『규창유고』 권3, 『한국문집총간』 122, 36면.
62) 『연산군일기』 권62, 12년 4월 13일(임술), 전교하기를, "『전등신화』·『전등여화』·『효빈집)』·『교홍기』·『서상기』 등을 사은사로 하여금 사오게 하라." 하였다.

바다에 맹세하고 산에 맹세해도 끝내 펴지 못하네.
마침내 죽어서 연리지가 되게 하여도
하늘은 다만 사람을 헤아리지 않는 탄식을 견디리.
尋春遺恨古今均　海誓山盟結未伸
終使化爲連理樹　堪嗟天只不量人[63)]

〈배항전〉은 배항의 전설을 담은 전기소설로 보이는데, 『전기(傳奇)』
「배항」에 배항이 선녀인 운교부인(雲翹夫人)을 만났을 때, 운교부인이
배항에게 "경장을 한번 마시면 온갖 감정이 생기고, 현상을 다 찧고 나
면 운영을 만나리라. 남교가 바로 신선이 사는 곳인데, 어찌 곡 기구하
게 옥경을 오르려 하나(一飮瓊漿百感生, 玄霜搗盡見雲英. 藍橋便是神仙窟,
何必崎嶇上玉京)."라는 시를 주었는데, 뒷날 배항이 남교를 지나다가 목
이 말라 한 노구(老嫗)의 집에 들어가 운영(雲英)이 갖다 준 물을 마시고,
운교부인의 예언을 생각하여 운영에게 장가들기를 청하자, 노구가 "옥
저구(玉杵臼)를 얻어 오면 들어주겠다." 하므로, 뒤에 배항이 옥저구를
얻어서 마침내 운영에게 장가들어 신선이 되어 갔다는 내용이 있다. 〈배
항전〉에 대한 소감은 다음과 같다.

기구하게 옥경의 하늘에 오르지 말라
남교에 다다르고자 하면 지척의 가이리.
검은 서리를 찧고자한들 어찌 얻을 수 있으랴?
전세의 몸은 아마 신선의 인연이 있으리.
崎嶇莫上玉京天　願到藍橋咫尺邊
欲搗玄霜那可得　前身應是有仙緣[64)]

---

63) 이건, <題嬌紅記>, 『규창유고』 권3, 『한국문집총간』 122, 36면.
64) 이건, <題裵航傳>, 『규창유고』 권3, 『한국문집총간』 122, 36면.

〈운화전〉의 소감은 다음과 같다.

> 재자와 명주는 하늘이 만든 짝인데
> 비단 같은 글과 비단을 수놓은 구절로 신을 감통시키네.
> 정이 깊은 삶과 죽음은 예와 이제가 같은데
> 천 년 뒤에 넋이 돌아온 경우가 몇 사람인가?
> 才子名姝天作配　錦章繡句感通神
> 情深生死同今古　千載還魂有幾人[65]

〈서상기〉는 당나라 원진(元稹)의 〈회진기(會眞記)〉를 원의 왕실보(王實
甫)가 각색한 희곡으로 원대 잡극의 명작이다. 〈교홍기〉와 함께 연산군
시절에 유입되었다. 〈서상기〉에 대한 소감은 다음과 같다.

> 누가 홍랑에게 밀약을 전하게 하였는가?
> 바람을 맞고 달을 마주하며 깊은 정을 맺었네.
> 누가 서상의 일을 드러나게 하였는가?
> 천 년 뒤에도 오늘처럼 불평을 펼치리.
> 誰遣紅娘傳密約　迎風對月結深情
> 何人爲著西廂事　千載如今發不平[66]

〈전객기〉는 〈상사동전객기〉를 가리킨다. 〈상사동기〉, 〈영영전〉이라
고도 하는데 앞에서 이미 〈상사동기〉에 대한 소감이 있는데, 따로 설정
한 것을 다른 작품을 가리키는 것으로 보인다. 검토가 필요한 부분이다.
〈전객기〉에 대한 소감은 다음과 같다.

---

65) 이건, 〈題雲華傳〉, 『규창유고』 권3, 『한국문집총간』 122, 36면.
66) 이건, 〈題西廂記〉, 『규창유고』 권3, 『한국문집총간』 122, 36면.

빌미 하나의 처음 인연으로 반로를 가는데
깊은 병이 다시 일어나 궁문을 지나네.
당시에는 같이 합격할 의리가 있지 않았거니와
구원에서 여전히 에를 끊는 넋이네.
一祟初緣行泮路　沈痾重發過宮門
不有當年同榜義　九原猶作斷腸魂[67]

〈주생전〉에 대한 소감은 다음과 같다. 이규경의 〈소설변증설〉[68]에 따
르면 주생(朱生)은 〈수호전〉과 관련된 인물인 듯한데 자세하지 않다.

몸이 만 리에 놂을 비록 즐겁다 할지라도
꿈에 깊은 규방을 맺음도 아직 견디지 못하네.
당시에 백상루 위에서 읊었는데
어느 남아가 적삼 하나를 더하지 않으랴?
身遊萬里雖云樂　夢結深閨亦未堪
當日百祥樓上詠　男兒誰不一沾衫[69]

그리고 국문으로 전승되던 〈강로전(姜虜傳)〉[70]을 한역하고 있다. 〈강
로전〉은 강홍립에 관한 전으로 강홍립을 수행했던 권칙(權侙, 1599~?)이
한문으로 지은 것인데, 이건이 국문으로 전승되는 것을 다시 한문으로
옮긴 것이다.

---

67) 이건, <題餞客記>, 『규창유고』 권3, 『한국문집총간』 122, 36면.
68) 이규경, 「소설변증설」, 『오주연문장전산고』, 권7, 贊水滸傳者, 袁中郎宏道聽朱生說
水滸傳詩曰, 小年工諧謔, 頗溺滑稽傳. 後來讀水滸, 文字益奇變. 大經非至文, 馬遷
失組練. 一雨快西風, 聽君酣舌戰.
69) 이건, <題朱生傳>, 『규창유고』 권3, 『한국문집총간』 122, 36면.
70) 이건, <姜虜傳>, 『규창유고』 권12, 『한국문집총간』 122, 199~209면.

3. 무신낙회와 종남수계

김천택 편『청구영언』에 정두경(鄭斗卿, 1597~1673)의 가곡 2수를 수록하고 있는데, 낙회(樂會) 자리에서 부른 것으로 그 의미를 살필 필요가 있다.

> 金樽에 ᄀ득흔 술을 슬커장 거후로고
> 醉흔 후 긴 노래에 즐거오미 그지업다
> 어즈버 夕陽이 진타 마라 둘아 조차 오노매
>
> 君平이 旣棄世ᄒ니 世亦棄君平이
> 醉狂은 上之上이오 時事는 更之更이라
> 다만지 淸風明月은 간 곳마다 좃닌다 ─『청구영언』166·167

이 노래를 부르게 된 사정은 다음과 같다.

무신년(1668, 현종 9년) 이른 봄에 정두경·임유후·김득신·홍석기 등이 종남산에 가까운 홍만종의 집에 문병을 가자, 홍만종이 술자리를 마련하고 가기 두셋을 불러서 즐겁게 하였다. 임유후(任有後, 1601~1673)가 시를 짓고 정두경이 위에 제시한 노래를 불렀으며 홍석기(洪錫箕, 1606~1680)와 김득신(金得臣, 1604~1684)은 춤을 추면서 즐거운 놀이를 가졌다고 기록하고 있다. 이를 무신낙회(戊申樂會)로 명명하고 이 모임의 성격을 살피고자 한다. 한편『청구영언』의 다른 이본에 김득신과 홍우해(洪于海)의 서문이 수록된 점을 주목하여 이 모임과의 관련이 있는지 확인하고, 가집 편찬의 과정[71]을 검토하고자 한다. 무신낙회는 왕희지의 난

---

71) 김영호, 「현묵자 홍만종의 청구영언 편찬에 대하여」,『대동문화연구』61(성대 대동문

정의 모임을 염두에 두고 있기도 하여, 무신년 이후 계축년(1673)에 종남산에서 30여 명의 선비들이 모여 수계를 한 종남수계도 아울러 살피고자 한다.

　무신년은 현종 9년(1668)인데, 현종 7년(1666)에 예조참의를 맡은 바 있던 정두경은 이 무렵에 71세로 특별한 공함을 띠고 있지 않았던 것으로 보이고, 현종 5년(1664)에 동부승지를 맡았던 임유후는 이 무렵에 67세로 다른 직책을 맡고 있지 않았던 것으로 보이며, 김득신은 64세로 이 무렵에 특별한 벼슬에 있지 않았던 것으로 보이고, 홍석기는 62세로 이 해 10월에 시관(試官)을 맡기도 하였다. 이렇게 확인하면 무신년 (1668) 이른 봄에 이들은 특별한 벼슬을 맡거나 공무에 참여하고 있지 않았던 것으로 보인다.

　이제 이들 구성원의 교유와 행적을 확인하여 그 성격을 살피도록 한다.

1) 무신낙회 구성원의 교유와 행적

우선 홍만종이 쓴 발문부터 보도록 한다.

　　내가 어려서부터 시를 좋아해서 외람되게 동명 정두경의 아낌을 받았다. 어른께서 일찍이 나를 경정산(敬亭山)이라 불렀는데, 대개 서로 보면 싫증이 나지 않는다는 뜻이다.
　　일찍이 무신(1668) 연간에 깊은 병을 앓아 문을 닫고 밖으로 나가지 않았다. 하루는 동명 어른이 문병을 왔는데, 휴와 임유후와 백곡 김득신

화연구원, 2008), 321~343면, 김학성, 「홍만종의 가집 편찬과 시조 향유의 전통」, 『한국고전시가의 전통과 계승』(성대 출판부, 2009), 72~104면.

어른이 연이어 도착하니, 모두 기약하지 않고 모인 것이다. 이에 내가 조촐한 술자리를 마련하고 여악 약간 명을 불러 즐겼다.

술이 한창일 때, 동명 노인이 흥취가 오르자 술잔을 들어 말하기를, "장부가 세상을 사는데, 밝고 화려함이 번개와 같네. 오늘 아침의 이 즐거움은 만종록에 필적할 만하네."라고 하니, 휴와 어른이 바로 절구 한 수를 읊기를, "봄이 차가운 매화를 일렁이니 납주가 진하고, 백곡과 동명 두 분은 만나기 어렵네. 술동이 앞에서 좋은 거문고와 맑은 노래를 아우르고 취하여 종남산을 마주하니 뒤 봉우리에 눈이 내렸네."라고 하였다.

짓기를 마치고 동명 어른에게 부탁하여 말하기를, "약한 사람이 먼저 했으니, 바라건대 그대가 정(鼎)을 드는 힘으로 한 번 시험삼아 주전자를 받들어 대야에 부어주시오." 하자, 동명 어른이 말하기를, "난정의 모임은 부를 짓는 사람은 부를 짓고, 술을 마시는 사람은 술을 마시는 것입니다. 오늘의 즐거움은 또한 노래하는 사람은 노래하고 춤추는 사람은 춤을 추어도 되니 나는 청컨대 노래를 부르겠습니다." 하고 이어서 단가를 짓고 손을 휘두르며 크게 노래하며, 얼굴 가득 작은 미소를 띠고 흰 머리에 붉은 얼굴이 참으로 취한 가운데 신선이었다.

휴와 어른이 나에게 화답하라고 하여 내가 졸렬함을 잊고 흉내를 내기를, "맑은 밤에 술동이를 여니 호박 잔이 진한데, 세 어른의 문장이 일시에 만났네. 종횡하는 붓 아래에 천균의 힘, 천대의 만장봉을 뒤집을 만하네." 하자 여러 분들께서 모두 잘 했다고 칭찬하였다. 만주 홍석기 어른이 늦게 이르러, 이어서 석 잔을 기울이고, 백곡을 잡아 일으키고 덩실덩실 춤을 추었다. 동명 어른께서 나를 돌아보며 말하기를, "사람이 백년을 살면서 이 즐거움이 어떠한가? 내가 고인을 보지 못한 것이 안타까운 것이 아니라, 고인이 나를 보지 못하는 것이 안타깝네. 그대는 이 뜻을 적어서 이 모임이 오래도록 전해지기를 바라네."라고 하였다. 내가 아울러 아래에 쓰노니 대저 선배들이 뜻을 붙여 말을 엮은 곳을 보게 할 따름이다. 풍산후인 현묵자 홍우해가 적다.[72]

---

72) 김천택 편, 『청구영언』 작품번호 166·167, 발문.

무신낙회에 모인 사람은 정두경, 임유후, 김득신, 홍석기, 홍만종과 여악 몇 사람이다. 이 모임의 중심은 정두경이고, 평소에는 정두경의 집에서 주로 모임을 가졌던 것으로 확인된다. 이때에 문하인 홍만종이 앓고 있어서 문병을 하기 위해 홍만종의 집에 들렀던 것인데, 술자리가 마련되면서 낙회(樂會)로 바뀐 것으로 볼 수 있다. 이들 활동의 주된 공간은 정두경의 집으로 보아야 할 것이다.

(1) 정두경

정두경(1597~1673)은 홍만종에게 시를 가르치고, 현종 7년(1666)에 「『해동이적』의 서문」을 썼으며, 무신낙회의 중심 인물이다.

〈홍원구를 만나러 영안가에 갔다가 만나지 못하다〉에서 홍주원, 홍득기 등과 교유하는 내용을 확인할 수 있다.

> 만나지 못한 것은 길이 먼 데 관계된 것이 아니라
> 예조의 금장으로 직숙하기 때문이라네.
> 오늘 아침 또 이르렀다가 문 앞에서 떠난 것은
> 진대의 백옥 퉁소가 슬퍼서라네.
> 不見非關道路遙　春曹錦帳直추소
> 今朝又到門前去　悵望秦臺白玉簫[73]

그리고 〈홍원구와 더불어 서호에 배를 띄우다〉[74]에서 홍석기와 함께 서호에서 뱃놀이를 하면서 소동파의 〈적벽부〉를 떠올리고 읍취헌 박은 등의 뱃놀이를 말하고 있다.

---

73) 정두경, 〈訪洪元九往永安家不遇〉, 『東溟先生集』 卷2, 『한국문집총간』 100, 414면.
74) 정두경, 〈與洪元九泛西湖〉, 『東溟先生集』 卷11, 『한국문집총간』 100, 508면.

한편 〈수재 홍만종을 수춘으로 보내면서 사군 조수이에게 부치다〉에
서는 홍만종의 장인 조한영(曺漢英, 1608~1670)의 안부를 묻고 있어서,
조한영과의 친분도 확인할 수 있다.

> 수춘의 좋은 고을에 묻나니 어떠한가?
> 사위가 가는 길에 편지 한 통을 보내네.
> 소양정 위의 모임을 상상하거니와
> 관청의 술이 막 푸르면 강의 물고기로 회를 치리.
> 壽春明府問何如　坦腹郞行行一書
> 想得昭陽亭上會　官醅初綠膾江魚[75]

그런데 홍만종의 장인인 조한영은 『해동가요(박씨본)』[76]에 2수의 시조
를 남기고 있고, 『동명』에도 따로 2수가 실려 있다. 『해동가요(박씨본)』
에 수록된 것은 심양에 볼모로 잡혀 갔던 사실과 임금의 승하와 연결할
수 있고, 『동명』에 실린 작품 중 〈쇠쇠이는 북이 되고~〉는 뒷날 연행
현장에서 빈번하게 부르던 작품으로 보인다.

> 玉欄에 곳이 픠니 十年이 어늬덧고
> 中夜悲歌에 눈물계워 안자 이셔
> 술쓸이 셜은 무음 내 혼잰가 ᄒᆞ노라 –『해박』 182

> 樂遊原 비긴 날에 昭陵을 ᄇᆞ라보니
> 白雲 깊은 곳에 金粟堆 보기 셥다
> 어늬제 이 몸이 도라가 다시 뫼셔 놀녀뇨 –『해박』 183

---

75) 정두경, 〈送洪秀才萬宗之壽春, 寄曺使君守而〉, 『東溟先生集』 卷2, 『한국문집총간』
100, 419면.
76) 『해동가요(박씨본)』에 실린 작품은 정두경과 강백년 뒤에 김육의 앞에 배치되어 있다.

위의 두 작품 모두 심양에 볼모로 잡혀갔을 때의 상황과 연결할 수 있다.

> 堯舜은 어떠하여 德澤이 노푸시며
> 桀紂은 엇지히여 暴虐이 심ㅎ던고
> 아마도 스롭의 善惡을 하느리 니시미라 -『동명』 158

> 꾀꼬이는 북이 되고 버들가지는 시리 되어
> 渭城 朝雨에 쓰ᄂ니 봄비시다
> 아히야 술 부어라 春興계워 ㅎ노라 -『동명』 159

위의 두 수는 연행 현장에서 부른 것으로 추정할 수 있다.

(2) 임유후

임유후(1601~1673)는 삼종질인 임상원(1638~1697)이 쓴 「행장」[77]을 통해 그 삶의 개략을 확인할 수 있다.

아버지는 임수정(任守正)으로 홍문관 교리를 지냈으나 일찍 세상을 떠났고, 삼종형 임숙영(任叔英)에게 수학하였다. 무진년(1628)에 아우 임지후(任之後) 때문에 숙부 임취정(任就正)이 심문을 받다가 죽었고, 임유후도 연좌되어 갇혔다가 풀려난 뒤에 울진으로 들어가 지냈다. 여러 벼슬에 임명되었으나 잘 나가지 않았으며, 효종 9년(1658)에 종성부사가 되어 수항루(受降樓)[78]를 세우고, 현종 8년(1667)에 청풍부사로 나가서 진휼을 잘하였다. 가사 〈목동가〉를 짓고 시조도 남기고 있다.

---

77) 임상원, 「임유후행장」, 『국조인물고』상(서울대출판부, 1978), 1114~1116면.
78) 정두경, <次任鍾城孝伯受降樓韻>, 『東溟先生集』卷8, 『한국문집총간』100, 467면.

시조 2수가 전하는데 하나는 종성부사를 할 때 수항루를 세우고 지은 것으로 보이고, 다른 하나는 김득신과 정두경과 떨어지게 된 뒤에 슬픔을 드러낸 것으로 보인다. 정두경의 몰년이 임유후와 같으나 김득신의 몰년이 임유후보다 뒤이다.

> 기러기 다 ᄂ라드니 소식을 뉘 젼ᄒ리
> 만리변성의 돌빗만 벗을 삼아
> 受降樓 三更 鼓角의 줌 못 들어 ᄒ노라 –『목동』001

> 우리의 노던 자최 어늬덧에 진적되애
> 伯翁溟老ᄂ 속졀업시 간 디 업다
> 어즈버 聚散存亡을 못닉 슬허ᄒ노라 –『악고』110

(3) 김득신

김득신(1604~1684)은 숙종 5년(1679)에 「『순오지』의 서문」을 쓰고, 현종 14년(1673)에 「『소화시평』의 서문」을 썼다.

〈동명초당에 짓다〉는 정두경의 초당에 대해 읊은 것인데, 이곳에서 여러 사람이 모여서 주회를 즐겼던 것으로 보인다.

> 주인은 내가 온 것을 좋아하여
> 술을 빌려다가 깊은 잔을 권하네.
> 해는 부상에서 솟아나고
> 조수는 발해에서 온다네.
> 꽃이 시드니 나그네의 땅이 되고
> 산이 안으니 고향을 그리는 누대이네.
> 아득히 바람과 모래가 일어나니
> 두 눈을 뜰 수가 없네.

主人喜我至　賣酒勸深盃
日自扶桑出　潮從渤海來
花殘爲客地　山擁望鄕臺
漠漠風沙起　雙眸不得開⁷⁹⁾

　나음은 〈석화촌에서 인편으로 홍주원에게 부치다〉의 둘째 수인데, 영
안위 홍주원과의 교유를 확인할 수 있는 작품이다.

　　도곡의 홍군은 봉의 재주를 토하는데
　　남을 놀라게 하는 명성과 가치가 옥구슬을 뛰어넘네.
　　술동이 앞에서 취한 모습을 어느 때에 보랴?
　　하루에 창자를 떠나서 아홉 번 돎을 허비하네.
　　道谷洪君吐鳳才　警人聲價越琪瑰
　　樽前醉態何時見　一日離腸費九廻⁸⁰⁾

　그리고 〈홍우해의 운을 따서 문득 부치다〉는 홍만종의 시에 차운하여
다시 보낸 것이다.

　　쇠퇴한 세상에 뜬 영화는 함께 달게 여기지 않는데
　　풍진에 빠져서 하물며 어찌 견디랴?
　　그대의 시율은 마힐과 같음이 많은데
　　내가 설담을 배우는 소리에 기욺이 부끄럽네.
　　병으로 겨르로움을 얻으니 홍취가 있음을 알고
　　재물에 임해 의로움을 생각하니 탐함이 없음이 아름답네.
　　호해를 능히 품어서 맑은 광객이니

술동이 앞에서 취한 뒤의 이야기를 기쁘게 들으리.
衰世浮榮共不甘　風塵汨汨況何堪
多君詩律如摩詰　愧我歆聲學薛譚
因病得閑知有興　臨財思義艶無貪
能容湖海淸狂客　喜聽樽前醉後談[81)

　한편 가희에게 준 시를 포함하여 가희와 관련된 시편을 많이 남기고
있다. 가희가 참석한 자리에서 가곡을 향유한 사정을 이해할 수 있다.
섬아(纖娥)라는 가희가 살고 있던 마을에 들러서 지은 시 〈가희가 살던
마을에 들르다〉를 보도록 한다.

　피로한 나그네가 이 물가에 말을 멈추었는데
　마을 안의 나무를 바라보니 기우는 햇살을 띠었네.
　섬아는 이미 죽고 노랫소리가 끊어졌으니
　다시 푸른 하늘에 흰 구름을 막을 길이 없으리.
　倦客停驂此水濱　望中村樹帶斜曛
　纖娥已沒歌聲絶　無復靑天遏白雲[82)

　이외에도 〈가희에게 주다〉[83)를 비롯하여, 〈제기가벽(題妓家壁)〉(책1),
〈증명아(贈明娥)〉(책1), 〈무제(無題)〉(책2), 〈증망아(贈望娥)〉(책2), 〈증기
(贈妓)〉(책2), 〈증기인향(贈妓仁香)〉 등에서 기녀의 이름을 구체적으로 제
시하거나 기녀들과 지낸 일을 적고 있다.

81)　김득신, <次洪于海韻却寄>, 『백곡집』 시집 책4, 『한국문집총간』 104, 123면.
82)　김득신, <過歌姬所居村>, 『백곡집』 시집 책2, 『한국문집총간』 104, 51면.
83)　김득신, <贈歌姬>, 『백곡집』 시집 책2, 『한국문집총간』 104, 43면.

(4) 홍석기

홍석기(1606~1680)는 정두경, 김득신, 홍만종 등에게 남긴 시가 많이
있다. 홍석기는 『『시화총림』의 서문』을 썼으며, 홍만종과 함께 술을 가
지고 정두경을 찾아가기도 했다. 〈홍우해와 함께 술을 가지고 정동명을
찾아가다〉에서 그 감회를 밝히고 있다.

> 갑자기 동명 어른이 생각나서
> 술을 가지고 백문을 나서네.
> 봄날이 저문다고 시름하지 말라
> 돌아올 때는 황혼을 기다리리.
> 忽憶東溟老 携酒出白門
> 莫愁春日暮 歸且待黃昏[84]

한편 정두경의 집에서 술을 마시며 지은 〈정동명 군평의 집에서 머물
며 술을 마시고 구호하다〉는 다음과 같다.

> 수없이 떨어지는 꽃은 어디로 가는가?
> 우연히 흥을 타고 그대의 집에 이르렀네.
> 화로 머리에는 민수와 같은 술이 절로 있는데
> 청전을 나를 위해 쓰는 것을 아까워 마시라.
> 無數落來何處花 偶然乘興到君家
> 爐頭自有如繩酒 莫惜靑錢爲我賒[85]

그리고 〈정군평 댁에서 취하여 짓다〉의 전·결구에서 "술잔을 멈추고

---

84) 홍석기, 〈與洪于海萬宗携酒 訪鄭東溟〉, 『晚洲遺集』 권2, 『한국문집총간』 속31, 48면.
85) 홍석기, 〈鄭東溟君平宅 留飮口號〉, 『晚洲遺集』 권2, 『한국문집총간』 속31, 50~51면.

동명 노인에게 말을 하나니, 그대의 시를 얻지 못하면 나는 돌아가지 않으리(停盃爲語東溟老, 不得君詩吾不歸)."라고 한 내용[86]이 이들의 교유를 집약하고 있다고 볼 수 있다.

김득신과 교유한 시는 〈백곡이 지어준 글에 사례하며 쓰다〉[87]를 포함하여, 〈김자공이 술병을 읊은 시에 차운하다〉를 주목할 수 있다. 전·결구에서 "백 년 동안 통음하면서 그대와 더불어 취하고, 죽어서는 술집의 화로 위의 술병이 되리(百年痛飮與君醉, 死作酒家爐上壺)."[88]라고 한 대목에서 가곡 연행에서 가곡의 마지막 장의 내용을 연상할 수 있다.

이와 함께 〈김자공이 온 것을 기뻐하다〉[89], 〈김자공에게 주다〉[90], 〈단계에서 김자공과 지은 연구〉[91] 등도 김득신과 어울리며 지은 것이다.

그리고 〈분곡한 뒤에 남쪽으로 돌아와서 절구 한 수를 지어서 홍우해에게 부치다〉에서는 다음과 같이 읊고 있다. 현종 임금의 상을 마치고 난 뒤에 쓴 것으로 보인다.

> 숭릉에서 동쪽을 바라보니 저녁 구름 사이인데
> 흰 머리 외로운 신하가 눈물을 가리며 돌아오네.
> 하물며 홍애에서 헤어진 뒤에
> 갑자기 종남산이 꿈결 속에 있네.
> 崇陵東望暮雲間　白首孤臣掩淚還
> 況是洪崖分手後　終南忽忽夢中山[92]

---

86) 홍석기, 〈鄭君平宅醉題〉, 『만주유고』 권2, 『한국문집총간』 속31, 52면.
87) 홍석기, 〈書謝栢谷*金公得臣號題之書〉, 『만주유고』 권2, 『한국문집총간』 속31, 49면.
88) 홍석기, 〈次金子公 得臣 題壺韻〉, 『만주유고』 권2, 『한국문집총간』 속31, 53면.
89) 홍석기, 〈喜金子公至〉, 『만주유고』 권2, 『한국문집총간』 속31, 54면.
90) 홍석기, 〈贈金子公〉, 『만주유고』 권3, 『한국문집총간』 속31, 78면.
91) 홍석기, 〈丹溪與金子公聯句〉, 『만주유고』 권5, 『한국문집총간』 속31, 110면.
92) 홍석기, 〈奔哭後南還, 題一絶寄洪于海〉, 『晩洲遺集』 권2, 『한국문집총간』 속31,

그리고 〈홍우해에게 부치다〉[93]는 남원 광한루에서 홍만종에게 보낸
것이다.

(5) 홍만종[홍우해]

홍만종(1643~1725)은 홍주세(洪柱世, 1612~1661)의 아들로 어려서 정두
경에게 시를 배웠다. 홍주원의 종질[94]이고, 조한영의 여섯째 사위이다.

홍중성이 지은 만시 〈풍성군 족숙 *만종의 만시〉에서 홍만종의 삶을
확인할 수 있다. 첫째 수이다. 정옹(靜翁)은 홍만종의 아버지 홍주세의
호이다.

> 정옹의 문채가 사종을 마음대로 했고
> 공도 평소에 비단을 가슴에 새겼네.
> 향악과 패강에서 시가 회자되고
> 식암과 명곡이 구름과 용으로 맺었네.
> 기생을 낀 풍류가 해마다 흥취를 보내고
> 신선 같이 늙어도 강건함이 속된 용모가 아니었네.
> 어느 곳에서 다시 모시고 피서의 주연을 가지랴?
> 벽통의 시절을 이곳에서 다시 만나리.
> 靜翁文彩擅詞宗　公亦平生繡作胸
> 香嶽浿江詩膾炙　息庵明谷契雲龍
> 風流携妓消年興　老健如仙不俗容
> 何地更陪河朔飮　碧筒時節此重逢[95]

62면.

93) 홍석기, 〈寄洪于海〉, 『만주유고』 권3, 『한국문집총간』 속31, 82면.

94) 홍주원, 〈次從姪萬宗病中寄示韻〉, 『無何堂遺稿』 冊3, 『한국문집총간』 속30, 412면.

95) 홍중성, 〈豐城君族叔*萬宗 挽〉, 『芸窩集』 卷3, 『한국문집총간』 속57, 63면.

2) 김득신과 홍우해의 서문과 가집 편찬

『해동가요록』(가람본『청구영언』2)에는 김수장의 서문과 함께 홍우해, 김득신의 서문이 실려 있다. 마악노초가 쓴 「해동가요후발」(『저촌집』권 4)에서도 『해동가요』라고 지칭하고 있어서 이것을 『청구영언』계열의 가집으로 이해할 수 있다. 이 가집에 홍우해, 김득신의 서문이 함께 수록된 것은 이들이 가집을 편찬하는 데에 일정한 기여를 한 때문일 것이다. 이제 그 추이를 살펴보도록 한다.

(1) 김득신의 서문

『해동가요록』(가람본『청구영언』2)에는 다음과 같은 김득신의 서문이 실려 있다.

옛날에 노래하는 사람은 반드시 시를 이용했는데, 노래를 부르면서 시가 중간에 어긋남이 없이 맞으면 노래가 되므로 가와 시는 진실로 한 도이다. 한나라 위나라 이래 시체는 여러 번 바뀌었다. 그러므로 가와 시가 나뉘어져 각각 선 뒤에 또 진나와 수나라의 가사별체가 있었고, 그것에 세상에 전하는 것이 같지 아니하다. 시가의 성대한 것은 가사를 짓는 것과 견주어 문장의 지은 것이 있지 않다. 성률이 정미할 수 없어서 시가 될 수 있는 것이 반드시 노래가 되는 것이 아니고, 노래가 되는 것이 반드시 시가 되는 것이 아니다. 노래라는 것은 시가 이르는 것인가? 국가가 오로지 문학을 숭상하고 음률을 간략히 하여 그러한 것인가? 이런 까닭에 가사는 오래 전할 수 없었고 거의 잦아서 없어지게 된 것이다.

다행히 송곡이 이어서 태어나 가사에 치우치고, 사모하여 들었다. 무릇 장가의 모범은 그 전함을 깊이 터득하였고, 절주에 법이 있고 소리에 건실함이 있어서 그 뜻을 숭상할 수 있고, 아울러 문예를 겸하여 글자와 음에도 자세하여, 스스로 책을 만들고 사람으로 하여금 노래하여 익히게 하고, 또 우리나라의 명공석사가 지은 것과 여정 가요 중에서 음률에 맞는 것 수백 결을 모아서, 잘못된 것은 바로잡고 골라서 한 권을 만들어 나에게 서문을 청하면서 그것을 널리 전하고자 그 뜻을 부지런히 하였다. 내가 얻어서 살펴보니, 그 노랫말이 진실로 모두 고와서 가지고 놀 만하고, 그 뜻은 화평하고 기쁘고 즐거운 것이 있고, 슬프고 원망하며 괴로운 것이 있으며, 은근함을 부르고 경계를 머금으며, 격앙하면 사람을 움직이게 하여, 한 시대의 성쇠를 징계하고 풍속의 미악을 경험하기에 넉넉하였다. 노래와 더불어 안팎으로 병행하면서 서로 없음이 없는 것이 가사이다. 이런 까닭에 아무개가 박공에게 전하고, 박공이 자도에게 전하며, 자도가 송곡에게 전하여 서로 이어지고 끊어지지 않으니 이것이 이른바 시와 가가 한 몸이라 어찌 공경함에 아름답지 아니하랴? 김득신이 적다.[96]

이 서문에 따르면 아무개가 마련한 것을 박공[?]에게 전하고, 박공은 자도[?]에게 전하였으며, 자도가 송곡(이서우?)에게 전하여 서로 이어지면서 끊어지지 않았다고 하였다. 그래서 송곡이 김득신에게 서문을 청하기에 살펴보았다고 하였다.

　　아무개[?] → 박공(朴公, 朴世堂?) → 자도(自道, ?) → 송곡(松谷, 이서우)

그런데 『청구영언』(『해동가요록』)의 전승에 간여한 것으로 확인되는
김득신의 문집 서문을 숙종 18년(1686)에 이서우가 쓰고 있다. 그리고
송곡(松谷)이라고 호를 밝히고 있고, 다른 서문 1부는 박세당이 썼다[97]고
적고 있다. 그런데 유독 〈백이전〉을 중심으로 서문을 전개하고 있고,
가집에 대한 내용은 전혀 포함되지 않았다.[98]

(2) 홍우해의 서문

다음은 홍만종의 서문이다.

> 우리나라에서 지은 가곡은 오로지 방언을 쓰고 사이사이 문자가 섞이
> 어 대부분 언서로 세상에 전한다. 대개 방언을 쓰는 것은 국속에 그렇지
> 않을 수 없는 것이다. 그 가곡이 비록 중국의 악보와 나란히 견줄 수 없어
> 도 또한 볼 만하고 들을 만하니, 중국의 이른바 노래[歌]라고 하는 것은
> 고악부와 신성을 관현에 올린 것이 다 이렇다. 우리나라는 곧 번음으로
> 펼쳐서 문어와 화합하는데, 이것이 비록 중국과 다르다고 해도 그러나
> 그 정경과 같은 것은 간혹 궁상이 조화롭게 어울리고 사람으로 가법을
> 읊조리면 손으로 춤추고 발로 뛰어서 그 귀한 것은 하나이다.[99]

가집의 편찬이나 전승 과정에 대한 구체적인 언급은 없고 가곡의 특

---

97) 박세당, 「백곡집서」,『서계집』 권7,『한국문집총간』 134, 140면. 박세당의 서문은 정묘
년(1687)에 쓴 것으로 되어 있다.

98) 이서우, 「柏谷集序」,『백곡집』,『한국문집총간』 104, 233면, 이서우, 「柏谷集序」,『송
파집』 권11,『한국문집총간』 속41, 225면.

99) 『海東歌謠錄』(가람본『청구영언』 2)「洪于海序」, 我東所作歌曲, 專用方言, 間襍文
字, 率以諺書傳于世. 盖方言之用, 在其國俗不得不然也. 其歌曲雖不能與中國樂譜
竝比, 而亦有可觀可聽者. 中國之所謂歌卽古樂府曁新聲被之管絃者俱是也. 我國卽
發之藩音, 協以文語. 此雖與中國異, 而若其情景, 或宮商諧和, 使人詠嘆歌法, 手舞
足蹈則其貴一也.

성에 대한 것만 설명하고 있다.

김득신의 서문에서는 송곡(松谷)이라는 호를 가진 사람이 가집의 편찬에 적극 참여하였고, 김득신에게 서문을 청한 것을 알 수 있으나, 홍만종의 서문에서는 그 과정에 대한 설명을 확인하기 어렵다. 송곡이 편찬한 가집의 실체를 확인하기 어려운 상황이지만 17세기 후반에 가집 편찬을 위한 노력이 진행되고 있었던 것으로 추정할 수 있다. 무신년(1668) 정두경의 작품 다음에 홍만종의 발문이 붙어 있는 예가 이러한 반증의 하나라고 할 수 있다.

3) 계축년의 종남수계

홍만종은 무신낙회에 참여한 데 이어 현종 14년(1673)에는 난정회의 고사를 본받아 종남수계를 가지기도 하였다. 무신낙회의 모임을 가졌던 사람들보다 한 세대 뒤의 사람들이라고 할 수 있다.

임방(任埅, 1640~1724)의 〈종남수계시에 화운하다〉는 계축년(1673)에 서울의 선비들이 난정고사를 본받아 종남수계를 한 것을 성대한 일로 내세우고 있다. 홍만종, 조상우, 오도일, 이여 등 32인이 참여하였으며, 이때 참여하지 못한 임방이 홍만종 등의 권유로 시를 지은 것이다.

진나라 영화 계축년에서 1,300여 년이 지나 또 계축년(1673) 봄을 맞아, 서울의 뭇 어진 이들이 난정고사를 닦아 종남산의 북쪽 시내 위에서 모임을 가졌는데, 매우 성대한 일이었으며, 내가 병으로 함께 하지 못하였다. 조자직, 홍우해 등이 돌아가서 나에게 이르기를, "우리들이 모인 사람은 32명인데, [왕]일소의 서문을 운을 나누어 시를 지었는데, 영(永)에서 시작하여 함(咸)에 이르러 멈추었다. 모인 이후로 멈추고 잇지 못하였으니, 그대가 어찌 시 한 편으로 할 수 있지 않으랴?" 내가 응답하여 말하기를,

"알았네. 그대들의 모임은 천고의 아름다운 모임이다. 비록 그대가 말하지 않아도 오로지 장차 이어서 화운하여 노래하면서 읊으려 하였다네. 하물며 지금 명이 있으니 내가 어찌 감히 사양하랴?" 마침내 이날의 시령을 써서 5언 십운을 지어서 주다.

> 왕사의 풍류가 아득한데
> 고인은 미칠 수 없네.
> 이 종남의 모임을 기뻐하나니
> 마치 난정의 모임이네.
> 계축년 늦은 봄날에
> 수계한 사람은 서른 명이네.
> 우거진 숲 아래에 벌려 앉아
> 재액을 떨어 버리고 싱그러운 난초를 잡네.
> 맑은 물은 졸졸 흐르고
> 은혜로운 바람은 솔솔 응하네.
> 고아한 노래에다 거듭 투호를 하며
> 예의로 마시고 기쁘게 절을 하네.
> 어찌 반드시 현악기와 관악기랴?
> 그윽한 골짜기에 꾀꼬리와 피리 소리가 빠르네.
> 서로 잡고 읊으며 돌아가니
> 햇볕은 되돌아 솔숲 사이로 들어가네.
> 그러나 나는 홀로 앓아누워서
> 문을 닫고 끙끙대며 꺼렸네.
> 느긋하게 남산을 바라보며
> 그대를 위하여 새로운 시를 짓네.
> 王謝風流遠　古人不可及　喜此終南會　宛是蘭亭集
> 癸丑暮春者　修禊人三十　列坐茂林下　祓除芳蘭執
> 淸流激淙淙　惠風和習習　雅歌仍投壺　禮飮欣拜揖
> 何必絲與竹　幽谷鶯簧急　相將詠而歸　返照松間入

而我獨臥病 掩門懷悒悒 悠然望南山 爲君賦新什[100]

그리고 종남야회에서 연구[101]를 짓기도 하였다. 참여한 사람은 대중 임방, 수옥 신숙(申璹), 한경 김난서(金鸞瑞), 한유 임동(任董) 등이다.

한편 오도일(1645~1703)의 「종남속난정회시서」에서도 이 모임의 성격을 자세하게 기술하고 있다.

> 옛날 왕일소가 영화 계축년 봄에 난정에서 수계의 모임을 가졌는데, 그 풍류의 뛰어난 자취는 오늘에 이르기까지 사람의 이목을 비추고 있다. 내가 일찍이 그 기문과 그림을 얻어서 읽고 완상하니, 떨려서 세상에 드물게 서로 느끼는 의취가 있었다. 올해는 또 계축년이라, 나의 벗 풍성군 조자직(상우)이 앞 놀이의 뜻을 뒤쫓아, 뜻을 같이 하는 선비 이십여 명과 약속하고, 도성의 남쪽 묵사동의 오른쪽에 모였다. 이 골짜기는 바위골짜기가 그윽한 물을 훔치고, 돌은 맑고 기이하며 완연히 임천의 승경이다. 이날은 안개구름이 열려 개고, 구름과 해가 환하게 베풀어 맑고 따뜻한 가절과 꼭 같았다. 자리에 있는 여러 사람들은 모두 당세에 이름이 알려진 선비들이다. 마침내 서로 아름다운 숲을 열고 우거진 수풀에 자리를 깔고 흰 술을 들어 잔에 채우고, 술이 이미 돌자 투호의 의절을 베풀어서 해가 기울 때가 되어서야 그만두었다. 빼어난 땅, 좋은 시절, 성대한 인재, 이 세 가지는 진실로 난정에 양보함이 많지 않을 것이다. 그리고 하물며 투호의 놀이는 즐겁되 어지럽지 않으며, 굽어 돌고 오르내리는 사이에,

---

100) 임방, <和終南修禊詩>, 『水村集』卷2, 『한국문집총간』149, 32면. 晉永和癸丑一千三百有餘年, 又逢癸丑之春, 洛中群賢, 修蘭亭故事, 會于終南山陰之溪上, 甚盛擧也, 余以疾不與焉. 趙君子直, 洪君于海歸而謂余曰, 吾儕之會者, 三十二人, 以逸少敍文分韻賦詩, 自永而始, 至咸而止, 集以下輟而不續, 子盍爲一詩以足之乎. 余應曰諾, 子之會, 千古之佳會也. 雖子不言, 固將屬而和之, 歌而詠之, 況今有命, 余何敢辭, 遂用是日詩令, 賦五言十韻以貽之.

101) 임방, <終南夜會聯句>, 『水村集』卷2, 『한국문집총간』149, 39면.

온화한 용모와 읍을 하며 양보하는 풍도는 진나라 때에 뭇 어진이들이
현승에 회포를 맡기고 형해의 바깥에 방랑하는 것을 보는 듯하니 어떠한
가? 나는 대저 후대에 이 광경을 보는 사람들이 오늘날에 난정을 보는
것 같을 뿐만 아니라 상상하면서 부러워 발돋움할 것을 알 수 있다. 이
어찌 기록함이 없어서야 되겠는가. 이 어찌 기록함이 없어서야 되겠는가.
마침내 난정기의 글자로 운을 나누어, 각각 시 한 수를 짓고 내가 곧 그
뜻을 미루어 서를 하여 시에 잇는다. 시에 이르기를,(昔王逸少於永和癸
丑春, 爲蘭亭脩稧之會, 而其風流勝迹, 至今照人耳目. 余嘗得其記若圖,
而讀而玩之, 犁然有曠世相感之趣矣. 今年亦癸丑也, 余友豐城趙子直
(相愚), 有追軌前遊之志, 約與同志士卄許人, 會于城南墨寺洞之右. 是
洞也, 巖壑竊幽水, 石淸奇, 宛有林泉勝槩. 是日也, 煙雲開霽, 風日宣朗,
恰是淸和佳節. 在座諸人, 亦皆當世知名士也. 遂相與狹嘉林藉茂草, 擧
白引滿, 而酒旣行, 設投壺之儀, 到日昃乃已, 地之勝, 時之良, 人才之盛,
是三者固不多讓於蘭亭, 而矧玆投壺之戲, 樂且不亂, 折旋登降之際, 有
雍容揖遜之風, 其視晉代諸賢之徒託懷玄勝而放浪於形骸之外者, 何如
哉. 吾知夫後之視今者, 其想像而艶跂之, 不翅若今之視蘭亭也. 是烏可
以無識也. 是烏可以無識也. 遂以蘭亭記字分韻, 各賦一詩, 余仍推其意
而序之. 而系以詩, 詩曰)

난정의 고아한 모임에 남긴 글이 있고
난정의 묵은 자취에는 남긴 그림이 있네.
천 년 뒤에 돌아감이 몇 계축년인가?
이 일은 쓸쓸하여 이을 사람이 없네.
조후께서 앞 자취를 잇고자 생각하여
빼어난 놀이를 저 도성 남쪽 귀퉁이에 행하네.
도성 남쪽은 땅이 치우쳐서 청아한 운치가 넉넉하고
나무와 숲이 가리고 막아 산이 감돌아 얽혔네.
절서는 참으로 봄이 다하는 처음이고
바위에 핀 꽃이 겨우 떨어지고 계곡에는 풀이 퍼졌네.

땅이 빼어나고 시절도 좋아 모두 서로 맞고
또 겸하여 좋은 벗이 만족하며 모였네.
술이 무르익자 곧 투호의 놀이를 열었는데
청금의 신사가 차례로 줄을 지은 걸음으로 달리네.
완연히 군자의 읍하며 양보하는 풍도가 있으니
당시의 절승에서 방랑하던 무리이네.
시냇물이 바위에 닿아 차가운 옥소리를 내고
몰래 쇳소리를 내며 화살 소리가 갖추었네.
흥이 무르익어 돌아가노라니 산의 해가 저무는데
외로운 연기 한 가닥이 평평한 들판에 비끼네.

蘭亭高會有遺文	蘭亭陳迹有遺圖
千載歸來幾癸丑	此事寥寥繼者無
趙侯思欲踵前躅	勝遊于彼城南隅
城南地辟饒淸致	樹林翳薈山縈紆
節序政屬春盡初	巖花纔落澗草敷
地勝辰良兩相宜	且兼嘉友來于于
酒半仍設投壺戲	衿紳秩秩繩步趨
宛有君子揖遜風	絶勝當時放浪徒
溪流觸石鳴寒玉	暗與錚錚矢聲俱
興酣歸來山日暮	孤煙一抹橫平蕪[102]

이여(1645~1718)의 〈늦봄에 조상우를 비롯한 여러 사람과 난정회를
본떠서 종남산 기슭에서 투호를 하면서 난정기의 운을 나누어 모임을
가지게 된 것을 적다. 계축〉[103]도 이 모임에 관한 기록이다.

---

102) 오도일, 「終南續蘭亭會詩序」『西坡集』卷17, 『한국문집총간』152, 330면.
103) 이여, <暮春與趙子直*相愚諸人, 倣蘭亭會, 投壺于終南之麓, 以蘭亭記分韻, 得會
于之會. 癸丑>, 『睡谷先生集』卷1, 『한국문집총간』153, 12면.

4. 낭원군 이간의 『영언』과 이하조의 역할

1) 낭원군 이간의 활동

낭원군 이간(李侃, 1640~1699)은 선조 임금의 열둘째 아들인 인흥군 이영(李瑛, ?~1651)의 둘째 아들이며, 낭선군 우(俁, 1637~1693)가 그의 형이다. 역대 임금들의 세계와 내외 자손의 족보인 『선원보략(璿源譜略)』을 마련하였다. 낭원군(朗原君)은 그의 봉호이다.

앞에서 살핀 바와 같이 선조 임금의 후손들이 모인 금옥계(金玉契)에 참여하였는데, 어린 나이라 구체적인 활동을 확인할 수는 없다. 그리고 가집 『영언』을 엮어서 시가사에서 주목할 수 있는 인물이다. 최락당(最樂堂)을 호로 삼았다.

『선원보략』을 마련하면서, 비석이 갖추어지지 않거나 선조의 자취에 대해 조사한 내용을 여러 차례 보고하였다.

> 종신 낭원군 이간이 역대 임금들의 세계와 내외 자손을 모아 편집하여 『선원보략』이라 이름하고 상소를 갖추어 바치니, 임금이 보고 가상히 여겨 간행해서 널리 반포하라 명하고, 간의 자급을 특별히 가자하였다.[104]

> 낭원군 이간이 상소하기를,
> "창빈(昌嬪) 안씨(安氏)께서 덕흥 대원군(德興大院君)을 탄생하셨는데, 묘도에 비조차 없습니다. 청컨대 미처 거행하지 못했던 의식을 빨리 거행하소서." 하였는데,
> 임금이 사체가 중대하다 하여 대신들에게 의논하도록 명하였다. 여러 대신들이 모두 묘도에 오히려 드러나게 새길 것을 빠뜨린 것은 진실로

---

104) 『숙종실록』 8권, 숙종 5년 2월 15일(경진), 『국역 숙종실록』 4, 19면.

흠사이므로, 특별히 명령하여 마땅히 천수(阡隧)에 비석을 세워야 한다고 하니, 임금이 그대로 따랐다.[105]

낭원군 이간이 아뢰기를,

"송도의 남문 밖 추동(楸洞)에 성조(聖祖)의 잠저 때의 옛터가 있는데, 왕위에 오른 뒤에는 태종께서 그대로 거처하셨으니 이른바 경덕궁(敬德宮)이 이곳입니다. 세속에 전하기를, '어느 날 흰 용이 뜰에 내렸다.'고 하였는데, 그 말이 『용비어천가』와 『여지승람』에 기재되어 있습니다. 그리고 또 숭인문 안에 성조의 별서가 있는데, 성조께서 상시 이두란(李豆蘭) 등과 격구하며 말을 달리던 곳이었습니다. 그래서 태종이 성조의 수용(睟容)을 봉안하고 목청전(穆淸殿)이라고 이름을 지었는데, 임진년에 병화로 타버리게 되었으며, 경덕궁은 담장이 둘려 있고 또 하마비가 서 있지만 목청전의 옛터에는 이미 담장이 없고 인해서 황폐함을 이루었으니, 이는 참으로 결점이 있는 일입니다. 지금 당연히 자세하게 살펴보고 수호하도록 하며, 글을 짓고 비를 세워 영원토록 전해 내려가는 곳을 만드소서." 하니,

임금이 유수로 하여금 자세하게 살펴서 수호하게 하고, 또 글을 주관하는 신하로 하여금 글을 지어 비를 세우도록 하였다. 간(偘)이 또 아뢰기를,

"익안 대군(益安大君) 이방의(李芳毅)의 묘는 풍덕(豊德)에 있고 여흥부원군(驪興府院君) 민제(閔霽)의 묘는 제릉(齊陵) 근처에 있으니, 사제(賜祭)를 명하는 것이 마땅하겠습니다." 하니,

임금이 일체로 치제하도록 명하였다.[106]

왕손으로 숙종 2년(1676)에 사은사를 시작으로 여러 차례 사행[107]에

---

105) 『숙종실록』 11권, 숙종 7년 3월 17일(경오), 『국역 숙종실록』 5, 287면.
106) 『숙종실록』 25권, 숙종 19년 8월 30일(신축), 『국역 숙종실록』 13, 272면.
107) 낭원군의 아버지 인흥군도 효종 때에 사행에 참여하였다. 『효종실록』 2권, 효종 즉위

참여하기도 하였다.

> 이때 낭원군 이간이 사은사가 되었는데, 임금이 그의 문재가 모자라고
> 또 인조의 자손이 나아가 힘써 다투는 것이 사리에 당연하다고 여겨 복선
> 군 이남을 가라고 명하여, 드디어 변무사(辨誣使)에 차임되었다.[108]

그리고 형 낭선군 이우와 함께 전서와 예서를 잘 썼다고 알려져 있다.

> 낭원군 이간이 졸하였다. 간은 인흥군 이영의 차자이다. 그의 형 낭선
> 군(朗善君) 이우와 함께 전서(篆書)와 예서(隸書)를 잘 쓰기로 이름이
> 났다.[109]

2) 『영언』 편찬과 이하조의 역할

이간이 엮은 가집 『영언(永言)』의 특성은 이하조(李賀朝)가 쓴 발문을
통해서 살필 수 있는데, 김천택이 엮은 『청구영언』에서 최락당을 작가
로 30수를 수록하고 있다. 이하조의 발문을 보도록 한다.

> 내가 하루는 최락당에서 왕손 낭원공을 뵈었는데 공이 『영언』이라고
> 이름을 붙인 작은 책 하나를 주면서 말하기를, '이것은 내가 평소에 집에
> 서 지내거나 여행하는 사이에 마음을 서술하거나 흥취를 붙인 것을 몰래
> 스스로 거두어 기록한 것이니, 그대가 나를 위하여 품평해 주게나.' 하였
> 다. 내가 삼가 받아서 물러나, 여러 번 되풀이하여 외니, 대개 결코 화려한

년 10월 15일(경자), 낭원군이 참여한 사행은 숙종 5년(1679) 7월, 숙종 12년(1686)
3월, 숙종 19년(1693) 3월 등이 확인된다.
108) 『숙종실록』 5권, 숙종 2년 1월 28일(신해), 『국역 숙종실록』 2, 237~238면.
109) 『숙종실록』 33권, 숙종 25년 9월 4일(기해), 『국역 숙종실록』 17, 195면.

곳과 비루하고 속된 것으로 흘러서 지은 것이 없었고, 산수 사이에서 질탕하게 얻은 것이 유독 많았으며, 또 임금을 사랑하고 보답하고자 꾀하는 바람과 자신을 다스리고 스스로 경계하는 뜻을 문득 여기에서 펴서, 무릇 수십여 결이었다.

내가 본래 이를 할 수 없거니와 음조와 절주가 다 격조에 맞는지 아닌지를 진실로 알 수 없었다. 그리하여 시험삼아 산수 사이에서 얻은 것에 나아가 말하자면, 실로 심오하고 겨르롭게 마음을 풀어서 후령(嶔嶺)과 회남(淮南)의 남긴 생각이 있고, 감동하여 빌거나 보답을 도모하여 읊은 것과 같은 데에 이르러서는 충성하고 사랑하는 정성이 있어서, 또 성대하게 말의 겉면에 넘치고, 이른바 스스로 경계하는 말은 또한 엄정하고 절실하여 도자(道者)가 말한 것이 있는 것처럼 늠름하여, 요약하면 모두 노래할 만하고 전할 만하였다.

대개 노래란 것은 시의 종류인데, 이로써 밭의 농부와 들판의 지아비의 말과 같은 이항의 풍요가 또한 시를 늘어놓는 반열에 통하게 되고, 간혹 관현에 입히어 향당(鄕黨)과 방국(邦國)에 사용되어 감발(感發)과 흥기(興起)의 밑천이 되었으니, 그것이 없앨 수 없는 것을 또한 환히 알 수 있다. 아, 공은 왕족의 귀한 분으로, 주상께서 바야흐로 존속(尊屬)으로 대접하시고, 벼슬자리가 매우 융성하고 자식과 겨레가 번창하며, 금서(金犀)와 초옥(貂玉)이 섬돌과 뜰을 비추어서, 복록의 성대함은 세상에서 대개 한나라 만석군에 견주고 있다. 그러나 공은 또한 조심하면서 두려워하고 삼감에 힘쓰고 있다. 몸소 순박한 선비의 우아한 행실을 펴고, 정성의 바른 데서 말하는 것이 또 이와 같으니, 그렇게 귀하고 무겁게 하는 것이 어찌 밭의 농부와 들판의 지아비의 말과 같은 이항의 풍요에 그치랴? 그리고 안타깝게도 우리나라는 노래를 채집하여 올리는 법이 없으니 두건이나 상자에 갈무리되는 것을 벗어나지 못한다. 그러나 이 세상의 사람들이 이 책을 얻어서 읽고, 끊어지지 않고 읊조리는 나머지에 영리(榮利)와 진분(塵氛)의 묶임이 어찌 조금씩 줄어들지 않으랴? 그리고 임금을 사랑하고 자신을 다스리는 마음은 또한 반드시 그만둘 수 없는 것이니, 공께서는 아껴서 숨기지 말지어다.

정축년(1697) 초봄에 이질 연안 이하서가 삼가 쓰다.[110]

발문을 쓴 이하조는 월사 이정구의 증손자이며, 이명한의 손자로, 이
단상의 아들이다. 이단상이 전의인(全義人) 이행원(李行遠, 1592~1648)[111]
의 첫째 따님을 아내로 맞이했는데, 이간도 이행원의 셋째 따님을 아내
로 맞아서, 이단상의 둘째 아들인 이하조는 이간의 이질(異姪)이 된다.

이하조가 쓴 발문을 통해서 보면 이간의 시조는 크게 세 항목으로 나
눌 수 있다. '산수의 사이에서 높은 흥취를 얻은 것[得於跌宕山水之間]',
'임금을 사랑하고 거기에 보답하기를 꾀하는 염원[愛君圖報之願]', '몸가
짐을 삼가고 스스로 경계하는 뜻[勅身自警之意]'이 그것이다. 산수 사이
에서 높은 흥취를 얻은 것은 '심오하고 겨르롭게 마음을 풀고[幽遠閑放]',
임금을 사랑하고 거기에 보답하기를 꾀하는 염원은 '충성하고 사랑하는
정성[忠愛之誠]'이 있고, 몸가짐을 삼가고 스스로 경계하는 뜻은 '엄정하

---

110) 김천택 편, 『청구영언(주해편)』(국립한글박물관, 2017), 128~129면. 余一日 謁 王孫
郎原公於最樂堂中 公授一小冊子 名永言者 曰 此吾平日家居行役之際 叙懷而寄興
私自收錄者 子其爲我評焉 余謹受而退 三復而諷誦 槩絶無芬華場流蕩鄙俚之作 而
其<u>得於跌宕山水之間</u>者爲獨多 且<u>愛君圖報</u>之願與<u>勅身自警</u>之意 輒於是而發之 凡
數十有餘闋也 余素不能爲此 其音調節族之盡合於格與否 固未可知也 而試就其得
於山水之間者言之 實<u>幽遠閑放</u> 有緜嶺淮南之遺思 至如感祝圖報之詠則忠愛之誠
又藹然溢於辭表 而所謂自警之語 亦嚴正切實 凜然若有道者言 要之皆可歌而傳也
夫歌者 詩之類也 是以 古者里巷風謠如田畯野夫之詞 亦得徹於陳詩之列 或被以管
絃 用之鄉黨邦國 而爲感發興起之資焉 其不可廢也亦審矣 嗟乎 公以天潢貴介 主
上方待以尊屬 位遇甚隆 子姓繁昌 金犀貂玉輝映於階庭 其福履之盛 世盖比之於漢
萬石君 然公又小心畏慎 孜孜焉 躬布一素儒雅之行 而言之出於情性之正者 又如此
其可貴重也 豈止如里巷田畯野夫之詞 而惜乎 我朝無採謠之擧 不免爲巾笥之藏也
雖然 使世之人 得此卷而讀之 詠嘆淫液之餘 其榮利塵氛之累 豈不少瘳乎 而愛君
勅身之念 亦必有不能已者矣 公 其勿秘惜之也 歲在丁丑初春 姪延安李賀朝謹書
111) 이행원은 첫째 부인 나주박씨에게 이관하(李觀夏)에게 출가한 딸 하나를 두었고,
둘째 부인 한씨에게 만최(萬最), 만유(萬有)의 두 아들과 이단상, 유상운(柳尙運), 낭
원군 이간에게 출가한 세 딸을 두었다.

고 절실[嚴正切實]'하다고 하였다.

3) 낭원군 시조의 성격

이제 『청구영언』에 수록된 30수의 시조를 검토하면 다음과 같이 정리할 수 있다. 최락당 생활을 읊은 것이 3수, 종친 연회의 감격을 읊은 것이 2수, 포천의 옥류당 생활을 읊은 것이 2수, 사행과 관련한 작품이 5수, 풍악 유람 2수, 충심 1수, 자연 생활 3수, 몸가짐과 경계 5수, 인륜 6수 등으로 정리할 수 있다.

내 용	작품 번호	비 고
최락당 생활	173, 174, 175	한양
종친연회	176, 177	한양
옥류당 생활	178, 179	포천
수양산	180	사행
조어대 화효종	181, 182, 183	사행
대명문물	184	사행
풍악 유람	185, 186	금강산
천은	187	
자연 생활	188, 189, 190	
몸가짐과 경계	191, 192, 193, 194, 195, 196	
인륜	197, 198, 199, 200, 201, 202	오륜

173. 174. 175. 세 수는 정우정[112]과 최락당에서 지내는 생활을 읊은 것이다. 정우정은 부친인 인흥군 이영의 호이기도 하다. 최락당에서 금서로 살아가는 생활, 천연유수, 술 등을 노래하고 있다. 173. 작품이 퇴

---

112) 송시열, 「淨友亭記」, 『宋子大全』 卷144, 『한국문집총간』 113, 114면.

계의 〈도산십이곡〉의 〈천운대 돌아드러~〉와 같은 표현을 활용하고 있어서 〈도산십이곡〉을 염두에 둔 구성이라고 평가할 수 있다.

173
淨友亭 도라드러 最樂堂 閑暇혼듸
琴書生涯로 樂事ㅣ 無窮ㅎ다마는
이밧긔 淸風明月이야 어늬그지 이시리

174
山은 잇건마는 물은 간듸업다
晝夜로 흐르니 나믄물이 이실소냐
아마도 千年流水는 나도몰라 ㅎ노라

175
돌은 언제나며 술은 뉘삼긴고
劉伶이 업슨후에 太白이도 간듸업다
아마도 무를듸 업스니 홀로 醉코 놀리라

한편 176. 177.은 종친연회에 대해 읊은 것이다. 숙종은 17년(1691) 6월에 종친을 위하여 시재(試才)하고 선온을 내렸으며, 8월에 잔치를 베풀고 풍악까지 내려주었다. 실록의 기록은 다음과 같다.

　임금이 종신들을 편전에 불러서 만나보고, 시재(試才)하고 선온(宣醞)하였다. 이어서 비망기를 내리기를,
　"가난한 종신이 매우 많아서 보기에 가엾으니, 종친부로 하여금 초계한 뒤에 해조에서 옷감과 먹을 것을 넉넉히 주어 내가 두텁게 친애하는 뜻을 보이라." 하였다.[113)]

이어서 잔치[114])를 베풀게 되자 풍악을 내려주기도 하였는데, 시재→
선온→잔치→풍악으로 이어지는 자리가 마련되었고, 그때의 감격과
즐거움을 노래로 형상화한 것으로 볼 수 있다. 성은, 태평, 성대를 그대
로 드러내면서 종친들이 모인 자리의 흥취를 노래하고 있다.

그런데 이 종친연회는 종친들 사이에 매우 감동적인 일로 여겨져서
〈종반경회도(宗班慶會圖)〉를 만들고 영가(詠歌)할 수 있도록 하였다. 숙
종이 시재를 하고 선온을 내린 일에 대하여 낭원군 이간과 영창군 이침
(李沉)이 인조의 아들인 낙선군 이숙(李潚)과 의논하여 잔치를 마련하자
고 하여 중양일에 종친부에서 잔치를 열었는데, 숙종이 잔치 물품과 음
악과 술을 내려주었다. 낙선군이 주도하고 종친 92명이 모였으며, 이
일을 기념하고자 화공에게 그리게 하고 각자 비용을 부담하여 병풍을
만들어서 보존하게 하였던 것이다. 낭원군의 아들 이혼(李混)[115])이 이현
석에게 서문[116])을 부탁하였다.

176
이도 聖恩이오 뎌도 聖恩이라
모도신 公子님니 아는가 모로는가
眞實로 이뜻을 아르셔 同樂太平 ᄒᆞ으리라

177
이술이 天香酒ㅣ라 모다대되 슬타마소

---

113) 『숙종실록』 권23, 17년 6월 19일(계유), 『국역 숙종실록』 13, 60면.

114) 『숙종실록』 권23, 17년 8월 11일(계사), 『국역 숙종실록』 13, 84면.

115) 낭원군은 아들 여섯을 두었는데, 맏이 全坪君 溎은 伯父 朗善公의 후사를 이었고,
둘째는 全城君 混, 셋째는 全溪君 溥, 넷째는 全山君 深, 다섯째는 全川君 滌, 여섯째
는 全安君 潢이다.

116) 이현석, 「宗班慶會圖序」, 『游齋先生集』 卷15, 『한국문집총간』 156, 515면.

令辰에 醉흔 후에 解醒杯 다시 흐새
흐믈며 聖代를 만나 아니醉코 어이리

右二首 宗親燕會 宣醞賜樂

178. 179.은 옥류당 생활을 노래한 것이다. 천보산, 금곡촌, 옥류당
등의 지소가 포천 지역을 가리키는 것이다. 낭원군의 아버지 인흥군 영
의 묘소가 있는 지역으로 이곳에 옥류당[117]을 짓고 자연과 더불어 살아
갈 때의 모습을 형상화하고 있다.

178
天寶山 ᄂᆞ린물을 金谷村에 흘려두고
玉流堂 지은뜻을 아는다 모로는다
眞實로 이뜻을 알면 날인줄을 알리라

179
玉流堂 죠타말 듯고 金谷村에 드러가니
天寶山下에 玉流水ㅅ뿐이로다
두어라 樂山樂水를 알리업서 흐노라

180. 181. 182. 183. 184. 5수는 청나라 사행과 관련한 작품으로 볼
수 있다. 181. 182. 183. 3수에 대해 조어대에서 효종이 직접 지은 노래
에 화답한 것이라고 하였다. 이간이 부른 노래와 대응하는 효종의 작품

---

117) 조태억, <金谷玉流堂壁上, 朗原君所搆, 今其墓在堂東>, 『謙齋集』 卷3, 『한국문집
총간』 189, 34면, 王孫小築擁烟雲, 一道飛泉月下聞. 笙鶴不來春草滿, 路人怊悵信陵
墳. 조문명, <午炊先達山下朗原君亭, 亭是朗原君家山所往來時畫驂所云>, 『鶴巖
集』 冊1, 『한국문집총간』 192, 402면, 好事彼公子, 底心營此亭. 傳言節日祀, 暫爲午
時停. 自別村閭撲, 從看富貴形. 更憐京洛態, 門柳渭城靑.

은 그대로 확인하기 어렵지만, 널리 알려진 〈청석령~〉과 〈조천로~〉를 가리키는 것으로 이해할 수 있다. 다만 작품 수에 차이가 나는 점은 살펴야 할 부분이다. 이간은 숙종 2년(1676), 숙종 12년(1686)에 동지사 겸 진주사로 청나라에 다녀왔다. 영평부에서 출발하여 가다가 보면 난하가 있고 난하를 따라 십여 리를 내려가면 조어대가 있다고 한다. 난하를 지나 조금 더 가면 수양산이 있고 이제묘가 있다고 한다. 수양산은 백이와 숙제가 숨어들어가 산 곳이고, 조어대는 강태공이 낚시하던 곳이다. 강태공은 주왕(紂王)을 피해 위수에서 낚시하다가 주(周)의 무왕(武王)을 도왔고, 백이와 숙제는 무왕에게 주왕을 정벌하지 말라고 간했다가 받아들여지지 않자 수양산에 숨었다고 한다. 조어대는 난하(灤河)의 동쪽 가에 있는데, 만력 연간에 한응경이라는 사람이 연로하여 치사한 곳이다. 백이·숙제와 강태공을 등장시켜 역사의 정당성에 대한 내면을 드러내고 있다고 할 것이다.

　다음 184.도 사행과 관련되어 있다고 할 수 있다. 사행을 가는 길에 일월과 산천이 모두 옛날 그대로인데, 옛날에는 조천(朝天)의 의의가 있었는데 지금은 그렇지 않다고 보는 것이다. 대명 문물이 간 곳이 없다고 탄식하고 있다. 다만 천운이 순환하는 것이니 다시 볼 수 있을 것으로 기대하고 있다.

　　180
　　山아 首陽山아 伯夷叔齊 어듸가니
　　萬古淸節을 두고 갈 줄 뉘 아드니
　　어즈버 堯天舜日이야 親히 본가 호노라

　　181
　　太公의 釣魚臺를 게유구러 초자가니

江山도 그지업고 志槪도 새로왜라
眞實로 萬古英風을 다시본듯 ᄒ여라

182
灄河水 도라드니 師尙父의 釣磯로다
渭水風煙이야 古今에 다를소냐
어즈버 玉璜畢事를 親히본듯 ᄒ여라

183
首陽山 ᄂ린믈이 釣魚臺로 가다ᄒ니
太公이 낙던고기 나도낙가 보련마ᄂᆞᆫ
그고기 至今히 업스니 물동말동 ᄒ여라

　* 右三首 釣魚臺和孝廟御製

184
日月도 녜과ᄀᆞᆺ고 山川도 依舊ᄒ되
大明文物은 쇼졀업시 간듸업다
두어라 天運이 循環ᄒ니 다시볼가 ᄒ노라

　185. 186. 두 수는 풍악 유람을 노래한 것이다. 낭원군은 산수를 좋아하여 자주 풍악[118]에 들렀다고 하였다.

185
笛童을 아픠세고 楓嶽을 ᄎ자오니
神仙은 어듸가고 鶴巢만 나만ᄂᆞᆫ고

---

118) 이재, 「朗原君墓碣」, 『陶菴先生集』 卷33, 『한국문집총간』 195, 175면, 性喜山水, 屢入楓岳.

아므나 赤松子 만나든 날왓더라 닐러라

186
平生에 일이업서 山水間에 노니다가
江湖에 님자되니 世上일 다니제라
엇더타 江山風月이 긔벗인가 ᄒᆞ노라

187.은 천은을 읊은 것이다. 그리하여 나라를 위한 충심을 다짐하고
있다.

187
天恩이 ᄀᆞ이 업서 代마다 덥혀두고
太平聖世에 가풀일이 어려왜라
두어라 爲國忠心을 永世不忘ᄒᆞ오리라

188. 189. 190.은 자연에서 지내는 생활을 읊은 것인데, 188.은 오동
나무로 거문고를 만들어 고산유수(高山流水)의 흥취를 즐기겠다는 내용
이고, 189.는 만취(晚翠)의 소나무를 노래하고 있으며, 190.은 유수 같은
세월을 읊고 있다.

188
石上에 自枯桐을 석자만 버혀내면
一張玄琴이 自然이 되련마는
아마도 高山流水를 알리업서 ᄒᆞ노라

189
솔아 심긴솔아 네 어이 심것는다
遲遲澗畔을 어듸두고 예와셧는

眞實로 鬱鬱혼 晩翠를 알리업서 호노라

190
희겨 어둡거늘 밤듕만 너겻더니
덧업시 볼가지니 새날이 되야꾀야
歲月이 流水マ트니 늙기 셜워호노라

191. 192. 193. 194. 195. 196 여섯 수는 몸가짐과 경계를 노래하고 있다. 분수를 지키면서 살아가야 하는 삶을 노래로 읊고 있는 것이다.

191
제 分 죠흔줄을 므음에 定혼 후에
功名富貴로 草屋을 밧골손가
世俗에 버서난 後ㅣ면 自行自處호리라

192
天理룰 알쟉시면 天道ㅣ라타 뉘모르리
忠孝大義눈 修身에 둘년ᄂ니
事業을 節義로 行호면 긔올혼가 호노라

193
德으로 일삼으면 제 分인줄 제모로며
懲忿을 겨버보면 窒慾인들 뉘모로리
學文을 보뵈로 아라야 去取適中호리라

194
말슴을 굴회여 내면 결을일이 바히업고
無逸을 죠하호면 貪慾인들 이실소냐
一毫ㅣ 나탓 긔일호면 헷工夫ㄴ가 호노라

195
어져 내말듯소 君子工夫 다흔後에
死生을 뉘알관디 老少로 드톨손가
그려도 餘日이 이시니 學文이나 흐리라

196
사람이 삼긴後에 天性을 가져이셔
善惡을 分別흐면 孔孟인들 부롤소냐
이밧긔 說話만흐니 그를몰라 흐노라

197. 198. 199. 200. 201. 202.는 인륜에 관한 것이다. 부모, 형제,
남녀, 장유, 붕우, 향당을 포함하고 있다.

197
어버이 날나흐셔 어질과쟈 길러내니
이두分 아니시면 내몸나셔 어질소냐
아마도 至極흔 은덕을 못내가파흐노라

198
우리몸 갈라난들 두몸이라 아지마소
分形連氣흐니 이니른 兄弟니라
兄弟아 이뜻을 아라 自友自恭흐쟈스라

199
男女有別홀줄 사롬마다 알년마는
學文을 모로면 알기아니 어려오랴
眞實로 國法이 이시니 無別無行 흐지마라

200
져무니 어룬뫼셔 간듸마다 추례곳알면
無知혼 愚氓들도 아니아지 못ᄒᆞ려니
ᄒᆞᆯ믈며 人倫을 알려ᄒᆞ면 이아니코 어이리

201
늘으로 親혼사룸 벗이라 닐러시니
有信곳 아니ᄒᆞ면 사괼줄이 이실소냐
우리는 어진벗 아라셔 責善을 바다보리라

202
鄕黨은 禮 ᄇᆞ르니 어닉사룸 無禮ᄒᆞ리
無知혼 少年들이 年齒를 제 몰라도
그러나 人形을 가져시니 비화알가 ᄒᆞ노라

낭원군은 여성위 송인(1517~1584)이 지은 수월정(水月亭)[119]을 중수하
기도 하였다. 송인이 죽고 임진왜란이 끝난 뒤에 손자 송기(宋圻)가 다시
마련한 적이 있는데, 뒷날 낭원군이 중수한 것으로 볼 수 있다. 낭원군
의 어머니가 송인의 증손인 희업(熙業)의 따님이다. 남용익은 이 일을
기록하면서 송인이 가기 석개(石介)를 후원했던 일까지 아울러 환기하고
있다.

---

119) 남용익, <寄題重修水月亭, *亭卽故礪城尉新建, 而外葉孫朗原君重修>, 『壺谷集』
卷4, 『한국문집총간』 131, 75면, 水月亭額閱幾年, 秦樓蕭史昔登仙. 空墟久入居人
歎, 肯搆終須宅相賢. 遺曲更從檀板響, 舊題重向彩楣懸. 荒詞敢列三王後, 只幸名
因勝地傳.

5. 정명공주 수연과 가곡 향유

1) 정명공주 수연과 가곡 향유

정명공주(貞明公主)는 선조의 계비 김씨의 소생으로 선조 임금의 유일한 공주이다. 선조 36년(1603)에 태어나 부왕이 죽은 뒤에 광해군이 모후를 핍박하자 어머니 인목대비와 함께 서궁에서 고초를 겪었으며, 계해반정 이후에 홍주원(洪柱元, 1606~1672)[120]에게 하가하였다. 홍주원이 영안위(永安尉)에 봉해지면서 영안위 공주라고 부르기도 하였다.

가계를 정리하면 다음과 같다.

霙	연안 이씨						탁
柱元	정명 공주		柱後	柱臣	柱韓	柱國	柱三
萬容	萬衡	萬熙	萬恢	萬最	萬齊		
重箕 重範 重衍 重福 重疇	重模 重楷	重錫 重益	重聖				

숙종 3년(1677)에 정명공주의 75세 수연을 기념하는 잔치를 열자 임금이 일등의 음악을 내려주고 잔치에 드는 물품까지 보냈고, 숙종 5년(1679)에 77세의 수연에도 같은 대접을 하였으며, 그리고 숙종 9년(1683)

---

120) 홍주원은 홍영(洪霙)의 맏아들로 홍영이 월사 이정구의 따님을 아내로 맞이하면서 홍주원은 이정구의 외손자가 되며, 연이(延李) 가문과 밀접하게 연결되어 있으며, 홍주원에게 만용(萬容), 만형(萬衡), 만희(萬熙), 만회(萬恢) 등의 아들이 있다.

은 계해반정의 주갑(周甲)이 되는 해이면서 정명공주가 여든을 넘긴 해라서 더욱 성대하게 수연을 마련했던 것으로 확인된다.

17세기 후반에 정명공주의 수연을 기리는 잔치가 이어지고, 계해반정(1623)의 주갑을 기념하는 일과 겹쳐지면서 성대한 모임으로 이어진 것으로 이해할 수 있다.

우선 실록의 기록을 확인하도록 한다. 숙종 5년(1679), 숙종 8년(1682), 숙종 9년(1683)에 각각 정명공주를 위하여 음악을 내리거나, 잔치에 필요한 물품을 내렸으며, 선온을 내리고 내외의 종친과 친척들이 참석하였다.

> 임금이 정명 공주의 집에서 수연을 베푼다는 소식을 듣고 1등의 음악을 내려 주고 잔치에 쓸 물품을 넉넉히 주라고 명하였다.[121]

> 임금이 정명 공주는 나이가 팔질(八耋)에 찼으므로 특별히 염려하지 않아서는 안 된다 하여, 잔치에 쓸 것을 특별히 주라고 명하였다.[122]

> 주강에 나아갔다. 영의정 김수항(金壽恒)이… 또 말하기를,
> "인조께서 반정하셨던 것이 계해년 3월에 있었으니, 올해 바로 주갑을 맞이했으며, 또 삼월을 맞이했습니다. 인조께서 난세를 평정하여 질서 있는 세상으로 회복시켜서 종묘와 사직을 다시 편안하게 하신 지 지금 60여 년이 되었는데, 나라의 형세가 쇠약해져서는 날로 위태롭고 쇠망하는 지경에 이르고 있으니, 어찌 두려워하여 감개함을 일으키지 않겠습니까?"
> 하고,
> 이어서 아뢰기를,
> "정명 공주는 80세의 나이로서 아직 지금도 건강하시며 금년은 평상의

---

121) 『숙종실록』 8권, 숙종 5년 8월 10일(임신), 『국역 숙종실록』 4, 107면.
122) 『숙종실록』 13권, 숙종 8년 1월 3일(신해), 『국역 숙종실록』 6, 182면.

해와 다르니, [계해년은 인조께서 인목 대비의 지위를 회복시키셨으며, 또 공주의 혼례를 행하였던 해이기 때문에 이렇게 말한 것이다.] 이런 흉년을 당하여 비록 사연(賜宴)은 못하더라도 마땅히 특별하게 대우하시는 은전이 있어야 할 것입니다." 하였는데,

임금이 해조(該曹)에 명하여 식물(食物)의 의자(衣資)를 넉넉히 지급하게 하였다.[123]

그리고 다음 기록은 계해반정의 주갑이 되는 날에 정명공주의 집에서 잔치를 열 때에, 기녀들이 많이 모여서 가무를 했으며, 장희재의 첩인 숙정(淑正)이 노래를 잘 해서 이 모임에 참석한 일화를 소개하고 있다. 기녀들을 중심으로 가곡의 레퍼토리가 향유되었을 가능성이 있다.

이에 앞서 계해년 3월 13일은 인조반정의 회갑이 되는 날이었다. 정명공주의 집에서 잔치를 베풀어 조정 대신 이하의 관원이 모두 공주의 집에 모였는데, 기녀를 많이 모아 그들로 하여금 술을 따르고 가무를 하게 하였다. 그중에 숙정[124]이라는 이름을 가진 자가 노래를 잘한다는 명성이 있었다. 술을 마신 후 손님 가운데 어떤 사람이 숙정과 더불어 희롱하려 하였는데, 숙정의 남편이 곧 장희재였다. 장희재는 이때 포도부장으로서 대궐문 밖에서 기다리고 있다고 몰래 숙정을 불러내어 달아나 버리니 어떤 사람이 여러 대신들에게 그 일을 고하였다. 좌의정 민정중(閔鼎重)이, '조정의 큰 연회가 끝나기도 전에 술을 따르는 기녀가 먼저 달아났으니

---

123) 『숙종실록』 14권, 숙종 9년 3월 20일(임술), 『국역 숙종실록』 7, 189면.

124) 숙정은 당시 가기로 볼 수 있는데, 처음에는 동평군 이항의 종이었다가 장희재의 첩이 되었다. 이항(李杭, ?~1701)은 인조의 손자이고, 숭선군(崇善君) 이징(李澂)의 아들로, 동평군(東平君)에 봉해졌다. 희빈 장씨 소생의 왕자가 세자로 봉해질 때 세자의 어머니는 중궁이 되어야 한다는 편지를 전달한 사실과, 계집종 숙정을 양인으로 속량시켜 희빈의 오빠인 장희재에게 보내어 심복으로 삼도록 한 사실이 드러나, 결국 절도에 유배되었다가 사사되었다.

사체가 놀랄 만하다.' 하고, 비국의 낭관으로 하여금 기녀를 불러내어 데
리고 간 그 남편을 곤장으로 엄하게 다스리게 했다. 장희재는 이 일로써
독을 품은 것이 뼈에 사무쳤는데, 혹자는 '이 일이 또한 화의 빌미가 되었
다.'고 하였다.[125]

우선 잔치 자리의 전반적 상황을 홍석기(洪錫箕, 1606~1680)가 쓴 「정
명공주에게 내려진 잔치의 연회시 서문」에서 확인할 수 있다.

> 영안위 공주는 여든 살에 가까운데, 주상께서 친척을 가까이하고 나이
> 많은 사람을 우대하는 뜻으로, 곧 정사년(1677) 5월 열아흐레에 잔치자리
> 를 내리셨는데, 이날은 곧 공주의 생신날이다. 또 기미년(1679) 8월 스무
> 아흐레에 잔치자리를 내리셨는데, 이는 국조에서 전에 없던 성대한 일이
> 다. 나와 정안도위는 다만 동갑의 인연뿐만 아니라 만약 안항을 보아도
> 온 세상이 다 아는 바이다. 시랑 홍백함 형제가 나에게 편지를 보내어,
> 아울러 상서 이장경[은상]이 정사년 자리에서 지은 율시 2편과 이경조[익
> 상]가 기미년 자리에서 지은 2편을 부쳐 보이면서 화운을 부탁하고, 또
> 아울러 서문까지 써 달라고 부지런하였다. 다만 감히 홀로 성대한 뜻을
> 저버릴 수 없을 뿐만 아니라, 옛날 놀던 일을 생각해보니, 어찌 이웃
> 피리의 슬픔이 없으랴? 그 율시 4편에 차운하고, 별도로 율시 2편과 병서
> 의 글을 바친다.[126]

홍석기의 서문을 통하여 행사의 개략을 살필 수 있는데, 이 중에서

125) 『숙종실록』 17권, 숙종 12년 12월 10일(경신), 『국역 숙종실록』 10, 155~156면.
126) 홍석기, 「貞明公主賜宴宴會詩序」, 『만주유집』 권6, 『한국문집총간』 속31, 137~138
면. 永安尉公主年近八十, 主上以敦親優老之意, 乃於丁巳五月十九日賜宴, 是日則
公主初度也. 又於己未八月二十九日賜宴, 此國朝無前之盛事. 余與永安都尉, 不但
有同庚之契, 若視鴈行, 擧世知之. 洪侍郎伯涵兄弟有書於余, 兼以李尙書長卿丁巳
席上所作二律及李京兆已未席上所作二律, 寄示求和, 且有幷序之勤敎. 不但不敢
孤負盛意, 因思舊遊, 豈無鄰笛之悲. 次其四律, 別呈二律幷序文.

숙종 3년(1677)에 이은상이 지은 율시 2수와 숙종 5년(1679)에 이익상이 지은 율시 2수가 관심을 끈다. 우선 이은상의 〈영안주 집의 수연에서 구점하여 여러 사백에게 바치고 질정을 구하다〉라는 시 2수를 보도록 한다. 임금이 이원의 일등악을 내린 상황이라 '가곡신번(歌曲新飜)'으로 성은에 감사한다고 하였다. 수친(壽親)의 자리에서 새로 마련한 가곡(歌曲)으로 '감군은(感君恩)'의 의의까지 지니도록 준비한 것이다.

> 선조 묘정의 왕족 중에 귀주가 계시는데
> 아울러 삼달을 받아 여자 중에서 가장 높네.
> 영화롭게 사시며 잔치를 내려 곧 생일을 맞으니
> 향기에 젖은 제봉에 술동이를 올리네.
> 손님에게 이바지하는 진수성찬은 어선을 나눈 것이요
> 뜰에 가득한 선악은 이원을 멈춘 것이네.
> 시랑이 색동옷 입고 춤을 추며 뭇 동생들을 이끌고
> 새로 마련한 가곡으로 성은에 감격하네.
> 宣廟天潢貴主存　兼膺三達女中尊
> 榮生賜宴仍初度　香泥題封卽上樽
> 供客珍羞分御膳　盈庭仙樂輟梨園
> 侍郎舞彩携諸弟　歌曲新飜感聖恩
>
> 앞 조정의 왕족으로 가장 높고 영예로운데
> 귀주는 회년에다 다섯 살이 넘었네.
> 노인을 우대하고 사사로움을 크게 하여 성대한 잔치를 열었는데
> 은혜를 미루어 특별한 하사에 대궐의 정이 수레에 가득하네.
> 질서 있는 화려한 자리에 뭇 어진 이들이 모였는데
> 색동옷 입고 너울너울 춤추는데 여러 음악을 바치네.
> 뜻이 많은 화옹이 빼어난 홍취를 보태어
> 앉아서 때맞추어 내리는 비가 처마에 떨어지는 소리를 듣네.

先朝天屬最尊榮　貴主稀年五歲嬴
優老洪私開盛宴　推恩殊錫軫宸情
華筵秩秩群英集　彩服翩翩衆樂呈
多意化翁添勝趣　坐聞時雨落簷聲[127)]

　　홍석기의 〈정명공주 사연 연회〉는 이은상이 지은 시에 차운한 것인
데, 3수 중에서 2수를 제시한다.

　　　선조의 귀한 공주 중에 누가 또 있는가?
　　　하물며 여러 분 중에서 땅에서 가장 높음에랴.
　　　천상의 높은 풍류가 궁궐의 선온을 겸하고
　　　해동의 가송(歌頌)이 이미 술동이에 갈려졌네.
　　　즐겁도다 오늘 저녁은 또 어떤 저녁인가?
　　　성대하도다 이원의 젊은이들이 동산에 스며드네.
　　　채복으로 춤추며 금과 슬이 짝이 없음을 안타까워하며
　　　눈물 흘리는 것은 다만 임금의 은혜에 감격한 것만은 아니네.
　　　宣朝貴主誰更存　況在諸姬地最尊
　　　天上雲韶兼御醞　海東歌頌已衢樽
　　　樂哉今夕又何夕　盛矣梨園郎沁園
　　　舞彩恨無琴友瑟　涕流非但感君恩

　　　세월과 더불어 은혜가 깊으니 이번이 가장 영예스러운데
　　　바른 양지에서 잔치를 모시니 남기기 위한 것이 아니라네.
　　　구름이 사라지고 비가 그치니 하늘의 뜻을 알겠거니와
　　　귀한 반찬에 금 술두루미에서 성정을 보게 되네.

---

127) 이은상, 〈永安主第壽宴, 口占仰呈諸詞伯求正. 二首〉, 『東里集』卷9, 『한국문집총
　　간』 122, 496면.

북극에서 간룡으로 축수하며 더욱 높이고
남산에서 백배를 올리며 도리어 들이네.
신선의 퉁소는 당시의 곡조가 아니라
바라건대 붉은 하늘을 향해 소리 한 곡을 보내네.

歲與恩深此最榮　平陽侍宴不爲羸
雲消雨霽知天意　玉饌金罇見聖情
北極更尊干*竹下弄祝　南山還入百盃呈
仙簫不是當時曲　請向丹霄送一聲[128]

　다음은 이단하(李端夏, 1625~1689)가 〈우리 선조대왕께서 중전에게서
한 따님을 낳으셨는데 이 분이 정명공주이시다. 금상의 조정 정사년
(1677)에 이르러 춘추가 75세이고 그 생신날에 상께서 특별히 자리를 마
련하여 축수하게 하고 지부에서 잔치 물품을 이바지하고 법부에서는 성
악을 제공하며, 사전에서 선온을 하고 내외가 사치하게 하였다. 2년이
지난 기미년(1679)에 다시 연회를 내리시고 은수는 한결같이 앞과 같이
하였다. 아, 육대의 귀주에다 팔순의 높은 연세이며, 종친을 돈독히 하
는 두터움과 기구의 성대한 잔치이다. 이 중에서 한 가지만 있어도 오히
려 드문 일로 생각하는데 하물며 넷을 겸하고 아울러 있음에랴? 이는
진실로 예부터 이제까지 들도 보도 못한 일이다. 만약 공주께서 집안에
적선하고, 하늘에 복록을 받은 것이 아니라면, 수복광영이 어찌 이렇게
아름다운 데에 이를 수 있으랴? 또한 우리 성상께서 덕으로 친족에게
베풀고 인으로 양로하며, 돌아보며 보살핀 것이 아니라면 또한 어찌 이
렇게 지극한 데에 이를 수 있으랴? 상서 이은상과 그 동생 지신사 이익
상은 가장 가까운 손님으로 앞뒤로 자리에 있으면서 헌수를 축하하는

---

128) 홍석기, 〈貞明公主賜宴宴會 三首〉, 『晩洲遺集』 卷4, 『한국문집총간』 속31, 90면.

시가를 인도하고 친당이 화운한 사람이 많으며, 윤자 시랑공 형제들이 아무개를 승당한 묵은 손님이라고 하여 향리에 유락한 사람으로 참가하지 못한 사람들에게 추가로 화답하는 글을 요구하기에 의리상 한 마디가 없어서는 안 되겠기에 삼가 두 이공의 각 1수에 차운하여 송도의 뜻을 붙이고자 한다. 기미년(恭惟我宣祖大王於中壼誕一女, 是爲貞明公主, 至今上朝丁巳, 春秋七十有五. 於其晬日, 上特命設筵以壽之, 地部供宴需, 法部供聲樂, 四殿宣醞內外以侈之. 越二年己未, 再錫宴, 恩數一視前度. 吁嗟乎, 六代貴主也, 八裘高年也, 敦宗隆渥也, 祈耈盛讌也, 有一於此, 尙爲希事, 況兼四而並有者乎, 斯誠古今之所絶聞覩者也. 如非公主積善于家, 受祿于天, 壽福光榮, 曷能臻斯之懿也. 又非我聖上德以親族, 仁以養老, 眷顧恩寵, 亦安能至此之極也. 李尙書殷相, 其弟知申事翊相, 最爲親賓, 先後在席, 倡爲慶壽之什, 親黨多屬和者. 胤子侍郞公兄弟以某忝爲升堂舊客, 而流落鄕里, 不獲預焉, 追徵和章, 義不可以無一詞, 謹次二李詩各一首, 以寓頌禱之意. 己未)〉이라는 긴 제목이 붙은 작품을 지었다. 시제가 서(序)에 해당하다고 할 수 있다.

> 노나라 궁전이 우뚝하여 홀로 있음을 우러르는데
> 천가에서 육대에 이어서 두루 높이네.
> 북신의 우로가 특별한 하사를 베풀고
> 남극의 성신이 축수하는 술동이를 비추네.
> 보배로운 반찬과 맛이 나뉘니 재갈이 나는 사신이요
> 신선의 음악 소리가 섞이니 꾀꼬리가 우는 동산이네.
> 왕희의 대질은 원래 옛날을 뛰어넘는데
> 앞 기록이 도리어 이 은혜를 밝히는 데 호응하네.
> 魯殿巋然仰獨存　天家六代屬彌尊
> 北宸雨露宣殊錫　南極星辰映壽樽
> 珍膳味分飛鞚使　仙韶聲雜囀鸎園
> 王姬大耋元超古　前牒還應曠此恩

노인을 대접하고 친족을 가까이함은 일마다 매우 드문데
생일 아침의 특수한 예가 대궐에서 내린 것이네.
주상의 은혜로 앞뒤로 거듭 연회를 여는데
성스러운 덕은 공사로 아울러 빛남이 있네.
사방의 자리에 서로 주고받으며 법주에 젖는데
삼랑이 차례로 춤을 추니 색동옷이 빛나네.
사를 펼침에는 동촌의 손님이 가장 좋으니
자리 위에서 다투어 채색 붓을 휘두름을 보네.

老老親親事絶稀   生朝殊禮降宸闈
主恩前後重開宴   聖德公私並有輝
四座交酬霑法酒   三郞迭舞耀斑衣
陳詞最有東村客   席上爭看彩筆揮[129]

　정명공주의 이력, 잔치를 열게 된 계기, 잔치자리에서 시가를 인도한 이은상과 이익상, 영안위가 살아 있을 때에 내왕했던 사람들에게 연락하고, 참가하지 못한 분들에게 화답을 요청한 홍만용을 비롯한 아들들의 역할을 일목요연하게 정리하고 있는 셈이다.

　한편 남용익은 〈영안공주에게 잔치를 내리던 날에, 동리가 지은 것이 있는데 백함이 내가 바깥에 있어서 참여하지 못했다고 매우 간절하게

---

129) 이단하, 〈恭惟我宣祖大王於中壺誕一女, 是爲貞明公主, 至今上朝丁巳, 春秋七十有五. 於其晬日, 上特命設筵以壽之, 地部供宴需, 法部供聲樂, 四殿宣醞內外以侈之. 越二年己未, 再錫宴, 恩數一視前度. 吁嗟乎, 六代貴主也, 八袠高年也, 敦宗隆渥也, 祈嵩盛讌也, 有一於此, 尙爲希事, 況兼四而並有者乎, 斯誠古今之所絶聞覩者也. 如非公主積善于家, 受祿于天, 壽福光榮, 曷能臻斯之懿也. 又非我聖上德以親族, 仁以養老, 眷顧恩寵, 亦安能至此之極也. 李尙書殷相, 其弟知申事翊相, 最爲親賓, 先後在席, 倡爲慶壽之什, 親黨多屬和者. 胤子侍郞公兄弟以某忝爲升堂舊客, 而流落鄕里, 不獲預焉, 追徵和章, 義不可以無一詞, 謹次二李詩各一首, 以寓頌禱之意. 己未〉, 『畏齋集』 卷2, 『한국문집총간』 125, 294면.

화운을 요청하기에 공경스런 걸음으로 답하다〉에서 이은상의 시에 화운
하는 방식으로 짓고 있다.

> 목릉의 혈족으로 몇 사람이 있는가?
> 지금에 공주께서 홀로 높은 지위를 누리시네.
> 좋은 절기에 흰 수건을 겹이 정당하고
> 빼어난 영예는 금준을 내리심이 사치스럽네.
> 우러러 보며 함께 영광전에 비기고
> 가곡은 거듭 심수의 정원[130]을 짓네.
> 여러 분이 취하매 슬픔과 기쁨이 나란히 하고
> 일시에 아울러 네 조정의 은혜에 사례하네.
> 穆陵天屬幾人存　公主於今獨享尊
> 令節正當懸素帨　殊榮卽侈賜金樽
> 觀瞻共擬靈光殿　歌曲仍翻沁水園
> 諸子醉來悲喜並　一時兼謝四朝恩
>
> 예로부터 왕손이 누가 영예롭지 않으랴?
> 가장 높은 집안에 복록이 메었네.
> 처음에 막혔다가 뒤에 형통함에 곧 사물의 이치요
> 즐거움이 다하면 슬픔이 오는 것이 또한 인정이네.
> 귀한 손님이 차례로 술잔을 들어 천수를 빌고
> 법보를 가지런히 펼쳐서 백희를 드리네.
> 잔치가 파하자 눈물 흔적이 아직 소매에 남았는데
> 진루에 겨우 옥소 소리가 끊어지네.
> 天潢從古孰非榮　最是高門福祿嬴
> 初否後亨元物理　樂窮哀至亦人情

---

130) 沁水園은 후한 명제의 공주 심수가 소유했던 원림으로, 竇憲이 이를 빼앗자 사람들
이 〈沁園春〉이라는 사를 읊었다.

　　尊賓迭壽千觴擧　法譜齊張百戲呈
　　宴罷淚痕猶在袖　秦樓纔斷玉簫聲[131]

　유창(兪瑒, 1614~1690)도 〈받들어 정명공주에게 연회를 내릴 때 자리의 운을 따다〉에서 다음과 같이 읊고 있다.

　　목릉의 공주로 다시 누가 있는가?
　　지금에 임금의 붙이로 오세에 높네.
　　반찬은 선주에서 나와 비단자리를 열고
　　술은 향온을 나누어 금준에 넘치네.
　　초서가 성대하게 모이니 조정의 반열이 기울고
　　관악기를 높이 펼치니 금원이 은성하네.
　　노인을 우대하고 친척과 돈독함이 고사를 넘는데
　　노래 중에 새로 〈감군은〉을 연주하네.
　　穆陵公主復誰存　天屬於今五世尊
　　膳出仙廚開綺席　酒分香醞溢金樽
　　貂犀盛集傾朝列　管籥高張殷禁園
　　優老敦親超古史　曲中新奏感君恩

　　장수와 영예는 둘 다 누리기 드문데
　　좋은 날에 은혜로운 명이 궁궐에서 나왔네.
　　은혜로운 물품과 느꺼운 생각은 앞 조정부터 오래되었고
　　선악에 소리가 보태지니 성덕이 빛나네.
　　자리를 둘러싼 긴 갓끈은 법주에 젖고
　　가지를 주고받은 보배로운 나무는 색동옷을 입었네.

---

131) 남용익, <永安公主賜宴日, 東里有吟, 伯涵以余在外未參, 要和甚懇, 敬步以答>, 『壺谷集』 卷2, 『한국문집총간』 131, 39면.

진루의 나그네로 미리 취한 것이 스스로 안타깝거니와
오늘 시를 지으려니 눈물이 떨치려 하네.
壽考尊榮兩享稀　佳辰寵命出彤闈
恩需感念先朝舊　仙樂聲添聖德輝
繞席長纓霑法酒　交柯寶斝着斑衣
自憐曾醉秦樓客　今日題詩涕欲揮[132]

　이상의 몇몇 예에서 사연(賜宴)의 자리에서 연행된 레퍼토리를 추정할
수 있는데, 우선 나라에서 내려준 법곡(法曲)이 있었고, 〈심원춘〉과 같
은 사를 새로 부르기도 하였으며, 임금의 은혜에 사례하는 〈감군은〉도
새롭게 연주했던 것으로 나타난다. 한편 숙정과 같은 가기가 동원된 것
으로 보아 가곡이나 사도 불렸을 것이다.
　그리고 홍만용을 비롯한 정명공주의 아들들이 잔치의 내막을 기록하
고 그 자리에 참석하지 못한 여러 분들에게 서문을 청하고 차운시를 부
탁했던 것으로 확인된다. 홍만용은 홍석기에게, 홍만희는 임영에게 각
각 부탁하여 서문을 남기게 하였다.
　임영은 숙종 3년(1677)에 〈정명공주 사저에서 연회를 베푼 일에 대한
시 병서〉에서 다음과 같이 기록하고 있다.

　　성상의 재위 3년(1677) 여름에 전교하기를 "선조의 직계 자녀는 지금
　　생존해 있는 분들이 없고 정명공주만이 살아 계신데 춘추가 가장 높고
　　왕실에서 가장 어른이다. 일등(一等)의 연악(宴樂)을 하사하여 내가 융숭
　　하게 대우하는 뜻을 표하라." 하였다. 이에 5월 모일에 공주의 사저에서
　　연회를 마련하게 되었는데 유사가 연회일에 앞서 의례대로 물자를 공급

132) 유창, 〈奉次貞明公主賜宴時席上韻〉, 『秋潭集』 卷之亨, 『한국문집총간』 속33,
　　132면.

하였다. 연회 당일에는 성상께서 또 내부(內府)에 명하여 장막과 기물을 내어 필요한 물품을 보조하도록 하였고 환관을 보내 내온(內醞)을 하사하셨다. 그리고 기타 여러 융숭한 은혜들에 이르기까지 근고 이래로 없던 일이라고 한다. 왕실의 종친들로부터 조정의 경사들에 이르기까지 모두 연회에 참석하여, 이 연회가 국가에는 성대한 은전이고 가문에는 지극한 영광이므로 시가를 지어 이 빛나는 은총을 노래 불러야 할 것이라고 다들 말하였다. 이에 연회에 참석하여 지은 이들이 몇 명이었고 연회에는 참석하지 않고 뒤따라 화답한 이들이 몇 명이었다.

또 이듬해 8월 신묘일에 성상께서 지난번의 전교를 거듭 내리시면서 다시 처음에 했던 의례대로 연악을 하사하셨다. 이에 시가를 지은 이들이 또 몇 명이었고 뒤따라 화답한 이들이 또 몇 명이었다. 나는 미천한 선비이다. 살면서 존귀한 가문을 몰랐었는데 하물며 이러한 때에 바닷가에 숨어 지내고 있으니 어찌 또 이렇게 성대한 일이 있다는 것을 알 수 있겠는가. 가장 나중에야 길에서 듣고는 속으로 '이 하나의 일을 통해서 성상께서 연로한 이를 받들고 존귀한 이를 높이며 친속을 가까이하시는 의리를 볼 수가 있다.

전(傳)에 이르기를 「윗사람이 연로한 이를 받들면 백성들이 효성을 일으킨다.」하고 달효(達孝)를 칭탄하기를 「선조가 존경하던 이를 공경하고 선조가 친애하던 이를 사랑한다.」하지 않았던가. 이것이 바로 국가의 근본이다. 참으로 이 의리를 미루어 나간다면 정사를 펴는 데 무슨 어려움이 있겠는가.'라고 생각하였다. 얼마 뒤에 또 "공주께서는 지극히 존귀하므로 감히 언급할 수 없지만 공주 가문의 자손들은 어떻게 성상의 은혜에 보답할 것인가. 신하는 임금에 대하여 충애의 마음이, 태어남과 함께 생겨나는 것이니, 본래 존귀하고 친근하다고 더 권면되거나 은혜와 총애를 받았다고 더 면려되는 것이 아니다. 그렇지만 가까운 친속일수록 받는 은혜가 더 큰 법이니 보답하는 일에 더욱 힘쓰지 않을 수 있겠는가. 내 생각에는 공주 가문의 자손들이 이제부터 더욱 마음을 다잡고 학문에 힘써, 물러나 있을 때에는 모두 수양하는 선비가 되고 조정에 나가서는 반드시 충성스러운 신하가 된다면 이에 성조(聖朝)의 인지(麟趾)의 아름다

운 교화를 도와 이룰 수 있을 것이다. 공주께서 성상의 은혜에 보답하는
것이 여기에 있을 것이다. 공자께서 효는 입신에서 끝난다고 하셨으니
이와 같이 임금을 섬기는 이가 충과 효의 도리에 부합할 것이다."라고
말하였다. 얼마 뒤에 또 "누가 앞의 설을 미루어 우리 임금께서 한번 들으
시기를 바랄 것이며 뒤의 설을 가지고 공주 가문의 자손들을 위해 말해
줄 것인가. 지금 시가를 지은 이들이 이미 많다고 하는데 벌써 이런 말을
언급하였는지."라고 탄식하였다.

　얼마 지나지 않아 홍후 만희(洪侯萬熙)가 편지를 보내와 나에게 성상
께서 연회를 하사하신 일의 전말을 자못 자세하게 말해 주었다. 그러면서
또 "성조에서 우리 모친을 위해 주시는 영광이 또한 지극하네. 나와 벗이
된 이들은 다 한마디씩 해 주었으니 그대의 시문을 얻고 싶네."라고 하였
다. 나는 본래 사양해야 마땅하지만 이미 앞서 속으로 생각한 것이 있고
또 홍후가 천리 멀리서 부탁한 것이 우연이 아님을 중히 여겨서 마침내
이런 내용을 써서 서문을 짓고 시를 지어 답한다.

　　우리 군왕께서 귀주를 공경하시어
　　연회를 베푸시니 광영이 앞뒤로 빛나네.
　　어찌 존귀한 친속 존중해서일 뿐이랴
　　또한 연로한 분 우대하기 위해서라네.
　　유사가 성대하게 물자를 대었으니
　　성상께서 융숭하게 베푸신 것이네.
　　왕실의 주방에서 좋은 술을 보내오고
　　임금님 창고에서 화려한 자리를 내왔네.
　　맑고 조화로운 광악이 연주되고
　　특별히 운소 음악 거두어 보내셨구나.
　　양궁께서 각기 애틋하게 여기시어
　　하사하심이 또한 계속 이어졌다네.
　　오직 이 연로한 분 받드는 인을 통해
　　효리가 장차 다시 밝아지리라.

귀주께서 금석처럼 장수하시니
성조에서 하늘 같은 은총을 내리시네.
하늘같은 이 은혜 어이 갚으랴
공주 가문 자제에 어진 이 많네.
자자손손 대대로 이어 내려가며
만세토록 충성 더욱 굳건하리라.

吾王敬貴主	錫宴光後前	豈惟重尊屬	且爲優高年
有司盛供給	自天加特宣	御廚送仙醞	天府出綺筵
泠泠廣樂奏	別撤雲韶懸	兩宮各繾綣	賜予亦聯翩
惟玆老老仁	孝理行復甄	貴主壽金石	聖朝恩如天
如天將何報	主家子多賢	子子復孫孫	萬世忠彌堅[133]

2) 연안이씨 풍류와의 연계

그런데 실제로 정명공주의 잔치자리에서 가장 가까운 손님이라고 할 수 있는 연이(延李) 집안의 이은상과 이익상이 경수(慶壽)의 창화를 주도[134]하고 여러 분에게 화운을 청하였다. 이은상과 이익상은 홍주원과 내외종 사이이다. 우선 이은상의 〈영안주 집의 수연에서 구점하여 여러 사백에게 바치고 질정을 구하다〉라는 시 2수는 위에서 살폈으므로, 이익상의 〈영안주 집안에 내려진 잔치에서 즉석에서 구점하다〉를 보도록 한다.

---

133) 임영, 「貞明公主第賜宴詩 *幷序」, 『창계집』권1, 『한국문집총간』159, 31면.

134) 이단하, <恭惟我宣祖大王於中壼誕一女, 是爲貞明公主, …李尙書殷相, 其弟知申翊相, 最爲親賓, 先後在席, 倡爲慶壽之什, 親黨多屬和者. 胤子侍郎公兄弟以某忝爲升堂舊客, 而流落鄕里, 不獲預焉, 追徵和章, 義不可以無一詞, 謹次二李詩各一首, 以寓頌禱之意. 己未>, 『畏齋集』卷2, 『한국문집총간』125, 294면.

깊은 골짜기의 주인집에서는 가는 연기가 피어나는데
화목한 기운이 먼저 무르익자 장수를 비는 술잔을 올리네.
나그네는 좋은 날을 위하여 종일 취하고
하늘은 밤새 내리던 축축한 비를 개게 하였네.
진귀한 음식이 계속해서 타봉에서 나오고
여악이 엉클어져 봉황을 부르며 드리네.
잔치와 더불어 뭇 영걸들이 공손하게 축하를 바치는데
다투어 성대한 일을 시로 올리네.
主家深洞細烟生　和氣先濃進壽觥
客爲佳辰終日醉　天敎陰雨徹宵晴
珍羞絡繹駞峰出　女樂紛挐鳳吹呈
與宴羣英恭獻賀　爭將盛事以詩鳴[135]

　　정명공주 수연의 시가를 창도하도록 주도한 인물이 숙종 3년(1677)에
는 이은상이고 숙종 5년(1679)에는 이익상이라고 할 수 있는데, 이들은
모두 월사 이정구의 손자이며 이소한의 첫째와 넷째 아들이다. 영안위
홍주원의 외가가 연안이씨 집안이고, 이들 상(相) 항렬과 내외종간이라
이들이 인척의 위치에서 시가를 주도했던 것으로 이해할 수 있다.
　　정명공주 수연이 열리던 이 무렵에 큰집인 이명한의 아들들은 모두
세상을 떠나고 그 아래인 조(朝) 항렬이 활동하고 있던 시점이라, 작은집
인 이소한의 첫째와 넷째인 이은상과 이익상이 주도했던 것으로 볼 수
있다.
　　이에 앞서 이명한은 〈영안위 집에서 매화를 구경하다〉[136], 〈영안위
집의 구호〉[137], 〈영안위 집에서 국화를 읊다〉[138]와 같은 시를 지었고,

---

135) 이익상, <永安第賜宴卽席口占>, 『梅澗集』 卷5, 『한국문집총간』 속37, 433면.
136) 이명한, <賞梅永安家, 次洪景澤韻>, 『白洲集』 卷3, 『한국문집총간』 97, 261면.

이소한은 〈팔월 초사흘에 강을 건너며 서울 형제의 모임에 대한 생각을 하며 구점하여 율시 1수로 건중에게 부치다. 이날은 홍형의 생일이다〉[139], 〈편지로 건중에게 부친 뒤에 또 율시 1수를 읊어서 남은 뜻을 잇다〉[140]와 같은 시를 남기고 있다.

그리고 이미 앞에서 살펴본 바와 같이 이명한의 아들인 이단상이 고종 사촌인 영안위 홍주원의 집에 드나들면서 지은 시에서 그들 사이의 친밀한 관계를 살필 수 있었다. 내외종 사이의 돈독함이 드러난 것으로 이해할 수 있다.

월사 이정구에서 시작되었던 연안이씨 집안의 풍류가 외손인 영안위 홍주원 등을 통해 영안위 집안의 풍류로 이어진 것으로 설명할 수 있을 것이다.

3) 영안위 가문의 풍류로의 연계

정명공주 수연에서 나라의 일등악이 내려진 풍류는 법곡을 포함하여 〈심원춘〉을 새로 짓기도 하였으며, 〈감군은〉 등을 연주하기도 한 것으로 확인된다.

사연(賜宴)의 성대함을 정리한 정명공주의 자식들이 영안위 홍주원이 살아 있을 때에 승당했던 구객이나 향리에 유락한 사람들 중에 자리에

---

137) 이명한, 〈永安第口號〉, 『白洲集』 卷1, 『한국문집총간』 97, 228면.

138) 이명한, 〈永安第詠菊〉, 『白洲集』 卷5, 『한국문집총간』 97, 228면.

139) 이소한, 〈八月初三日, 越江, 有懷洛中兄弟之會, 口占一律, 寄建中, 是日, 洪兄初度〉, 『玄洲集』 卷3, 『한국문집총간』 101, 240면.

140) 이소한, 〈簡寄建中後, 又吟一律, 以續餘意〉, 『玄洲集』 卷4, 『한국문집총간』 101, 257면.

참여하지 못한 분들에게 추가로 화운하게 하여, 그 풍류를 널리 인지하게 하였다.

이와 함께 영안위 홍주원을 비롯한 홍주후, 홍주신, 홍주한, 홍주국 형제들을 중심으로 종형제인 홍주삼, 그리고 고종인 허정 등이 참여하여 17세기 후반의 풍류를 열어간 것으로 확인된다.

홍주원은 한때 인조의 의심[141]을 받기도 했으나, 여러 사람들이 적극 신구하여 위기를 모면하기도 하였다.

우선 영안위 홍주원은 안국방에 일가정(一架亭)[142]이라는 정자를 마련하고 여러 분들과 시를 주고받으며 지냈다. 〈중옥, 정경, 국경과 더불어 같이 읊다〉이다. 중옥은 고종 동생인 허정이고, 정경은 사촌 동생 홍주삼, 국경은 동생 홍주국이다.

> 벌레소리가 창을 침노하니 밤기운이 차가운데
> 술동이 하나를 서로 마주하니 이경이 가로막네.
> 남은 해를 병을 안고 완전히 술을 끊었는데
> 오늘밤 그대들을 위하여 억지로 즐거움을 만드네.
> 虫語侵窓夜氣寒　一尊相對二更闌
> 殘年抱病都休酒　爲尒今宵强作歡[143]

---

141) 인조 17년(1639) 10월 14일 저주 사건이 발각되었을 때, 인조는 사건의 배후에 정명공주와 남편인 영안위 홍주원이 있다고 의심하였고, 이러한 자신의 의중을 대신들에게 종종 드러내기도 하였다. 『인조실록』 권29, 17년 10월 14일(정유) 기사 참조.

142) 송시열의 「一架亭說」, 『宋子大全』卷135, 『한국문집총간』112, 499면에 "선원 김상공(김상용)이 옛 전서체로 짓고, 정기옹(정홍명), 신동회(신익성), 박분서(박미) 같은 여러 명공이 차례로 시를 짓다(仙源金相公題以古篆, 諸名公如鄭畸翁, 申東淮, 朴汾西次第題詩)"라고 하였다.

143) 홍주원, 〈與仲玉, 鼎卿, 國卿共吟〉, 『無何堂遺稿』 冊4, 『한국문집총간』 속30, 440면.

다음 시는 동생 홍주국이 지은 시이다.

> 비바람이 한 번 지나가고
> 서쪽 숲에는 꾀꼬리가 오네.
> 애오라지 은혜가 연달아 이름으로 인하여
> 또 심원에서 술잔을 잡네.
> 風雨一番過　西林黃鳥來　聊因惠連至　又把沁園杯[144]

홍주원이 세상을 떠난 뒤에는 아들 홍만용이 뒤를 이어서 일가정에서 시회[145]를 열었던 것으로 확인된다.

> 그윽한 일가정에 5월이 서늘한데
> 진루에 특별하게 이 임당이 있네.
> 꽃이 아직 나무에 붙어서 비록 꺾임을 견디지만
> 풀솜은 이미 진흙에 붙어서 어찌 미치지 않으랴?
> 一架幽亭五月涼　秦樓別有此林塘
> 花猶棲樹雖堪折　絮已粘泥奈不狂

그 뒤에는 후손이 회현방으로 옮기면서 조금 바뀌기도 하였던 것으로 보인다. 어유봉(1672~1744)이 지은 「일가정의 기문」[146]에 달라진 내용이 나온다.

한편 홍주원의 막내 동생 홍주국은 율리(栗里)에서 죽리(竹里)로 이거

---

144) 홍주국, <一架亭, 逢鼎卿堂兄*柱三, 一架卽長公永安都尉池亭>, 『泛翁集』 卷1, 『한국문집총간』 속36, 186면.

145) 남용익, <一架亭小酌, 戲次主人伯涵韻>, 『壺谷集』 卷7, 『한국문집총간』 131, 144면.

146) 어유봉, 「一架亭記」, 『杞園集』 卷20, 『한국문집총간』 184, 224면.

하면서 율리에서 살던 김광욱(金光煜)과 죽리에서 지내던 구인기(具仁墍)의 풍류를 잇고 있다는 뜻[147]을 드러내기도 하였다.

> 율리에서 임시로 살다가 죽리로 옮겼는데
> 징사(徵士)의 풍치에 우승의 시이네.
> 강산을 관리하는 사람은 오직 겨르로운 사람이니
> 두 곳의 누대는 주인이 누구인가?
> 栗里僑棲竹里移　徵君風致右丞詩
> 江山管領唯閑者　兩處樓臺主客誰

그리고 〈제야에 일가 몇 사람과 간단하게 마시는데, 서종 여훈의 노래 소리가 예전과 같아서 모두 지어서 주다〉에서는 집안사람들의 모임에서 동갑인 서종(庶從) 홍여훈(洪汝勳, 1592~1668)이 노래를 부른 것을 알 수 있다.

> 바다 굽이라 푸른 햇살이 가깝고
> 등불 앞에는 백발이 밝네.
> 타향에서 친척이 모이니
> 이 밤에 한 해의 시가 바뀌네.
> 쇠약한 모습에 새로 나이를 보태고
> 미친 노래에 옛 소리가 있네.
> 부질없이 소년 시절의 일을 회억하노라니
> 그대와 나는 같은 나이라네.
> 海曲靑陽逼　燈前白髮明　他鄕親戚會　此夜歲時更

---

147) 홍주국, <金尙書*光煜 莊名曰栗里, 具綾豐*仁墍舘名曰竹里, 以其地號適符於陶 徵君, 王右丞別業而名之也. 余自栗里移居竹里, 聞二亭主人, 未甞來住, 戲題壁 上>, 『泛翁集』 卷1, 『한국문집총간』 속36, 192면.

衰相添新齒　狂歌有舊聲　空懷少年事　君與我同庚[148]

취하여 허정에게 바치고 박세주에게도 보인 시는 다음과 같다. 허정은 홍주국의 고종 형이다. 허정의 외가가 홍주국 집안인 것이다.

　　어제 반남댁에 들렀다가
　　거듭 정묘옹을 만났다네.
　　돌아가는 길에 남은 흥이 있으니
　　살구꽃 바람에 술을 부르네.
　　昨過潘南宅　仍逢丁卯翁　歸來餘興在　呼酒杏花風[149]

　허정과 관련된 시는 〈여울의 다락에서 중옥 형의 운을 따다(灘樓 次仲玉兄韻)〉(권1), 〈취하여 중옥 형의 운을 따다(醉次 仲玉兄韻)〉(권1), 〈중옥형 인일에 정형의 운을 따다(仲玉兄靷日, 次鼎兄韻)〉(권1), 〈시월 보름에 정영장 채화의 강가 다락에서 모여 마시다. 허중옥 형과 심중미는 약속이 있다고 오지 아니하다. 따라서 지어 보내다(十月之望, 會飮鄭令丈 *采和 江樓, 許兄仲玉及沈仲美有約不來, 率賦以寄)〉(권2), 〈중옥 형이 장차 적성에 부임하려고 하기에 백씨의 지정에서 모여 마시다. 취하여 조카의 운을 따서 감회를 적고 아울러 중옥 형에게 올리다(仲玉兄, 將赴赤城, 會飮伯氏池亭, 醉次家姪韻, 以志感懷, 兼贈玉兄)〉(권2), 〈중옥 형이 적성에 부임하고 다음날 하루 종일 큰 비가 내리다. 따라서 짓고 문득 부치다(仲玉兄赴赤城, 翌日大雨終夕, 率賦却寄)〉(권4), 〈중옥 형 집에서 취하여 금사 백주생에게

148) 홍주국, 〈除夜, 與一家數人小飮, 庶從汝勳歌聲依舊, 率賦以贈〉, 『泛翁集』 卷2, 『한국문집총간』 속36, 208면.
149) 홍주국, 〈醉奉許兄仲玉*珽, 兼示朴仲八*世柱〉, 『泛翁集』 卷1, 『한국문집총간』 속 36, 187면.

주다(仲玉兄宅, 醉贈琵師白周生)〉(권4) 등이 있다. 시제에서 자리의 분위기와 모임의 특성을 짐작할 수 있다.

다음은 〈중옥 형 집에서 취하여 금사 백주생에게 주다〉이다. 허정과 자신이 희음(希音)을 감식할 수 있는 안목을 가졌다는 것을 내비치고 있다. 백주생이 고조(古調)를 분간하고 상성(商聲)에서 우성(羽聲)으로 변조하는 과정에서 감식안이 뛰어나다고 본 것이다.

> 명비의 남은 소리가 호금에 있는데
> 천추에 애원성이 노래 속에 깊네.
> 고조를 오늘에 분간하니 국수인 줄 알겠고
> 상성을 우성으로 바꾸니 사람의 마음을 감동시키네.
> 곤계 현에 쇠줄을 튀김은 파옹의 구절이요
> 꾀꼬리 소리에 샘물이 흐름을 백전이 읊었네.
> 일찍이 두 노인을 만나지 못한 그대가 가엾거니와
> 세간에 누가 다시 드문 소리를 감상하랴?
> 明妃遺響在胡琴　哀怨千秋曲裏深
> 古調酌今知國手　商聲變羽感人心
> 鵾絃鐵撥坡翁句　鶯語泉流白傳吟
> 憐爾不曾逢二老　世間誰復賞希音[150]

홍주삼의 집에서 술을 마시면서 허정을 떠올리는 시에서는 허정이 〈낭도사〉를 크게 불렀다고 하였다.

> 술이 다하니 산이 구슬을 무너뜨리고
> 밤이 깊으니 촛불이 꽃에 떨어지네.

---

150) 홍주국, 〈仲玉兄宅, 醉贈琵師白周生〉, 泛翁集 卷4, 『한국문집총간』 속36, 241면.

길이 허현도를 생각하니
<낭도사>를 크게 불렀네.
酒盡山頹玉　更深燭墜花　長懷許玄度　一唱浪淘沙[151]

　달밤에 이원(梨園)에서 이난손(李蘭孫)[152]이라는 영공(伶工)에게 주는
시를 짓기도 하였다. 절대 희성(希聲)으로 <낙매화>를 연주하고 있었음
을 알 수 있다.

　　새로운 곡조가 이구년을 훔칠 수 있을까?
　　절대 희성은 그대가 홀로 전하네.
　　시험삼아 <낙매화> 한 곡조를 듣노라니
　　서늘한 밤 빈 누각에 외로운 달이 걸렸네.
　　新翻偸得李龜年　絶代希聲爾獨傳
　　試聽落梅花一曲　夜凉虛閣月孤懸[153]

　이렇듯 홍주국은 강호에서 김광욱과 구인기의 풍류를 이을 뜻을 보이
기도 하고, 후대에 창가자(唱歌者)로 알려진 고종 형 허정과 함께 노래
곡조에 대한 식견을 가지고 있었고, 금사 백주생과 영공 이난손 등과도
지음할 수 있는 수준이라는 자부심이 가득하다.
　이민서가 분애에서 일곱 사람을 회상한 시에서 홍만용에 대해 읊은
내용은 다음과 같다.

---

151) 홍주국 <鼎卿兄宅夜飮, 憶許兄仲玉, 抽韻共賦>, 『泛翁集』 卷1, 『한국문집총간』
　　속36, 188면.
152) 『승정원일기』 권35, 인조 10년(1632) 2월 27일(을미) 기사에 이명한이 악공 이난손을
　　추고해 달라는 내용이 있다.
153) 홍주국, <梨園月夜, 贈伶工李蘭孫>, 『泛翁集』 卷1, 『한국문집총간』 속36, 189면.

금화는 뛰어난 자질로

문채는 선조들을 이었지.

술을 사랑하여 깊은 정취를 얻었고

사귀는 사람 모두 재사와 호걸이네.

무리 속에서 기상이 더욱 떨치고

문단에서 말이 굽지 않았네.

바야흐로 알겠네. 아름다운 풍류가

한미한 집에서 나오지 않는다는 것을.

＊이상은 금화 홍만용을 읊은 시이다.

金華玉樹姿　文彩繼前烈　愛酒得深趣　論交摠才傑

衆中氣益振　詞場語不屈　方知美風流　不自寒儉出

右金華　洪萬容[154]

---

154) 이민서, <和汾厓七懷詩>, 『西河先生集』 卷2, 『한국문집총간』 144, 25면.

6. 낙동 창수의 모임과 이서우의 역할

1) 낙봉을 중심으로 한 창수 모임

17세기 후반에 낙동(駱洞) 또는 낙봉(駱峰) 주변에서 인평대군의 아들인 이정(李楨), 이남(李柟)과 더불어 시와 술로 서로 즐기면서 모임을 가졌는데 이를 낙동창수회라고 한다. 이들은 '낙동창수록(駱洞唱酬錄)'을 마련했던 것으로 알려져 있고, 숙종 6년(1680) 경신환국 때에 큰 타격을 입었다. 이들 모임의 내막을 살펴보고 그중의 한 사람인 이서우(李瑞雨, 1633~1709)의 역할을 새롭게 주목해야 할 것으로 보인다.

우선 실록의 해당 기록을 보도록 한다. 경신년(1680)의 환국에 이들 낙동창수록의 구성원들이 정치적 타격을 입은 것으로 나타나는데, 그렇다면 이들이 실제로 낙동창수록을 통하여 그들의 정치적 결속을 다지고 있었던 것으로 이해할 수 있다. 인평대군의 아들인 이정, 이남, 이연과 이들의 외삼촌인 오정창(1634~1680)을 비롯하여 이서우, 이태서, 이희채, 이하진 등이 이 모임에 참석하고 있다.

> 김석주(金錫胄)가 말하기를,
> "… 이서우(李瑞雨)는 본래 오정창의 사객(私客)으로서 그를 따라 놀면서 다정하고 친밀하였으며, 이태서(李台瑞)·이희채(李熙采)·안명로(安命老)의 무리들과 다름이 없었으며, 또 정·남과 더불어 시(詩)와 술로써 서로 즐겼으니, 곧 낙동창수록 중의 한 사람이었습니다. 다만 보통 때 허적이 달가워하지 아니하였으므로, 윤휴(尹鑴)가 일찍이 이서우를 특별히 추천하여 옥당에 적합하다고 했을 때도 허적이 '대북(大北)의 자손을 갑자기 청요직에 쓸 수가 없다.'라고 말한 것으로 보아 그를 허적이 잘 키워주지 아니하였던 것이 분명한데, 대계(臺啓)에서 조처한 말은 이와 같으니 그가 반드시 불복할 것입니다. 이복(李馥)은 곧 을묘년에 고묘

(告廟)하자고 대간에서 맨 먼저 발론하였는데, 허적과는 친하였으나 윤
휴와는 친하지 아니하셨습니다. 이복은 사람됨이 궤휼(詭譎)하여 고향에
있을 적에 불미한 일이 많았습니다. 또 그 범죄한 것을 진실로 잘 헤아려
처리하는 것이 마땅한데도, 대계 중에서는 '윤휴·허적과 서로 친하다.'고
범칭하였으니, 또한 사실과 어긋나는 것입니다. 이하진(李夏鎭)은 지금
말하는 자들이 간혹 '교지의 문안을 고칠 때에 비록 제학이 되었으나, 어
구를 짓는 데 이르러서는 모두 오정창(吳挺昌)과 권해(權瑎)가 한 것이
다.' 합니다. 그러나 을묘년의 과거를 맡았을 때에 남 먼저 사사로운 길을
열어 놓은 죄가 나라의 여론에 자자하였습니다. 강석빈(姜碩賓)은 오랫
동안 체부(體府)에서 종사하였는데, 오로지 돈과 곡식을 관리하며 위협
하는 일이 많았으니, 외방에서 작폐한 일은 그의 죄가 없지 않았습니다.
총괄해서 이를 말한다면, 이하진·강석빈의 죄는 이무(李袤)의 다음이며,
유명현·오시복(吳始復)·유하익(兪夏益) 등은 또 그 다음입니다. 이서
우·이복 같은 자는 본래 이름이 드러난 사람도 아니므로, 파면시켜서
출척하는 죄를 베푸는 것은 마땅치 아니하며, 바로 먼 곳으로 유배시키는
것이 마땅할 것 같습니다." 하니,

　임금이 말하기를,

　"이무·이하진·유명천은 먼 곳으로 귀양 보내고, 강석빈은 중도부처
하고, 이복·이서우는 변방 먼 곳으로 정배하고, 유하익·오시복·유명현
은 문외 출송하고, 이우정(李宇鼎)의 일은 그대로 따르겠다." 하였다.[155]

　한양의 동쪽 낙산이 있는 낙동은 16세기에 신광한(1484~1555)이 그곳
에 살면서 시를 짓고 놀이를 즐기던 곳이다. 김귀영(1520~1593)은 계회를
조직했던 낙동십로(駱洞十老)[156]를 지목하기도 하였고, 이정구도 이 동

155)『숙종실록』권10, 6년 10월 2일(정해),『국역 숙종실록』5, 119~122면.
156) 김귀영, <駱洞十老契軸>,『東園先生文集』卷1,『한국문집총간』37, 416면, 一壽元
　　居五福先, 十人同閈辦華筵. 鬚眉皓白商山叟, 杖屨扶持萬石賢. 高閣薰風終惠暢,
　　淸歌緩舞極歡妍. 褒揚不待如椽筆, 都下如今萬古傳.

네에서 지내면서 남상문의 「송월헌(松月軒)의 기문」[157]을 쓰기도 했다.

그런데 17세기 전반에 인조가 이곳 낙봉 아래[158]에 당(堂)과 정(亭)이 갖추어진 원림의 공간으로 인평대군의 집을 마련해 주면서, 새롭게 인평대군을 중심으로 낙동의 풍류가 펼쳐졌다고 할 수 있다. 인평대군이 세상을 떠나면서 이른바 낙동 삼공자(駱洞三公子)[159]라고 하는 인평대군의 아들들을 중심으로 이러한 풍류가 이어졌다. 이들의 창수 모임은 위의 기록에서 살핀 바와 같이 경신년의 정치적 소용돌이로 인해 큰 변화를 겪게 되었고, 그 공간에 참여하여 낙동 창수의 모임을 가졌던 사람들이 여러 가지 사정으로 의식적으로 그 기억을 환기하지 않으려 했기 때문에 실제로는 잊힌 활동으로 베일에 가려지게 되었던 것으로 볼 수 있다.

이서우의 문집에서 '서쪽 이웃[西隣]'이라고 기술된 것이 이정과 이남 등 낙동 삼공자를 가리키는 것으로 추정된다. 〈계묘년 3월에 장맛비가 열흘 가량 내리기에 읊어서 서쪽 이웃에 보이다〉이다. 30대 초반인 현종 4년(1663)에 지은 것으로, 삼월 봄장마가 열흘 가량 계속되자 우울한 마음을 읊은 것이다. 봄날의 이른 장마에 먹을 것이 모자라고 꽃봉오리도 제대로 피지 못하는 것을 포함하여 땔나무까지 모자라고 지붕이 새는 등 불편함이 이루 말할 수 없다고 토로하고 있다.

> 절기를 잃은 장마가 참으로 이른데
> 열흘이 되도록 세력이 아직 한창이네.

---

157) 이정구, 「松月軒記」, 『월사집』 제37권, 『한국문집총간』 70, 121면.

158) 이경석 찬, 「인평대군신도비명」, 최재남, 「인평대군의 가곡 향유와 <몽천요>에 대한 반응」, 『고시가연구』 31(한국고시가문학회, 2013), 382면, 주 9) 참조.

159) 유명천, 「吳始壽墓誌銘」, 『水村文集』 附錄 卷3, 『한국문집총간』 143, 173면, 公與駱洞三公子, 爲諸從也. 以其近宗, 易爲厲階, 常申謹飭之語, 益勉遜避之意, 朝議或欲以戎柄歸公, 公輒力辭, 蓋懼及也. 畢竟羿彀果中於其身.

바람과 구름이 서로 세차서
천지가 마침내 처량하네.
나물 밭에는 기름진 고기가 다하고
수풀의 꽃은 꽃봉오리가 거리끼네.
농사 속담이 절실함을 깊이 알거니와
매끄러운 손이 부녀자를 경계하네.
失節霖眞早　侵旬勢未央　風雲相贔屭　天地遂淒涼
菜圃膏腴盡　林花蓓蕾妨　深知農諺切　滑手戒婆娘[160]

　둘째 수의 마지막 구절, "가상적인 생각으로 수풀의 비둘기 소리를
듣네(假意聽林鳩)."는 〈서쪽 이웃의 구호(西隣口號)〉(권1)의 기구에서 "봄
비가 실과 같은데 비둘기는 비 그치기를 외치고(春雨如絲鳩喚晴)"라고 읊
고 있는 것과 연결되어 비둘기가 울면 날이 갠다는 속설까지 가져와서
날이 개기를 바라고 있다.
　그리고 〈우인의 집에서 밤에 마시다〉에서 이들 모임의 성격을 읽을
수 있다. 두 번째 작품이다. "세상 사람들이 알게 하지 말라."에서 이들
만의 친밀한 모임을 강조하고 있다.

세 자루 촛불이 밑동이 드러나고
일곱 자 시로 흉금을 논하네.
풍류는 이 모임이 성대한데
훈업은 여태까지 더디네.
달빛이 글 쓴 휘장에 침노하고
서리의 위엄은 술잔을 피하네.
취하여 부름이 대체로 절로이니

---

160) 이서우, 〈癸卯三月, 霖雨將旬, 吟示西隣〉, 『松坡集』 卷1, 『한국문집총간』 속41,
　　8면.

세상 사람들이 알게 하지 말라.
見跋三丁燭 論襟七字詩 風流此會盛 勳業向來遲
月色侵書幔 霜威避酒巵 酣呼聊自爾 莫遣世人知[161]

〈우인의 시에 차운하다(次友人韻)〉라는 시를 짓고 〈남촌에서 취한 뒤에 다시 앞의 운을 따다(南村醉後 復次前韻)〉라는 시를 짓자 오정일의 아들인 오시겸(吳始謙, 1636~?)이 이 시에 차운하여 보냈는데, 이 시에 다시 차운한 시는 다음과 같다.

둥근 달이 하늘에 올라 얼룩진 그늘을 쓸어내는데
벗들이 모인 고아한 모임이 깊은 밤에 이르렀네.
남쪽 성의 즐거운 일은 등불의 나무를 보는 것이요
조카의 풍류는 죽림을 흔드네.
가루가 날 듯한 극담은 촛불의 밑동을 보고
쪽빛 앙금의 좋은 술은 잔의 가운데가 볼록하네.
이틀 밤을 즐기며 노느라 자취를 이루고
시편을 점검하면서 홀로 스스로 읊네.
圓魄昇空掃駁陰 盍簪高會到更深
南城樂事觀燈樹 小阮風流擅竹林
飛屑劇談看燭跋 澱藍名酒凸杯心
歡娛信宿成陳跡 點檢詩篇獨自吟[162]

이상의 몇몇 시편에서 낙동에서 창수한 시의 내용과 그 모임의 성격을 짐작할 수 있다. 서쪽 이웃[西隣]으로 기술된 사람이 낙동 삼공자의

161) 이서우, <友人家夜酌>, 『松坡集』 卷1, 『한국문집총간』 속41, 6면.
162) 이서우, <又>, 『松坡集』 卷1, 『한국문집총간』 속41, 10면.

한 사람인 복선군 이남으로 추정되고, 우인(友人)은 오정창(1634~1680)으로 추정된다.

이와 함께 다음과 같은 오씨 집안의 풍류에 대한 기록도 참조할 수 있다. 외가의 행사에 복녕군을 포함한 네 공자가 모두 참석한 것으로 나타난다. 허목이 현종 6년(1665)에 쓴 「오유수 경수첩의 서문」이다. 이 자리에서 시를 짓고 노래를 읊고[作詩詠歌] 있다.

금상 5년에 지신사(知申事) 오공(吳公, 오정위)이 관서 관찰사로 나가게 되었는데, 모친이 연로하다는 이유로 사직하자 상이 허락하고, 이어 개성 유수로 임명하였다. 이때 공의 중씨(오정원)가 해서 관찰사로 재직하고 있었는데, 해서 감영은 개경과의 거리가 수백 리에 불과하였다. 공이 관찰공과 논의한 뒤에 대부인을 모시고 후서강(後西江)을 거슬러 올라가며 음악을 합주하고 무병장수를 기원하였다. 백씨(오정일)는 대사구(大司寇)로 재직하고 관찰공의 장남은 중서(中書)가 되었으며, 생질로 네 명의 공자가 있었는데, 모두 은혜로운 휴가를 얻어 잔치 석상에 참석하였다. 이를 본 부로들이 모두 감탄하며 영화롭게 여겼고, 길 가는 사람들도 앞 다투어 서로 전하여 소문이 자자하였다. 당시 대부인의 춘추는 70여 세였으며, 자손 중에는 고관대작이 6, 7인이었고, 무릇 조정에서 벼슬살이하는 자들이 매우 많았다.

천계 연간에 선상공(先相公)께서 일찍이 개성의 경력(經歷)이 되고 사구공이 두 차례 유수가 되었는데, 지금 공이 또 성상의 특별한 은택으로 이곳에 이르렀다. 그리하여 40년 사이에 대부인이 전후로 이 송도에 이른 것이 모두 네 번이다. 개경의 부로들이 선상공이 뿌린 덕을 입에 침이 마르도록 칭송하거니와, 대부인의 어진 행실도 온 세상이 모두 아는 것이다. 그래서 모두들 "선행을 쌓은 집안에 대한 하늘의 보답이 전고에 찾기 어려울 정도로 크다."라고 하였다.

조정의 사대부들이 모두 시를 지어 노래하여 개경의 고사에 붙였다. 금상 6년 11월 신해일에 공암(孔巖) 허목 문보(許穆文父)가 서문을 쓴다.[163]

2) 이서우의 활동과 〈대주요〉

낙동 창수 모임의 주도 인물은 이정, 이남 등 이른바 낙동 삼공자(駱洞 三公子)이지만, 시가사의 추이와 관련하여 주목할 수 있는 사람은 이서 우이다. 이서우는 대북(大北) 계열[164]의 인물이며, 인평대군의 아들들과 같은 동리에 살면서 밀접하게 교유하였고, 조계동(槽溪洞)에도 드나들었 던 것으로 보인다.

우선 실록에 드러난 이서우에 대한 평가를 보도록 한다. 남인이 청 남과 탁남으로 갈라질 때에 이서우는 청남의 편에 있었던 것으로 확인 된다.

> 그래서 한편에서는 허목과 윤휴가 괴수가 되고 오정창(吳挺昌)이 모주 가 되고, 오정위(吳挺緯)·오시수(吳始壽)·이무(李袤)·조사기(趙嗣 基)·이수경(李壽慶)이 골자(骨子)가 되었으며, 장응일(張應一)·정지 호(鄭之虎)·남천한(南天漢)·이서우(李瑞雨)·이태서(李台瑞)·남천 택(南天澤)의 무리들이 매와 사냥개의 구실을 하였다. 이때 이동규(李同 揆)라는 자가 있었으니, 고 상신 이성구(李聖求)의 아들이었다. 이성구가 (이동규에게) 유언하기를 '숨어 살라.'고 하였다. 그런데 이에 이르러 (이 동규는) 아버지의 유명을 버리고 윤휴와 더불어 죽음을 함께 하는 당이

---

163) 허목, 「吳留守慶壽帖序 *乙巳」, 『기언별집』 권8, 『한국문집총간』 99, 71면, 上之五 年知申事吳公, 出爲關西觀察使, 以母老辭, 上許之, 尋有開京之命, 時仲氏觀察海 西, 海營距開京數百里而近. 公與觀察公, 謀奉太夫人, 泝後西江, 合樂上壽, 伯氏方 爲大司寇, 而觀察公長男爲中書, 諸甥有四公子, 皆以恩假至. 父老觀者莫不咨嗟歎 息榮之. 道路爭相傳說且滿耳. 時太夫人春秋七十餘, 子孫乘朱輪華轂者六七人, 凡 衣冠而朝者甚盛, 天啓中, 先相公嘗爲經歷, 司寇公爲留守者再. 而今公又以特恩來, 四十年間, 太夫人前後臨此都者四. 開京父老嘖嘖言先相公之種德, 而太夫人賢行, 擧世知之, 皆曰天道積行之報, 前古所罕云. 朝之大夫士咸作詩詠歌之, 以付開京古 事. 上之六年至月辛亥, 孔巖許穆文父序.

164) 『숙종실록』 권4, 숙종 원년 12월 15일(무진), 『국역 숙종실록』 2, 207면.

되니, 윤휴가 현재라고 추천하여 등용하였다. 또 상인(喪人) 이희채(李熙
采)라는 자가 있었는데, 심복이 되어 비밀한 계획에 참여하였다. 그래서
복선군 이남이 우두머리가 되고 허목·윤휴·이하가 이남을 봉대(奉戴)
하기를 마치 군부와 같이 하였다. 남은 또 역관과 환관들과도 한 마음이
되었었다.

한편으로는 허적(許積)·권대운(權大運)이 우두머리가 되고 민희(閔
熙)·김휘(金徽)·민점(閔點)·목내선(睦來善)·심재(沈梓)·권대재
(權大載)·이관징(移觀徵)·민종도(閔宗道)·이당규(李堂揆)·이우정
(李宇鼎)·최문식(崔文湜) 등이 우익(羽翼)이 되었으며, 오시복(吳始
復)·유명천(柳命天)·유명현(柳命賢)·권유(權愈)·목창명(睦昌
明)·박신규(朴信圭)·김환(金奐)·민암(閔黯)·유하익(兪夏益)·윤
계(尹瑎)·권환(權瑍)·이항(李沆)·김해일(金海一)·안여석(安如
石)·이덕주(李德周)·우창적(禹昌績)·김빈(金賓) 등이 조아가 되니,
달라붙는 자가 매우 많았다. 유명천(柳命天)의 형제는 나이 젊으면서도
영수가 되었다. 유명천은 성질이 음흉하였으며 허적의 세력에 의존했기
때문에 그 무리들 가운데서 추중되어 오정창과 더불어 서로 겨루었다.

윤휴 등은 스스로 청남(淸南)으로 일컬었고, 허적과 권대운 등의 무리
들은 선조에 높은 벼슬을 한 자가 많았다 하여 이를 탁남(濁南)이라 일렀
다. 그러나 사람들은 양쪽을 모두 매우 혼탁하게 여겨서 이는 마치 암수
의 까마귀와 가마와 솥의 밑이 같은 것이라고 하였다.[165]

대신과 비국의 여러 신하들을 인견하였는데, 영의정 남구만(南九萬)이
아뢰기를,
"의주 부윤 이서우가 역적 남 등과 더불어 같이 한 동리에 있으면서
시편을 주고받은 일 때문에 멀리 귀양 갔다가 죄에서 풀려났는데, 지난번
친정할 때에 죄를 지어 버려진 사람 중에 죄명이 지극히 무겁거나 큰
자가 아니면 수용하라는 명령이 있었기 때문에 차제(差除)에 의망하였습

---

165) 『숙종실록』 4권, 숙종 1년 6월 4일(신유), 『국역 숙종실록』 2, 53~56면.

니다. 그러나 듣건대, 물의가 있어 감히 가서 부임할 수 없다고 하니, 마땅히 개차(改差)해야 할 것 같습니다." 하니,

임금이 말하기를,

"죄 때문에 버려진 지 이미 오래 되었으므로, 지금에 와서 수용하는 것은 불가함이 없을 듯하니, 재촉하여 발송하라." 하였는데,

부제학 최석정(崔錫鼎)이 아뢰기를.

"대신이 이미 말한 것이 있으니, 가서 부임하기는 어려울 듯합니다." 하니,

임금이 말하기를,

"그러면 개차하라." 하였다.[166]

위의 실록 기록에서 '낙동창수록(駱洞唱酬錄)'이 있었음을 확인할 수 있는데, 낙동창수록은 낙봉 주변에서 시회를 하면서 모임을 가지고 그 모임에서 지은 시를 모은 것으로 보인다.

이서우는 자가 윤보(潤甫), 호는 송곡(松谷), 송파(松坡)이며, 아버지는 이경항(李慶恒)이다. 현종 1년(1660) 경자증광방에 갑과 제2인[167]으로 올랐다. 숙종 1년(1675)에 정언이 되었는데, 대북파로서 통청하게 된 경우[168]라고 할 수 있다. 숙종 2년(1676) 8월에 진하사겸 사은사인 화창군(花昌君) 이윤(李沇), 진주사겸 변무사인 복선군 이남, 부사 정석(鄭晳)과 함께 서장관[169]으로 연경을 다녀왔다. 숙종 5년(1679) 1월에 동래부사로 부임하였고, 숙종 14년(1688) 5월에는 의주부윤, 숙종 16년(1690) 5월에는 함경도 관찰사가 되었다.

---

166) 『숙종실록』 19권, 숙종 14년 6월 13일(갑인), 『국역 숙종실록』 11, 45면.
167) 『국조문과방목』 권12, 현종경자증광방, 『국조 문과방목』 2(태학사, 1990), 809면.
168) 『숙종실록』 권4, 1년 7월 11일(丁酉), 『국역 숙종실록』 2, 85면.
169) 이서우, <弘院醉別諸友 夜到碧蹄 作詩志感>, 『송파집』 권3, 『한국문집총간』 속41, 41면.

실록에서는 오정창의 사객(私客)이라고 밝히고 있는데, 문집을 살피면 낙동 삼공자(駱洞三公子)의 외숙인 오씨(吳氏)의 정(挺) 항렬과 외사촌인 시(始) 항렬과 친밀하게 지낸 것이 확인된다. 그리고 이태서(李台瑞, ?~1680)·이희채(李熙采, ?~1690)[170]·안명로(安命老, 1620~?) 등과도 어울렸으며, 이들과 시와 술로써 서로 즐긴 낙동창수록의 구성원이다.

이 중에서 오정창은 오정일(吳挺一, 1610~1670)·오정위(吳挺緯, 1616~1692)와 함께 인평대군의 처남으로 이정·이남의 외숙이 된다.[171]

우선 오정일이 술을 보내준 데 기뻐하기도 하고[172], 오정일의 만시[173]에서는 여러 사람들과 낙봉 주변에서 오유(遨遊)했던 일을 말하고 있다.

이서우가 교유한 인물은 남인 계열의 문인들이 많고, 왕족들과의 교유[174]도 빈번했던 것으로 보인다.

우선 인평대군의 맏아들인 복녕군 욱(栯)을 애도한 〈만복녕군(挽福寧

---

170) 이서우, <挽李淮陽>, 『송파집』 권7, 『한국문집총간』 속41, 127면, "深杯與劇談, 呑吐溢齒唇. 同襟數述行＊述行李善述金子行也, 暮約訂嶙峋"

171) 『현종개수실록』 10권, 4년 12월 17일(경술), 오정일의 형제는 모두 대군 부인의 동복 형제이자 적신 이정(李楨)과 이남(李柟)의 외숙으로, 전후의 영현(榮顯)과 양조의 후대가 마치 사인(私人) 같았다. 번갈아가면서 경재가 됨으로써 자질과 종족에 이르기까지 요직을 차지한 사람이 조정에 가득 찼다. 성세가 서로 의지하고 안팎으로 상응하여 마침내는 역남(逆柟)의 변을 양성하였다. 오정창(吳挺昌)과 오시수(吳始壽)는 역주되고 오정위(吳挺緯)는 찬배당했으나 정일(挺一)과 오정원(吳挺垣)은 모두 먼저 죽어 역란(逆亂)의 주벌에 포함되지 않았다. 그러나 모두 음사하고 아첨을 잘했으며 행실이 짐승 같아 온 세상 사람들이 인간으로 치지도 않았으나 대신과 정권을 가진 자들은 그들의 기세에 눌리기도 하고 그들의 아첨을 달콤히 여기기도 하여 모든 승탁(陞擢) 때마다 남보다 우선순위에 두곤 하였으니, 세도(世道)가 변하고 인심이 무너진 것은 진실로 벌써 오래 전의 일이었다. 그 사람에게야 다시 무엇을 탓하겠는가.

172) 이서우, <喜龜沙吳相公挺一送酒>, 『송파집』 권1, 『한국문집총간』 속41, 9면.

173) 이서우, <挽吳尙書＊挺一>, 『松坡集』 卷2, 『한국문집총간』 속41, 29면.

174) 이서우, <海原君墓誌銘 ＊幷叙>, 『松坡集』 卷13, 『한국문집총간』 속41, 254면. 해원군은 李健이다.

君)〉을 주목할 수 있다. 복녕군 욱(1639~1670)은 복창군 정과 복선군 남의 형님으로 32세에 일찍 세상을 떠나는 바람[175]에 정치적 소용돌이에 휩쓸리지 않았던 것이다. 문집의 편집을 보면 현종 11년(1670)에 지은 것으로 확인되며, 3수로 되어 있는데 첫째 수를 보도록 한다.

> 천손은 옥 같은 모습으로 비단 도포가 붉은데
> 자줏빛 극점에 우로가 생성되네.
> 어찌 번화와 부귀가 제한되는가?
> 서른 두 해의 봄바람이 가련하네.
> 天孫玉貌錦袍紅 雨露生成紫極中
> 何限繁華與富貴 可憐三十二春風[176]

효종 임금이 인평대군의 아들들을 매우 아껴서 인평대군이 일찍 세상을 떠난 뒤에 어린 조카들을 궁궐에 데리고 와서 키우게 하고, 현종 임금도 효종에 이어서 이들이 마음대로 궁궐에 드나들 수 있도록 했다고 한다.[177] 이러한 지나친 환대에다 맏형인 복창군이 세상을 떠나면서 스스로 분수를 지키지 못하는 계기가 되었을 수도 있을 것이다.

이서우는 인평대군의 아들들인 정·남 등과 친밀하게 교유하면서 인평대군이 마련한 조계동의 구천은폭에도 자주 드나들었던 것으로 확인이 되는데, 이미 앞에서 살핀 〈조계의 빙폭을 생각하다〉, 〈조계를 생각하다〉[178] 등이 작품이 이를 반증한다.

---

175) 『현종실록』 권18(후), 현종 11년 10월 16일(경자), 『국역 현종실록』 8, 5면.
176) 이서우, 〈挽福寧君〉, 『송파집』 권2, 『한국문집총간』 속41, 29면.
177) 「현종대왕행장」, 『현종실록』 권1, "신하들의 상소에 죄 없이 복창군 이정의 형제를 모함하는 자가 있으면 반드시 몹시 미워하고 통렬히 배척하였다."
178) 이서우, 〈憶曹溪〉, 『松坡集』 卷2, 『한국문집총간』 속41, 22면.

낙봉 주변에서 이서우와 밀접하게 교유한 사람들로 이하진(李夏鎭, 1628~1682), 권유(權愈, 1633~1704), 이수경(李壽慶, 1627~1680), 조위수(趙渭叟, 1630~1699), 이상현(李象賢) 등이 다섯 벗을 노래한 〈다섯 벗을 읊다〉[179]에서 문주회(文酒會)의 구성원으로 언급되고 있다. 그리고 동갑인 권유를 포함하여 정수현(鄭洙賢), 한영(韓濚), 김정하(金正夏, ?~1696)가 〈세 동갑을 읊다〉[180]에서 추가로 언급되고 있다. 그리고 곳곳에서 10여 명이라고 밝히고 있는 점으로 보아 이들과의 교유를 매우 중요하게 인식한 것으로 이해할 수 있다. 실제로 시를 주고받거나 교유한 인물은 이보다 훨씬 많은 것이 사실이다. 모두 경신년 환국 이후까지 목숨을 보전한 사람들이라는 점에서 환국 국면 이후의 인식으로 설명할 수 있다.

우선 〈다섯 벗을 읊다 *병서〉에서는 낙봉 주변에서 함께 시를 지으며 즐기던 일을 떠올리면서, 지금을 뿔뿔이 흩어져 지내는 신고(辛苦)를 드러내고 있다.

> 내 본성이 졸렬하여 어릴 때부터 사귀는 사람이 겨우 십여 인이었다. 그러나 모두 글과 술로 모였고 그렇지 않으면 취미(臭味)가 맞으면 취하였다. 겨를이 생기면 문득 수레를 타고 서로 찾아서, 이르면 관을 벗고 띠를 풀어서 읊고 취하는 것을 일로 삼았다. 비록 각각 뜻밖에 오는 것이 자신에게 달려도 어지럽게 성시에 부치고, 주는 이야기는 모두 구학과 창주의 의취여서 뜻을 얻게 되면 매우 기뻐하였다.
>
> 그때의 운수가 갈마들어 갑자기 지명에 가까워서 그 가운데 죽은 사람이 거의 반이 된다. 살아남은 사람도 벼슬에서 뜨고 별처럼 흩어져서, 편지로 안부를 물으며 오래되면 간혹 해를 넘기니, 늘 좋은 날과 빼어난 경물을 만나면 쓸쓸히 경황이 없고, 또 아닌 게 아니라 풍류를 탄식하게

---

179) 이서우, 〈五友咏〉, 『송파집』권4, 『한국문집총간』속41, 78면.
180) 이서우, 〈三甲咏〉, 『송파집』권4, 『한국문집총간』속41, 79면.

된다. 세상의 사고가 옮겨서, 바람과 물결이 하늘에 넘치는데, 나와 여러 벗은 아울러 멀리 외지에 흐르고, 다행히 벗어난 사람도 또한 벼슬을 그만두고 숨어 지내니, 병으로 끙끙대거나 뭍에서 지내며 거품을 불며 우뚝함을 서로 미치지 못하니, 아, 벌목의 소리가 이로부터 길게 쉬게 되었다. 말을 고요히 하고 회포를 길게 하며, 줄줄 흐르는 눈물을 잡으면서 마침내 다섯 벗을 읊은 시를 지으니 스스로 근심스런 생각을 펴고자 한다.[181]

그리고 동갑인 사람들을 읊은 〈세 동갑을 읊다 *병서〉에서는 다음과 같이 서술하고 있다.

> 내가 사귀는 사람 가운데 나이가 같은 사람이 네 사람인데 오직 퇴보(권유)만 술을 잘 마시지 못하고, 사회(정수현), 천일(한영), 자행(김정하) 같은 이는 곧 주호(酒豪)이다. 서로 만나면 반드시 마실 일을 꾀하고, 그렇지 못하면 즐거워하지 않았다. 늘 '관리의 일을 마치면 술을 빚어 백곡의 배에 채우고, 사시에 좋은 안주를 양두에 두다.'를 외면서, 두드리며 뜨는 일생이라는 말을 탄식으로 삼았다. 내가 지금 산에 유락하고, 세 사람은 모두 벼슬에 뜨고 그만두고 돌아가, 꿈처럼 얼굴을 나누고, 목소리와 편지가 어그러져서 늘그막의 술잔의 정사를 알지 못하니, 과연 쇠락한 지경에 이르지 않았다고 할 것인가? 회포와 그리움이 마음에 관계되어, 또 세 동갑의 시를 지었고, 퇴보는 이미 앞의 시가 있어서 여기에서는 언급하지 않는다.[182]

---

181) 이서우, <五友咏*幷序>, 『송파집』 권4, 『한국문집총간』 속41, 78~79면. 余素性拙, 自少交游纔十許人. 然皆以文酒會, 不然則取臭味之合. 暇日輒命駕相尋, 至則卸冠解帶, 以吟醉爲事. 雖各倘來在身, 漫寄城市, 而所與談討, 皆丘壑滄洲之趣, 意相得甚驩也. 年運而逝, 奄近知命則其中化爲異物者將半焉. 存者亦游宦星散, 尺書相問, 久或經年, 每値良辰勝境, 索然無況, 又未嘗不嚮風流嘆也. 世故遷移, 風浪滔天, 余與諸友, 並流遐外, 其幸而免者, 亦罷官蟄居, 喪病呻痛, 處陸煦沫, 落落不相及, 嗟乎, 伐木之樂, 自此長休矣. 靜言永懷, 泫然攬涕, 遂作五友咏, 以自抒其憂思云爾.
182) 이서우, <三甲咏*幷叙>, 『송파집』 권4, 『한국문집총간』 속41, 79면. 余交游中, 齊年

그리고 몇 해가 지난 뒤인 기묘년(1699, 숙종 25)에 사천 적소에서 죽은 김정태를 애도한 시의 후주에서, "내가 낙사에 있을 때 태수 등 여러 사람과 함께 논 사람이 십여 인인데, 지금 모두 세상을 떠나고 유독 나와 선술이 있을 따름이다, 선술은 금양에 살고 있다(余在洛社時, 台叟諸人從遊者十餘人. 今皆喪亡, 而獨余與善述在. 述時住衿陽云)."[183]라고 기록하고 있다.

다섯 벗과 세 동갑에 소개한 사람들 중에 이하진(李夏鎭, 1628~1682)[184] 이 이서우와 매우 밀접하게 지낸 것으로 확인이 된다. 이서우는 이하진과 조지서(造紙署)가 있던 탕춘대 부근에서 피서를 하면서 〈조지서에서 더위를 피하여 이하경에게 보이다〉를 비롯하여 〈밤에 앉아서 달을 구경하다〉[185]까지 17수의 시를 주고받기도 하였다. 그야말로 창수의 집약이라고 할 수 있다.

현종 6년(1665) 여름에 열흘 계획으로 조지서에서 더위를 피하고자 한 〈조지서에서 더위를 피하며 이하경에게 보이다〉를 보도록 한다.

> 겨르롭게 지내는 것이 절로 겨르롭지 않아서
> 다시 이 겨르로운 놀이를 하네.
> 그대가 겨르로운 것이 나와 비슷하여
> 말을 나란히 하여 북쪽 성을 나섰네.

者四人。唯退甫不善飲。若士希, 千一瀄, 子行正夏 則皆大戶也. 相逢必謀飲, 不得則不樂. 每誦畢吏部釀酒滿百斛船, 四時佳肴置兩頭, 拍浮一生之語以爲嘆焉. 余今流落□山, 三人者皆游宦罷歸, 別顏如夢, 音書間濶, 不知其暮年觸政, 果不至衰落否耶. 懷想係心, 又作三甲咏, 退甫已有前詩, 此不及焉爾.

183) 이서우, 〈挽金掌令鼎台〉, 『송파집』 권8, 『한국문집총간』 속41, 156면
184) 이하진은 이익(李瀷, 1681~1763)의 아버지이다.
185) 이서우, 〈避暑紙署 示李夏卿*夏鎭〉 外, 『송파집』 권1, 『한국문집총간』 속41, 13~14면.

고개 하나가 홍진을 경계로 삼고

산수는 밝은 빛을 발하네.

시내에 다다라 빈 집을 얻어서

자리를 펴고 높은 기둥에 앉았네.

술을 잡고 그대에게 말하는데

우리들이 얼마나 호방하고 빼어난가?

시의 구절은 사람의 겨르로움을 부수니

입을 막고 서로 다투지 말라.

석담의 물에 머리를 감고

솔숲에 부는 바람소리에 베개를 높이 세우네.

잠시 열흘의 계획을 하는데

오히려 백년의 이름보다 낫네.

居閑不自閑　復作此閑行　君閑能似我　並馬出北城

一嶺界紅塵　山水發光晶　臨溪得虛舘　展席坐崇楹

把酒向君說　我輩豈豪英　詩句敗人閑　絶口莫相爭

濯髮石潭水　欹枕松風聲　姑爲十日計　猶勝百年名[186]

이에 대하여 이하진은 「북서에서 더위를 피하는 서문」[187]을 쓰고, 이
서우에게 시를 보내어 자신의 뜻을 보이기도 하였다.[188]

그리고 이서우는 이하진과 종남에서 대취하여 연구(聯句)[189]를 짓기
도 하고, 「유춘오에서 계를 닦는 서문」[190]에서 보듯 현종 14년(1673)에

186) 이서우, <避暑紙署, 示李夏卿 *夏鎭>, 『松坡集』 卷1, 『한국문집총간』 속41, 13면.
187) 이하진, 「避暑北署序」 『六寓堂遺稿』 冊4, 『한국문집총간』 속39, 168면.
188) 이하진, <贈潤甫>, 『六寓堂遺稿』 冊1, 『한국문집총간』 속39, 12면.
189) 이하진, <與李潤甫大醉終南, 戲爲觀燈聯句. 二十韻>, 『六寓堂遺稿』 冊1, 『한국문
　　집총간』 속39, 7면.
190) 이하진, 「留春塢脩禊序」, 『六寓堂遺稿』 冊4, 『한국문집총간』 속39, 170면. 崇禎癸
　　未後三十年癸丑暮春之初, 倣山陰脩禊故事一 約我同志諸君子, 會酌于小陵之留春
　　塢. 歲之相後, 千有餘年, 其地不啻萬里, 才之相下, 又不知其幾十百層, 而顧其當筵

유춘오에서 계회를 가지기도 하였다.

　이서우가 이러한 사람들과 교유하는 과정에 술자리가 매우 중요하게 인식되었고, 술자리에서 술에 대한 노래를 부르는 일이 빈번했던 것으로 보인다. 〈어제 퇴보(남파 권유)가 시를 보내어, 나와 하경(이하진)이 술을 마시다가 싸운 것을 기롱하였다. 뜻은 참으로 옳은 것이다. 그러나 술의 도는 마음을 상쾌하게 하는 데 소중하다. 길게 노래하며 통곡하면 마땅히 그 슬픔과 기쁨을 지극하게 할 수 있다. 비유하자면 장사가 웃통을 벗고 범처럼 사나움은 바야흐로 그 기세의 기미를 타는 것이지, 그 움켜쥐는 헤아림을 계산하는 것이 아니다. 퇴보는 술에 어두워, 장차 이것으로 궁이니 각이니 할 수 있으랴? 다만 자로가 웃으면서 백 통을 마시기를 바랐는데, 그러나 나와 하경은 늘임이 파초 잎을 세는 데에 차지 않고, 이에 손과 발로 하여금 국생을 지휘하게 하니 이것이 가련할 따름이다. 오늘 아침에 숙취가 다하여 비로소 운을 따서 퇴보에게 드리고 곧 하경에게 보여서 비웃음을 풀고 화해를 구하고자 하다〉라는 긴 제목이 붙은 시[191]가 증명하고 있다.

意氣, 睥睨宇宙, 便無今古之殊焉. 余取適志焉者, 夫庸知其他哉. 況右軍所詑山嶺之秀, 吾漢陽實籠而有之, 茂林脩竹, 更是吾家之長物, 獨恨激湍流觴, 於舊有歉, 而花塢芳香, 左右襲人, 此卽蘭亭之所讓. 以彼較此, 孰多孰少. 噫人固不自知矣. 吾儕以拘拘晚生, 犯笑侮欲追武古之人, 雖嘗從事于墨戲乎. 白紛無成, 猶且擧白叫呼. 不自懋惡, 誠妄矣. 然亦不能無譏於右軍, 想其提筆綴辭. 自以去外膠得天和, 浮遊萬物之表, 而死生彭殤, 遽嬰其懷. 向之所謂風流曠達者, 盖至是而不少槩見, 余於是不以右軍所悲者爲悲, 而竊悲右軍之未聞道也. 吾黨之樂者, 異於是. 天地朝暮也, 人世逆旅也, 生不足以爲吾榮, 死不足以爲吾患, 意有所愜, 便欣然一笑以爲樂. 憂愁之至, 不使眉知, 如斯而止耳. 夫非所謂眞樂天遊歟. 後者有繼, 固應有左袒於斯言者矣. 是爲叙.

191) 이서우, 〈昨日退甫*權南坡愈投詩, 譏吾與夏卿有酒鬧, 意誠是也. 然酒之道, 貴乎快心, 長歌痛哭, 當極其悲歡. 譬如壯士袒裼暴虎, 方乘其氣機, 不計其攫噬之虞也. 退甫聾於酒, 將以此爲宮乎角乎. 但子路嗑嗑尙飮百榼, 而吾與夏卿, 引不滿數蕉葉,

이서우는 이러한 창수의 자리에서 술을 마주하고 부른 노래인 〈대주
요(對酒謠)〉를 남기고 있다. 5언 6구 4수로 이서우가 직접 부르거나 창수
의 자리에 모인 사람들이 함께 부른 것으로 추정할 수 있다. 그중에서
둘째 수와 셋째 수가 김천택 편 『청구영언』 무명씨 336번과 정태화
(1602~1673)가 지은 것으로 기록된 165번과 흡사하다.

> 손님이 나에게 술이 왜 좋으냐고 묻기에,
> 술이 좋은 것은 말로 하기 어렵다네.
> 그대가 술을 마시면 절로 알게 되리.
> 有客來問我　飮酒有何好
> 答言酒之好　難以向人道
> 君若飮酒時　自然知我抱
>
> 술을 내 즐기더냐 광약인 줄 알건마는
> 일촌 간장에 만곡수 너허 두고
> 취ᄒᆞ여 좀든 덧이나 시름 닛쟈 ᄒᆞ노라[192]
> 酒號爲狂藥　我飮豈無由
> 肝腸一寸間　貯得萬斛愁
> 時時醉眠頃　庶以忘玆憂
>
> 술을 취케 먹고 두렷이 안자시니
> 억만 시름이 가노라 하직ᄒᆞ다
> 아히야 잔 ᄀᆞ득 부어라 시름 전송ᄒᆞ리라[193]
> 美酒滿滿酌　傲兀坐胡床

乃使手使脚, 爲麴生所指揮, 是可憐耳. 今朝醒歇, 始次韻呈退甫, 仍示夏卿, 以解嘲
求和耳〉, 『松坡集』 권2, 『한국문집총간』 속41, 30면
192) 김천택 편, 『청구영언』, 무명씨 336번.
193) 김천택 편, 『청구영언』, 165번, 陽坡 鄭太和.

千愁向我辭　各散之四方
我將餞其行　呼兒更進觴

술에 흠뻑 취해 갓과 패옥을 떨어뜨렸네.
즈믄 시름 사라지고 한 시름 뿐이라네.
시름은 아내가 사나워 빌린 술이 없다는 것이네.
飮酒酩酊醉　頹然落冠珮
千憂去已空　只有一憂在
所憂細君狼　發言無酒債[194]

그리고 〈남촌에서 취한 뒤에 다시 앞의 운을 따다〉의 둘째 수에서 다음과 같이 읊고 있는데, 경련에서 말한 "술자리의 노래(酒席歌呼)"가 〈대주요〉 등을 지칭하는 것으로 이해할 수 있다.

풍류에 어찌 진나라 산음을 빼랴?
당시의 침수에서 수계에 기댐이 깊었네.
스스로 형해가 토목과 같음을 보는데
조시가 운림과 다름을 알지 못하네.
유문의 예법에 일이 많은 것을 미워하고
술자리의 노래는 본마음에 맡기네.
뜬 세상에 명리가 모두 허깨비의 경지이니
시름이 다하고자 기꺼이 백두음을 짓네.
風流何減晉山陰　鍼水當年托契深
自視形骸同土木　不知朝市異雲林
儒門禮法憎多事　酒席歌呼任素心
浮世利名皆幻境　窮愁肯作白頭吟[195]

---

194) 이서우, 〈對酒謠〉, 『송파집』 권1, 『한국문집총간』 속41, 17면.
195) 이서우, 〈南村醉後復次前韻〉, 『송파집』 권1, 『한국문집총간』 속41, 9면.

이렇듯 낙동 창수의 모임은 늦은 밤까지 술자리를 마련하고 시를 주고받으면서 이들이 가진 내면의 울회를 푸는 것으로 정리할 수 있다. 그런데 그 내면의 울회를 시름이라고 말하고 있어서, 시름의 이면에 놓인 본질을 살필 필요가 있을 것이다. 이하진과 술자리에서 다투고 난 뒤에 권유가 문제를 지적하자, "술의 도는 마음을 상쾌하게 하는 데 소중하다. 길게 노래하며 통곡하면 마땅히 그 슬픔과 기쁨을 지극하게 할 수 있다."라고 하여, 술을 통하여 슬픔과 기쁨을 자극하여 마음을 상쾌하게 할 수 있다고 한 것이 그 요체라고 볼 수 있다. 〈대주요〉 4수에서 직접 술을 마셔 보아야 그 맛을 알 수 있다고 하고 시름을 풀 수 있다고 한 것도 같은 맥락이다.

복창군 이정 등은 숙종 1년(1675)에 홍수(紅袖)의 변으로 정배되기도 하였다가,[196] 경신년(1680)에 폐거되고 말았다.

이때 이서우도 영성(寧城)으로 유배[197]의 길에 올랐다가, 숙종 9년(1683) 2월에 풀려나서, 숙종 14년(1688) 6월에야 기복되었다. 그러므로 낙동창수록과 연관하여 이서우의 활동은 숙종 6년(1680) 이전을 중심으로 이해할 수 있다.

7언 백운으로 된 이서우에 대한 만시[198]에서 이서우의 행적과 위상에 대한 내용을 자세하게 알 수 있다.

3) 정치적 소용돌이와 시가사의 추이

낙동 창수의 모임은 인평대군의 아들들인 이정과 이남을 축으로 그들

---

196) 『숙종실록』 3권, 숙종 1년 3월 15일(계유), 『국역 숙종실록』 1, 254~260면.
197) 이서우, <初到配所>, 『송파집』 권4, 『한국문집총간』 속41, 64면.
198) 채팽윤, <松坡李參判*瑞雨輓>, 『希菴先生集』 卷13, 『한국문집총간』 182, 245면.

의 외숙인 오씨(吳氏)들이 주류를 이루고 여기에 정치적 결속을 함께 하는 사람들이 모여서 시를 주고받고 가곡을 향유한 것인데, 이들 모임은 경신년(1680)의 환국으로 와해되고 말았다.

경신년 이전에 낙동 창수의 모임에서 활동한 이서우와 이하진 등의 역할과 이 모임에서 향유한 레퍼토리가 시가사에서 매우 중요한 열쇠를 제공할 것으로 기대한다. 이서우의 〈대주요〉 같은 것이 그 예인데, 『청구영언』에는 4수 중에서 1수가 정태화의 작품으로 다른 1수가 무명씨의 작품으로 수록되어 있다. 술자리에서 흔히 부를 수 있는 노래이고, 이서우가 묶어서 〈대주요〉라고 명명했다면 그 의의를 인정할 만한데, 전승 과정에 대한 관심이 필요한 대목이다.

그리고 다른 왕손들이 이런저런 자리에서 가곡 작품을 남기고 있는 점을 환기하면, 낙동 창수의 모임에서 활발하게 활동했을 것으로 보이는 이정과 이남도 가곡 작품을 포함한 레퍼토리가 있었을 것으로 보이는데, 전승하고 있는 자료가 없는 이유를 반추할 필요가 있다. 이정(李楨)이 사행을 떠나면서 여러 차례 정두경(鄭斗卿)에게 송별시를 요구했다는 사실[199]을 환기하면, 다른 사람들과 주고받은 많은 작품이 있었을 것으로 추정되는데, 경신년 이후 정치적 국면이 바뀌면서 기억에서 지우려고 하거나 기록을 없애거나 익명으로 처리하는 일이 빈번했을 것으로 보인다. 가곡의 레퍼토리의 경우 익명으로 처리했을 가능성이 매우 높다. 『청구영언』 무명씨에 수록된 작품의 일부가 낙동 창수의 모임과 일정한 연관이 있을 것으로 기대할 수 있는 이유이기도 하다.

이서우는 만년에 이하진의 막내아들 이익(李瀷, 1681~1763)이 찾아와 지은 시를 내보이자 매우 좋다고 감탄하여 차운하여 주었다.

---

199) 정두경, <奉送福昌君之燕>, 『동명집』 권8, 『한국문집총간』 100, 469면.

곤산에 오래 된 매화가 있는데
늙은 줄기가 불길에 타다가 흉하게 남았네.
봄바람이 비의 혜택을 아끼어
가지와 잎이 시들고 꺾였네.
무거운 영예를 내가 일찍이 점쳤으니
신령한 시초가 어찌 징험이 되지 않으랴?
하얀 꽃이 가지 끝에 피어나니
옥 같은 빛이 티끌에 물듦을 끊었네.
맑고도 싸늘하여 뼈 속에 사무치니
문득 속된 사람 구경할까 두렵네.
검고 회기는 스스로 지키기에 달렸으니
그대는 이 생각에 힘쓰시라.

崑山有古梅	老榦炳凶燄	東風靳雨露	枝葉悴以斂
重榮我嘗筮	靈蓍詎不驗	仙葩發梢末	玉色絶塵染
清寒氷人骨	却恐世賞厭	緇白在自守	之子勗玆念[200]

 그런데 뒷날 이익은 「『손재집』 뒤에 쓰다」에서 이서우를 문단의 맹주로 평가하고 있다. 낙동 창수의 반향이 풍류의 놀이에 한정하지 않고 남인 시맥의 주류를 차지하게 된 셈이다.

 내가 시율가(詩律家)의 세계에 대해 이해하지 못하는 점이 많은데, 남들이 나를 부족하게 여기는 것이 아니라 내가 실제 스스로 말하는 것이다. 스스로의 말일 뿐만 아니라 고금의 사람들도 반드시 다 이해하지는 못했을 듯하니, 어째서인가? 예컨대 어떤 산을 지적해 물으면 그 산의 높고 낮음은 바뀔 수 없는 것이요, 물을 지적해 물으면 그 물의 청탁은 바뀔

---

200) 이서우, <李夏卿之季子瀷來訪, 出其詩佳甚, 感歎次贈>, 『松坡集』卷8, 『한국문집총간』 속41, 161면.

수 없는 것인데, 후세의 시는 그렇지 않아서 그 시비를 알 수가 없다. 시는 이백과 두보보다 뛰어난 이가 없으니, 당시의 한유도 이들을 우러러 보면서 미칠 수 없었다. 그런데 구양수에 이르러선 도리어 한유가 두보보다 낫다고 하였다. 이백 같은 경우는 구양수도 감히 뭐라 말하지 못하였는데, 왕안석은 한유가 이백보다 뛰어날 뿐만 아니라 구양수가 한유보다 뛰어나다고 보았다. 이백, 두보, 한유의 지위를 구양수와 왕안석의 감식으로도 이렇게까지 의견이 어긋나니, 이와 같다면 과연 정론이 있다고 말할 수 있겠는가.

　우리 선대부께서 시를 공부하셔서 문집 약간 권이 있었다. 이를 간행하기 위해 교정하는 일을 송곡(松谷) 이 사백(李詞伯)에게 부탁하였다가 송곡이 돌아가신 뒤로 구암(鳩庵) 채 사백(蔡詞伯)에게 부탁하였는데, 구암마저 돌아간 뒤에는 약산(藥山) 오 사백(吳詞伯)에게 부탁하였다. 이 세 공은 문단의 맹주로 온 세상에 대항할 자가 없는 분인데도 그 취사가 같지 않아서 붉고 푸른 비점이 뒤섞여 있어 누구 견해를 따라야 할지 모를 지경이었다. 이에 내가 이해하지 못하는 것을 부끄럽게 여기지 않고 도리어 세상에 스스로 흑백처럼 분명히 판별할 수 있다고 여기는 자에 대해 의아하게 생각하는 것이다. 그런데 작자의 의도에 대해 감히 손댈 수 있겠는가.

　내가 조 주부(趙主簿) 중유(仲裕)와 교유하면서 그의 금 같고 옥 같은 성품과 명교 내의 낙토에서 자유자재하는 모습을 좋아하였을 뿐 그의 시를 보지 못하였는데, 이제 그 집안에서 유고를 가지고 나에게 보여 주었다. 그의 시는 대체로 현란하게 빛나거나 신랄하게 꾸짖는 기습이 전혀 없고 화락하고 차분한 낭묘(廊廟)의 의사가 있어서 완연히 그 사람을 다시 보는 듯하였다. 예전에 가형인 옥동공(玉洞公)이 나에게 중유의 시가 오유청(吳幼清)과 대적하여 강한 맞수가 될 만하다고 말했던 것을 내 감히 잊지 못한다. 유청은 바로 송곡 사백이 크게 인정한 사람인데, 혹자가 그의 글을 정리해 줄 것을 청하자 사백이 모두 전할 만하다고 했다. 생각건대 중유는 바로 유청과 같은 무리이니, 이제 아무것도 모르면서 망령되이 선별을 가하기보다는 빠짐없이 전하여서 송곡의 뜻과 같이 홀류한 안목을 갖춘 자를 기다리는 것이 낫지 않겠는가. 서문과 기문, 제문 등의 글에 이르러서는 그 뜻이 공경스럽고 그 말이 반복되니, 비유하자면 수레가 궤도를 따르고 말이 멍에를 엎어버리지 않으며 말고삐가 유순하고 깃발이 여유롭게 날려서 종일토록 달려도 힘든 기색을 볼 수 없는 것과 같다. 내가 좋아하고 아끼는 바이기에 마침내 이를 권말에 써서 돌려준다.[201]

송곡(松谷) 이서우, 구암(鳩庵) 채유후, 약산(藥山) 오광운이 문단의 맹주를 차지한다고 평가하고 있다.

한편 정약용도 「『화앵첩(畫櫻帖)』에 발함」[202]이라는 글에서 조선 후기에 남인 시맥이 채유후·이민구→이서우→오상렴·채팽윤→오광운·강박으로 이어졌다고 설명하고 있다.

---

201) 이익, 「書遜齋集後」, 『성호전집』제55권, 『한국문집총간』199, 519면, 余於詩律家藪多不曉, 非人之短余, 余實自道, 非但自道, 恐古今人未必盡曉何也. 如指山而問則高下不可易, 指水而問則清濁不可易也. 後世之詩則不然, 其是與非, 未可知也. 詩莫尙于李杜, 當時韓退之之仰望而不可企及, 至歐陽永叔, 卻云韓勝於杜, 若李者, 永叔猶不敢云爾. 王介甫不獨進韓於李, 又進歐於韓, 以李杜韓之地位, 歐王之鑑裁, 乖反至此, 若是者果可謂有定論乎. 吾先大夫業于詩, 有集若干卷, 刊正之役, 託于松谷李詞伯, 松谷沒, 託于鳩庵蔡詞伯, 鳩庵沒, 託于藥山吳詞伯, 此三公專場主盟, 擧一世莫敢頡頏之者, 其取與舍不同, 青紅錯點, 不知適從. 於是余不以不曉爲恥, 乃反致疑於世之自謂辨別如黑白者也. 而敢下手於作者之用意乎. 余與趙主簿仲裕氏交, 但悅其如金如玉, 自在於名教中樂地, 未見其詩, 今其家携遺卷見示, 褧禁絶眩耀叱罵之習, 有雍容廊廟意思, 宛然若復見其人也. 昔家兄玉洞公爲余道仲裕之詩可與吳幼清對壘, 不害爲勍敵, 余未敢忘也. 幼清卽松谷詞伯之亟許, 或求其刪, 詞伯曰盡傳, 意仲裕乃幼清等輩人, 今與其味昧而妄加甄別, 曷若盡傳而待目之有珠, 如松谷之意也. 至其序記祭誄諸篇, 其意豈悌, 其語反覆, 比如車循軌馬不覂駕, 六轡如柔, 旗旐閒閒, 終日馳而不見勞勤, 余所愛好也. 遂書此卷末而還之.
202) 정약용, 「猗畫櫻帖」, 『다산시문집』제14권, 『한국문집총간』281, 307면.

Ⅳ-2. 향촌 사족 시가 향유의 양상

1. 〈어부가〉 전승과 현장 흥취의 후대 수용

16세기 중반 영원히 귀향한 이현보가 분강에서 거룻배를 타고 뱃놀이를 하면서 〈어부가〉를 부르기도 하고 전승되던 〈어부가〉를 장가와 단가로 산정하였다. 이를 분강가단의 풍류[203]라고 명명한 바 있는데, 그 이후 농암(聾巖)과 분강(汾江)을 중심으로 한 분강가단의 풍류는 자손들에게로 이어졌고, 간헐적으로 몇몇 사람들이 그 현장에서 풍류를 환기하기도 하였다. 그런데 17세기 후반인 현종 3년(1662) 9월과 18세기 초반인 숙종 44년(1718) 중추에 이 지역의 여러 분들이 분강에서 뱃놀이를 하면서 〈어부가〉 현장의 풍류를 계승하고자 하는 모임[204]을 이어갔다. 이제 분강에서 뱃놀이를 하면서 〈어부가〉를 불렀던 현장의 흥취 혹은 풍류를 17세기 후반에 어떻게 수용하고 있는지 점검하고자 한다.

다른 한편 윤선도는 효종 2년(1651) 보길도 부용동에서 전승하던 〈어부사〉를 산정하여 〈어부사시사〉 4편 40장을 만들었다. 우선 윤선도의 〈어부사시사〉의 성격을 살펴보고, 이현보의 〈어부가〉를 수용하면서 풍류를 이어가는 양상을 점검하도록 한다.

---

203) 최재남, 「분강가단연구」, 『사림의 향촌생활과 시가문학』(국학자료원, 1997).
204) 최재남, 「분강가단의 풍류와 후대의 수용」, 『배달말』 30(2002), 『서정시가의 인식과 미학』(보고사, 2003), 132~147면 참조.

1) 윤선도의 〈어부사시사〉와 이현보의 〈어부가〉 수용

예로부터 전승되는 〈어부가〉와 이현보가 산정한 〈어부가〉, 그리고 이황의 「서어부가후(書漁父歌後)」까지 전부 검토한 뒤에 계절별로 각 1편씩 그리고 1편을 10장으로 구성한 것이다. 이현보가 〈어부가〉를 산정한 지 100여 년이 지난 시점이다.

> 동방에 예로부터 <어부사>가 있는데, 누가 지었는지는 알 수 없으나 고시를 모아 곡조로 만든 것이다. 이 <어부사>를 읊조리노라면 강바람과 바다 비가 얼굴에 부딪히는 듯하여 사람으로 하여금 훌쩍 세속을 떠나 홀로 서려는 뜻을 가지게 한다. 이 때문에 농암 선생도 좋아하여 싫증 내지 않았고 퇴계 선생도 칭탄하여 마지않았다. 그러나 음향이 상응하지 못하고 말뜻이 잘 갖추어지지 못하였으니, 이는 고시를 모으는 데 구애되었기에 국촉(局促)해지는 흠결을 면치 못한 것이다. 내가 그 뜻을 부연하고 언문을 사용하여 <어부사>를 지었는데, 계절별로 각 한 편씩이며 한 편은 10장으로 이루어져 있다. 내가 곡조며 음률에 대해서는 진실로 감히 함부로 의논하지 못하며 창주오도(滄洲吾道)에 대해서는 더욱이 감히 내 뜻을 가져다 붙일 수 없으나, 맑은 강 넓은 호수에 조각배를 띄우고 물결을 따라 출렁일 때에 사람들에게 한목소리로 노래하며 노를 젓게 한다면 또한 하나의 쾌사일 것이다. 또 뒷날 창주에서 거처할 일사(逸士)가 반드시 나의 이 마음과 뜻이 부합하여 백세의 세월을 넘어 느낌이 일지 않으리라고는 못할 것이다.
>   신묘년(1651, 효종2) 가을 9월 부용동(芙蓉洞)의 낚시질하는 노인이 세연정(洗然亭) 낙기란(樂飢欄) 옆 배 위에서 적어 아이들에게 보인다.[205]

---

205) 윤선도, <漁父四時詞 어부ㅅ시ㅅ *辛卯在芙蓉洞時>, 『고산유고』 제6권 하 별집, 『한국문집총간』 91, 506면. 東方古有漁父詞, 未知何人所爲, 而集古詩而成腔者也. 諷詠則江風海雨生牙頰間, 令人飄飄然有遺世獨立之意. 是以, 聾巖先生好之不倦, 退溪夫子歎賞無已, 然音響不相應, 語意不甚備, 蓋拘於集古, 故不免有局促之欠也.

그리고 〈어부사여음〉으로 〈산중신곡〉「만흥」의 제6장을 가지고 와서 기록하였다. 〈어부사시사〉에서 '유세독립(遺世獨立)'의 뜻을 펼칠 수 있었던 것도 사실은 임금의 은혜가 바탕하고 있기 때문에 가능한 것이라는 인식을 드러낸 것으로 볼 수 있다.

> 강산이 됴타 흔들 내 분으로 누언느냐
> 님군 은혜룰 이제 더옥 아노이다
> 아므리 갑고쟈 ᄒ야도 히올 일이 업세라
> * 이것은 바로 〈산중신곡 만흥(漫興)〉의 제6장인데, 〈어부사〉의 여음(餘音)이 되겠기에 여기에 거듭 기록한다.206)

윤선도가 지적한 〈농암어부가〉의 단점은 "음향이 상응하지 못하고 말 뜻이 잘 갖추어지지 못"한 것이며, 윤선도는 "그 뜻을 부연하고 언문을 사용하"여 4편 각 10장으로 〈어부사시사〉를 마련한 것이라고 하였다.

이현보의 〈어부가〉 장가 9장에서 여음이 '비 떠라 비 떠라 → 닫 드러라 닫 드러라 → 이어라 이어라 → 돗 디여라 돗 디여라 → 이퍼라 이퍼라 → 비 셔여라 비 셔여라 → 비 미여라 비 미여라 → 닫 디여라 닫 디여라 → 비 브텨라 비 브텨라'로 되어 있던 것을 〈어부사시사〉 춘사 10장에서 '비 떠라 비 떠라 → 닫 드러라 닫 드러라 → 돋 드라라 돋 드라라 → 이어라 이어라 → 이어라 이어라 → 돋 디여라 돋 디여라 → 비 셰여라 비 셰여라 → 비 미여라 비 미여라 → 닫 디여라 닫 디여라 → 비 브텨라

余衍其意, 用俚語作漁父詞, 四時各一篇, 篇十章. 余於腔調音律, 固不敢妄議, 余於滄洲吾道, 尤不敢竊附, 而澄潭廣湖片舸容與之時, 使人竝喉而相棹則亦一快也. 且後之滄洲逸士未必不與此心期, 而曠百世而相感也. 秋九月歲辛卯, 芙蓉洞釣叟, 書于洗然亭樂飢欄邊船上示兒曹.
206) 위와 같은 곳.

빈 브텨라'와 같이 시간의 추이에 따라 현실성을 확보할 수 있도록 조정하였고, 〈어부가〉 5장의 "隔岸漁村三兩家라"와 같은 것을 〈어부사시가〉춘사 4장에서 "어촌 두어 집이 닛 속의 나락 들락"으로 우리말의 묘미를 살린 표현으로 바꾸어 놓은 것이 큰 특징이다.

그러나 윤선도의 〈어부사시사〉는 몇몇 사람[207]을 제외하고 당대에 널리 알려지지 않은 것 같다. 비문(碑文), 시장(諡狀), 행장(行狀) 등에 기록된 것도 실제 작품을 보고 적었다기보다 후손이 가지고 온 자료를 바탕으로 정리한 것으로 이해할 수 있다. 이것은 당시의 정치 상황과 연계되어 있었을 것으로 추정할 수 있다. 김천택이 엮은『청구영언』에 윤선도의 작품이 수록되지 않은 것도 다분히 정치적 입장이 작용하고 있었던 것으로 볼 수 있기 때문이다. 〈어부사시사〉 춘4와 종장이 다른 작품이『청구영언』 309에 무명씨로 수록되어 있는 정도이다.

그런데 조유수(1663~1741)는 〈유죽오 집의 공재 선보책에 짓다〉[208]에서 윤선도의 손자인 윤두서(1668~1715)의 선보(扇譜)와 함께 윤선도의 〈어부사〉를 보았다고 하였다.

이와 함께 윤선도는 효종 3년(1652) 〈몽천요〉[209]를 지어서 정치 현실과 임금에 대한 마음을 드러내었고, 효종 7년(1656)에는 이를 한역하여 인평대군[210]에게 보내기도 하였다. 왕자의 사부(師傅)를 했던 입장에서

---

207) 허목,「海翁尹參議碑」,『記言別集』卷19,『한국문집총간』99, 206면, 公旣赦出, 因入海, 行吟島濱, 有山中新曲漁父詞. 홍우원,「贈資憲大夫, 吏曹判書兼知經筵義禁府事, 弘文館大提學, 藝文館大提學, 知春秋館成均館事, 五衛都摠府都摠管, 行通政大夫, 禮曹參議孤山尹公諡狀」,『南坡先生文集』卷9,『한국문집총간』106, 199면, 又作山中新曲, 漁父詞, 以見其志. 이서우,「贈吏曹判書諡忠憲孤山先生尹公神道碑銘 幷叙」,『松坡集』卷14,『한국문집총간』속41, 281면, 又以方諺語作山中新曲, 漁父詞以見其志, 有詩曰, 文山聲伎桃繚繞, 安石風流賈慟餘. 讀此則可以知公之心也.
208) 조유수, <題柳竹塢家恭齋扇譜冊>,『后溪集』卷8,『한국문집총간』속55, 187면.
209) 윤선도, <夢天謠三章>,『孤山遺稿』卷6 下 別集,『한국문집총간』91, 507면.

정치 지향의 뜻[211]을 드러낸 것으로 이해할 수 있다.

이와는 달리 이현보의 〈어부가〉는 17세기 후반인 효종 2년(1653)에 윤원거・윤명거・윤선거 등 파평윤씨들이 유계(兪棨) 등과 황산(黃山)에서 뱃놀이[212]를 할 때에 향유했던 것으로 보이는데, 세월이 흐른 뒤인 순조 11년(1811) 초여름에 윤홍규(尹弘圭)의 집안사람들을 중심으로 강경 전호(江鏡前湖)에서 뱃놀이를 하면서 황산과 화암 사이를 오고가면서 이현보의 〈어부가〉를 부르면서 술자리를 도왔다는 기록[213]의 "금고동부(今古同符)"라고 한 대목에서 추정할 수 있다.

　　내가 선사 시남 유계(兪棨)의 유고에서 한호옹(閒好翁)이 해산과 원림의 승경을 읊은 시를 보았는데, 일찍 벼슬을 그만두고 물외에 소요한 아취가 언외(言外)에 절로 드러났으니 거의 퇴도가 일컬은 '농암 노선(聾巖老仙)'이라는 것에 다름이 없었으므로 일찍이 책을 통해 상상하고 경모하였다. 중년에 이호(梨湖) 임공 직경(林公直卿)과 알게 되었는데, 직경은 한호옹의 손자이다. [214]

---

210) 이요, 「答尹承旨*善道書」, 『松溪集』 卷4, 『한국문집총간』 35, 240면.

211) 최재남, 「인평대군의 가곡 향유와 <몽천요>에 대한 반응」, 『고시가연구』 31(한국고시가문학회, 2013.2) 참조.

212) 「연보」, 『노서유고』 부록 상, 『한국문집총간』 120, 500면.

213) 윤홍규, <辛未(1811)初夏之上弦, 盤洲判尹叔父與族兄進士魯瞻氏曁李納言道仲, 會于江鏡前湖, 校理舜和亦自京適至, 掉舟沿洄於黃山花巖之間, 炊白飯鱠素鱗, 歌李聾巖漁父詞以侑酒, 眞勝會也. 時余以忌故不克與焉. 粤在孝廟癸巳, 龍西先生(윤원거)與我五代祖參奉府君及魯西先生, 會兪宋諸公于黃山, 同舟泛湖, 有吟詠及所賦詩章, 其遊帖圖子具在, 觀於盤湖記文可知已. 今玆遊集, 雖出於一時邂逅, 而名境勝會, 宛然今古同符, 記文所謂若有不偶然者, 信奇矣. 於是遂各追次其帖中韻以志其事, 旣又盤洲及道仲以書來, 要余和之, 余亦雖未及與會, 而俯仰今昔, 竊不勝感慕之懷, 不敢以蕪拙辭, 聊此攀和, 以呈同遊諸君子座下. 辛未>, 『陶溪先生遺稿』 卷1, 『한국문집총간』 속105, 646면.

214) 윤증, 「折衝將軍行龍驤衛副護軍林公墓碣銘 *癸巳」, 『明齋先生遺稿』 卷40, 『한국

한편 정시상(鄭時相, 1630~1692)은 숙종 4년(1678)에 취승정을 세우고, 거문고를 타거나 낚시를 하면서 서로 즐기면서 창수시를 남겼으며, 여러 자질(子姪)에게 차례로 〈도산가곡〉, 〈분강어부사〉, 〈지산만조가〉 등의 노래를 부르게 하면서 흥취를 도왔다고 하였다.[215]

그런데 실제 이현보가 산정한 〈어부가〉를 두고 이황의 작품으로 이해하여 수용한 경우도 종종 있었다. 이것은 이황이 「어부가의 뒤에 쓰다(書漁父歌後)」를 남긴 때문일 것이다. 황세정이 쓴 송준길의 행적에 나오는 내용이다.

> 선생이 퇴계 선생의 〈어부사〉를 등사해 책 속에 끼워 두었다. 검담(黔潭)으로 온 뒤에 이웃에 사는 노래 잘하는 홍주석(洪柱石)을 만나 그에게 〈어부사〉를 부르게 하며 "퇴계의 이 곡은 실로 뛰어난 가사이다. 정 송강의 〈관동별곡〉도 뛰어난 가사인데, 너는 그 뜻을 아느냐?"라고 하고서, 그에게 송강의 〈관동별곡〉을 부르게 하였다. 조금 뒤에 어부가 와서 강에서 잡은 물고기 몇 마리를 올리자, 선생은 회를 치게 하시고, 홍주석을 돌아보며 "퇴계와 송강 때에도 이런 풍미가 있었는지 모르겠다."라고 하였다.[216]

조유수(1663~1741)가 이희조(1655~1724)에게 보낸 글[217]에서도 퇴계

문집총간』136, 347면, 余曾於先師市南遺稿, 得見開好翁海山園林之勝, 而其早抛簪紱, 逍遙物外之趣, 自見於言外, 殆與退陶所稱聾巖老仙者無異, 未嘗不追想遐慕於卷中矣. 中年, 與梨湖林公直卿[世溫]相識, 直卿開好之孫也.

215) 정중기, 「伯從祖從仕郎府君遺事*戊申」, 『梅山先生文集』 卷12, 『한국문집총간』 속 67, 228면.

216) 黃世楨, 「遺事」 23條, 『同春堂先生別集』 卷9, 『한국문집총간』 107, 477면.

217) 조유수, 「答李承宣同甫*喜朝」, 『后溪集』 卷8, 『한국문집총간』 속55, 181면, 前示八咏, 時於湖裏吟諷, 略認雪鴻過迹, 新舫朝夕當下湖, 故依退陶漁父詞例, 集諸句爲三章進舡之曲, 雖未知其盡合卽境, 亦勝自創故錄呈.

이황이 〈어부사〉를 집구했다고 하였고, 그 예에 따라 여러 구절을 모아서 삼장으로 〈진선사(進船詞)〉(〈진선곡〉)을 만들었다고 하였다.

18세기에 정간(1692~1757)은 〈어부가〉 9장을 우리말로 옮겨서 현아의 기녀로 하여금 익혀서 노래하게 했다고 하였다. 손님을 즐겁게 하기 위한 노래가 '화류설만지어(花柳褻慢之語)'가 아니면 '한묵미려지사(翰墨靡麗之辭)'라는 것에 대한 불만에서 나온 것이다. 그런데 〈어부가〉를 이황이 풍기군수를 하면서 손수 베낀 것으로, 그리고 〈서어부가후〉에 나오는 말로 그 뜻을 이해하고 있다.[218]

그리고 다음과 같이 읊고 있다.

> 쓸쓸한 동각에서 살쩍에 눈이 내린 늙은이가
> 〈어부가〉를 지어내어 마른 오동나무에 입히네.
> 저자와 조정이 어찌 산림의 일에 부합하랴?
> 풍자하는 말이 소장공에게 많이 부끄럽네.
> 東閣蕭蕭雪鬢翁　漁歌飜出被枯桐
> 市朝豈合山林事　諷語多慚蘇長公

2) 분강가단 풍류의 계승

농암 이현보가 세상을 떠난 뒤에 농암의 아들들이 분강가단의 풍류를

---

218) 정간, 「縣衙聽漁父歌*并小序」, 『鳴皐先生文集』 卷2, 『한국문집총간』 속71, 385면, 縣有歌兒數三, 每當娛賓, 其所永言者, 非花柳褻慢之語, 卽翰墨靡麗之辭, 遂諺飜漁父歌九章, 俾習而歌之, 時時憑几而聽之, 黃堂綠簾, 翛然有江湖幽遠之趣, 而此身却在簿書叢裏. 昔我退陶先生守豐基, 嘗手寫此歌, 仍題跋語云東坡所譏, 以朝市眷戀之徒, 出山林獨往之語者, 某之謂矣. 其亦先獲小子之今日乎. 噫鳴溪之陽, 是吾弊廬, 東風西日, 柳掩苔磯, 夜靜水寒, 月流花浪, 扣枻長歌, 時哉時哉, 悠悠我思, 匪翰曷飛.

계승하여 모임을 이어갔는데, 17세기 후반에 지역의 선비들을 중심으로 농암 이현보를 회억하면서 〈어부가〉의 풍류를 이으려는 움직임이 확인된다.

이만부(李萬敷, 1664~1732)는 〈동유(東遊)〉라는 표제가 붙은 시에서 집을 나서서, 비봉산, 화산부, 선성부, 분강, 도산서원을 거쳐서 청량산을 다닌 기록을 23수의 시로 남기고 있는데, 그 가운데 여덟 번째가 〈분강(汾江)〉이다. 노래자의 옷을 입고 어버이를 위해 잔치를 베풀던 광경과 〈어부가〉를 부르며 어슬렁거렸을 기억을 떠올리고 있다.

> 길이 굴러서 분천 구비로 들어가는데
> 이르기를 지선(地仙)의 시골집이라네.
> 산 아래에는 남겨진 사당이 있고
> 강 위에는 높은 당이 있네.
> 노래자의 소매로 춤추던 날에
> 어부노래로 또한 어슬렁거렸네.
> 강의 봄이 부질없이 쓸쓸하게 지나가는데
> 하늘에서는 그믐의 별빛이 떨어지네.
> 路轉入汾曲　稱是地仙莊　山下有遺祠　江上有高堂
> 萊袖蹁躚日　漁歌亦徜徉　江春空寂歷　寥落晦星光[219]

채팽윤(蔡彭胤, 1669~1731)은 분강서원을 찾고 애일당에 올라서 도산의 운을 써서 느낌을 적고 있다.

> 분강은 옛날과 지금의 물인데
> 동쪽으로 흐르면 언제나 다하랴?

---

219) 이만부, <東遊 二十三章>, 『息山先生別集』 卷2, 『한국문집총간』 179, 41면.

빈 누각에 지는 해가 남아 있고
슬픈 돈대에 매운바람이 있네.
삼존은 천하의 노인인데
한번 떠나가 교남이 비었네.
그대가 큰 소나무라는 것을 부러워하는데
당시에는 지팡이를 짚고 짚신을 신었다네.
汾江古今水　東注幾時窮　虛閣餘殘日　悲壹有烈風
三尊天下老　一去嶠南空　羨爾長松樹　當年杖屨中[220]

 이러한 가운데 현종 3년(1662) 9월에 분강에서 뱃놀이를 하면서 당시
의 풍류를 떠올리면서 〈어부가〉를 수용하고 있는 경우를 특히 주목할
수 있다. 이를 〈어부가〉 현장 흥취의 수용이라고 명명할 수 있다. 이
모임에 참여한 사람은 김응조(金應祖, 1587~1667)를 비롯하여 김시온(金
時榲, 1598~1669), 이휘일(李徽逸, 1619~1672), 김계광(金啓光, 1621~1675),
금성휘(琴聖徽, 1622~1682) 등이다. 76세의 김응조가 도산서원을 찾아뵙
고 여러 선비들과 약속하여 모임[221]을 가진 것이다. 이들 모두 당시 영
남 지역에서 지명도가 높은 인물들이다. 그리고 이현보가 서울에서 벼
슬을 정리하고 내려오던 해가 76세였다는 점을 환기하면 그 의미가 돋
보일 수 있는 대목이다.
 김응조는 〈애일당에서 여러 분에게 드리다〉에서 다음과 같이 읊고
있다.

 선정(仙亭)에 벌려 앉은 이가 모두 명류인데

---

220) 채팽윤, <尋汾川書院, 登聾巖愛日堂, 用陶山韻志感>,『希菴先生集』卷20,『한국
　　 문집총간』182, 385면.
221) 「鶴沙先生年譜」, 戊戌 九月, 謁陶山書院, 與諸士友會于愛日堂, 有詩一絶,『학사
　　 선생문집』,『한국문집총간』91, 217면.

좋은 날의 청아한 즐거움에 술잔을 기울였네.
예나 이제나 어부노래가 끊어짐을 까닭 없이 시름하니
억새꽃과 단풍잎이 가을 강에 가득하네.
仙亭列坐摠名流　勝日淸歡倒玉舟
今古閒愁漁唱斷　荻花楓葉滿江秋[222)]

　　이 시는 애일당에서 약속한 여러 사람들에게 준 것인데, 지난날 분강
가단에서 농암에 모여 청아한 즐거움을 누리던 광경을 상상하는 동시
에, 동행했던 금성휘가 부르는 〈어부사〉를 들으며 노래의 내용을 환기
하고 있다. 금성휘는 41세의 가장 젊은 나이로 이 모임에 참석하여 〈어
부사〉를 부르고 있는 것이다.
　　김응조가 〈애일당에서 여러 분에게 드리다〉를 짓고, 김시온, 이휘일,
김계광 등이 차운을 했으며, 금성휘는 〈어부가〉를 노래로 불렀는데 모
두 〈어부가〉를 중심으로 한 농암 이현보의 분강가단 풍류를 환기하고
있다.
　　김시온(1598~1669)의 차운시는 다음과 같다.

한밤에 푸른 하늘에 흰 달이 흐르는데
십리 맑은 강에 외로운 배를 희롱하네.
학은 어부가에 놀라서 서쪽으로 날아가는데
소선에게 적벽의 가을을 묻고 싶네.
＊금화숙이 〈어부사〉를 부르다.
碧落三更素月流　淸江十里弄孤舟
鶴驚漁唱西飛去　欲問蘇仙赤壁秋
＊琴和叔唱漁父詞[223)]

---

222) 김응조, 〈愛日堂, 呈諸益〉, 『鶴沙先生文』 卷2, 『한국문집총간』 91, 49면.

시제에서 보듯이 가을 달밤에 애일당에서 천연대를 향하여 뱃놀이를 하고 있으며, 금성휘가 〈어부사〉를 직접 노래로 부르면서 흥취를 돋우고 있음을 알 수 있다.

한편 이휘일의 차운시는 다음과 같다.

> 지금 분강 호수에서 옛날 풍류를 잇는데
> 가벼운 어부노래에 달빛이 배에 내리네.
> 새 노래를 잡아 점석에 새기고 싶으니
> 분명히 천 년 뒤에도 남으리.
> 汾湖今繼舊風流　漁唱冷然月下舟
> 願把新詞鐫簟石　分明留與後千秋[224)

분강에서 100여 년 전의 풍류를 계승하는 모임을 마련하고 〈어부가〉를 부르면서 이러한 풍류가 천 년 뒤에까지 기억되기를 바라고 있다. 지난날 이현보가 좌장이 되어 여러 사람들을 초청했던 것에 견주면, 이 날 애일당에서 천연대(天淵臺)로 향하는 분강의 뱃놀이는 김응조가 좌장이 되고 김시온, 이휘일, 김계광, 금성휘가 초대된 셈이다. 분강가단의 풍류를 재현하고 〈어부가〉 현장의 흥취를 적극적으로 수용한 것으로 설명할 수 있다.

김계광(1621~1675)은 〈학사선생을 모시고 분강에서 뱃놀이를 하면서 정중하게 차운하다(陪鶴沙先生 泛月汾江 敬次 辛卯)〉(『구재집』 권2)를 남겼다. 당시에 김계광은 풍기군수를 맡고 있었다.

223) 김시온, 〈壬寅九月十二日夜, 自愛日堂泛舟, 向天淵臺, 奉次金鶴沙先生韻〉, 『瓢隱先生文集』 卷1, 『한국문집총간』 속27, 457면.
224) 이휘일, 〈汾江舟中, 次鶴沙先生韻〉, 『存齋先生文集』 卷1, 『한국문집총간』 124, 16면.

바위 돈대는 쓸쓸하고 물은 부질없이 흐르는데
오늘밤에 이씨의 배를 부리는지 분간하지 못하네.
어부노래는 완연하게 당시의 일인데
새로운 노래로 도리어 돌려서 천추에 비추리.
巖臺寂寞水空流　不分今宵御李舟
漁唱宛然當日事　新詞還復映千秋[225]

　현종 3년(1662)에서 56년이 지난 숙종 44년(1718) 중추에는 권두경(權
斗經, 1654~1726)[226]을 비롯하여 김용(金鏞), 김대(金岱), 이집(李集), 이수
겸(李守謙) 등이 모여서 분강에서 뱃놀이를 하면서 〈어부가〉 현장의 풍
류를 계승하였다. 권두경이 김시온의 사위라는 점에서 현종 3년(1662)의
풍류를 계승하고 있다고 평가할 수 있을 것이다.
　〈중추에 김명구, 김사종*대, 이백생, 이익겸*수겸과 분강의 애일당
아래에서 달밤에 뱃놀이를 하다〉이다.

맑은 밤 맑은 호수에서 짝을 맺어 노는데
안개와 구름은 깨끗이 다하고 달빛은 가을을 담았네.
게다가 빼어난 흥취를 날아가는 신선이 알게 하여
외로운 학이 강을 가로질러 나그네 배를 추어올리네.
淸夜澄湖結伴游　烟雲淨盡月籠秋
剩敎逸興飛仙識　孤鶴橫江拂客舟[227]

---

225) 김계광, <汾江舟中敬次鶴沙金先生韻>, 『鳩齋集』 권2, 『퇴계학자료총서』 36(안동
　　대 퇴계학연구소, 1999), 285면.
226) 權斗經은 본관이 安東이고, 檥의 5세손으로, 濡의 아들이며, 金時榲의 사위이다.
　　李玄逸의 문인으로 李栽 등과 교유하였다.
227) 권두경, <中秋共金鳴久, 金士宗 岱, 李伯生益卿 守謙。泛月汾江愛日堂下>, 『蒼
　　雪齋先生文集』 卷6, 『한국문집총간』 169, 113면.

다음은 〈배 안에서 율시 한 편을 이루어 좋은 놀이를 적다〉인데, 시제 (詩題)에 "이날 밤 애일당에서 묵었는데 배 위에서 늙은 뱃사공이 농암이 산정한 〈어부사〉를 노래 불렀다."라는 보충 설명이 붙어 있다. 뱃사공이 부르는 이현보의 〈어부가〉를 들으면서 달밤의 뱃놀이를 즐기고 애일당 에서 함께 묵은 사실을 확인할 수 있다.

> 천연대 아래에 거룻배를 놓으니
> 순식간에 농암에 옥거울이 흐르네.
> 빗물이 불어나니 맑은 호수에 특이한 정경을 보태고
> 구름이 열리니 중추에 밝은 달을 보내네.
> 술잔을 잡고 누대에 올라 바람 앞에서 바라보고
> 벗을 데리고 노를 저으며 밤놀이에 드네.
> 누런 머리에 도리어 일을 벗음이 더욱 기쁜데
> 흰 개구리밥 물가에 어부노래 소리가 가득하네.
> 天淵臺下放扁舟　瞬息聾巖玉鏡流
> 雨漲澄湖添別境　雲開明月餉中秋
> 登樓把酒臨風望　擊汰携朋入夜遊
> 更喜黃頭還解事　漁歌響滿白蘋洲[228]

이 시는 수련과 함련에서 중추에 천연대 아래 분강 위에 배를 띄우고, 고요한 강물과 밝은 달빛이 어우러진 광경을 제시하고, 경련과 미련에 서 달밤의 뱃놀이 현장에서 〈어부가〉를 들으면서 지난날의 풍류를 상상 하고 있다.

그런데 김용이 앞의 시에 차운하자 권두경은 그 운을 이용하여 다시

---

228) 권두경, <舟中成一律記勝遊. *是夜宿愛日堂, 舟中有老梢工, 唱聾巖所定漁父 詞>, 『蒼雪齋先生文集』卷6, 『한국문집총간』169, 113면.

부치기도 하였다.

> 맑은 바람이 천천히 일어서 목란 배를 보내는데
> 좋은 날에 이끄니 모두 지체 높은 사람들이네.
> 달이 얼음바퀴를 돌리니 새로 더위를 씻고
> 호수에 구슬거울이 평평하니 깨끗하게 가을을 머금었네.
> 나부끼는 잎 하나가 공중에 떠가고
> 느릿한 두 개의 노가 그림 속의 놀이이네.
> 언덕에 걸린 기운 지름길이 정사에 가깝고
> 취해서 돌아가노라니 물 억새 모래섬을 뚫고 지나가네.
> 淸風徐起送蘭舟　勝日提携盡勝流
> 月轉冰輪新滌暑　湖平玉鏡淨涵秋
> 飄飄一葉空中去　緩緩雙橈畫裏遊
> 仄徑懸厓精舍近　醉歸穿過荻花洲[229]

이렇듯 현종 3년(1662) 9월 20일의 김응조의 분강 뱃놀이와 숙종 44년
(1718) 중추의 권두경의 뱃놀이에서 모두 〈어부가〉를 부르고 있는데, 앞
의 놀이에는 금성휘가 직접 노래를 불렀고, 뒤의 모임에는 뱃사공이 노
래를 불렀던 것으로 확인된다.

그리고 이보(李簠, 1629~1710)는 개인적인 입장에서 〈어부사〉를 지어
서 분강의 풍류와 〈어부가〉를 수용하고 있다.

> 분강의 번화가 노선(老仙)에게 속하는데
> 계수나무 배와 목란 배가 멋대로 물가를 오르내리네.
> 세월이 넉넉하고 겨르로워 세 가지 즐거움이 온전하고

---

229) 권두경, <鳴久旣追次前韻, 又用其韻見寄, 亦敍遊興, 次韻還答>, 『蒼雪齋先生文
集』 卷6, 『한국문집총간』 169, 113면.

구름과 안개에 수답하는 몇 편이 있네.
오늘까지 악부에 우아한 곡조가 전하고
천 년 뒤에도 풍류에 전현을 우러르리.
잔치를 맞아 다시 강호의 흥취를 일으키니
어찌 그대를 데리고 낙천에 배를 띄우랴?
汾江繁華屬老仙 桂舟蘭棹恣洄沿
優閒歲月全三樂 酬答雲烟有數篇
樂府至今傳雅曲 風流千載仰前賢
當筵更起江湖興 安得攜君泛洛川[230]

선운(先韻)으로 된 이 시는 수련과 함련에서 신선으로 비견되는 이현
보의 생활을 분강의 번화(繁華)로 보고 그곳에서의 삶을 제시한 뒤, 경련
에서 당시까지 전승되는 〈어부가〉와 천년 뒤에도 우러를 풍류를 예견하
면서, 미련에서 강호의 흥취를 계승하고자 하는 마음을 드러내고 있다.
정확한 시기는 확인할 수 없어도, 현종 3년(1662) 9월 20일의 김응조의
분강 뱃놀이와 숙종 44년(1718) 중추의 권두경의 뱃놀이 사이의 어느 시
점으로 추정할 수 있을 것이다.
　김응조, 권두경, 이보 등에서 확인되는 분강의 뱃놀이를 통해, 〈어
부가〉가 불리던 현장의 흥취와 분강가단의 풍류가 16세기 당대뿐만 아
니라 18세기 초반까지 이어지면서, 향촌 사회의 생활문화를 조절하고
선인들의 여유로운 삶을 본받는 데 중요한 역할을 했던 것으로 이해할
수 있다.

230) 李簠, 『景玉集』 권1, 『퇴계학자료총서』 40(안동대 퇴계학연구소, 1999), 21～22면.

3) 농암 흠모의 길

분강에서 뱃놀이를 하고 〈어부가〉를 부르면서 신선처럼 살았던 농암 이현보에 대한 흠모는 분강가단의 풍류가 지속되고 있다는 점에서도 확인할 수 있지만, 뒷날 농암과 애일당을 포함한 권역을 유람하면서 그 전통을 잇고 있다.

우선 신교(申灝, 1641~1703)를 주목할 수 있다. 그는 청주에 연고를 두고 숙종 3년(1677)에 청주 관정리에 백석정이라는 정자를 세웠고, 동생 만회당 신학(申澩)과 월헌 신협(申浹)이 승지, 정언 등의 벼슬에 오르자 음직으로 나아가 참봉, 봉사, 주부 등을 지냈다. 숙종 25년(1699)에 벼슬을 그만두고 광주(廣州) 탄천 가에 임경정(臨鏡亭)을 세우고 지내다가, 숙종 27년(1701)에 고향으로 돌아가 지냈다.

신교는 『마사초(馬史抄)』라는 저술을 남겼는데, 여기에 가사 2편과 시조 22수가 수록되어 있다. 시조 22수는 각각 〈귀산음〉 8수, 〈북정음〉 3수, 〈동유음〉 4수, 〈심성음〉 1수, 〈사귀음〉 1수, 〈귀임경음〉 5수로 구성되었다. 이 중에서 정치·사회 변동과 관련하여 주목할 수 있는 것이 〈북정음〉과 〈동유음〉이다. 특히 표현에 있어서 〈도산십이곡〉과 〈어부단가〉의 시적 표현을 염두에 두고 있다는 점을 지적할 수 있다.

〈동유음 4〉에서 이현보의 농암에 오른 감회를 적고 있다. 〈동유음〉은 청주에서 조령을 넘어 주왕산, 청량산, 도산, 농암을 여행한 것으로, 이 중에서 도산의 〈도산십이곡〉과 농암의 〈어부단가〉를 염두에 두고 있다는 점을 발견할 수 있다. 특히 〈도산십이곡〉과 〈어부단가〉의 시적 표현을 염두에 두고 있는 점이 확인된다.

> 농암의 웁을 눌여 애일당 안자 보니

선현충효을 본 드시 알이로다
흐믈며 진상을 첨앙ᄒᆞ니 더욱 완연ᄒᆞ여라 – 마사 015 동유음 4

〈동유음〉의 다른 내용은 다음과 같다.

령 너문 후에 쥬왕산쳔 됴타커늘
단금호쥬로 간수변의 안자 노니
아마도 향래공명이 꿈므릇 ᄒᆞ여라 – 마사 012 동유음 1

쳥량산 경 됴흔 디 망혜 죽장 신고
삼쳑 일호쥬로 쳐쳐의 안자 노니
아마도 셰사을 다 니즈니 갈 줄 몰라 ᄒᆞ노라 – 마사 013 동유음 2

도산 귀흔 곳을 귀경ᄒᆞ려 원이러니
필마 단동으로 오늘이야 츠즈오니
아마도 선현 유적이 어제론듯 ᄒᆞ여라 – 마사 014 동유음 3

2. 육가의 후대 수용 양상

1) 〈도산십이곡〉 향유와 새로운 작품 창작

이황(李滉, 1501~1570)이 온유돈후에 바탕을 두고 이별의 〈장육당육가〉를 일신시켜 마련한 〈도산육곡〉 두 편은 후대에 하나의 전범으로 자리를 잡게 되었다.

이황의 〈도산십이곡〉의 뒤를 이어서 새롭게 마련된 육가 작품으로 이정(李淨)의 〈풍계육가〉, 장경세의 〈강호연군가〉, 이득윤의 〈서계육가〉와 〈옥화육가〉 등이 있고, 17세기 후반 이후 안서우(安瑞雨, 1664~1735)의 〈유원십이곡〉과 권구(權榘, 1672~1749)의 〈병산육곡〉, 신지(申墀, 1706~1780)의 〈반구옹가〉 등을 거론할 수 있다.[231]

실제 육가(六歌), 육곡(六曲)은 변별하기도 하면서 통용하기도 하는데, 육가는 문천상의 〈육가〉나 김시습의 〈동봉육가〉에서 보듯 한시 계열의 노래로 널리 인식되어 있었던 것으로 보이고, 육곡은 퇴계의 〈도산육곡〉 이후 〈도산육곡〉을 가리키는 것으로 통용된 것으로 보인다. 다른 한편 육곡을 주희의 무이구곡(武夷九曲)의 '육곡'을 환기하여 도가(櫂歌)의 전통과 연계시키기도 하고 있다.

육가의 후대 수용과 관련하여 주목할 수 있는 몇 가지 층위는 첫째, 〈도산십이곡〉을 노래로 부르면서 향유하거나, 둘째, 〈도산십이곡〉을 염두에 두고 육가 또는 육곡의 노래를 새롭게 마련하며, 셋째, 〈도산십이곡〉의 현장을 찾아가서 그 흥취를 되새기기도 하고, 넷째 〈도산십이곡〉을 한역하거나 그 전승에 기여하는 것을 설정할 수 있다. 그리고 이

---

231) 최재남, 「이황의 도산생활과 육가의 수용 및 전승」, 『사림의 향촌생활과 시가문학』 (국학자료원, 1997), 271~279면 참조.

별의 〈장육당육가〉를 새롭게 주목하면서 시대에 따른 반응을 다시 살핀
점도 주목할 수 있다.

우선 조호익(曺好益, 1545~1609)이 만년인 17세기 초반에 아이들로 하
여금 〈도산십이곡〉을 부르게 하여 흥취를 돋우기도 한 내용을 보도록
한다.

> 공은 서재에 거처하며 책을 보고 이치를 탐구하는 여가에 때로 흥을
> 타고서 지팡이를 짚고 여러 곳을 한가로이 거닐었으며, 젊은이와 동자가
> 옆에 있으면 〈도산십이곡〉을 읊게 하여 한가로운 가운데 취미를 돕게
> 하였다.[232]

그런데 한강 정구는 17세기 초반에 〈도산십이곡〉을 속악이라 하여 배
척하기도 하였다는 일화가 있다.

> 선생은 번화한 것을 좋아하지 않아 아름다운 음악이나 여색 등을 한
> 번도 접해 본 적이 없었으므로 선생이 가 있는 곳에는 비록 존귀하고
> 부유한 집이라 하더라도 감히 여악을 연주하지 못했다. 정미년(1607) 봄
> 선생이 안동 부사에 제수되었을 당시의 일이다. 백암(栢巖) 김륵(金玏)이
> 전임 수령이었는데, 선생은 영천(榮川) 고을로 가 구학정(龜鶴亭)에서
> 임무를 교대하였다. 술기운이 거나해지자 정자 앞의 못에 작은 배를 띄우
> 고 두 명의 여종에게 명하여 〈도산십이곡〉을 연주하게 하였는데, 선생은
> 이를 물리쳤다. 주인은 선생이 속악을 좋아하지 않는다는 것을 알고 있었
> 으나 이 곡은 다름 아닌 노선생이 지은 것이었기 때문에 내심 분명히
> 금지하지 않을 줄로 여겼던 것인데, 선생은 이것마저도 거절하였다. 여기
> 에서 그 깊은 뜻을 상상해 볼 수 있을 것이다. - 이학 -[233]

---

232) 장현광, 「지산조공행장」, 『여헌선생속집』 제8권, 『한국문집총간』 60, 公齋居玩索之
餘, 有時乘興, 杖屨逍遙於各所, 或有冠童在傍, 則令詠陶山十二曲, 以助閒中之趣焉

17세기 후반에도 육가에 대한 반향은 여전히 이어졌다. 〈장육당육가〉를 남기고 한역한 경주이씨(慶州李氏) 집안에서 이득윤의 아들인 이홍유(李弘有, 1588~1671)가 〈산민육가(山民六歌)〉를 지었다. 집안을 중심으로 전승된 육가의 수용이라고 할 수 있다.

다음은 이홍유의 〈산민육가〉이다.

> 이 몸이 閒暇(한가)ᄒ야 山水間(산수간)에 졀노늘거
> 功名富貴(공명부귀)를 ᄯᅳᆺ박게 이져쓰니
> 此中(차중)에 淸幽(청유)한 興味(흥미)를 혼ᄌ 죠와ᄒ노ᄅ

> 죠고만 이 ᄂᆡ 몸이 天地間(천지간)에 혼ᄌ 잇셔
> 淸風明月(청풍명월)를 벗숨어 누엇쓰니
> 世上(세상)의 是 〃 非 〃 (시시비비)롤 ᄂᆞ는 몰ᄂ ᄒ노ᄅ

> 世上(세상)의 ᄇ린몸이 희올이리 견혀옵셔
> 一張玄琴(일장현금)을 自然(자연)이 홋지ᄐ니
> 아ᄆ도 子期(자기) 쥬근후에 知音(지음)ᄒ리 옵셔ᄒ노ᄅ

> 늘고병든 몸을 世上(세상)이 ᄇ렷실시
> 죠고만 草堂(초당)을 시ᄂᆞ우히 일워두고
> 目前(목전)에 보이ᄂ 송죽이 니붓인가 ᄒ노ᄅ

> 山林(산림)에 드런지 오ᄅ니 世上事(세상사)를 모ᄅ노ᄅ
> 十長紅塵(십장홍진)이 을ᄆᆞᄂ ᄀ련ᄂ고
> 物外(물외)에 쮜여ᄂ 몸이 報恩(보은)이 어렵셔ᄅ

---

233) 『한강언행록』 제1권, 〈律身〉

風塵(풍진)의 奔走(분주)ᄒᆞᄂᆞᆫ 분네 ᄒᆞᄂᆞᆫ 일이 견혀읍ᄃᆡ
밥낫닷 [결락][234]

〈산민육가〉에서 드러내고 있는 것은 이별의 〈장육당육가〉와 이정의 〈풍계육가〉와 이어져 있다. 출발부터 산수 사이에서 청유(淸幽)한 홍취를 즐기며 살아가겠다고 다짐하고 있다. 그런데 셋째 수의 "세상의 ᄇᆞ린 몸", 넷째 수의 "세상이 ᄇᆞ렷실ᄉᆡ"에서 볼 수 있듯, 세상이 용납하지 않은 현실 인식이 자리하고 있다. 그리하여 화자는 산림으로 들어온 것인데, 그리하여 둘째 수에서 세상의 시시비비에 대하여 알지 못한다고 하고, 다섯 째 수에서 세상사를 모른다고 하였다. 그러면서도 다섯째 수의 "보은"과 여섯째 수의 "풍진의 분주ᄒᆞᄂᆞᆫ 분"에 관심을 두고 있는 것을 보면 내심으로는 세상과 완전히 절연(絶緣)한 것이 아님을 짐작하게 한다.

그런데 허목(許穆, 1595~1682)은 현종 9년(1668)에 〈장육당육가지(藏六堂六歌識)〉를 써서 이별의 입장을 수긍하면서 이황의 비판에 대해 다음과 같이 기술하고 있다.

> 장육옹은 재사당의 동생으로, 노릉의 육신이며 집현전 학사 박팽년의 외손이다. 연산군 갑자년의 화를 당하여 재사당이 화를 입자, 형제가 연좌되었는데, 연산군이 폐한 뒤에도 세상에서 숨고 나오지 않았다. <장육당육가>가 있어서 세상에 전하는데, 퇴도 이선생은 '크게 거만하다'고 했다. 그러나 세상을 버리고 자취를 마음대로 함에, 그 말이 그럴 수 있는 것이다. 흐린 세상을 만나, 몸을 깨끗이 하고 멀리 달아나 세상을 잊은

---

234) 임형택, 「17세기 전후 육가 형식의 발전과 시조문학」, 『민족문학사연구』 6(민족문학사연구소, 1994), 34~35면.

누는 있지만, 또한 그 사람됨이 뛰어나게 걸출하여 세속을 훌훌 벗어나서 시원하게 기산(箕山)과 영수(潁水)의 풍도가 있었던 것을 넉넉히 상상해 볼 수 있다.[235]

16세기 초반 현실의 여러 상황을 고려할 때 이별의 태도는 수긍할 만한 것이라는 점인데, 경주이씨 집안에 이별 이후에 전승되는 〈육가〉와 함께 이황의 지평선의 전환 등과 견주어 살펴야 할 내용이다. 정치 현실의 상황에서 개인이 택할 방향성에 대한 논의가 제기되는 부분이기도 하다.

그리고 〈도산십이곡〉을 문집의 원집에 수록하지는 않았지만 별도로 판본(板本)으로 만들어 많은 사람들이 향유할 수 있도록 배려한 전통은, 후대 문집을 간행하는 과정에서 국문으로 지은 작품을 원집에 수록하지 않더라도 따로 수록하는 전통으로 이어지게 했다고 평가할 수 있다. 손만웅(孫萬雄, 1643~1712)이 숙종 3년(1677)에 서장관으로 연행(燕行) 때 지은 단가를 연행일기의 말미에 수록한 것이 그 사례라고 할 수 있다.

한편 송시열의 문하인 곽시징(郭始徵, 1644~1713)은 거처하는 곳을 경한재(景寒齋)라 편액하고, 이황의 〈도산십이곡〉과 이이의 〈석담구곡가〉를 모아서 하나로 엮어서 아이들로 하여금 읊조리게 하고, 스스로 노래를 지어서 〈경한감흥시가〉라 명명했다.[236] 자신의 작품을 마련하는 데

---

235) 허목, 〈藏六堂六歌識〉, 『記言別集』卷10, 『한국문집총간』99, 104면, 藏六翁, 再思堂之弟, 而魯陵六臣, 集賢學士朴彭年之外孫也. 當燕山甲子之禍, 再思堂旣被禍, 以兄弟連坐, 燕山廢後, 因逃世不出. 有藏六堂六歌, 傳於世, 退陶李先生以爲太傲. 然遺世放跡, 其言固然. 遭濁世, 潔身遠引, 忘世累則有之, 亦足以想見魁梧傑出, 高蹈拔俗, 泠然有箕穎之風. 著雍沼灘, 孔巖眉叟識.

236) 한원진, 「景寒齋郭公行狀」 『南塘先生文集』卷33, 『한국문집총간』202, 227면, 更構小菴於舊址, 復扁以尤菴所書景寒二字, 日與學子, 講習其中, 時或興至, 則戴平涼子被鶴氅衣, 逍遙於水石之間, 至或竟夕忘返, 遂取退溪先生陶山六曲歌, 栗

에 〈도산십이곡〉과 〈고산구곡가〉를 하나의 모범으로 삼은 것이라고 할 수 있다. 곽시징이 송시열의 문인이기 때문에 사승의 관계에서 이이의 〈고산구곡가〉를 모범으로 삼은 것은 자연스러운 일이겠지만, 이황의 〈도산십이곡〉을 앞세우고 있다는 것은 〈도산십이곡〉이 지닌 심성의 일반과 산수에 대한 사랑 때문이라고 할 수 있다.

어유봉(1672~1744)은 「곽침랑*시징 가영책자의 발문」에서 다음과 같이 기술하고 있다.

내가 집에서 지낼 때 풍한의 병을 얻어 문을 닫고 찡그리고 끙끙거린 지가 여러 날이 되었는데, 곽장이 이때 마침 이웃집에 있으면서 날마다 두세 번씩 사람을 시켜서 문안하게 하였다. 하루 저녁에 갑자기 책자 하나를 내밀면서, '그대가 앓는 중에 마땅히 완상하라.' 하였다. 내가 정중하게 받아서 읽어보니, 대개 퇴계 선생의 〈도산십이곡〉과 석담 선생의 〈고산구곡가〉를 적은 것과 이어서 악부 시가로 지은 것이었다. 악부 시가는 곧 공이 산중에서 스스로 읊은 것이었다. 읊조리고 외는 것이 아직 끝나지 않았는데, 문득 넓은 기운이 어지럽게 가슴과 폐 사이를 흘러 돌아서 여러 병과 통증이 모공을 따라서 흩어지는 것 같다. 대개 형방, 호기의 조제를 기다리지 않고도 두풍이 나았다.

내가 마침내 베개를 물리치고 옷깃을 가다듬고 앉아서 말하기를, '아 어르신께서 후의를 내린 것이다. 대개 공은 어릴 때부터 화양 노선생을 좋아 배우며 뜻을 돈독히 하고 힘써 실천하여 늙도록 게으르지 않고 본성이 또 산수를 지독히 아껴서 호중의 좋은 땅에 집을 짓고 숨어 지내면서

谷先生石潭九曲歌, 輯爲一編, 使冠童諷詠之, 又自製詩歌而和之, 名之曰景寒感興詩歌. 音調和平, 托意深遠, 時或自歌, 或使人歌而聽之, 悠然有浴沂詠歸之趣. 남동걸, 「곽시징의 〈경한정감흥가〉 연구」, 『시조학논총』 29(한국시조학회, 2008), 145~170면. 송재연, 「곽시징의 시조 창작방법과 의미」, 『어문학』 135(한국어문학회, 2017), 159~183면.

나오지 않고, 들레게 스스로 터득하여 노래를 지은 것으로 겨르로운 가운데 완락의 흥취를 말할 것을 갖추고 스승을 존중하고 옛날을 그리워하며 윤리를 힘쓰며 뜻을 지키는 뜻에 있어서 더욱 정성스러운 것이다. 참으로 부지런한 군자의 말이다. 대개 퇴계 율곡 두 선생의 가곡은 그 온유돈후한 맛과 청명쇄락한 풍격이 진실로 모두 천고의 드문 소리가 되며, 그리고 지금 공이 스스로 그 뜻을 읊은 것도 또 이와 같아서, 이 엮은 것이 나를 감동시킨 것이 깊음이 마땅하지 않겠는가?

이튿날 공이 몸소 오셔서 묻기에 마침내 듣지 못한 것을 더욱 듣게 되었는데, 미록의 본성을 더욱 스스로 억제할 수 없어서 높은 숲과 깊은 골짜기에서 깊이 생각하며 벗어나서 스스로 내려놓게 된 것이라고 하였다. 아, 만약 조만간에 하늘이 내려주심에 기대어 한 구역의 산수를 얻어서 문득 자가의 경계를 만들어서 적막한 물가에서 넉넉하게 노닐며 선왕의 도를 노래하고 읊게 된다면 또한 넉넉히 즐거워하면서 늙음을 잊게 될 것이다. 산림과 수석은 공공의 물건인데, 하늘이 어찌 반드시 공에게 치우치게 베풀고 유독 나에게는 끌어가는 것인가? 웃을 따름이다. 마침내 권말에 그 느낀 바를 적어서 곧 그 운을 따서 돌려보내니, 이것이 어찌 시가 발문 같은 것이겠는가? [237]

---

237) 어유봉, 「郭寢郎*始徵歌詠冊子跋」, 『杞園集』卷21, 『한국문집총간』184, 229면. 余齋居, 得風寒疾, 杜戶嚬呻者有日, 郭丈時適在鄰齋, 日走二三伻存問, 一夕, 忽投示一冊子曰, 子於病中, 宜玩也. 余敬受而讀之, 盖錄退溪先生陶山十二曲, 石潭先生高山九曲歌, 而廣之以樂村詩歌者也. 樂村詩歌者, 卽公之山中所自詠者也. 吟諷未終卷, 便覺灝氣渾渾, 流轉胸肺間, 諸般疾痛, 如從毛孔中散去, 盖不待荊防胡藙之劑, 而頭風瘳矣. 余遂推枕整襟而坐曰, 噫, 長者之賜厚矣. 盖公自少從華陽老先生學, 篤志力行, 至老不懈, 性又酷愛山水, 卜築於湖中勝地, 隱居不出, 囂然自得, 其爲歌也. 備道閒中玩樂之趣, 而於尊師慕古敦倫守志之義, 尤惓惓焉. 眞藹然君子之言也. 夫退栗兩先生歌曲, 其溫柔敦厚之味, 淸明灑落之風, 固皆爲千古希音, 而今公之所以自詠其志者又如此, 則宜乎此編之感余者深也. 明日, 公又躬枉而問之, 遂益開所不聞, 麋鹿之性, 尤不能自抑, 甚思長林幽谷, 脫然而自放也. 嗚呼, 倘於早晩, 賴天之賜, 卜得一區山水, 便作自家境界, 優游寂寞之濱, 歌詠先王之道, 則亦足以樂而忘老矣. 山林水石, 公物也. 天意豈必偏餉於公而獨摌於我哉. 可呵也已, 遂書其所感於卷末, 仍步其韻以還, 是豈詩若跋云爾哉.

〈도산십이곡〉이 가진 온유돈후와 〈고산구곡가〉가 지닌 청명쇄락은 두 작품을 요약할 수 있는 핵심이라고 할 수 있고, 곽시징은 이 두 축을 아울러 수용하면서 〈경한감흥시가〉를 읊은 것으로 이해할 수 있다.

이어서 어유봉은 〈참봉 곽시징의 낙촌감흥시에 차운하다〉의 둘째 수에서 무이에 연원을 두고 석담을 이었다고 읊고 있다.

> 높고 높은 화양의 노인이여
> 동방에 대현이 있네.
> 연원은 무이에 닿았고
> 지름길은 석담에 이었네.
> 표점을 마주하면 일찍이 쟁그랑 소리가 나고
> 돌아 탄식함에 얼마나 한숨을 쉬었던가?
> 지금 가곡 속에는
> 슬픔과 안타까움을 푸른 하늘에 하소연하네.
> 嶷嶷華陽老　東方有大賢　淵源武夷接　逕路石潭連
> 點對曾鏗爾　回嘆幾唱然　至今歌曲裡　悲恨訴蒼天[238]

그리고 〈절구〉의 둘째 수에서는 다음과 같이 읊고 있다.

> 도산의 곡은 여향이 남았는데
> 석담의 거문고는 줄이 끊어졌네.
> 다시 낙촌의 악보를 듣노라니
> 하늘의 울림이 바람과 샘과 같네.
> * 공이 네 수의 시를 지었는데, 매 구절 아래에 문득 노래 8결을 지어서 그 뜻을 풀이
>   했다. 〈도산십이곡〉과 〈고산구곡가〉는 한 책에 같이 썼다. 그러므로 이 시에서
>   일컫는다.

---

238) 어유봉, <次郭參奉*始徵樂村感興詩韻>, 『杞園集』 卷2, 『한국문집총간』 183, 419면.

陶曲留餘響　潭琴有絶絃　更聽樂村譜　天籟似風泉

＊公作四首詩, 每句下, 輒作歌八闋, 以釋其意, 與陶山十二曲, 高山九曲歌, 同書一
　　冊子, 故此詩云云.

　한편 조덕린(1658~1737)은 그의 종제 조덕구 집에 보관된 〈무이와 도
산 두 폭의 그림〉을 보고 후발을 남기고 있는데, 〈무이도가〉와 〈도산십
이곡〉을 묶은 그림이 전승되고 있었음을 알 수 있다.

　　그림의 품평은 산수를 기이하게 한다. 산수는 사람을 얻어서 이름을
붙이고, 산수가 더욱 기이하게 되며, 산수가 이름이 나면 대현을 얻어서
이름이 더욱 크게 기이해진다. 나의 종제 덕구는 배움에 뜻을 두고 <무이
도산양폭도>를 얻어서 장차 단장하여 병풍을 만들려고 나에게 그 후에
제하기를 청하였다. 내가 아름답게 여기고, 시험삼아 펼쳐서 보니, 눈에
들어오는 것이 멍하여 새로운 것 같았다. 산은 더욱 높은 것 같고, 물은
더욱 맑은 것 같고, 향기로움은 봄바람을 접하는 자리 같고, 엄숙함은 가
까이 기침을 하는 소리 같았다. 귓속은 <구곡도가>와 <도산십이곡>을
듣는 것 같이 물소리가 남긴 소리가 있는 것 같았다. 기이하고 기이하도
다. 그러나 나는 그 시를 외는 것과는 같지 않고 모든 그림을 부르는 것
같이 할 말이 있었다. 눈여겨보는 것에 깃들여 쓰면 몸과 마음에 얻는
것 같지 않게 무이는 멀어지고, 유독 그 말이 귀에 남게 된다. 아, 우리
도산은 실로 무이의 줄기를 이은 것이라 멀리 듣는 것이 바람소리요, 가까
이 거느리는 것이 굳셈을 잇는 것이라, 높은 곳에 올라서 스스로를 낮추
고, 물을 거슬러 오르면서 근원을 따지는데, 글이 이에 있는 것이 아니랴?
이에서 일을 좇아 얻는 것이 있는 것이다. 곧 이것이 진실로 산수를 즐길
수 있는 것이니, 그리든 그리지 않든 군이 논할 바가 되지 못한다. 옛
사람이 <무이도가>를 덕에 나아가는 차례로 삼았는데, 도산 선생도 산수
를 보는 데에 또한 방법이 있다고 일찍이 논하였다. 아깝도다. 나와 자네
가 그 사이에서 나아가고 물러나며 공경하고 양보할 수 없는 것이.[239)]

  그리고 신익황(1672~1722)은 34세인 숙종 31년(1705)에 『도산휘음(陶
山徽音)』을 편찬하고 〈내경이 『도산휘음』을 읽고 느낌을 적은 시에 차운
하다 *아울러 서를 두다〉에서 〈도산십이곡〉을 애완(愛玩)하게 된 사정을 다
음과 같이 기술하고 있다. 내경은 이복환(李復煥)을 가리킨다.

  익황이 엮은 바 『도산휘음』에서 구구하고 비루한 뜻은 이미 발어에서
간략하게 말하였다. 다만 그중에서 논해한 곳이 있는 것은 비록 또한 마
음에서 나와 느낀 바가 있어 스스로 그만둘 수 없어도, 그러나 그 참람하
고 망령된 두려움은 스스로 이기지 못하는 것이 있다. 지금 내경이 죄를
삼지 않고, 도리어 추천하고 권면하면서 시를 지어서 보여주니 고마우면
서 부끄러움이 깊다.

  대개 일찍이 논하였는데, 옛날에 공자가 시를 도우며 말하기를, '도를
아는가? 사람이 도를 알지 못하면 시라고 여기기에 부족하다' 삼백 편
이래로 작자가 대저 몇 사람이 능히 도를 알 수 있는 사람이 있는가?
근세에 더욱 좋아하고 숭상하는 것이 이백, 두보, 소동파, 황정견 등 몇
사람 같은 것이 없으며 그 언어가 공교롭지 않은 것이 아니나 도를 안다
고 이르는 것은 아직 아니다. 도를 안다는 것은 오직 주자의 시인가? 그러
나 사람이 저에 있어서 찬술을 바란다고 일컬으면서 오히려 그 말이 분명
하지 않다고 두려워하고, 그 자취가 세상에 전하지 않는 것은 이에 있어

---

239) 조덕린, 「書從弟久之家藏武夷陶山圖帖後」, 『玉川先生文集』卷8, 『한국문집총간』
    175, 268면. 畵之品山水爲奇, 山水得人而名名, 山水爲尤奇, 名山水而得大賢, 而名
    尤大奇也. 余從弟德久, 有志於學, 得武夷陶山兩幅圖, 將粧而爲屛簇, 請余題其後.
    余嘉之, 試出而展玩, 則目境怳然若新, 山若益而高, 水若益而淸, 薰然若接春風之
    座, 而肅然若親乎謦欬之聲矣. 耳中如聞九曲櫂歌, 而陶山十二曲, 渢渢然有遺音矣.
    奇哉奇哉. 雖然, 吾欲有言於若徵諸畵, 不若誦其詩, 書寓諸目, 不若得之身心, 武夷
    遠矣, 獨其言在耳. 惟我陶山實傳武夷之統, 則聽逖者風聲, 率邇者踵武, 登高而自
    卑, 㳂流而討源, 文不在玆乎. 從事於斯而有得焉. 則此眞能樂山水者, 而畵與不畵,
    固不足論也. 古人以武夷櫂歌, 爲進德之序, 陶山先生, 亦嘗論之其觀山水, 亦有術
    矣. 惜乎, 吾與若, 不能進退揖讓於其間也.

서 경개가 미치는 것이 적음은 어떻게 된 것인가? 오직 감흥편을 다행으로 여김은 구곡을 읊음에서 채씨, 진씨가 밝힌 것을 얻었고, 배우는 사람으로 하여금 살필 바가 있음을 얻은 것이다. 그러나 진씨의 주는 식자의 논의를 벗어나지 못한다. 아, 어찌 어렵지 않은가?

주자의 뒤에서 도를 아는 사람은 오직 이 선생이 있을 따름이다. 이 때문에 내가 일찍이 망령되게, 사람이 동방에 태어난 사람으로 공자를 배우고자 하는 사람은 마땅히 먼저 주자를 배우고, 주자를 배우고자 하는 사람은 마땅히 먼저 이 선생을 배워야 한다고 일렀다. 시에 있어서 유독 그렇지 않으랴? 그렇다면 이백, 두보, 소동파, 황정견이 충신이라면 누가 선생이 충신이라는 것과 같겠는가? 이것이 내가 휘음을 엮은 이유이다. 그리고 논해한 것이 스스로 그만둘 수 없게 된 까닭이다.

혹자는, <도산십이곡>이 좋기는 좋지만 그러나 방언이 섞이고, 속되고 고아하지 못하며 반드시 이곳에 아울러 골라 뽑을 필요가 없다고 하는데, 이것은 그렇지 않다. 대개 시는 뜻을 말한 것이고 노래는 말을 읊은 것인데, 시로 읊어서 넉넉하지 못하면 노래하게 된다. 그러나 오늘날의 시는 옛날의 시와 달라서, 읊을 수는 있어도 노래할 수는 없다. 이것이 선생께서 이 곡을 지은 이유이다, 그리고 그 발어에서 이미 지목하여, 아이들로 하여금 아침저녁으로 익혀서 노래 부르게 하고, 궤석에 숨어서 들으며 또한 아이들로 하여금 스스로 노래하고 스스로 춤추고 뛰게 하여 거의 비루하고 인색함을 씻어내고 느낌이 일어 두루 통하게 하여 노래 부르는 사람과 듣는 사람이 서로 유익함이 없지 않을 것이라고 하였다. 조월천도 또한 선생께서 들레며 절로 터득한 흥취가 도산시와 도산기와 사시음에 갖추어졌다 일컫고 아울러 이 곡을 들어서 한거미도와 무궁지락을 극언한 것으로 생각하고 적게 밝혀서는 되지 않는다고 하였다. 대저 도가 있는 곳은 시와 노래가 어찌 다르랴? 시와 노래 중에 귀한 것은 감발흥기할 수 있는 것이며, 아와 속에서 어느 것을 가리랴? 내가 이 곡을 애완하는 까닭이 무이도가에서 빠지지 않으니 편말에 아울러 싣는 것이다. 이 뜻을 발문 중에 아직 언급하지 않았기 때문에 일부러 지금 거듭 화운하며 아울러 언급한다. 아 어진 분들은 살필지어다.

평명에 그윽한 방에 앉아
애꾸눈으로 우산의 싹이네.
도서가 나의 벽에 가득하고
솟아오르는 해가 밝은 창을 엿보네.
양현에게 휘음이 있어서
낭랑하게 읊으며 깊은 정을 펴시네.
어찌 다만 천태의 부이며
땅에 던지니 금석처럼 쟁그랑거리네.
쓸데없는 말에 진실로 참람함을 알고
이 일은 우연히 이루어진 것이 아니네.
세상 사람들은 좋아하는 것이 달라서
책을 안고 외로운 정성을 나르네.

平明坐幽室　眇爾牛山萌　圖書滿我壁　旭日窺牕明
兩賢有徽音　朗詠發深情　豈但天台賦　擲地金石鏗
贅語固知僭　此事非偶成　世人異所好　抱卷輸孤誠²⁴⁰⁾

---

240) 신익황, <次來卿讀陶山徽音有感詩韻 *幷序>,『克齋先生文集』卷1,『한국문집총
간』185, 319면. 益惶所編陶山徽音, 區區鄙意, 已於跋語, 略言之矣. 但其中有所論
解處, 雖亦出於心有所感而不能自己, 然其僭妄之懼, 有不自勝者, 今來卿不以爲罪,
反加推奬, 至爲詩見寄, 感作深矣. 蓋嘗論之, 昔孔子贊詩人曰, 其知道乎. 人不知道,
不足以爲詩, 自三百篇以來, 作者凡幾人, 而其有能知道者乎. 近世所尤嗜尙者, 莫
如李·杜·蘇·黃數家, 彼其詞非不工也. 謂之知道則未也. 知道者, 其惟朱子之詩
乎. 然而人之於彼, 稱慕贊述, 猶恐其語之不明, 其跡之不傳于世, 於此則不少槩及
焉, 何哉. 惟幸感興之篇, 九曲之詠, 得蔡氏陳氏而發明之, 使學者, 得有所考, 然而
陳氏之註, 又不免識者之議. 嗚呼, 豈不難哉. 後朱子而知道者, 惟李先生庶幾焉. 是
以, 愚嘗妄謂人之生于東方者, 欲學孔子, 當先學朱子, 欲學朱子, 當先學李先生, 於
詩獨不然乎. 然則與其爲李·杜·蘇·黃之忠臣, 孰若爲先生之忠臣, 此吾徽音之所
以編, 而論解之所以不能自已者也. 或謂陶山十二曲, 佳則佳矣. 然而雜以方言, 俗
而不雅, 不必幷取於此, 是不然矣. 蓋詩言志, 歌永言, 詩之而不足則歌之, 然今之詩,
與古之詩異, 可詠而不可歌, 此先生之所以有此曲, 而其跋語旣目以爲欲使兒輩, 朝
夕習而歌之, 隱几而聽之, 亦使兒輩, 自歌而自舞蹈之, 庶幾可以蕩滌鄙吝, 感發融
通, 而歌者與聽者, 不能無交有益焉. 趙月川, 亦稱先生囂囂自得之趣, 備見於陶山
詩記及四時吟, 而幷擧此曲, 以爲極言閒居味道無窮之樂, 則不可少也明矣. 夫道之

이어서 숙종 39년(1713)에 권두인(權斗寅, 1643~1719)에게 보낸 편지[241]에서는 〈도산십이곡〉을 애완하게 된 연유를 설명하면서 질정을 구하기도 하였다.

2) 도산 현장의 흥취 재현

이광정(李光庭, 1674~1756)은 도산의 경관을 환기하면서 권만(權萬, 1688~1749)이 말 위에서 〈도산육곡〉을 읊는다고 하였다. 퇴계 이황에 대한 흠모와 〈도산십이곡〉에 대한 평가까지 포함하고 있는 셈이다. 이광정이 권만에게 〈도산십이곡〉을 좌우명으로 삼으라고 권고한 내면을 읽어낼 수 있다.

　　옛날 우리 이부자께서

所在, 則詩與歌奚異, 所貴乎詩與歌者, 爲其能感發興起, 則雅與俗奚擇, 此吾所以愛玩此曲, 不減於武夷櫂歌, 而幷錄於篇末者也. 此意跋中所未及言者, 故今仍和韻而幷及之. 惟賢者, 察焉.

241) 신익황, 「與權荷塘 斗寅○癸巳」, 『克齋先生文集』 卷3, 『한국문집총간』 185, 349면. 益愰再拜, 年前一書之後, 歲月逝矣. 而不能復致候間, 逋慢之懼, 蓋不自勝. 伏惟履玆暄煦, 尊體萬福, 益愰素多疾病, 近日又苦股腫, 杜門憂悴, 無足仰喩. 兩先生徽音, 頃歲臨顧之日, 偶塵淸鑑, 又承復見之敎矣. 其後久已淨寫, 而區區謬編, 不欲遠致左右, 顧旣辱盛敎, 且以就正爲幸, 故今玆寄呈, 而其中委折, 又須報知. 蓋雲谷徽音者, 李龜巖所編, 而退溪李先生所謂辭旨理趣俱同, 每一諷詠, 令人有遯世棲雲, 抱道長終之意者也. 但其原本雲谷二十六詠之末, 有宿休庵一律, 武夷雜詠之末, 有洞天一絶, 蓋當時板本有空處, 故先生囑龜巖, 使之塡刻耳. 本非可以贅入于此, 故傳錄之際, 紐此二絶, 而取武夷七詠, 增錄于雜詠之前, 又取李先生所次九曲詩, 附著于櫂歌之後, 不免少有異同, 此乃益愰之所懵爲也. 陶山徽音者, 卽益愰所編, 而附以註脚, 益知懵率, 其間必有謬說處, 亦必有發明不到處, 伏乞痛與勘訂, 明以見敎. 且有言陶山十二曲, 佳則佳矣, 雜以方言, 俗而不雅, 不必並取於此者, 此意何如. 幷賜誨諭, 幸甚. 抑此本不足以廣人耳目, 只於一覽之餘, 就其卷末空紙處, 或惠以小跋, 使爲家庭間子姪之玩, 不勝祈懇之至. 餘祝對時萬福, 氣候康勝.

도산에서 고요한 마음을 기르셨네.
〈도산육곡〉 전후 노래에는
지극한 즐거움을 그 사이에 두었네.
그대가 지금 남긴 음을 베껴서
말 위에서 시험삼아 한 번 부르네.
산중은 적막한 고을이라
그윽한 회포를 펼치게 되네.
한 번 노래하고 또 노래하면
피어오르듯 도심이 생기네.
억지로 잡고 지키려고 힘쓰지 않아도
신령스런 세계가 일시에 다스려지네.
칠정은 물리치려고 힘쓰지 아니하는데
사악한 생각이 어찌 싹트랴?
그대가 늘 이 노래를 부르면서
어찌 반드시 좌우명으로 하지 않으랴?

昔我李夫子	養靜在陶山	陶山前後疊	至樂寓其間
君今寫遺音	馬上試一唱	山中寂寞鄉	幽抱爲舒暢
一唱復一唱	油然道心生	不勞强把持	靈界一時平
七情不勞攘	邪思何由萌	君常歌此曲	豈必座右銘242)

　이와 연관하여 권만은 도산(陶山) 서당의 현장을 직접 방문하여 퇴계
이황의 삶과 〈도산십이곡〉의 의미를 되새기기도 하였다. 〈천연대〉이다.

　　갠 날에 강가의 대에 올라 보니
　　강가의 돈대가 개고 바라보니 생각이 느긋하네.

---

242) 이광정, <一甫馬上詠陶山六曲>, 『訥隱先生文集』 卷2, 『한국문집총간』 187, 168면.
　　一甫는 權萬의 자이다.

뭇 산은 점점이 저녁 하늘에 멀어지고
큰 들판은 아득히 봄물이 흘러오네.
도가 눈앞에 있으니 살아 움직이는 것을 보고
봄은 물외를 벗어나 뜬 티끌을 끊었네.
장가 육곡으로 홀로 돌아가노라니
완락재는 높은데 숲에는 작은 길이 열렸네.
晴日登臨江上臺　江臺晴望思悠哉
羣山點點暮天遠　大野茫茫春水來
道在眼前觀活潑　身超物外絶浮埃
長歌六曲獨歸去　玩樂齋高林逕開[243]

　도산 현장을 찾는 일은 빈번하게 이루어지고 있어서, 분강의 애일당
을 찾는 일과 견주어질 수 있다.
　이러한 전통은 18세기 후반에도 지속된 것으로 이해할 수 있는데 이
상정(李象靖, 1711~1781)은 〈『심경』을 읽고 느낌이 있어서 우연히 쓰다〉
에서 다음과 같이 읊고 있다. 〈도산십이곡〉이 『심경』[244]과 연계되어 있
음을 지적한 것이라 할 수 있다.

　　지난날 몇 번이나 안택을 떠났던가?
　　어디에서 방황하다 이날에 돌아왔네.
　　이제부터 집안일을 다시 다스려서
　　방을 비워 주인이 바뀌게 하지 않으리.
　　* 첫 구절은 퇴계 선생의 〈도산육곡〉의 뜻을 차용하였다.
　　當年安宅幾時違　何處彷徨此日歸

243) 권만, 〈天淵臺〉, 『江左先生文集』 卷1, 『한국문집총간』 209, 55면.
244) 최재남, 「『심경』 수용과 〈도산십이곡〉」, 『배달말』 32(2003), 『서정시가의 인식과 미
　　학』(보고사, 2003), 151~172면 참조.

家事從今更料理　莫敎虛室主人非

* 首句, 用退陶先生陶山六曲意[245]

3) 한역과 전승

그리고 18세기 초반에 이익은 〈도산십이곡〉을 한역(漢譯)하기도 하였는데, 스스로 외람스러운 일이었다고 술회하고 있다. 권상일(權相一, 1679~1759)에게 답한 편지에 기록된 내용이다.

　　우연히 해묵은 책 상자를 뒤지다가 번역된 〈도산십이곡〉을 발견하였는데, 이것은 제가 30년 전에 멋대로 끄적거려 본 것입니다. 언문으로 쓴 것을 책상 위에 높이 올려놓고 보관하기에는 보기가 좋지 않아 한문으로 번역한 것으로서, 퇴계 선생에게 죄가 됨은 저도 잘 알고 있습니다. 하지만 한문으로 이미 써 놓은 것이라 가숙(家塾)에서라도 전할까 하였으나 어세가 매우 어긋나서 혹 본래의 뜻을 잃기도 하였습니다. 부디 여러 번 자세히 따져서 잘못된 자구를 고쳐서 돌려주시기 바랍니다. 그렇게 해 주신다면 앞으로는 여행이나 하면서 자연을 노래하고 음악을 연주하면서 교교(嘐嘐)하게 제 생애를 마칠까 합니다. 만약 제가 해 놓은 말이 세세한 것까지 모두 어긋난다고 하신다면 반드시 제 손가락을 깨물고 그 종이를 찢어버릴 것이니, 더 이상 변명을 하지 않겠습니다. 부디 그대는 저의 단점을 잘 보완해 주시고 가볍게 손을 떼지 마십시오.[246]

---

245) 이상정, 〈讀心經有感偶書〉, 『大山先生文集』 卷1, 『한국문집총간』 226, 52면.

246) 이익, 「答權台仲 丁卯」, 『星湖先生全集』 卷14, 『한국문집총간』 198, 298면. 偶閱陳箱, 得翻譯陶山十二曲者, 此漢三十年前妄筆方言諺字, 恐防於汀上尊閣, 不免換轉爲之, 漢自知罪也. 然文字旣成, 欲傳與家塾, 語勢甚覺齟齬, 或失本旨, 惟乞三四細譯, 改字易句, 還以見敎焉. 逝將曳履歌詠, 金石八律, 嘐嘐然終吾生爾. 若曰見成底說, 一毫皆偪, 則亦必嚙指毁箋, 不復敢遁辭, 惟吾丈曲爲之護短, 無輕出手也

실제 〈도산십이곡〉의 한역은 잘 나타나지 않았는데, 이익이 젊은 날에 시도해 보았다고 한 사실을 주목할 수 있다. 그러나 "언문으로 쓴 것을 책상 위에 높이 올려놓고 보관하기에는 보기가 좋지 않아 한문으로 번역한 것"이라는 인식은 〈도산십이곡〉을 마련한 의도와 배치되는 것으로 보인다.

그리고 이익은 해동악부 〈운암곡(雲巖曲)〉에서 〈도산십이곡〉의 의경이 제자들을 통해 전승되고 있다고 밝히고 있다. 이황→유성룡→정경세로 이어지는 학맥의 연원[247]을 말하고 있는 것이다.

---

247) 이익, 「해동악부」 〈雲巖曲〉, 『성호전집』 제8권, 『한국문집총간』 198, 195면.

3. 〈전가팔곡〉과 〈고산별곡〉

1) 이휘일의 〈전가팔곡〉

17세기 후반 시가사에서 각 지역에서 향촌 생활을 읊은 작품을 통해 지역에 따른 편차를 살필 수 있는 것으로 이휘일(李徽逸, 1619~1672)의 〈전가팔곡〉과 장복겸(張復謙, 1617~1703)의 〈고산별곡〉을 들 수 있다. 이휘일의 〈전가팔곡〉은 영해 지역의 전가 생활을, 장복겸의 〈고산별곡〉은 남원 지역의 강호 생활을 각각 읊고 있다. 17세기 후반 향촌 시가가 전가와 강호로 귀결되고 있음을 살피게 될 것이다.

이휘일의 〈전가팔곡〉은 「〈전가팔곡〉 뒤에 적다」를 통하여 창작 동기를 읽을 수 있다. 지내고 있던 마을 이름을 따서 〈저곡전가팔곡〉이라고도 한다.

> 위의 〈전가팔곡〉은 저곡의 앓으면서 숨어 지내는 사람이 지은 것이다. 병은이 농사에 힘쓰지 않으면서 오래도록 전간에 숨어서, 농사의 일을 익히 알아서 그 본 바를 노래로 펼치는 것이다. 비록 그 소리와 음향이 엉성하고 촘촘해도, 반드시 다 절주와 조격에 합당한 것은 아니라, 이항의 음란하고 태만한 소리와 견주어서, 곧 중간은 될 수 있다. 이에 아이들로 하여금 익혀서 노래하게 하고, 때때로 들으면서 스스로 즐기니, 마침내 산중의 고사로 여기게 되었다. 갑진년(1664) 4월에 저곡의 병을 앓으면서 숨어 지내는 사람이 적다.[248]

---

248) 이휘일, 「書田家八曲後」, 『存齋先生文集』 卷4, 『한국문집총간』 124, 51면, 右田家八曲者, 楮谷病隱之所作也. 病隱非力於農者, 久伏田間, 熟知稼穡之事, 因其所見而發之於歌. 雖其聲響疏數, 未必盡合於節奏調格, 而比之里巷哇淫怠慢之音, 則爲有間矣. 於是使侍兒輩習而歌之, 時聽而自樂之, 遂以爲山中故事云. 甲辰四月日, 楮谷病隱書.

8수의 노래 구성은 원풍(願豊), 춘, 하, 추, 동, 신(晨), 오(午), 석(夕) 등으로 이루어졌다. 우선 원풍에서 농사가 풍년이 들기를 기원하고, 봄, 여름, 가을, 겨울에 걸쳐 각각 중요한 전가의 일거리를 노래하고, 신(晨), 오(午), 석(夕)은 하루의 일상에서 시간의 추이에 따른 농사일을 노래하고 있다. 스스로 농사에 힘쓰지 않았다고 하면서 농사일을 익히 알았다고 한 것은 저곡에서 농사를 지으며 살았던 한경유(韓景愈)[249]와 친밀하게 교유하면서 농사일을 관찰할 수 있었던 것으로 이해할 수 있다.

世上의 브린 몸이 畎畝의 늘거 가니
밧겻 일 내 모르고 ㅎ는 일 무스 일고
이 中의 憂國誠心은 年豊을 願ㅎ노라 －其一 願豊

農人이 와 이로더 봄 왓니 바틔 가세
압 집의 쇼보 잡고 뒷 집의 짜보 내니
두어라 내 집 부디ㅎ랴 눔 ㅎ니 더욱 조타 －其二 春

여름날 더운 적의 단 짜히 부리로다
밧고랑 미쟈ㅎ니 쏨 흘러 짜회 듯네
어스와 粒粒辛苦 어늬 분이 알♡실고 －其三 夏

ᄀ을희 곡셕 보니 됴흠도 됴홀셰고
내 힘의 닐운 거시 머거도 마시로다
이 밧긔 千駟 萬鍾을 부러 므슴 ㅎ리오 －其四 秋

밤의란 스츨 쏘고 나죄란 쒸를 부여

<hr />

249) 이현일, 「祭韓山斗＊景愈文」, 『갈암집』 권22, 『한국문집총간』 128, 223면, 楮之野君 稼而居

草家집 자바 미고 農器졈 츳려스라
來年회 봄 온다 ᄒᆞ거든 결의 從事 ᄒᆞ리라 -其五 冬

새배 빗 나쟈 나셔 百舌이 소리 ᄒᆞᆫ다
일거라 아ᄒᆡ들아 밧 보러 가쟈스라
밤 스이 이슬 긔운에 언마나 기런ᄂᆞᆫ고 ᄒᆞ노라 -其六 晨

보리밥 지어 담고 도트랏 깅을 ᄒᆞ여
빈골ᄂᆞᆫ 農夫들을 趁時예 머겨스라
아ᄒᆡ야 ᄒᆞᆫ 그릇 올녀라 親히 맛바 보내리라. -其七 午

西山애 ᄒᆡ 지고 플 긋테 이슬 난다
호뮈를 둘너 메고 둘 듸여 가쟈스라
이 中의 즐거운 ᄯᅳᆺ을 닐러 무슴 ᄒᆞ리오 -其八 夕

〈전가팔곡〉은 전체를 총괄하면서 연풍(年豐)을 기원하는 첫 수와 계절에 따른 춘하추동의 4수, 그리고 하루의 시간의 추이에 따라 새벽·낮·저녁의 3수로 이루어져 있다. "세상의 ᄇᆞ린 몸", "우국성심", "천사만종(千駟萬鍾)" 등에서 세상에 대한 관심이나 벼슬살이에 대한 기대 등을 읽을 수도 있지만, 계절에 따라 농사일을 추진해야 하는 과정과 하루의 일과 중에서도 시간에 따라 챙겨야 할 일이 무엇인지를 여과 없이 기술하고 있다.

이휘일은 이시명(李時明, 1590~1674)과 장계향(1598~1680)의 아들로 어릴 때에 외할아버지 장흥효의 문하에서 글을 익혔고, 학사 김응조(金應祖, 1587~1667)를 스승으로 모시면서 김응조가 지은 〈학사삼곡〉[250]을

---

250) 김응조, 「鶴沙三曲序」, 『鶴沙先生文集』 卷5, 『한국문집총간』 91, 97면, 鶴沙三曲

염두에 두고 있었다고 할 수 있다. 자가 익문(翼文), 호가 존재(存齋)이다. 현종 2년(1661) 수석을 찾아 저곡(楮谷)에 옮겨 살면서 학문에 전념하였다. 이휘일은 이시명의 둘째 아들로 태어났는데, 계부 이시성(李時成)의 계후가 되었다. 저곡으로 옮겨 살게 된 것도 생부와 양부 두 분을 함께 문안하기 편한 곳을 찾은 것이라고 한다. 현종 3년(1662) 9월에 김응조를 중심으로 분강에서 뱃놀이를 하면서 당시의 풍류를 떠올리고 〈어부가〉를 향유하기도 했다. 이 모임에 참여한 사람은 스승 김응조를 포함하여 김시온, 이휘일, 김계광, 금성휘 등이었다.

이현일(李玄逸, 1627~1704)이 그의 동생이다. 이휘일이 저곡으로 옮긴 뒤의 사정을 이현일은 다음과 같이 적고 있다.

> 신축년(1661, 현종2)에 비로소 부(府)의 서쪽 저곡(楮谷)에 거처를 정하여 양쪽을 문안하기에 편리하도록 하였다. 근처의 바위 사이에 집을 짓고 대와 나무를 많이 심고는 명서(冥棲)라고 이름하고 그곳에서 독서하였다. 또 골짜기 입구 하류에 경치 좋은 곳을 구하여 그 냇물을 옥천(玉川)이라고 이름 짓고 그 못을 뇌택(雷澤)이라고 이름 지어 때때로 거닐었다. 당시에 벗들을 모아 강학하고 저술하여 학업을 크게 이루려고 했고, 또 한두 사우(士友)가 멀리서 찾아왔으며, 더러는 편지를 통해 질문하여 배우기를 청하는 자도 많았다.[251]

者, 鶴沙老人所自作歌也. 其第一曲, 則聊以紓學道之誠也, 其第二曲, 則聊以申戀闕之忱也, 其第三曲, 則聊以發傷時之歎也. 蓋老人目盲矣, 耳聾矣, 死亡無日矣. 無以酬父詔師勉之意, 天覆地育之恩, 而悲愁一味, 鬱結而未解, 此歌之所以作也. 始焉學道, 中焉戀闕, 終焉傷時. 吾人事業, 次第然也. 其不言山水之樂者, 志有在而不暇及也. 不以詩文見意而綴俚語爲歌曲者, 老人不文也, 後之覽者, 必有以諒余心而恕余僭也.

251) 이현일, 「先兄將仕郞慶基殿參奉存齋先生行狀」, 『갈암집』 권26, 『한국문집총간』 128, 301면, 歲辛丑, 始卜居于府西楮谷, 以便兩地省問, 因結廬巖間, 廣栽竹木, 號以冥棲, 讀書其間. 又於谷口下流, 得一佳處, 名其流曰玉川名其潭曰雷澤, 有時徜徉,

그리고 〈제문〉의 일부에서는 평소의 삶을 차분하게 말하고 있다.

> 누추한 시골에서 검소하게 사시면서도
> 나라 다스리는 일을 물었고
> 봄바람에 물가에서 목욕을 하시며
> 〈양보음〉을 읊어 속마음을 보이셨지요.
> 陋巷簞瓢　爲邦是問　春風沂水　梁甫襟韻[252]

그리고 〈한경유의 제문〉에서는 이휘일이 한경유와 가깝게 지낸 사실을 설명하고 있다.

> 저곡(楮谷)의 들판은 그대가 농사지으며 살던 곳인데 이제 저곡의 산에 그대가 묻히게 되었으니, 대나무 숲을 거닐던 아취나 도서와 사책을 물리도록 읽던 즐거움은 정말로 끝이 났습니다. 아, 슬픕니다.
> 생각건대, 예전에 선형께서 일찍 그대와 지우가 되었으니, 순상(荀爽)이 기꺼이 이응(李膺)의 수레를 몰았다는 고사와 같고 맹교가 한퇴지를 만난 것을 행운으로 여겼다는 고사와 같았습니다. 저곡(楮谷)으로 거처를 옮기신 뒤로는 사귀는 정이 더욱 친밀하여져 대숲 사이로 길을 만들고 아침저녁으로 늘 함께 즐거이 노닐었습니다. 구중(裘仲)과 양중(羊仲)처럼 함께 은둔 생활을 즐겼을 뿐만 아니라 최(崔)와 서(徐)처럼 서로 학문을 절차탁마하였는데 세찬 풍운처럼 생각이 격렬하였고 바다같이 깊은 의중을 서로 모두 주고받았습니다. 선형 대신 내가 그 자리를 이었을 때에도 그대는 선형과 다름없이 나를 대하였습니다.[253]

方欲修文會友, 講學論著, 以大其業, 亦有一二士友自遠來歸, 或憑書疏質疑請益者, 亦多有之.

252) 이현일, 「祭仲氏存齋先生文」, 『갈암집』 권22, 『한국문집총간』 128, 223면.
253) 이현일, 「祭韓山斗*景愈文」, 『갈암집』 권22, 『한국문집총간』 128, 223면, 楮之野君稼而居, 楮之山君卜而藏, 徜徉竹樹之趣, 厭飫圖史之樂, 已矣已矣. 嗚呼哀哉, 念昔

김응조는 〈이군 익문 휘일 도계의 시에 차운하다〉[254]에서 이휘일의 삶의 태도를 말하고 있고, 김학배(1628~1673)는 〈이익문이 옥천에 새로 지은 집에 차운하여 짓다〉[255]에서 옥천으로 거처를 옮긴 뒤의 주변과 학문에 대해 읊고 있다.

2) 장복겸의 〈고산별곡〉

장복겸은 〈강호연군가〉를 지은 장경세의 증손으로, 〈강호연군가〉의 전통을 잇고 있다고 할 수 있는데, 실제로 〈고산별곡〉 10수는 강호의 즐거움만 이었고 연군의 의미는 배제시켰다고 할 수 있다. 옥경헌(玉鏡軒), 불고정(不孤亭) 등의 지소가 장복겸의 삶을 결정하는 중요한 요소라고 할 수 있다. 옥경헌을 호로 삼았다.

> 靑山은 에워 들고 綠水는 도라가고
> 夕陽이 거들 째예 新月이 소사난다
> 眼前의 一樽酒 가지고 시름 프자 ᄒ노라 －〈고산별곡〉 1
>
> 山林의 늘근 몸이 詩酒에 病이 되니
> 안쟈면 盞을 춫고 醉ᄒ면 붓을 잡닉
> 이밧긔 녀나믄 人事는 全未全未ᄒ노라 －〈고산별곡〉 2

先兄, 夙知吾子, 爽喜御李, 郊幸得韓. 自從楮墅之云遷, 益覺交情之密切, 爲開竹下之徑路, 款做晨夕之從容, 不但裘羊閒適之歡, 並存崔·徐切磋之義, 風雲思激, 湖海意傾, 我與叩承, 君視無間.

254) 김응조, 〈次李君翼文＊徽逸道契, 二首〉,『鶴沙先生文集』卷2,『한국문집총간』91, 44면.
255) 김학배, 〈次題李翼文玉川新居〉,『錦翁先生文集』卷1,『한국문집총간』속38, 231면.

江山의 눈이 닉고 世路의 늣치 서니
어디 뉘 門의 이 허리 굽닐손고
一樽酒 三尺琴 가지고 百年消日호리라 ―〈고산별곡〉 3

너 말도 눔이 마소 눔의 말도 너 아닌너
孤山 不孤亭의ㅣ 조하 늙는 몸이로쇠
어듸셔 妄侫의 손이 검다 셰다 ᄒ나니 ―〈고산별곡〉 4

玉鏡軒 줌을 씨여 嫩柳莊 안니다가
靑溪石 훗드디여 不孤亭을 올나가니
아히야 一壺酒 가지고 날을 ᄎᆞ자오느라 ―〈고산별곡〉 5

엇긔제 비즌 술이 다만 세 甁ᄲᅵᆫ이로다
ᄒᆞᆫ 甁은 물의 놀로 쏘 ᄒᆞᆫ 甁 뫼희 노셔
이 밧긔 나믄 甁 가지고 달의 논들 엇더리 ―〈고산별곡〉 6

生涯도 苦楚ᄒᆞ고 世味도 淡泊ᄒᆞ다
흰술 ᄒᆞᆫ두 잔의 프론 글귀ᄲᅵᆫ이로쇠
玉鏡軒 平生行狀이 이 밧긔는 업셰라 ―〈고산별곡〉 7

人生이 百年內에 憂患의 싸여스니
盞 잡고 웃는 날이 ᄒᆞᆫ 달의 몃 적일고
술 두고 벗 만는 날이야 아니 놀고 어이리 ―〈고산별곡〉 8

七絃이 冷冷ᄒᆞ니 네 소리는 잇다마는
種期을 못 맛나니 이 曲調 게 뉘 알이
碧空의 一輪明月이 닌 버진가 ᄒᆞ노라 ―〈고산별곡〉 9

국 安酒 깁픈 盞은 座上끠 나소오고

노리 춤 댱고 븕픈 저므니 맛겨 두고
아히야 조히 붓 뎍 드려라 聯句 흔 쟉 ᄒᆞᆸ새 ─〈고산별곡〉 10

첫 수의 술로 시름을 풀자는 데서 시작하여, 둘째 수에서 시주(詩酒),
셋째 수의 금주(琴酒), 넷째 수의 불고정(不孤亭), 다섯째 수의 불고정과
술, 여섯째 수의 술, 일곱째 수의 술, 여덟째 수의 술, 아홉째 수의 거문
고, 열째 수의 연회 자리에서의 시 등을 읊고 있는데, 전편에 걸쳐서
술이 중심을 차지하는 것으로 볼 수 있다.

장복겸은 같은 지역에 사는 이문규(李文規, 1617~1688)[256] 등과 교유하
면서 〈찾아 준 이성칙과 권경임에게 사례하다(謝李聖則權景任來訪)〉, 〈풍
거 이성칙에게 부치다(寄楓渠李聖則)〉[257], 〈한생의 술자리에서 운을 부
르다(韓生酒席呼韻)〉[258] 등의 시를 남기고 있어서 지역 사회의 시가 활동
의 면면을 살필 수 있다.

3) 권익륭의 〈풍아별곡〉

권구(權絿, 1658~1730)의 「〈풍아별곡〉의 뒤에 짓다」를 통해 〈풍아별
곡〉의 특성을 살필 수 있다. 〈풍아별곡〉은 권익륭(權益隆, 1660~?)이 지
은 것인데, 『고금가곡』[259]에 8수가 수록되어 있다.

---

256) 이문규, 『楓渠遺稿』, 박완식 역, 『국역 풍거집』(2001).
257) 이상 『국역 풍거집』 권1.
258) 이상 『국역 풍거집』 권2.
259) 『고금가곡』에는 상(장가)에 〈풍아별곡〉이 실려 있고, 1710년 하처산인 권익륭의
    서문과 백연에서 김자익(김창흡)이 쓴 발문이 수록되어 있다. 윤덕진·성무경 주해,
    『고금가곡』(보고사, 2007), 129~147면.

우리 종족 중에서 뛰어난 대숙씨가 수성을 맡아 다스릴 때, 억지로 벼슬살이를 하는 사이에 두루 풍악에 미쳐서 교방의 버릇없이 구는 음이 손님을 접대하고 풍요에 견주기에 부족하다고 여겨서, 이에 주시의 여러 시가 중에서 5편을 가려 취하고 모아서 곡조 하나를 만들고, <황화>, <기욱>, <녹명>, <실솔>, <산유추>라 하고, 또 수 결의 우리말로 서둘러 머리에 붙이고 보태어 실어서 <풍아별곡>이라 하고, 기공(伎工)에게 주어서 악기로 연주하고 노래하게 하였다. 고을의 사민이 전송하여 마지않았다. 내가 작년에 이구(尼丘)의 길이 있어서 길이 수성을 들를 때에 금헌에 들어가서 시험삼아 가자로 하여금 그 곡을 연주하게 하고 들었는데, 갑자기 넘어지는 것을 깨닫지 못하고 일어났다. 대개 읊조리는 사이에 권계하는 뜻이 이에 있었던 것이다. 내가 진실로 이미 감상하고 사문에 올라서 갈고 닦는 음악을 주선하였다. 이에 시경 장구에 이르러 거듭 수성 여관에서 들은 것으로써 한 통을 외워 베껴서 바치며 이르기를, 이것은 곧 권사문 아무개가 만든 새로운 악보로, 손님을 위한 잔치자리에 쓰고자 하는 것이다. 함장께서 이에 얻어서 몰래 완상하여 말하기를, 내가 권후에게 있어서 비록 고아한 바탕은 없지만 명성을 들은 지는 오래 되었다. 도도한 오늘날에 옛 것을 좋아하는 사람이 거의 드물어서 주시가 다시 관현에 올리는 것에 뜻을 두지 않는다. 잇고 안배하는 차서와 의의가 또한 좋으니 만약 이것으로 인하여 감발하는 바가 있으면 성정이 바른 것을 얻게 될 것이다. 그 뜻을 둠이 참으로 숭상할 만하니, 구가 물러나 그 설을 적어서 대숙에게 보이니, 대숙이 어떻게 생각하는지 알지 못하겠다.[260]

260) 권구, 「題風雅別曲後」, 『灘村先生遺稿』 卷1, 『한국문집총간』 52, 84면. 吾宗英大叔氏爲水城宰, 因其吏隱之間, 而旁及風樂, 謂敎坊褻押之音, 不足以接賓旅而擬風謠, 乃於周詩諸什中, 撥取五篇, 緝成一腔, 曰皇華也. 曰淇奧也, 曰鹿鳴也, 曰蟋蟀也, 曰山有樞也. 又以數関方音, 弁首添錄, 命曰風雅別曲, 付諸工伎而絃歌之, 州之士民, 傳誦不已云. 余於昨歲有尼丘之行, 路過水城, 歷入琴軒, 試使歌者奏其曲而聽之, 忽不覺其蹶然而起. 蓋其諷咏之間, 勸戒斯存故也. 余固已心賞之, 及登師門, 周旋講摩之樂, 及於詩經章句, 仍以所聆於水城旅館者, 誦寫一通以進曰, 此卽權使君某冊爲新譜, 而用諸賓筵者也. 函丈乃取而潛玩之曰, 吾於權侯雖無雅素, 而開名則久矣. 滔滔今世, 好古者幾希, 不意周詩之復被於管絃也. 繼排次序, 意義亦好, 若因

주시의 여러 시가 중에서 다섯 편을 거두어 취하여 모아서 한 편의 사를 이루고, 함부로 우리말을 가지고 거듭 방음으로 머리를 붙이고 꼬리를 보태어 적어서 이름하여 <풍아별곡>이라고 하니, 옛 것을 좋아하는 뜻을 붙여 사용하였으니 나의 어리석고 간사함을 용서하기 바란다. 경인년(1710) 초여름에 하처산인이 수성군재에서 적다.[261]

백연(百淵)에서 김자익(김창흡)이 쓴 발문은 다음과 같다.

　삼백 편이 관현에 올리지 않은 지 오래되었다. 천고의 뒤에 태어나 양양의 음을 듣지 못하는 것 이것이 시를 읽은 사람들이 안타깝게 생각하는 바이다. 나의 친구 권대숙이 수성의 금헌각에 있으면서 넉넉한 말미에 누워 지내는 것을 돌려서 음악을 부림에 이르러, 이에 주시에서 다섯 편을 거두어 취하여 교방에 주어서 손님을 즐겁게 하고 기쁨을 권하는 데 쓰게 하였다. 처음 <황화>는 사신이 수레를 타고 두루 순력한 것을 찬미한 것이다. 다음 <기욱>은 군자의 덕과 용모를 찬미한 것이다. 다음 <녹명>은 주인과 손님이 서로 기쁨을 즐기는 것이다. 다음 <실솔>은 즐거움을 누리지만 지나침이 없어야 함을 권계한 것이다. 마지막의 <산유추>는 때를 쫓아 즐거움을 누리자는 것이다. 그 차서를 잇고 배치한 것이 각각 뜻이 있다. 또한 스스로 머리에 씌우고 말미에 첨가하여 한 곡조를 이루도록 합하였다. 매양 손님이 이르러 문에 들어오면 술잔을 두 기둥 사이에 술잔을 들어 치사하고, 가자로 하여금 목청을 늘여 천천히 부르게 하면, 지긋이 뽑아내어 올리다가 뚝 떨어지듯 내려가니, 절주로 베풀어서 생각이 멀리 가니, 중악이 그것을 좇아서 그 사이에 성마르고 다급함을 용납하지 않고 순순히 이어져서 서로 이루어지니 완연히 주나라 조정을

此而有所感發, 則庶有得其情之正者, 其爲志也 良可尙已, 緣退而記其說, 以貽大叔, 不知大叔以爲如何也.

261)『고금가곡(古今歌曲)』상. <풍아별곡서>, 周詩諸什中, 撤取五篇緝成一辭, 猥將俚語, 仍以方音, 弁頭添尾, 記而名之曰風雅別曲, 用寓好古之意, 知我恕其愚且僭矣. 庚寅首夏, 何處散人, 書于水城郡齋.

울리던 소리이다. 과연 귀가 〈절양〉과 〈채릉〉에 익숙해진 자들로 하여
금 듣게 한다면, 주의 깊게 다시 듣고 옷깃을 가다듬고 일어나 "옛 노래의
아름다움이 이에 이를 줄 몰랐도다."라고 하지 않은 자가 없었다. 미쁘도
다, 모든 사람의 귀는 음악에 대해서 똑같이 듣는 점이 있으며, 사람의
정이 옛것을 좋아함은 과연 본연에서 나온 것이다. 아! 이 도를 익히지
않은 것이 오래되었다. 그것을 지도하는 이도 없으니 그 누가 함께 하겠
는가. 음악을 하는 자가 음악을 무시하고 새 악부를 만들어, 여러 사람들
을 이끌어 들으면 사특함이 없는 지경에 들게 되니, 대숙은 고악에 그
마음을 쓴 자이다. 신묘년 초여름에 백연에서 김자익이 쓰다.[262]

  〈풍아별곡〉은 교방의 설압지음(褻狎之音)을 배격하고 주시(周詩)에서
가려 뽑고 앞뒤에 우리말 노래를 보태어 권계의 뜻을 지니게 하고자 한
것이다. 전체 구성은 가곡 〈풍아의~〉에서 시작하여 〈황화(皇華)〉, 〈기
욱(淇奧)〉, 〈녹명(鹿鳴)〉, 〈실솔(蟋蟀)〉, 〈상유추(山有樞)〉의 주시(周詩)를
배열하고, 이어서 가곡 〈내 말이~〉, 〈위의도~〉, 〈좌상의~〉, 〈이 해~〉,
〈두엇는~〉, 〈갈닙희~〉 등 6수를 안배한 뒤에, 다시 주시에서 〈겸가(蒹
葭)〉를 취하여 보인 뒤에 마지막으로 가곡 〈고인을~〉을 배치하고 있다.

    풍아의 깁흔 쓰을 뎐ᄒᆞᄂᆞ니 긔 뉘신고
    고됴를 됴하ᄒᆞ나 아ᄂᆞ니 젼혀 업니
    졍셩이 하 미망ᄒᆞ니 다시 블녀 보리라 –001

    皇華

    淇奧

262)『고금가곡(古今歌曲)』상. 〈풍아별곡서〉, 윤덕진·성무경 주해, 고금가곡(보고사,
    2007), 145~147면.

鹿鳴

蟋蟀

山有樞

내 몰이 긔어니 몰고 쏘 모라라
질고를 믈을지니 원습 굴힐소냐
셩은이 지듕ᄒ시니 못갑홀가 ᄒ노라 ㅡ002

위의도 거룩ᄒ고 녜모도 너를시고
회학을 돗하ᄒ나 학ᄒ미 되올소냐
아마도 셩덕지션을 못 니즐가 ᄒ노라 ㅡ003

좌상의 손이 잇고 준듕의 술이 ᄀ득
듕심을 즐길지니 외모를 위홀소냐
덕음이 공쇼ᄒ시니 시측시효ᄒ리라 ㅡ004

이 ᄒ 겨므러시니 아니 놀고 어이ᄒ리
즐기믈 됴하ᄒ나 황홈은 말지어다
아마도 직ᄉ기우아 긔 냥신가 ᄒ노라 ㅡ005

두엇ᄂ 죵고금슬 날노 즐겨 놀지어다
빅년 후 도라보오 화옥이 뉘 들소니
셩젼의 다 즐기지 못ᄒ면 뉘웃츨가 ᄒ노라 ㅡ006

굴닙회 저즌 이슬 서리 이믜 되다 말가
츄슈도 너를시고 닉 싱각이 시로와라
아ᄒ야 닷 들고 빅 쓰여라 벗 ᄎ즈러 가리라 ㅡ007

蒹葭

고인을 츠즈리라 흘리저어 건너오니
슈운 깁흔 곳의 여긔 일졍 잇건마는
승훙니 홍진귀ㅎ니 아니 본들 긔 엇더리 -008

　권익륭은 숙종 32년 병술(1706) 8월 27일(임자)에 인정전에서 진연을
할 때에 주탁관(酒卓官)으로 참여하고 있다.[263]

---

263) 『숙종실록』 44권, 32년 8월 27일(임자), 『국역 숙종실록』 24, 28~33면.

4. 지역 선비에 대한 권면과 가사의 내면

1) 북관 선비에 대한 권면

경향분기의 시기에 지역 선비에 대한 권면은 경향의 교류라는 점에서 매우 중요한 의미를 지닌다. 특히 유배로 인하여 북관(北關)에서 지내거나 지방관으로 파견되어 지내는 동안 그 지역의 선비들과 교유하고 면려한 경우는 관심을 가지고 살필 필요가 있다.

남구만(1629~1711)은 현종 12년(1671) 함경도관찰사로 부임하여 함흥성을 개축하는 등 많은 일을 하였으며, 숙종 14년(1688) 8월에 이정과 이남의 일을 말하다가 경흥에 유배되어 몇 달을 머물렀다. 12월에 방환되어 용인의 파담(琵潭)으로 돌아왔다. 그 기간에 경원의 김기홍, 채우주, 종성의 주익, 온성의 최보국, 경원의 황정길 등을 만나고 헤어질 때에 증별시를 주면서 뒷날 서로 기억하고자 하는 뜻을 부쳤다.

다음 시는 종성(鍾城)까지 따라와서 송별하는 다섯 사람에 대한 고마운 마음을 담아 다섯 사람의 특징을 서술한 것이다.

위리에서 서로 따르며 다섯 달이 지났는데
제군들의 버리지 않은 정을 많이 받았네.
관곡의 노인은 옛날 일을 이야기하고
반산의 학생은 『심경』을 외네.
두시(杜詩)의 벽에 침잠함은 동림의 선비요
반고(班固)의 향기에 감화됨은 남간의 생도이네.
강하의 동자가 더하여 짝이 되었으니
부지런히 가르치지 못해 대청이 오래 썰렁한 게 부끄럽네.
相從圍棘五更冀　多荷諸君不捨情

寬谷老人談古事　盤山學子誦心經
沈潛杜癖東林士　薰襲班香南澗生
江夏有童添作伴　愧無勤誨久寒廳[264]

　　그리고 〈오생에게 주다 *아울러 작은 서를 두다(贈五生 *幷小序)〉에서는 각 선비들 개개인이 지닌 특성을 기억하면서 그들을 면려한 것은 매우 뜻있는 일이라고 할 수 있다.

　　내가 무진년 8월 8일에 경흥에 도착하여 12월 3일에 방환되었는데, 그 사이에 서로 위리 천극된 곳을 지켰는데, 처음부터 끝까지 한 사람이 다섯 사람이다. 경원의 김기홍과 채우주, 종성의 주익, 온성의 최보국, 경원의 동자 황정길이다. 헤어질 때에 각각 절구 1수씩 주면서 그 거지(居止)를 적어서, 뒷날 서로 생각하는 뜻을 머무르게 하고자 한다.[265]

김생은 김기홍이다.

　　관곡 선생은 숨어 잠기는 것을 좋아하는데
　　띳집이 산뜻하고 바람과 티끌이 끊어졌네.
　　겨르로운 가운데 참된 즐거움을 아는 사람이 적으니
　　한 곡조 높은 노래에 고사리가 봄이네.
　　* 김생이 〈채미가〉를 지어서, 겨르로운 흥취를 말하기에 이르다.
　　寬谷先生好隱淪　茅齋瀟洒絶風塵

---

264) 남구만, 〈五生皆送到鍾城, 又作長律一首以謝之〉, 『약천집』 권2, 『한국문집총간』 131, 450면.

265) 남구만, 〈贈五生 *幷小序〉, 『藥泉集』 第2, 『한국문집총간』 131, 450면, 余戊辰八月八日到慶興, 十二月三日放還. 其間相守圍棘中, 終始者有五人, 慶源金生起泓, 蔡生宇柱, 鍾城朱生楧, 穩城崔生輔國, 慶源黃童子廷吉也. 臨別各贈一絶句, 記其居止, 以寓他日相念之意云爾.

閒中眞樂無人識　一曲高歌薇蕨春
* 金生作採薇歌, 以道閒興故云.

  자는 원잠(元潛), 호가 관곡(寬谷)인 김기홍(1634~1701)은 은사(隱士)로
살아가는 삶을 좋아하고, 〈채미가〉를 지어서 직접 노래로 불렀다고 하
였다. 남구만과는 다섯 살 차이이다.

  같은 함경도 출신의 최신(崔愼, 1642~1708)은 남쪽으로 내려와 송시열
의 문하에서 글을 읽었는데, 여러 차례 8년 연장의 김기홍과 편지[266]를
주고받으면서 그곳 선비들에 대한 마음을 드러내었다. 현종 9년(1668)에
김기홍의 시에 차운한 시를 보도록 한다.

  집은 삼천리나 멀리 있고
  물은 억만 무게로 깊네.
  정든 편지가 어디에서 이르렀는가?
  보노라니 내 마음이 뒤집히네.
  家三千里遠　水億萬重深　情札從何至　看來倒我心

  글은 참 모습이 아닌데
  기쁨이 솟아오름을 참으로 나눌 수 없네.
  아울러 옥을 보내니
  정에 있는 것이지 글에 있는 것이 아니라네.
  書非眞面目　忻聳正無分　兼有瓊琚贈　在情不在文[267]

---

266) 최신, 「與金寬谷*起泓書*字元潛○丙申四月十八日」, 「答金寬谷書 丙午臘十七日」,
「答金寬谷書 戊申孟夏念四日」, 「與金寬谷書 丙寅至月初九日」, 「與金寬谷書 丁丑
至月二十八日」, 『鶴庵集』 卷1, 『한국문집총간』 151, 212~3면.

267) 최신, <次金寬谷韻 *戊申孟夏念四日, 二首>, 『鶴庵集』 卷1, 『한국문집총간』 151,
201면.

다음은 채생(蔡生) 채우주이다.

> 동림의 성이 만강의 물을 누르는데
> 성인의 자취는 희미하고 아득하여 다만 터만 있네.
> 듣자니 그대의 집은 성 아래에 산다는데
> 때때로 아마 오색구름이 나는 것을 보리라.
> 東林城壓萬江湄　聖迹微茫但有基
> 聞道君家城下住　時時應見五雲飛

남구만은 채우주에 대하여 천거의 방법으로 채용해 주기를 바라는 차자[268]를 준비하였으나 올리지 못하였다.

홍수주는 〈채생*우주가 파담 어른에게 나아가 절하고 삼가 삼신 한 켤레를 바치는 것으로 인하여 아울러 졸렬한 시 한 편을 부치면서 우러러 화답하는 가르침을 바라다. 남상께서 이때 파담 가에서 지냈다〉에서 다음과 같이 읊고 있다. 홍수주[269]는 숙종 19년(1690) 7월에 경원에 제배되었다가 숙종 21년(1692)에 갈려서 돌아왔다. 경원에서 채우주가 남구만에게 삼신 한 켤레를 선물로 보낸 듯하다.

> 본바탕은 원래 슬픔을 물들이는 것이 아닌데
> 자연스레 베 짜기와 바느질에 맡기네.
> 숨어 지내는 사람이 어디에 붙으랴?
> 미물도 서로 만나네.

---

268) 남구만, 「病未參坐待罪, 仍薦西北人才箚. 不果上」, 『약천집』 권9, 『한국문집총간』 132, 50면.

269) 홍수주는 이에 앞서 숙종 11년(1685) 10월에 경흥으로 유배된 적이 있고, 경원에서 김세진(金世珍)을 가르치기도 하였다. 〈贈慶源金生*世珍〉, 『호은집』 권1, 「北謫錄」, 『한국문집총간』 속46, 225면.

달빛을 밟으며 때때로 버선을 쉬고
꽃을 찾으며 간혹 지팡이를 짝하네.
받아줄 것을 앎이 붉은 신발보다 나아
부쳐 드림에 봉하는 앞머리를 씁니다.
붉은 신이 언제나 돌아오랴?
구리 부신이 이 길에서 나뉘네.
한자의 가르침이 머물기를 바라며
때때로 조생의 소문으로 향합니다.
꿈은 파담의 달빛에 떨어지고
시름은 슬해의 구름에 이어집니다.
봄바람이 관방의 변새 바깥에 불면
나그네를 보냄에 선생님 생각이 곱절입니다.

素質元悲染　天然任織縫　幽人何所着　微物亦相逢
踏月時休襪　尋花或伴筇　知應勝赤舃　寄贈費題封
赤舃何年返　銅符此路分　尙留韓子敎　時向趙生聞
夢落琵潭月　愁連瑟海雲　春風關塞外　送客倍懷君[270]

주생은 주익(朱榏)이다.

반산의 형승이 가장 깊고 그윽한데
사방에는 푸른 병풍이요 옥류가 도네.
가운데 좋은 밭이 있어 평평하기가 손바닥 같은데
그대에게 듣자니 집을 옮기는 흥이 느긋하다네.
＊주생이 장차 부계에서 반산으로 옮긴다고 한다.

盤山形勝最深幽　四面蒼屏轉玉流
中有美田平似掌　聞君移宅興悠悠
＊朱生將自涪溪移盤山

남구만은 〈부계의 주생*익이 내가 여상국에게 준 시에 차운하여 나에게 주기에, 잠시 다시 차운하여 답하다〉에서 다음과 같이 읊고 있다.

춤추듯 학생들이 날마다 내 앞으로 오는데
서로 마주하노라니 도리어 끊어진 변새로 옮긴 것을 잊네.
북두로 뜨고 키로 날림은 본래 천명에 맡기고
글줄을 찾고 글자를 셈은 또한 인연을 따르네.
평소의 생업이 이에 그칠 뿐이니
분수 밖의 황비는 일찍이 우연이었네
글 읽는 소리를 누워서 들으며 잠시 스스로 푸노라니
원망과 허물이 끝내 사람과 하늘에 미치지 않네.
躞躞學子日來前　相對還忘絶塞遷
挹斗揚箕元委命　尋行數墨且隨緣
生平素業止斯耳　分外黃扉曾偶然
臥聽伊吾聊自遣　怨尤終不及人天[271]

그리고 숙종 23년(1697)에 지은 〈주생*익에게 지어 주어 작별하다. *정축년〉이다. 이 무렵에 주익이 서울에 들렀다가 돌아가는 길이었던 듯하다.

그대의 집은 변새의 북쪽 삼천리이고
나의 집은 호서의 열이틀 거리이네.
이날 경성에서 함께 나그네가 되니
가까운 사람이 도리어 먼 사람이 떠나감을 부러워하네.
君家塞北三千里　我宅湖西十二程

271) 남구만, 〈涪溪朱生*楹次余贈呂相國韻贈余, 聊復次答〉, 『약천집』 권2, 『한국문집총간』 131, 449면.

此日京城同作客　近人還羨遠人行[272]

한편 최창대(1669~1720)는 〈침랑 주익이 배계 가에 새로 정사를 짓고, 국화가 볼 만하다고 크게 일컬으며 매우 부지런히 시를 찾기에 이끌리어 억지로 부응하다〉에서 다음과 같이 읊고 있다.

> 배계 가에 작은 집을 지었는데
> 누런 국화가 밝게 집을 두른다네.
> 새벽바람에 향기가 먼 곳까지 함께 하고
> 찬 눈에 기운은 맑음을 다투네.
> 땅이 후미지니 고움을 감추기 마땅하고
> 사람이 겨르로우니 아울러 이름을 피하네.
> 누가 함께 율리를 아끼랴?
> 시율에 먼 정을 부치네.
> 小築涪溪上　黃花繞屋明　曉風香共遠　寒雪氣爭淸
> 地僻宜藏艶　人閑兼避名　誰同栗里愛　詩律寄遙情[273]

조근(趙根, 1631~1680)은 〈주군*익이 망덕에 올라 시를 지었기에, 그 시에 차운하다〉에서 다음과 같이 기술하고 있다. 조근은 44세인 현종 15년(1674)에 특명으로 강서현령(江西縣令)에 보임되었다. 스스로 축객(逐客)으로 인식하고 있다. 주익의 사정이나 내면과는 상관없이 갑자기 보임된 자신의 처지를 읊고 있는 셈이다.

　산비탈에 우뚝한 외로운 성이 강물에 의지하는데

---

272) 남구만, 〈贈別朱生榗 *丁丑〉,『약천집』권2,『한국문집총간』131, 454면.
273) 최창대, 〈朱寢郎*榗新構精舍涪溪上, 盛稱菊花可玩, 索詩甚勤, 牽率强副〉,『昆侖集』卷3,『한국문집총간』183, 61면.

쫓겨난 나그네가 올라서 바라보니 시름을 금하지 못하네.
한나라 해가 멀리 솟아서 푸른 바다로 가고
오랑캐 바람은 가까이 다가와 흰 산이 그늘지네.
쑥대머리 짧은 머리에 쇠약한 살쩍에 놀라고
강개한 긴 갓끈에 장쾌한 마음을 바라네.
지금 만사가 묵은 계획과 어긋났으니
구중에 무슨 방법으로 어리석은 정성을 바칠까?
孤城岵兀倚江潯　逐客登臨愁不禁
漢日遙昇靑海去　胡風近接白山陰
蕭踈短髮驚衰鬢　慷慨長纓尙壯心
萬事至今違宿計　九重何路貢愚忱[274]

최생 최보국에 대한 시는 다음과 같다.

온성의 남쪽 시내에 도랑을 당겨 나누면
평평한 들판의 봇도랑과 밭두둑에 비단 무늬가 섞이네.
어느 곳에 아름다운 산과 아름다운 물이 있는가?
모두 그대가 누워있는 곳에 보내어 누런 구름을 만지리.
* 북방에 옛날에 벼논이 없었는데 최생이 도랑을 뚫고 물을 당겨서 논을 만들어 젊은
  날에 밭 갈고 씨 뿌리고 수확하는 법을 터득하여 한 해에 수백 곡을 거둔다.
穩城南澗引渠分　平野溝塍錯繡紋
何處佳山與美水　總輸君臥玩黃雲

* 北方古無稻田, 崔生穿渠引流作水田, 妙解其耕種收種之法, 歲收數百斛.

황동자 황정길에 대한 시이다.

그대의 집은 농산 가의 어디에 있는가?

---

274) 조근, <朱君*楢 登望德有詩, 次其韻>, 『損菴集』 卷8, 『한국문집총간』 속40, 218면.

반들반들한 돌이 평평하게 펴져 비단 자리보다 낫네.
마땅히 이 가운데서 팔법에 임하리니
파초밭에 씨를 뿌리지 못한들 무슨 시름이랴?
* 황동자의 집은 오룡천 가에 있고, 글자를 잘 베낀다.
君家何在弄川邊　滑石平鋪勝綺筵
須向此中臨八法　何愁不得種蕉田
* 黃童子家在吾弄川邊, 且善寫字.

　　이상에서 남구만이 말한 다섯 선비[五生]에 대한 자료를 중심으로 북
관 선비들의 특성과 이들과 교유한 몇몇 다른 시인들의 작품까지 살펴
보았다.
　　다섯 선비 중에서 김기홍은 은사(隱士)로 사는 사람으로 이미 남구만
이전에 북관에 드나들었던 여러 분들에게 배움을 청하고 스스로 강학(講
學)의 기반을 마련하고 있었으며, 〈채미가〉 등의 작품을 남기고 있다.
　　다음 채우주는 여러 차례 과거에 응시했던 적이 있고 남구만이 뒷날
천거하려고 했던 인물이며, 홍수주가 경원에 부임하여 교유하기도 하였
던 것으로 확인된다.
　　종성의 주익은 시에 일정한 식견이 있었던 것으로 보이고, 한양에서
남구만과 만나기도 하고, 최창대, 조근, 홍수주 등과 시를 주고받기도
하였다.
　　온성의 최보국은 특별히 다른 사람과의 교유는 확인할 수 없지만 논
농사를 짓는 방법에 대한 뛰어난 기술이 있었던 것으로 보인다.
　　경원의 황동자 황정길은 글씨를 잘 베낀다고 하였다.
　　세 사람이 경원 사람이고, 종성 사람과 온성 사람이 각각 한 명이다.

2) 김기홍의 〈농부가〉

다섯 선비 중에 김생인 김기홍(金起泓, 1634~1701)[275]이 〈채미가〉와 〈농부가〉 등의 가사를 짓고, 〈관곡팔경가〉의 시조와 그 한역을 남기고 있다. 시가 작가로 주목할 수 있는 인물인 셈이다.

생산 주체인 농민의 문제를 부각시킨 작품으로 김기홍의 〈농부가〉를 주목할 수 있다. 함경도에 지역적 기반을 두고 있으면서 함경도 지역에 유배를 가거나 공무로 부임했던 서울의 유력한 인물들과도 교유[276]한 김기홍은 여러 편의 시조, 가사 작품을 남기고 있는데 그중에서도 〈농부가〉가 향촌의 문제와 관련하여 그 의미를 살필 수 있다.

우선 본업으로서 농사에 대한 인식이다.

> 학문을 홀쟉시면 입신양명 ᄒ려니와
> 농사는 본업이라 앙사부육 ᄒ리로다[277]

그런데 다음과 같은 마무리에 이르면, 내면에 입신양명에 대한 일정한 기대가 남아있음을 알 수 있다.

> 아춤의 바틀 갈고 밤이어든 그롤 닑어
> 충효롤 본을 삼고 구족을 화목거든
> 월삭의 회음ᄒ며 낙세로 누리다가

---

275) 조지형, 『함경도의 문화적 특성과 관곡 김기홍의 문학』(보고사, 2015).

276) 최신, 「答金寬谷書 丙午臘十七日」, 『鶴庵集』 卷1, 『한국문집총간』 151, 212면, 「答金寬谷書 戊申孟夏念四日」, 『鶴庵集』 卷1, 『한국문집총간』 151, 213면, 남구만, 「贈五生 *幷小序」, 『藥泉集』 第2, 『한국문집총간』 131, 450면.

277) 이상보, 『17세기 가사전집』(교학연구사, 1987), 251~252면. 이하 작품 인용은 같은 책.

공명을 못 일올디라도 격양가로 늘글이라.

한편 다음과 같은 대목에서는 〈도산십이곡〉의 한 대목을 연상하는
표현을 볼 수 있다.

어화 아히들하 즈셔히 드러스라
성인도 녀러ᄒ니 긔 아니 어려오나
우부도 다 알거든 긔 아니 수올소냐

3) 윤이후의 〈일민가〉

윤이후(尹爾厚, 1636~1699)는 윤선도의 둘째 아들인 의미(義美)의 둘째
아들이나 숙부 예미(禮美)가 아들이 없어서 예미의 후사가 되었다. 자는
재경(載卿)이다. 장인은 전의(全義) 이사량(李四亮)[278]이다. 『지암일기(支
庵日記)』에 〈일민가(逸民歌)〉[279]라는 가사를 남기고 있다. 〈일민가〉는 외
숙 위양이 지은 〈환산별곡〉[280]의 화답으로 지었다고 하였다. 윤이후의
외가는 동래정씨로 외할아버지는 정세규(鄭世規)이고, 외숙은 군수를 지
낸 담(儋)과 부사과를 지낸 후(侯)[281]가 있었다. 여기에서 참군이라고 했
으니 부사과를 지낸 후를 가리키는 것으로 보인다.

---

278) 윤선도, 「通訓大夫行通禮院相禮李公墓碣銘 幷序」, 『고산유고』 권5 하.
279) 이상보, 『17세기 가사 전집』(교학연구사, 1987), 287~291면.
280) 〈환산별곡〉은 김태준 교열, 『청구영언』(학예사)에 수록된 작품이 있는데 연관에
    대한 검토가 필요하다.
281) 이민구의 「贈議政府左贊成鄭公墓碣銘 幷序」에는 정세규의 아들이 담(儋), 순(徇)
    으로 기록되어 있다. 그런데 이서우, 김이만의 기록에는 儋, 侯로 기록되어 있어서,
    徇이 侯로 개명했을 것으로 추정할 수 있다.

지난 봄 사이에 참군 위양께서 <환산별곡>을 지어서 보여주기에 내가
보고 기뻐하여 곧 <일민가>를 지어서 화답하였다. 비록 거칠고 졸렬하고
웃음을 살 만하지만 그 회포를 서술함과 흥을 붙임은 곧 절로 터득한
것이 없지 않았다. 위양께서 가을을 이용하여 내려오시면, 설아로 하여금
두 편을 당겨서 두 노인의 소일거리로 삼으려고 하였다. 어찌 헤아렸으
랴? 위양께서 북쪽으로 돌아간 뒤에 얼마 있지 않아서 흉음이 번갈아
이를 줄을. 처음에 기쁨을 도우려고 음을 이루었는데 이제 마음을 아프게
하는 곡을 만드니, 사람살이의 일을 알 수 없음이 이와 같을 수 있으랴?
아, 마음이 아프다. 무인년(1698) 여름에 지암 노인이 쓰다.[282]

〈일민가〉는 벼슬살이를 떠나서 향리인 옥천(玉泉)과 죽도(竹島)에서
지내면서 자연의 형승과 강호의 즐거움을 형상화하면서 내면을 술회한
가사이다.

니마 흰 모딘 범이	어드러셔 나닷 말고
ᄌᆞᆺ드기 여룬 환정	일조의 지 되거다
저즌 옷 버서 노코	황관을 ᄀᆞᄅ 쓰고
채 ᄒᆞ나 ᄲᅥ뎌 쥐고	호연이 도라오니
...	
백일이 한가ᄒᆞᆫ더	봄줌이 족ᄒᆞᆫ 후의
발 나믄 낙시대롤	엇게에 둘러메고
편주롤 흘리저어	임의로 용여ᄒᆞ니
...	

282) 윤이후, 「逸民歌小序」, 『支庵日記』 往在春間, 參軍渭陽作還山別曲以示之, 余見
而喜之, 乃作逸民歌以和之. 雖蕪拙可笑, 而其述懷寓興, 則不無自得者矣. 准擬渭
陽之乘秋下來, 使雪兒援踏兩闋, 以爲兩老消日之地矣. 豈料渭陽北歸, 未幾凶音遞
至乎. 初爲助歡而成音, 今作傷心之曲, 人事之不可知者, 有如是哉. 嗚呼痛矣. 戊寅
夏, 支庵翁書. 이상보, 『17세기 가사 전집』(교학연구사, 1987), 291면, 재인용.

ᄒ마 져믈거냐   먼 뫼희 둘 오른다
그만ᄒ야 쉬여 보자   바희예 비 믹여라
…
이 중의 믹친 ᄆᆞᆷ   북궐의 둘려시니
사안의 사죽도사   녜 일이 오늘일쇠

남주 백리지에서 여민휴식(與民休息)하려고 했으나 "니만 흰 ᄆᆞ던 범" 때문에 벼슬살이를 더 이상 할 수 없게 되자, 호연이 돌아와서 금서(琴書) 일실이 있는 곳에서, "압 내히 고기 낫고, 뒷 뫼희 약을 키야" 전원의 남은 흥을 펼치고 지내는 모습이 선연하게 그려져 있다.

그런데 인용한 "편주ᄅᆞᆯ 흘리저어"에서 "바희예 비 믹여라"에 이르기까지의 진술은 어조(漁釣) 생활을 그리고 있어서 할아버지 윤선도의 〈어부사시사〉에 진술된 내용을 일정하게 수용하고 있는 것으로 이해할 수 있다.

그리고 여음으로 시조 2수를 수록하고 있다.

세상이 ᄇᆞ리거놀 나도 세상을 ᄇᆞ린 후의
강호의 님자 되야 일 업시 누어시니
어즈버 부귀공명이 꿈이론ᄃᆞᆺ ᄒᆞ여라 –지암 01

초당 청절지에 군현이 모드시니
관정 승연이 오늘과 엇더턴고
잔 잡고 둘다려 뭇노니 네야 알ᄭᅡ ᄒᆞ노라 –지암 02

첫 수에서 세상이 나를 버리기에 자신도 세상을 버리고 강호에서 지내고 있노라고 밝히고 있고, 둘째 수에서는 절승지에서 군현과 잔치를 베풀면서 난정 고사에 견주고 있다.

5. 여성 작가의 등장과 노래 전승의 과정

1) 향촌 여성 작가의 출발

장흥효의 따님이고 이시명의 부인이며 이휘일·이현일의 어머니인 장계향(1598~1680)과 같은 여성 작가가 쓴 작품들을 주목할 수 있는 시기가 17세기 후반이다. 장계향은 『음식디미방』과 같은 조리서를 남기고 있는데, 실제 표지에는 『규곤시의방(閨壼是議方)』이라 표시하고, 본문 첫 줄에 '음식디미방'이라고 적어놓은 것이다. 그리고 표지 안쪽에 당나라 왕건(王建)의 〈신가낭(新嫁娘)〉이라는 시를 적어놓았다. '새며느리' 정도로 옮길 수 있는 작품이다.

시집간 지 사흘 만에 부엌에 내려가
손을 씻고 국을 끓이네.
아직 시어머니의 식성을 알 수 없으니
먼저 소부에게 맛보게 하네.
三日入廚下　洗手作羹湯
未諳姑食性　先遣小婦嘗

이러한 조심스러움이 일단 향촌 여성 작가의 작품의 출발을 알리는 계기라고 할 수 있다. 향촌 여성 작가의 작품이 지닌 특성은 식구들을 위한 정성과 배려에서 출발했다고 볼 수 있을 것이다.[283]

정성과 배려에서 산문의 형태로 출발한 것이 차츰 율문의 형태로 바뀐 것으로 추정할 수 있다면, 실제 규방가사라고 하는 향촌 여성 작가들

---

283) 한복려 외, 『음식고전: 옛 책에서 한국 음식의 뿌리를 찾다』(현암사, 2016) 참조.

의 율문 작품이 이러한 과정을 거쳐서 출현했을 것이다. 『음식디미방』의 맨 뒤쪽에 "딸자식들은 이 책을 베껴 가되 가져갈 생각을 말며 부디 상치 말게 간수하여 쉬이 떨어버리지 말라"라고 당부한 데서 알 수 있듯이, 창작→전사→독서로 이어지는 전승의 고리도 확인할 수 있다.

2) 꽃놀이의 유행과 〈전화음〉

꽃놀이를 하면서 화전을 부쳐서 먹는 일은 특정한 시기에 시작된 것이 아니라, 오랜 연원을 가지고 있었다. 특히 봄철 두견화가 필 무렵에 이런 놀이를 '전화음(煎花飮)'이라고 불렀다.

『세조실록』의 기록이다.

> 이때에 금령(禁令)이 자못 간략하므로 무당의 풍속이 성행하였으니, 도성 사람의 남녀들이 떼 지어 술을 마시는 것을 싫어하지 않았다. 매양 한번 술자리를 베풀면 반드시 음악을 베풀게 되고 해가 저물어서야 헤어져 돌아갔다. 남녀가 노래를 부르고 춤을 추며 길거리에서 큰 소리로 떠들면서 태평 시대의 즐거운 일이라고 불렀다. 귀가의 부인들도 또한 많이 본받아서 장막을 크게 설치하고는 아들과 며느리를 다 모아서 호세(豪勢)와 사치를 다투어 준비하는 것이 매우 극진하였다. 두견화가 필 때에 더욱 많게 되니, 이름 하기를 '전화음(煎花飮)'이라 하였다.[284]

16세기에도 이러한 전화(煎花)는 각 지역에서 일반화되어 있었던 것으로 확인된다.

박승임(1517~1586)의 〈전화 2수〉이다.

---

284) 『세조실록』 권7, 3년 4월 22일(을묘), 『국역 세조실록』 2, 301면.

비가 내린 뒤에 봄 산에는 비단에 수를 놓은 듯한 향기인데
하늘이 신선의 먹을거리로 마른 창자를 적시게 하네.
맑은 기름으로 지져 내니 꿀과 어울리고.
젓가락으로 집으니 술을 권하는 데 좋다네.
雨後春山錦繡香　天敎仙餌潤枯腸
淸油煎出和蜂蜜　箸子拈來好侑觴

지져서 거친 조각을 만들어 붉은 향기를 씹는데
봄빛을 거두어서 창자로 들이네.
속절의 물건에 배합에 옴이 어찌 마땅하랴?
마땅히 죽엽주를 기울여 백 천 잔이네.
煎成鬆片嚼紅香　收拾春光入肺腸
俗物豈宜來配合　須傾竹葉百千觴[285]

　김효원(1532~1590)은 〈봄놀이에서 꽃을 지지다(春遊煎花)〉에서 시를 짓는 일과 함께 고운 노래까지 부른다고 하였다. 고운 노래가 〈화전가〉를 지칭한다고 단정하기 어렵지만 봄놀이에 노래를 부르는 사람이 동반했음을 짐작할 수 있다.

　　게으르게 기름진 젖을 지지니 엷은 연기가 비꼈는데
　　옥 같은 가루가 막 점점의 꽃과 어울리네.
　　금 술동이 곁에서 취하여 보는 것도 싫지 않으니
　　좋은 시를 다 읊자 또 고운 노래이네.
　　慢煎膏乳淡煙斜　玉屑初和點點花
　　醉傍金樽看不厭　好詩吟罷又纖歌[286]

285) 박승임, <煎花 二首>, 『嘯皐先生文集』 卷2, 『한국문집총간』 36, 282면.
286) 김효원, <春遊煎花>, 『省菴先生遺稿』 卷1, 『한국문집총간』 41, 338면.

조우인(1561~1625)의 〈전화를 읊다〉에서는 나라의 풍속에 두견화를
따서 가루와 기름과 섞어서 지진다고 하였다.

> 아득하게 구름이 낀 산은 서천과 떨어졌는데
> 천고에 원혼이 두견화가 되었네.
> 피울음으로 꽃을 물들여도 다 없어지지 않으니
> 남은 것을 기름진 불에 던져 서로 지지네.
> 雲山渺渺隔西川　千古寃魂化杜鵑
> 泣血染花消未得　剩投膏火自相煎[287]

신최(1619~1658)의 〈각금당팔영〉의 여섯 째 수에서 그 사례를 확인할
수 있다.

> 반송은 하나가 어찌 기이한가?
> 이 그늘에 수 무의 땅이네.
> 봄이 오면 벗들을 끌고
> 꽃을 따서 지져서 먹네.
> * 위는 반송에서 꽃을 지지다
> 盤松一何奇　蔭此數畝地　春至挈朋儔　採花煎爲餌
> * 右盤松煎花[288]

그리고 「각금당의 기문」의 마무리 부분에서 "후가 황금을 사양하고
수레를 더위잡은 일을 거절하고 후의 당에 누워서 한두 명의 좋은 벗과
고비를 삶고 꽃을 지지며 당 안에서 저울대를 들고 다시 원량의 사를

---

287) 조우인, <詠煎花. 國俗. 摘杜鵑花, 和粞油煎>,『頤齋集』卷1,『한국문집총간』속
　　12, 249면.
288) 신최, <覺今堂八詠>,『춘소자집』권2,『한국문집총간』속34, 28면.

읊으면서 축수하기를 생각한다(侯侯之辭黃金而拒攀輚, 臥侯之堂, 而與一二勝友道釋, 煮薇煎花, 提衡於一堂之中, 更誦元亮之辭, 以爲侯壽). "[289]라고 하였다.

박세당(1629~1703)은 〈이생 경주*렴에게 주다(與李甥景周*濂)〉에서 도성 바깥에서 화전을 부쳐 먹을 약속을 하고 있다.

> 봄바람에 말 타고 유람을 하는 것이 틀림없이 만족스러우리라 생각되네만 다리가 피곤하지 않겠는가. 하례하면서도 염려가 되네. 내일 도성을 나와 만약 지체되는 일이 없다면 필순(弼純) 등 몇 사람과 화전을 부쳐 먹기로 약조하였으니, 부디 성묘(聖廟)를 배알한 뒤 곧바로 동성으로 나와서 일찌감치 모이는 것이 어떻겠는가? 전심으로 바라 마지않네. - 을해년(1695) 3월 27일 - [290]

한편 박세채(1631~1695)는 임영에게 보낸 편지에서 화전회(花煎會)에 대한 부정적인 시각을 드러내고 있다. 화전의 모임이 다른 사람에게 비판의 빌미가 될 수 있다는 의미인 듯하다.

> 사군자가 비록 간혹 경행수명을 일세의 표준으로 삼게 되면, 처세의 절도에 구애되어 큰 부분 넘어지게 되어서, 마침내 뒷사람의 손가락질을 받게 되는 것을 좌우에서 아는 바이지요. 멀리 인용할 것도 없이 오늘날 대로께서 중외에 실망한 것도 참으로 여기에 앉게 된 것입니다. 일찍이 '접때 무어라고 했다는 설'을 이르는 것이 온전하게 허투루 돌아가지 않습니다. 거친 가르침이 한 번 붙으면 반드시 다른 날의 구실이 되고, 마음이 늘 탄식하게 됩니다. 근래에 동보에게 듣기로는 또 화전의 모임이 있다고 하는데, 이것이 과연 무슨 일입니까? 논자들이 덕함이 앞뒤로 거론한 것

---

289) 신최, 「覺今堂記」, 『춘소자집』 권4, 『한국문집총간』 속34, 58면.
290) 박세당, <與李甥景周*濂>, 『서계집』 제20권, 『한국문집총간』 134, 410면.

이 간혹 본 성품이 어질고 헤아림이 많게 여긴다고 들은 것 같은데, 그러나 간혹 견식이 정밀하고 투철하지 못하다고 하고, 간혹 화복의 움직이는 바를 벗어나지 못할 것 같다고 이르는데, 이것이 어찌 오늘날 대가가 스스로 도리어 아프게 살피는 것이 아니겠습니까? 노복 편이 있다는 말을 듣고 간략하게 바쁘게 고하니, 생각하는 것이 또한 이 편지를 벗어나지 않을 것입니다.[291]

18세기에 위백규(1727~1798)는 사강강회 서문에서 집안사람뿐만 아니라 이웃 사람들까지 아울러 참여하여 전화 놀이를 한다고 했으니 그 범위가 확대되어 일반적인 놀이가 되었던 것으로 볼 수 있다.

또 다행스러운 것은 산수의 경치 좋은 곳에 살고 있어서 무릇 봄과 가을의 좋은 시절이면 늙은이나 젊은이, 어른이나 애들이 빼어난 경치를 찾아가서 표주박 잔을 들고 서로 권하니 또 어찌 기뻐하고 즐거울 만하여, 앞서 말한 슬픔과 애통함을 곧 잊지 않겠는가. 이 때문에 청금옹은 일찍이 자제 5, 6인과 성(姓)은 다르지만 뜻을 같이하는 몇 사람, 그리고 양인 집안에 지식 있는 몇 사람과 함께 전화(煎花) 놀이를 약속하였으니, 이는 진실로 즐거울 만한 흥취를 얻은 것이라고 하겠다.[292]

---

291) 박세채, 「答林德涵別紙」, 『南溪先生集』 卷30, 『한국문집총간』 139, 118면, 士君子雖或經行脩明爲一世之標準者, 苟於處世節度, 大段蹉了, 則終被後人指點, 此左右所知也. 不待遠引, 今日大老之失望於中外, 正亦坐此. 嘗謂向來云云之說, 不歸於全然虛套者. 草敎一着, 必爲異日口實, 心常嗟咄矣. 頃因同甫聞又有花煎之會, 此果何事耶. 似聞論者以德涵前後之擧, 或謂素性仁恕, 而然或謂見識不能精透, 或謂不免爲禍福所動, 此豈非今日大家自反痛察者耶. 聞有奴便, 略用忙告, 想亦不洩此紙也

292) 위백규, 「社講會序」, 『存齋集』 卷21, 『한국문집총간』 243, 448면, …又復幸而居有山水之勝, 凡春秋佳節, 若老若少, 兼冠與童, 趁景選勝, 擧匏樽而相屬, 又豈非可喜可樂而便忘嚮所謂悲與哀者哉. 是以聽禽翁 盖嘗與子弟五六人及異姓同志數人曁良家有知識數人, 約爲煎花之遊, 是實有得乎可樂之趣也

이렇듯 봄날에 꽃놀이를 하면서 진달래 꽃잎을 따서 화전(花煎)을 부치는 일은 오랜 연원을 가지고 있다. 조선 초기 서울에서는 귀가(貴家)의 여성들이 집안의 가세를 뽐내는 방식으로 자녀들과 함께 전화음(煎花飮)을 하였고, 16세기 김효원의 시에서 보듯 시를 포함하여 고운 노래까지 부른다고 했으니 가기가 동행했을 가능성도 있다. 그리고 17세기에는 뜻이 맞는 사람들이나 동류들과 함께 교외로 나가서 전화를 하기도 했으며, 이 때문에 다른 사람의 비판의 표적이 될 수도 있다고 경계하고 있다. 정치적 입장에 따라 호오가 갈라진 때문일 것이다.

한편 위백규의 경우와 같이 18세기에는 향촌에서 남녀노소가 이웃과 함께 전화의 놀이를 즐기기도 하였으니, 범위가 확대되고 일반적인 놀이로 자리를 잡았다고 할 수 있다.

3) 계녀의 전통과 산문에서 율문으로

계녀(戒女)의 전통은 가부장의 남성 중심 사회에서 결혼을 하면서 남편이 있는 집으로 들어가야 하는 현실과 닿아 있는 것이다. 17세기 후반에 송시열이 〈계녀서〉를 지어 출가하는 딸에게 교훈으로 삼도록 지어준 것이 하나의 전례가 되어, 조선시대 사대부가 부녀자들의 행동에 관한 사회적 규범을 보여주고 있다.

최석정(1646~1715)은 〈계녀잠(戒女箴)〉에서 네 가지를 다음과 같이 쓰고 있다. 부덕(婦德), 부언(婦言), 부용(婦容), 부공(婦功)의 네 가지를 들어서 힘써야 할 것[務]과 삼가야 할 것[戒]로 나누어 타이르고 있다.

하나는 부덕이다. 성행과 심지를 유순함과 곧고 조용함에 힘쓰고, 굳세게 분별하고 오로지 마음대로 하는 것을 삼간다. 둘째 부언이다. 응대와 말을 기세를 공순하고 삼가며 신실함에 힘쓰고, 이기기에 넉넉하고 이익에 편함을 삼간다. 셋째는 부용이다. 체모와 거지는, 온화하고 무겁게 하는 데에 힘쓰고, 곱게 꾸미고 곁에서 아양 부리는 것을 삼간다. 넷째는 부공이다. 베 짜기와 음식 공궤에, 부지런히 일하고 검약하는 데에 힘쓰고, 게으르고 사치하는 것을 삼간다.[293]

한편 김진규(1658~1726)는 〈숙인안동권씨묘지명 *아울러 서를 두다〉에서 택당 이식의 손부인 안동 권씨의 행적에서 계녀에 관한 일을 자세히 기록하고 있다. 안동 권씨는 이식의 손자인 이유(李留)의 부인이다.

일찍이 딸과 아들에게 며느리와 같이 경계하여 말하기를, 부인에게 삼종의 도리가 있어서 아버지를 따름에 오로지 논할 것이 없을 따름이니, 아들에 있어서도 마땅히 굽혀서 좇으며, 더욱이 남편은 아내의 하늘인데 더욱 어찌 어기고 거스르랴? 내가 부덕에서 일컬을 만한 것이 하나도 없으나, 부모의 가르침을 이어서 이 뜻을 거칠게 알게 되었으니, 시집을 온 뒤에 늘 두려움이 음식을 공궤하는 사이에 넘음이 있고, 이제 남의 어머니가 되어서 또 감히 집안일을 마음대고 하지 않는 것은 삼종의 도를 잃지 않으려고 했기 때문이다. 너희들은 경계할지어다. 아, 숙인의 이 말은 몸소 실천한 바탕이 된 것이니, 서로 부합함에 믿을 만하다.[294]

---

293) 최석정, 〈戒女箴〉, 『明谷集』 卷11, 『한국문집총간』 154, 49면, 一曰婦德. 性行心志, 務在柔順貞靜, 戒其辨强専恣. 二曰婦言. 應對辭氣, 務在恭謹信實, 戒其捷給便利. 三曰婦容. 體貌擧止, 務在溫和莊重, 戒其艶冶側媚. 四曰婦功, 織紝饋食, 務在勤勞節儉, 戒其荒怠侈靡

294) 김진규, 「淑人安東權氏墓誌銘 *幷序」, 『竹泉集』 卷34, 『한국문집총간』 174, 510면, 嘗戒女子若子婦曰, 婦人有三從之道, 從父固無論已, 在子亦當俯從, 況夫者婦之天也, 何敢尤違而逆之. 吾於婦德, 無一可稱, 而承父母訓, 粗識此義, 旣嫁恒懼有越於饋食之間, 今爲人母, 而亦不敢専制家事者, 以欲無失於三從之道故也. 汝曹戒之哉. 噫, 以淑人斯言而質諸其所躬行者, 信乎相符矣.

한편 최탁(崔琢)은 만년에 『여계(女誡)』를 우리말로 번역한 것을 손수 베껴서 자손들에게 맡기고 영원히 가훈으로 삼게 했다[295]고 하고, 18세 기에 윤봉구(1683~1767)는 〈심위의 혼례 때에 작은 병풍의 뒤에 쓰다〉에 서 친영 때 쓰는 병풍에 계녀의 뜻을 담은 글을 쓰고 우리말로 풀이[296]해 놓았다고 하였다.

그리고 남유용은 『여계』를 언해한 서문에서 다음과 같이 기술하고 있다.

> 사람을 가르치는 데는 방법이 있는데, 법 삼기 어려운 것을 억지로 하게 하면 실천하기 어렵고, 쉽게 알 수 있는 것으로 인도하면 지키기 쉽다. 법 삼기 어렵다는 것은 옛 것을 흐리는 말이다. 쉽게 안다는 것은 때에 절실한 논의이다. 여교(女敎) 또한 그렇다. 내가 범사열전을 읽으면서 조 대가(曹大家)의 여계 7장을 얻었는데, 대개 이른바 때에 절실한 논의로, 쉽게 알고 쉽게 지킬 수 있는 것이었다. 부인이 어질고 글을 아는 자는 대가를 숭상하지 않음이 없고, 그 시와 예의 가르침에 있어서 받아들임에 바탕이 있다. 유독 이 편을 일컫는 바가 세속에서 부녀가 실천한 만한 것이라는 것을 짐작할 수 있으며, 높은 것을 끊고 기도하기 어려운 일이 없다. 듣는 사람이 싫어함이 없고, 실천하는 사람이 밟지 않아서, 스스로 구고를 봉양하고 부자를 섬기며, 자녀를 가르치고 종족과 화목함에 그 길이 갖추어지지 않음이 없다. 내가 이미 그 판별함이 탁월함을 기뻐하여, 잠시 우리말로 옮기어, 누이와 질녀들에게 주어서, 외면서 익히게 하고자 하니, 그 말을 쉽게 이해하고 그 가르침이 쉽게 들게 하기를 바란다. 기유 년 삼월 일. 소화거사가 쓰다.[297]

295) 송시열, 「靈光郡守崔公[琢]墓表」, 『宋子大全』 卷196, 『한국문집총간』 114, 390면.
296) 윤봉구, 「書心緯婚時短屛後」, 『屛溪先生集』 卷44, 『한국문집총간』 204, 383면.
297) 남유용, 「諺解曹大家女誡七篇序」己酉, 『雷淵集』 卷11, 『한국문집총간』 217, 257 면, 訓人有方, 强之以所難法則難行, 誘之以所易知則易守. 難法者泥古之言也, 易

17세기 후반에 송시열의 『계녀서』가 마련된 것도 중요한 계기가 되었지만, 이전부터 전해지는 『여계』 등을 우리말로 옮겨서 쉽게 이해할 수 있도록 했던 것으로 확인된다. 이러한 언해나 번역 작업은 산문의 형태로 나타난 것이지만, 쉽게 암송하고 실행에 옮기기 편리하도록 율문으로 만들었을 가능성도 있다. 이러한 율문이 이른바 계녀류(誡女類) 가사에 해당할 것이다.

4) 모녀 사이의 노래 전승

사대부가의 자매들이 우애를 지키면서 사(詞)와 단가(短歌)를 짓는 일도 하나의 문화로 이어진 것으로 볼 수 있다. 그리고 뒷날 모녀로 이어지면서 노래를 전승하고 있음을 주목할 일이다. 남유용(1698~1773)의 고모들이 지은 〈납국가(臘菊歌)〉가 그러한 예라고 할 수 있다. 남유용은 남용익의 증손으로 할아버지는 남정중, 아버지는 남한기이다.

　선군자의 자매 여섯 분은 서로 우애가 한 사람 같았고, 규문의 즐거움을 기뻐하는 것 같았다. 병신년(1716) 겨울에 선군자가 오래도록 앓던 병이 새로 낫고, 밤에 문득 잠이 없어졌다. 큰고모께서 섣달의 국화 화분 한 개와 스스로 지은 작은 사를 보내주었다. 선군자께서 벽 사이에 두고, 밤에 문득 촛불을 켜고 그 그림자를 비추면 길고 짧으며 성글고 조밀한 형세가 가끔씩 웃음을 자아내어서, 잠을 잊었다가 잠을 자게 된 것이 여

知者切時之論也, 女教亦然. 余讀范史列傳, 得曹大家女誡七章, 盖所謂切時之論, 易知而易守者也. 婦人之賢而有文者, 莫尙乎大家, 其於詩禮之教, 受之有素矣. 獨是篇所稱, 酌乎世俗婦女之所可行, 無絶高難企之事. 聽之者無厭, 行之者不齟, 而自養舅姑事夫子, 以至教子女睦宗族, 其道無不備也. 余旣喜其識之卓也, 聊復譯以諺語, 遺諸妹及兄女, 使之諷誦而服習焉. 庶幾其言易曉而其教易入也. 己酉三月日, 少華居士書.

러 차례였다. 이미 노래를 지어 답을 하였는데, 오고간 것이 삼첩에 이르러, 나의 형제와 외형 이여교가 받들어 화답하니, 백씨가 또 손수 베껴서 작은 첩을 만들어서 뭇 여아들에게 노래하게 하였는데 지금은 잃어버렸다. 을해년(1755) 인일 밤에, 내가 내사에 이 노래를 하는 사람이 있다는 것을 듣고 이씨 누이의 딸에게 물으니, 그 어머니에게 배워서 한다는 것이었다. 아, 그 어머니가 이 노래를 처음 배울 때에는 아직 비녀를 할 때였는데 지금은 늙어서 흰 머리가 되었고, 또 그 소리를 그 딸에게 전하는데, 그런데 그 소리를 듣고 이 노래를 알아보는 것이 오직 내 귀에 달린 것이니, 곧 인사가 변하는 것을 더욱 알 수 있다. 아, 슬프구나. 고모님은 재주가 매우 뛰어나서 선군자께서 늘 우리 집안의 도가 감추어졌다고 말씀하셨다. 지금 그 노래를 읽으니, 향기롭고 깨끗하며 고아하고 단정하여, 임하의 풍도가 있으며, 성품은 또한 자애로운 은혜를 베풀기 좋아하여 남의 궁박함을 급히 해결하면서 알리지 않았다. 우리 어머니가 돌아가셨을 때에 큰고모께서 오천 문을 덜어서 관을 갖추었으니, 지극한 어짊이 마음에 있어서, 감히 잊지 못하고 아울러 적는다.[298]

숙종 42년(1716) 무렵에 남유용의 큰고모가 지은 〈납국가〉에 남유용의 아버지 남한기(1675~1748)가 답가를 짓고, 다시 큰고모가 화답하여 삼첩이 되었다는 것이다. 그리고 남유용의 형제들과 큰고모의 아들인

---

298) 남유용, 「蠟菊歌三疊跋＊乙亥」, 『雷淵集』 卷13, 『한국문집총간』 217, 289면, 先君子 姊妹六人, 相友愛如一人, 閨門之樂, 怡怡如也. 丙申冬先君子久疾新愈, 夜輒無睡, 伯姑母淑人以蠟菊一盆, 自製小詞以遺之. 先君子置諸壁間, 夜輒秉燭照其影, 爲長 短疎密之勢, 往往發笑, 忘睡而得睡者屢矣. 旣作歌以答之, 往復至三疊, 而余兄弟 及外兄李汝喬奉而和之, 伯氏又手寫爲小帖, 使衆兒女歌焉, 今亡之矣. 乙亥人日之 夜, 余聞內舍有爲此歌者, 問之李氏妹之女, 學於其母而爲之也. 嗚呼, 其母也始學 此歌, 猶笄也, 今老白首矣, 而又傳其聲於其女, 然聞其聲而知爲此歌者, 獨余在耳, 則人事之變, 又可知也. 嗚呼悲哉. 淑人才調絶倫, 先君子常目謂吾家道韞. 今讀其 詞, 芳潔雅靚, 有林下之風, 性又慈惠好施, 急人之窮於其不報. 吾母之卒, 淑人爲捐 錢五千以具棺, 至仁在心, 不敢忘幷識之

이세신(李世臣, 字 汝喬)도 화답하고 남유용의 형 남유상(南有常)이 작은 첩까지 만들어서 〈납국가 삼첩〉으로 이름을 붙인 것이다. 그런데 이 노래를 남성들이 향유한 것이라기보다 여자 아이들에게 노래를 부르게 하였다는 것이다. 40여 년이 지난 을해년(1755) 무렵에 남유용이 이 노래를 다시 듣게 되면서, 그 사정을 확인하니, 큰고모의 딸인 이씨가 어머니에게 배우고 이를 다시 자신의 딸에게 가르쳐서 전승하게 되어 부르게 되었다는 것이다. 〈납국가〉가 어머니에게서 딸에게로, 다시 그 딸에게로 이어지는 전승을 확인하게 된 것이다. 할아버지에서 손자로 이어지는 풍류에 못지않게 외할머니에서 외손녀로 이어지는 노래의 전승이 여성 작가의 출현뿐만 아니라 노래의 향유와 전승에 새로운 통로로 이해할 수 있는 대목이다. 가기의 경우에는 딸과 외손녀로 이어지는 전례를 확인한 바 있는데, 사대부 여성 사이의 노래 전승에서 모녀(母女) 전승은 시가사에서 새롭게 주목할 수 있는 지점이다.

남유용에게 고모가 여섯 분이 계시는데, 큰고모는 이정엽(李廷燁)의 부인이 되었고, 둘째 고모가 월사의 손자 이익상(李翊相)의 아들 창조(昌朝)의 부인이 되었으며, 그 아들로 세신(世臣)이 있는 것으로 확인된다. 그런데 큰고모[伯姑母]라고 되어 있어서 검증이 필요하다.

5) 화전놀이에서 〈화전가〉로

남성들 중심의 꽃놀이에서 전화를 하던 것이 가족 구성원이나 동네 사람들까지 확대되면서 어느 시점에 여성들이 주도적인 역할을 맡았을 가능성이 있다. 이런 과정에 여성들을 중심으로 화전놀이를 형상화한 노래가 지어졌을 것으로 추정되는데 시기를 단정하기는 어렵다.

화전놀이를 노래한 가사 중에서 다음과 같은 작품에서 시대를 추정할 수 있는 단서를 볼 수 있다.

> 어와 여종들아 이내 말삼 들어 보소
> 이해가 어느 해뇨 우리 임금 화갑이라. -〈화전가〉[299]

　위의 내용으로 금상(今上)이 화갑을 맞는 해에 지어진 것으로 추정할 수 있는데, 화갑이라는 말에서 영조 임금 시대가 이에 해당할 수 있다. 영조 임금이 화갑을 맞이한 해는 영조 30년(1754)이니 이 무렵에 이 작품이 지어졌을 것으로 볼 수 있다.

　그리고 안동 권씨(1718~1789)가 지은 〈반조화전가(反嘲花煎歌)〉의 창작 연대가 영조 22년(1746)으로 밝혀진 점[300]을 고려하면, 남성이 지은 〈조화전가(嘲花煎歌)〉는 이보다 미리 지어진 것이고, 〈조화전가〉의 발상을 야기한 '화전가'는 18세기 초반의 작품으로 추정할 수 있을 것이다. 이렇듯 18세기 초반에 〈화전가〉 → 〈조화전가〉 → 〈반조화전가〉의 계열화가 이루어졌다고 보면, '화전가' 작품은 18세기 이전에 유통되고 있었을 것으로 생각할 수 있다.

　『잡록』 후지(後識)의 다음과 같은 내용이 참조가 될 수 있다. 가사를 통한 소통이 이루어지고, 처음에 지은 가사를 개작까지 하고 있다는 점이다.

> 녀즈 됴롱을 이그치 ᄒᆞ야시매 하 졀통 〈반됴가〉롤 내 디엇더니 그 후 그 집의 가 보니 〈됴화젼가〉롤 고쳐시매 나도 곳쳐시나 몬져 디은 것 곳곳이 펴져 보니 만홀 거시니 두 번 보ᄂᆞ니 고이히 넉이리로다[301]

---

299) 김성배 외, 『가사문학전집』(집문당, 1981. 중판), 449~450면.
300) 이원주, 「잡록과 반조화전가에 대하여」, 『한국학논집』 7(계명대, 1980), 이동연, 「화전가로서의 〈반조화전가〉」, 『규방가사의 작품세계와 미학』(역락, 2002), 11면 참조.

위의 몇몇 사례를 통하여 확인할 수 있는 바와 같이 우리가 규방가사라고 하는 향촌 여성 작가의 가사는 18세기 초반에 본격적으로 지어진 것으로 정리할 수 있다. 그리고 장계향의 예에서 보듯 이보다 앞선 시기에 향촌 여성 작가를 중심으로 가정생활에서의 정성과 배려를 인식한 작품 활동이 이루어지고 있음도 확인할 수 있다.

이에 앞서 17세기 후반에 시집가는 딸을 위한 준비 과정으로 여계 또는 계녀라는 이름으로 여러 가지 글을 마련하고, 때로 언해와 번역을 통하여 쉽게 이해할 수 있도록 배려하기도 했다. 이러한 우리말 번역이 더 나아가 우리말 율문으로 노래를 짓는 관습으로 이어졌을 가능성이 있다.

한편 18세기 남유용의 고모의 사례에서 보듯이 자매들 사이나 모녀 사이에 노래의 전승이 이루어지고 있는 점도 여성 작가의 출현이라는 점에서 주목할 수 있는 대목이다.

---

301) 이동연, 위의 글, 17면.

V.
17세기 후반 시가사의
새로운 변화 양상

1. 시민의 성장과 시가 담당층의 성격 변화

1) 시민의 성장과 관련한 시가 작품의 변화

저자 백성을 중심으로 하는 시민(市民)에 대한 인식이 부각되면서 17세기 후반 이후 시가 담당층에 큰 변화가 나타나고 있었다. 이미 17세기 전반에 무반(武班), 가기(歌妓), 역관(譯官) 등이 부상하고 있음을 확인했는데, 17세기 후반에는 이들을 포함하여 서울에 세거하고 있는 포교(捕校), 서리(胥吏) 등이 이른바 여항인으로 시가사의 주된 담당층으로 등장하고 있었다. 김수장이 엮은『해동가요』에「고금창가제씨」로 등장하는 가객들 중에 이들 여항인이 다수를 차지하는 것도 이러한 현상이 반영된 결과라고 할 수 있다. 김천택이 엮은『청구영언』(1728)에 등장하는 여항육인과 김수장이 엮은『해동가요』(1756?)「고금창가제씨」의 앞머리에 등장하는 인물을 열거하면 다음과 같다.

> 『청구영언』여항육인
> 장현, 주의식[1], 김삼현, 김유기, 어은(김성기), 남파(김천택)

> 『해동가요』「고금창가제씨」
> 허정, 장현, 탁주한, 박상건, 박대길, 고선홍, 김유기, 최서붕, 김우정, 이만매, 이정섭, 이차상, 박후웅, 송용서, 김정희, 김천택, …

---

1) 최기남, <謝朴行源惠墨梅 朱義植所畵>,『龜谷詩稿』卷3 上,『한국문집총간』22, 329면, 絶筆聞朱慣, 披圖喜欲狂. 橫梢夏月露, 老幹飽氷霜. 繪事移眞境, 羅浮落坐牀. 多君有佳趣, 贈我以孤芳. 참조. 주의식은 무과에 급제한 무반으로 현종 때 정초청의 교련관, 숙종 때 칠원 현감을 지냈다.『교남지』권66 칠원「관안」조에 숙종 초반에 현감을 한 것으로 기록되어 있다.

　위의 두 기록에 공통으로 등장하는 인물은 역관인 장현과 포교 김천택이다.

　장현은 『해동가요』 「고금창가제씨」에 허정에 이어 두 번째로 올라 있는 가객이다. 대표적인 역관 집안인 인동장씨로 인조 22년(1644) 9월에 소현세자에게 말을 바치기도 하고, 인조 23년(1645) 윤6월에 볼모로 잡혀 있던 봉림대군이 나올 때에 역관으로 동행하기도 하였다. 효종 7년(1656) 8월에 인평대군이 상사로 사행을 할 때에 장현이 수역으로 참가하면서, 전둔위에서 묵을 때에 소 한 마리를 바쳤다는 기록도 확인된다. 나중에 희빈이 된 장씨는 장현의 종질녀이다. 인평대군의 아들인 이정, 이남 등과 매우 친밀하게 지내기도 하였다. 실록의 기록에서는 임금까지 나서서 장현을 옹호[2]하기도 하였다.

　　그때 인평대군 이요가 상사(上使)로서 사사로이 무역한 것이 매우 많았고, 장현이 궁인의 아비로서 내사를 핑계하여 남잡한 일이 많았으므로 대론이 이 때문에 나왔다. 그런데 상의 뜻이 장현 등을 감싸는 데에 있었으므로 유철이 뜻을 맞추느라 그 실상을 숨기니, 청의가 더럽게 여겼다.[3]

　　헌납(獻納) 윤빈(尹彬)이 전에 아뢴 것을 다시 아뢰고 이어서 아뢰기를, "… 역관 장현·장찬은 이정과 이남이 흉계를 꾸미던 날에는 그 집의 문정(門庭)에 드나들며 종적에 속임수가 많고 비밀스러웠습니다. 그리고 그의 아들 장천한(張天漢)·장천익(張天翼) 등은 모두 사반(射伴)으로서 조아가 되었습니다. 그 때에 불궤를 계획한 것을 알지 못하였을 리가 만무합니다. 그런데도 유찬된 지 오래지 않아서 옛 직임에 서복(敍復)되어서는 재물을 끌어다 판매하여 방자함이 더욱 심합니다. 이와 같이 음흉

---

2) 『효종실록』 11권, 효종 4년 7월 27일(경인), 『국역 효종실록』 5, 33~34면.
3) 『효종실록』 11권, 효종 4년 윤7월 2일(을미), 『국역 효종실록』 5, 36~37면.

함과 속임수를 헤아리기 어렵고 죄를 져서 용사(容赦)할 수 없는 무리들
은 단연코 그대로 둘 수가 없습니다. 장현·장찬·장천한·장천익 등을
모두 황원(荒遠)한 데로 멀리 귀양 보내기를 청합니다." 하였다.

　답하기를,

"장현 등을 당초에 편배(編配)하였을 적에는 흉모를 미리 알았다고 한
것이 아니었으므로 이제 와서 다시 귀양 보내는 것이 온당한지 알지 못하
겠다. 잡아다 추문하는 일은 아뢴 대로 하라." 하였다.[4]

　김천택은 『청구영언』에 장현을 여항육인의 첫 번째에 올리고 있는데,
『청구영언』에 시조 1수가 실려 있다.

　　鴨綠江 히 진 후에 에엿분 우리 님이
　　燕雲 萬里롤 어듸라고 가시는고
　　봄풀이 프르고 프르거든 卽時 도라오쇼셔 ─『청구영언』 221. 장현

　그리고 위의 인물 중에서 허정과 같이 승지에 올랐던 인물도 있고 이
정섭과 같이 왕족도 포함되어 있어서 담당층의 진폭은 매우 다양했던
것으로 이해할 수 있다.

　김성기(1649~1724)와 같이 궁인(弓人)이었다가 악사로 변모한 인물도
있는데, 정내교가 지은 전에 따르면 김성기는 악사로서의 자부심이 매
우 강하고 당시에 권력을 누리던 목호룡(睦虎龍)의 요구도 거절하면서
도성에 들어가지 않았다고 한다.[5]

---

4) 『숙종실록』 16권, 숙종 11년 3월 25일(을유), 『국역 숙종실록』 9, 165면.

5) 정내교, 「金聖基傳」, 『浣巖集』 卷4, 『한국문집총간』 197, 154면. 金聖基者, 始爲尙方
弓人, 旣而棄弓, 從人學琴, 以琴名, 又善洞簫琵琶, 能自爲新聲, 敎坊子弟往往學其
譜, 擅名者衆, 然卒皆出聖基下. 於是聖基旣負其絶藝, 耻爲妻子生産, 人有以賄交者,
不苟取, 家日益貧, 買小舟西湖上, 手一竿, 往來釣魚, 遂自號釣隱, 遇江靜月明, 搖櫓

김창업(金昌業, 1658~1721)이 다음과 같이 증언하고 있다. 숙종 3년 (1677) 정월에 종루의 대가에서 김성기의 피리를 들은 기억이 있는데, 40년이 지난 뒤인 숙종 43년(1717)에 양천강에서 김성기를 만났다는 것이다.

　김성기는 경성의 악사이다. 본성이 사죽에 통하여, 기묘하여 해득하지 못하는 것이 없었다. 중년에 집을 버리고 스스로 강호 사이를 방랑하면서 낚시질로 일을 삼았다. 내가 이곳에 와서 양천 강 위에서 물색을 만났는데, 조각배에 청약립을 쓰고 낚싯대 하나를 잡고 있는데 바라보니 물외의 사람과 같았다. 그의 나이 68세에 모습은 쇠약해지지 않았다. 옛날 정사년 정월 밤에 종루대가에서 [김]성기의 피리를 들은 기억이 있으나, 뒤에 다시 보지 못했는데 오늘에 이르기까지 40년이 되었다. 그런데 이곳에서 만나게 되니 기이한 일이다. 사경의 시가 있어서 마침내 차운하다.(金聖器京城樂師也. 性通絲竹, 無不妙解. 中歲棄家, 自放江湖間, 以釣魚爲事. 余是來, 物色遇於陽川江中, 扁舟篛笠手一竿, 望之若物外人. 其年六十八, 而貌亦不衰. 記昔丁巳元夜在鐘樓大街聽聖器笛, 後不復見, 今四十年, 而遇於此亦奇矣. 士敬有詩, 遂次之.)

中流, 引洞簫三四弄, 聲甚悲壯, 江上鴈飛鳴磔磔蘆葦間, 隣舟聞者皆起立, 彷徨不能去. 當是時, 胥人虎龍上變書, 旣大殺舊臣, 漸以搖東宮不果, 然顧以勳封東城君, 自公卿以下不敢忤東城君指虎龍, 與其徒飮酒, 具駿馬從徒, 往請聖基曰今日飮, 非子無以爲懽, 願子少顧我. 聖基辭以疾不往, 使者至數輩固請, 聖基固不往, 虎龍憖其徒, 脅之曰不來, 吾且大困汝. 聖基方與客鼓琵琶, 起奮髥擲琵琶使者前曰, 爲我語虎龍, 吾七十, 何以女爲懼, 女善告變, 其往告我, 我一死何加, 虎龍聞色沮, 爲之罷宴. 自是聖基不入城, 好事者或載酒之江上, 輒用洞簫爲樂, 亦數弄而止, 其後二年而虎龍誅, 宜陽子曰高漸離擧筑而秦政折其驕, 雷海淸投樂器而祿山沮其氣, 金聖基擲琵琶而虎龍亡, 其膽, 三子者皆賤工也. 君子不齒, 然及其義有所激, 卒以其技成其名, 洒磊磊如此, 高·雷事, 史記綱目皆特書, 至今照人耳目, 獨不知國史能書聖基事否, 姑立傳以俟.

서로 만나도 알아보지 못하는데
대삿갓이 하얀 수염을 덮고 있네.
자취는 이미 물고기와 새우와 섞이고
형상은 오직 산택처럼 야위었네.
마음은 신령스러워 사죽에 오묘하고
몸은 늙었으나 강호를 사랑하네.
어찌 조각배를 살 수 있었으랴?
안개 낀 물결이 이 무리에 들어오네.
相逢不能識　篛笠覆霜鬚　跡已魚蝦混　形惟山澤癯
心靈妙絲竹　身老愛江湖　安得扁舟買　烟波入爾徒[6]

김천택은『청구영언』에 여항육인으로 김성기를 수록하고 있는데, 직접 만나지는 못한 것으로 추정되며 문욱재(文郁哉)의 집에서 김성기와 함께 지낸 김중려(金重呂)를 통해 김성기에 대해 자세하게 듣고 김성기의 작품을 알게 되어『청구영언』에 8수를 싣는다고 하였다.

이 몸이 홀 일 업서 西湖롤 츠자가니
白沙 淸江에 노니노니 白鷗ㅣ로다
어듸셔 漁歌 一曲이 이내 興을 돕노니 -『청구영언』240 어은

그리고 탁주한은 숙종 30년(1704)에 서리(書吏)로 이권에 개입했다가 질책을 당하기도 하였다.

---

6) 김창업,『老稼齋集』卷5,『한국문집총간』175, 95면. 金聖器京城樂師也. 性通絲竹, 無不妙解. 中歲棄家, 自放江湖間, 以釣魚爲事. 余是來, 物色遇於陽川江中, 扁舟篛笠手一竿, 望之若物外人. 其年六十八, 而貌亦不衰. 記昔丁巳元夜在鐘樓大街聽聖器笛, 後不復見, 今四十年, 而遇於此亦奇矣. 士敬有詩, 遂次之.

사간원에서 아뢰기를,

"사복시(司僕寺)의 허다한 수세를 교활한 아전의 농간에만 일임하여 과중한 조세의 징수로 백성이 원망하고 있는데, 그 가운데 탁주한(卓柱漢)이라는 자가 더욱 용사하였습니다. 강화 미법도(彌法島)의 둘레 8리 남짓을 폐현으로 도록(圖錄) 가운데에 기록하여 사사롭게 자신이 도둑질해 먹었고, 매읍도(煤邑島) 60리를 25리로 기록하고는 그 나머지 35리의 조세를 훔쳐 먹고 빼앗아 가졌습니다. 그리고 교동(喬桐)과 송가도(松家島)의 관계없는 민전을 사복시에 붙여 두 섬에서 훔쳐 먹은 자취를 숨기려 하니, 교동 백성들이 원망이 골수에 사무쳐 그 고기를 먹고자 합니다. 서리의 농간이 진실로 근래에 고질적인 폐단이 되었지만, 아직 탁주한이 심한 자가 있다는 말을 듣지 못했습니다. 낭청도 몽롱하게 깨달아 살피지 못했으니, 또한 그 책임이 없지 않습니다. 청컨대 사복시의 해당 낭청을 종중 추고하고, 서리 탁주한은 우선 엄중히 가두어 두고, 인하여 경조(京兆)의 낭관(郎官) 및 본도 도사로 하여금 자세히 안험(按驗)하고 측량해서 그 경계를 바로잡아 목장은 사복시에 귀속시키고, 민전은 호조에 귀속시킨 후에 빨리 탁주한의 죄를 다스려서 한편으로는 업(業)을 잃고 원망하는 백성을 위로하고, 한편으로는 교활하고 농간을 부리는 서리들의 습성을 징계하소서. …" 하였으나,

임금이 허락하지 않았다.[7]

이렇듯 여항인을 중심으로 신성(新聲)을 만들거나 새로운 레퍼토리를 확산시키면서 시가사에 커다란 변화를 초래하고 있었다고 할 수 있는데, 다음 몇몇 작품에서 보듯 새로운 물화(物貨)에 대한 관심이나 부상하는 직업에 대한 진술이 두드러지게 나타나고 있음을 알 수 있다.

    어우하 날 죽거든 독밧칙 집 東山에 무더

---

7) 『숙종실록』 권40, 숙종 30년 11월 2일(무술), 『국역 숙종실록』 22, 93면.

> 백골이 진토ㅣ 도여 주준이나 밍글고쟈
> 평생에 덜 먹은 맛슬 다시 다마 보리라 –『청구영언』 410 무명씨

위의 작품은 사후에도 술을 마시겠다는 것이지만, 첫 행에 등장하는 "독밧칙"를 주목하고자 한다. 이른바 '바치'라고 하는 전문적 장인이 등장하고 있는 것이다.

다음과 같은 작품은 매사냥을 노래한 것인데, 매사냥이 이 시대에만 한정할 것이 아니지만 이것을 놀이로 즐기는 일이 빈번하게 있었다는 반증일 것이다.

> 龍ㄱ치 한 것는 물게 자 나믄 매를 밧고
> 夕陽 山路로 개 드리고 드러가니
> 아마도 丈夫의 노리는 이 죠흔가 ㅎ노라 –『청구영언』 450 무명씨

혹여 이러한 놀이가 이정, 이남 등과 연계되었을 가능성[8]을 생각할 수 있다.

> 김수항이 또 말하기를,
> "변국한이 정·남 형제에게 매를 보낸 일이 일찍이 고산찰방 강석창의 장계에서 밝혀졌습니다. 무사와 종실은 가는 길이 서로 다른데, 사사로이 교결하였으니, 일이 지극히 놀랍습니다. 잡아 와서 심문하지 아니할 수 없습니다." 하니,
> 임금이 그대로 따랐다.[9]

---

8) 인평대군도 인조 23년(1645) 사행에서 장단 부근의 산상에서 호응(呼鷹)을 했다는 기록이 있어서 매사냥이 하나의 놀이로 자리잡았던 것으로 보인다. 성이성, 「연행일기」, 『계서일고』 권1, 『한국문집총간』 속26, 83면.
9) 『숙종실록』 권10, 숙종 6년 윤8월 19일(을사), 『국역 숙종실록』 5, 81면.

매 사냥이 하나의 놀이로 인식되면서 정·남 형제가 이런 놀이를 즐겼던 것으로 이해할 수 있다. 나라에서는 사사로운 이런 놀이를 금지[10]했던 것인데, 이 작품에서는 "장부의 노리"로 내세우고 있는 것이다.

그리고 만횡청류에는 장사들이 등장하고 있다. 저자 백성이라고 할 수 있는 시민의 크게 부각하고 있는 것이다.

> 딕들에 동난지이 사오 져 쟝스야 네 황후 리 무서시라 웨는다 사쟈
> 외골 내육 양목이 상천 전행 후행 소아리 팔족 대아리 이족 청장 흑장
> ᄋ스슥 ᄒ는 동난지이 사오
> 쟝스야 하 거복이 웨지 말고 게젓이라 ᄒ렴은   –『청구영언』 532. 무명씨

이 작품의 화자는 장사꾼과 그 물화를 구입하려는 사람이라고 할 수 있다. 장사꾼으로 추정되는 화자가 새로운 물화인 "동난지이"를 자세하게 설명하고 있는데, 물화를 구입하려는 사람이 그냥 "게젓"이라고 간단하게 말하라고 훈수를 하고 있는 것이다. 게젓과 동난지이는 차이가 있는 것이고, 특히 동난지이가 신상품이라고 할 수 있을 터인데, 새로운 물화를 판매하기 위한 이동 상인의 목소리가 새로운 변화를 보여주고 있는 것이다. 이러한 변화는 다른 물화로 확산되었을 것이다.

> 딕들에 나모들 사오 져 쟝스야 네 나모 갑시 언매 웨는다 사쟈
> ᄲ리남게는 흔 말 치고 검주남게는 닷 되를 쳐서 합ᄒ야 혜면 다 닷

---

10) 『인조실록』 권36, 인조 16년 2월 19일(계축), 간원이 아뢰기를, "요즈음 도성 안의 인적이 없는 외진 곳에서 기병과 보병이 떼를 지어 매를 놓아 사냥을 하고 있습니다. 모양이 아름답지 못하니, 유사로 하여금 적발하여 중하게 다스리게 하소서." 하니, 상이 따랐다. 이때 능천군 구인후가 창의동에서 매를 놓아 사냥을 했기 때문에 논핵한 것이다.

되 밧습니 삿 대혀 보으소 작 붓습느니
　흔적곳 사 짜혀 보며는 미양 사 짜히쟈 흐리라 －『청구영언』535. 무명씨

　이러한 상황이 널리 확산되었다고 할 수 있는 시점이면 온갖 장사꾼
들이 등장하게 되는 것이다. 다음과 같은 작품이 성 담론으로 읽힐 수도
있지만, 그 자체로는 온갖 장사꾼에 대한 관심으로 읽어낼 수 있다. 각
장사꾼과 그들이 취급하는 물화의 성격 때문에 성 담론으로 이어지게
된 것으로 볼 수 있는 것이다.

　밋난편 광주ㅣ 반리뷔 쟝스 쇼대난편 삭녕 닛뷔 쟝스
　눈경에 거론 님은 쑤짝 두두려 방망치 쟝스 돌로호 가마 홍돗개 쟝스
뷩뷩 도라 물레 쟝스 우물젼에 치드라 근댕근댕흐다가 위렁충창 풍 싸져
물 둠복 써내는 드레곡지 쟝스
　어듸 가 이 얼올 가지고 죠리 쟝스를 못 어드리 －『청구영언』565. 무명씨

　본 남편부터 광주의 싸리비 장사인데, 샛서방은 삭녕의 잇비 장사이
고, 눈만 마주친 정도의 님은 방망이 장사, 홍두깨 장사, 물레 장사, 두
레박 장사, 조리 장사 등이다. 다양한 장사들을 열거하기 위한 방편이라
할지라고 이들을 마음에 두고 있는 여성 화자가 등장하고 있다는 점에
서 17세기 후반 시가 담당층의 변화는 서울에만 한정하지 않고 경향으로
퍼져 나가고 있었던 것으로 설명할 수 있을 것이다. 광주(廣州), 삭녕(朔
寧)의 장사꾼들이 서울로 드나들면서 새로운 님을 두고 사랑을 즐기는
일이 빈번해지게 된 셈이다.

2) 가객 허정의 활동

허정(許珽, 1621~1678)의 자는 중옥(仲玉) 또는 현도(玄度), 호는 송호
(松湖)이다. 효종 2년(1651)에 문과 급제하여, 성천부사 등을 거쳐 승지와
부윤을 역임했다. 『청구영언』에 3편의 시조가 수록되어 있다.

  日中 三足烏ㅣ야 가지 말고 내 말 드러
  너희는 反哺鳥ㅣ라 鳥中之曾參이로니
  北堂에 鶴髮雙親을 더듸 늙게 ᄒᆞ여라 –『청구』 170

  西湖 눈 진 밤의 둘빛치 낫 ᄀᆞ튼 제
  鶴氅을 님의츠고 江皐로 ᄂᆞ려가니
  蓬海에 羽衣仙人을 마조본 듯 ᄒᆞ여라 –『청구』 171

  니영이 다 거두치니 울잣신들 셩홀소냐
  불 아니 다힌 房에 긴 밤 어이 새오려니
  아희는 世事를 모로고 이야지야 혼다 –『청구』 172

허정은 허휘(許徽, 1568~1652)의 손자이고, 인조 잠저 때의 친구인 허
계(許啓, 1594~?)의 아들이며, 장인은 정준(鄭浚)[11]이다. 사직서 참봉, 가
주서, 성천부사, 부안 현감, 용강현령(1660), 무주부사 등을 역임했고,
집은 현석(玄石)에 있었다. 허계(許啓)가 홍이상(洪履祥, 1549~1615)의 셋
째 사위[12]가 되었으므로, 홍주원 형제들이 허정의 외사촌이 된다.

인조 25년(1647) 4월에 사직서 참봉[13]이 되어, 효종 즉위년(1649) 7월

---

11) 정필달, 「先考學生府君墓誌銘」, 『八松先生文集』 卷6, 『한국문집총간』 속32, 248면.
12) 이정구, 「大司憲洪公神道碑銘 幷序」, 『月沙先生集』 卷43, 『한국문집총간』 70, 192면.
13) 『승정원일기』 인조 25년 4월 12일(계미), 『국역 승정원일기』 인조 70, 218면.

어름까지 사직서 참봉을 맡고 있으면서 "외람스럽고 설만하여 신중하게 하지 않았다는 이유"[14)]로 조사를 받기도 하였다.

효종 2년(1651)에 문과에 급제하여, 효종 3년(1652) 2월에는 가주서(假注書)[15)]를 맡았다.

효종 6년(1657)에 부안 현감[16)]에 부임하여, 이듬해에 김육의 대동법 시행 정책[17)]에 동의하는 입장을 취하였다가, 감사 권우(權堣)에게 파출을 당하기도 하였다.

권우는 전에 호서에 있을 적에 매번 이 법에 대해서 헐뜯는 말을 하였으며, 이 도를 안찰함에 미쳐서는 이미 마음속으로 작정한 바가 있었습니다. 이에 수령들 가운데 그의 뜻을 알고 있는 자들은 감히 다른 말을 하지 못하였습니다. 그런데 부안 현감(扶安縣監) 허정(許珽)만은 홀로 보고하는 장계 안에서 이미 "본 고을은 백성들이 잔약한데 요역(徭役)이 특히 고달파서 이 법을 시행하지 않을 수 없다."고 말하였으며, 영하(營下)의 수령들이 모두 모이는 자리에서 이 법의 편함에 대해서 말하였습니다. 권우가 이를 크게 미워하여 틈을 엿보아서 남몰래 음해하려 하였는데, 치적을 평가할 적에 그 일만을 거론하기가 어려웠습니다. 이에 배를 잘 부리는 자를 충정하지 못한 일이 있자, 이에 대해서는 향소의 색리를 형벌하면 되는 일인데도 허정을 파출하였습니다. 이것이 어찌 너무 심한 일이 아니겠습니까. 각 고을에서 궐액(闕額)을 충당하지 못한 자를 모두

---

14) 김상헌, 「不能檢下請遞社稷都提調疏」, 『淸陰先生集』 卷22, 『한국문집총간』 77, 285면.
15) 정태화, 「敦諭後疏」, 『陽坡遺稿』 卷7, 『한국문집총간』 102, 337면. "假注書許珽來傳"
16) 신최, <贈許仲玉*珽之任扶安>, 『春沼子集』 卷2, 『한국문집총간』 속34, 27면, 玉關生入熱如蝸, 門外何曾長者車. 不惜床頭金已盡, 空憐鏡裡鬢全華. 看君意氣凌前猛, 笑我衰遲著後差. 五馬今朝行色動, 始知毛義喜非今.
17) 김육, 「病重不得參問安待罪且論湖南事」, 『潛谷續稿』, 『국역 잠곡유고』 3(민족문화추진회, 2004), 260~261면.

파출한다면, 어찌 온전한 고을이 있겠습니까.

　허정은 바로 허휘(許徽)의 손자입니다. 나이가 비록 어리나 나라를 위하는 마음이 있어서 충성스럽고 간절하였던 할아버지의 풍모가 있습니다. 그러니 어찌 이 한 가지 일을 가지고 권우 자신의 마음을 시원스럽게 해서야 되겠습니까. 허정이 관직에 있은 지는 오래 되지 않았으나, 자못 아전들과 백성들의 마음을 얻었습니다. 그런데 갑작스럽게 파직되어 돌아갔으므로 모두들 실망하여서 익산(益山)까지 따라와서 눈물을 흘리면서 전송한 자가 있었으니, 더욱더 통분스럽습니다.

　현종 1년(1660) 1월 20일 홍제원 고개에서 목내선(1617~1704)·심재(1624~1693)·김술초·이구(1620~1684)·곽세익(1620~?)·이동규 등과 함께 서장관으로 사행을 떠나는 이원정을 전별[18]하였고, 곧 용강현령으로 부임하여 그해 5월 8일에 평양 서별관에서 사행에서 돌아오는 이원정을 영접[19]하였다.

　현종 6년(1665) 10월에 금천부사(金川府使)로 있으면서 청의 사신의 문례관(問禮官)으로 서행하는 김석주를 영접[20]하였다. 가을에 박세채를 위하여 시[21]를 지었고 박세채가 차운하였다.

　현종 11년(1670) 4월 신정이 접위관(接尉官)으로 떠날 때에 전교(箭郊)에서 심가회, 김정평, 정길보, 임문정 등과 전별연에 참석하면서 시를 지었다. 이때 허해주[22]로 기록되어 있다. 5월과 6월, 12월에 신정에게

18) 이원정 지음, 김영진·조영호 옮김, 『국역 귀암 이원정 연행록』(세종대왕기념사업회, 2016), 56면.
19) 이원정 지음, 김영진·조영호 옮김, 『국역 귀암 이원정 연행록』(세종대왕기념사업회, 2016), 188면.
20) 김석주, 「西行日錄」, 『息庵先生遺稿』 卷21, 『한국문집총간』 145, 494면.
21) 박세채, <次許使君仲玉 琔 韻留贈>, 『南溪先生集』 卷2, 『한국문집총간』 138, 55면.
22) 신정, 「僧倭日錄」, 『汾厓遺稿』 卷11, 庚戌 四月 『한국문집총간』 129, 540면, 許海州

글[23]을 보냈고, 신정은 동래에 가서 전별시에 차운[24]하였다.

다음으로 성천부사로 나갔다.

현종 15년(1674) 평안감사로 떠나는 신정(申晸, 1628~1687)에게 성천에서 아꼈던 기생을 자신에게 보내 줄 것을 요청[25]하기도 하였다. 그리고 응벽(鷹癖)이 있다고 하였다. 그러나 신정은 공무에 바빠서 숙종 6년(1680)에 사은부사로 연경을 다녀오는 길에 그 기억을 기록하고 있다.

현종 15년(1674) 7월에는 성천부사에서 물러나 있었고, 조정에서 김수흥이 다음과 같이 아뢰고 있다.

> 수흥이 아뢰기를,
> "신의 형 김수증(金壽增)이 현재 성천 부사(成川府使)로 있는데, 듣자니 본읍에 입작 유민(入作流民)의 수가 4천여 명에 달한다는 것입니다. 전 부사 허정(許珽)이 그중에서 재예(才藝) 있는 사람을 모집하여 포수(砲手) 40~50명을 얻어냈는데 그들 무예가 무쌍하다는 것이었습니다."[26]

허정이 교유한 내용이나 노래 레퍼토리와 관련하여 살필 내용은 다음

珽, 鄭說書惟岳, 任通津奎, 其弟鼇來會, 臨別, 酌酒以勸, 余以病辭, 只飮數杯.

23) 신정, 「儐倭日錄」, 『汾厓遺稿』 卷11, [五月] 十六日, 晴. 見家信及任文仲, 許仲玉諸人書. 方伯書問, 寄和章二律. [六月] 初九日, 雨. 安東府使金君禹錫書送硯面, 見家書及公擧, 仲玉, 棐仲, 和叔諸人書, 廟堂回啓來到, 使不許移館, 送譯官, 言于差倭. [十二月] 初七日, 晴. 撥便, 見家書及許仲玉, 沈文叔, 趙公擧, 南仲輝, 徐國益, 權可獻, 靑平尉諸人書. 中火于無屹驛, 夕宿密陽, 武人金夢立父子及士人曺始昌來見. 是日, 行七十里.

24) 신정, <次箭郊諸友贈別韻>, 『분애유고』 권2, 『한국문집총간』 129, 326면.

25) 신정, <亡友許仲玉, 素有鷹癖. 且曾眄成都妓天下白者, 有眷戀之意. 余按關西也, 來別於路左, 醉謂余曰, 樓上人雲間物, 君須惠我, 余笑而許之. 及到營, 公務倥恩, 未能卽副, 戲題一絶以寄, 忘之久矣. 今到鳳凰店, 忽然記憶, 付書於燕行錄中, 以寓愴感之意>, 『汾厓遺稿』 卷5, 『한국문집총간』 129, 425면.

26) 『현종개수실록』 15년 7월 5일(정묘), 『국역 현종개수실록』 12, 275면.

과 같다.

우선 심유(1620~1688)가 허정을 애도하면서 홍주국에게 부친 시 〈허중옥을 애도하며 범옹에게 부치다〉에서 허정의 생몰년을 확인할 수 있다. 다음 시에서 쉰여덟 해를 살았다고 했으니, 숙종 4년(1678)에 죽은 것을 알 수 있다. 숙종 4년(1676) 3월 11일에 승지[27]가 되었다는 기록이 있는 것으로 보아 승지로 있다가 죽은 것으로 볼 수 있다.

> 부평초 같은 삶은 쉰여덟 해였는데
> 강한의 풍류가 옛 주루이네.
> 현석에서 배를 매고 흥을 타는 곳에
> 청담을 나누던 허문휴를 매우 기억하네.
> *중옥의 옛집이 현석에 있다.
> 浮生五十八春秋　江漢風流舊酒樓
> 玄石繫舟乘興處　清談絶憶許文休
> *仲玉舊居在玄石[28]

교유한 인물은 이원정(1622~1680), 신정(1628~1687), 심유(1620~1688), 이익상, 홍주원, 홍주국(1623~1680) 등이다.

홍주국은 〈취하여 허정 중옥 형에게 바치며 아 울러 박세주 중팔에게 보이다〉[29]에서, 박세주(?~1680)[30]의 집에서 거문고와 피리를 불면서 노

---

27) 『숙종실록』 숙종 4년 3월 11일(임오), 『국역 숙종실록』 3, 210면.

28) 심유, 〈悼許仲玉, 寄泛翁〉, 『梧灘集』 卷4, 『한국문집총간』 속34, 204면.

29) 홍주국, 〈醉奉許兄仲玉*珽, 兼示朴仲八*世柱〉, 『泛翁集』 卷1, 『한국문집총간』 속 36, 187면.

30) 박세주는 자가 중팔(仲八)로, 박동열의 손자, 박황(朴潢)의 아들, 홍서봉의 외손이며, 나만갑의 둘째 사위이다. 대흥 현감(大興縣監)과 단양 군수(丹陽郡守)를 역임하였고, 숙종 2년(1676) 3월 25일에 사직 참봉(社稷參奉)에 임명되었다. 김수항, 〈祭朴令*世柱文〉, 『문곡집』 권23 참조.

래를 불렀던 내용을 말하고 있다.[31] 이 시에서 허정을 정묘옹[32]으로 기술하고 있는데, 당대(唐代)의 시인 허혼(許渾)에 견주고 있는 것이다. 허혼이 강소성(江蘇省) 단도현(丹徒縣)의 정묘교(丁卯橋) 근처 정묘장(丁卯莊)에 거주하였다.

　그리고 〈홍주삼 형 집에서 밤에 술을 마시며, 허중옥 형을 생각하며 운을 뽑아 함께 짓다〉에서는 〈낭도사〉[33]를 말하고 있다.

　그리고 〈중옥 형 집에서 취하여 금사 백주생에게 주다〉에서는 허정의 집에서 금사 백주생을 불러서 거문고 반주에 맞추어 가곡을 부르는 광경을 그리고 있다. 고조(古調)를 할 수 있는 국수이며, 상성(商聲)을 우성(羽聲)으로 바꾸면서 사람의 마음을 느껍게 한다고 하였다.

> 명비의 남은 소리가 호금에 있는데
> 천추에 애원성이 노래 속에 깊네.
> 고조를 오늘에 분간하니 국수인 줄 알겠고
> 상성을 우성으로 바꾸니 사람의 마음을 감동시키네.
> 곤계의 현에 쇠줄을 튀김은 파옹의 구절이요
> 꾀꼬리 소리에 샘물이 흐름은 백전이 읊었네.
> 일찍이 두 노인을 만나지 못한 그대가 가엾거니와
> 세간에 누가 다시 드문 소리를 감상하랴?
> 明妃遺響在胡琴　哀怨千秋曲裏深

---

31) 심유, 〈次泛翁朴仲八＊世柱第, 聞琴笛韻〉, 『梧灘集』 卷1, 『한국문집총간』 속34, 152
　　면, 崔九堂前客, 詞翻筆上花. 長安歌吹地, 回望雪峯睄.

32) 홍주국, 〈十月之望, 會飲鄭令丈＊采和江樓, 許兄仲玉及沈仲美有約不來, 率賦以
　　寄〉, 『泛翁集』 권2, 『한국문집총간』 속36, 205면에서도 "終違許丁卯"라고 하였다. 정
　　채화의 강루에서 술을 마시자고 약속했는데, 허정과 심유가 오지 않은 것으로 되어
　　있다.

33) 홍주국, 〈鼎卿兄宅夜飲, 憶許兄仲玉, 抽韻共賦〉, 『泛翁集』 卷1, 『한국문집총간』
　　속36, 188면.

古調酌今知國手   商聲變羽感人心
鷗絃鐵撥坡翁句   鼉語泉流白傳吟
憐爾不曾逢二老   世間誰復賞希音[34]

　이상 심유, 홍주국 등의 시에서 확인할 수 있는 바와 같이 허정의 집이나 박주세의 집에 모여서 시를 짓고 악기 반주에 맞추어 가곡을 부르기도 했던 것을 알 수 있다.

　사대부 가객 허정은 심유, 박주세 등과 교유하고 외종인 홍주국 등과 가깝게 지내면서 가곡의 레퍼토리를 비롯하여 〈낭도사〉와 같은 사(詞)를 불렀으며, 금객을 초대하여 연주를 하게 했던 것으로 확인된다. 함께 참여한 사람들은 고조(古調)를 알아볼 뿐만 아니라 상성(商聲)에서 우성(羽聲)으로의 변성(變聲)을 자연스레 감식할 수 있는 안목까지 갖추었던 것으로 보인다. 허정과 함께 홍주국, 심유, 박주세 등이 함께 어울린 것으로 보아 이들을 같이 주목해야 할 것이다.

　한편 이익상(1625~1691)의 〈백함 홍만용의 집에서 매화를 완상하며 연구를 짓다〉에서 홍주국, 허정, 이익상, 홍만용, 서문상(1630~1677), 이은상(1617~1678) 등이 모여서 연구(聯句)를 지으면서 시회를 즐긴 사실을 알 수 있다. 홍만용(1631~1692)은 영안위 홍주원의 아들로, 정명공주 집안의 풍류를 짐작하게 하는 대목이다.

매오에서 작은 술자리를 마련하니　　　　　홍주국
그윽한 기대가 죽림과 같네.　　　　　　　허정
하손의 홍취처럼 다투고　　　　　　　　　이익상
빼어난 경치는 파교에서 읊는 것 같네.　　임규

---

34) 홍주국, 〈仲玉兄宅, 醉贈琵師白周生〉, 『泛翁集』卷1, 『한국문집총간』속36, 241면.

성긴 그림자는 서재의 휘장을 침노하고   홍만용

많은 꽃부리가 옥잠을 시새우네.   서문상

고산에는 이미 사람이 떠나고   이은상

나와 그대가 마음을 알아주네.   허정

小酌當梅塢   國卿   幽期似竹林   仲玉○許公斑

爭如何遜興   弼卿   絶勝灞橋吟   文仲

踈影侵書幌   伯涵   繁英妬玉簪   國益○徐公文尙。

孤山人已去   長卿   吾與爾知心   仲玉[35]

　허정이 가객으로서 풍류를 즐긴 레퍼토리는 『청구영언』에 수록된 작품을 비롯하여, 평소에 〈후정화〉[36]를 즐기고, 〈낭도사〉를 불렀으며, 금사 백주생을 불러서 거문고 반주에 맞추어 고조(古調)의 가곡에 대해 심도 있는 이해를 하고 있었던 것으로 정리할 수 있다. 시대의 변화에 신번(新飜)으로 대응하는 시절에 고조를 지키려고 했던 노력을 짚어볼 수 있는 대목이다.

　그리고 김우명에게 "나는 겉으로는 남인이나 속으로는 서인인데, 대감은 겉으로는 서인이면서 속으로는 남인입니다. 오늘 대감과 편론(偏論)을 해볼까 합니다."라고 말한 것으로 보아, 남인에 속하면서 서인의 인물들과 가깝게 지낸 것으로 이해할 수 있다.

---

35) 이익상, <伯涵洪公萬容第, 賞梅聯句>, 『梅澗集』卷3, 『한국문집총간』속37, 415면.
36) 신정, <亡友許仲玉平生喜聽後庭花, 及到鶴城, 聞府妓唱此曲, 感而有作>, 『汾厓遺稿』卷4, 『한국문집총간』129, 386면에서 허정이 평소에 <후정화> 듣는 것을 좋아했다고 하였다.

3) 주의식의 활동

주의식은 생몰년 미상으로 자는 도원(道源), 호는 남곡(南谷), 현종 때 정초청의 교련관, 숙종 때 숙종 때 무과에 급제하여 칠원 현감[37]을 지냈다.

최기남(1586~?)의 〈먹으로 그린 매화 그림을 준 박행원에게 사례하다 *주의식이 그린 것이다〉[38]에 의하면, 주의식은 매화 그림도 잘 그렸던 것을 알 수 있다.

『청구영언』에는 여항육인의 두 번째로 10수의 시조가 수록되어 있고, 『해동가요』(박씨본)에는 12수의 시조가 수록되어 있다. 『청구영언』과 『해동가요』(박씨본)에 공통으로 수록된 것이 9수, 『청구영언』에만 실린 것이 1수, 『해동가요』(박씨본)에만 실린 것이 3수로 전부 13수의 작품이 확인된다.

> 하늘이 놉다 ᄒ고 발 져겨 셔지 말며
> 싸히 두텁다고 ᄆ이 넓지 마롤 거시
> 하늘 싸 놉고 두터워도 내 조심을 ᄒ리라 ―『청구』 222 『해동』 227
>
> 창밧긔 아희 와서 오늘이 새히오커늘
> 동창을 열쳐 보니 녜 돗던 ᄒ도닷다
> 아희야 만고 훈 ᄒ니 후천에 와 닐러라 ―『청구』 223 『해동』 228
>
> 말하면 잡류하 ᄒ고 말 아니면 어리다 ᄒ니

---

37) 『교남지』 권66 칠원 「관안」조에 숙종 초반에 현감을 한 것으로 기록되어 있어서 숙종 3년(1677)을 전후한 시기일 것으로 추정할 수 있다.

38) 최기남, 〈謝朴行源惠墨梅 *朱義植所畫〉, 『龜谷詩稿』 卷3 上, 『한국문집총간』 속 22, 329면.

빈한을 눔이 웃고 부귀를 새오느듸
아마도 이 하늘 아래 사롤 일이 어려왜라 ─『청구』224『해동』238

늙고 병든 몸이 가다가 아므듸나
절로 소슨 뫼헤 손조 밧 가로리가
결실이 언매리마는 연명이나 흐리라 ─『청구』225

형산에 박옥을 어더 세상 사롬 뵈라 가니
것치 돌이여니 속 알 리 뉘 이시리
두어라 알 닌들 업스랴 돌인 드시 잇거라 ─『청구』226『해동』237

인생을 혜여ᄒ니 흔바탕 꿈이로다
죠흔 일 구즌 일 꿈 속에 꿈이여니
두어라 꿈 ᄀ튼 인생이 아니 놀고 어이리 ─『청구』227『해동』236

주려 주그려ᄒ고 수양산에 드럿거니
현마 고사시롤 머그려 키야시랴
물성이 구븐 줄 믜워 펴 보려고 키미라 ─『청구』228『해동』232

굴원 충혼 빈여 너흔 고기 채석강에 긴 고래 되야
이적선 등에 언쯔 하늘 우희 울ᄂ시니
에제는 새 고기 낫거니 낙가 숨가 엇더리 ─『청구』229『해동』233

충신의 속ᄆ음을 그 님금이 모로므로
구원 천재에 다 스러 ᄒ려니와
비간은 ᄆ음을 뵈야시니 므슴 한이 이시리 ─『청구』230『해동』231

당우도 죠커니와 하상주ㅣ 더옥 죠희
아재룰 혜여ᄒ니 어늬 적만 흔 거이고

요천에 순일이 불가시니 아모 젠 줄 몰래라 -『청구』231 『해동』235

천심에 도든 둘과 수면에 부는 ㅂ람
상하성색이 일중에셔 갈렷논이
사롬이 중을 타고 나시니 어질기는 혼가지라 -『해동』229

인심은 터히되고 효제충신이 동이 되야
예의염치로 ᄀ즉이 더여시니
천만년 풍우롤 만난들 기울 줄이 이시랴 -『해동』230

무도ᄒ기로뻐 음릉에 길을 일코
드디여 갈짜 업서할 날 보기 붓그러워
오강을 건너지 아녀 어이 슬허 ᄒ리오 -『해동』234

김천택은 『청구영언』에 주의식의 작품을 수록한 뒤에 다음과 같이 기록하고 있다.

내가 일찍이 주도원 공이 지은 신번(新飜) 한두 곡을 얻어 보고 아직 그 온전한 곡조를 얻지 못한 것을 안타깝게 생각하였다. 하루는 변화숙 군이 나를 위하여 전편을 얻어서 보여주었다. 내가 세 번 반복하여 두루 살펴보니, 그 노랫말이 정대하며 그 뜻이 완미하였다. 모두 정에서 나와 실로 풍아가 남긴 운치가 있어서, 옛날에 민풍을 관찰하던 사람으로 하여금 채시하게 한다면 그 또한 진시의 반열을 밝힐 수 있었을 것이다. 대개 그 노랫말을 완상하며 그 사람을 생각해보니, 반드시 속세의 사람이 아닐 것이다. 아, 공이 다만 여기에만 능한 것이 아니었다. 몸가짐이 공손하고 검소하며, 마음을 둠이 담담하고 고요하여, 삼가 군자의 풍모가 있을 것이다. 무신년 여름 5월 상한에 남파노포가 쓰다.[39]

"노랫말이 정대하며 그 뜻이 완미하"다는 평가는 위의 작품에서 보는 바와 같이 어느 한 쪽으로 치우치지 않고 일반적이고 상식적인 일을 매우 담담하게 표현하고 있기 때문이다. 그리고 주공(朱公)이라고 공(公)의 호칭을 사용하고 있는 점에서, 무반에 대한 예우를 갖추고 있는 것으로 이해할 수 있다.

4) 시민 가객의 활동

『청구영언』에 수록된 여항육인은 장현(1613~?) 1수, 주의식 10수, 김삼현 6수, 김성기(1649~1724) 8수, 김유기(?~1718?) 10수, 김천택 30수이다.

장현은 역관으로서 가객으로 활동한 인물이라 다른 항목에서 다루고, 주의식은 17세기 후반의 인물이 분명하며 무과에 급제하고 현감까지 했으니 무반으로 다루는 것이 타당할 듯하다. 김삼현은 주의식의 사위라고 했으니 주의식보다 한 세대 뒤의 인물로 볼 수 있다. 김삼현(金三賢)은 김창흡의 호 삼연(三淵)과 혼동되어 김삼현의 작품이 김창흡의 작품으로 수록된 경우가 있다. 김성기는 17세기 후반에서 18세기 초반 사이에 활동한 인물이다. 김유기는 숙종 42년(1716)에 김천택이 김유기를 찾아가서 새로 지은 노래를 확인했는데, 한두 해 사이에 세상을 떠났다고 했으니 1718년쯤 세상을 떠난 것으로 볼 수 있다. 그런데 한유신이 1762년에 쓴 「영언선서」에 따르면 숙종 41년(1715) 봄에 대구에 내려가서 그곳 가객들을 가르쳤고 독보라고 하였다. 김천택은 18세기 초반 이후에 주로 활동했다고 할 수 있다.

---

39) 김천택 편, 『청구영언(주해편)』(한글박물관, 2017), 144면.

2. 출처와 현실 인식의 변모

1) 출처에서 버림의 인식

출처의 문제는 조선조 선비들에게 매우 중요한 삶의 지표였다고 할
수 있다. 생산에 참여하지 아니하면서도 정사에 참여하면서 살아가야
하는 선비들에게 출처(出處)의 문제는 매우 중요한 명분에 속했던 것이
다. 17세기 이후 당파적 이해 관계가 얽히면서 그 축이 흔들리기는 했지
만, 여전히 출처의 문제로 고민하고 있었다고 할 수 있다. Ⅱ장에서 제기
한 바와 같이 오랑캐의 배신(陪臣)에 머문다는 인식 때문에 일부 지식인
들이 출처 문제를 고민하기도 했지만, 실제로는 현실적 이해 관계가 중
요한 지렛대 역할을 했던 것으로 파악할 수 있다. 그리고 시대를 난세로
진단하면서 어지러운 세상으로부터 벗어나고자 하는 태도가 작용하면
서 출처의 문제는 여러 방향으로 나뉘어졌다고 할 수 있다.

정철이 〈관동별곡〉에서 "강호에 병이 깊어 죽림에 누웠더니"라고 실
제 내면과 다른 진술을 하거나, 이현보가 〈어부단가〉에서 "인세를 다
니젯거니 날 가는 줄을 알랴"라고 하면서 세상에서 물러난 것을 드러내
는 진술이 16세기의 한 특성이라고 한다면, 17세기 후반의 상황은 "버리
다"라는 인식이 표면화되고 있다.[40]

이미 17세기 전반에 신흠(申欽)은 공명을 헌 신짝으로 인식하고 있다.
이별(李鼈)이 〈장육당육가〉에서 "공명은 해진 신이니 벗어나서 즐겨보

---

40) 『청구영언』「年代欠考」에 실린 서호주인 무풍정 총의 시조의 1행에서 "이 몸이 쁠듸
업서 세상이 브리오매"(『청구영언』 293)라고 하여 "브리다"의 인식을 드러내고 있는
데, 왕손으로서 출처의 제약이 작용한 것으로 보아야 할 것인지, 후대의 의작으로 보아
야 할 것인지 고려해야 할 것이다.

세"라고 했던 인식과 일맥 상통하는 것이라고 할 수 있다.

> 공명이 긔 무엇고 헌 신짝 버스니로다
> 전원에 돌아오니 미록이 벗이로다
> 백년을 이리 지냄도 역군은이로다 −『청구영언』 117 신흠

광해 5년(1613) 계축옥사로 밀려난 상황에서의 진단이기 때문에 자신에 대한 질책으로 읽혀지기도 하지만, 3행에서 역군은(亦君恩)을 마련함으로써 군은에 대한 마음을 바탕에 두고 있음을 강조하고 있다.

김광욱(金光煜, 1580~1656)의 〈율리유곡〉에서는 부귀와 공명을 잊은 것으로 보고 있어서 16세기부터 이어진 강호시가의 특성을 반영하고 있다.

> 공명도 니젓노라 부귀도 니젓노라
> 세상 번우한 일 다 주어 니젓노라
> 내 몸을 내므자 니즈니 눔이 아니 니즈랴 −『청구영언』 147 김광욱

> 헛글고 싯근 문서 다 주어 후리치고
> 필마 추풍에 채를 쳐 도라오니
> 아므리 미인 새 노히다 이대도록 싀훤ㅎ랴 −『청구영언』 155 김광욱

현종 9년(1668)에 지은 정두경(1597~1673)의 작품이다.

> 君平이 旣棄世ㅎ니 世亦棄君平이
> 酒狂은 上之上이오 時事ᄂ 更之更이라
> 다만지 淸風明月은 간 곳마다 좃닌다. −『청구영언』 167 정두경

첫 행에서 주체도 세상을 버리고 세상도 주체를 버렸다고 진술하면서

주체와 세상이 조화를 이루지 못하고 있음을 드러내고 있는데, 거기에 따르는 이유가 가장 좋은 주광(酒狂)과 가장 나쁜 시사(時事)로 되어 있다는 점이 새삼스러운 것이다. 3행의 종결에서 청풍명월을 말하고 있지만, 나아가고 물러남의 출처의 인식과는 다른 "버림"의 인식을 중요한 변화로 볼 수 있다.

정두경은 한시에서도 이러한 태도를 보이고 있다. 〈천안으로 서수부를 찾아가다〉의 미련에서 "평소 출처를 같이 하면서, 세상 사이의 사람들을 뒤쫓지 않았네(平生同出處 不逐世間兒)."[41]라고 하여 출처의 방법에 차이가 있음을 말하고 있고, 〈정승 조익의 만시〉에서는, 천지가 막히면 처(處)의 입장을 취하고, 풍운(風雲)이 만나는 날에는 출(出)의 태도를 보였다는 것이다. 정상적이고 자연스런 태도이다.

> 정승 자리를 차지하여 임금의 은혜를 받고
> 한 시대가 모두 출처가 높다고 우러렀네.
> 천지가 막혔을 때에 작록을 사양하고
> 풍운이 만나는 날 전원에서 일어났네.
> 경전 전한 그 학문은 선유의 방에 들어가고
> 임금 섬긴 그 충성은 효자문에서 옮겨 왔네.
> 슬픈 말을 쓰려 하자 문득 눈물이 흐르는데
> 나라 걱정하는 한 치의 마음 가진 사람 몇이나 남았는가?
> 位居台鼎受皇恩　一代皆瞻出處尊
> 天地閉時辭爵祿　風雲會日起田園
> 傳經學入先儒室　事主忠移孝子門
> 欲寫哀詞便下淚　寸心憂國幾人存[42]

---

41) 정두경, <訪徐秀夫於天安>, 『東溟先生集』 卷3, 『한국문집총간』 100, 429면.
42) 정두경, <趙政丞翼挽>, 『東溟先生集』 卷8, 『한국문집총간』 100, 472면.

그런데 7언고시 7수로 된 〈기평군 유백증에게 부치다〉의 넷째 수에서 굴원의 고사를 인용하면서 출처에는 절로 때가 있는 법이라고 진술하고 있다. 임금이 간절하게 기다리는데도 대부가 서울을 버리고[棄] 물가에서 지내면서 갈매기만 마음을 알아줄 것이라고 하고 있다. 부르면 나아가고 내치면 물러나는 것이 아니라, 바른 길이 아니기 때문에 버리고 떠난 것으로 보면 출처의 태도에 분명 차이가 드러난 것이다.

봄이 푸른 강가에 돌아왔는데
물은 맑고 또 잔물결이 이네.
주인이 낚싯대를 드리우고 앉아
해가 지도록 돌아갈 줄 모르네.
백발의 어부 한 사람이
배를 타고 앞에 와서 말하네.
그대는 대부가 아니던가?
어찌하여 이곳에서 떠도는가?
옛날 굴원이라는 사람이 있어서
쫓겨나서 상수 가에서 지냈다지요.
대부는 이와는 달라
성주께서 바야흐로 마음에 두고 생각하시네.
어찌하여 서울을 버리고
이곳 강가에 오게 되었는가?
탄식하며 어부에게 사례하며
출처는 절로 때가 있는 법이지요.
어부가 빙그레 웃고는
상앗대를 끌며 가니 좇지 못하네.
흰 갈매기는 물 가운데 섬에 있는데
네가 아니라면 누가 알 수 있으랴?
春還滄江上　水淸且漣漪　主人垂釣坐　日暮不知歸

白髮一漁父　乘船前致辭　子非大夫歟　何故客於斯
古有屈原者　放逐湘水湄　大夫異於是　聖主方顧思
奈何棄京國　來此江上爲　歎息謝漁父　出處自有時
漁父莞爾笑　鼓枻去莫追　白鷗在中洲　非爾誰能知[43]

그리고 첫째 수에서는 "나그네가 버리고 떠나가서(客有棄之去)"라고
하였고, 여섯째 수에서는 "자랑하는 사람은 흰 머리로 죽을 때까지, 돌
아갈 줄 어찌 알리요?(夸者白首死 何知歸去來)"라고 탄식하며, 일곱째 수
에서는 "세도가 날로 더욱 내려가나니(世道日益降)"라고 진단하고 있다.
세상의 도가 날로 떨어지면서 출처의 준거와 실천이 어긋나고 있다고
진단하고 있다. 그러므로 임금이 떠나지 않기를 바라는 사람[客]은 오히
려 서울을 버리고 떠나고, 뻐기기만 하는 사람들은 늙어죽을 때까지 돌
아갈 줄 모른다고 하게 된 것이다. 정두경의 이런 태도는 실록에 기록된
평가[44]를 참조할 수 있을 것이다.

왕손인 낭원군 이간의 작품을 보도록 한다.

　　제 分 죠흔 줄을 ᄆᆞ음에 定한 후에
　　功名 富貴로 草屋을 밧골손가
　　世俗에 버서난 후ㅣ면 自行自處 ᄒᆞ리라 -『청구영언』191 낭원군

왕손의 입장이기 때문에 출처가 자유롭지 못한 사정을 염두에 두고
이해할 필요도 있지만 우선 그 자체로 이해할 수도 있다. 첫 행에서 분수
를 깨끗하게 지키겠다는 마음을 정한다는 전제를 내세웠는데 이는 처
(處)의 방향으로 마음을 정한 것으로 볼 수 있다. 그리하여 2행에서 출에

---

43) 정두경, <寄兪杞平君伯曾 七首>,『東溟先生集』卷9,『한국문집총간』100, 478면.
44) 『현종실록』권16, 10년 5월 2일(갑오),『국역 현종실록』7, 85~86면.

비견되는 공명부귀와 처에 비견되는 초옥을 바꿀 수 없다고 말하고 있다. 3행에서 세속을 벗어난 뒤에는 스스로 움직이고 스스로 물러날 수 있다고 정리하는 것이다.

벼슬에 대한 생각이 변화하고 있는 것으로 볼 수도 있고, 난세에 대응하는 태도에 변화가 일어난 것으로도 이해할 수 있는 대목이다. 다음 작품을 보도록 한다.

> 벼슬을 저마다 흐면 농부흐리 뉘 이시며
> 의원이 병 고치면 북망산이 져러흐랴
> 아히야 잔 ㄱ득 부어라 내 뜻대로 흐리라 –『청구영언』 211 석교(김창업)

> 벼슬이 귀타 흔들 이내 몸에 비길소냐
> 건로롤 밧비 모라 고산으로 도라오니
> 어듸셔 급흔 비 흔줄기에 출진행장 시서고 –『청구영언』 212 석호(신정하)

윤증(1629~1714)이 나양좌에게 보낸 편지에서 말하고 있는 출처의 입장은 다음과 같다. 재주에 따라서 할 만한가의 여부를 헤아려 할 일이지 꼭 대의에 따라 정할 것은 아니라고 말하고 있다.

대개 고신(告身)에 위호(僞號)를 쓰지 않은 것은 인조와 효종 두 조정에서 청음(淸陰)과 우옹의 뜻을 받아 준 것이니, 오늘날 우리가 소장(疏章)에서 위호를 쓰지 않을 수 있는 것은 모두 이러한 의리 때문입니다. 그렇다면 유독 오늘날만 조정에서 대의를 유지하는 것은 아닙니다. 오늘날 우리의 출처는 재주로 볼 때 할 만한가의 여부를 스스로 헤아려 보아야 할 뿐입니다. 어찌 반드시 이러한 일에 의거하겠습니까. 제 재주로는 할 수 없는 일이라고 여길 뿐이지 다른 뜻은 없습니다. 할 수 없다는 것을 스스로 알면서도 남들이 하는 대로 따라 함께 나아간다면 결국 일도 하지 못하고 또다시 남들이 하는 대로 따라 물러날 것이니 무슨 의리가 있겠습니까.

화숙은 내가 한결같이 절의를 지키고자 하는 것을 그르다고 여기는데, 그르다고 여기는 것이 참으로 옳습니다. 선비가 참으로 성현을 배우고자 하나 처음에 어찌 한결같이 절의를 지키겠다고 스스로 기약할 수 있겠습니까. 다만 뜻을 세울 때에 성현을 기약했더라도 자처하는 것은 자신의 분수와 역량을 헤아려 행해야 하는 것입니다. 쓰이면 도를 행할 수 있었던 것은 오직 공자(孔子)와 안자(顔子)만이 할 수 있는 것입니다. 지금 말하기를, "선비는 마땅히 성현을 배워야지 한결같이 절의를 지켜서는 안 된다."라고 하고서, 곧 성현의 지위로 자처한다면 어떠하겠습니까. "도 목수를 대신하여 나무를 깎는다." 또는 "걷지도 못하면서 달리는 것을 배운다."라는 옛말이 이것을 이르는 것이 아니겠습니까. 화숙은 그러한 것들을 갖추고 있기 때문에 말하기가 쉽고 행하는 데도 어려움이 없지만, 저는 미치지 못함을 스스로 알기에 스스로 이렇게 한계를 짓는 것입니다. 그런데 조정의 은혜로운 예우가 갈수록 또 더해지니 어떻게 감당할 수 있겠습니까. 사관이 옆에서 기다리고 있으니 저의 궁박한 사정을 어찌 다 하소연할 수 있겠습니까. 저의 병이 또다시 깊어져 비록 나아가는 길에 오르고자 한들 또한 방도가 없습니다.[45]

---

45) 윤증, 「答羅顯道 二月十五日」, 『明齋先生遺稿』 卷14, 『한국문집총간』 135, 323면, 今日又蒙史官來傳聖諭, 提起私情, 諄諄如家人語, 不勝感泣. 仍見堂姪承旨書, 因領台所達, 而有此云, 乃與前書所望者相反, 可勝悶塞, 第領台所達, 有尤翁·和叔之語, 故聖諭亦然矣. 夫尤翁所處, 固非拯之可擬, 而和叔之必據朝廷曲副而後出, 鄙意則亦必不然矣. 蓋告身之不書僞號, 卽仁孝兩朝之曲副於淸陰·尤翁者, 而今日吾輩之得以不書於疏章, 皆此義也. 然則聖朝之維持大義, 非適今日也. 今日吾輩出處, 只合自量其才分之可爲與否耳. 豈必待得此等事, 以爲依據耶. 今拯則自量才分之不能有爲耳, 非有他意也. 自知其不能有爲, 而隨衆旅進, 畢竟不能做事, 而又復旅退, 則有何義理, 和叔以我之欲爲一節見非, 非之者固是也. 士固以聖賢爲學, 初安有自期以一節之理, 但立志雖期於聖賢, 而自處則當量吾分力而行之, 用之則行, 唯孔·顔能之. 今曰, 士當學聖賢, 不當爲一節, 而便以聖賢地位自處, 則何如也. 古所謂代大匠斲, 又所謂未步而學走者, 非是之誰耶. 和叔則有其具, 故言之易而行之無難, 拯則自知不逮, 故爲此自畫如此, 而朝廷恩禮加之又加, 何以堪之耶. 史官相守, 此間窮迫,

2) 박태보의 행적과 관련한 작품의 이해

한편 정치적 상황과 관련하여 당당한 태도를 드러내고 기꺼이 죽음까지 마다하지 않은 삶은 많은 사람들에게 귀감이 되기도 하였다. 박태보(朴泰輔, 1654~1689)의 경우를 들 수 있다. 숙종 15년(1689)에 인현왕후를 폐출하자 상소를 올려서 바로잡으려고 하다가, 죽음을 맞게 된 것이다.

사신은 논한다. 오두인(吳斗寅) 등이 왕비를 폐출하려는 거조를 바로 잡기 위하여 서로 이끌고 상소를 올리면서 알력한다, 핍박한다, 헐뜯는다 등의 말을 씀으로써 임금의 극심한 노여움을 촉발시켰다. 그리하여 낭간(琅玕)을 저녁에 올리자 우레 같은 진노가 밤에 울려 충정을 아뢰지도 못한 채 전정에서 뼛골이 부서졌다. 저 세 사람의 억울함은 똑같으나, 박태보는 임금의 노여움이 더욱 격발될수록 응대가 화평스러웠고, 형위(刑威)가 혹독할수록 정신이 의연하였으니, 참으로 절의가 있는 선비라고 할 수 있다. 그런데 화를 자초하여 끝내 운명하고 말았으니, 성세의 누가 됨을 이루 말할 수 있겠는가? 당시 좌우에서 모시고 있던 신하들이 재보(宰輔)가 아니면 대간이었는데도 임금의 노여움이 두려워 입을 다문 채 말 한 마디 못하였으니, 이런 사람들을 어디에 쓰겠는가?[46]

『청구영언』에 다음과 같은 시조를 수록하였다.

胸中에 불이 나니 五臟이 다 타 간다
神農氏 꿈에 보와 불 끌 약 무러보니
忠節과 慷慨로 난 불이니 끌 약 업다 ᄒᆞ드라 ―『청구』205

何可盡訴. 賤疾亦復沈淹, 雖欲登途, 亦姑未由矣. 二月十五日.
46)『숙종실록』권20, 15년 4월 25일(신묘),『국역 숙종실록』11, 337면.

충절과 강개 때문에 가슴에 불이 났다고 하였으니, 강직한 성품임을 짐작하게 한다. 그런데 신정하(1681~1716)는 박태보의 행위를 강상(綱常)을 바로잡은 것이라고 하였다.

> 諫死혼 朴坡州ㅣ야 주그라 셜워 마라
> 三百年 綱常을 네 혼자 붓들거다
> 우리의 聖君不遠復이 네 죽긴가 ㅎ노라 -『청구』 213

간쟁을 하다가 죽은 박태보를 두고 잘한 일이라고 말하고 있다. 실제 이러한 정치적 판단은 "성군불원복(聖君不遠復)"에 근거를 두고 있다고 할 수 있는데, 머지않아 인현왕후를 복위시키게 된 계기를 만들었다고 본 셈이다. 이러한 인식의 근저는 실제로 "성삼문(成三問) 등 여섯 사람을 복작(復爵)하고, 관원을 보내어 치제하게 하였던"일[47]과도 일맥 연결되는 것으로 볼 수 있다. 『청구영언』에 성삼문의 시조를 기명(記名)하여 수록하고, 박태보의 작품과 신정하의 작품을 아울러 수록하게 된 사정을 이해할 수 있는 길이 열리는 셈이다. 실제 정치적 국면의 추이를 고려하여 『청구영언』에 작품을 수록하고, 기명을 한 것으로 이해할 수 있고, 정치적 상황이 여의치 않을 경우 무명씨(無名氏)로 처리하는 방법을 택했을 것이다.

3) 중인의 입장에서 바라본 출처의 문제

중인이며 가객의 신분인 김삼현(金三賢)은 출로 대변될 수 있는 공명과 부귀에 대하여 상대적이거나 부정적인 의미를 부여하면서, 출(出)의

---

47) 『숙종실록』 권23, 17년 12월 6일(병술), 『국역 숙종실록』 13, 111~112면.

대열에 참여할 수 있는 화자가 오히려 그러한 "두려움"에서 벗어날 수 있다고 진술하고 있다.

> 功名을 즐겨마라 榮辱이 반이로다
> 富貴를 탐치 마라 危機를 넓느니라
> 우리는 一身이 閑暇커니 두려온 일 업세라 ─『청구영언』 235 김삼현

중인의 신분에서 바라본 현실 인식이 분명하게 드러난 것으로 볼 수 있다. 공명에는 영욕이 따르고 부귀에는 위기가 수반되는 것이라는 인식은 현실 정치에서 언제나 야기되는 것을 주변에서 관찰하였기 때문에 알 수 있다. 그리하여 3행에서 한가한 신분에 있는 화자는 그러한 "두려움"에서 벗어날 수 있다고 본 것이다. 출처의 문제 때문에 고민하지 않아도 된다는 것이다. 김천택의 작품에서도 "영욕(榮辱)이 병행(竝行)하니 부귀(富貴)도 불관(不關)타라"[48]라고 하여 부귀에 영욕이 따른다고 보았다. 삼삭대엽의 무명씨 작품에도 "공명도 욕이러라 부귀도 슈괴러라. 만경창파에 백발어옹 되야 이셔, 백일이 조창랑흔 제 오명가명 ᄒ리라"[49]라고 하여 공명과 부귀에 대한 부정적 인식을 드러내고 있다.

김성기(金聖基, 1649~1724)의 경우에도 "버려진" 몸이라고 직설적으로 토로하고 있다.

> 江湖에 ᄇ린 몸이 白鷗와 벗이 되야
> 漁艇을 홀리노코 玉簫를 노피 부니
> 아마도 世上 興味는 잇분인가 ᄒ노라 ─『청구영언』 238 김성기

---

48) 『청구영언』 256. 김천택.
49) 『청구영언』 399, 무명씨.

김성기의 진술은 출처의 문제를 제기할 수 없다는 자학이 포함된 것으로도 이해할 수 있고, 실제 일화에서 보듯 권력을 빌미로 삼은 세력으로부터 "내침"을 당한 울화가 포함된 것으로도 볼 수 있을 것이다. 그러나 백구를 벗 삼으면서 고기잡이배와 옥피리를 상대하노라면 세상의 흥취가 이것밖에 없는 것이라고 자부하게 된다는 것이다. 본래 상방궁인(尚方弓人)이었던 김성기가 음률을 좋아하여 거문고를 배우면서 활 만드는 일을 버리고 악공이 되어서, 신성(新聲)과 새로운 보법(譜法)으로 유명해졌으나 서호에 살면서 유유자적하였다고 한다. 그때 궁노 호룡이란 자가 상변하고 봉군(封君)된 뒤에 안마까지 갖추고 김성기를 연회 자리에 불렀으나 김성기가 끝내 참여하지 않으면서 다시는 도성에 들어가지 않았다고 전하고 있다.[50] 그러나 도성에서 벗어난 곳에서 자연을 벗 삼아 지내는 어은(漁隱)의 흥취가 도도하게 드러나고 있다.

김유기(金裕器)의 작품에서도 "내 몸에 병(病)이 만하 세상(世上)에 ㅂ리이여"[51]라고 하여 버려졌다고 진술하고 있다. 그러나 내면으로는 입신양명에 대한 기대도 버리지 않고 있다. "장부(丈夫)로 삼겨나셔 입신양명(立身揚名) 못홀지면, 출하리 다 썰치고 일 업시 늘그리라"[52]라고 하여 출처에 제한을 받고 있는 현실 인식을 드러내고 있다.

김천택은 세상 사람들에 대한 경계의 언어를 표현하고 있다.

> 知足이면 不辱이요 知止면 不殆라 ᄒ니
> 功成 名遂ᄒ면 마ᄂ 거시 긔 올ᄒ니
> 어즈버 宦海 諸君子ᄂ 모다 조심 ᄒ시소 – 『청구영언』 263 김천택

---

50) 정내교, 「金聖基傳」, 『浣巖集』 卷4, 『한국문집총간』 197, 554면.
51) 『청구영언』 246, 김유기.
52) 『청구영언』 247, 김유기.

만족할 줄 알고 그칠 줄 알아야 하는데 그렇게 하지 못하여 욕을 보게 되고 위기를 당하게 된다는 인식이다. 벼슬살이를 하고 있는 여러 군자들을 향한 발화라는 점에서 당대 출처의 한 단면을 보여주고 있는 셈이다.

4) 무명씨 작품에 드러난 출처의 문제

김천택이 "무릇 이 무명씨는 세대가 너무 멀어서 그 성명을 알지 못하는 것들인데 지금 다 상고할 수가 없다. 그래서 뒤에 기록해 두고 정통한 선비가 동참하여 자세히 밝히기를 기다리노라."라고 밝히고 있는 바와 같이, 성명을 알지 못하는 사람들의 작품이라고 하고 있는데, 여러 사정을 고려할 때 실제 작가를 알 수 없는 경우도 있겠지만 김천택 당대에도 알 수 있는 작가임에도 불구하고 작가를 드러내놓고 밝히기 어려운 사정이 있었을 것으로 추정할 수 있다. 음악의 촉박, 칠정의 표출 등과 관련하여 17세기 후반의 여러 정치 상황과 관련되어 있는 인물들의 작품이라 작가를 거명하기가 난감했을 것으로 추정되기 때문이다. 뒷날 다른 가집에서 작가의 이름이 기명되거나 다른 자료를 통해 작가를 추정할 수 있는 사례가 그것을 반증하고 있기 때문이다. 면밀한 검증이 필요한 대목이다.

무명씨의 작품 중에는 나아가서 충성을 하고자 하였으나 임금으로 비정되는 님 때문에 멈추고 말았다는 진술이 있어서 매우 충격적인 내용이 있다.

> 忠誠이 첫 뜻이러니 님으뢰야 마롼제고
> 두어라 엇지ᄒ리 天分이 그러커니

출하리 江湖에 主人 되야 이 世界를 니즈리라 -『청구영언』321 무명씨

충성에 뜻을 두는 것은 임금을 모신 백성이라면 누구나 당연한 일로 받아들이는 것인데, 첫 행에서 "님" 때문에 그만두었다고 진술하고 있다. 그렇다면 그 님은 누구이겠는가? 일반적으로 임금이라고 하면 심각한 문제일 것이고, 특정한 임금이라고 하면 난세에 대한 진단과 함께 잘 다스려지지 않는 시대에서 벗어나는 길을 택할 수 있다고 본 것이다. 그래서 3행에서 "이 세계를 니즈리라"라고 한 진술이 일맥 동의를 얻을 수 있게 된 것이다. 무명씨 작품이 지닌 시대적 특성과 현실 진단을 살필 수 있는 내용소라고 할 수 있다.

그리고 다음과 같은 작품은 세상을 희롱하는 듯한 태도가 보이고 있어서 주목할 수 있다.

이셩져셩 다 지내고 흐롱하롱 인 일 업닉
功名도 어근버근 世事도 싱슝샹슝
每日에 흔 盞 두 盞 ᄒ여 이렁져렁 ᄒ리라 -『청구영언』329 무명씨

공명, 세사로 요약되는 출(出)에 견주면 처(處)의 태도는 분명하지 않다. 한 잔 두 잔 술을 마시면서 그저 그렇게 지내겠다는 정도이다. 그런데 "이셩져셩", "흐롱하롱", "어근버근", "싱슝샹슝", "이렁져렁" 등에 포함된 태도가 긴장감이 결여된 느슨한 자세로 읽혀진다. 공명과 세사를 포함한 현실에 대해 냉소적이거나 외면하는 입장을 드러낸 것으로 읽어낼 수 있다.

현실 인식의 변모와 관련한 중요한 전변은 청나라의 지배하에서 오랑캐의 배신(陪臣)이라는 인식에서 비롯된 혼선과 착종이 일어나고 있었다는 점이다. 청나라를 중심이나 규범으로 인정할 수 없다는 인식과 함께

중국 선진(先秦)시대로의 회귀나 한족(漢族) 국가에 대한 경도로 기울고 있다는 점이다. 현실과 이상의 괴리가 빚어내는 착종이 실제 시가의 진술에서도 여러 가닥으로 드러나고 있었던 것이다.

이러한 인식 층위의 혼선은 다음과 같은 시조에서 드러난 요해(遼海)에 대한 인식에서도 확인된다.

> 간밤의 大醉ᄒ고 醉흔 줌에 꿈을 ᄭᅮ니
> 七尺劍 千里馬로 遼海ᄅᆞᆯ ᄂᆞ라건너 天驕를 降服밧고 北闕에 도라와 告厥成功 ᄒ여뵈니
> 男兒의 慷慨흔 ᄆᆞ음이 胸中에 鬱鬱ᄒ여 꿈에 試驗ᄒ노라
> － 『청구영언』 522

현실의 세계에서는 어려운 일을 술과 꿈을 통해 해소하고자 하는 것이다. 술의 힘을 빌고 꿈의 세계에서 요해(遼海)를 건너가서 흉노를 일컫는 천교(天驕)의 항복을 받은 뒤에 이를 북궐로 돌아와 보고한다는 것이다. 천지교자(天之驕子)의 준말인 천교는 한(漢)나라 시대에 흉노가 스스로를 일컫던 말인데, 중국 변방의 강성한 소수 민족이나 그 수령을 뜻하기도 한다. 그렇다면 이 말이 쉽게 청나라를 암시하는 것으로 이해할 수 있을 것이다. 청나라의 항복을 받는 일은 현실에서 쉬운 일이 아닌 만큼, 실제 현실에서 극복할 수 없는 상황을 인정하면서도 그 답답함을 꿈을 통하여 해소하고자 하는 태도를 드러낸 것이다.

효종이 봉림대군 시절에 지었다고 하는 다음 작품에서는 조천로(朝天路), 대명 숭정(崇禎) 등 명나라를 섬겨왔던 삼백 년 역사에 대한 반추가 서려 있다.

> 朝天路 보뫼닷 말가 玉河館이 뷔닷 말가

> 大明 崇禎이 어드러로 가시건고
> 三百年 事大誠信이 꿈이런가 ᄒ노라 ―『청구영언』 218 효종

천자를 조회하는 조천은 명나라에 대한 존숭의 의미로 사용되는 것이고, 그 시절 사신들이 묵던 옥하관을 떠올리면서 사대 외교를 그리워하고 있다. 명나라 연호인 숭정(崇禎)을 쓸 수 없게 된 현실을 안타까워하면서 삼백 년 동안 이어온 사대의 믿음이 무너진 데 대해 아쉬움을 토로하고 있다.

그리고 대명 문물에 대한 그리움은 왕손으로 사행에 참여한 낭원군의 진술을 통해 확인할 수 있다.

> 日月도 녜과 ᄀᆺ고 山川도 依舊ᄒ되
> 大明 文物은 쇼졀업시 간 듸 업다
> 두어라 天運이 循環ᄒ니 다시 볼가 ᄒ노라 ―『청구영언』 184 낭원군

청나라에 사신으로 간 상황에서도 천운이 순환하여 대명 문물을 다시 보게 될 것을 기대하고 있다.

다음과 같은 무명씨의 작품은 복수의 일념으로 십년을 준비했으나 그것을 실행하지 못한 안타까움을 토로하고 있다.

> 十年 ᄀ온 칼이 匣裏에 우노미라
> 關山을 ᄇ라보며 째째로 믄져 보니
> 丈夫의 爲國功勳을 어늬 째에 드리올고 ―『청구영언』 375 무명씨

효종이 10년(1659) 3월에 송시열과 독대한 자리에서 토로한 십년준비설을 근간으로 하고 있는데, 실제 실행에 옮기지 못한 아쉬움이 배어 있다. 효종이 구상했던 북벌론(北伐論)을 화자로 설정한 무신은 이미 파

악하고 준비하고 있었던 것으로 읽을 수 있다. 송시열이 효종을 독대한 자리에서 있었던 대화 내용은 뒤에 공개가 되었는데, 효종이 승하하고 난 뒤에 송시열이 효종의 지문을 짓는 과정에 불거진 문제점도 있었고, 독대의 내용을 송시열이 몰래 적어 두었다고 한 것이다. 몇 부분을 추려서 인용하면 다음과 같다.

　　기해년(1659) 3월 11일 회정당(熙政堂)에서 여러 신하들을 소대(召對)하였는데, 파할 무렵에 상이 시열만을 머물라고 명하고는 중관(中官)으로 하여금 문호를 활짝 열게 하고서 좌우를 모조리 물리친 뒤에 상이 이르기를,
　　…
　　"오늘 말하고자 하는 것은 오늘날의 큰일이다. 저 오랑캐가 틀림없이 멸망할 형세이다. …(중략)… 여러 신하들이 모두 나에게 군사를 육성하지 말라고 하지만 내가 듣지 않았다. 그 이유는 천시(天時)와 인사(人事)가 어느 날 이처럼 좋은 기회가 다시 올지 모르기 때문이었다. 날쌘 포수 10만을 양성하여 아들처럼 사랑하고 돌보아서 모두 죽기를 두려워하지 않는 병졸이 된 연후에, 그들에게 틈이 있기를 기다렸다가 그들이 예기하지 못할 때에 바로 관외(關外)로 나아가면, 중국의 의사와 호걸로 어찌 호응하는 자가 없겠는가. 대개 곧바로 관외로 나아가는 것이 그리 어렵지 않은 이유는 오랑캐들이 군비를 갖추지 않아 요동 심양(瀋陽) 천리에 활을 잡고 말을 탈 줄 아는 자가 전혀 없어서 마치 무인지경에 들어가는 것과 같아서이다. 또 하늘의 뜻으로 헤아려 보건대 우리나라의 세폐(歲幣)를 오랑캐들이 모두 요동 심양 지방에 두었는데, 하늘의 뜻이 다시 우리나라를 위해서 쓰고자 하는 듯하다. 또 우리나라의 포로로 잡혀간 사람이 몇 만 명인지 모르는데, 어찌 내응하는 자가 없겠는가. 오늘의 일은 오직 하지 않는 것이 걱정이지 성공하기 어려움은 걱정거리가 안 된다."
　　…(중략)…

"…내가 10년을 기한으로 하는데 10년이면 내 나이 50이 된다. 10년 안에 이루지 못하면 뜻과 기운이 점차 쇠약해져 다시는 가망이 없게 된다. 그 때에 이르면 나 역시 경이 돌아가는 것을 허락할 터이니, 그 때에 경 역시 물러가도 된다. …(중략)… 때문에 내가 주색(酒色)을 매우 경계하여 몸에 가까이 하지 않았다. 이 때문에 내가 심기(心氣)가 항상 맑은 것을 깨닫겠고 몸 역시 완건(完健)하니, 10년만 빌려준다면 성공하든 실패하든 간에 마땅히 한번 해 보겠다. 경은 마땅히 뜻을 같이 하는 사람들과 은밀히 의논해야 한다. 내가 보건대 송준길은 이 일을 담당할 의사가 없는 듯한데, 경은 어떻게 생각하는가?"

…(중략)…

상이 기쁘게 듣고서 이르기를,

"그의 말이 그렇다면 참으로 쓸 만한 사람이다. 내 생각에 허적(許積)은 굳세고 용기 있어 일을 맡길 만한데, 다만 듣건대 그 사람은 주색에 빠져 있고 자못 검소한 행실이 없다고 하니 애석하다. 내가 일찍이 생각하기를, 나와 함께 이 일을 할 자는 오랑캐에게 죽은 집 자손이요, 그 나머지는 어렵다고 여겼었다. …"[53]

이어서 명나라에 대한 회고의 입장은 흥폐(興廢)에 대한 인식과 연결되기도 한다. 명나라가 망할 무렵에 명나라 황제가 자결하였던 사실을 환기하면서 이제는 옛 나라[古國]가 되어버린 비감이 서려 있다. 흥폐에 대해 슬픔을 표현하는 일은 당시 상황과 관련지을 때 조심스러워해야 할 태도라고 할 수 있다.

煤山閣 寂寞혼듸 草色만 푸르럿고
天壽陵 뷔여시니 촌 구룸 줌겨셰라
어즈버 古國 興廢를 못내 슬허 ᄒᆞ노라 －『청구영언』 419 무명씨

앞에서 제시한 184번 낭원군의 작품도 고려의 대상이 될 수 있지만, 앞의 375번 작품과 위의 419번 작품을 조심스레 살필 때 이 작품의 작가를 분명하게 밝히기 어려운 사정이 있었을 것으로 추정된다. 무명씨로 남게 된 사정들을 밝혀내는 일이 정치·사회 변동과 관련하여 시가사의 추이를 이해하는 과정이 될 것이다. 효종은 송시열과의 독대에서 "나와 함께 이 일을 할 자는 오랑캐에게 죽은 집 자손이요, 그 나머지는 어렵다고 여겼었다."라고 북벌론의 의지를 밝혔지만, 실제로는 청나라 사신이 오면 대의를 주장했던 사람들이 피신을 하거나 조정에서 물러나야 했던 현실이었던 점을 살펴야 할 것이다.

> 진선 송준길이 상소하여 면직을 원하니, 상이 우대하는 답을 내렸다. 이때 청사(淸使)가 갑자기 왔으므로 조야가 의심하고 두려워하였는데, 김상헌·김집·송준길·송시열·김경여 같은 이들은 한 사람도 조정에 없었다.[54]

실제로 다음과 같은 작품에서 김상헌으로 추정되는 김상서를 거론하고 있으면서 이름을 밝히지 않은 사정도 궁금해진다.

> 北海上 져믄 날에 울고 가는 져 기러기
> 내 말슴 드러다가 金尙書ㅅ게 스롸 주렴
> 수羊이 삿기 칠 덧이란 춤으쇼셔 ᄒ여라 —『청구영언』 382 무명씨

이 작품은 김상헌이 볼모로 잡혀 있던 시절의 발화로 이해할 수 있는데, 함께 간 다른 사람도 있을 터인데 유독 김상서만 거론하고 있는 점도 주목할 수 있다.

---

54) 『효종실록』 3권, 효종 1년 2월 18일(신축), 『국역 효종실록』 1, 245면.

3. 음악의 촉박과 노래 레퍼토리의 변화

1) 현실의 변화와 음악의 촉박

17세기 전반에 이득윤(李得胤, 1553~1630)이 도성 사람들의 음성을 듣고 쇳소리가 거세게 나고 있어서 전쟁이 끝나지 않았다고 진단한 바와 같이 전쟁의 상흔으로 인한 인심의 변화가 목소리에 드러나고 있었던 것이다. 그리고 이득윤은『현금동문류기』에서 평조 만대엽이 악곡의 할아비인데, 이미 만대엽과는 다른 만조(慢調)가 유행하면서 음란함[淫]과 애태움[傷]이 들어있는 〈북전〉과 같은 바르지 않은 곡조가 널리 퍼져 있었다고 보았다.[55] 사조(四調)로 평조, 낙시조, 계면조, 우조를 들고 있고, 삼기곡(三機曲)으로 만대엽, 중대엽, 삭대엽을 들고 있는 것도 이미 확인한 바와 같다.

17세기 후반에 이르러 세태의 변화와 함께 악곡의 변화가 크게 일어나고 있었다. "음절이 번거롭고 빨라서 화락하고 기쁜 기상이 없으며, 들으면 슬피 울게" 된다는 것이다. 효종 임금도 예악이 무너지는 것을 망국의 징조로 이해할 정도였으니, 슬프고 애절한 당대의 음악 현실에 대한 인식이 강하게 드러나고 있었다. 숙종 초반에는 "급하고 촉박하"기 때문에 고쳐야 한다는 위기의식까지 드러나고 있었던 것으로 보인다. 음악을 제대로 이해하는 사신(詞臣)과 악사(樂師)가 없어서 묘악(廟樂)을 이정하지도 못할 형편이라는 것이다. 그런 반면 조정의 진신을 비방하고 경멸하는 우리말 노래가 기악(妓樂)의 새 곡조로 자리 잡는 현상까지 일어나고 있었다. 새로운 곡조가 만들어지면서 급하고 촉박한 경향[56]은

---

55) 최재남,『17세기 전반 정치·사회 변동과 시가사』(보고사, 2018), 330~338면 참조.
56) 성기옥, 「18세기 음악의 촉급화 현상과 지식인의 대응」,『조선후기 지식인의 일상과

점점 심해지고 있었던 것으로 이해할 수 있다. '급촉(急促)' 또는 '촉급(促急)', '번음촉절(煩音促節)' 등의 표현이 자주 등장하고 있다.

> [시강관 조복양이] 또 아뢰기를,
> "신이 비록 음률을 이해하지는 못하나 근래 여항에서 하는 말을 듣건대, 악장이 크게 무너져 음절이 번거롭고 빨라서 조금도 화락하고 기쁜 기상이 없으며, 듣고서 슬피 우는 자가 있기까지 하다고 합니다. 악관으로 하여금 옛날의 음조를 익히게 하여 음란하고 시끄러운 음률을 한번 씻어 버리소서." 하니,
> 상이 이르기를,
> "예악이 무너지는 것은 망국의 징조이니, 일조일석에 그렇게 되는 것이 아니다. 일찍이 듣건대, 명나라 음악이 지나치게 슬프고 애절하다고 하던데, 우리나라 음악이 불행히도 그에 가까우니 이는 적은 걱정이 아니다." 하였다.[57]

> 주강에 나아갔다.
> …오음 육률(五音六律)을 주석한 곳에 이르자, 임금은 이르기를
> "오늘의 음악은 너무 급하고 촉박한 듯하다. 어떻게 하면 음률을 잘 아는 자를 얻어서 그것을 고칠까?" 하니,
> 특진관 오정위(吳挺緯)는 아뢰기를,
> "윤휴(尹鑴)도 근래의 음악이 촉박하다고 말했습니다." 하였고,
> 동지경연 홍우원(洪宇遠)은 청하기를,
> "모든 도의 감사에게 명하여 음악을 잘 아는 사람을 찾도록 하소서." 하였다.
> 임금이 이어 탄식하기를,
> "오늘날은 음악이나 천문 등의 일은 폐지되다시피 되었구나." 하였다.

문화』(이화여대출판부, 2007), 145~191면.
57) 『효종실록』 19권, 효종 8년 10월 8일(정축), 『국역 효종실록』 7, 291~292면.

오정위는 안명로(安命老)가 측후에 능하다고 추천하고, 홍우원은 최만열(崔晚悅)이 천문을 잘 안다고 추천했다. 이들은 모두 허적(許積)의 집밀객들이었다.[58]

사헌부에서 아뢰기를,

"평안 병사 홍시주(洪時疇)는 아들 홍이하(洪以夏)가 언어(諺語)로 노래를 지어 조정의 진신들을 하나하나 비방했는데도 꾸짖어 금할 줄을 알지 못하고, 도리어 익혀서 부르도록 하였으므로, 서관 기악의 새 곡조가 되어 버렸습니다. 조정을 경멸하고 당세를 모욕함이 이보다 심할 수 없으니, 사판에서 삭제해 버리시기 바랍니다." 하였으나,

윤허하지 않았다.[59]

영의정 남구만이 차자를 올려 묘악을 논하기를,

…

"금세의 사신과 악사에는 다 음률을 잘 아는 자가 없으니, 이제 처음으로 악을 짓더라도 조종께서 지은 악에 비하면 얼룩지고 어그러진다는 비평이 없겠습니까?"[60]

태묘의 악장을 이정하려고 의논하였으나, 시행하지 못하였다. 처음에 장악주부 이만형이 악장을 고쳐야 마땅함을 소진하였는데, 예조판서 민진후가 말하기를,

"… 다만 조종조에서 쓰던 악을 다 버리면 선대를 따르는 뜻에 어긋나게 되고, 지금의 악공들은 반드시 음률에 화합하지 못하니, 이 두 가지 조항이 본디 중대하고 난처하나, 묘악이 이처럼 어긋나니 어찌 조종조에서 쓰던 것이라 하여 끝내 고치지 않을 수 있겠습니까? 신이 악공에게

---

58) 『숙종실록』 8권, 숙종 5년 3월 7일(임인), 『국역 숙종실록』 4, 29~30면.
59) 『숙종실록』 24권, 숙종 18년 12월 30일(갑진), 『국역 숙종실록』 13, 197면.
60) 『숙종실록』 30권, 숙종 22년 1월 14일(신미), 『국역 숙종실록』 15, 230~232면.

물으니, '새로운 음률을 만드는 것은 감히 할 수 없는 일이나, 만약 한결같이 구장의 맑고 탁한 소리에 의해 악장을 고쳐 짓는다면 어찌 이루지 못할 이치가 있겠습니까?'라고 하였습니다."[61]

이렇듯 음악의 변화는 사회의 변화와 밀접한 연관을 가진 것으로 이해할 수 있다. 이른바 고조(古調)와 금조(今調)의 대비를 확인할 수 있다. 금조는 당대의 곡조로 17세기 후반에 빠른 음을 지향하고 있었던 것으로 확인되는데, 신번(新飜), 신성(新聲), 신사(新詞) 등으로 표현하고 있다. 모두 새로운 곡조 또는 레퍼토리라고 할 수 있는 것으로 당대의 경향이 이것을 즐기고 애호하는 방향으로 흐르고 있었기 때문이다.

　　또 아뢰기를,
　　"옛사람은 음(音)을 살펴 악(樂)을 알고 악을 살펴 정치를 알았으니, 성음(聲音)은 진실로 정치와 서로 통하는 것입니다. <악기(樂記)>에 궁상각치우(宮商角徵羽)를 논한 말이 있는데, '궁은 군(君)에 속하고 상은 신(臣)에 속하니 궁이 어지러우면 소리가 거칠어 흩어지니 그 임금이 교만함을 알 수 있고, 상이 어지러우면 소리가 기울어져 바르지 않으니 그 신하들이 직무를 다스리지 않아 관사(官事)가 무너졌음을 알 수 있다.'라고 하였으니, 옛사람이 음악을 듣고 정치를 안 방법이 바로 이것입니다." 하니,
　　성상이 이르기를,
　　"북경의 성음은 슬프고 애절하기가 마치 곡성 같기 때문에 온 좌중이 크게 즐기다가도 한번 그 음악을 들으면 슬퍼 눈물을 흘리지 않는 자가 없으니 참으로 괴이하다." 하였다.
　　준길이 아뢰기를,
　　"다스려진 나라의 음악은 그 소리가 안정되어 즐거우니 그 정치가 화평

---

61) 『숙종실록』 39권, 숙종 30년 7월 6일(갑진), 『국역 숙종실록』 21, 307면.

하기 때문이고, 망하는 나라의 음악은 그 소리가 애절하여 근심스러운 생각을 하게 하니 그 백성이 고통에 빠져 괴롭기 때문입니다." 하였다.

성상이 이르기를,

"중국 사람들은 상중에 흰옷을 입지 않고 붉은 신을 신으며 음란한 가사의 노래를 즐겁게 부르면서 그것이 잘못인 줄을 모른다." 하니,

시열은 아뢰기를,

"민간의 풍속이 이러했으니 이 점이 바로 명나라가 망한 원인입니다." 하고,

준길은 아뢰기를,

"우리나라로 말하면 온화하고 느린 곡은 고조라 하고, 짧고 빠른 음은 금조라 하니, 이에서도 속상(俗尙)이 변한 것을 볼 수 있습니다." 하였다.[62]

그러면 16세기 이후 17세기까지 고조(古調)와 신성(新聲)의 추이를 잠시 살펴보고자 한다.

이이(1536~1584)가 〈고산구곡가〉 팔곡에서, "팔곡은 어드민오 금탄(琴灘)에 둘이 붉다, 옥진금휘로 수삼곡을 노는 말이, 고조(古調)를 알 이 업스니 혼자 즐겨 ㅎ노라"라고 한 바와 같이, 이미 16세기 후반에 고조를 아는 사람이 드물었던 것으로 보인다. 고조는 향악에서 평조(平調)와 우조(羽調)를 가리키는 것[63]으로 이해한다.

그런데 고조가 어느 정도 고정되어 있는 개념이라면 신성(新聲), 신번(新飜)은 상대적인 개념이라고 할 수 있다. 보통 개울물 소리에 견주어서 말하는데, 고조는 "졸졸[泠泠]"로 신번 또는 신성(新聲)은 "콸콸[玦玦]"로 형상화[64]하고 있다. 그리고 고조에 대하여 "소리가 맑고 깊어 남은 울림

---

62) 송준길, 『동춘당집』 별집 제3권, 「경연일기(經筵日記)」 효종 9년 (1658) 11월 21일.
63) 이규경, 「속악변증설」, 『오주연문장전산고』 권19, 『오주연문장전산고』 상(동국문화사, 1959), 563면.
64) 김성일, 〈夜聞灘聲〉, 『학봉집』 권1, 『한국문집총간』 48, 26면.

이 있(瀏瀏有餘響)"[65]다고 하였다.

허목은 부친이 정희문의 고조를 연주하기를 좋아하였다[66]고 밝히고, 정희문의 제자 이수종(李壽鍾)이 신곡(新曲)으로 바꾸면서 세상에 전해지지 않게 되었다고 하였다. 그리고 이창원(李昌源, 1588~1654)이 고조 연주를 좋아하였고, 채충진과 거문고에 대한 의견을 나누었다고 하면서, 고조의 전통이 정희문(鄭希文) → 덕신공자(德信公子, 李鸞壽) → 강자구(姜子久, 姜鶴年) → 채동복(蔡同福, 蔡忠晉)으로 이어졌다[67]고 정리하였다.

그런데 시대가 바뀌면서 17세기 전반에 고조를 좋아하는 사람은 소수에 한정되고, 대부분의 사람들은 신성 또는 신번이라고 할 수 있는 번성(繁聲)이나 음란한 소리[蛙音]를 좋아하게 되었다.

> 겨르로운 시름이 언덕처럼 쌓였는데
> 애오라지 다시 아름다운 거문고를 다스리네.
> 옛 가락은 내가 아끼는데
> 도리어 오늘날 그릇된 것이라고 몰릴까 저어하네.
> 빠른 소리가 사람의 귀를 기쁘게 하지만
> 음란한 소리는 내가 공경하는 것이 아니라네.
> 閒愁積如丘　聊復理瑤琴　古調我所愛　還恐坐非今
> 繁聲悅人耳　哇音匪台欽[68]

신번은 새로운 가락이라고 할 수 있는데, 당시 사람들이 빠른 소리[繁聲]나 음란한 소리[蛙音]를 좋아하게 되면서 그런 방향으로 자리를 잡았

---

65) 신흠, <贈李樂師 龍壽>, 『상촌선생집』 제5권, 『한국문집총간』 71, 340면.
66) 허목, 「鏡銘」, 『기언』 제67권, 『한국문집총간』 98, 492면.
67) 허목, 「李唐津琴譜序」, 『記言別集』 卷8, 『한국문집총간』99, 61면.
68) 신흠, <和郭主簿>, 『상촌선생집』 제21권, 『한국문집총간』 72, 374면.

다고 할 수 있다.

고조가 빠른 소리로 바뀌게 된 데 대하여 이명준(1572~1630)은 안택(安澤)에게 준 시에서 다음과 같이 진단하고 있다.

> 고조는 담박하여 맛이 없는데
> 오늘날의 음악은 빠른 소리가 많네.
> 누가 맛이 없는 것을 좋아할 수 있으랴?
> 빠른 소리가 많게 된 까닭이네.
> 그대와 나는 유독 옛 것을 좋아하여
> 그대가 고조를 타는 것을 기뻐하네.
> 한 번 타면 비루하고 인색함을 씻어버리고
> 두 번 타면 속세의 시름을 쓸어버리네.
> 느긋하게 심장과 허파가 맑아지니
> 높은 홍취가 남산과 가지런하네.
> 거듭 한 잔을 권하나니
> 서로 더불어 자리에서 취하세.
> 古調淡無味　今樂多繁聲　誰能嗜無味　所以多繁聲
> 伊我獨好古　喜君彈古調　一鼓滌鄙吝　再鼓蕩塵愁
> 悠然心腑淸　高興齊南山　仍之勸一盃　相與醉筵間[69]

17세기 후반에는 신번으로 부르는 경우가 확대되고 있다.

이은상은 정명공주 수연에서 가곡신번으로 〈감군은〉[70]을 말한 것을 비롯하여, 경성판관이 편지를 보내자 〈장상사(長想思)〉로 사례하면서 신

---

69) 이명준, 〈贈淸之〉, 『潛窩遺稿』 卷2, 『한국문집총간』 속17, 371면, 또 〈次安淸之*澤韻〉, 『潛窩遺稿』 卷1, 『한국문집총간』 속17, 357면, 莫嗟言無味, 吾心淨雪白. 孤琴彈一曲, 此外寧肯學.

70) 이은상, 〈永安主第壽宴, 口占仰呈諸詞伯求正, 二首〉, 『東里集』 卷9, 『한국문집총간』 122, 496면, 侍郎舞彩携諸弟, 歌曲新飜感聖恩.

번(新飜)을 말하고 있다.

> 바람이 누대에 가득
> 달빛도 누대에 가득
> 앓다가 일어나니 또 한 가을이네.
> 편지를 전하니 땅이 다하는 머리라
> 길은 아득하고,
> 꿈도 아득하네.
> 새 곡 하나를 부치나니 시름하지 마시라
> 먼 데서 이주곡(伊州曲) 부르는 것을 상상하네.
> 風滿樓 月滿樓
> 病起相思又一秋　書傳地盡頭
> 路悠悠 夢悠悠
> 一曲新翻寄莫愁　遙想唱伊州[71]

심유(1620~1688)도 이은상의 시에 차운하면서, "가곡신번으로 백설의 악곡을 읊네(歌曲新翻詠雪章)."라고 하면서, 이은상이 가곡 〈백설〉을 새로운 방식으로 부른다고 하고 있다.[72]

이러한 신번, 신성은 신사(新詞)까지 포함하여 새로운 변화를 가져오게 했다는 점에서 주목할 수 있을 것이다. 고정된 가락으로 부르거나 연주하는 것이 아니라, 변주(變奏)를 통해서 새로운 감흥을 일으킬 수 있게 된 것이다. 심유는 서호(西湖)에서 홍주국, 이은상, 이익상 등 여러 사람들과 강호의 삶을 누리면서 빈번하게 신번(新飜), 신성(新聲), 신사

---

71) 이은상, <鏡城判官有書, 謝寄長相思小令>, 『東里集』 卷4, 『한국문집총간』 122, 433면.
72) 심유, <次李侍郎長卿韻>, 『梧灘集』 卷8, 『한국문집총간』 속34, 296면, 李翻其新詞, 令官妓歌之.

(新詞)를 마련한 것으로 확인되는데, 주로 사(詞)를 활용하고 있다. 이은 상이 활용했던 것과 상통하는 셈이다. 심유가 제시한 사의 레퍼토리는 〈임강선〉[73], 〈자고천(鷓鴣天)〉[74], 〈강남곡〉[75] 등이 신성(新聲) 또는 신사(新詞)로 언급한 것을 비롯하여, 〈망강남〉, 〈유초청(柳梢青)〉, 〈서강월(西江月)〉, 〈어가오(漁歌傲)〉 등이 언급되고 있다. 이외에도 신성(新聲)으로 〈영중신곡(郢中新曲)〉, 〈백설가〉 등이 등장하고 있다. 전혀 새로운 곡을 만드는 것과 함께 기존에 있던 것을 변주(變奏)하거나 신사(新詞)를 만들면서 변화를 꾀하고 있다고 할 수 있다.

그 이후 심육(1685~1753)이 〈덕휘가 거문고를 타면서 스스로 신번 몇 곡을 얻었다고 하다〉에서 유덕휘가 신번을 터득하게 된 과정을 설명한 것은 바뀐 음악의 현실에 대한 수긍으로 보아야 할 것이다. 한편 〈덕휘에게 부탁하다〉[76]에서는 신성에 매달리지 말라고 하기도 하였다.

> 비 갠 외로운 집에 앉아 있으면서
> 아양곡을 타니 울림이 비할 데 없이 기이하네.
> 오직 졸졸 소리가 줄 위에 퍼지는 것을 깨닫나니
> 종자기 떠난 뒤에 누가 알랴?
> 孤齋雨歇坐來時　彈出峩洋響絶奇
> 秖覺泠泠絃上遍　鍾期去後有誰知
>
> 폭포 소리가 절절하게 마음에 맞을 때
> 손으로 새 곡조를 타면 다만 절로 기이하네.
> 산수의 중간에서 뜻을 따라 즐기나니

---

73) 심유, 〈三疊奉酬泛翁, 梅潤, 起之〉, 『梧灘集』 卷8, 『한국문집총간』 속34, 310면.
74) 심유, 〈前韻三四疊。和大玉〉, 『梧灘集』 卷9, 『한국문집총간』 속34, 324면.
75) 심유, 〈懷州漫吟〉, 『梧灘集』 卷10, 『한국문집총간』 속34, 357면.
76) 심육, 〈屬德輝〉, 『樗村先生遺稿』 卷14, 『한국문집총간』 207, 204면.

그윽한 회포를 남들과 더불어 알게 하지 않네.

瀑聲切切會心時　手弄新飜祇自奇

山水中間隨意樂　不敎幽抱與人知

마음이 떨어지는 산에 매달려 오고갈 때에

우아함이 산놀이에 있으면 일단이 기이하네.

책상의 앞머리에서 분수를 따라 취하나니

문득 세상과 더불어 아는 것을 싫어하네.

心懸離嶽去來時　雅有游山一段奇

几案前頭隨分取　却嫌與□世間知

돌 위에 빠르게 오뚝하게 앉았을 때에

어떤 일로 견주어 기이하다고 일컬음을 견디랴?

거문고 소리가 완연히 굴러서 흐르는 물과 어울리니

아양에 이르기 전에는 참으로 알지 못하네.

石上儵然兀坐時　堪將底事較稱奇

琴聲宛轉和流水　不到峩洋定不知

쌀을 씻은 물이 흐르듯 거문고에서 소리가 가니

높이 읊조리니 뜻이 때에 맞네

폭포와 샘이 소리가 격렬하여

산와 물은 맑고 기이함을 깨닫네.

淅瀝琴生韻　高吟意適時　瀑泉聲激烈　山水覺淸奇

옛 곡조를 사람이 누가 이해하랴?

마음이 잠기면 그대가 홀로 아네.

창연히 좋은 뜻이 많으니

얕디얕게 자주 술잔을 부르네.

調古人誰解　心潛爾獨知　蒼然多好意　淺淺屢呼巵[77]

물이 졸졸 흐르는 것과 같은 고조(古調)도 있지만 폭포 소리도 있는
것이니까, 폭포 소리를 표현할 수 있는 신번(新飜)이나 신성(新聲)을 즐
기는 것이 악곡 현실의 추이라고 할 수 있을 것이다.

17세기 후반 이후 가객들이 이런 변화를 잘 파악하고 각자 새로운 레
퍼토리를 만들었을 것이다. 만대엽→중대엽→삭대엽으로의 변화와
함께 삭대엽이 초삭, 이삭, 삼삭 등으로 분화한 것이 그 좋은 예라고
할 수 있다.『청구영언』에서 주의식의 신번(新飜), 김유기의 신번, 김천
택의 신성(新聲)과 신곡(新曲) 등이 강조된 것은 자연스런 추이라고 할
수 있을 것이다.

2) 잔치 자리의 요구 수용과 악곡의 변화

이러한 변화는 시대를 거스를 수 없기 때문에 자연스런 변화로 읽을
수도 있지만, 다른 한편으로는 정도(正道)와 순리(順理)로 문제를 해결하
지 않아서 야기된 것으로 볼 수도 있다. 당쟁이 격화되면서 각각 자기
당파를 옹호하는 입장만 견지하다 보니 본령을 놓치는 경우가 허다하게
나타나게 되었던 것이다. 일의 실상에 대한 해명보다 다른 당파의 사람
을 공격하는 일에 몰두하게 되고, 그 과정에서 환정(歡情)의 '노래'와 '놀
이' 등을 비판의 표적으로 삼게 되었고, 이러한 지적의 실제 내용이 결국
은 음악의 촉급과 연계되어 있는 것으로 평가할 수 있다.

구체적으로 민종도가 황해도관찰사가 되어 기생들을 모아놓고 가사
를 부르게 한 일, 궁궐 안에서 위장과 내관이 창녀를 불러놓고 거문고를

---

77) 심육, <德輝彈琴, 自謂得新飜數調>,『樗村先生遺稿』卷14,『한국문집총간』207,
204면.

타고 노래를 부르는 일, 또 임금이 정명공주의 수연에 일등악을 내려주고, 장형(張烱)의 연시연(延諡宴)에 일등악을 내려준 일 등에서 조흥을 위하여 자연스러운 악곡보다 점점 촉급한 음악이 요구되었을 것은 분명하다. 실제로 "술에 취한 노래에 방탕한 놀이가 밤에도 쉴 사이 없었던" 사정이 음악의 촉급을 불러일으킨 중요한 요인이 되었다. 원래 음악이 마음을 다스려서 중정(中正)을 지니도록 해야 하는데, 윤선도가 지적한 바[78]와 같이 환정(歡情)에만 몰두하다 보니 중화(中和)를 유지하도록 하는 것보다 음왜(淫哇)하고 유탕(流蕩)하고 번촉(繁促)한 소리를 즐기게 되었다고 할 수 있다.

이 과정에서 지금까지 홀간하고 있었거나 자료가 마련되지 못하여 제대로 파악하지 못했던 인평대군과 그의 후손들이 향유한 노래와 놀이, 그리고 이들과 함께 교유했던 인물들의 시가 향유, 궁금과 궁가에서 향유한 악곡 등에서 커다란 변화가 일어나고 있었고, 이것이 실제 음률과 악곡의 변화로 드러난 것이라 할 수 있을 것이다. 17세기 후반 시가사의 커다란 변화를 파악하는 일은 바로 이러한 내용을 체계적으로 설명하는 데에 중점을 두어야 할 것이다.

> 민종도는 요사하고 간사하며 조행이 없는 사람이다. 관서에 부임하였을 적에는 날마다 기녀들을 모아놓고 가사를 부르게 하면서 말하기를 '국휼 중에는 풍악을 잡힐 수는 없지마는, 가사를 부르는 것이야 어찌 아니 된다 하겠는가?' 하니, 서로의 사람들이 모두 침 뱉고 더럽게 여기지 않음이 없었다. 그의 아버지 집에서 연회를 베풀 적에 [민종도가] 노래하는 기생을 가려 뽑아서 파발을 태워 올려 보냈다. 외방의 기생은 풍정이 아니면 올려 보낼 수 없었으나, 그의 참람함이 이와 같았다. 그의 숙부 민암

78) 윤선도, 「答趙龍洲別幅 甲辰九月」, 『고산유고』 제5권 상, 『한국문집총간』 91, 426면.

(閔黯)이 함경 감사가 되었을 적에 숙부와 조카가 서로 약속하여 양계 사이에 모여서 기생과 풍악을 겨루고자 하였으나, 연고가 있어서 실행하지 못하였는데, 이를 큰 유감으로 여기었다. 당시는 매우 어렵고 근심스런 일들을 당하여서 서북의 쇠약(鎖鑰)을 민종도와 민암에게 부탁하였는데도 그들은 창피하고 무식하여 탐욕과 음란한 짓만을 마음대로 하였다. 묘당에서 나라의 일을 우려하지 아니함이 이에 이르렀던 것이니, 식자가 통탄하였다.[79]

경덕궁(慶德宮)의 가위장 최은(崔嶾)과 수궁내관 이연협(李延浹)이 빈 궁궐에 창녀를 불러 모아 거문고를 타고 맞추어 노래 부르며 즐겼는데, 밤이 깊어진 뒤 마음대로 문을 열고 나갔다가 그 창녀가 나졸에게 붙잡혔다. 병조에서 이를 아뢰어 마침내 최은 등을 의금부에 회부하였는데, 율이 사형에 해당되었으나, 특별히 사형은 감하고 충군하도록 명하였다.[80]

헌납 이원령(李元齡)이 상소하기를,
"근일의 일들은 겉치레를 숭상할 뿐이어서, 굶주린 백성을 진휼할 방책을 바야흐로 묘당에서 강구하는데, 노래와 풍악이 큰 저택에서 자주 일고, 경비를 염려하는 방도를 날마다 임금에게 아뢰는데 토목일이 고관의 집에서 일고, 분부에 따라 추천하는 것은 본디 인재를 미리 길러 두려는 생각인데 전에 천거한 자나 노쇠한 사람을 추천하는 것으로 구차하게 책임을 다하며, 금제(禁制)가 행하여지지 않아서 비단옷이 혹 광대에게서도 사치하고, 나라의 기강이 점점 해이하여 삼가고 경계한다는 말을 명류에게서도 듣지 못합니다. 바라건대, 전하께서는 이 두어 가지 일을 뭇 신하에게 경계하여 신칙하소서." 하니,
임금이 답하기를,

---

79) 『숙종실록』 권4, 원년 윤5월 12일(기해), 『국역 숙종실록』 2, 23~25면.
80) 『숙종실록』 권6, 3년 9월 4일(무인), 『국역 숙종실록』 3, 132면.

"진언한 정성을 내가 아름답게 여긴다." 하였다.

이때 대신의 말에 따라 대장들로 하여금 장수의 직임에 적합한 자를 각각 세 사람씩 천거하게 하였는데, 천거된 중에는 마땅하지 않은 사람이 많았다 한다.[81]

우의정 민암(閔黯)이 청대하여 임금에게 아뢰기를,

"간신(諫臣)의 소(疏) 가운데에 있는 토목일과 노래·풍악 따위 일은 신에게도 불안한 것이 있습니다. 지난번에 네댓 재신이 소신의 출강(出疆)이 멀지 않으므로, 옛사람의 전송하던 일을 그만둘 수 없다 하여, 드디어 함께 약속하여 만났고, 그 뒤에 또 이우정(李宇鼎)의 집에 모였는데, 두세 가지 기쁜 흥을 돕는 제구가 없지 않았습니다. 또 이제 조정의 신하가 10년 동안 폐출되어 있던 끝에 살던 집은 팔았거나 황폐해졌는데, 여염집은 빌어 들지 못하게 금하므로, 여기저기 옮겨 살면서 그 거주를 정하지 못하다가, 마지못하여 터를 사서 짓고 무너진 데를 수선하였으니, 대개 몸을 의탁하기 위한 것이고 집을 사치하게 하려는 뜻이 있는 것이 아닐 것입니다." 하니,

임금이 말하기를,

"내가 이미 그럴 것이라고 생각하였으니, 인책하지 말도록 하라." 하였다.

이때 민씨들은 사치하는 것이 절도가 없고, 주색에 빠져 방자히 즐겼으므로 세상 사람들에게 지목받았는데, 스스로 반성할 것을 생각하지 않고 청대하여 사리가 당연한 듯이 아뢰었으니, 그 또한 방자한 일이다.[82]

임금이 장형(張炯)의 집에서 연시(延諡)할 것이라 하여 특별히 해조에 명하여 잔치에 드는 쌀·돈·면포를 넉넉히 실어 보내고 선시(宣諡)하는 날에 내외의 선온(宣醞)을 하고 일등악(一等樂)을 내려 주게 하고, 또 공경과 재신으로 하여금 일제히 잔치에 가게 하였는데, 대개 전에 없던

---

81) 『숙종실록』 권23, 17년 5월 22일(정미), 『국역 숙종실록』 13, 54면.
82) 『숙종실록』 권23, 17년 5월 28일(계축), 『국역 숙종실록』 13, 56면.

일이었다.[83]

　사간원에서 아뢰기를,
　"조정의 기강이 날로 무너져가고 사람들의 마음이 더욱 돌아보고 거리 끼는 바가 없게 되어, 길거리에서 말하고 항간에서 논평하는 것도 오히려 또한 부족하게 여겨 언문으로 노래를 짓기까지 하였으니, 마음을 씀이 지극히 교묘한 일입니다. 처음에는 도성 안의 초부들이 노래 부르게 되다 가 어느새 관서 기녀들의 노래가 되어 먼 데나 가까운 데나 전파하게 되었으니, 듣기에 놀랍고도 의혹이 생깁니다. 온 조정의 진신들이 기롱을 받게 되고 한때의 우매한 민중들이 멋대로 비웃는 짓을 하여 조정을 경멸 하고 당세를 모욕함이 심하니, 자세하게 핵실하여 세밀하게 죄를 다스리 지 않을 수 없습니다. 그들에게서 듣게 된 사람 심표(沈杓)를 유사(攸司) 로 하여금 엄중하게 심문하여 적발해 내어서 율대로 과죄(科罪)하게 하 시기 바랍니다." 하니,
　윤허했다. 조금 있다가 심표가 연좌된 바는 전해 들은 것에 지나지 않아서 핵실해 내기 어렵다 하여 놓아 주도록 명하고, 일도 드디어 정지되었다.[84]

　처음에 흑산도에 정배된 죄인 이첨한(李瞻漢)·김필명(金必鳴) 등이 연명하여 나주목에 소장을 올리기를,
　"귀양살이하는 천얼(賤孼) 이만초(李晩初)란 자가 국가를 원망하고 조 정을 비방한 것이 한두 번이 아니었는데, 금년 봄에 소란했을 적에는 먼 저 호서(胡書)를 가지고 백성들을 공갈하였고, 인해서 섬 가운데 여러 사람들과 작당하여 계를 맺고, 장부의 일을 하고자 한다고 일컬으면서, 장수를 뽑아서 정한다고 하였습니다." 하였으므로,
　본주에서 조정에 보고하고 잡아 와서 국문하였는데, 이첨한이 공초하 기를,

---

83) 『숙종실록』 권23, 17년 9월 7일(무오), 『국역 숙종실록』 13, 87면.
84) 『숙종실록』 권24, 18년 11월 16일(신유), 『국역 숙종실록』 13, 186면.

　　"이만초가 말하기를, '민종도가 밤을 틈타 장가(張家)에게 왕래하며 결혼할 것을 허락하고 중궁을 폐립하기로 약속하였으며, 중궁에서부터 판국을 뒤바꾸려고 힘써 노력하였으니, 중궁을 폐하려고 꾀한 자는 민중도이다.'라고 하였습니다." 하고,

　　또 말하기를,

　　"중궁을 폐할 때에 대사헌 목창명(睦昌明)은 즉시 정계(停啓)하였고, 온 조정에서도 한 번 정청(庭請)하고서 책임을 다하였다고 여기니, 뒷날에 죄를 논할 적에 어떻게 죄를 면할 수 있겠습니까?" 하고,

　　또 말하기를,

　　"새로운 동요(童謠)를 들었습니까?" 하고,

　　인해서 그것을 외고서 풀이하였는데 말하는 가운데 중궁[바로 장씨이다.]과 세자를 간범(干犯)하여 차마 듣지 못할 내용이 있었다. 또 말하기를,

　　"우의정[右相]이 북경에 갈 때에 병조 판서 민종도와 중군 장희재가 전별하였으며, 돌아올 때에 창녀를 시켜 앞에서 노래 부르고 춤추게 하였는데, 사람들이 보기에 놀랍고 괴이하니 나라의 형세가 오래가지 못할 것은 이것을 미루어 알 만합니다."[85]

　　이형상(1653~1733)은 이만부에게 보낸 편지에서 〈행용가곡(行用歌曲)〉의 항목에서 17세기 후반과 18세기 초반의 가곡에 대한 설명을 하고 있다.

3) 이서의 시를 통해 본 악곡의 특성

　　이서(李溆, 1662~1723)의 다음 시들은 곡조의 변화를 기술한 것인데, 각 곡조가 지닌 특징을 정확하게 지적하고 있다. 〈새벽에 앉아서 거문고

---

85) 『숙종실록』 권25, 19년 1월 9일(계축), 『국역 숙종실록』 13, 201~203면.

를 타다〉에서는 〈심방곡〉을 연주하고 있다고 밝히고 있고, 〈계면조로
바뀌다〉에서는 중대엽과 삭대엽, 심방곡을, 〈평조를 타다〉에서는 평조
의 특성을 각각 지적하고 있다.

다음 작품은 〈새벽에 앉아서 거문고를 타다〉이다.

> 맑은 새벽에 창을 열고 앉으니
> 앞산에 구름과 안개가 자욱하네.
> 허심탄회하고 고요한 〈심방곡〉에
> 거문고가 내 마음을 알 수 있네.
> 清晨開窓坐　前山雲霧深　冲靜心方曲　琴能識我心

> 또(又)
> 거문고를 타노라니 소리가 고요하고 화평한데
> 노란 참새가 뜰에 내려 먹이를 먹네.
> 보배로운 닭은 시각을 알리고
> 은미한 바람은 나뭇잎을 움직이게 하네.
> 彈琴聲靜和　黃雀下庭食　寶鷄知時刻　微風動樹葉

> 또(又) 스스로 주하다. 중서를 생각하다.[自註, 懷仲舒]
> 마음으로 공경하면 거문고가 절로 안정되고
> 마음이 화평하면 거문고도 화평하네.
> 이 뜻을 풀기 어려운데
> 내 벗은 지금 어디에 있는가?
> 心敬琴自定　心和琴亦和　此意難可解　吾友今在何[86]

---

86) 이서, 〈晨坐彈琴〉, 『홍도선생유고』, 권1, 『한국문집총간』 속54, 6면.

다음은 〈계면조로 바뀌다〉이다.

중대엽 삭대엽 심방곡에
방에 가득한 온화한 바람이네.
천천히 계면조로 바뀌면
고요하고 또 엄숙해지네.
中數心方曲　滿室溫和風　徐變界面調　冲靜更肅雍[87]

다음은 〈평조를 타다〉이다.

온화하고 또 안정되니
마음이 기쁘니 기운이 절로 기뻐하네.
이 뜻을 내가 스스로 즐기나니
어찌 반드시 다른 사람이 알게 하랴?
溫溫更安靜　心悅氣自怡　此意吾自樂　何必他人知[88]

위에 인용한 각 편에 드러난 공통된 특징은 〈심방곡〉[89]을 중요하게

---

87) 이서, 〈變界調〉, 『弘道先生遺稿』 卷1, 『한국문집총간』 속54, 6면.
88) 이서, 〈彈平調〉, 『弘道先生遺稿』 卷1, 『한국문집총간』 속54, 6면.
89) 이보만을 애도하는 시에서는 "부질없이 심방곡만 남아서"라고 한 구절이 있고, 이해여
를 회억하는 시에서는 "아직도 심방곡이 남아서"라고 하여 〈심방곡〉이 가진 특성과
이들 인물을 연계시키고 있어서 주목할 수 있다. 이서, 〈哀李丈保晩〉, 『홍도선생유고』
권4, 『한국문집총간』 속54, 110면. 先生好高尙, 自是隱者流. 質直本公平, 持論和而周.
超然自不羇, 於世無所求. 一枉長者轍, 訪我皇華坊. 忘年托神交, 期以范與張. 從容
合席間, 談笑見天眞. 天然伯牙調, 聲聲都是春. 無端別離曲, 泛泛張翰船. 風燭一散
後, 倏已三十年. 高風尙在心, 聲容已杳然. 空餘心方曲, 尙記融融絃. 〈懷亡友李老兄
海如〉 『홍도선생유고』 권4, 『한국문집총간』 속54, 111면, 海如不羇士, 脫畧性疏朗.
外雖近遊方, 內實不放浪. 崇儒克好賢, 厥志儘高尙. 狷介實剛明, 心公自周遍. 待人
出誠懇, 雖直人不怨. 逍遙天地間, 不憚江海遠. 平生伯牙曲, 深得山水趣. 淡淡更融
融, 天然古人意. 與我本神交, 自與膠漆比. 和風與月夜, 相與各言志. 我愛公文雅, 公

인식하고 있다는 점이다.

그리고 윤선도가 현종 5년(1664)에 조경(趙絅, 1586~1669)에게 답한 편지에서는 마음을 중정(中正)하게 다스리는 음악의 본뜻을 알지 못하고 환정(歡情)만 추구하다가 음왜(淫哇)하고 유탕(流蕩)하고 번촉(繁促)한 소리가 되는 병폐를 지적하고 있다.

아, 말세의 풍속은 음악이 마음을 다스리는 것을 알지 못하고, 단지 음악이 환정을 보태주는 것만 알아서, 음왜하고 유탕하고 번촉한 소리를 듣는 것을 좋아할 뿐, 화장(和莊)하고 관밀(寬密)하고 중정(中正)한 그 뜻은 전혀 알지 못하니, 이는 내가 평소에 병통으로 여기던 바입니다. 대개 시험삼아 논해 보건대, 걸상에 앉아서 거문고를 탄 것과 노예가 되어 거문고를 탄 것은 물론 성인의 일이요, 물고기가 물속에서 나와서 듣고, 임금의 수레를 끄는 말들이 고개를 쳐든 것은 또한 성인의 음악이었습니다.

…(중략)…

그리고 소리라는 것은 천기가 유동(流動)해서 나오는 것인데, 천기가 유동하는 것은 만세토록 다를 것이 없으니, 맹자가 "오늘날의 음악은 옛날의 음악과 같다."라고 말한 것이 바로 이것입니다. 합하(閣下)는 후성(後聖)이 나오시면 오늘날의 음악을 선왕의 음악이 아니라고 하여 온 천하의 음악을 모조리 폐하리라고 생각합니까. 만약 술에 취해 노래하고 항상 춤추는 것과 음탕하게 노닐며 돌아갈 줄 모르는 것을 경계하여 폐한다면, 이는 목이 멜까 걱정하여 음식을 폐하거나, 뜨거운 국에 덴 나머지 냉채(冷菜)를 호호 불어서 식히려는 것과 비슷하지 않겠습니까.

듣기 어려운 음악을 조용히 들으면서 마음을 거두고 생각을 가라앉혀, 즐거우면서도 넘치지 않고 슬프면서도 마음을 상하게 하지 않으며, 급하

許我不鄙. 修短各有命, 君忽先我逝. 乾坤少知己, 落落吾何處. 光陰易變遷, 倏爾數十年. 猶餘心方曲, 怳對故人面.

게 하지도 않고 느슨하게 하지도 않는 뜻을 터득한다면, 학자에게 유익한 것이 고금에 무슨 차이가 있겠습니까.[90]

한편 윤증(尹拯, 1629~1714)이 나양좌(羅良佐, 1638~1710)에게 답한 글에서는 가장(歌章)에서 장가(長歌)의 애절함이 가지는 의미를 환기하면서 다음과 같이 기술하고 있다.

> 가장(歌章)이 충의가 세차게 드러나고 어세가 굳세니, 참으로 이른바 "장가의 애절함이 통곡보다 심하다."라는 것입니다. 그러나 또 일에 무슨 보탬이 되겠습니까. 결국 처사의 큰소리가 되는 데에 불과할 뿐이니, 어찌하겠습니까. 저는 본래 음률을 잘 알지 못하지만 그 사이에는 너무 길어 삭제했으면 하는 것이 있습니다. 어떻게 생각하시는지 모르겠습니다. 발문의 경우에는 글이 간단하면서도 적당하여 대의가 분명하니 더욱 우

---

90) 윤선도, 「答趙龍洲別幅 甲辰九月」, 『고산유고』 제5권 상, 『한국문집총간』 91, 426면. 天下之窮處, 豈有音樂. 謫來聞有無主玄琴, 問其所從來, 則姜說爲守時, 其兒婢有學琴者, 適白江米, 其妾曉音律, 借其琴而教官婢, 說之解歸, 白妾令留下其琴, 白相歸後學琴者亦不久化去, 琴獨仍在其家云. 卽令取來見之, 則是說守海南時, 乞得吾家長物者也. 覽物思鄉, 爲之愴然, 抑造物者前知吾此行而安排著, 要以慰喜登之懷歟, 亦一奇事也. 隨謫馬走之母, 適有姬妾中靜者, 少小在傍學得, 使於作二紅飯之暇, 時一鼓之房中, 聊以頤澤畔之神而已. 歌則何處得來, 琴歌不撤, 以告者誤也. 笑矣乎. 噫, 末俗不知樂之治心, 只知樂之助歡, 愛聽淫哇流蕩繁促之聲, 全昧和莊寬密中正之義, 此則鄙人之素所病也. 蓋嘗論之, 在床琴爲奴皷, 固聖人事也. 游魚出六馬仰, 亦聖人樂也. 然記曰, 十三學樂, 小學題辭曰, 詠歌舞蹈, 伊川先生曰, 且教之歌舞. 童稚之學, 皆知古聖人樂中意歟. 人皆成聖然後可爲樂, 則聖人何謂成於樂也. 離之九三曰, 不皷缶而歌. 大耋之嗟, 凶, 大耋皆聖人之徒而有此訓歟. 且聲者出於天機之流動也. 天機之流動, 亙萬世而無異, 孟子所謂今樂猶古樂者此也. 閤下以爲後聖有作, 則謂今樂非先王之樂, 而學天下而廢之歟. 如以酣歌恒舞淫泆忘返爲戒而廢之, 則不幾於因噎廢食, 懲羹吹齏者歟. 稀音靜聽, 收心寂慮, 得樂不淫哀不傷急不得慢不得之意, 則其有益於學者, 今古何間, 朱子琴詩曰, 靜養中和氣, 閑消忿慾心, 愚常深味斯言, 以爲後學苟能養中消忿於此, 則是亦朱子之徒也. 愚意如此, 閤下以爲如何. 在南時偶吟三絕, 今并錄呈. 白江, 李相景興號, 朱子琴, 恐當作胡文定.

러러 탄복하는 바입니다. 다만 이른바 명나라 사람을 잡아 넘겨주었다는
것은, 그때 이형 혜중(李兄惠仲) 씨가 그곳의 방백이었기에 그 실상을
물어 알 수 있었는데, 바로 정성공(鄭成功) 관하에서 일본과 교역하던
자들로 진짜 명나라 사람들은 아니었습니다. 또 저쪽에 돌려보낸 것은
적인을 붙잡아 죽이는 것과 같은 종류는 아니며, 단지 표류인을 풀어 보
내 주는 것과 같을 뿐입니다. 그때에 권정숙(權正叔)과 유윤보(兪胤甫)
등이 모두 상소를 올려 쟁론하였으나 대의에 크게 관계되지는 않았습니
다. 이른바 호미(胡米)를 빌려 먹는다는 것은 비록 큰 잘못이지만 당시의
사람들은 개시(開市)와 비교하였습니다. 위의 두 가지 사항은 모두 기쁜
마음으로 저들을 섬긴 실상이 되지는 않습니다. 또 오늘날 온 나라에서
누군들 기쁘게 저들을 섬기는 마음을 갖고 있겠습니까. 다만 이는 현묘
말년부터 지금까지 40년 동안 당론이 분분하여 오직 피차간에 공격하는
것만을 일삼느라 나랏일에는 생각이 미칠 겨를이 없었을 뿐이니, 하물며
천하의 일에 생각이 미칠 수 있었겠습니까. 이것이 가슴 아플 뿐입니다.
위의 두 가지 사항은 마땅히 삭제하여 고쳐야 할 듯합니다. 어떻게 생각
하시는지 모르겠습니다.[91]

---

91) 윤증, 「答羅顯道 癸未二月十三日」, 『명재유고』 제15권, 『한국문집총간』 135, 352면.
歌章, 忠憤激切, 而辭氣壯厲, 眞所謂長歌之哀, 過於痛哭也. 然亦何補於事哉. 不過
終歸於處士之大言耳. 奈何, 鄙人素不解音律, 其間似有太長而欲刪者, 未知以爲如
何. 至於跋文, 文字簡當, 而大義明白, 尤可歎歎, 第所謂捕明人而與之者, 其時李兄
惠仲氏爲此路方伯, 問得其實, 則乃鄭成功管下, 通販於日本者, 非眞王人也. 且歸之
於彼者, 非如捕得敵人, 以爲殺戮之比也. 只是解送潭人之類耳. 其時權正叔·兪胤
甫諸人, 皆陳疏爭之, 而不甚關係於大義, 所謂乞胡米而食之者, 雖是大誤, 其時諸人,
比之於開市, 右兩款, 皆非甘心事彼之實事也. 且今日一國之人, 孰有甘心事彼之心
哉. 只是自顯廟末年, 至今四十年間, 黨論交亂, 唯以彼此攻擊爲事, 不暇念及於國事,
況能念及於天下耶. 此爲痛心耳. 右兩款, 似當刪改, 未知如何. 癸未二月十三日.

4. 칠정의 표출과 관련한 주제와 표현

1)『심경』 강독과 칠정의 표출

칠정(七情)은 사람이 드러내는 감정의 표현으로 '희노애구[락]애오욕
(喜怒哀懼[樂]愛惡欲)'을 가리킨다. 『중용』에서 희노애락(喜怒哀樂)이 드
러나지 않은 것을 중(中)이라 하고 드러나되 절조(節操)에 맞는 것을 화
(和)라고 하였다.[92] 그리고 집주에서 희노애락을 정(情)이라 하고, 미발
의 상태를 성(性)이라고 설명했다. 이른바 성정론의 근거가 되는 내용이
다. 그리고 어느 한쪽에 치우치지 않기 때문에 중(中)이라 하고, 발현하
여 모두 절조에 맞는 것을 정의 바름[正]이라고 풀이하였다. 이 중에서
희노애락(喜怒哀樂)과 애오욕(愛惡欲)을 변별할 수 있을 것 같다. 애오욕
이 주체의 입장에서 좀 더 적극적인 자세를 보이는 감정이라고 할 수
있다. 18세기에 위백규는 희(喜), 락(樂), 애(愛)를 순경이라 하고 노(怒),
구(懼) 등을 역경이라고 하였다.[93]

17세기 이후 성정론(性情論)에서 정(情)의 발로에 대한 긍정적 인식이
확대되고 있었고, 조정에서 임금이 위노(威怒)의 감정을 드러내는 일이
잦아지면서 칠정의 문제가 표면으로 부각되었다고 할 수 있고, 실제
시가 작품에서도 두드러진 변화의 양상을 보이게 되었다고 할 수 있
다. 그리고 경연에서『심경』을 강론하면서 칠정의 문제가 더욱 표면화
되었다.

---

92)『中庸』, 喜怒哀樂之未發謂之中 發而皆中節謂之和 中也者 天下之大本也 和也者
天下之達道也
93) 위백규, 「格物說」, 『存齋集』卷13, 『한국문집총간』243, 274면.

이경여가 회로에 관한 것을 논하면서『심경』을 가까이 두기를 청하니, 상이 이르기를,

"그것은 약이 되는 말이다마는, 내 기질이 바뀌기 어려운 것을 근심할 뿐이다." 하였다.[94]

상이 주강에 나아가『심경』을 강론하였다. '희로애락미발(喜怒哀樂未發)'이라는 말에 이르러서 상이 이르기를,

"참으로 발하기 전에 함양해야지, 발한 뒤에 가서 억제하기 어렵다고 한다면 이는 선학(禪學)에 가깝다. 그러므로 발하는 곳에서 억제해야 한다. 공자·맹자가 사람을 가르침에 있어 흔히 발하는 곳을 가지고 말한 것도 참으로 이 때문이다." 하자,

권시가 답하기를,

"칠정 중에서도 노(怒)가 더욱 억제하기 어려우므로, 인주로서 마땅히 경계하고 두려워해야 될 곳입니다. 애(哀) 한 글자를 가지고 말하여 보더라도 슬퍼해야 될 바에 슬퍼하는 것이 이른바 중절(中節)입니다. 지난해 내포(內浦)에 흉년이 들어서 애처로운 우리 생민이 더러는 굶어 죽기도 하였습니다." 하니,

상이 이르기를,

"듣고 보니 놀랍고도 슬픈 일이다. 해조에게 말하여 진휼의 대책을 강구하도록 하라." 하였다.

권시가 또 아뢰기를,

"재신(宰臣)의 초상에 반드시 사전(祀典)을 적용하는 것은 그 예를 소중히 하고 또 슬픔을 다하자는 것입니다. 여이징(呂爾徵)이 죽은 지 이미 오래되었는데도 여태 치제를 하지 않았습니다. 생전에 과실이 있었다 하더라도 지금에 와서는 포용을 하는 것이 옳습니다. 더구나 그가 한 말이 결단코 다른 뜻이 없었는데 이겠습니까." 하니,

상이 답하지 않은 채 강을 파하더니 추후에 여이징의 치제문(致祭文)

_____
94)『효종실록』9권, 효종 3년 10월 27일(을축),『국역 효종실록』4, 94면.

을 내렸다.[95]

지평 이광적(李光迪)이 상소하여 상이 희로(喜怒)에 중도를 잃은 것에 대해 경계 드리기를,

"노(怒)라는 것은 칠정 가운데 하나인데, 발작하기는 쉬우나 억제하기는 어렵습니다. 그 발작이 우뢰처럼 급한가 하면 바람처럼 빠르므로, 옛 사람들이 노를 다스리는 것을 산을 꺾거나, 타는 불을 끄는 어려움에다 비유하였습니다. 그러니 참으로 겸허한 마음과 안정된 기운으로 사물이 앞에 닥칠 때 순리로 응하여 스스로 성내는 것을 잊고 사리상의 시비를 살피지 않는다면, 성을 내었을 때 중정(中正)한 마음을 얻지 못하게 되는 동시에, 정사를 해치고 덕을 상하는 일들이 항상 이로 말미암게 되니, 두렵지 않습니까." 하고,

이어 징분잠(懲忿箴) 한 편을 올리니, 가상히 여겨 격려하고 마장(馬裝) 1부를 내렸다.[96]

검토관 이유(李濡)가 아뢰기를,

"근일에 성상께서 기뻐하시고 성내실 때에 말씀과 기운을 지나치게 드러내시고 거조(擧措)도 중용의 도를 지난 듯합니다. 지난번 관유(館儒)들의 상소에 있어서도 죄를 주어야 할 일이 있으면 그 죄목을 들어서 죄주시면 될 것인데, 이에 유주(幼主)라는 말씀을 하셨다고 하니, 이는 신자로서 차마 들을 바가 아니며, 심지어 유생을 변방 먼 곳으로 정배하고 백 명에 가까운 소하(疏下)의 사람들을 아울러 모두 정거토록 하셨으니, 이는 실로 전고에 듣지 못한 바입니다. 마땅히 마음을 평안하게 가지시고 조용히 궁구하셔야 합니다." 하니,

임금이 답하지 아니하였다.[97]

---

95) 『효종실록』 20권, 효종 9년 3월 25일(壬戌), 『국역 효종실록』 7, 35~36면.
96) 『현종개수실록』 11권, 현종 5년 9월 30일(戊午), 『국역 현종개수실록』 5, 213면.
97) 『숙종실록』 권1, 즉위년 12월 27일(병진), 『국역 숙종실록』 1, 135~136면.

이현일에게 특별히 유시하도록 명하기를,

"칠정 중에서 발로되기는 쉬우면서 억제하기 어려운 것은 오직 화내는 것이 특히 심한 것이다. 나의 병폐가 바로 여기에 있기에 평상시에도 존양(存養)하는 공부에 뜻을 두지 않은 것은 아니지만, 거칠고 사나와지는 병폐가 때로는 마구 발로됨을 면하지 못하게 된다. 앞서 경연에서도 경의 진달하는 말이 나라 일로 근심하고 임금을 아끼는 뜻에서 나온 것이었는데, 내가 천천히 생각해 보지 못하고 사기(辭氣)의 사이에 온화함이 결여되어 불안해지게 만들었다. 이는 나의 잘못이었는데, 뒤에야 후회했었지만 무슨 소용이 있겠는가? 경은 이처럼 근간하게 용서하는 나의 뜻을 깊이 생각하여 마음을 안정시키고 사직하지 말라." 하였다.[98]

후대에 최한기는 칠정이 호오에서 나온다고 하였다. 희(喜), 낙(樂), 애(愛), 욕(欲)을 호(好)와 연관시키고, 애(哀), 노(怒)를 오(惡)와 연계시키고 있다. 다만 호오의 심천(深淺)에 따라 층위가 갈라졌다고 설명하고 있다.[99]

2) 대상을 향한 움직임과 애오욕

칠정과 관련하여 시대의 변화를 드러내는 특성은 15세기에서 16세기 전반까지 1) 감격과 그리움, 16세기 중반 이후 2) 절제와 안정, 17세기

---

98) 『숙종실록』 24권, 숙종 18년 2월 13일(癸巳), 『국역 숙종실록』 13, 131면. 이 내용은 『갈암집』에도 수록되어 있다.

99) 최한기, <七情出於好惡>, 『추측록』 제3권, 宜於生者好之, 不宜於生者惡之, 情之所發, 名雖有七, 其實好惡而已. 七情者, 喜怒哀樂愛惡欲也. 情之發現, 豈有若是多端. 苟求其實, 蓋有好惡, 而其所好惡, 各有淺深之不同, 至有多般名目, 惡之切者爲哀, 惡之激者爲怒, 好之發者爲喜, 好之著者爲樂, 好之及物爲愛, 避惡趍好爲欲, 然得於推測者, 好其所好, 惡其所惡, 未得於推測者, 或好其所惡, 又或惡其所好, 以至於惡人之所好好人之所惡.

이후 3) 대상을 향한 움직임 등으로 나누어 설명할 수 있을 것이다. 17세기 후반의 중요한 특성이 바로 대상을 향한 움직임이라고 한다면, 애오욕(愛惡欲)의 층위와 관련하여 그 특성을 살필 필요가 있을 것이다. 최한기가 지적한 바에 의하면, 미움[惡]은 싫어함이고 사랑[愛]은 좋아함[好]이 대상에 미친 것이고, 욕(欲)은 싫은 것[惡]을 피하여 좋은 것[好]으로 옮아가는 것이라고 할 수 있는 것이다.

김천택 편『청구영언』(1728)에 수록된 작품을 중심으로 살펴보도록 한다. 하한선이 1728년이므로 작가가 밝혀지지 않은 작품 중에서 17세기 후반의 현실을 반영하고 있다고 할 수 있고, 「만횡청류」에 수록한 작품을 두고 사어(辭語)가 "음왜(淫哇)"하다고 김천택 스스로 지적한 점과, 마악노초 이정섭이 쓴 「발문」에서 "즐겁고 편안하며, 원망하고 탄식하며, 미친 듯이 사납게 날뛰며, 거칠고 거친 상태와 모습은 각각 자연의 참된 이치에서 나온 것"이라고 지적한 부분이 칠정의 다양한 표출을 강조한 것으로 읽어낼 수 있기 때문이다. 그러므로 17세기 후반의 작가가 밝혀진 작품과 17세기 후반의 현실이 반영되었을 것으로 추정되는 무명씨(無名氏) 부분과 「만횡청류」 부분을 주의 깊게 살필 것이다.

3) 칠정 표출 작품의 이해

희(喜)의 감정을 표출한 작품이다. '기쁘다', '좋아하다'라는 의미로 널리 사용하며, 노(怒)와 대가 되는 개념이다. 잔치 마당에서 불리는 경우가 많다.

> 드나 쓰나 니탁주 죠코 대테 메온 질병드리 더욱 죠희
> 어론쟈 박구기롤 둥지둥둥 띄여 두고

아히야 저리짐칠만정 업다 말고 내여라 –『청구영언』 164 채유후

노(怒)의 감정을 드러낸 작품이다. 성내다, 곤두서다, 세차다의 의미로 널리 사용되며, 희(喜)와 대가 되는 개념이다. 대노(大怒), 격노(激怒), 위노(威怒)와 같이 매우 큰 범위이거나 윗사람의 지위에서 드러난 감정이라고 할 수 있다.

이바 편메곡들아 듬보기 가거늘 본다
듬보기 성내여 土卵눈 부릅드고 째자반 나롯 거스리고 甘苔신 사마신고 다스마 긴거리로 가거늘 보고오롸
가기는 가더라마는 薰古흔 얼굴에 졍이 업시 가드라. –『청구영언』 531

애(哀)의 감정을 노출한 작품이다. 애는 서럽다, 슬퍼하다, 민망히 여기다의 의미로 널리 사용되며, 몸과 마음을 다치는 상(傷)과는 일정한 거리를 두고 있다.

강산이 적막흔듸 슬피 우는 져 두견아
촉국 흥망이 어제 오늘 아니여늘
지금히 피나게 우러 눔의 애를 긋느니 –『청구영언』 392

낙(樂)의 감정을 표출한 작품의 예이다. 낙(樂)은 즐기다, 기뻐하다의 의미로 널리 사용되며 고(苦)의 대가 되는 개념이다. 어느 정도 행동으로 드러나고 있다.

金樽에 フ득흔 술을 슬커장 거후로고
취흔 후 긴 노래에 즐거오미 그지업다

어즈버 석양이 진타 마라 둘이 조차 오노매 -『청구영언』166 정두경

애(愛)의 감정을 드러낸 작품이다. 사랑하다, 그리워하다, 어여삐 여기다의 의미로 널리 사용된다. 실제로는 사랑을 내면에 간직한 것으로 인식할 수도 있지만 겉으로 표출하여 구체화시킬 수도 있다. 17세기 전반에 이정구가 "남자의 좋은 마음속[男子好心腸]"[100]이라고 했던 것에 견주면, 여기에서 말하는 사랑은 '사랑'이라는 구체적인 언어가 등장한다.

> 스랑스랑 긴긴 스랑 기천ㄱ치 내내 스랑
> 구만리 장공에 넌즈러지고 남는 스랑
> 아마도 이 님의 스랑은 ㄱ업슨가 ㅎ노라 -『청구영언』457

> 스랑이 엇더터니 두렷더냐 넙엿더냐
> 기더냐 쟈르더냐 발을러냐 자힐러냐
> 지멸이 긴 줄은 모로되 애 그츨만 ㅎ더라 -『청구영언』459

그러나 표면적인 언어의 진술에만 한정하지 않고 때로 사랑의 깊이를 알 수 없다고 토로하기도 한다. 상대방의 내면과 연계되어 있기 때문일 것이다.

> 물애래 세가람모래 아무리 붉다 바자쳐 나며
> 님이 나를 아무리 괴다 내 아더냐 님의 안홀
> 狂風에 지부친 沙工ㄱ치 기픠를 몰라 ㅎ노라 -『청구영언』458

---

100) 최재남, 『17세기 전반 정치·사회 변동과 시가사』(보고사, 2018), 370면.

오(惡)의 감정에 관한 것을 들면 다음 시조가 그 예가 된다. 미워하다, 헐뜯다, 부끄러워하다의 의미로 널리 사용되며, 호(好)의 대가 되는 개념이다.

> 개를 여라믄이나 기르되 요 개ᄀᆞ치 얄믜오랴
> 뮈온 님 오며는 꼬리를 홰홰 치며 치쒸락 ᄂᆞ리쒸락 반겨서 내ᄃᆞᆺ고 고온 님 오며는 뒷발을 버동버동 나으락 캉캉 즈져서 도로 가게 ᄒᆞ다
> 쉰밥이 그릇그릇 난들 너 머길 줄이 이시랴 － 『청구영언』 547

욕(欲)의 감정을 노출한 작품이다. 하고자하다, 바라다, 욕심 등의 의미로 널리 쓰이며 한 쪽에서 다른 쪽으로 옮아가는 특성을 지니고 있다.

> ᄇᆞ른갑이라 하늘로 늘며 두더쥐라 ᄯᅡ흐로 들랴
> 금죵달이 철망에 걸려 플덕플덕 프드덜이니 늘다 걸다 네 어드로 갈다
> 우리도 새 님 거러두고 플더겨 볼가 ᄒᆞ노라 － 『청구영언』 479

5. 노래의 한역과 그 전승

1) 17세기 후반 노래 한역의 양상

17세기 전반에 전승 노래를 한역으로 수습한 사례[101]를 확인한 바 있다. "사군", "사미인", "연군" 등이 큰 비중을 차지하고 있었던 것이다.

그런데 17세기 후반에 이르면서 17세기 전반에 지어진 〈철령가〉를 수용하면서 한역한 사례를 비롯하여, 사행의 길에 〈청석령가〉를 환기하면서 한역한 사례도 확인할 수 있었다.

그리고 이이의 〈고산구곡가〉를 당파적 입장에서 같은 입장을 견지하는 여러 사람이 한역하는 일이 있었고, 한 개인이 〈고산구곡가〉 전편[102]을 한역하기도 하였다.

17세기 전반의 노래 한역과 달리 후반에는 자신의 작품을 직접 한역하는 경우가 나타나고 있다. 윤선도의 〈몽천요〉, 김기홍의 〈관곡팔경가〉 등이 이에 해당한다. 이러한 시도는 우리말 노래를 부르면서 흥취를 드러내는 일과 함께 한문을 상용하는 독자를 염두에 둔 것으로 이해할 수 있다.

17세기 후반의 노래 한역에서 주목할 수 있는 인물은 유형원(1622~1673)[103]과 남구만(1629~1711)[104]이다. 유형원은 시조 17수를, 남구만은 시조 11수를 한역하고 있어서 그 태도를 짚어볼 수 있다. 두 사람 모두 '번속가(飜俗歌)', '번방곡(飜方曲)'의 표제를 달고 있어서, 속가(俗歌)와

---

101) 최재남, 『17세기 전반 정치·사회 변동과 시가사』(보고사, 2018), 77~92면.

102) 김유, 〈翻栗谷先生高山九曲歌 十首〉, 『儉齋集』 卷4, 『한국문집총간』 속50, 79면.

103) 유형원, 〈번속가〉, 〈우번속가〉, 〈우번속가〉, 〈우번속가〉, 임형택 외 역, 『반계유고』(창비, 2017), 182~191면.

104) 남구만, 〈翻方曲〉, 『藥泉集』 第1, 『한국문집총간』 131, 430면.

방곡(方曲)을 번역한다는 의식을 표명하고 있다.

　유형원과 남구만의 한역은 17세기 전반인 광해군 14년(1622)에 이민성이 〈사람들이 이가를 노래하는 것을 듣고 압운하여 시로 만들다〉에서 12수의 노래를 한역한 것과 견줄 수 있는 것으로, 이민성이 『청구영언』에 황진이, 정철로 기록된 작품과 무명씨(3수)로 수록된 작품, 그리고 후대 다른 가집에 수록된 작품 등을 한역하고 있기 때문이다.

17세기 후반 한역 작품 일람

작가	작품	역자	수록문헌	비고
윤선도	몽천요	윤선도 1587~1671	고산유고	3수(본인)
송남수	고란사단가	심희수 1548~1622	제월당집	송규렴 수습
이항복	철령가	송시열 1607~1689	송자대전	1수
이이	고산구곡가	송시열 1607~1689	송자대전	
이이	고산구곡가	김 유 1653~1719	검재집 권4	10수
미상	번속가	유형원 1622~1673	반계유고	17수
유숙	백설가	남용익 1628~1692	호곡집	
미상	번방곡	남구만 1629~1711	약천집	11수
김기홍	관곡팔경가	김기홍 1634~1701	관곡집	8수(본인)
미상	단가십구장	이기휴 1650~1710	불세당집	19수
정두경	군평가	홍만종 1643~1725	순오지	1수

2) 유형원의 〈번속가〉

　유형원이 노래를 한역한 것은 고모부 김세렴(金世濂, 1593~1646)의 영향이 있었을 것으로 추정할 수 있다. 유형원은 다섯 살부터 고모부인 김세렴에게 수학[105]하기 시작하여, 인조 24년(1646) 김세렴이 세상을 떠날 때까지 큰 영향을 받았던 것이다. 김세렴이 〈악부〉라고 하여 당시에 전승되던 〈강호에 기약을~〉과 〈꿈에 항우를~〉을 한역[106]하고 있기 때문이다.

유형원은 〈번속가〉 3수, 〈우번속가〉 10수, 〈우번속가〉 3수, 〈우번속가〉 1수 등 4차에 걸쳐서 17수의 시조를 번가(翻歌)하고 있다. 〈번속가〉 3수에서는 〈눈 맞아~〉, 〈옥을~〉, 〈산이 높지 않다고~〉를 읊은 시조를 옮기고 있고, 〈우번속가〉 10수에서는 〈오늘이〉를 비롯하여, 〈이 몸이 죽어가서~〉, 〈녹주는~〉, 〈청산아~〉, 〈산 좋고~〉, 〈흐린 물~〉, 〈가을 하늘~〉, 〈강호에~〉, 〈이 몸이 죽고죽어~〉, 〈흉노를~〉 등의 작품을 옮기고 있으며, 〈우번속가〉 3수는 〈태산이~〉, 〈소경이~〉, 〈삼각산~〉 등을 옮겼고, 〈우번속가〉 1수는 〈뉘라서~〉를 옮긴 것이다. 유형원이 옮긴 노래는 조선 초의 시조부터 17세기 후반의 노래까지 망라한 것으로 볼 수 있는데, 『청구영언』에서 작가를 확인할 수 있는 작품은 성삼문, 이항복, 정몽주, 이중집 등이고, 나머지 작품은 작가를 알 수 없는 작품이 주류를 이루고 있다. 속가(俗歌)의 의미를 새길 수 있는 부분이다.

유형원의 번역 작품 일람

번가	속가	청구영언 수록	비고
竹爲雪壓	눈 맞아	청구391 ***	악학625 원천석
謂玉爲石	옥을 돌이라		해동036 홍섬
君莫道 山不高	미상		
今日復今日	오늘이	청구001 ***	
此身若化物	이몸이 죽어가서	청구016 성삼문	

---

105) 안정복, 「반계선생연보」, 『반계유고』(창비, 2017), 485면.
106) 최재남, 『17세기 전반 정치·사회 변동과 시가사』(보고사, 2018), 90면.

번가	속가	청구영언 수록	비고
綠酒淡若空	미상		
靑天一片月	청산아		고금087 *** 가람청구285 김상옥
山高水淸處	산 좋고		고금134 ***
勿謂西日高	흐린 물		가람청구041 정희량
秋天雨晴色	가을 하늘		악학790 ***
江湖有期約	강호에	청구102 이항복	
此身死復死	이몸이 죽고죽어	청구008 정몽주	
匈奴斬滅盡	미상		
太岳雖云高	태산이	청구374 ***	악학639 양사언
盲人騎瞎馬	소경이		해동333 이정보
如玉兮三角	미상		
孰謂我衰老	뉘라서	청구292 이중집	

3) 남구만의 〈번방곡〉

남구만은 〈번방곡〉이라 하여 11수의 시조를 한역하고 있다. 〈이 몸이〉, 〈철령 높은 봉에〉, 〈청석령〉, 〈조천로〉, 〈동창이〉, 〈뉘라서〉, 〈마음이〉, 〈내 언제〉, 〈새 정을〉, 〈말은 가자〉, 〈어제 오늘〉 등인데,『청구영언』에 정몽주, 이항복, 효종(2수), 남구만, 이중집, 서경덕, 황진이 등으로 작가가 밝혀진 것이 8수이고, 나머지 3수는 작가 미상이다. 작가 미상의 작품 3수가 우리의 관심을 끌고 있다.

신정이 미흡한데 꿈결에 막힘이 없더니
속엣말 다 못하고 갑자기 사라졌네.

어즈버 꿈과 참이 일반이니 잠시 만나기 기다리네.

新情苦未洽　夜夢幸無礙

衷情未盡訴　倏焉失所在

嗟我夢眞皆一般　只待霎時看

말은 가자 울고 님은 잡고 울고

석양은 재를 넘고 갈 길은 천리로다

저 님아 눈물을 거두어라 내 넋이 녹아 흐르네.

征馬啼欲去　佳人啼欲留

夕陽落已盡　客路千里悠

佳人且收淚　吾魂消幾流

어젠가 오늘인가 기억할 수 없는데 백운산 옛 절 안이었네

임과 서로 만나 꿈과 같았는데 이곳에서 다행히 다시 만났네

마침내 뒷기약 없으니 첩은 더욱 슬퍼지네.

昨耶今耶迷不記　白雲山中古寺裏

與君相見曾似夢　此地何幸更相從

終然不定後會期　妾人於玆益傷悲

　유형원과 남구만의 번역 중에는 정몽주의 〈이 몸이 죽고 죽어~〉와 이중집[107]의 〈뉘라셔~〉가 공통으로 나오고 있다. 이중집의 작품이 17세

---

107) 이중집은 『청구영언』 '年代欠考'에 실려 있는데, <送李仲集令公按節湖西 名慶全>(『水色集』 卷2), <送李監司仲集按湖西>(『芝峯先生集』 卷3), <李仲集送竹杖, 對使走筆謝之>(『月沙先生集』 卷14) 등으로 보아 이경전(李慶全, 1567~1644)으로 추정할 수 있다. 이경전의 졸기에 "이경전이 죽었다. 경전은 이산해(李山海)의 아들이다. 그는 사람됨이 교활하고 간사하여 자기 부형의 배경을 의지해서 조정의 권력을 제멋대로 농락하였다. 맨 처음 이이첨(李爾瞻)과 더불어 악한 일을 함께 하며 서로 도와서 갑자기 숭품에 올랐었다. 그 후 이첨이 위력과 은혜를 제멋대로 자행하던 때에 이르러서는 곧 그와 서로 등져버렸는데, 이로 인해 반정하던 처음에 쫓겨남을 면할

기 후반에 널리 노래되고 있었다는 반증이다. 이항복의 경우는 각각 다른 작품을 한역하고 있다.

남구만의 번역 작품 일람

번가	방곡	청구영언 수록	비고
此身死復死	이 몸이	청구008 정몽주	
咸關嶺高復高	철령	청구103 이항복	
靑石嶺已過	청석령	청구217 효종	
朝天路草塞	조천로	청구218 효종	
東方明否	동창이	청구203 남구만	
誰謂余爲老	뉘라셔	청구292 이중집	
吾心旣云醉	마음이	청구023 서경덕	
何曾妾無信	내 언제	청구288 황진이	
新情苦未洽	미상		
征馬啼欲去	말은 가자 울고		고금212 ***
昨耶今耶迷不記	미상		

수 있었다. 그 후 20여 년 동안 한산한 직에 있으면서, 시 짓고 술 마시기를 스스로 즐기고 검소함을 스스로 좋아하였으며, 공훈 있는 신하들과 서로 좋게 지냄으로써 세상에 용납되었는데, 이때에 이르러 죽었다."(『인조실록』 45권, 인조 22년 5월 3일 (경인))

6. 『청구영언』 무명씨 작품 수록의 의미

1) 『청구영언』 수록 작가의 특성

김천택이 18세기 초반(1728)에 엮은 『청구영언』은 악곡별로 구분하여 작품을 수록하고 있으면서, 이삭대엽에 이름을 밝힌 작가와 무명씨 작가의 작품을 함께 수록하고 있다. 이름을 밝히고 있는 작가는 58명 작품번호 07부터 293까지 287수이다. 여말의 이색과 정몽주 등 3명, 본조에는 절재[김종서]부터 광재까지 41명, 열성어제의 태종, 효종, 숙종 등 3명, 여항육인의 장현에서 남파까지 6명, 규수 3인의 황진, 소백주, 매화 등 3명, 연대를 확인하기 어려운 임진, 이중집, 서호주인 등 3명 등이다. 이른바 명공석사에서 여항인에 이르기까지 망라하고 있다고 할 것이다.

기명 작가의 특성을 일일이 설명하는 일은 간단하지 않지만, 우선 문신 사대부 작가의 경우 이름을 밝히지 않고 호(號)로 표시하고 있으며, 무신(武臣)의 경우에는 이름을 밝히고 있다. 그런데 여항육인의 경우 장현, 주의식처럼 이름을 밝히는 경우와 어은, 남파처럼 호를 제시하는 경우가 일관되지 않다. 연대 미상의 경우는 김천택이 정리하는 시점에서 스스로 확인하지 못한 경우라고 할 수 있어서 크게 고려할 사항이 아닐 수도 있다.

작가가 기명된 내용을 도표로 정리하면 다음과 같다.

시기	기명(괄호 안은 작품 수)	작품 수	비고
여말	목은(1), 포은(1), 동포(4)	6	
본조	절재(2), 매죽당(2), 왕방연(1), 농암(5), 화담(1), 이암(3), 퇴계(12), 송강(50), 관원(1), 송천(2), 남창(1), 만죽(2), 하의자(1), 박인로(4), 한음(1), 백사(3), 월사(1), 유자신(1), 남이(1), 백호(1), 현주(2), 학곡(1), 이순신(1), 용호(4), 상촌(30), 죽소(17), 낙서(1), 호주(1), 양파(1), 동명(2), 설봉(1), 이완(1), 송호(3), 최락당(30), 약천(1), 유혁연(1), 정재(1), 일노당(3), 석교(3), 석호(2), 광재(2)	213	〈어부가〉, 〈도산육곡〉, 〈호아곡〉, 〈율리유곡〉
열성어제	태종(1), 효종(3), 숙종(1)	5	
여항육인	장현(1), 주의식(10), 김삼현(6), 어은(8), 김유기(10), 남파(30)	65	
규수	황진(3), 소백주(1), 매화(1)	5	
연대미상	임진(1), 이중집(1), 서호주인(1)	3	

그런데『청구영언』에 수록된 기명 작가들 중에는 시가사에서 꼭 언급해야 할 작가들이 빠져 있다는 것을 쉽게 알 수 있다. 우선 이이(1536~1584)의 〈고산구곡가〉가 보이지 않고, 윤선도(1587~1671)의 작품이 빠져 있다. 이어서 몇 가지 특성을 살피면 다음과 같이 정리할 수 있을 것이다.

이색과 정몽주를 제외한 고려 말의 작가를 밝히고 있지 않다. 작가가 없다고 인식한 것인지 살펴야 할 내용이다. 성삼문의 작품은 수록하면서 다른 사육신의 작품은 수록하고 있지 않다. 그리고 김장생(1548~1631), 김상용(1561~1637), 김상헌(1570~1652), 송시열(1607~1689) 등 17세기 정치적 비중이 높았던 사람들의 작품이 명기되지 않고 있다. 왕족 중에서 최락당 이간의 작품은 수록하고 있는데, 다른 왕족 작가는 소개하지 않고 있다.

그리고 정철의 경우 〈훈민가〉 작품을 따로 명기하지 않고 있다. 〈어부가〉, 〈도산육곡〉, 〈호아곡〉, 〈율리유곡〉 등을 명기한 것과 견줄 수 있다.

그런데 뒷날『해동가요』에는 이름으로 기록하고 있으며, 박팽년, 박영, 이언적, 송순, 이후백, 이양원, 이이, 서익, 임제, 권필, 이안눌, 김류, 김상헌, 김응정, 구인후, 윤선도, 인평대군, 송시열 등이 밝혀져 있다.[108]

이런 점에서 보면 김천택이『청구영언』을 엮는 과정에 작가 선정이나 작품 선정에 매우 신중했던 것으로 평가할 수 있다. 전대와 당대의 정치적 상황을 매우 조심스럽게 고려하여 선정했을 것이라는 추정이 가능하다. 이러한 추정은 바로 무명씨 항목에서 해결의 실마리를 찾을 수 있을 것으로 기대한다.

2) 후대 가집의 작가 기명 사례와 그 의미

『청구영언』에는 위에서 제시한 기명 작가의 작품 이외에도 따로 무명씨 항목에 많은 작품을 싣고 있다. 이삭대엽 작품번호 294에서 397까지 104수, 삼삭대엽 작품번호 398에서 452까지 55수가 이에 해당한다. 모두 159수의 작품이다. 그리고 낙시조 이하 〈맹상군가〉, 〈장진주사〉, 「만횡청류」도 모두 작가를 밝히지 않고 있다.

그런데 삼삭대엽이 끝나는 부분에서 "무릇 이곳의 무명씨는 세대가 너무 멀어서 그 성명을 알지 못하는 자들인데, 지금 다 상고할 수가 없다. 그래서 뒤에 기록해 두고 통달한 선비가 참여하여 잘못된 것을 바로 잡아 주기를 기다린다(凡此無名氏 世遠代邈 莫知其姓名者 今皆不可攷 因錄

---

108) 김용철,「『진청』〈무씨명〉의 분류체계와 시조사적 의의」,『고전문학연구』16(한국고전문학회, 1999), 성무경,「주제별 분류 가곡 가집,『고금가곡』의 문화도상 탐색」, 윤덕진 · 성무경 주해,『고금가곡』(보고사, 2007), 71면, 주 45) 참조.

于后 以待該洽之士 傍参以曲証)."[109]라고 기술하고 있다. 세대가 너무 멀어서 그 성명을 알지 못한다고 하였는데, 이 부분에 대한 궁금증이 제기될 수 있다. 『청구영언』보다 뒤에 나온 가집에서 시대가 그렇게 멀지 않은 작가를 기명하고 있기 때문이다.

『청구영언』이후의 가집에서 빈도 수 5회 이상의 작가 기명의 사례를 보도록 한다. 다음 도표는 이삭대엽 무명씨의 작가 기명 사례이다. 104수 중에서 38수가 작가를 기명하고 있다.

[표 1] 이삭대엽 무명氏의 작가 기명 사례(38/104)

분류	작품번호	초구	작가	기명 가집	비고
무명氏	295	가마귀	박팽년	해동가요	
	296	간밤의	원호	가곡원류	
	298	님이	송시열	해동가요	
	304	책덥고	정온	병와가곡집	
	305	지당에	조헌	병와가곡집	
	308	추강에	월산대군	가곡원류	
	312	청량산	이황	병와가곡집	조인(대동)
	313	시절이	성혼	병와가곡집	
	317	새벽비	적성군	해동가요	
	319	집방석	한호	병와가곡집	
	323	삿갓세	황희	시가 박씨본	김굉필(병가)
	324	대초볼	황희	시가 박씨본	
	325	오려	이현보	동가선	
	340	쥐 찬	구지정	해동가요	
	341	내해	변계량	시조 단대본	성수침(동가)
	343	남이	이정신	가곡원류	
	348	구름이	이존오	병와가곡집	
	351	반나마	이명한	동가선	

109) 김천택, 『청구영언』(국립한글박물관, 2017).

	358	노프나	이양원	해동가요	
	359	간밤의	유응부	병와가곡집	
	363	흥망이	원천석	병와가곡집	
	364	오백년	길재	병와가곡집	
	365	이화에	이조년	병와가곡집	
	366	금로에	김상용	병와가곡집	
	367	이화우	매창	병와가곡집	
	369	사랑	김상용	병와가곡집	
	371	술을	조준	청구영언(홍)	
	374	태산이	양사언	가곡원류	이이(동가)
	375	십년	김응하	병와가곡집	
	377	일생에	최충	병와가곡집	
	378	청산자부송아	박태보	병와가곡집	
	379	달이	이덕형	해동가요	
	380	가마귀	정몽주모	가곡원류	
	386	창오산	이후백	청련	
	390	바람에	최영	청홍	
	391	눈맞아	원천석	병와가곡집	
	392	공산이	정충신	병와가곡집	
	393	이리도	성수침	병와가곡집	

그리고 다음 자료는 삼삭대엽의 55수 중에서 작가가 기명된 17수의 사례이다.

[표 2] 삼삭대엽의 작가 기명 사례(17/55)

분류	작품번호	초구	작가	기명 가집	비 고
삼삭대엽	401	대심거	김장생	병와가곡집	
	402	초당에	유성원	병와가곡집	
	403	청산에	우탁	병와가곡집	
	416	잘새는	정철	병와가곡집	
	417	풍상이	송순	해동가요	

	418	가마귀	이직	시조 단대본	
	425	남팔아	김상헌	해동가요	
	426	호화코	기대승	병와가곡집	
	432	언충신	성석린	시간	김광욱(동가)
	433	대초볼	황희	시박	
	436	도화이화	유운	시재	
	444	창밧긔	이개	병와가곡집	
	446	감장새	이택	해동가요	
	447	월상국	을파소	병와가곡집	
	449	천지도	이제신	해동가요	
	451	치천하	성수침	병와가곡집	
	452	남훈전	김명원	시재	

3) 무명씨 작품 수록의 의미

위의 도표에서 확인할 수 있는 바와 같이 『청구영언』의 이삭대엽에 무명씨로 분류한 104수의 작품과 삼삭대엽에 이름이 밝혀지지 않은 채로 수록된 55수의 작품 중에서 일부가 다른 가집에서는 구체적인 작가가 기명되어 있다. 위의 도표에서는 5회 이상의 빈도를 보이는 경우를 정리한 것인데, 실제 1회 이상의 빈도를 드러내는 것을 고려하면 이삭대엽에서 61수, 삼삭대엽에서 25수가 후대 가집에서 작가가 기명되어 전승되고 있는 셈이다. 작가의 기명이 곧 작가의 비정이라고 단정할 수는 없을 것이다. 가집에 따라 다른 이름으로 기명된 경우가 허다하기 때문에 작가의 비정은 면밀한 검토가 필요한 대목이다.

그러나 이삭대엽의 43수, 삼삭대엽의 30수는 여전히 다른 가집에서도 작가를 확인할 수 없는 상황이다. 다시 확인하면 이삭대엽 무명씨의 61수, 삼삭대엽의 25수가 후대에 작가의 이름을 달고 유통되었다고 할 수 있다. 그중에서도 이삭대엽 무명씨의 38수, 삼삭대엽의 17수는 5회 이상의 빈도를 보이면서 작가의 이름이 명시되어 있다.

작가의 이름이 명시된 가집의 계열은 크게『해동가요』,『병와가곡집』, 『가곡원류』등으로 나눌 수 있을 것이다.『해동가요』에 이름이 명기된 경우는 박팽년, 송시열, 적성군, 구지정, 이양원, 이덕형, 송순, 김상헌, 이택, 이제신 등이고,『병와가곡집』에 이름이 드러난 경우는 정온, 조헌, 이황, 성혼, 한호, 이존오, 유응부, 원천석, 길재, 이조년, 김상용, 매창, 김응하, 최충, 박태보, 정충신, 김장생, 유성원, 우탁, 정철, 기대승, 이 개, 을파소, 성수침 등이며,『가곡원류』에 이름이 등장하는 경우는 원호, 월산대군, 이정신, 양사언, 정몽주 모친 등이다.

다음 자료는『청구영언』과『해동가요(박씨본)』를 비교한 것이다.

[표 3]『청구영언』과『해동가요(박씨본)』의 대비

청구			해박	비고
이삭대엽				
청구 295 가마귀	×××	→	해박 024 박팽년	
청구 298 님이	×××	→	해박 196 송시열	
청구 302 고원	×××	→	해박 335 ×××	정구
청구 310 공명	×××	→	해박 329 ×××	×××
청구 312 청량산	×××	→	해박 472 ×××	이황, 조인
청구 313 시절이	×××	→	해박 330 ×××	성혼
청구 314 아희는	×××	→	해박 331 ×××	×××
청구 315 목불근	×××	→	해박 334 ×××	×××
청구 317 새벽비	×××	→	해박 181 적성군	
청구 320 세상이	×××	→	해박 332 ×××	×××
청구 326 치위를	×××	→	해박 328 ×××	×××
청구 334 흥흥	×××	→	해박 339 ×××	×××
청구 340 쥐촌	×××	→	해박 203 구지정	
청구 341 내히	×××	→	해박 324 ×××	변계량, 성수침
청구 344 가마귀	×××	→	해박 327 ×××	×××
청구 345 넙엿	×××	→	해박 326 ×××	×××

청구 350 ᄋ자	×× ×	→	해박 341	×× ×	정구
청구 351 반나마	×× ×	→	해박 442	×× ×	이명한
청구 352 남도	×× ×	→	해박 342	×× ×	×× ×
청구 358 노프나	×× ×	→	해박 056 이양원		
청구 361 소원	×× ×	→	해박 436	×× ×	인평대군
청구 365 이화에	×× ×	→	해박 343	×× ×	윤회, 이조년
청구 370 십년을	×× ×	→	해박 333	×× ×	김장생
청구 372 비즌술	×× ×	→	해박 345	×× ×	×× ×
청구 373 삼각산	×× ×	→	해박 340	×× ×	×× ×
청구 374 태산이	×× ×	→	해박 462	×× ×	이이, 양사언
청구 377 일생에	×× ×	→	해박 336	×× ×	최충
청구 381 히도	×× ×	→	해박 349	×× ×	×× ×
청구 383 흉중에	×× ×	→	해박 338	×× ×	×× ×
청구 386 창오산	×× ×	→	해박 055 이후백		
청구 387 동정	×× ×	→	해박 351	×× ×	이후백
청구 388 초강	×× ×	→	해박 362	×× ×	이명한
청구 389 공번된	×× ×	→	해박 352	×× ×	×× ×
청구 397 곳은	×× ×	→	해박 346	×× ×	정철

삼삭대엽

청구 398 주욕신사	×× ×	→	해박 356	×× ×	박명현, 인평대군
청구 405 인생이	×× ×	→	해박 470	×× ×	×× ×
청구 407 이러니	×× ×	→	해박 371	×× ×	×× ×
청구 414 어져	×× ×	→	해박 337	×× ×	×× ×
청구 420 세상	×× ×	→	해박 325	×× ×	인평대군
청구 425 남팔아	×× ×	→	해박 128 김상헌		
청구 426 호화코	×× ×	→	해박 357	×× ×	기대승
청구 430 백발이	×× ×	→	해박 375	×× ×	×× ×
청구 432 언충신	×× ×	→	해박 360	×× ×	성석린, 김광욱
청구 435 백년을	×× ×	→	해박 369	×× ×	×× ×
청구 438 ᄀ르지나	×× ×	→	해박 372	×× ×	×× ×
청구 441 섬썸고	×× ×	→	해박 373	×× ×	×× ×
청구 449 천지도	×× ×	→	해박 098 이제신		

낙시조

청구 455 물아래	×× ×	→	해박 347	×× ×	×× ×
청구 462 청산도	×× ×	→	해박 197 송시열		

김천택은 세대가 너무 멀어서 그 성명을 알지 못한다고 하고, 통달한

선비가 참여하여 잘못된 것을 바로잡아 주기를 기다린다고 하였지만, 후대 가집에 기명으로 나타나는 사례를 확인한 결과 김천택의 진술과 꼭 부합하는 것은 아니고, 다른 이유가 있었을 것으로 보인다.

그것은 바로 정치적 상황과 관련하여 작가의 이름을 드러내기 어려운 경우가 있었을 것이기 때문이다.

『청구영언』무명씨 361에 수록된 "소원 백화총에~"의 작품이 경우 인평대군의 작품으로 비정된 데에는 궁금의 잔치와 관련된 비화가 내장된 것으로 이해할 수 있을 것이다. 『청구영언』에서 지지(知止)라고 설명을 하고 있는 것도 참조할 수 있다.

그리고 이 작품은 이미 앞에서 살펴본 바와 같이 금옥계(金玉契)의 활동[110]에서 해녕군(海寧君) 이급(李伋)의 차운시를 통해 추론할 수 있는 바와 같이 인평대군을 포함한 금옥계의 구성원들이 공유(共有)할 수 있는 작품으로 이해할 수도 있을 것이다. 『청구영언』에 작가를 밝히지 않고 수록하고 있는 무명씨(無名氏)의 작품들에 대한 이해의 방향을 전환하는 중요한 시각의 하나라고 할 수 있기 때문이다.

이와 함께 낙동 창수의 모임에서 이서우가 부른 것으로 추정되는 〈대주요(對酒謠)〉[111] 4수는 서로 연계되어 있어서 한 사람의 작품으로 보거나 집단적인 자리에서 함께 부른 것으로 이해하는 것이 순리일 듯한데, 그중에서 셋째 수는 『청구영언』, 165에 양파[정태화]의 작품으로, 둘째 수는 청구영언』 336에 무명씨로 수록되어 있다.

  손님이 나에게 술이 왜 좋으냐고 묻기에,

---

110) 본서 Ⅳ부 서울 사족의 시가 향유의 양상의 2장, 금옥계의 성격과 시가 활동 참조.
111) 본서 Ⅳ부 서울 사족의 시가 향유의 양상의 6장, 낙동 창수의 모임과 이서우의 위상 참조.

술이 좋은 것은 말로 하기 어렵다네.
그대가 술을 마시면 절로 알게 되리.
有客來問我　飮酒有何好
答言酒之好　難以向人道
君若飮酒時　自然知我抱

술을 내 즐기더냐 광약인 줄 알건마는
일촌 간장에 만곡수 너허 두고
취ᄒ여 줌든 덧이나 시름 닛쟈 ᄒ노라
酒號爲狂藥　我飮豈無由
肝腸一寸間　貯得萬斛愁
時時醉眠頃　庶以忘玆憂

술을 취케 먹고 두렷이 안자시니
억만 시름이 가노라 하직ᄒ다
아희야 잔 ᄀ득 부어라 시름 전송ᄒ리라
美酒滿滿酌　傲兀坐胡床
千愁向我辭　各散之四方
我將餞其行　呼兒更進觴

술에 흠뻑 취해 갓과 패옥을 떨어뜨렸네.
즈문 시름 사라지고 한 시름 뿐이라네.
시름은 아내가 사나워 빌린 술이 없다는 것이네.
飮酒酩酊醉　頹然落冠珮
千憂去已空　只有一憂在
所憂細君狼　發言無酒債

　이 〈대주요〉는 이서우가 인평대군의 아들들인 이정, 이남과 가까이
지내면서 낙동 창수의 모임에서 부른 노래일 터인데, 경신년(1689) 환국

의 국면에 이정과 이남 등이 밀려나면서 이들에 대한 부정적인 평가가
주류를 차지하면서 가집에서도 이름을 밝히지 못하고 익명으로 처리되
었을 것으로 설명할 수 있는 것이다.

　한편 이이의 〈고산구곡가〉와 윤선도의 〈어부사시사〉를 포함한 작품
이 수록되지 않은 것도 어느 정도 정치적 국면과 연계되어 있었을 것으
로 추정할 수 있다. 〈어부사시사〉의 경우에는 춘4와 종장이 다른 작품
이 『청구영언』 309에 무명씨로 수록되어 있는 정도이다.

　가집의 편찬자 김천택이 특정한 당파적 시각을 가지고 있다고 보기는
어렵지만, 여러 차례 정치적 국면이 바뀌는 과정에 부정적인 평가를 받
는 인물이거나, 논쟁의 소지가 있는 경우는 조심스럽게 배제시켰을 가
능성이 있다. 그리고 가곡의 레퍼토리에서 널리 보급되어 있어서 완전
히 배제시키기 어려운 경우에는 무명씨 항목에 포함시키면서 세간의 비
판에서 벗어날 수 있었을 것으로 보인다.

VI. 결론
18세기 시가사 이해를 위한 제언

본 저서의 목표는 병자호란 이후 효종, 현종, 숙종이 집권한 17세기 후반(1649~1699)의 정치·사회 변동과 관련하여 시가사의 추이를 통시적이고 공시적인 측면에서 서술하고자 한 것이다.

서론에서 연구목적과 정치·사회 변동에 대한 비판적 이해를 서술한 뒤에 연구방법과 진행 절차를 제시하였다.

다음 Ⅱ부에서 17세기 후반의 성격과 시가사 이해의 방향을, Ⅲ부에서 17세기 전반 시가 향유의 지속과 영향을, Ⅳ부에서는 17세기 후반 시가 향유 양상을 서울의 시가 향유와 향촌의 시가 향유로 나누어 살피고, Ⅴ부에서 17세기 후반 시가사의 새로운 변화 양상을 살폈다.

Ⅱ부 17세기 후반의 성격과 시가사 이해의 방향에서 다룬 내용은 17세기 전반과 변별하여 17세기 후반이 지닌 성격을 이해하고 시가사 이해의 방향을 제시한 것으로, 모두 4장으로 나누어 살폈다.

1. 오랑캐 배신으로서 지식인의 출처 고뇌는 병자호란 이후 실제로 나라가 오랑캐의 지배하에 놓여 있었기 때문에, 나아감[出]을 택하여 벼슬을 한다는 것이 오랑캐의 배신(陪臣)에 다름 아니라는 인식을 가지게 되면서 출처 시비(出處是非)가 제기된 점에 주목한 것이다. 임영이 젊은 시절에 겪었던 출처의 고민이 "안으로 잘 다스리고 밖으로 적을 물리치는 길[內修外攘之道]"을 제대로 할 수 없다는 데서 나왔고, 조성기가 벼슬에 나아가지 않고, 당대 정치 현실과 정치인을 비판적으로 대했던 태도의 저변에도 바로 이러한 현실 인식이 깔려 있었다. 그 이후 벼슬을 만류하는 경향이 나타난 것도 이러한 인식과 연계되어 있는 것으로 파악했다.

2. 중앙 기반 문벌 가문의 등장과 가문 중심의 시가 향유는 문형과 정승을 비롯한 요직을 중앙에 기반을 둔 문벌 가문이 장악하면서 경향 분기가 일어나던 상황에서 연안이씨(延安李氏) 집안의 시가 향유 양상과

할아버지에서 손자로 이어지면서 시가 향유에 적극적이었던 김광욱과 김성최의 경우를 살폈다. 연안이씨 집안의 이은상은 사(詞)를 신번(新飜)으로 활용하면서 레퍼토리의 확대를 보여주었고, 이하조는 『영언』의 발문을 쓰면서 가곡의 내적 지향에 주목하였다. 김광욱은 〈율리유곡〉에서 수졸전원(守拙田園)의 삶을 가감 없이 보여주고, 김성최는 할아버지와 아버지의 뒤를 이은 풍류를 보이고 있다. 이러한 풍류는 집안의 풍류로 이어지고 있는 것으로, 김성최가 연안이씨 집안의 외손으로 외가의 풍조(風調)에 근간을 두고 있다고 평가할 수 있다.

3. 근본으로서 저자 백성 인식과 그 변화는 17세기 후반의 변화에서 크게 주목해야 할 대목인데, 국가의 근본을 저자의 백성[市民]에 두는 인식이 중심이다. 저자 백성은 각전(各廛)에서 상업에 종사하는 사람들을 가리키는 말로, 저자의 돈이 움직임에 따라 정치와 생활의 방편에 변화가 일어나고 있던 현실을 직시하게 된 결과로 이해할 수 있다. 사행을 통하여 번화한 중국의 시사(市肆)에 부러움을 표현하고, 전화의 사용이 일반화되고, 〈댁들에~〉로 시작하는 작품의 경우처럼 장사꾼이 등장하고 있다는 점을 주목할 수 있게 된 것이다.

4. 사상사의 변화와 그 반향은 이기철학에서 절충론, 예송 논쟁, 사회·경제 사상의 변화, 문학·예술 사상의 변화 등을 다루었는데, 이 중에서 사회·경제 사상의 변화를 더욱 주목할 수 있다. 유형원이 『반계수록』에서 주장한 공전법(公田法)과 공거법(貢擧法), 김육이 이론과 실천에서 내세운 대동법과 행전법의 시행은 이 시기 변동을 추동하는 큰 흐름이었다고 할 수 있다.

Ⅲ부 17세기 전반 시가 향유의 지속과 영향에서 다룬 내용은 17세기 전반 정치·사회 변동과 시가사를 살핀 선행 연구를 발판으로 17세기 전반 시가 향유가 지속되는 양상과 영향을 끼치고 있는 내용을 정리하

였는데, 모두 6장으로 구성하였다.

1. 사행과 서로 풍류의 전이와 그 방향에서는 청나라가 조선을 불신하면서 사행에 대군이나 왕족이 나서게 함으로써 앞 시기와 차별이 생기게 되었다. 조천이 연행으로 바뀌면서 외교 인식에서 괴리가 나타났고, 그러한 내막이 각종 연행 기록에 드러나고 있다. 사행의 전별에서는 기존의 관례가 지켜지고 있었고, 왕손이 참여하면서 역관 등이 이들과 결탁하거나 이익을 챙기기도 하였다. 한편 서로 풍류에서는 민종도가 권력을 이용하여 사적인 잔치를 위하여 가기를 서울로 보내거나, 홍이하가 언문 노래로 조정의 신하를 비난하기도 한 사례가 확인된다. 한편 청석령을 지나면서 봉림대군의 〈청석령가〉를 환기하게 된 것도 시대의 변화에 해당한다. 그리고 신후재가 〈젓갈 파는 할미의 노래(賣醬媼歌)〉에서 다룬 피로인에 대한 관심은 다른 자리에서 논의를 심화할 수 있는 대목이다. 이외에도 17세기 후반 사행의 현장에서 조선의 신하, 명나라 유민, 청나라 백성이 만나는 지점과 그들이 인식하고 형상화한 노래의 공통점과 차이점을 살피는 일도 중요한 과제로 제기될 수 있다.

2. 무반 시가 향유의 변화 양상과 서울의 풍류에서는 이 시기에 이르러 무반 담당층의 위상에 변화가 나타난 것을 출발점으로 삼았다. 내삼청의 무신이 중심이 되어 문신들이 홍문관이나 사헌부에서 선진을 대접했던 모임인 면신례를 준행하였고 이러한 분위기가 이서에게까지 확산되고 있었다. 무신의 위상이 높아지면서 시가 작품을 남긴 무신이 많아지는데, 구인후, 이완, 유혁연, 신여철, 이귀진, 이택 등이 작가로 등장한다. 한편 서울에 기반을 둔 중간층 무반들도 변새로 가는 일이 없이 지속적으로 서울에서 지내면서 가객으로 활동하거나, 가객들과 어울려 지내는 일이 빈번하게 되면서 시가 향유 양상에 커다란 변동이 일어나고 있었다.

3. 시가 향유를 통한 사부와 동당에 대한 배려는 시가 향유가 사부와 동당의 움직임과 연계되고 있음을 주목한 것이다. 이이의 〈고산구곡가〉를 한역하는 과정에 동당이 참여하면서 그들의 집단적인 결속을 다지고 있고, 16세기 전반에 김정국이 편찬한 『경민편』을 언해하여 간행하면서 여기에 정철이 지은 〈훈민가〉를 첨부하여 배포하자는 논의를 통하여 노래를 통하여 정철을 신원하자는 움직임도 있었다. 『영언』의 서문을 쓴 이하조는 〈고산구곡가〉 한역에도 일정한 역할을 수행하였다. 노래를 통한 사람에 대한 이해는 문학의 효용성과 관련하여 새롭게 주목해야 할 주제라고 할 수 있다. 한편 이항복이 지은 〈철령가〉의 수용을 통하여 이항복이 보였던 정치적 태도를 옹호하고 이어가고자 하는 의지를 드러내기도 하였다.

4. 노래 레퍼토리의 확대와 갈래 사이의 관련에서는 17세기 후반에 가기의 역할이 축소되는 경향과 함께 노래 레퍼토리가 확산되는 양상을 살폈다. 앞 시기에 이어서 정철의 〈관동별곡〉, 〈사미인곡〉 등이 지속적으로 향유되면서 한역되기도 하였고, 가기들이 참석한 자리에서는 이별의 노래로서 〈양관곡〉이나 〈금루의〉 등이 불리고 있었다. 〈감군은〉은 신사(新詞)가 마련되면서 임금의 은혜를 드러내야 할 자리나, 수연에서 빠지지 않고 향유되고 있었다. 가기의 활동이 위축된 가운데 추향이 죽은 뒤에 추향→추성개→가련으로 모계가 이어지면서 가곡 향유에 참여하였는데, 세습적인 성격으로 이해할 수 있다. 염사, 염곡에 대한 관심이 증대되었고, 18세기에는 이것을 신성(新聲)으로 부르면서 레퍼토리의 확대를 꾀하기도 하였다. 각 지역에서 새롭게 등장한 노래로 〈부용별곡〉, 〈선사별곡〉, 〈전가팔곡〉, 〈학사삼곡〉 등이 그것이다. 한편 〈산유화가〉가 여러 지역으로 전파되고 있었던 점도 주목할 수 있다.

5. 가기시첩과 노래를 위한 사의 레퍼토리에서는 연회의 자리에서 노

래를 부르는 가기를 위한 시축이나 시첩에서 〈억진아〉와 〈임강선〉으로 대표되는 사를 지어서 노래로 부를 수 있도록 준비한 점을 주목하였다. 구성적인 측면에서 〈억진아〉와 〈임강선〉 두 편의 사가 모두 5단 구성을 보이고 있다는 점, 그리고 〈억진아〉에서 첩을 사용하여 반복의 효과를 활용하고 있다는 점, 특히 〈임강선〉은 거문고, 노래, 춤의 삼첩(三疊)을 이루는 노래로 인식하고 있었다는 점을 확인하였고, 주제의 측면에서 〈억진아〉는 주로 내면의 마음을 전하거나 이별의 노래로 불리고 있으며, 〈임강선〉은 남녀 사이의 향렴의 노래로 불리고 있음을 확인하였다. 이렇듯 노래 레퍼토리로서의 사(詞)를 주목하는 것은 신성 또는 신사로 당대의 다양한 변화를 반영하고 있는 현실과 연계되어 있기 때문이다.

6. 〈청석령가〉의 수용과 대청 인식은 사행과 연계된 것이기는 하지만 독립해서 다루었다. 사행의 노정에서 초하구와 청석령을 지나게 되면서 〈청석령가〉를 환기하면서 봉림대군이 겪은 고난을 떠올리고 사행의 신고를 함께 드러내기도 하였다. 그런데 김창집의 사행에 김창업이 동행하였는데, 김창흡이 〈청석령가〉를 언급하면서 와신상담으로 해석하고자 한 것이다. 비가에서 비분강개의 노래로 인식되게 된 것이다. 봉림대군이 지은 노래는 잡혀가는 대군의 개인적 비가에 해당하지만, 뒷날 사행에서 이곳을 지나는 사신은 비분강개하며 와신상담하는 마음을 싹틔운 노래로 받아들이면서, 강화된 태도를 강조하는 방향으로 전환시켰다고 할 수 있다. 이러한 전환은 〈청석령가〉 자체가 가지고 있는 의미보다 후대의 시각에서 재해석한 것으로 정치적 입지가 포함된 해석이라고 할 수 있다. 〈청석령가〉를 통하여 청나라에 대한 반감을 강조함으로써 이미 실체가 없어진 명나라를 존숭하고자 하는 사람들의 의식을 강화하는 데에 활용할 수 있게 된 것이다. 이 노래를 소현세자가 지었다는 기록과 함께 이에 화답한 인조의 〈작구가〉도 알려져서 그 의미를 주

목할 수 있다.

Ⅳ부 17세기 후반 서울의 시가 향유와 향촌의 시가 향유에서 살피고자 한 것은, 우선 크게 서울의 시가 향유와 향촌의 시가 향유로 대별하고, 서울의 시가 향유는 6장으로 향촌의 시가 향유는 5장으로 정리하였다. 당대에 이미 경화사부는 글을 알고 읽어서 풀이함[文識講解]이 열려 통하고 빠르게 보태는 것[開通敏給]과 같고, 향촌유생은 뜻이 도탑고 실행이 오로지함[志篤行專]이 순박하고 신실함을 밟음[踐履淳實]에 강점이 있다는 점을 변별하고 있었고, 경화사부에 비중을 두는 경우와 향촌유생에 관심을 가져야 한다는 방향으로 갈라지기도 하였다.

서울의 시가 향유에서 정리한 내용은 다음과 같다.

1. 인평대군 조계별업의 풍류와 그 변모는 인평대군이 삼각산 아래에 마련한 조계별업의 풍류의 내용과 정치적 국면이 바뀌면서 그 성격이 달라진 내막을 정리하였다. 인평대군은 이곳에 보허각과 영휴당을 세우고 폭포에 九天銀瀑(구천은폭)이라고 각자까지 하였는데, 이곳에 여러 선비들이 모여서 향유하면서 즐겼고, 뒷날 삼각산을 유람하는 사람들에게 중요한 지소가 되기도 하였다. 인평대군이 세상을 떠난 뒤에 인평대군의 아들들인 이정, 이남이 이곳을 물려받게 되자 이들과 뜻을 같이 하거나 가깝게 지냈던 사람들이 모여들었고, 주로 남인 계열의 인물들이었던 것으로 보인다. 이들이 풍류 현장에서 향유한 노래와 시편은 이후 경신년 정치 상황이 바뀌면서, 감춰지거나 익명으로 전승되었을 것으로 추정된다.

2. 금옥계의 성격과 시가 활동은 선조의 손자들이 모임을 가지면서 금옥계(金玉契)라고 명명한 데서 확인할 수 있듯이, 왕족들의 계회이다. 이건이 쓴 계회의 서문에서 해안군 이억과 영양군 이현이 시작하고, 평운군 이구가 이었음을 알 수 있다. "노래 부르는 사람은 노래를 부르고,

시를 짓는 사람을 시를 짓는다."라고 한 기술에서 알 수 있듯이, 노래를 부르고 시를 지었던 모임이다. 『청구영언』에 수록된 〈소원 백화총에~〉와 같은 작품이 금옥계에서 불렸을 가능성이 있다. 이 모임의 영향으로 낭선군 이우는 뒤에 〈감군은사〉를 지었고, 낭원군 이간은 『영언』을 엮었다.

3. 무신낙회와 종남수계는 무신년(1668) 홍만종을 문병하는 자리에서 정두경, 임유후, 김득신, 홍석기 등이 가곡을 부르며 즐긴 모임을 무신낙회로, 계축년(1673)에 홍만종의 벗들이 종남산에서 수계를 하면서 시회를 즐긴 모임을 종남수계로 명명하고 그 구성원의 특성과 시가 향유의 실상을 정리하였다. 정두경은 〈금준에 ᄀ득흔 술을~〉을 비롯한 작품을 남겼고, 김득신은 『청구영언』의 이본으로 추정되는 『해동가요록』의 서문을 남기고 있다. 종남수계는 홍만종, 조상우, 오도일, 이여 등 32인이 참여하였으며, 난정회의 고사를 본뜬 것으로 속회를 가지기도 하였다.

4. 낭원군 이간의 『영언』과 이하조의 역할에서는 왕족인 이간이 가집 『영언』을 엮은 일과 이하조가 도운 역할을 정리하였다. 낭원군은 여러 차례 사행에도 참여하고, 금옥계의 회원으로 참여하기도 하였다. 이하조는 『영언』의 발문에서 '산수의 사이에서 높은 흥취를 얻은 것[得於跌宕山水之間]', '임금을 사랑하고 거기에 보답하기를 꾀하는 염원[愛君圖報之願]', '몸가짐을 삼가고 스스로 경계하는 뜻[勅身自警之意]'의 세 부류로 나누고, 산수 사이에서 높은 흥취를 얻은 것은 '심오하고 겨르롭게 마음을 풀고[幽遠閑放]', 임금을 사랑하고 거기에 보답하기를 꾀하는 염원은 '충성하고 사랑하는 정성[忠愛之誠]'이 있고, 몸가짐을 삼가고 스스로 경계하는 뜻은 '엄정하고 절실[嚴正切實]'하다고 하였다. 『청구영언』에 수록된 낭원군의 시조는 최락당 생활, 종친연회, 옥류당 생활, 사행의 감

회, 풍악 유람, 천은, 자연 생활, 몸가짐과 경계, 인륜 등의 내용을 담고
있다.

5. 정명공주 수연과 가곡 향유는 선조의 공주인 정명공주의 수연을
맞아 나라에서 일등악을 내려주고 잔치에 필요한 물품을 하사하고 종친
을 비롯한 많은 사람들이 참석하여 가곡을 향유한 내용을 살핀 것이다.
수연의 레퍼토리로 우선 나라에서 내려준 법곡(法曲)이 있었고, 새로 부
른 가곡이 있었으며, 임금의 은혜에 사례하는 〈감군은〉도 새롭게 연주
했던 것으로 나타난다. 한편 숙정과 같은 가기가 동원된 것으로 보아
가곡이나 사도 불렸을 것이다. 이 자리는 이은상과 이익상이 주도했는
데, 이은상이 사를 신번(新飜)으로 활용하면서 새로운 레퍼토리를 확대
했다. 정명공주의 아들들이 여러 분들에게 화운을 요청하면서 「정명공
주 사연 연회시 서문」이 여러 사람들에 의해 이루어졌다. 정명공주 수연
의 풍류는 연안이씨 집안의 풍류와 연계되었고, 영안위 집안의 풍류와
도 연계되었다. 영안위 홍주원 집안의 풍류는 홍주원을 비롯하여 홍주
후, 홍주신, 홍주한, 홍주국 형제들을 중심으로 종형제인 홍주삼, 그리
고 고종인 허정 등이 참여하여 17세기 후반의 풍류를 열어간 것으로 확
인된다.

6. 낙동 창수의 모임과 이서우의 위상에서는 낙봉을 중심으로 창수의
모임을 가지면서 '낙동창수록'을 만들기도 한 일을 주목하였다. 낙동 창
수의 모임은 인평대군의 아들들인 이정과 이남을 축으로 그들의 외숙인
오씨들이 주류를 이루고, 여기에 정치적 결속을 함께 하는 사람들이 모
여서 시를 주고받고 가곡을 향유하였다. 이 모임에서 활동한 이서우와
이하진 등의 역할과 이 모임에서 향유한 레퍼토리를 주목할 수 있는데,
이서우의 〈대주요〉 4수가 그것이다. 『청구영언』에는 4수 중에서 1수가
정태화의 작품으로 다른 1수가 무명씨의 작품으로 수록되어 있다. 다른

왕손들이 가곡 작품을 남기고 있는 점을 환기하면, 낙동 창수의 모임에서 활발하게 활동했을 것으로 보이는 이정과 이남도 가곡 작품을 포함한 레퍼토리가 있었을 것으로 추정할 수 있다. 경신년 이후 정치적 국면이 바뀌면서 기억에서 지우거나, 기록을 없애거나 가곡 레퍼토리의 경우 익명으로 처리했을 가능성이 매우 높다. 『청구영언』 무명씨에 수록된 작품의 일부가 낙동 창수의 모임과 일정한 연관이 있을 것으로 기대할 수 있는 이유이기도 하다.

향촌의 시가 향유에서 정리한 내용은 다음과 같다.

1. 〈어부가〉 전승과 현장 흥취의 후대 수용에서 다룬 내용은 윤선도의 〈어부사시사〉와 이현보의 〈어부가〉 후대 수용 양상이다. 윤선도는 이현보의 〈어부가〉가 "음향이 상응하지 못하고 말뜻이 잘 갖추어지지 못"한 것으로 판단하여 "그 뜻을 부연하고 언문을 사용하"여 4편 각 10장으로 〈어부사시사〉를 마련하였다. 이현보 〈어부가〉의 여음을 시간의 추이에 따라 현실성을 확보할 수 있도록 조정하였다. 그러나 윤선도의 〈어부사시사〉는 몇몇 사람을 제외하고 당대에 널리 알려지지 않은 것 같다. 〈어부사시사〉 춘4와 종장이 다른 작품이 『청구영언』 309에 무명씨로 수록되어 있는 정도이다. 이와 함께 윤선도는 효종 3년(1652)에 〈몽천요〉를 지어서 정치 현실과 임금에 대한 마음을 드러내었고, 효종 7년(1656)에는 이를 한역하여 인평대군에게 보내기도 하였다. 이현보의 〈어부가〉는 17세기 후반에 곳곳에서 뱃놀이를 할 때 수용된 것으로 확인되고, 현종 3년(1662) 9월 20일의 김응조의 분강 뱃놀이와 숙종 44년(1718) 중추의 권두경의 뱃놀이에서 모두 〈어부가〉가 불리고 있어서, 분강가단의 풍류가 후대에도 지속되고 있음을 알 수 있고, 신교의 〈동유음〉과 같이 이현보를 흠모하는 마음으로 이어진 경우도 확인할 수 있다.

2. 육가의 후대 수용 양상은 이황이 〈도산육곡〉 전·후곡을 마련한

뒤에 첫째, 〈도산십이곡〉을 노래로 부르면서 향유하거나, 둘째, 〈도산십이곡〉을 염두에 두고 육가 또는 육곡의 노래를 새롭게 마련하며, 셋째, 〈도산십이곡〉의 현장을 찾아가서 그 흥취를 되새기기도 하고, 넷째 〈도산십이곡〉을 한역하거나 그 전승에 기여하는 등으로 정리할 수 있다. 경주이씨 집안에서 이홍유가 〈산민육가(山民六歌)〉를 지었고, 곽시징과 같은 경우는 〈도산십이곡〉과 〈고산구곡가〉를 합쳐서 수용하면서 〈경한감흥시가〉를 새로 마련했다. 조덕린은 무이와 도산의 그림을 보고 후발을 남기기도 하고, 신익황은 34세인 숙종 31년(1705)에 『도산휘음』을 편찬하기도 했다. 도산 현장을 방문하면서 현장 흥취를 재현한 예로 이광정, 권만, 이상정 등 영남의 선비들을 중심으로 들 수 있다. 이익은 젊은 날에 〈도산십이곡〉을 한역한 적이 있다고 했고, 『해동악부』〈운암곡〉에서는 〈도산십이곡〉의 의경이 제자들을 통해 전승되고 있다고 밝히고 있다.

3. 〈전가팔곡〉과 〈고산별곡〉은 이휘일의 〈전가팔곡〉과 장복겸의 〈고산별곡〉을 견주어 살핀 것인데, 〈전가팔곡〉은 전가 생활을 〈고산별곡〉은 강호 생활을 노래한 것으로 평가할 수 있다. 〈전가팔곡〉은 전체를 총괄하면서 연풍을 기원하는 첫 수와 계절에 따른 춘하추동의 4수, 그리고 하루의 시간의 추이에 따라 새벽·낮·저녁의 3수로 구성하였고, 〈고산별곡〉은 증조부 장경세의 〈강호연군가〉의 뒤를 이은 것으로 볼 수 있지만 강호의 즐거움만 이었고 연군의 의미는 포함시키지 않은 것으로 보인다. 특히 〈고산별곡〉이 전편에 걸쳐서 술이 중심을 차지하는 것도 특별하다. 한편 권익륭의 〈풍아별곡〉은 교방의 설압지음(褻狎之音)을 배격하고 주시(周詩)에서 가려 뽑고 앞뒤에 우리말 노래를 보태어 권계의 뜻을 지니게 하고자 한 것인데, 가곡 〈풍아의~〉에서 시작하여 〈황화(皇華)〉, 〈기욱(淇奧)〉, 〈녹명(鹿鳴)〉, 〈실솔(蟋蟀)〉, 〈산유추(山有樞)〉의 주

시(周詩)를 배열하고, 이어서 가곡 〈내 말이~〉, 〈위의도~〉, 〈좌상의~〉, 〈이 해~〉, 〈두엇논~〉, 〈갈닙희~〉 등 6수를 안배한 뒤에, 다시 주시에서 〈겸가(蒹葭)〉를 취하여 보인 뒤에 마지막으로 가곡 〈고인을~〉을 배치하고 있다.

4. 지역 선비에 대한 권면과 가사의 내면은 북관 선비에 대한 권면으로 남구만이 북관의 오생(五生)을 위한 권면의 내용을 살피고, 가사의 내면으로 오생 중 한 사람인 김기홍의 〈농부사〉와 윤선도의 손자인 윤이후의 〈일민가〉를 살핀 것이다. 〈농부사〉는 생산주체인 농민의 문제를 부각시킨 작품으로 이해할 수 있고, 〈일민가〉는 벼슬살이를 떠나서 향리인 옥천(玉泉)과 죽도(竹島)에서 지내면서 자연의 형승과 강호의 즐거움을 형상화한 것으로, "편주를 흘리저어"에서 "바희예 비 미여라"에 이르기까지의 진술이 어조(漁釣) 생활을 그리고 있어서 할아버지 윤선도의 〈어부사시사〉에 진술된 내용을 일정하게 수용하고 있다고 평가할 수 있다.

5. 여성 작가의 등장과 노래 전승의 과정은 여성 작가의 등장을 살피면서 노래 전승에서 여성의 역할을 살핀 것이다. 이휘일·이현일의 어머니인 장계향(1598~1680)의 『음식디미방』에서 조심스러움과 정성을 읽을 수 있는데, 산문의 기록이 율문으로 이어질 수 있는 가능성을 예견할 수 있다. 꽃놀이의 유행과 〈전화음〉을 통해서 사대부를 중심으로 꽃놀이가 유행한 실례를 확인하고, 18세기 위백규의 경우와 향촌에서 남녀노소가 이웃과 함께 전화의 놀이를 즐긴 사례에서 범위가 확대되고 일반적인 놀이로 자리 잡은 것으로 이해할 수 있다. 그 이후 화전놀이에서 〈화전가〉가 마련되었을 것으로 추정할 수 있다. 그리고 17세기 후반에 송시열의 『계녀서』가 마련되면서, 이전부터 전해지는 『여계』 등을 우리말로 옮겨서 쉽게 이해할 수 있도록 했던 것으로 확인된다. 이러한 언해

나 번역 작업은 산문의 형태로 나타난 것이지만, 쉽게 암송하고 실행에 옮기기 편리하도록 율문으로 만들었을 가능성도 있다. 이러한 율문이 이른바 계녀류의 가사와 연계되었을 것이다. 한편 남유용의 고모들이 지은 〈납국가〉와 후대 전승을 통하여 모녀 사이에 노래가 전승되는 사례도 확인하게 되었다.

Ⅴ부는 17세기 후반 시가사의 새로운 변화 양상을 살핀 것으로 17세기 후반 시가사에 나타나는 변화의 특성을 정리하였는데, 모두 6장으로 나누어 서술하였다.

1. 시민의 성장과 시가 담당층의 변화는 앞에서 살핀 시민의 성장과 관련하여 시가 담당층의 변화로 『청구영언』에 등장하는 여항육인과 『해동가요』「고금창가제씨」에 등장하는 17세기 후반의 가창자들을 주목하였다. 장현, 김성기, 탁주한 등의 담당층과 함께 장사꾼이 등장하거나 매 사냥이 나오는 작품을 살폈다. 17세기 후반의 가창자 또는 가객으로 허정의 행적을 재구한 것은 큰 성과이다. 허정은 홍주원 집안이 외가이므로, 이들과 친밀하게 지내면서 가곡 향유에 기여하였다. 허정은 심유, 박주세 등과 교유하고 외종인 홍주국 등과 가깝게 지내면서 가곡의 레퍼토리를 비롯하여 〈후정화〉를 즐기고, 〈낭도사〉와 같은 사를 불렀으며, 금객을 초대하여 연주를 하게 했는데, 고조를 알아볼 뿐만 아니라 상성(商聲)에서 우성(羽聲)으로의 변성을 자연스레 감식할 수 있는 안목까지 갖추었던 것으로 보인다. 17세기 후반에 허정과 함께 홍주국, 심유, 박주세 등의 집단 활동과 개별 활동에 대한 정리가 필요할 것이다. 주의식은 무과에 급제한 가객으로 "노랫말이 정대하며 그 뜻이 완미하"다는 평가를 받는데, 어느 한 쪽으로 치우치지 않고 일반적이고 상식적인 일을 매우 담담하게 표현하고 있음을 알 수 있다.

2. 출처와 현실 인식의 변모에서는 출처와 관련하여 "버림"이라는 현

실 인식을 다룬 작품을 살폈다. 오랑캐의 배신(陪臣)에 머문다는 인식 때문에 일부 지식인들이 출처 문제를 고민했지만, 실제로는 현실적 이해 관계가 중요한 지렛대 역할을 했던 것이. 시대를 난세로 진단하면서 어지러운 세상으로부터 벗어나고자 하는 태도가 작용하면서 출처의 문제는 여러 방향으로 나뉘고 있다. 박태보의 행적을 두고 신정하는 〈諫死흔 朴坡州ㅣ야~〉에서 잘한 일이라고 평가하고 있고, 박태보 자신은 〈胸中에 불이 나니~〉라고 하였다. 중인이나 무명씨의 작품에서도 "버림" 인식은 팽배해 있었고, 현실 인식의 변모와 관련한 중요한 전변은 청나라의 지배하에서 오랑캐의 배신이라는 인식에서 비롯된 혼선과 착종이 일어나고 있다는 점이다. 청나라를 중심이나 규범으로 인정할 수 없다는 인식과 함께 중국 선진(先秦)시대로의 회귀나 한족(漢族) 국가에 대한 경도로 기울고 있다는 점이다. 복수, 조천, 대명, 김상서 등으로 나타나는 진술이 바른 답일지라도 현실성을 확보하지 못하는 한계도 지니고 있었던 것이다.

3. 음악의 촉박과 노래 레퍼토리의 변화는 현실의 변화와 함께 음악이 빨라지고 있다는 현실과 그 대응을 살핀 것이다. 고조와 신성(新聲) 또는 신번(新飜)의 대비가 그것인데, 고조를 지향하면서도 현실적으로 신성과 신번에 호감이 쏠리고 있었던 것이다. 물이 졸졸 흐르는 것과 같은 고조도 있지만 폭포 소리도 있는 것이니까, 폭포 소리를 표현할 수 있는 신번이나 신성을 즐기는 것이 악곡 현실의 추이였던 것이다. 고정된 가락으로 부르거나 연주하는 것이 아니라, 변주를 통해서 새로운 감흥을 일으킬 수 있게 된 것이다. 심유는 서호에서 홍주국, 이은상, 이익상 등 여러 사람들과 강호의 삶을 누리면서 빈번하게 신번, 신성, 신사를 마련한 것으로 확인되는데, 이은상이 활용했던 것과 같이 주로 사를 활용하고 있다. 심유가 제시한 사의 레퍼토리는 〈임강선〉, 〈자고

천), 〈강남곡〉 등이 신성 또는 신사로 언급한 것을 비롯하여, 〈망강남〉, 〈유초청〉, 〈서강월〉, 〈어가오〉 등이 언급되고 있다. 이외에도 신성으로 〈영중신곡〉, 〈백설가〉 등이 등장하고 있다. 전혀 새로운 곡을 만드는 것과 함께 기존에 있던 것을 변주하거나 신사를 만들면서 변화를 꾀하고 있다. 『청구영언』에서 주의식의 신번, 김유기의 신번, 김천택의 신성과 신곡 등이 강조된 것은 자연스런 추이로 보아야 할 것이다. 잔치자리에서 빠른 음악을 요구하거나, 귀를 즐겁게 하는 소리를 좋아하면서 만대엽→중대엽→삭대엽의 변화와 함께 삭대엽이 초삭, 이삭, 삼삭으로 분화하고, 신번에 의한 새로운 레퍼토리를 생산하는 방향을 잡은 것이다.

4. 칠정의 표출과 관련한 주제와 표현은 사람이 드러내는 감정의 표현으로 '희노애구[락]애오욕(喜怒哀懼[樂]愛惡欲)'의 표출을 살핀 것이다. 경연에서 『심경』을 강론하면서 칠정의 문제가 더욱 표면화되었고, 칠정 중에서 임금의 위노가 쟁점으로 부각되었으며, 17세기 후반에 칠정 중에서 대상을 향한 움직임으로 볼 수 있는 애오욕(愛惡欲)이 큰 비중을 차지하게 된 점을 살폈다. 「만횡청류」에 수록한 작품을 두고 사어가 "음왜"하다고 김천택 스스로 지적한 점과, 마악노초 이정섭이 쓴 「발문」에서 "즐겁고 편안하며, 원망하고 탄식하며, 미친 듯이 사납게 날뛰며, 거칠고 거친 상태와 모습은 각각 자연의 참된 이치에서 나온 것"이라고 지적한 부분이 칠정의 다양한 표출을 강조하는 것으로 이해하였다.

5. 노래의 한역과 전승은 17세기 후반에 〈철령가〉를 수용하면서 한역한 사례를 비롯하여, 사행의 길에 〈청석령가〉를 한역한 사례, 이이의 〈고산구곡가〉를 당파적 입장에서 한역하는 일이 있었고, 한 개인이 〈고산구곡가〉 전편을 한역하기도 하였다. 그리고 자신의 작품을 직접 한역하는 것으로, 윤선도의 〈몽천요〉와 김기홍의 〈관곡팔경가〉를 들 수 있

다. 우리말 노래를 부르면서 흥취를 드러내는 일과 함께 한문을 상용하는 독자를 염두에 둔 것으로 이해할 수 있다. 그리고 17세기 후반의 노래 한역에서 주목할 수 있는 인물은 유형원과 남구만인데, 유형원은 시조 17수를, 남구만은 시조 11수를 한역하고 있다. 유형원은 '번속가(飜俗歌)', 남구만은 '번방곡(飜方曲)'의 표제를 달고 있어서, 속가(俗歌)와 방곡(方曲)을 번역한다는 의식을 표명하고 있다.

6. 『청구영언』 무명씨 작품 수록의 의미는 『청구영언』에 58명의 기명 작가를 수록하고 있으면서, 시가사에서 꼭 언급해야 할 이이의 〈고산구곡가〉와 윤선도의 〈어부사시사〉와 같은 작가들이 빠져 있다는 점에 주목하여, 무명씨로 표시된 작품의 의미를 살펴본 것이다. 그런데 『청구영언』 이후의 가집에서 빈도 수 5회 이상의 작가 기명의 사례를 보면, 이삭대엽 무명씨의 작가의 경우 104수 중에서 38수가 작가를 기명하고 있고, 삼삭대엽의 경우 55수 중에서 17수가 작가가 기명되었다. 김천택은 세대가 너무 멀어서 그 성명을 알지 못한다고 하고, 통달한 선비가 참여하여 잘못된 것을 바로잡아 주기를 기다린다고 하였지만, 정치적 상황과 관련하여 작가의 이름을 드러내기 어려운 경우가 있었을 것으로 추정할 수 있다. 『청구영언』 무명씨 361에 수록된 〈소원 백화총에~〉가 인평대군의 작품으로 비정되고 있고, 낙동 창수의 모임에서 이서우가 지은 〈술을 내 즐기더냐~〉를 포함한 〈대주요〉 4수 중에서 셋째 수는 『청구영언』 165에 양파[정태화]의 작품으로, 둘째 수인 〈술을 내 즐기더냐~〉는 『청구영언』 336에 무명씨로 수록되어 있다. 이 〈대주요〉는 이서우가 인평대군의 아들들인 이정, 이남과 가까이 지내면서 낙동 창수의 모임에서 부른 노래일 터인데, 경신년(1680) 환국의 국면에 이정과 이남 등이 밀려나면서 이들에 대한 부정적인 평가가 주류를 차지하면서 가집에서도 이름을 밝히지 못하고 익명으로 처리되었을 가능성이 있다. 가곡의 레퍼

토리에서 널리 보급되어 있어서 완전히 배제시키기 어려운 중요한 작품의 경우에 무명씨 항목에 포함시키면서 세간의 비판에서 벗어나고자 했을 것이다.

이상에서 17세기 정치·사회 변동과 관련한 시가사의 추이를 17세기 전반과 연계시키고 시대의 성격을 파악하면서 서울과 향촌으로 나누어 시가 향유 양상을 정리했다. 이 중에서 그간 숨겨져 있거나 크게 주목하지 못했던 작가와 작품을 확인하면서 공백으로 남을 뻔했던 시가사의 고리를 연결시킬 수 있게 된 점은 큰 성과라 할 수 있다.

17세기 후반 시가사에서 주목할 수 있는 담당층은 17세기 전반의 이정구에 이어 17세기 후반에도 연안이씨 집안의 역할이다. 이들 연안이씨 집안은 김광욱에서 김성최로 이어지는 시가 향유의 바탕에도 자리하고 있고, 정명공주 수연의 가곡 향유를 주도하기도 하였다. 그중에서 이은상과 이익상 등의 역할이 컸다고 할 수 있다. 그리고 개별 작가로 주목할 수 있는 사람은 이은상을 포함하여, 김광욱과 김성최, 왕족 이우와 이간, 이서우와 이하진, 허정, 홍주국, 심유, 권익륭 등과 무신 작가들을 들 수 있다. 이와 함께 주목할 수 있는 작품은 〈억진아〉와 〈임강선〉의 사, 〈율리유곡〉과 〈공정에 이퇴하고~〉, 〈감군은사〉와 『영언』, 〈청석령가〉, 〈풍아별곡〉, 〈대주요〉 등이다.

17세기 시가사를 17세기 전반과 17세기 후반으로 나누어 살핀 것은 17세기 전반과 17세기 후반이 크게 변별되는 것으로 생각하고 시작한 것인데, 실제 연구 결과 그 차별성이 분명하게 밝혀진 셈이다. 17세기 전반은 16세기 후반과 더 가깝다고 할 수 있고, 17세기 후반은 18세기와 더 가깝다고 할 수 있을 것이다. 그런데 18세기는 굳이 전반과 후반으로 나눌 필요가 없을 것으로 보인다. 숙종 시대 후반(1700~1720)과 경종 시대(1720~1724)와 영조 시대(1724~1776)와 정조 시대(1776~1800)를 포함하고 있으면서 정치적 갈등이 크게 드러나기는 했지만, 같은 축과 고리에서 이해할 수 있는 연계성이 포착되기 때문이다. 내부의 변화와 그에 상응하는 내용은 확대되고 있었음이 분명하다.

이제 18세기 시가사 이해를 위하여 다음과 같은 제언을 할 수 있을 것이다.

18세기 100년을 이해하기 위하여 정치·사회 변동에 대한 비판적 이해가 필요한데, 『숙종실록』, 『경종실록』, 『영조실록』, 『정조실록』에 대한 정밀한 독서와 함께 이면에 대한 이해를 심화해야 할 것이다. 문집 자료를 통한 상호 검증은 더욱 필요할 것이다. 경향분기가 굳어지고, 탕평책에도 불구하고 당파를 중심으로 한 집단 정서가 공고하게 굳어지고 있었던 점을 유의해서 살펴야 할 것이다.

18세기는 『청구영언』과 『해동가요』를 비롯한 많은 가집이 엮어지면서 가곡의 전반적인 흐름과 가곡 레퍼토리의 다양한 표준이 마련되었고, 신번(新飜), 신성(新聲)이 일반화되면서 이를 담당하는 전문적인 가창자가 자리를 확보하였으며, 각자 새로운 레퍼토리를 위한 악곡의 분화가 가속화되었다. 이런 환경의 변화를 반영한 시가사의 추이를 마련해야 할 것이다. 이러한 추이와 함께 이민보(李敏輔)의 한역에서 보듯 "산거야취(山居野趣)"와 "경세성속(警世醒俗)"의 지향도 지속적으로 이어지고 있었다는 점을 주목할 필요가 있다. 거문고 곡으로 따지자면 고조를 지키자는 묵묵한 흐름을 간과할 수 없다는 것이다. 이러한 추이는 다음 시기에 『가곡원류』의 명명에서 보듯 '원류'를 찾는 방향으로 이동할 수 있었을 것으로 추정할 수 있다. 실제 가집에서 노랫말의 곡조 배치 경향을 점검할 필요가 제기되는 것이다.

담당층이 다양화하고 각각의 지향이 다양하게 바뀌면서 현상에 대한 이해와 방향에 대한 평가를 어떻게 할 것인가 고민해야 할 것이다. 호오와 시비에 대한 평정이 필요한 시기이기도 하다. 자료의 실상에 대한 이해도 중요하지만 그 자료를 해석하는 방향도 아울러 쟁점화할 수 있다. 그러므로 18세기 시가사의 추이는 단선적인 시각으로 접근하기 어려울 것으로 보인다. 지역, 시기, 향유층 등에서 다양한 편차가 드러나고 있는 점을 고려한 방법론적 모색이 요청된다고 할 것이다.

　구체적인 작가와 작품에 대한 면밀한 검토는 동시에 진행되어야 할 것인데, 각 갈래가 갈래의 기본 특성을 표현하는 방향과 함께 갈래 상호 간의 교섭 현상을 보이고 있는 점을 섬세하게 관찰하여 서로 만날 수 있는 지점과 각 갈래의 본질적인 특성을 살펴서 시적 정서의 구현 내용을 살펴야 할 것이다.

　생산 주체인 농민의 내면이 일을 통해 드러나는 민요에 대한 관심도 소홀히 해서는 안 될 것이다. 한시에서도 그 정서의 밑바탕을 민요에서 찾으려고 노력하고 있었던 점을 고려하면, 시가에서 신번과 신성을 통하여 수용자의 흥미와 귀를 즐겁게 하는 방향으로 속화되었던 점을 반추해야 할 것이다.

참고문헌

『中庸』

『국역 인조실록』 1-22

『국역 효종실록』 1-9

『국역 현종실록』 1-10

『국역 현종개수실록』 1-13

『국역 숙종실록』 1-34

『국조인물고』 상·중·하(서울대출판부, 1978)

김천택 편, 『청구영언』(국립한글박물관, 2017)

『해동가요』

이요, 「연도기행」 상, 『국역 연행록선집』 Ⅲ(민족문화추진회, 1985)

김문기·김명순 편저, 『시조·가사 한역가전서』 1,2(태학사, 2009)

김문기·김명순 편저, 『시조·가사 한역자료집성』 1,2,3(태학사, 2010)

이석형(1415~1477), 『樗軒集』, 『한국문집총간』 9

박승임(1517~1587), 『소고집』, 『한국문집총간』 36

김귀영(1519~1593), 『동원집』, 『한국문집총간』 37

김효원(1532~1590), 『성암유고』, 『한국문집총간』 41

장현광(1554~1637), 『여헌선생속집』, 『한국문집총간』 60

조우인(1561~1625), 『이재집』, 『한국문집총간』 속12

이수광(1563~1628), 『지봉집』, 『한국문집총간』 66

이안눌(1571~1637), 『동악집』, 『한국문집총간』 78

이명준(1572~1630), 『잠와유고』, 『한국문집총간』 속17

신계영(1577~1669), 『선석유고』

김육(1580~1658), 『잠곡유고』, 『한국문집총간』 86

강석기(1580~1643), 『월당집』, 『한국문집총간』 86

김광욱(1580~1656), 『월봉집』, 『한국문집총간』 속19

정홍명(1582~1650), 『畸庵集』, 『한국문집총간』 87

조상우(1582~1657), 『시암집』, 『한국문집총간』 속20

이경여(1585~1657), 『백강집』, 『한국문집총간』 87

권극중(1585~1659), 『청하집』, 『한국문집총간』 속21

조임동(1585~1664), 『간송집』, 『한국문집총간』 89

조경(1586~1669), 『용주유고』, 『한국문집총간』 90

최기남(1586~?), 『龜谷詩稿』, 『한국문집총간』 속22

윤선도(1587~1671), 『고산유고』, 『한국문집총간』 91

김응조(1587~1667), 『학사집』, 『한국문집총간』 91

이홍유(1588~1671), 『둔헌집』, 『한국문집총간』 속23

이민구(1589~1670), 『동주집』, 『한국문집총간』 94

조문수(1590~1647), 『설정시집』, 『한국문집총간』 속24

강대수(1591~1658), 『한사집』, 『한국문집총간』 속24

심동구(1594~1660), 『청봉집』, 『한국문집총간』 속25

허목(1595~1682), 『기언』, 『한국문집총간』 98·99

이경석(1595~1671), 『백헌집』, 『한국문집총간』 95·96

이명한(1595~1645), 『白洲別稿』, 『한국문집총간』 97

성이성(1595~1664), 『계서일고』, 『한국문집총간』 속26

정두경(1597~1673), 『동명집』, 『한국문집총간』 100

송국택(1597~1659), 『사우당집』, 『한국문집총간』 속27

이소한(1598~1645), 『현주집』, 『한국문집총간』 101

김시온(1598~1669), 『표은집』, 『한국문집총간』 속27

채유후(1599~1660), 『호주집』, 『한국문집총간』 101

정칙(1601~1663), 『愚川先生文集』, 『한국문집총간』 속29

임유후(1601~1673), 『만휴집』

김홍욱(1602~1654), 『학주전집』, 『한국문집총간』 102

정태화(1602~1673), 『양파유고』, 『한국문집총간』 102

강백년(1603~1681), 『설봉유고』, 『한국문집총간』 103

김득신(1604~1684), 『백곡집』, 『한국문집총간』 104

황호(1604~1656), 『漫浪集』, 『한국문집총간』 103

이만영(1604~1672), 『설해유고』, 『한국문집총간』 속30

홍우원(1605~1687), 『남파집』, 『한국문집총간』 106

정창주(1606~1664), 『만주집』, 『한국문집총간』 속30

홍주원(1606~1672), 『무하당유고』, 『한국문집총간』 속30

송준길(1606~1672), 『동춘당집』, 『한국문집총간』 106·107

홍석기(1606~1680), 『만주유집』, 『한국문집총간』 속31

송시열(1607~1689), 『송자대전』, 『한국문집총간』 108~116.

조한영(1608~1670), 『회곡집』, 『한국문집총간』 속31

신유(1610~1665), 『죽당집』, 『한국문집총간』 속31

정필달(1611~1693), 『팔송집』, 『한국문집총간』 속32

홍주세(1612~1661), 『정허당집』, 『한국문집총간』 속32

박장원(1612~1672), 『구당집』, 『한국문집총간』 121

이건(1614~1662), 『규창유고』, 『한국문집총간』 122

유창(1614~1690), 『秋潭集』, 『한국문집총간』 속33

유혁연(1616~1680), 『야당유고』, 『한국문집총간』 122

이문규(1617~1688), 『풍거유고』, 박완식 역, 『국역 풍거집』

이은상(1617~1678), 『동리집』, 『한국문집총간』 122

신최(1619~1658), 『춘소자집』, 『한국문집총간』 속34

이휘일(1619~1672), 『존재집』, 『한국문집총간』 124

홍여하(1620~1674), 『목재집』, 『한국문집총간』 124

심유(1620~1688), 『梧灘集』, 『한국문집총간』 속34

김계광(1621~1675), 『구재집』, 『퇴계학자료총서』 36

이요(1622~1658), 『송계집』, 『한국문집총간』 속35

유형원(1622~1673), 『반계일고』, 『한국한문학연구』 38 부록

유형원(1622~1673), 임형택 외 편역, 『반계유고』(창비, 2017)

이원정(1622~1680), 『귀암집』, 『한국문집총간』 속35

이원정(1622~1680), 김영진·조영호 옮김, 『국역 귀암 이원정 연행록』(세종대
    왕기념사업회, 2016)

홍주국(1623~1680), 『범옹집』, 『한국문집총간』 속36

이단하(1625~1689), 『畏齋集』, 『한국문집총간』 125

이익상(1625~1691), 『매간집』, 『한국문집총간』 속37

김수흥(1626~1690), 『退憂堂集』, 『한국문집총간』 127

이현일(1627~1704), 『갈암집』, 『한국문집총간』 127 · 128

신정(1628~1687), 『분애집』, 『한국문집총간』 129

이단상(1628~1669), 『靜觀齋先生集』, 『한국문집총간』 130

김학배(1628~1673), 『금옹집』, 『한국문집총간』 속38

이하진(1628~1682), 『육우당유고』, 『한국문집총간』 속39

남용익(1628~1692), 『壺谷集』, 『한국문집총간』 131

박수검(1629~1698), 『임호집』, 『한국문집총간』 속39

남구만(1629~1711), 『약천집』, 『한국문집총간』 131 · 132

박세당(1629~1703), 『서계집』, 『한국문집총간』 134

이보(1629~1710), 『경옥집』, 『퇴계학자료총서』 40

윤증(1629~1714), 『명재유고』, 『한국문집총간』 135 · 136

조근(1631~1680), 『손암집』, 『한국문집총간』 속40

조종저(1631~1690), 『남악집』, 『한국문집총간』 속39

이선(1632~1692), 『지호집』, 『한국문집총간』 143

이민서(1633~1688), 『西河先生集』, 『한국문집총간』 144

김만기(1633~1687), 『瑞石先生集』, 『한국문집총간』 144

유명천(1633~1705), 『퇴당집』, 『한국문집총간』 속40

이서우(1633~1709), 『송파집』, 『한국문집총간』 속41

김석주(1634~1684), 『息庵先生遺稿』, 『한국문집총간』 145

조현기(1634~1685), 『일봉집』, 『한국문집총간』 속42

신익상(1634~1697), 『성재유고』, 『한국문집총간』 146

김기홍(1634~1701), 『관곡선생문집』 5권 2책(서울대 규장각)

이세백(1635~1703), 『雩沙集』, 『한국문집총간』 146

박사형(1635~1706), 『청광집』

신후재(1636~1699), 『葵亭集』, 『한국문집총간』 속42

유상운(1636~1707), 『約齋集』, 『한국문집총간』 속42

윤이후(1636~1699), 『지암일기』

김만중(1637~1692), 『서포집』, 『한국문집총간』 148

조성기(1638~1689), 『졸수재집』, 『한국문집총간』 147

조성기(1638~1689), 『졸수재집』, 이승수 역, 『졸수재집』 2(박이정, 2001)

임상원(1638~1697), 『恬軒集』, 『한국문집총간』 148

조지겸(1639~1685), 『迂齋集』, 『한국문집총간』 147

임방(1640~1724), 『水村集』, 『한국문집총간』 149

이옥(1641~1698), 『博泉先生詩集』, 『한국문집총간』 속44

이기홍(1641~1708), 『直齋集』, 『한국문집총간』 149

최신(1642~1708), 『鶴庵集』, 『한국문집총간』 151

홍수주(1642~1704), 『호은집』, 『한국문집총간』 속46

손만웅(1643~1712), 『野村先生文集』, 『한국문집총간』 속46

이여(1645~1718), 『睡谷先生集』, 『한국문집총간』 153

오도일(1645~1703), 『西坡集』, 『한국문집총간』 152

신완(1646~1707), 『경암집』, 『한국문집총간』 속47

이세귀(1646~1700), 『養窩集』, 『한국문집총간』 속48

최석정(1646~1715), 『明谷集』, 『한국문집총간』 154

이현석(1647~1703), 『유재집』, 『한국문집총간』 156

노명선(1647~1715), 『삼족당가첩』

정호(1648~1736), 『장암집』, 『한국문집총간』 157

임영(1649~1696), 『창셰집』, 『한국문집총간』 159

송주석(1650~1692), 『봉곡집』, 『한국문집총간』 속49

서종태(1652~1719), 『만정당집』, 『한국문집총간』 163

남정중(1653~1704), 『碁峯集』, 『한국문집총간』 속51

김유(1653~1719), 『검재집』, 『한국문집총간』 속50

김창흡(1653~1722), 『三淵集』 『한국문집총간』 167

홍세태(1653~1725), 『柳下集』, 『한국문집총간』 167

박태보(1654~1689), 『정재집』, 『한국문집총간』 168

권두경(1654~1726), 『蒼雪齋先生文集』, 『한국문집총간』 169

최석항(1654~1724), 『損窩先生遺稿』, 『한국문집총간』 169

이희조(1655~1724), 『지촌집』, 『한국문집총간』 170

조정만(1656~1739), 『寤齋集』, 『한국문집총간』 속51

김창업(1658~1721), 『老稼齋集』, 『한국문집총간』 175

이이명(1658~1722), 『경암집』, 『한국문집총간』 172

김진규(1658~1726), 『죽천집』, 『한국문집총간』 174

김시보(1658~1734), 『모주집』, 『한국문집총간』 속52

조덕린(1658~1737), 『玉川先生文集』, 『한국문집총간』 175

권구(1658~1730), 『灘村先生遺稿』, 『한국문집총간』 속52

박권(1658~1715), 『북정일기』

이해조(1660~1711), 『명암집』, 『한국문집총간』 175

조태채(1660~1722), 『二憂堂集』, 『한국문집총간』 176

이서(1662~1723), 『홍도유고』, 『한국문집총간』 속54

조유수(1663~1741), 『후계집』, 『한국문집총간』 속55

이하조(1664~1700), 『삼수헌고』, 『한국문집총간』 속55

이만부(1664~1732), 『息山先生集』, 『한국문집총간』 178·179

권이진(1668~1734), 『有懷堂先生集』, 『한국문집총간』 속56

홍중성(1668~1735), 『운와집』, 『한국문집총간』 속57

최창대(1669~1720), 『곤륜집』, 『한국문집총간』 183

채팽윤(1669~1731), 『희암집』, 『한국문집총간』 182

이의현(1669~1745), 『陶谷集』, 『한국문집총간』 180

김춘택(1670~1717), 『북헌집』, 『한국문집총간』 185

어유봉(1672~1744), 『杞園集』, 『한국문집총간』 184

신익황(1672~1722), 『克齋先生文集』, 『한국문집총간』 185

이덕수(1673~1744), 『서당사재』, 『한국문집총간』 186

이광정(1674~1756), 『訥隱先生文集』, 『한국문집총간』 187

조태억(1675~1728), 『겸재집』, 『한국문집총간』 189·190

남한기(1675~1748), 『기옹집』, 『한국문집총간』 속58

조문명(1680~1746), 『鶴巖集』, 『한국문집총간』 192

윤봉조(1680~1761), 『포암집』, 『한국문집총간』 193

신정하(1681~1716), 『서암집』, 『한국문집총간』 197

정내교(1681~1757), 『浣巖集』, 『한국문집총간』 197

이익(1681~1763), 『성호전집』, 『한국문집총간』 198~200

신유한(1681~1752), 『청천집』, 『한국문집총간』 200

최성대(1691~1762), 『두기시집』, 『한국문집총간』 속70

조상경(1681~1746), 『鶴塘遺稿』, 『한국문집총간』 속63

한원진(1682~1751), 『南塘先生文集』, 『한국문집총간』 202

심육(1685~1753), 『樗村先生遺稿』, 『한국문집총간』 207

정중기(1685~1757), 『매산집』, 『한국문집총간』 속67

강필신(1687~1756), 『모헌집』, 『한국문집총간』 속68

권만(1688~1749), 『江左先生文集』, 『한국문집총간』 209

조관빈(1691~1757), 『悔軒集』, 『한국문집총간』 211

이철보(1691~1770), 『止庵遺稿』, 『한국문집총간』 속71

정간(1692~1757), 『명고집』, 『한국문집총간』 속71

조천경(1695~1776), 『易安堂集』, 『한국문집총간』 속74

이덕주(1696~1751), 『변정선생집』, 『한국문집총간』 속75

신경(1696~1766), 『직암집』, 『한국문집총간』 216

남유용(1698~1773), 『뇌연집』, 『한국문집총간』 217 · 218

이상정(1711~1781), 『大山先生文集』, 『한국문집총간』 226 · 227

위백규(1727~1798), 『存齋集』, 『한국문집총간』 243

윤기(1741~1826), 『무명자집』, 『한국문집총간』 256

정약용(1762~1836), 『여유당전서』, 『한국문집총간』 281-286

윤홍규(1760~1826), 『도계유고』, 『한국문집총간』 속105

성해응(1760~1839), 『研經齋全集外集』, 『한국문집총간』 273~278

박종선(1756~1819), 『능양시집』 상 · 하(성균관대 대동문화연구원, 2017)

강주진, 「예송과 당쟁의 성립」, 『한국사상대계』 III(성균관대 대동문화연구원, 1979)

강주진, 『이조당쟁사연구』(서울대출판부, 1971)

고영진, 「17세기 후반 사상사의 새로운 이해」, 『역사와 현실』 13(한국역사연구회, 1994)

구경남, 「17세기 후반 유혁연의 정치활동과 국방강화책」, 『한국인물사연구』 8(한국인물사연구회, 2007)

권두환, 「『송계잡록』과 〈송계곡〉 27수〉」, 『고전문학연구』 42(한국고전문학회, 2012)

권순회, 「전가시조의 미적 특질과 사적 전개 양상」(고려대 박사논문, 2000)

권정은, 『자연시조 - 자연미의 실현 양상』(보고사, 2009)

김병국, 「〈고산구곡가〉 연구 -『정언묘선』과 관련하여-」(성균관대 박사논문, 1991)

김상진, 『16·17세기 시조의 동향과 경향』(국학자료원, 2006)

김석회, 『조선후기 향촌사회와 시가문학』(월인, 2009)

김석회, 『조선후기시가연구』(월인, 2004)

김수경, 「17세기 후반 종친의 활동과 정치적 위상」(이화여대 석사논문, 1987)

김양수, 「조선후기 중인집안의 활동연구 : 장현과 장희빈 등 인동장씨 역관가계를 중심으로」(상)(하), 『실학사상연구』 1(1990)

김영진, 「연행록의 체계적 정리 및 연구방법에 대한 시론」, 『대동한문학』 34(대동한문학회, 2011)

김영호, 「현묵자 홍만종의 청구영언 편찬에 대하여」, 『대동문화연구』 61(성대 대동문화연구원, 2008)

김용덕, 「실학파의 사회경제사상」, 『한국사상대계』 II(성균관대 대동문화연구원, 1976)

김용찬, 『18세기의 시조문학과 예술사적 위상』(월인, 1999)

김용철, 「『진청』〈무씨명〉의 분류체계와 시조사적 의의」, 『고전문학연구』 16(한국고전문학회, 1999)

김용흠, 『조선후기정치사연구』 1(혜안, 2006)

김준석, 「김육의 안민경제론과 대동법」, 『민족문화』 24(한국고전번역원, 2001)

김진희, 「17세기 여성화자 시조의 문학적 특성 연구」, 『한국시가연구』 26(한국시가학회, 2009)

김철웅, 「임의백의 활동과 『금시당연행일기』」, 『영남학』 19(경북대 영남문화연구원, 2011)

김풍기, 「17세기 시가의 향유 방식과 허균의 문학」, 『강원인문논총』(강원대학교 인문과학연구소, 2004)

김학성, 「홍만종의 가집 편찬과 시조 향유의 전통」, 『한국고전시가의 전통과 계

숭』(성대 출판부, 2009)

김현식, 「낭선군 이우의 〈감군은사〉, 그 작품세계와 의미연구」, 『한국시가연구』 43(한국시가학회, 2017)

김흥규 외, 『고시조대전』(고려대 민족문화연구원, 2012)

김흥규, 「16~19세기 양반층 시조와 그 심상공간의 변모」, 『한국시가연구』 26(2009)

김흥규, 『옛시조의 모티프·미의식과 심상공간의 역사』(소명출판, 2016)

羅琪 編選, 『中國歷代詞選』(臺北 宏業書局, 1983)

남동걸, 「곽시징의 〈경한정감흥가〉 연구」, 『시조학논총』 29(한국시조학회, 2008)

남정희, 「18세기 경화사족의 시조 향유와 창작 양상에 관한 연구」(이화여대 박사논문, 2002)

노경희, 「17세기 전반기 한중 문학교류」(태학사, 2015)

박영민, 「백사 이항복 시세계의 한 국면」, 『한국인물사연구』 8(한국인물사연구소, 2007)

박영호, 「월사 이정구의 문학관 연구」, 『복현한문학』 5(1989)

박준규, 「경번당가고-신자료 봉사부군일기를 주로 하여」, 『모산학보』 3(동아인문학회, 1992)

박진태, 「북천일록을 통해 본 이항복」, 『인문학연구』 7(대진대학교, 2010)

박해남, 『상촌 신흠 문학의 궤적과 의미』(보고사, 2012)

배종호, 「전환기 성리학설의 전개」, 『한국사상대계』 IV(성균관대 대동문화연구원, 1984)

배종호, 『한국유학사』(연세대출판부, 1974)

성기옥, 「〈조주후풍가〉 창작의 역사적 상황과 작품 이해의 방향」, 『진단학보』 112(진단학회, 2011)

성기옥, 「〈조주후풍가〉 해석의 문제점」, 『진단학보』 110(진단학회, 2010)

성기옥, 「18세기 음악의 촉급화 현상과 지식인의 대응」, 『조선후기 지식인의 일상과 문화』(이화여대출판부, 2007)

성기옥, 「신흠 시조의 해석 기반」, 『진단학보』 81(진단학회, 1996)

성낙훈, 「한국당쟁사」, 『한국문화사대계』 2(고대 민족문화연구소, 1965)

성호경, 『시조문학』(서강대출판부, 2014)

성호경, 『한국고전시가총론』(태학사, 2016)

송재연, 「곽시징의 시조 창작방법과 의미」, 『어문학』135(한국어문학회, 2017)

신병주, 「17세기 중·후반 근기남인 학자의 학통」, 『한국문화』19(서울대 한국문화연구소, 1997)

신영명 외, 『조선중기 시가와 자연』(태학사, 2002)

신영주, 「17세기 문예의 새로운 경향과 낭선군 이우」, 『한문교육연구』27(2006)

양태순, 「신흠의 시조와 한시의 관련 양상 연구」, 『고전문학연구』33(한국고전문학회, 2008)

오수창, 「인조대 정치세력의 동향」, 『한국사론』13(1987)

우응순, 「조선중기 사대가의 문학론 연구」(고려대 박사논문, 1990)

유재성, 『병자호란사』(국방부 전사편찬위원회, 1986)

윤덕진·성무경 주해, 고금가곡(보고사, 2007)

윤진영, 「도산도의 전통과 도산구곡」, 『안동학연구』10(한국국학진흥원, 2011)

윤진영, 「조선시대 구곡도 연구」(한국정신문화연구원 석사논문, 1997)

이기현, 「〈고산구곡가〉의 한역 악부에 대한 고찰」, 『한국학논집』24(한양대 한국학연구소, 1994)

이상보, 『17세기 가사전집』(교학연구사, 1987)

이상보, 『한국고전시가연구·속』(태학사, 1984)

이상원, 「조선후기 〈고산구곡가〉 수용 양상과 그 의미」, 『조선시대 시가사의 구도와 시각』(보고사, 2004)

이상원, 『17세기 시조사의 구도』(월인, 2000)

이상원, 『조선시대 시가사의 구도와 시각』(보고사, 2004)

이수봉, 『구운몽후와 부북일기』(경인문화사, 1994)

이은순, 『조선후기당쟁사연구』(일조각, 1988)

이재범, 「인조 효종 연간 대청사행의 종친파견 배경과 그 의의」(경북대 석사논문, 2015)

이종찬, 「월사의 문학관과 변무록」, 『한국한문학연구』 2(한국한문학연구회, 1977)

이현지, 「명청교체기 인평대군 시문학연구」, 『어문학』132(한국어문학회, 2016)

이현진, 「조선후기 京·鄉 분기와 수도 집중」, 『서울학연구』 52(2013)

이희환, 「효종대의 정국과 불별론」, 『전북사학』 42(전북사학회, 2013)

임선묵, 「이시의 시조」, 『국어국문학논집』 3(단국대, 1969)

임형택, 「17세기 전후 육가 형식의 발전과 시조문학」, 『민족문학사연구』 6(민족
    문학사연구소, 1994)

임형택, 「17~19세기 동아시아 상황과 연행·연행록」, 『한국실학연구』 20(한국
    실학학회, 2010)

정무룡, 「17세기 후반 경화사인간의 문학론 공방의 한 양상」, 『동방한문학』 13
    (동방한문학회, 1999)

정옥자, 『조선후기지성사』(일지사, 1991)

정호훈, 「17세기 후반 예법론의 전개와 경서해석의 변화」, 『국사관논총』
    97(2001)

조기준, 「실학의 전개와 사회경제적 인식」, 『한국사상대계』 Ⅱ

조동일, 『제2판 한국문학사상사시론』(지식산업사, 2003)

조성산, 「17세기 후반 임천조씨 가문의 경세학」, 『한국사상사학』 30(한국사상
    사학회, 2008)

조성진, 「신흠의 악부 인식과 민족시가의 재인식」, 『한국시가연구』 25(한국시
    가학회, 2008)

조윤제, 『조선시가사강』(박문출판사, 1937)

조지형, 「17~18세기 구곡가 계열 시가문학의 전개 양상」(고려대 석사논문,
    2008)

조지형, 『함경도의 문화적 특성과 관곡 김기홍의 문학』(보고사, 2015)

조해숙, 『조선후기 시조한역과 시조사』(보고사, 2005)

최선아, 「16~17세기 한양사족의 금보 편찬과 음악적 소통」, 『한국시가연구』
    36(한국시가학회, 2014)

최완수, 『진경시대』 1·2(돌베개, 1998)

최재남, 「『심경』 수용과 〈도산십이곡〉」, 『배달말』 32(2003)

최재남, 「〈철령가〉에 대한 반향의 두 시각」, 『국문학연구』 29(국문학회, 2014.5)

최재남, 「〈훈민가〉 보급의 경과와 그 의미」, 『고시가연구』 21(한국고시가문학
    회, 2008.2)

최재남, 「17세기 전반 시가사 이해를 위한 예비적 고찰」, 『한국시가연구』 39(한국시가학회, 2015.11)

최재남, 「17세기 전반 시가사의 변화와 새로운 과제」, 『한국고전연구』 32(한국고전연구학회, 2015.12)

최재남, 「가기시첩(歌妓詩帖)과 노래를 위한 사(詞)의 레퍼토리」, 『한국시가연구』 44(2018)

최재남, 「관서·관북 지역의 시가 향유 양상」, 『한국고전연구』 24(한국고전연구학회, 2011.12)

최재남, 「분강가단의 풍류와 후대의 수용」, 『배달말』 30(2002)

최재남, 「이정구의 가곡과 풍류에 대한 인식 고찰」, 『반교어문연구』 32(반교어문학회, 2012.2)

최재남, 「고전시가와 중국 인식의 시대별 추이」, 『고전문학연구』 43(한국고전문학회, 2013)

최재남, 「인평대군의 가곡 향유와 〈몽천요〉에 대한 반응」, 『고시가연구』 31(한국고시가문학회, 2013.2)

최재남, 「창계 임영의 삶과 시 세계」, 『한국한시작가가연구』 12(한국한시학회, 2008.2)

최재남, 『17세기 전반 정치·사회 변동과 시가사』(보고사, 2018)

최재남, 『사림의 향촌생활과 시가문학』(국학자료원, 1997)

하윤섭, 「17세기 송강시가의 수용 양상과 그 의미」, 『민족문학사연구』 37(민족문학사학회, 2008)

한국시가학회 편, 『시가사와 예술사의 관련 양상』 II(보고사, 2002)

한명기, 『정묘·병자호란과 동아시아』(푸른역사, 2009)

허권수, 『조선후기 남인과 서인의 학문적 대립』(법인문화사, 1993)

허태구, 「병자호란의 정치·군사학적 연구」(서울대 박사논문, 2009)

황정연, 「낭선군 이우의 백년록 연구」, 『서지학연구』 52(한국서지학회, 2012)

Peter Uwe Hohendahl, "The Specter of Power: Literature and the Political Revisited", New Literary History 45:4, Autumn 2014.

17세기 후반 시가사 연표

연도	정치·사회 변동	시가사의 특성
인조 27(1649)	– 인조 승하 – 효종 즉위 – 김육, 대동법	
효종 1(1650)	– 김자점 원상 – 이이·성현 문묘종사 논의	
효종 2(1651)	– 대동법 시행	–『종묘악장가사책』 – 윤선도, 〈어부사시사〉
효종 3(1652)	–『심경』강론 – 김상헌 졸	– 윤선도, 〈몽천요〉 3장
효종 4(1653)		– 이건, 「금옥계서」 – 파평윤씨 황산뱃놀이에서 〈어부가〉 향유
효종 5(1654)		– 구인후, 〈연군가〉
효종 6(1655)		– 신계영, 〈월선헌십육경가〉
효종 7(1656)	– 김광욱 졸	– 윤선도, 〈몽천요〉 한역 – 이후원, 〈경민편〉 보급 제기 – 김광욱, 〈율리유곡〉
효종 9(1658)	– 인평대군 졸 – 김육 졸 – 구인후 졸	– 이후원, 〈경민편〉과 〈훈민가〉 합편 보급 건의
효종 10(1659)	– 효종 승하 – 현종 즉위 – 복제 문제 예론	
현종 2(1661)		– 임유후, 〈목동가〉
현종 3(1662)		– 김응조 등 분강뱃놀이 〈어부가〉
현종 5(1664)		– 이휘일, 〈전가팔곡〉
현종 6(1665)	– 이서우, 이하진과 조지서 피서	– 허목, 「오유수경수첩서」

연도	정치·사회 변동	시가사의 특성
현종 7(1666)	– 나위소 졸	– 박사형, 〈남초가〉 – 나위소, 〈강호구가〉
현종 9(1668)		– 무신낙회:정두경 등 – 허목, 「장육당육가지」
현종 10(1669)		–〈용비어천가후서〉
현종 11(1670)		– 조세환, 〈철령가〉
현종 12(1671)	– 삼창(三昌) 문제 – 이홍유 졸	– 이홍유, 〈산민육가〉
현종 14(1673)	– 복제 문제 재시비 – 유형원 졸	– 홍만종, 종남수계 – 이하진, 유춘오수계 – 유형원, 〈번속가〉
현종 15(1674)	– 현종 승하 – 숙종 즉위 – 이완 졸	– 허목, 「갑인기행」에서 松溪別業, 蒼壁, 寒潭 각자 확인 – 이완, 〈군산을 삭평틴들…〉 등
숙종 1(1675)		– 송시열, 〈등철령음〉 – 송주석, 〈북관곡〉 – '허허우소다[許許又所多]'라는 동요
숙종 3(1677)	– 정명공주 75세 수연, 이은상 주도	– 이은상 수연 연회 – 손만웅, 〈연행단가〉, 〈남정군사귀지 가〉
숙종 4(1678)	– 행전법, 상평통보 – 『반계수록』 소개, 공전법(公 田法)과 공거법(貢擧法) – 허정 졸	– 임영, 〈산유화가〉(억진아 조) – 허정, 〈후정화〉, 〈낭도사〉
숙종 5(1679)	– 정명공주 77세 수연, 이익상 주도	– 정명공주 수연 가곡 연행
숙종 6(1680)	– 경신환국 – 김수항 영의정 – 유혁연 졸	– 신정, 〈청석령〉 – 이서우, 〈대주요〉(1680 이전) – 송시열, 「이씨연주집발」, 「이씨연주집재발」 – 유혁연, 〈돗ᄂ물 셔셔 늘고…〉 등
숙종 7(1681)	– 이이·성현 문묘종사	– 윤지선, 『경민편』과 〈훈민가〉 인출 보급 장계

연도	정치·사회 변동	시가사의 특성
숙종 8(1682)		- 유상운, 〈청석령〉과 〈조천로〉
숙종 9(1683)	- 『현종개수실록』 완성	- 계해반정 주갑연 - 가기 숙정 참가
숙종 11(1685)	- 노론과 소론의 분당	- 오도일, 〈선사별곡〉
숙종 12(1686)		- 이서우, 「김득신의 문집 서문」
숙종 13(1687)		- 〈송강가사〉 성주본
숙종 14(1688)	- 왕자[경종] 태어남 - 심유 졸	- 〈고산구곡가〉 판본·한역 시작 - 송시열, 「백사철령가후」 - 김기홍, 〈채미가〉 - 심유, 신번 〈임강선삼첩〉
숙종 15(1689)	- 기사환국 - 송시열 사사 - 조성기 졸 - 박태보 졸	- 김성최, 진솔회, 「서호계첩」 - 신후재, 〈매장구가〉 - 박태보, 〈흉중에 불이 나니…〉
숙종 16(1690)	- 민씨 서인 - 장씨 왕비에 오름 - 이현일, 「반계수록서문」	
숙종 17(1691)	- 종친연회 - 사육신 평가	- 이간, 〈종친연회〉
숙종 18(1692)		- 홍이하의 언문 노래, 서관의 새 곡조
숙종 19(1693)	- 이우 졸	- 이우, 〈감군은〉
숙종 20(1694)	- 갑술환국 - 남구만 영의정 - 왕자[영조] 탄생	- 미상, 〈연행별곡〉 - 박권, 〈서정별곡〉 - 오도일, 〈청석령감회〉 - 곽시징, 〈경한재감흥가〉(1694 이후)
숙종 21(1695)	- 주전(鑄錢)	- 오도일, 〈선사별곡〉 재연 - 이세백, 〈초하구〉 - 권두경, 〈조계완월시〉
숙종 23(1697)		- 이하조, 「영언서」
숙종 24(1698)	- 단종 위호 복위	- 윤이후, 〈일민가〉
숙종 25(1699)	- 신계영 졸	- 이간, 〈영언〉 - 신계영, 〈연군가〉, 〈전원사시가〉, 〈탄로가〉

연도	정치·사회 변동	시가사의 특성
숙종 26(1700)		- 이하조, 「서행록」, 〈석담구곡〉 - '어사화냐? 금은화냐[御賜花耶 金銀花耶]'라는 동요
숙종 27(1701)	- 왕비 민씨 승하 - 장씨 자진 - 김기홍 졸 - 신여철 졸	- 김기홍, 〈채미가〉, 〈농부가〉, 〈관곡팔경가〉 - 신여철, 〈활 지어 풀의 걸고…〉
숙종 29(1703)		- 서종태, 〈효아가〉
숙종 30(1704)	- 남정중 졸	- 남정중, 〈감군은삼첩사〉
숙종 31(1705)		- 신익황, 『도산휘음』
숙종 33(1707)		- 김시민, 〈귀래정봄놀이〉
숙종 36(1710)		- 권익륭, 〈풍아별곡〉
숙종 37(1711)	- 남구만 졸	- 남구만, 〈번방곡〉
숙종 38(1712)		- 김창흡, 김창업 전송 시에서 〈청석령가〉를 와신상담으로 해석
숙종 39(1713)	- 김성최 졸 - 곽시징 졸	- 김성최, 〈공정에 이퇴하고…〉 등 - 곽시징, 〈경한감흥시가〉
숙종 42(1716)	- 신정하 졸	- 남유용 큰고모, 〈납국가〉 - 신정하, 〈간사한 박파주야…〉
숙종 43(1717)		- 이지만, 〈팔지가〉, 〈부용곡〉 - 이익, 〈도산십이곡〉 한역
숙종 44(1718)		- 권두경 등 분강뱃놀이 〈어부가〉 향유
숙종 45(1719)	- 이택 졸	- 이택, 〈낙약재사 모드신 곳의…〉 등
경종 3(1723)	- 이서 졸	- 이서, 〈심방곡〉, 〈중대엽〉 등

찾아보기

최재남(崔載南)

최재남은 경북 예천에서 태어나 부산대학교를 거쳐 서울대 대학원에서 문학박사 학위를 받고 경남대와 이화여대 교수를 역임했다. 고전시가와 함께 한시에 대한 연구를 진행하고 있으며, 『사림의 향촌생활과 시가문학』(국학자료원, 1997), 『서정시가의 인식과 미학』(보고사, 2003), 『체험서정시의 내면화 양상 연구』(보고사, 2012), 『노래와 시의 울림과 그 내면』(보고사, 2015), 『17세기 전반 정치·사회 변동과 시가사』(보고사, 2018) 등의 저서와 『서포연보』(서울대출판부, 1992, 공역), 『장르교섭과 고전시가』(월인, 1999, 공저), 『역주 목은시고』1-12(월인, 2000~2007, 공역), 『물고기 강에 노닐다: 어득강의 삶과 시』(한국문화사, 2014), 『성현과 그의 시대』(새문사, 2017), 『고전문학의 언어와 표현』(역락, 2018, 공저) 등의 공저와 역서를 발표하였다.

17세기 후반 정치·사회 변동과 시가사

2021년 3월 31일 초판 1쇄 펴냄

지은이 최재남
발행인 김흥국
발행처 도서출판 보고사

책임편집 황효은
표지디자인 손정자

등록 1990년 12월 13일 제6-0429호
주소 경기도 파주시 회동길 337-15 보고사
전화 031-955-9797(대표), 02-922-5120~1(편집), 02-922-2246(영업)
팩스 02-922-6990
메일 kanapub3@naver.com / bogosabooks@naver.com
http://www.bogosabooks.co.kr

ISBN 979-11-6587-161-1 93810
ⓒ 최재남, 2021